U0599163

穹庐

肖亦农 著

作家出版社

目　录

1　嘎尔迪老爹说：啥战争都是一块下雨的云彩，太阳出来风一刮就消散了

一只眼睛的鞑靼人谢尔盖来见嘎尔迪老爹，嘎尔迪老爹正蒙在毛茸茸的棕熊皮被中呼呼大睡。嘎尔迪老爹粗壮黝黑的臂弯里卧着一个金发女人，金发女人身子蜷曲得像一张纤细的小弓，白白的屁股像一团圆润的雪块在蓬松爹开的棕熊皮毛里，透着贼溜溜的亮光。

嘎尔迪老爹的贴身奴仆色旺，一个高颧骨、细眼睛、浑身结实得像石块砌起来的青年人，脚步异常轻盈地来到了他的毡包前，轻轻地推开了门。挂在睡榻上的金黄色纱幔像是感受到了气流，轻轻飘拂了几下。

色旺眼睑低垂，一副小心翼翼的样子。

他一开口，那棱角分明的大嘴巴中竟然发出了小鸟一样动听的歌吟："尊贵的老爷，奴仆色旺小心地请您从睡梦中醒来，您的不用通报可以直接进包的老朋友谢尔盖同志从赤塔来看望您来了……"

睡幔里的嘎尔迪老爹哼哼了两声，又没有了动静。

色旺在毡包外侍立了片刻，又悄声地提醒道："老爷，是谢尔盖同志来看望您老人家来了。谢尔盖同志说，他不光捎来了诚挚的问候，还有关于战争的紧急事情。"

嘎尔迪老爹赤膊坐了起来，仍然眯缝着眼睛道："战争？还紧急？"

色旺吸溜了下鼻子，往后退了几步，冲着幔帐悄声地道："老爷，是谢尔盖同志了。他说是关于战争的……谢尔盖同志是真上火了。老

爷，我都能看见他那只瞎眼窝子，在往外喷火哩！"

"瞎眼窝子往外喷火？"嘎尔迪老爹哈哈地笑了起来，"你个色旺呀！老爷就爱听你说话！"

金发女人动了下身子，呢喃着道："老爹，啥事这样高兴啊？"

嘎尔迪老爹伸手拍拍她的脸蛋："是战争来了！"

"战争？"金发女人慢慢睁开了蔚蓝色的大眼睛，疑疑惑惑地，"这就要来了？"

"是啊，这就要来了。"嘎尔迪老爹抚摩着金发女人光洁的脸颊，悄声地说，"我的卡捷琳娃，咱不怕。啥战争都是一块带雨的云彩，太阳出来风一刮就消散……说得悬乎，还战争？不就是马刀闪闪，马蹄嘚嘚，响枪动炮？我瞧得上地上的小草，天上的小鸟，就瞧不上战争……"

色旺冲着幔帐，一个劲点头道："谁说不是呢，可谢尔盖同志头脸都急得不成颜色了……"

嘎尔迪老爹道："那是他经见得少！你告诉他，啥战争能搅了蒙古人的千年好梦呢？弓箭如雨，天上的鸟儿依然飞翔；刀剑如犁，地上的小草照样生长。"

"哦，"卡捷琳娃伸出赤裸的双臂，伏在了嘎尔迪老爹的身上，"老爹你真好，说得真好。"

棕熊皮被敞开了一条口子，卡捷琳娃就像一条刚从贝加尔湖水中被甩跃上岸的秋白鲑鱼，裸露在花花绿绿的羊毛毡上，柔韧的胴体发出象牙般的光泽。

嘎尔迪老爹拍了拍卡捷琳娃光洁的后背："是啊，真好！还是咱蒙古人日子过得自由自在……嚯，你别再哼唧了……"

"就嘛，就嘛……老爹，我就要这样。"

"老爷，小鸟在飞，小草在长，我把您老人家这话告诉谢尔盖同志，让他安心。"色旺弓身离幔帐好远，悄声地说，"谢尔盖同志还有什么理由着急上火呢？"

"好好的布里亚特草原，闹啥布尔什维克呢？嚯，嚯，卡捷琳娃……谢苗诺夫引着哥萨克匪帮来了。"

"谁说不是呢？这下引来鬼了吧？"色旺点头道，"要不，我先把谢尔盖同志打发掉?"

"你先请谢尔盖同志喝茶，嚯，有劲，给他上面包加盐，加鲟鱼卷，嚯，嚯……还有阿尔占美酒。"

嘎尔迪老爹的声音掀动着幔帐。

色旺答应了一声，退了下去。

嘎尔迪老爹拍拍卡捷琳娃光洁的后背，嘟囔道:"卡捷琳娃，我的小母马，包里来客人了，是从赤塔来的谢尔盖同志来咱布里亚特草原了。谢尔盖同志现在可是个鲜灵灵的大人物了。你也该爬起来了，到草地上撒撒欢，海子里浮浮水，遛遛你的小蹄子。"

卡捷琳娃真像一匹小母马一样，还在恋栈，光润的脖子抬了起来，小嘴发出了几声咕噜，把头深埋在嘎尔迪老爹的怀里，那细细的毛发就像无数只小毛虫子在嘎尔迪老爹的身上钻来蹭去。

嘎尔迪老爹身上滚过一阵酥痒，不禁咧开大嘴巴，叫了起来:"你不要再撩骚了，再撩拨下去，我这老鸟又要出窝了……"

嘎尔迪老爹畅快地大笑不止，这满足得近乎幸福而又得意的笑声，冲出婆婆娑娑的幔帐，弥散在这宽大敞亮的毡包里。牧人的日子，多滋，多润，抱着女人，一觉睡到红太阳老高……嘎尔迪老爹惬意地想，多好，多好，牧人的日子，多好!

卡捷琳娃直挺挺的尖鼻子像一只温柔的小手，调皮地触摸着嘎尔迪老爹的敏感部位，不由得让嘎尔迪老爹一股冲动催生着一股冲动。

"多好!"嘎尔迪老爹高兴地叫道，猛地伸出大手，一把将卡捷琳娃揽了胸前，俩人赤条条地纠缠成一团，立马就合成为一只多爪舞动的章鱼。嘎尔迪老爹兴奋地吭吭着，卡捷琳娃由呻吟陡生尖叫，身子一挺一挺的，直着身子一蹦老高，再蹦又是老高。

嘎尔迪老爹连连叹道:"好有劲，俄罗斯公主就是浪，要不是有毡包顶子罩着她能浪上天去……嚯，嚯，有劲!

"看看，这是列宁同志送我的小水妖……给谢尔盖同志上阿尔占(二酿马奶酒)，嚯，嚯，卡捷琳娃公主……卡捷琳娃……色旺，你听见了没有?上醇香的马奶酒阿尔占!"

嘎尔迪老爹把狮子一样的大头埋在金发女人的乳沟前，胡子拉碴的大嘴吮吸着瓷实饱满的乳房，一面喃喃地呼叫着金发女人的名字:"卡捷琳娃公主，你就差月亮地里坐在湖中的石头上唱歌了！感谢列宁同志！给布里亚特送来了这么好的女人！好女人哇！告诉谢尔盖同志，我喜欢他！他是布里亚特草原永远的贵客！"

嘎尔迪老爹把卡捷琳娃一举老高，再落下，再举起，卡捷琳娃的脖子扭动着，欢乐地尖叫着，一头金发激动地飘了起来，就像一支支细细的金箭在嘎尔迪老爹的眼前穿梭往返，往返穿梭……

2 谢尔盖闭上了眼睛，但眼前仍是无穷无尽的湛蓝

这是公元一九一八年初夏的一个早上。

赤塔区苏维埃主席谢尔盖星夜兼程来到布里亚特部落，他要告诉嘎尔迪老爹，从顿河来的高尔察克哥萨克匪帮，被布尔什维克红军驱赶着，正像一群夺路狂奔的疯狗，向西伯利亚的贝加尔湖地区溃逃，匪首谢苗诺夫的前锋马队已经潜入了嘎尔迪老爹统辖的驿站营盘地布里亚特蒙古人聚居区。

心神不安的谢尔盖立在毡包外的宽大客厅内，嘎尔迪老爹和卡捷琳娃的浪叫声传了过来，吵得谢尔盖火从心起，一脸焦灼。

谢尔盖暗暗骂道："真是个不知死活的老混蛋！这都啥时候了，还……"

谢尔盖恨不得冲进毡房内，一把将嘎尔迪老爹从床上揪起。

满脸笑容的色旺请谢尔盖坐在了沙发椅上，女仆送来了茶点。

色旺笑意盈盈地："我家老爷说了，啥战争也挡不住小鸟在飞小草在长。他还说，尊敬的谢尔盖同志，永远是布里亚特草原上的贵客！还有啥战争也挡不住人吃喝，您先用茶点。"

谢尔盖也是累了，饿了。他端起俄罗斯红茶就喝，抓起面包圈、鲟鱼卷就啃。

色旺又端来了一大银壶马奶酒。

色旺对谢尔盖道："谢尔盖同志，这是二酿的马奶酒阿尔占，您老人家先美美享用。只有来了贵客，才有这美酒。嘎尔迪老爷已去了后帐

洗浴，不一会儿，他就会穿着洒满花露水的土耳其睡袍，香喷喷地出现在您面前。您走后，我家老爷常念叨您，尊贵的谢尔盖同志何时再来布里亚特草原呢？我家老爷说了，他瞧不上战争，就像天上过一片阴云，太阳一出风儿一吹，我们的驿站营盘地又是草儿青青，小鸟啾啾……"

色旺发挥着嘎尔迪老爹的话，像草原上的歌手一样，专注而又动情。

"您家老爷还是这样豪气冲天？"谢尔盖有些没有好气地说。他的耳边还缠绕着卡捷琳娃的尖叫声和嘎尔迪老爹的狂笑，就像有人拿针扎着他的耳鼓。他想，嘎尔迪这老家伙怎么不见老啊？想到这，一丝笑意浮在了谢尔盖的圆脸上：醉生梦死的嘎尔迪啊，你的梦该醒了！

谢尔盖气呼呼地道了一声："人咋不知道个死活呢？你家老爷……"

"我家老爷是贝加尔湖的定海神针！是我们布里亚特草原驿站营盘地蒙古人的主心骨！是布里亚特草原上的红太阳！"色旺用诗一样的语言赞美着嘎尔迪老爹，"谢尔盖同志，说起我家老爷，我都不知道用什么样的词儿……"

谢尔盖侧过头去看看那毡包，问色旺："你家老爷是换土耳其睡袍呢，还是换蒙元盔甲呀？谢苗诺夫的哥萨克匪帮可没有我的好耐性。这是战争！"

"是啊！"色旺道，"我家老爷的话像佛爷一样灵验。咱布里亚特人还怕打仗啊？谢尔盖同志，您用阿尔占，阿尔占的香气永远飘在布里亚特草原上……这是我家老爷常说的。"

"色旺啊色旺，"谢尔盖无奈地笑了起来，"你就是嘎尔迪养的一只巧八哥！"

"嘴巧不惹人恼，谢尔盖同志，您用，您用。"色旺说着给谢尔盖倒了一碗，一股香气立即溢了出来，直往谢尔盖的鼻孔里钻，嘎尔迪这老家伙说得不错，谢尔盖端起酒碗在想，草原上的酒真的是永远的香。

谢尔盖细品着醇香的二酿阿尔占马奶酒。

谢尔盖知道在蒙古草原上马奶酒六蒸六酿方是极品。马奶酒是蒙古民族狩猎和征战的产物，为了解渴解饿，蒙古女人将马乳装进搭在马背上的皮囊之中，男人们在草原上飞马颠簸，使皮囊中的马奶分离，乳渣下沉，上面漂起了一层淡淡的乳清，发出甜甜的芳香，无比诱人，一饮醇香无比，这就是在马背上产生的最原始的马奶酒。

后来，蒸酿工艺出现在草原上，于是，马奶酒和它的主人一样渐渐有了名分、等级。草原上的人们称头酿马奶酒叫"阿尔乞如"，这是牧民时常饮用的饮品。二酿马奶酒叫"阿尔占"，是平时待客所用。三酿马奶酒叫"浩尔古"，是节日时饮用。四酿马奶酒叫"德善舒尔"，是蒙古勇士开战前的壮行酒和胜利归来后的凯旋酒。五酿马奶酒叫"沾普舒尔"，是祭祀专用，而六酿极品马奶酒"熏舒尔"，是供成吉思汗和腾格里长生天日日享用。

谢尔盖知道布里亚特蒙古部落，就像他们享用的马奶酒一样，是一个等级森严、礼仪有序的群体。而谢尔盖和他领导的苏维埃正是这种等级和礼仪的颠覆者，这让谢尔盖心中有些惴惴不安。他不知道布里亚特草原上的霸主嘎尔迪老爹听不听从赤塔苏维埃的调遣，这头草原雄狮手里握着数万骑兵哩！这老家伙马刀一挥，便是铁流滚滚，地动山摇。

谢尔盖用那只隐在茶色的水晶眼镜后的独眼，悄悄打量着这座富丽堂皇犹如宫殿一般的宽敞毡包。毡包中央供奉着成吉思汗的巨幅丝织画像，长长的绘着蓝色云纹的烫漆供桌上摆着丰盛的奶制品、肉制品。象征着成吉思汗人生寿诞的六十六盏金碗里燃着酥油灯，袅袅地散着香烟。

一架三角钢琴放在客厅的一角，谢尔盖知道这是仁钦王爷给他心爱女儿索尼娅的陪嫁。钢琴还在，但它的主人已经远去了，这让谢尔盖心里飘过一丝感伤。他看了看那架钢琴，钢琴腿是象牙雕琢而成的，象牙上还镶嵌着多彩的宝石，不停地在阳光的折射下闪动着熠熠光泽。钢琴的上方悬挂一尊巨大的驯鹿头，多叉的犄角占了老大一块空间，显得气度非凡。还有几幅描绘草原风景、白桦林的俄罗斯油画，恰到好处地悬挂在客厅四面，透着几分典雅。一张西伯利亚虎皮铺在谢尔盖的脚下，斑斓夺目，透着十足的霸气和不驯。

这让谢尔盖感到一阵忐忑，尽管他和嘎尔迪老爹是朋友，但他担心的是嘎尔迪老爹会不会一言不合就炀蹶子。布里亚特红军的青年统帅班扎尔，还是他的亲儿子呢。布里亚特草原上的红色风暴已使这对父子互为水火，假若顿河的哥萨克匪帮与嘎尔迪老爹的布里亚特骑兵搞在一起，这会直接威胁到乌金斯克、赤塔这些新生的苏维埃城市的安全，甚至整个远东……最关键的是嘎尔迪老爹还活在历史之中，还在津津有味地经营着自己的中国土地。

想到这里，谢尔盖的身体有些发沉，刚才还满嘴余香的马奶酒有些发酸发苦了。他把头靠在了沙发上，慢慢闭上了那只独眼，往事一丝一缕地涌入了脑海……

这座毡包对谢尔盖来说，并不陌生。

五年前，政治流放者、沙俄的苦役犯谢尔盖被锁上铁链，像牲畜一样被骠骑兵用马鞭子驱赶着，一路上被枪托子打得跟头把式地胡蹦乱跳，当他万里颠簸从莫斯科来到西伯利亚集中营的时候，曾是钢打铁铸的他，已是奄奄一息了。

收监的时候，狱医拒绝接收他，说他得了可怕的寒热病，说这种寒热病就是让整个欧洲想起就肝儿颤的黑死病。狱医告诉人们这可怕的黑死病曾经夺去过两千五百万欧洲人的生命，至今，黑死病还像乌云一样笼罩在欧洲的上空，久久挥之不去。

听狱医这样一讲，吓得谢尔盖的同志还有狱卒一下子离开了谢尔盖好远，谢尔盖像只垂死的狗，被远远地晾到了一边。

狱医告诉典狱长，这种黑死病若是在苦役营内蔓延开来，不出一个月的工夫，苦役营的每一个人都将死亡。

典狱长是个虔诚的东正教徒，他拒绝了狱医将活着的谢尔盖用生石灰包裹深埋地下九尺的建议，而是将昏迷不醒的谢尔盖送进了狱中的教堂内，让他临死之前仍能接受教堂的洗礼。

细高的典狱长像只长腿鹤，他伸出细细的爪子，推推架在鼻梁上的眼镜，庄重地说："即使是布尔什维克恶魔，也应得到主的宽恕，这个青年人应该像一个真正的东正教徒那样庄严地死去！"

狱中教堂的丧钟为活着的谢尔盖敲响，神父为谢尔盖换上了崭新的囚服，并用香烛熏过的柏树枝，蘸上圣水，在他的脸上扑洒着。圣水让谢尔盖的眼睛转动了几下，似乎告诉人们他的生命全部退守在这两只褐色的小眼睛里，这是他顽固扼守生命的高地。

神父用冰凉的银制十字架放在谢尔盖的嘴唇上，让他亲吻。

谢尔盖用尽气力朝着十字架吐唾沫，实际上谢尔盖只是一种幻觉，他嘴中吐出的愤怒只是可怜的*丝丝游息*。

神父似乎感受到了谢尔盖对主的敌意，慢慢收起了银制的十字架，冲着一息尚存的谢尔盖画着十字道："我主仁慈宽厚，在我们即将回到主的宽厚怀抱之前，我们都是有罪之人，唯有主会宽恕我们的。我可怜的孩子，主会引你到他的身边，阿门！"

长腿鹤拉起了小提琴，随着他的手指灵巧滑动，一曲即兴而起的哀伤，萦绕在小教堂内。

长腿鹤喜欢用这种艺术的方式送别亡灵，典狱长高贵的心灵与他粗鄙的职业成为绝妙的反差，典狱长一直认为自己是个心存仁慈的艺术家。

在袅袅琴声的泣诉中，一头花牛拉着白桦木制作的牛车，出了撒满白石灰（这是狱医防止传染病的杰作）的集中营大门，慢腾腾地上了路。

牛车上躺着谢尔盖，苦役犯和狱卒们远远地望着，不停地在胸前画着十字。花牛讨厌生石灰的古怪味道，愤怒地甩打着尾巴，不停地摇晃着肥硕的牛头，这难闻的味道却又挥之不去，花牛只得屏着呼吸青头紫脸地在湖畔狂奔。

谢尔盖被几条熟牛皮绳子固定在车厢里，虽被坑洼不时颠起，却仍稳稳地躺在车厢内。他无奈地瞪圆眼睛仰望苍天，天际湛蓝湛蓝，没有一丝一抹的云翳，蓝得让他有些晕眩，谢尔盖闭上了眼睛，但眼前仍是无穷无尽的湛蓝……

两滴泪水涌了出来，顷刻又干涸了，像两个小白点闪在谢尔盖的眼角上。

花牛避开贝加尔湖畔的沼泽地，沿着一条牛羊马踩出的小径，边吃草边排泄，粪点子把两条后腿都染成了绿色。

花牛拉着谢尔盖朝渐渐变高的丘陵走去。

花牛拉着谢尔盖走进了一片白桦林里，越走越深，越走越黑，满天绚丽的阳光变成了林间残碎的银点，美丽的白桦林变成了阴森恐怖的黑森林。可能是花牛嗅出了黑森林中潜伏的凶险，也可能是谢尔盖身上不断透出的死亡气息让花牛变得暴躁不安。

花牛哞哞叫着，拉着车在白桦林间唐突奔走，终于将车拉到一个长满鲜花青草的小山坡上，又见到了灿烂明媚的阳光。山坡下是一条玉带般飘逸透亮的小溪，就像一只不知疲惫的小鸟唱着欢乐的歌，四周是神秘莫测的黑森林，花牛一下子失去了方向。它瞪大圆眼珠子逡巡着四周，鼻子使劲抽动，又像个真正的笨蛋一样，无助地哞哞叫着。

花牛虽然很笨，但这只笨牛再也不愿回到黑森林里去了。它知道只要再回到黑森林中它将永远走不出来，等待它的将会是豺狼虎豹，连它的骨头也会被嚼成渣子。此刻，花牛好像感受到了皮毛被撕裂、骨头被咬碎的钻心痛楚，这遥远的逼真痛楚使它不禁一跳老高，彻底发开了疯。它拼命想挣脱这辆车，驾着辕套的它，一跃老高，双腿并拢猛弹蹄子，再一跃又是老高，硕大的牛蹄子弹击着车板，就像大锤子抡圆不住气地砰砰敲打着……

顷刻之间，一块块车厢板被弹了出来，谢尔盖扑通一声掉在了草地上。谢尔盖翻了几个滚，躺在了山坡柔软的草地上。桦木牛车被花牛弹散了架，两只木头轱辘也被甩在了一边，只剩两根一时无法摆脱的辕木架在花牛的两侧，被花牛拖着朝山下呼呼隆隆地狂奔。

一头正在溪边饮水的老棕熊，听到叮咣乱响的声音，忽地站立了起来，身躯足足有两米多高，它被花牛架在左右两侧的辕木惊呆了，一瞬间，这头魁梧的棕熊一下子调动起千百年来的原始记忆，也未曾见过如此武装的花牛。棕熊感到凶险临近，嗷的一声扑进了河中，惊恐地跃动着肥硕的身躯，抖起一团团炫目的彩雾，一头扎进了密密匝匝的森林里，再也不见了。

花牛拖着两根辕木在溪水中奔跑着，几只西伯利亚母狼拖着怀六甲之身，在一只单耳老公狼的带领之下，正在贪婪地饮水。它们也被眼前的景象惊呆了。对于辕木它们并不陌生，但一头笨牛拖着两根粗长的辕木如此招摇过市，却是见不曾见，闻不曾闻，它们凑在一起，紧张地碰了碰湿湿的极富弹性的黑鼻子，很快达成了共识：对于行为怪异者最好是敬而远之。

那头单耳朵的老公狼甚至从遥远的记忆深处，翻腾起七百年前蒙古大军的骑兵们，斜挎弯刀、手拖狼牙棒呼啸而过西伯利亚草原的情景。那是狼们永远记忆的灾难，多少先祖被狼牙棒打断了脊梁骨，像皮褡裢一样被扔上了蒙古骑兵的马背。它们被烤熟而食，被剥皮取暖，甚至被做成华丽的披肩搭在蒙古骑兵心仪的欧洲女人白皙浑圆的肩头上。想起先祖的悲惨遭遇，单耳老公狼的尾巴夹了起来，一股老尿也禁不住蹿了出来。

就在这时，倒霉的花牛挣脱了那两根辕木，在溪水中变得步履轻松起来，它又成为一头极为普通的花牛，再无"过牛之处"了。单耳老公狼几乎没有来得及思索便发出一声长嗥，这是上当受骗者醒悟后愤怒的极度宣泄，它的妻妾们立即像离弦之箭射了出去。单耳老公狼指挥着母狼们把花牛往岸上驱赶，它不想让这可恶骗子的鲜血浪费在溪水里，它要让这头花牛为带给它的糟糕记忆付出代价。

它要报复！

单耳老公狼已经想好了，一上岸就先咬断这个骗子的脖子，食尽它的肉，将它的骨头渣子吞噬得一点不剩！

单耳老公狼竖起了单耳，像天线一样敏感地转动着。它的那只耳朵，永远留在了原先那只头狼的嘴巴里，那是前年春天在草原上一场争夺妻妾的殊死搏斗，这只单耳成为单耳老公狼永远的光荣。

花牛被狼们驱赶着上了岸，狼们围着花牛转圈，寻找着下口的机会。

花牛低着头，双眼喷出怒火，胸腔中发出悲怆的吼叫，这吼叫声反倒更刺激了狼们的杀性。狼们戏耍着花牛，花牛愤怒地转着圈，终于单耳老公狼瞅准时机，飞身跃起，张开血盆大口，扑向花牛的脖子。

这时，枪声响了，一颗铅弹溜着单耳老公狼的头皮飞了过去，脑门子上的鬃毛被铅弹熨平了细细的一道，燎毛的糊骚味立即荡起，像飞虫一样直直地钻进了狼们的鼻孔里。单耳老公狼大叫一声跌落到地上，就地两个滚跃，它已嗅出火药味荡起的方向。它瞪着狼眼就要扑去，这时，狼眼里定格了骑在马上的嘎尔迪老爹，一杆德国毛瑟步骑枪扛在嘎尔迪老爹的肩头上。

单耳老公狼不由得呢喃了一声，紧紧夹起了尾巴，被熨过的脑门开始隐隐作痛，经验告诉它：眼前的这个蒙古壮汉才是西伯利亚草原真正的霸主！

这一枪仅仅是个警告，下一枪将会打穿它的脑壳！

单耳老公狼又是一声服软求饶的呢喃，然后率领夹着尾巴的妻妾们逃进了深深的白桦林内。

嘎尔迪老爹这个西伯利亚草原的霸主，在马上嘎嘎大笑了。

色旺遗憾地看着消失在白桦林内的群狼，他有些不理解，凭嘎尔迪老爷的枪法，那只单耳老公狼应是必死无疑的。

色旺不解地对嘎尔迪老爹道："老爷，你咋放走了那只单耳老公狼？您老人家说过，要赏我一件狼皮做裤子呢。"

"蠢货！"嘎尔迪老爹舔舔干涩的嘴唇，骂开了色旺，"色旺，你动脑筋想想，你没见那几头母狼都怀着单耳老公狼的崽子吗？单耳老公狼要是死在老爷我的枪口下，续任的公狼会毫不客气地咬死它的崽子们！这是多少只小狼崽啊，有二十多只吧，谁给我们提供皮毛？谁给老爷我提供狩猎的乐趣？它们的生死，老爷我都为它们安排好了。你想的是自己的狼皮裤子，老爷我想的是整个西伯利亚！西伯利亚的豺狼虎豹老爷我都记着数哩！它们都是老爷我的儿子，儿子！懂了吗？蠢货！"

色旺眯缝起小细眼睛，似懂非懂地傻笑起来。

花牛凑到了嘎尔迪老爹的跟前，伸出粗糙的舌头，舔舐着他那鹿皮制成的绣着蓝色云纹的蒙古靴子，舔着舔着眼中竟然流出感激的泪水来。

色旺看得惊奇，叫道："老爷，这笨牛通人性哩，流着眼泪向您老人家道谢哩！老爷，我得再给您磕一个。"

色旺说着，跳下马，趴在地上给嘎尔迪老爹磕了一个响头："您老就是西伯利亚的佛祖！"

嘎尔迪老爹呵呵地笑着，弯下身，伸出手，狠狠揉了牛头两把，又解开裤带对着花牛尿了一道。花牛抖抖皮毛，尿骚味立即随风四溢。

嘎尔迪老爹对色旺道："我已给它留下了记号，从今以后西伯利亚的豺狼虎豹不会再吞食它了，它已死过一次了，以后它会有滋有味地活下去。它有不被人屠宰的权利！它可以像个二流子一样自由游荡，直至心存感激地在西伯利亚草原终老！去吧，戏耍去吧，游逛去吧，西伯利亚到处都是你的家！"

说到这儿，嘎尔迪老爹都为自己感动了。

花牛像是听懂了嘎尔迪老爹的话，一边晃动着肥硕的牛头，一边甩打着短尾巴，差点手舞足蹈。

色旺对嘎尔迪老爹道："你看这畜生高兴的样子！老爷，您是西伯利亚的佛爷！您就是西伯利亚的万灵之长！您是西伯利亚的红红的太阳！"

"我是太阳？还红红的？"嘎尔迪老爹抬头看看天，阳光刺得他闭上了眼睛，"你可真敢信口胡说哇！你就不怕风大闪了舌头？你蠢，当我也傻啊？"

色旺争辩道："老爷，你那天早晨骑马在湖边上跑，身后就是一轮刚出水的太阳，你好像就是太阳中的人！看得我都傻了，那泪水止不住往下流，我心里说，色旺，你是哪辈子修来的福气，摊上这么个好老爷，你真是红太阳哇！"

"行了，我是啥我知道！"嘎尔迪老爹道，"太阳打嗝放屁拉屎撒尿啊？你当我是好哄的老糊涂哇？"

"天地良心啊！"色旺啊哇大叫了起来，"这是我的真心话啊！"

"行了，行了！"嘎尔迪老爹呵呵地笑着道，"你快滚上马吧！我这眼前咋光飘黑影子？"

色旺上了马，他看看天，有几只秃鹫飞过他的头顶，在草地上闪过了几块阴影。他叫道："老爷，又有物儿要死下了，秃鹫聚群等着哩！"

嘎尔迪老爹在马上眯缝起眼睛望去，果然，前面的山坡上已经聚集起了一片黑压压的秃鹫，就像一大团不断涌动的乌云。

色旺指着天上道："又过来了一群，要死的是个大物儿哩！我去看看毛皮，撕扯坏了可惜哩！"

嘎尔迪老爹抽动了几下鼻子，自言自语道："我怎么闻见了一股生人的味道呢？"

色旺咧嘴道："老爷，那咱们赶过去看看？啥生人？我怎么什么也闻不到呢？"

"蠢货！"嘎尔迪老爹用马鞭子轻轻敲了敲色旺的脑袋，"就是生人味！你好好闻闻！在西伯利亚这块地面上，啥也躲不开我的鼻子眼睛。走，我怎么能允许陌生人随便进入布里亚特的领地呢？"

3 小秃鹫伸出弯刀一样的长喙

谢尔盖躺在山坡上，心在激烈地跳动，可身子却不能动一下。他知道自己要死了，再也无法看见那个赤旗飘飘、人喊马啸为之奋斗多年的理想岁月！他心不甘，此刻，死神缠身的谢尔盖也只剩下心不甘了，不甘的心，此刻正在翻江倒海。也可能是即将永远逝去的回忆碰到了这个坚强的布尔什维克心中的什么柔软之处，两滴浊泪涌了出来挂在仍在扑闪的眼睫毛上。

谢尔盖那颗心在胸腔里跳动着，这颗心的怦怦冲撞，似乎是在无法摆脱的黑暗中绝望呐喊："我要死了，可那些资产阶级的猪狗们还在活着……"

地洞里的西伯利亚大红蚂蚁也知道谢尔盖要死了，它们绝对不会放过这顿诱人的大餐，兴奋地用小爪子触摸捋顺细细的触角，以此呼朋引类传递欢乐聚餐的信息。这些红色的小精灵们纷纷从地洞中的各个出口钻出，就像一条条一道道细细的红线围着谢尔盖缠来绕去。大红蚁们翻山越岭般在谢尔盖的身躯上跋涉，纷纷钻进谢尔盖的脖领子里、裤裆内，龇开尖利的小牙，贪婪啃吃着谢尔盖并不丰腴的肌肤。

在西伯利亚，大红蚁是最出色的清道夫，吞吃腐肉尸体是它们的拿手绝活。它们可以在死去的棕熊身上堆起一座高耸的红色蚁山，不大的工夫就能把一只大棕熊啃成一副骨架。有时，它们还会不管死活地进攻活着的动物，消灭动物中的老弱病残是它们在西伯利亚这个广袤的舞台上经常演出的惨烈活剧。在西伯利亚没有什么生灵敢小觑这些浑身血红透亮的小精灵，它们有时是让所有生灵胆寒的魔鬼。

秃鹫们收拢翅膀，还在耐心等待谢尔盖的死亡，就像一群心存慈悲的黑衣牧师。一只雄心勃勃的小秃鹫无法忍耐越来越多的大红蚁对谢尔盖的啃噬，扑棱着翅膀跳跃到了谢尔盖的身躯之上，伸出弯刀一样的长喙朝着谢尔盖最诱人之处像闪电一般啄去……

谢尔盖疼得大叫了一声，瞬间，曾经是那么漂亮的左眼眶只剩下一个渗血的黑洞，那颗曾经让无数女人心动的灰眼珠，不安地抖动着，带着几丝颤灵灵的白色肉筋，衔在了小秃鹫的长喙中。

小秃鹫大概是第一次享用活人的眼珠，兴奋得有些慌乱，秃鹫们对这个坏了规矩的小混蛋发起了攻击，它们用多种方式发泄对这个挑战食腐动物定义的熊孩子的强烈不满。跳跃的，飞翔的，扇起双翅大喊大叫的，更多的是对谢尔盖那颗眼珠的抢夺，在稠粥一样的混乱中，小秃鹫伸长多皱的脖子吞吃了那颗带有余温仍在不停颤动的灰眼珠……

秃鹫们炸了窝，争先恐后地朝着垂死挣扎、面目狰狞的谢尔盖扑了上去。

嘎尔迪老爹和色旺骑马奔了过来，嘎尔迪老爹无比愤怒地道："天杀的，吃活人哇！反了天了！"

他和色旺手中的马鞭子抽打得像叭叭放枪，秃鹫们被驱散了。

嘎尔迪老爹和色旺跳下马来，仔细观察着被大红蚂蚁包围的谢尔盖。

色旺认出穿在谢尔盖身上的是囚衣，他对嘎尔迪老爹道："是劳动营的犯人。这家伙还活着吗？"

嘎尔迪老爹道："你仔细看看！你没见他的瞎眼眶子里还在渗血，死人会渗血吗？快把他拖到河里冲洗干净，要不他会被大红蚂蚁啃成骷髅！"

色旺背起了谢尔盖，立马感到红蚂蚁钻进自己的衣服内乱啃乱咬，他嚯嚯地叫着，蹦跶着往山下的小溪跑去。

嘎尔迪老爹在他的身后嘎嘎叫道："蠢货！真是蠢货！"

当嘎尔迪老爹牵着马来到河边时，谢尔盖已经被色旺剥得精光浸在清清的溪水里，红蚂蚁的躯体漂了一河，打着旋，像一团团血雾往下飘去。

色旺也脱得精光，在水里急躁地揪扯着下身，翻拣着钻进阴毛深处的红蚂蚁。

此刻，嘎尔迪老爹才发现，这个苦役犯无异于一个活死人。嘎尔迪老爹掏出一块丝手帕，团巴团巴塞进了谢尔盖仍在渗血的左眼眶里，渐渐地血水又将丝团染红。

嘎尔迪老爹对色旺道："把他弄回包里去！你听见了没有？你这蠢货！"

色旺一只手还在抓挠下身，一只手抓起了漂在河面上的衣服，抖动着，一团团大红蚂蚁被抖落在河面上，随水漂去。

嘎尔迪老爹斜睨着色旺，问："你是不是犯骚时，猴急得顾不上套上小天使，染上了烂裆病？"

色旺笑道："尊贵的嘎尔迪老爷，我傻怎么的？我怎么敢拂您老人家的旨意呢？小天使是老爷赐我的贴身宝贝，时刻装在我的口袋里呢！"

嘎尔迪老爹嗯了一声道："这才是布里亚特的好男人！你要是光顾自己痛快，再染上了烂裆病，看我不把你这堆烂东西割下来喂狗！"

色旺装作害怕的样子，捂着自己的下身蹦跳着跑开了，引得嘎尔迪老爹嘎嘎大笑。他由衷地感谢给贝加尔草原带来吉祥，给布里亚特部众带来骁勇的小天使们，那薄薄的、软软的、随意伸缩的小天使们，就像欢乐和健康的使者。嘎尔迪老爹想："这些莫斯科人可真会照顾自己啊！"

4　我的活佛！我的基督！我的老爷！我的西伯利亚公猪

嘎尔迪老爹是最早将小天使从莫斯科带回西伯利亚草原的。

那个春天，当烂裆病像瘟疫一样在西伯利亚草原蔓延开时，就连嘎尔迪老爹也感到裆部一阵阵瘙痒难忍。

嘎尔迪老爹这个从来不知道什么叫恐惧的蒙古汉子，这次真正地感到了阵阵恐惧袭来，从毛发间不断渗出的恐惧搞得他一连数日彻夜不眠。

那年为了修通西伯利亚的铁路，沙皇尼古拉二世率领的十万哥萨克骑兵，像蝗虫遮天蔽日一样袭来时，嘎尔迪老爹连眉毛都不皱一下。就在嘎尔迪老爹集齐五万布里亚特蒙古骑兵，摆开阵势与沙俄哥萨克骑兵一决雌雄大战即开的那个夜晚，他还在用一个男人的强壮安慰一个多日无男人疼爱的布里亚特寡妇。

嘎尔迪老爹看到寡妇门前的拴马桩子蒙着尘灰，没有被马头和绳子磨出光亮的痕迹，他觉得这个寡妇的日子一定过得寡淡无味，动了人们常说的恻隐之心。嘎尔迪老爹决定留宿在这个寡妇的毡包之中，让每一个布里亚特女人欢乐，嘎尔迪老爹觉得这是自己的责任。

果然，那个寡妇在情浓之处，连连挺直身子不断地呼他：

"我的活佛！

"我的基督！

"我的老爷！

"我的西伯利亚公猪！"

嘎尔迪老爹喜欢这个被棕熊一掌击碎脑袋的男人留下的寡妇的痴迷呼唤。

嘎尔迪老爹一向认为，女人宛转在男人怀中疯魔呼叫，会给男人提气！会给出征的男人带来好运！因为，有个女人想着他。女人是什么？是毡包，是草原，是河流，是丰饶的西伯利亚，是让男人魂牵梦萦至死不肯离去的地方。他是什么？是布里亚特草原的伟丈夫，是布里亚特草原突兀而起的山峰，是布里亚特草原的老爸爸！

天际透出鱼肚白的时候，勇气十足的嘎尔迪老爹搬开像泥巴一样瘫软得早已幸福过去的寡妇，立即骑在马上检阅自己的布里亚特骑兵。

他策马冲上山坡，对着黑森林一般密集的布里亚特骑兵们，挥动着黑蟒蛇一般的马鞭子厉声吼道："我们是西伯利亚的主人，这是圣主成吉思汗和长生天赐给我们的地方，我们的马蹄子在这里已经耕耘了七百多年！今天，我要让沙皇老儿知道，布里亚特爷们是有血性的蒙古汉子，不是玩鸟架鹰的满洲八旗！天上的圣主成吉思汗在看着我们，为了布里亚特的西伯利亚，我的孩子们，跟我去杀尽这些土耳其佬！"

在布里亚特，嘎尔迪老爹的话就是佛音圣旨，他说哥萨克是土耳其佬就是土耳其佬！嘎尔迪老爹的话永远不会错！

那是史诗般的英雄岁月，在成吉思汗留下的大纛的指引下，嘎尔迪老爹带着布里亚特的部众，抢起祖先留下的弯刀像砍西瓜一样砍杀着沙俄的哥萨克骑兵，几场大战下来，西伯利亚日月无光，尸横遍野，就连在土耳其上空盘旋的地中海秃鹫们都嗅到了西伯利亚上空的尸臭，不请自来地参加这里的草原盛宴。

后来，伤亡惨重的俄皇尼古拉二世与惨重伤亡的嘎尔迪老爹达成了协议，俄皇承认布里亚特是他们世代放牧的领地，嘎尔迪老爹同意西伯利亚大铁路从他们的领地穿过，布里亚特贵族子弟去赤塔的各类学校学习。

从此西伯利亚无战事，却多了故事。

从那呼啸的钢铁怪物中，钻出了苦役犯、革命家、警察、木材皮毛商人、伏特加，还有骚得能把西伯利亚大棕熊呛个跟头的俄罗斯妓女。

这些骚娘们牢牢吸引着布里亚特汉子们的眼球，这些光着屁股露着大奶的女人们全都扑腾在布里亚特汉子们喷着火焰的深眸之中。这些花枝招展的尤物们甚至把营帐扎进了布里亚特的部落内，歌舞咖啡音乐伏特加再加上金发碧眼风骚绝顶的俄罗斯女人，换取着他们祖先从欧洲带回来的宝贝，数代积蓄的财富，那段时光布里亚特汉子们过得真是舒服加舒服乌拉加乌拉了。

嘎尔迪老爹的睡榻旁，总是卧着最撩人情动的俄罗斯女人。金银财宝算什么，布里亚特汉子们视它如粪土，财富换取快乐才体现财富的价值。仅仅是破财也就罢了，谁知这销魂蚀骨般的温柔乡里竟潜伏着看不见的杀机，当嘎尔迪老爹感到刀锋的威胁时，已经铸成了难以挽回的大错。

嘎尔迪老爹的妻子索尼娅病倒了，浑身散发着一股恶臭，一块块脓疮浮现在曾是那么漂亮光润的脸颊上。被嘎尔迪老爹称为"西伯利亚奶牛"的索尼娅，迅速像秋天的花朵一样枯萎了。嘎尔迪老爹摸着索尼娅的手，干涩，冰冷，碰碰手指，就像几根钢针一齐扎透嘎尔迪老爹的心房。这双手是多么温柔多么灵活啊，年轻时的索尼娅曾经在赤塔学过几年钢琴，那手指在琴键上一动，便会响起叮叮咚咚的乐曲。索尼娅的父亲，布里亚特乌兰斯克部落的仁钦王爷，为了给女儿索尼娅置办丰厚的嫁妆，带着女儿去了罗马，特意选购回一架精美绝伦的钢琴。现在这架钢琴就静静地立在嘎尔迪老爹的大包内，只是不知以后还能不能再发出美妙的声响。

想起这些，嘎尔迪老爹心痛，嘎尔迪老爹难受。嘎尔迪老爹清楚，索尼娅的病是自己传染给她的。夺命的烂裆病哟！断根的烂裆病哟！面对自己的大错，嘎尔迪老爹也像个无用的窝囊废一样，请求妻子的原谅。

索尼娅冷冷地道："这都是命运的安排！你也犯不动骚了？不犯骚的男人真是愁死人了。以后，你可怎么办呢？"

多么好的布里亚特女人啊，多么好的妻子啊！自己要死了，却还在想着嘎尔迪老爹犯不动骚怎么办。嘎尔迪老爹不由得为这个感动了。

嘎尔迪老爹在西伯利亚草原上纵马狂奔着，嗷嗷大叫着，消抵着裆下的奇痒。

在一片片布里亚特的草场上，目睹到的，让嘎尔迪老爹这个铮铮硬汉，感到一阵阵发寒、揪心。

嘎尔迪老爹所见到的曾经那么骁勇的蒙古汉子们，都像被剔掉了脚筋，卡巴着两条腿走路，瞎眼的，烂鼻头的，随时可见。还有奇痒难忍的汉子们，丝毫不知羞耻地躺在草地上晾着卵子，这情景让嘎尔迪老爹头皮一阵阵发紧，就像是阴风飕飕地从脖颈子旁掠过。

布里亚特蒙古儿女们的人生不乏灾难，可灾再重难再深，嘎尔迪老爹也没有见过蒙古汉子们如此萎靡过，嘎尔迪老爹不由得肝颤了。一缕亡种亡族亡家的焦虑，悠荡在嘎尔迪老爹的心头，久久挥之不去。

这天夜里，嘎尔迪老爹彻夜未眠，天将破晓时，嘎尔迪老爹流泪了，这个一生中未曾掉过眼泪的布里亚特汉子，流泪了。

嘎尔迪老爹想，布里亚特蒙古人祖祖辈辈生活在西伯利亚草原，千百年来世上的大惊小险，还没有什么能阻挡布里亚特蒙古人过滋润日子呀！难道说我嘎尔迪老爹就毁在这悄悄滋生的烂裆病上？他甚至觉得这烂裆病一点一点地啃噬着自己健壮的身躯、自己的魂灵，而自己竟是这般的束手无策。他不甘这般慢慢烂去，跳进凛冽的山泉里浸洗，啊啊地疯了一般狂叫着，像是驱赶着自己身上的邪祟。他仰面望着蓝蓝的天，渴求着腾格里长生天护佑。

他还让色旺挑来最纯净的马奶酒送进自己的密室里。

嘎尔迪老爹赤身裸体跪在密室里，认真地洗浴着自己。他举起盛着马奶酒的苹果木水勺，让一勺勺马奶酒缓缓流淌在自己的身上，马奶酒扑鼻的清香袭来掩住了体臭，让嘎尔迪老爹心生安慰。嘎尔迪老爹看着一塌糊涂的下身，想着他所知道的各路神灵保佑自己，保佑布里亚特蒙古人走出灾难。几百年来，布里亚特营盘地来往的人多，人们请求护佑的神灵也多。嘎尔迪老爹跪请来了各路神灵：如来佛祖，观音菩萨，耶稣基督，圣母玛利亚……谁知天上哪块云彩下雨呢？嘎尔迪老爹只是祈求神灵们保佑自己，保佑布里亚特部众，保佑西伯利亚草原。

一个时辰下来，各路神灵虽然没有治愈嘎尔迪老爹难以名状的刺痒疼痛，却给了他心灵的安静。他想：谁能把我嘎尔迪老爹打垮呢？除了自己不会有什么东西。烂裆病不过是自己人生的一难。渐渐安静下来的嘎尔迪老爹开始认真思考如何寻找自己和布里亚特的出路。他又认真地将自己洗浴一番，然后换上了崭新的袍子，走出了密室。

嘎尔迪老爹来到了燃着香火的成吉思汗画像面前，虔诚地跪倒在地，喃喃道："凡遇重大的事情，要与三个有智慧的人商量才能做出决定——圣主说得好啊！智慧！"

他砰砰地磕了三个响头，抬起头来，湿润的眼睛中闪出光芒。

"寻找治理烂裆病的智慧……"嘎尔迪老爹慢慢地转过身来，缓缓向帐外走去。

急得在帐外侍候的色旺叫了起来："老爷，您穿上点，外面风大……"

破晓前的草原，是最黑暗的时候。

色旺提着一盏马灯，蹦跶着在深深的草原上前行，还不断地回头提醒嘎尔迪老爹："您老当心，这儿有兔子打的洞，土软，这儿是蚂蚁洞，您老人家当心！"

嘎尔迪老爹摇晃着身子，借着浅黄的灯光，深一脚浅一脚地来到了贝加尔召。

贝加尔召面临浩渺的贝加尔湖，建在一座起伏的小山包上。这是一座藏汉建筑式样结合的寺庙，是个三进的小院。颜色是白的，大殿上挂着琉璃瓦，还有风铃。门楣上镶着康熙二十三年呼伦贝尔将军鄂萨布素题写的匾额，那是用满汉文书写的"慧觉寺"三个大字。蓝底金字，虽经岁月的侵蚀，但仍清晰可见笔锋的遒劲。记得有一年，嘎尔迪老爹指着这三个大字，问色旺："你给我说说，这三个字用老毛子话咋念？"

色旺挠着头皮，咧着嘴嬉笑道："是不是叫贝加尔诺夫斯基？"

"你个傻瓜诺夫，你个蠢货斯基！"嘎尔迪老爹亲昵地拍了拍色旺的屁股。

色旺笑道："老爷，不就是北海召嘛！傻子都知道！"

召是蒙古人对喇嘛庙的称呼。

嘎尔迪老爹又踹了色旺一脚："我不知道是北海召啊？我是在问你！"

"他个放屁猴小子知道什么哩？"北海召的大喇嘛奥腾打圆场道，"我听老辈子的人讲，过去这慧觉寺人们也称北海召。从我接手这里就叫贝加尔召了！赤塔杜马这些老爷们，听俄皇的话，非要将北海召改为贝加尔召，不改就不给登记……北海召是咱蒙古人的老叫法，顺治爷时也是这么个叫法，后来，《尼布楚条约》一签，康熙爷就顾不上咱们布里亚特蒙古人了……这都是陈年老辈子的事情了……嘎尔迪啊，您心里跟明镜似的，啥不清楚？你这是考我们哩！"

嘎尔迪老爹呵呵呵地笑了起来："我一来到咱这北海召里，心里就有个着落了！好像也有个根基了……"

在这个沉沉暗夜里，嘎尔迪老爹在贝加尔召的跟前停下了脚步，他总觉得身后有什么动静，他也知道这是自己的心不静。他回头望去，沉沉的暗夜只有贝加尔湖水在泛着亮光，一鼓一鼓的像是在做着深呼吸。波涛轻轻地拍击着岸边，哗哗的水声似乎传得好远，无边的草原显得格外的空旷和寂寥。嘎尔迪老爹忽然感到自己很渺小，就像是一个无助的小可怜，在贝加尔湖边游荡。

嘎尔迪老爹轻轻咳嗽了一声，然后随手拨了一下身旁的转经筒，他又拨弄了一下，好像是在驱赶着什么。召门大开着，几个披着紫红袈裟的喇嘛已在门口迎他。奥腾大喇嘛展开双手，引嘎尔迪老爹进了经堂。

经堂内香烛袅袅，一排排泥塑的菩萨金刚神态各异地看着嘎尔迪老爹。当中一尊是释迦牟尼雕像，自然是法相尊严。

嘎尔迪老爹冲他拱拱手道："佛爷，我给您跪了一整夜了，求您给我个过硬的主见。我们没管住裤裆，犯下了罪过，佛爷，救救我们这些有罪之人。那些老毛子怎么说自己了？是迷途的羔羊，无知的孩子……"

奥腾嘟哝了一声："无量佛祖——"

另外那两个喇嘛也跟着叫了一声："无量佛祖！"

这三个喇嘛是嘎尔迪老爹要见的智慧之人。

嘎尔迪老爹咽了口唾沫，便坐了下来。一个小喇嘛献上茶后，躬身退下。一时，经堂里静悄悄的，奥腾大喇嘛搓捻着一串油亮亮的佛珠，嘴中不住地呢喃着。嘎尔迪老爹咳嗽了一声，奥腾大喇嘛眼风扫了他一下。嘎尔迪老爹胸中钻过一阵奇痒，腿也抖得更没样子了。

奥腾大喇嘛道："嘎尔迪啊，你来不是燥佛祖吧？祛病驱祟，是我佛必做的功德，你有话直接说吧。"

嘎尔迪老爹道："我刚才不是给佛爷念叨了？"

"啥迷途的羔羊？无知的孩子？你这是给佛爷说的话？咱蒙古人该求谁，心中得有个定盘星。嘎尔迪啊，人到啥时候心智不能乱！"

嘎尔迪老爹道："人还不是病笃乱投医，我这不是……"

嘎尔迪老爹说着，腿又抖得像过电一般，脸上也浮出怪模怪样的不知哭笑的纹路。

奥腾大喇嘛道："看你这手足无措抓耳挠腮的样子！咋？不行让满巴喇嘛们再给你洗洗？"

嘎尔迪老爹吸了一口气，又徐徐吐出，说："现在好多了。我的奥腾大喇嘛啊，天降大难于布里亚特草原，我深夜来惊动各位高僧，还是求佛爷治治我们的烂裆病吧。"

奥腾大喇嘛道："这程子我们也是日夜诵经，求佛祖保佑哩。求天意是好，可归根还得靠人治，凡间的事情还得靠凡人办。"

嘎尔迪老爹点头道："佛爷医心，这我知道，凡人礼佛，也是图个心安。可打扰佛爷清静的，总是这些俗事烂事。圣主成吉思汗说，凡行大事，需听三个智慧之人之言，方可行事。咱布里亚特草原，这次真是碰上大事了。我这不是求人治的法子来了！"

奥腾大喇嘛道："谁说不是呢？人得管住自己的家伙，你想想，这里面的学问道理深哩！"

奥腾大喇嘛瞪着眼珠子，看着嘎尔迪老爹："你说深不深？我看这比山高比海深哩！"

嘎尔迪老爹道："我知道了，长学问了。你奥腾大喇嘛就是布里亚特草原上的智慧之人，有事不找你们让我找谁呢？"

"知道了就好啊！刚才我给你说的就是智慧之言。我已经连念了三天的经，累了，乏了，得去打个盹，你们谈吧。"

奥腾大喇嘛说着站了起来，叹了一口气道："咳，嘎尔迪啊，你说出家人修一世不易，管一时更不易，罪过哇……"

奥腾大喇嘛站起，冲嘎尔迪老爹道声"罪过"，摇摆而去。

嘎尔迪老爹问："他这是怎么了？"

一喇嘛道："佛门也不清静哩！寺里也有喇嘛染上了烂裆病，大喇嘛正为这个发愁生气哩！"

嘎尔迪老爹一听，急得一摊双手道："啊，神仙也得了个烂裆病……嘿，我真是找对人了！找对人了！你们这是臊佛祖哩！"

两个喇嘛赶紧双手合十，连道："罪过，罪过。"

嘎尔迪老爹对他们道："你们的家伙什还好吧？"

那两个喇嘛诡异地笑了。

嘎尔迪老爹道："你们都是有智慧的人，你们说说怎么办吧。咱布里亚特蒙古人不能毁在这烂裆病上吧？世上万物相克相生，总是有办法吧？桑布，你是满巴喇嘛，你说个硬主意！"

满巴就是召里的医师，平时草原上的人有个头疼脑热，病啊灾啊，都要来召里找满巴医治。桑布喇嘛是祖传的蒙医，他的医术在布里亚特草原是出了名的。

嘎尔迪老爹心急火燎地道："桑布喇嘛，你是救命的活菩萨，我知道你！这么些年，多少眼见着要咽气的，你又让他喘气了。你动脑筋想想，医书里找找，布里亚特爷们不就是烂了裆了？又不是脑壳子搬了家了，就没得治了？"

桑布说："嘎尔迪老爷，要说急，我比谁都急。满巴治不了病，实在是愧对佛祖哩！现在，我也只能用马奶酒泡薄荷叶子洗，我也知道这既治不了表也治不了里……这是心魔，实在是无良药可医。我想这也是草原上的劫数，只能念驱祟大经，以求心静。心静病自然……"

嘎尔迪老爹道："满巴喇嘛，你说得远了，我问你眼跟前怎么办！总不能草原上杀羊待客，车骡子大马来了一大片客人，可羊呢，还在母羊肚子里呢！"

他气咻咻地看着桑布。桑布垂头，双手合十，一副无计可施的样子。

嘎尔迪老爹又打量着另一个喇嘛："你叫白音是不是？色旺，他是不是人们常说的那个北京喇嘛？"

色旺道："老爷，没错！他就是那个云游四方的北京喇嘛。他给人家说，他见过比贝加尔湖还大的大海！"

"你是北京喇嘛？"嘎尔迪老爹问白音。

白音小心翼翼地道："我从小在北京雍和宫学法，成年后又去了塔尔寺、伊克昭盟的王爱召，兴安岭的王爷庙我都待过。我还到过海参崴，见过东面的大海……"

嘎尔迪老爹道："好啊，好啊！还见过大海，好见识啊！咱蒙古人就是想看大海上的日出，马蹄子都没有停过！北京喇嘛这名字好，色旺啊，咱草原上是咋唱北京喇嘛的，你唱给他们听听！"

色旺道："老爷，那是早些年赶骆驼驮茶垛子上莫斯科的鄂尔多斯蒙古汉子唱的！那是鄂尔多斯小曲，我只是听过，我哪会唱？"

嘎尔迪老爹虎下脸道："让你唱就唱！谁不知你是巧嘴八哥，啥不会唱？蒙古的，汉族的，俄罗斯的……"

色旺道："那我就唱了？"

嘎尔迪老爹大手一摆："唱吧，唱吧！"

色旺悠悠地唱了起来：

> 北京喇嘛模样好
> 八字胡胡秃脑瓢
> 来得晚啊走得早
> 三年五载不知道

> 北京喇嘛好心肠
> 半夜五更送冰糖
> 冰糖放在枕头旁
> 紫红袍袍伙盖上

嘎尔迪老爹问白音："色旺这北京喇嘛唱得好不好？"

白音道："回老爷的话。小的只知道佛门是清静之地，这等淫词秽曲……"

"你闭嘴！莫再谈佛门清静，你们臊不臊？你们这召里还有几个喇嘛家伙什是清静的？你给我说说，说啊！"嘎尔迪老爹忽然咆哮起来，他指着白音道，"好你个北京喇嘛，走的地方多见识广是不是？你倒是拿个法子给我看看呀！你还是北京喇嘛，见过海参崴的大海，就会在草地上串包，拿冰糖哄娘们哇？瞧你这点出息！"

色旺道："老爷，您多尊贵，跟他个北京喇嘛置啥气？人家这是奥腾大喇嘛给找的智慧之人哩！"

他又说白音："你赶紧想个法子，出个主意，千万不能让老爷再着急了！他老人家还不是替布里亚特的爷们着急！你没吃过猪肉还没见过猪跑哇？大地方的人咋治烂裆病的，你好好想想！你就没见过没听过？

北京咋治的？海参崴咋治的？伯力咋治的？"

"是的，"嘎尔迪老爹一副病笃乱投医的样子，"你快说说！大地方的人咋治烂裆病的？"

白音道："这得让我想想。在北京，绥远归化城我倒是在茅厕墙上看到过治杨梅大疮的告示，说有良方。"

"啥良方？"色旺催白音，"你倒是快说啊！瞧把老爷急的，大眼珠子若没有眼眶子挡着早飞了出来！"

嘎尔迪老爹伸手打了色旺一个耳脖拐，色旺缩着脖子道："我还不是替老爷着急操心！北京喇嘛你倒是快说哇！"

白音道："那些江湖术士哪有甚良方？全是骗人的！"

色旺不满意地叫道："唉，你这北京喇嘛，说了半天不是等于没说！你存心骗老爷是不是？"

桑布喇嘛道："色旺，你动脑子想想，真要是有良方，会贴在茅厕的墙上？"

这下能说会道的色旺也哑口无言了，只得可怜巴巴地望着嘎尔迪老爹。

嘎尔迪老爹站了起来，在经堂内踱了几步，然后停在白音的身边，用手拍拍他的肩膀道："你这思路是对的！你顺着这思路想，使劲想，看能再想出点什么不？我看出来了，你这个北京喇嘛是有智慧的，接着想！"

白音道："三年前我在海参崴，有个叫阿卡耶夫的俄罗斯人办了个东方研究所，专门研究调查远东的事情，我跟着他没少跑远东的喇嘛庙……"

"阿卡耶夫来过我的包，那是个有学问的人。"嘎尔迪老爹说白音，"我让你想治烂裆病的法，你说阿卡耶夫干什么，他不是死了些年了？咋，他是烂裆死的？"

"不是阿卡耶夫！是他的混蛋侄子谢苗诺夫得了烂裆病，我见到他时，一只眼睛都快瞎了，身上还臭气熏天，别人都烦他！他知道我是蒙古喇嘛，就给我套近乎，说自己母亲家也是蒙古人，让我看在都是蒙古人情分上照顾他！"白音摇着头说，"那时他真够可怜的，走路都得拿着根棍子探打，一不小心就摔个鼻青脸肿的……"

嘎尔迪老爹摇摇头，狐疑地看着白音道："你这北京喇嘛说瞎话哩！去年我还见过谢苗诺夫，这狗东西两只大眼睛滴溜乱转，哪像快瞎的？闪着贼光，不是想偷我的马，就是想闹我的枪，谢苗诺夫这个……"

"没错！"色旺说，"我眼珠子不眨地盯了谢苗诺夫两天，这人一看就是个匪类！"

"是啊！"白音道，"谢苗诺夫来召里找我，把我也吓了一跳！我问他你那瞎眼窝子可好了。他说好了，好了，老子现在是鹰眼！烂裆也好了！又可以和女人红火了，还要脱裤子给我看！"

"他是咋治好的？"嘎尔迪老爹着急地问，"他没跟你说？"

"说了！谢苗诺夫去了趟莫斯科，真遇见高明大夫了，两针下去，裆也好了，眼睛也亮了……"

"这么神奇？莫斯科有这高人？"嘎尔迪老爹惊奇地道，"我咋没有听说过呢？"

白音道："听谢苗诺夫讲，莫斯科大街上有这样的医院，专治烂裆病……"

"好了！"嘎尔迪老爹下了决心，"咱就去莫斯科请高人！"

"老爷，"色旺叫了起来，"这得上万里呢！"

"唐僧取经还十万八千里呢！你连这都不知道！沙皇老儿，你的火车这会可派得上用场了！"嘎尔迪老爹摇摇摆摆走出了贝加尔召，叹着气道，"我发过誓，一辈子不坐沙皇老儿的火车，这是事情没逼到那个份上！人遇难就顾不上脸了！谁让咱康熙爷没有火车通西伯利亚哩！"

"就是！"色旺跟在后面说，"大清要是有火车，咱北京、绥远一转，满蒙一家，在茅厕里就把烂裆的事情办了！您没听北京喇嘛说，良方都贴在茅厕墙上呢！"

"这北京喇嘛不简单！他身上我还有些看不透哩！"

"老爷，您把心放回肚子里去。"色旺道，"他蒙天蒙地敢蒙老爷您？北京喇嘛有啥，不就是偷着给娘们送块冰糖。"

"你个小狍子，就会哄老爷我开心！不过，你得给我查查，这北京喇嘛到底是个啥来历，他是咋来咱北海召的。"

"您老人家忘了？是那年丹吉活佛介绍来的，他们一同来了几个。丹吉活佛说他们会念蒙古经，老奥腾他们念了一辈子藏经，就是死记硬背，念到头发白了，还不知念叨些啥。"

嘎尔迪老爹想起来了："是有这么回事。白音喇嘛是会念蒙古经，一听就能听明白。不像老奥腾，我听他念了一辈子经，不知念叨些啥。不是老爷多疑，听说赤塔那地方布尔什维克闹得厉害，越是有本事的越让人不放心。白音喇嘛既然是丹吉活佛推荐来的，我也就没啥不放心的。色旺啊，这北京喇嘛是不是本事太大了？"

"老爷，我给您盯着哩！他再有本事，也翻不出您老人家手掌心。老话咋说的了，没戴笼头的驴子嘴巴硬，没有学问的喇嘛脾气大……"

嘎尔迪老爹望着曙色微透的贝加尔湖，心中暗想：把有智慧的人握在手里那才是大智慧。他面对涛声澎湃的贝加尔湖水，举起双臂长长地伸了个懒腰。然后猛吸一口带着水腥味的潮气，又徐徐地吐了出去……

色旺拍着手道："好了，好了，老爷这回提了大气了！"

"走！"嘎尔迪老爹闷声道，"带上几个人，跟老爷去莫斯科！"

嘎尔迪老爹匆匆赶回包里，几步来到索尼娅的睡榻前，大声叫道："索尼娅，智慧的圣主成吉思汗提示我了，让我到莫斯科去！拯救布里亚特的佛爷就在那里等着我呢！你的病有救了！布里亚特有救了！索尼娅，你听见了吗？"

索尼娅抬起了眼皮，蜡黄的脸上似乎浮起了笑容。

嘎尔迪老爹道："高兴吧，你笑了……你一笑，真好看。"

索尼娅轻声地道："老爷，我怕等不及了……"

嘎尔迪老爹一摆大手道："你等着！等着我从莫斯科回来！你还得给我下六头牛犊呢！"

"我是不是要死了？"

嘎尔迪老爹咆哮道："你不能死，你还欠我的！你还欠我的牛犊哩！你听见了没有？你若是没有耐心不等我回来，我就是追到阴间也要抽你三鞭子！听到了没有？你这蠢女人！"

暗夜中的索尼娅感动地点了点头，嘎尔迪老爹眼见着索尼娅干枯的眼眶中滚下了一颗泪珠，亮晶晶地在夜色中抖动。

嘎尔迪老爹觉得，这是他一生中见到的最饱满的最富有内容的最能让人肝颤心动的泪珠。

嘎尔迪老爹腿一软，扑通一声跪倒在索尼娅的睡榻前。

当一轮旭日在波涛汹涌的贝加尔湖面上升起时，嘎尔迪老爹故作精神抖擞地带着色旺等一群仆人，仆人们背着沉甸甸的金卢布，在布里亚特乡亲们的殷殷目光中乘上了嘎尔迪老爹深恶痛绝的西伯利亚火车，这个喘着粗气的钢铁怪物载着嘎尔迪老爹来到了莫斯科。

嘎尔迪老爹忍着裆下奇痒坐着豪华马车走进彼得大道上的一幢医院里，这座医院虽然叫圣日耳曼医院，可医院的院长却是一个叫萨瓦的格鲁吉亚人。

萨瓦是位个子瘦高的医学博士，瘦高的萨瓦博士有些惊异地看着这个表情奇怪衣着阔绰敦敦实实的东方人。色旺把一个鼓鼓囊囊的沉甸甸的小袋子放在桌子上，打开，露出一堆金灿灿的金币。

"我大老远地来，是看这个病的。"嘎尔迪老爹说着，解开自己的袍子，露出一塌糊涂的下身，萨瓦博士似乎对这件物儿更感兴趣。

萨瓦博士像欣赏一件艺术品一样仔细观察着嘎尔迪老爹的下身，伸出戴着橡胶手套的手翻检着，甚至还解开口罩凑上去嗅了嗅。

那一刹那，嘎尔迪老爹觉得萨瓦博士是个可以信赖的人。自己现在都不待见的物儿，人家还这么热情地凑上来，这不得不让嘎尔迪老爹心生一种敬意。

萨瓦博士拿出了一支针剂，嘎尔迪老爹看见细细的针头，不禁一阵眩晕，尽管眩晕，他还是结结实实挨了一针。原来打针并不像他想象的那样恐怖，就像被西伯利亚红蚁叮了一口。嘎尔迪老爹在弥漫来苏水味的病房里，眯着眼睛浮想联翩，他想啥事都经历了，回过头来一看，也就是那么回事。

这也好像是传说中的布尔什维克，来到了布里亚特草原，动员布里亚特的奴隶和牧人们要把嘎尔迪老爹和召里的喇嘛推翻。他们甚至还想挑唆布里亚特的骑兵们造反，人们把布尔什维克传得青面獠牙，妖魔鬼怪。嘎尔迪老爹不信人们传得邪乎，派人捉来一看，啥布尔什维克，原来是自己送去赤塔读书的一些布里亚特贵族子弟。嘎尔迪老爹问来问去，原来是这些青年男女们在赤塔学到了一些时兴的玩意儿，假期里跑到布里亚特草原上卖弄。他们还带来了自己儿子班扎尔的问候，原来班扎尔是这些青年男女们的首领。

嘎尔迪老爹训斥这些布里亚特子弟："我和沙皇老儿猪脑子打出狗脑子，好不容易云开雾散，花大价钱送你们去赤塔城里读书。你们就学这个？就拿这个报答你们躺在布里亚特草地上的父兄？"

孩子们告诉他，人生来是平等的。嘎尔迪老爹从他们七嘴八舌中，知道这些青年男女们是要在列宁的领导下为这个平等而斗争。

"平等好啊！"嘎尔迪老爹连连地点着头。他想，这些年来，自己不断地与沙皇老儿斗智斗勇，还不就是为了平等？他从这些孩子们带来的宣传品中，第一次见到了列宁的画像，嘎尔迪老爹从这个谢顶的东方脸型中，看出了智慧和勇敢，并且认定列宁是鞑靼人的后裔，而且是自己失散已久的表兄。

嘎尔迪老爹喜欢上了这个秃顶表兄，找人用桦树皮做了个异常精美的框子，把印制粗糙的列宁画像挂在了自己的毡包内。

嘎尔迪老爹佩服敢和沙皇老儿作对的人……

萨瓦博士拿出了一瓶药膏，仔细地叮嘱他洗净患处涂抹。嘎尔迪老爹像个孩子似的点了点头。

他问萨瓦博士："这就行了？"

萨瓦博士并不理睬他。但从他的表情中，嘎尔迪老爹能听出萨瓦博士的潜台词来，博士根本不屑回答嘎尔迪老爹的问询。有本事的人脾性都大，嘎尔迪老爹懂得这点。

色旺一面为嘎尔迪老爹穿裤子，系袍子，一面对萨瓦博士说："尊敬的院长，能不能也给我打一针？"

萨瓦博士看看色旺，让他也解开裤子，又是一番同样的检查，然后对色旺说："你的病情暂时还不用打针，敷上一些药膏就可以了。"

色旺还要解释什么，嘎尔迪老爹对他骂道："你这蠢货！人家放屁，你也跟着喉咙痒！药针是随便打的吗？"

萨瓦博士仅留下了一枚金币。

嘎尔迪老爹让萨瓦博士留下整袋金币，萨瓦博士笑着摇了摇头。他摩挲着金币，对嘎尔迪老爹说："两天以后，你再来我这里看看。"

嘎尔迪老爹见萨瓦博士拒绝留下那袋金币，一是觉得被拂了面子，二是觉得心里没底，他还想对萨瓦博士说什么，萨瓦博士却站起身，招呼一个大胖子。那是个酗酒的醉汉，是被几个俄罗斯小伙子抬来的。醉汉胡乱吼道："伏特加才是我永远的母亲！"

色旺收拾起金币，悄声对嘎尔迪老爹道："老爷，他不是搪塞我们吧？他为什么不敢收我们的金子呢？是不是怕治不好老爷的病，我们找他的后账？"

嘎尔迪老爹吼道："给我闭嘴！"

当夜嘎尔迪老爹睡了一个少有的好觉。

早上，旅店的侍应生推着丰盛的早餐来到他的床前时，跟在后面的色旺小细眼睛快乐得眯成了一条缝。侍应生悄悄地退了下去。

色旺喜滋滋地道："尊贵的老爷，色旺又听到你那如雷的鼾声了。您鼾声如雷，布里亚特草原才会平安无事。"

嘎尔迪老爹这才想起，下身竟然不再刺痒了。嘎尔迪老爹像不相信似的，手伸进下身，小心地触摸了几下，忽然一动不动了。

色旺说："老爷，那药膏是神药，我那串小红点子忽然不见了，我这鸟儿又光溜得打滑了。"

嘎尔迪老爹张皇起身进到了洗手间里，良久，洗手间里忽然传来嘎尔迪老爹呜呜的哭声，就像牛嗥一般。

色旺奇怪地听着，有些茫然地傻站着。忽然洗手间的门打开了，把色旺吓了一跳。色旺瞪直眼睛看着。

嘎尔迪老爹一脸泪花地出现在洗手间门口，哽咽着说："布里亚特有救了！"

色旺冲着嘎尔迪老爹疑惑地喃喃道："有救了？"

"有救了！"嘎尔迪老爹大喊着，忽然伸出双臂一下子搂住色旺，亲吻着他的脑门道，"你这蠢货！快叫车去圣日耳曼医院，老爷要同萨瓦院长做一笔大买卖！快去啊！你这蠢货！"

色旺慌慌地跑了出去。

嘎尔迪老爹找到萨瓦博士，萨瓦博士看看他道："我如果没有记错，你的预约是在明天。"

嘎尔迪老爹对他说："萨瓦博士，我要买下你的圣日耳曼医院，你现在说个价吧！"

萨瓦博士看看嘎尔迪老爹，以为他是在开玩笑，也便不假思索地道："一万金卢布。"

嘎尔迪老爹爽快地道:"尊敬的萨瓦博士,一切就按你说的办。我现在给你的是两万金卢布。"

萨瓦博士有些吃惊地看着嘎尔迪老爹,一时不知该说些什么好了。

嘎尔迪老爹威严地咳嗽了一声,色旺和几个仆人抬着两个箱子走了进来,并打开了箱盖,露出黄澄澄的金币。

嘎尔迪老爹双手一摊道:"现在,金子归你了,你的圣日耳曼医院归我了。多出这一万金卢布,你要把它全部买成治烂裆病的药膏、针剂。但是,这个圣日耳曼医院要整体搬迁到西伯利亚,我的布里亚特领地去!还有,萨瓦博士,您也必须去!"

萨瓦博士惊疑地看着嘎尔迪老爹,他觉得这个患有性病的蒙古人有些疯了。他的眼前卷过西伯利亚的雪花狂风、虎啸狼嗥,至于布里亚特,他只是依稀觉得与一个古老的东方传说和让人想起就打寒噤的成吉思汗有关。

萨瓦博士有些茫然,他不明白这些冷兵器时代的欧亚大陆霸主,为何要把自己拉到他们中间去。

嘎尔迪老爹又重复了一句:"博士,你必须去!"

萨瓦博士有些不满地对嘎尔迪老爹说:"先生,您是沙皇怎么的?您说把我流放到西伯利亚就流放到西伯利亚了?您可以收购我的医院,可我凭什么要跟您到西伯利亚去?"

"萨瓦博士,因为你是拯救布里亚特的佛爷!"

萨瓦博士笑了:"我信上帝,实在是不知道什么佛爷!"

嘎尔迪老爹一字一顿地道:"那你就是我们的上帝!"

萨瓦博士习惯地推了推鼻梁上的眼镜,他在想:这个东方蒙古人肯定是疯了。可他感到嘎尔迪老爹身上透出的威严刚烈在慢慢逼近他,让他不得不小心翼翼地对待。

"嘎尔迪先生,你想,一个普通的医生怎么会忽然变成上帝呢?这让我感到非常的惶恐。"萨瓦博士满脸赔着笑道,"我想,您一定是找错人了。我只是一位医生,此刻,我只对您发生病变的生殖器官感兴趣,我真的不是上帝!"

"我说过,你是上帝,布里亚特的上帝!"

色旺插嘴道:"嘎尔迪老爷说你是上帝,你就是上帝!"

另外两个仆人点着头，附和道："嘎尔迪老爷从没有说过错话！"

萨瓦博士现在才意识到问题的严重性，他问嘎尔迪老爹："先生，能告诉我为什么吗？"

"布里亚特蒙古草原病了。还有，我的女人也病了，你是上帝，这个女人需要你去救治！"嘎尔迪老爹想起挂在索尼娅眼帘上的那颗极为饱满的泪珠，声音不禁有些哽咽了。色旺等人吃惊地看着嘎尔迪老爹，嘎尔迪老爹定定神对色旺道："你这蠢货，你们看着我干什么？还不给萨瓦博士跪下！"

色旺等人扑通扑通地给萨瓦博士跪了下来。

"嘎尔迪先生，你们这是干什么？这是干什么？"萨瓦博士一摊双手，显得极为不满意，"我不喜欢你们东方人这种行事方式！这不是平等的交易……"

"萨瓦博士，"嘎尔迪老爹看着萨瓦博士，冷冷地道，"难道你还要让我下跪求你？我只是怕你消受不起我这一跪哩！"

嘎尔迪老爹说着，从绣花的靴子内取出一把刀鞘上镶着闪闪宝石的蒙古刀。

萨瓦博士看着嘎尔迪老爹手中的刀，一下慌了："先生，别这样，千万别这样……"

嘎尔迪老爹把蒙古刀往萨瓦博士的怀里一放，哈哈笑道："博士，你想到哪儿去了？这刀是上辈祖传下来的，送你了！你揣上这刀，布里亚特人没有人不识你！这回明白了吧？"

萨瓦博士捧着刀，像尊泥胎一样呆立着。嵌在刀柄和刀鞘上的红绿宝石，在阳光下闪着熠熠的光泽，映得萨瓦博士瘦削的脸庞明一块暗一块的，显得棱角格外分明。

嘎尔迪老爹冲萨瓦博士道："这是我的父亲留给我的腰刀，一把好刀哇！你不用担心什么，当你遇到难事时，只要你亮出这把刀来，不等你开口，就是石头我也给你啃下一块来！"

萨瓦博士不知该说什么好了，只是默默地冲着嘎尔迪老爹点了点头。

嘎尔迪老爹伸出双臂拥抱了萨瓦博士。

5 一滴血不流，这是草原上最尊贵的死法哩

萨瓦博士带着他的圣日耳曼医院跟随嘎尔迪老爹来到西伯利亚贝加尔湖的时候，嘎尔迪老爹的结发妻子索尼娅的灵魂已经被吸附到了一团洁白的羊毛里。

在赤塔州上军校的儿子班扎尔将母亲的魂灵装在一只精致的鹿皮袋内，紧紧地贴在了前胸。看着浑身烂疮、形销骨立的母亲慢慢咽气，班扎尔胸中荡起了一股怒火。他知道，是父亲将花儿一样美丽的母亲送上了黄泉，父亲就是布里亚特草原最大的寄生虫、刽子手。他要亲手消灭这个剥削阶级头子，用枪弹击穿他罪恶的头骨，用利剑刺透他黑色的心脏。复仇的火焰在烤炙着这个身材修长、面孔清秀的年轻人。他阴沉着脸，一连几天趴在母亲的灵柩前，就像一只潜行的西伯利亚猎豹，他在等待着，耐心地等待着……

班扎尔终于迎来了嘎尔迪老爹，嘎尔迪老爹伸出双臂欲拥抱自己的儿子，他要以父亲无与伦比的坚强与儿子共同承担这个巨大的悲痛。谁知班扎尔却像一只蛮牛冲了上来，抡起拳头将嘎尔迪老爹打了个趔趄，嘎尔迪老爹倒退了几步，皱起眉头看着自己的儿子。大家以为失去母亲的悲痛让这个文质彬彬的青年人失去了理智，但班扎尔激愤的这番话真的让他们目瞪口呆了："你这腐朽的封建王公，你这资产阶级寄生虫，你这骑在人民头上作威作福的笨狗熊！布里亚特人民团结起来，打垮这肮脏的封建主义堡垒！消灭这只为害草原的剥削阶级肥猪！"

班扎尔用最激动人心的鲜活字眼，在诅咒着自己的父亲，这个西伯利亚草原上的枭雄。

他指着嘎尔迪老爹："你是布里亚特草原的万恶之源，贪婪，卑鄙，无耻！"

人们惊讶地看着班扎尔。

嘎尔迪老爹倒吸了几口冷气，原先回荡在耳中的传说看来不只是说说，从儿子的满脸狰狞中，嘎尔迪老爹看到了严酷的现实：这是布里亚

特草原的敌人！原来，赤塔的学校果然把孩子都变成了犯上作乱的魔鬼。他还是自己的儿子吗？视生他养他的老子为猪狗，布里亚特历史上有过这样的子孙吗？

嘎尔迪老爹感到奇耻大辱，甚至胸中还飘过一丝感伤。这还是那个酥油敷过肚脐眼、马奶洗过小屁股、把马背当摇篮的儿子吗？他隐约感到沙皇把铁路修到西伯利亚和把布里亚特最优秀的孩子们送到赤塔读书，对布里亚特来说，确实都是断根的损招。

嘎尔迪老爹喜欢草原马群头马的争夺战，那是公开的撕咬、踢打、驱逐，那是力的较量，是为了种群的优良与繁衍。而班扎尔是什么，是对父亲最恶毒的诅咒，这让他很不高兴，儿子一定是中了沙皇的魔法，要颠覆布里亚特的生存法则，儿子应该受到最严厉的惩罚。

为了布里亚特的秩序（他隐约感到自从有了布尔什维克，草原这个秩序就不再是钢铸铁打的，似乎一碰就要坍塌），嘎尔迪老爹做了一个决定，决定亲手送班扎尔跟随他的母亲到天国去。

于是，嘎尔迪老爹沉着脸嘟囔了一声："请草原扎撒！犯上作乱者诛，这是千年法度！"

色旺明白嘎尔迪老爹在说什么，布里亚特人也都知道嘎尔迪老爹在说什么，大家都为嘎尔迪老爹这声嘟囔震惊了，但谁都知道嘎尔迪老爹的草原扎撒法度是不可更改的。

号手吹响了海螺号，号声呜咽着穿过草原，回响缠绕在人们心头。草原上的人们知道嘎尔迪老爷要杀人了，而且杀的是班扎尔少爷，人们心头不禁袭过一阵慌乱和忐忑。人们纷纷走出毡包，纵马朝海螺号响起的地方奔去。

色旺等仆人将班扎尔身上的衣服剥光，班扎尔与他们搏斗着，此刻的班扎尔就像一头狂怒的西伯利亚老虎，嗷嗷啸叫着，与众仆人对峙着。嘎尔迪老爹上去，朝班扎尔猛推一掌，班扎尔就像飞了出去，重重地摔在了地上。色旺等人一拥而上，把他摁在贝加尔湖水里洗净，并涂抹上了圣洁的酥油，然后用白布将班扎尔缠裹了起来。

这时，班扎尔才意识到要发生什么，但一切为时已晚了。他连骂人呼叫的气力都已经没有了，班扎尔只能愤怒地双目圆睁，再也无可奈何了。奥腾领着一群喇嘛围着包裹成近似木乃伊的班扎尔诵念起"驱魔大经"，几个戴着面具的喇嘛在卖力地蹦跶着驱鬼，一群布里亚特汉子在用木桩子搭着祭台，共是九层。

嘎尔迪老爹数着祭台，点着头："九层，离长生天最近。儿子，孽障，你老阿爸能为你做的都做了！"

一头黄牛被拖了过来，这倒霉的畜生像是意识到了自己的厄运，仰着脖子哞哞地叫个没完。这凄惨叫声引来了一群又一群牛，离着老远围着它探头探脑地观看，唏唏嘘嘘，嗥叫声此起彼伏。一个布里亚特汉子嘴里衔着刀，围着黄牛转来转去，黄牛盯着他，眼中喷出火星子来，鼻子里蹿出两缕白汽来。衔刀的汉子忽地跃起抱住黄牛的头，将它狠狠摔倒在沙地上，膝盖紧紧顶住牛脖子，一手从嘴里抽下刀，然后扬起，直直地插进牛头和颈椎之间的部位，一束血花高高涌起，那头可怜的黄牛四蹄胡乱抽搐了一阵不动了。

众牛轰的一声退后了好远，一个个瞪圆了眼睛，惊恐地看着。

宰牛的布里亚特汉子，充分展示着杀牛的技法，顷刻工夫黄牛的头蹄就分开了，剖出了一大包热腾腾的五脏，这个屠夫用赞美诗般的语言，念叨着这只黄牛的来历和谱系，最后将裹着一层网状的酥润白油的五脏向四处抛去，眨眼间被四周耐心等待的西伯利亚牧羊犬分食而净。剥这只可怜的黄牛的皮时，布里亚特汉子根本不用刀子，而是用两只大拳头将皮肉利利索索地推离开来，那真是一门艺术，就连精通解剖学的萨瓦博士也感到自愧不如。

萨瓦博士出于对东方文化的尊重，一言不发地看着这一切，甚至都不明白这里将要发生什么。他吃惊地看着布里亚特汉子拿起湿牛皮，将班扎尔牢牢包卷起来，色旺等仆人一面叫着"班扎尔少爷"一面砰砰地磕头。

一群牛凑了上来，一面使劲嗅着地上的鲜血，一面悲怆地抖动着脖子上的颈毛，用大蹄子刨起地上的沙土狠狠地扔上天去，一时沙尘满天，遍地牛嗥。

萨瓦博士抖抖身上落下的土屑，有些不解地看着包裹在湿牛皮内的班扎尔被人送上了祭坛。人们黑压压地跪了一片，嘴中祈祷着，嗡嗡地响成一片。

萨瓦博士实在忍不住了，问刚刚爬起的色旺："你们这是要干什么？为什么要把班扎尔少爷包裹在牛皮里？他会虚脱……"

色旺看看萨瓦博士，不屑地道："你就会治烂裆病，咋连这个都不知道哇？人们会为班扎尔少爷的灵魂祷告一夜，待启明星升起时，嘎尔迪老爷会亲自点燃蘸满酥油的火把送班扎尔少爷升天。就是你们常说的天堂，上帝！一滴血不流，这是犯错的老爷们少爷们最体面的死法。"

萨瓦博士着急地对色旺道："他要杀死自己的儿子？难道他疯了？色旺，你为什么不劝劝嘎尔迪先生放过自己的儿子？父子之间能有什么血海深仇？"

色旺一摊双手道："鬼跳了，经念了，班扎尔少爷的魂灵已经升上了长生天，留在牛皮内的只是一堆臭皮囊了。"

萨瓦博士愤怒地道："你们这是草菅人命，野蛮！我怎么会和你们搅在一起？上帝啊，救救这些无知的人们吧！"

色旺不解地看着萨瓦博士，他不明白这个莫斯科人为什么会有这么大的火气，他又给萨瓦博士解释了一遍："一滴血不留，这是草原上最尊贵的死法哩！除了老爷的嫡亲，在布里亚特草原谁能死得这般体面？"

萨瓦博士气冲冲地来到了嘎尔迪老爹的毡包前，左右手提着两只大镜面盒子枪的警卫挡住了他。警卫告诉萨瓦博士，丹吉活佛正在给嘎尔迪老爷做法事，任何人都不得进入。萨瓦博士气得在帐外大喊大叫，警卫饶有兴趣地看着这个乱蹦乱跳的俄罗斯人，他听不懂也不想搞懂这个金发碧眼的莫斯科人在喊叫什么。萨瓦博士有些后悔，悔不该跟着嘎尔迪老爹来到这伙野蛮的东方人当中。色旺听到了萨瓦博士的喊叫，跑过来劝阻萨瓦博士，扰了嘎尔迪老爷的法事，是任何人也担待不起的。色旺告诉萨瓦博士，嘎尔迪老爷已经为萨瓦博士的圣日耳曼医院安排了最宽敞的毡包，宽敞得可以跑马。

"老爷叫你来是给布里亚特爷们治裆的，不是让你多管闲事的。"色旺说着，拖起萨瓦博士就走。

萨瓦博士愤怒地大叫道："我要让你们这些野蛮人知道，上帝都没有权力剥夺人的生命！"

色旺道："你说得不错，上帝是没有，可嘎尔迪老爷有！你以为他愿意杀自己的儿子呀？他这不是一口气堵着上不来！听说，布尔什维克妖魔缠上了班扎尔少爷，老爷不杀他他就要杀老爷了！你甭喊了，这可是解不开的死结！现在，嘎尔迪老爷正在为他的夫人做法事，你要是搅了夫人的亡灵升不了天，你就是布里亚特蒙古人的死敌！"

萨瓦博士被色旺镇住了，一时有些木呆。

色旺命令道："你就这样老实待着！再乱喊乱叫，小心让人割了舌头！蒙古爷爷火气大着哩！到时别怪我没提前告诉你！"

萨瓦博士泪眼蒙蒙的。透过蒙眬的泪眼，他看到高高堆起的木头祭坛上，有人影晃动，他知道这是人们在祭坛上摆布班扎尔少爷。星光惨淡，洒在高高的祭坛上，让人有些发瘆发凉。萨瓦博士不禁抖了几下，几个寒战过后，一个大胆的念头忽然蹿入他的脑海……

嘎尔迪老爹大帐的经堂内，丹吉活佛身披红呢法袍，为索尼娅的灵魂升天祈祷。他的身旁坐着白音等几个念蒙古经的喇嘛，拿着各式各样的法器，不时为丹吉活佛的祈祷击鼓打拍，法场显得肃穆而又庄重。

丹吉活佛是从乌金斯克的大乘寺专程来超度索尼娅的，他是受了仁钦王爷的委托。仁钦王爷听到爱女的噩耗，立即瘫在椅子上，脸色蜡黄，头一歪一下子死了过去，唬得丹吉活佛直呼：阿弥陀佛。一下子来了几个满巴喇嘛，又是揉胸掐人中，又是喷马奶酒，王爷才缓了过来。丹吉活佛道："王爷，你吓死我了！"

仁钦王爷道："冤有头，债有主，我知道我的索尼娅是咋死的。活佛，你去好好超度她吧！顺便，你告诉嘎尔迪这个王八蛋，等着本王拿炮轰他！"

嘎尔迪老爹跪在丹吉活佛的面前，听着他一遍又一遍地呢喃，嘎尔迪老爹从丹吉活佛的呢喃里知道，索尼娅的纯洁灵魂已经升入九层天界，而且见到了她幸福生活在九层天界的亲人们。索尼娅变得又像少女一样纯贞，少女一样美丽，少女一样无忧无虑。听得索尼娅有这样的好归宿，嘎尔迪老爹不禁心花怒放，如醉如痴，坚决地放弃了追她至阴间再打三鞭的念头。她怎么可以弃嘎尔迪老爹而去呢，原来天界在丹吉活佛的嘴里竟是这样的美丽。

丹吉活佛告诉嘎尔迪老爹，他特意在索尼娅归天三天后来到了安置索尼娅的升天处，见到索尼娅走得真干净，是长生天派天上的天狼，就是脑门上长有一道白毛的天狼来接索尼娅的。白脑门的天狼们把索尼娅吞噬得真干净，天上的秃鹫，地上的西伯利亚大红蚁都没有染指索尼娅。

丹吉活佛对嘎尔迪老爹说："嘎尔迪，你就一百个放心吧，索尼娅已经回到了长生天的仁慈怀抱！"

嘎尔迪老爹点着头说："放心，放心了。活佛，忤逆不孝犯上作乱的班扎尔，他的魂灵能升天吗？"

丹吉活佛闭上了眼睛，一副高深莫测的样子。

嘎尔迪老爹心中滚过一阵痛楚，无力地垂下了头。他担心自己的儿子升不了天，班扎尔要在地狱中受煎熬。

丹吉活佛像是看出了嘎尔迪老爹的心思，又启佛口道："让喇嘛们多念几遍怒目金刚经吧，这样可以除掉班扎尔心中的污秽，以保他干干净净升入天国。"

"那我替我那混蛋儿子谢过活佛了！"嘎尔迪老爹给丹吉活佛施了礼，又愤愤地道，"这没几年呀，班扎尔咋就让邪魔附上身了？他还扬言要把旧世界砸烂……您活佛、仁钦王爷、索尼娅哪个不是鼓动孩子们去上学？我就知道沙皇老儿没憋什么好屁……"

丹吉活佛启开佛眼道："我还不是想让孩子们学知识，知礼仪，遵扎撒，识法度，哪想到这般无法无天，好在我们这些人还在，还能镇住这个场。什么孟什维克、布尔什维克、克鲁泡特金、列宁，这些异端邪说怎么能属于布里亚特草原呢？我说嘎尔迪啊，你咋把列宁的画像挂在包里了呢？"

"我看他不是想推翻沙皇？我也想推翻沙皇！先把沙皇推翻了再说，然后再桥归桥，路归路……"嘎尔迪老爹说，"沙皇毁了我的两个儿子，这仇我得给他记上。"

"嘎尔迪啊，"丹吉活佛开佛口道，"推翻这个，推翻那个，哪本经书上这样写了？你也得改改脾气，静下心来读读经。要不仁钦王爷又要拿大炮轰你了。"

"王爷那是说疯话，我这个女婿当得咋了？动不动就用大炮轰，让他轰吧，以后不用沙皇老儿和布尔什维克，自己就把自己炸成杂碎了。"

见嘎尔迪老爹气鼓鼓的，丹吉活佛道："我也就是好心传个话，你还上心啊？你和仁钦王爷呀都是金刚罗汉脾气，钢对铁电遇雷！实话对你说吧，为了防止布尔什维克侵蚀牧人的心灵，我已刻印了八万怒目金刚经，把它们发到布里亚特草原的每一座毡包。我要告诉我的牧人们，让他们的孩子每日吟诵。这样，就能使孩子们的心灵像贝加尔湖水纯洁无邪！圣祖保佑我们的布里亚特草原永远水碧天蓝！"

嘎尔迪老爹给丹吉活佛磕了头，哑着嗓子道："活佛，你这话真说到我心坎上了。我天天念经行了吧？让长生天保佑咱们的草原！活佛，你多念些经文，保佑班扎尔的魂灵升天吧！嘎尔迪谢你了！"

天渐渐黑下来了，一群喇嘛围着祭坛，诵念着怒目金刚经，呢喃的声音告诉人们：驱魔的怒目金刚，有一双神力无比的眼睛，目光如炬如电，划破恶魔的心脏。

四四方方的祭坛在星光黯淡的夜色中透出剪影，围拢的人越来越多。人们都在等待遥远天际的启明星升起，到时嘎尔迪老爹将亲手点燃祭坛，把侵入布里亚特的恶魔送上天际。

天上有牙残月，无数的小星星像是悬浮在没有穷尽的天际上，巍峨的祭坛在淡淡的星光下透出朦胧的剪影。西伯利亚草原静悄悄的，一些马儿呆呆地立在夜色之中，若不是马尾巴偶尔摇晃一下驱赶蚊虫，就像是无数尊雕塑静立在夜的草原上。萨瓦博士弓身潜行着，就像一只狼悄无声息地游动在草的海洋之中。当他贴近祭坛之时，却发现在黑黝黝的夜色之中闪动着一双大眼睛，不禁唬了萨瓦博士一跳："谁？"

对方一声不吭，萨瓦博士这才看清眼前是一个姑娘。

萨瓦博士问姑娘："你也是来救班扎尔少爷的？"

那姑娘摇了摇头。

萨瓦博士失望地请她离开，反复告诉姑娘，有她在这里会耽搁了他的大事，因为这关系到班扎尔少爷的生命。

姑娘看着萨瓦博士，坚定地说："我的生命属于班扎尔少爷。我要在这里陪他，等启明星升起的时候，我要同他一起上天堂。"

萨瓦博士惊讶地问："你要为他殉葬？姑娘，你傻啊？"

姑娘嘴中发出了嘻嘻的笑声，惊得萨瓦博士连冲她发嘘声。

"你听我说，你得马上离开，我要救班扎尔少爷……"萨瓦博士悄声地对姑娘道，"你在这里，只会误我的事情。"

"你真的能救班扎尔少爷？"姑娘一把抓住萨瓦博士的胳膊，急切地问，"你是他的同党？"

萨瓦博士点了点头，冲姑娘道："我看得出，你很爱班扎尔少爷。我向你保证，我肯定能救出他。你趁天黑赶快回自己的包里去，烧好奶茶，一会儿班扎尔少爷就会出现在你的身边……"

"真的？"

"放心吧，好姑娘！"萨瓦博士道，"我会告诉班扎尔少爷的。有个很爱他的姑娘，现正在自己家的包里等他。他一定会去找你的！你快走吧，别让班扎尔少爷失望。"

姑娘点了点头，像一只夜行的猫，蹑手蹑脚地钻进了草丛里，眨眼不见了。萨瓦博士轻轻地吁了一口气，伸手抓住了堆放整齐的木头一角，攀爬上了祭坛。祭坛正中央，放着一团鼓鼓的牛皮在不断蠕动，萨瓦博士爬了过去，从靴子里掏出了锋利的腰刀唰唰几下利落地割开了牛皮，又挑破了缠裹在班扎尔身上的白布。他摇晃着已经有些昏迷的班扎尔。

班扎尔长吁了一口气，打个激灵坐了起来。西伯利亚的夏夜凉风袭过，让班扎尔的每处毛发每个细胞都感受到生的美好，他欲大喊大叫，慌得萨瓦博士伸出大手猛地捂住他的嘴，压低嗓音说："别出声，跟我来！"

两人像影子一样悄悄溜下了祭坛，眨眼的工夫消失在沉沉的夜色之中。

启明星升起来了，在蓝黝黝的苍穹中眨着小鬼般的眼睛。在越来越浓烈越来越响亮的喇嘛诵经声中，一脸肃杀的嘎尔迪老爹和丹吉活佛走出了毡包，大步朝祭坛走来，等在祭坛前的牧民们老远就跪倒了。

草原上的人们知道，一个震撼人心的时刻就要到来了。

丹吉活佛被白音喇嘛搀扶着，面对祭坛，盘腿打坐在蒙着黄缎子的莲花座上，拖着长声诵起了怒目金刚经。在丹吉活佛的诵经声中，色旺双手捧上了一支蘸满酥油的火把，弯腰来到嘎尔迪老爹面前，恭敬地把火把举过头顶，嘎尔迪老爹接过火把，色旺颤抖着手掏出火柴，竟哆嗦着几次擦不着火，嘎尔迪老爹怒了，一脚把色旺踹翻在地。

嘎尔迪老爹看着色旺，铁青着脸，喝道："点火！"

色旺跪在地上，闭着眼，用劲擦着了火柴，哆嗦着手将燃着的火柴对准了酥油火把，火把砰的一声熊熊燃烧了起来，人们发出了"啊哇"的惊叫，屏着气息看着高擎火把的嘎尔迪老爹。

嘎尔迪老爹把燃烧的火把举过头顶，嘶哑着嗓子大吼道："索尼娅，你这头西伯利亚母牛，我把你的宝贝儿子给你送去了！愿圣主的在天之灵，保佑布里亚特草原！"

嘎尔迪老爹吼完，将火把扔向了祭坛，祭坛下浸满酥油的柴草轰的一声着了，大火一下冲起了老高。

嘎尔迪老爹感到大火就像一团刚出腔的血浪涌了过来，他急忙背过身去，大步朝毡包走去，走了几步嘎尔迪老爹的脚步便踏空起来，就像一个醉者在舞蹈，色旺跟在他的后面，也不敢上去搀扶，只得亦步亦趋地随着嘎尔迪老爹摇摆，显得十分滑稽。

嘎尔迪老爹一踏进毡包，一头摔在了地上，嘴里喷出一团血来……

6　班扎尔冷笑一声道："她的丈夫是一只破奶桶！"

班扎尔伏在一个山坡上，看着熊熊大火燃红了半边天际，咬着牙道："你死我活啊！嘎尔迪老爷，咱们的搏斗才刚刚开始！阶级斗争，不可调和，勇敢杀敌，你死我活！"

班扎尔握着拳头，用力地一挥一动，像是给内心激越的斗争打着拍子。可在萨瓦博士的眼中，班扎尔就像一个不谙世事的刚出壳的小鹌鹑，雄赳赳的让人可笑又可气。

萨瓦博士对班扎尔道："现在是你活着，你的父亲也活着！西伯利亚偌大的天地难道装不下你们父子吗？"

班扎尔看着萨瓦博士，小眼睛在夜色里闪着晶晶光亮，一字一顿地道："我活着就是为了消灭他们！封建牧主，资产阶级猪猡！萨瓦博士，你从莫斯科来，你相信列宁同志的阶级斗争学说吗？"

萨瓦博士摇着头道："布尔什维克主义，我不懂，也不想懂。"

班扎尔不解："那你为什么救我？"

"我是医生，我不能眼见着一个鲜活的生命在我的眼前消失！这是我的天职！你是什么？受难者？还是……"

班扎尔看着熊熊燃烧的大火，默默地念叨着：

我浑身被血与火笼罩着

将受到焚烧

针穿和刀绞

殷红的火炭烧着心胸

我滚烫的肉体在燃烧

如果要牺牲——

我就辉煌地死亡

如果要毁灭——

我将带笑化为灰烬，

面对刽子手——

我绝不宽恕！

萨瓦博士道："你在背诗？吉皮乌斯的？她可是圣母般的女诗人，我也崇拜过她。"

班扎尔惊异地看着萨瓦博士，萨瓦博士笑笑道："前些年，我也读过她的一些诗。好像后面还有一句，但我忘了。"

班扎尔道："我不是受难者，我是革命者！我不会为我受过的苦难，而去感谢他们！到死不会，世界末日到了也不会！"

"那我们真的没有什么可以谈的了。"萨瓦博士说着站了起来，对着班扎尔道，"到你该去的地方吧！忘了告诉你，有个姑娘已经在她的包里煮好了茶等你去哩！孩子，这才是你应该要的生活！你应该和她躺在夏夜的草地上数星星……"

"你是说曼达尔娜？"班扎尔惊异地睁大了眼睛，"她怎么来了？"

"她要为你殉葬！和你一同烧死！"萨瓦博士恶狠狠地对班扎尔道，"看看你造的孽吧！要不是我，你们早就化成了一团灰烬。这曼达尔娜对你够实心眼的，她是你的未婚妻吧？"

"她结婚了。"班扎尔闷声闷气地说。

"结婚了？"萨瓦博士笑了起来，"那你得做好和她丈夫决斗的准备。那才是真正的你死我活！"

班扎尔冷笑一声道："她的丈夫是一只破奶桶！"

萨瓦博士愣住了，他不明白奶桶怎么当丈夫，只是诧异地看着班扎尔，他甚至以为这个孩子精神受到了刺激，在说些疯话。他下意识地顺手摸了摸班扎尔的脑门，看他是不是在发热。班扎尔拿开了他的手，萨瓦博士发现，班扎尔的眼睛在充着血，喷着火。

"把曼达尔娜嫁给奶桶，这就是嘎尔迪老爷的杰作！你说，这样的封建魔头不该被消灭吗？"班扎尔声嘶力竭地喊了起来，"西伯利亚再大，我们能在一起共日月同呼吸吗？他和他的阶级是布里亚特草原前进的敌人！来吧，老爷，来吧，王爷，通通来吧，活佛、喇嘛……"班扎尔挥动着拳头，大声叫道："我要让你们尝尝无产阶级革命的铁拳！"

班扎尔说着大步离开了萨瓦博士，头也不回地走了，那种决绝和杀气让萨瓦博士目瞪口呆。他眼看着班扎尔消失在深深的草浪里，也多少明白了班扎尔刚才所说的，心里不禁感到一阵压抑。他感觉布里亚特草原，就像是一只装满火药的铁桶，碰上火星就能炸裂。想到这，萨瓦博士有些喘不上气来，比自己刚才爬上祭坛救人还要紧张。

他啊啊地叫了几声，借以舒缓心里的紧张，他的叫声远远地引来了几声狗吠，而且是有一声没一声的。布里亚特草原竟是这样的空旷，萨瓦博士在草原上踽踽独行着，靴子踩在青草上，断茎发出轻轻的吧唧声，这轻微响动，在静静的夜里显得格外清脆，像是有东西不时弹弄着他的耳鼓。那些沾在茎叶上的露水弄湿了他的靴子，裤子，枯叶沾扑在他的裤腿和靴子上，他深一脚浅一脚地行进在茫茫的草原上。天上，悬在东方天际的半块残月，月光冷冷地照在萨瓦博士的身上，他的影子在清幽的月光下显得时长时短。脚下不时有野鸡惊起，扑棱一声从草丛里直直射向深深的夜空，疾速得像是划破长夜的影子……

当他回到自己的毡包前时，色旺正在门口焦虑地等待着他。

色旺一见他从远处姗姗而来，立即像一条狗一样蹿了过来，嚷嚷道："萨瓦博士，我正满世界找你哩！嘎尔迪老爷病了，大口大口地吐血哩！"

萨瓦博士拿起了药箱，跟着色旺匆匆忙忙来到嘎尔迪老爹宽敞的毡包内。

嘎尔迪老爹躺在睡榻上，榻下有几个喇嘛在诵经，满巴喇嘛桑布正在用马奶酒擦拭着嘎尔迪老爹多毛的前胸。一股酸酸的、甜甜的味道荡溢在毡包内。嘎尔迪老爹脸色呈现出病态的蜡黄，嘴角仍挂着几丝殷红。

萨瓦博士匆匆走进包来，紧跟在后面的色旺吆喝着道："萨瓦博士来了，老爷，萨瓦博士来给您看病了——"

"闭嘴！"嘎尔迪老爹轻轻嘟哝了一声，色旺立即老实地站着不动了。

萨瓦博士走上前去，桑布喇嘛停止了擦拭，客气地冲萨瓦博士躬了躬腰，退到了一边。

萨瓦博士为桑布喇嘛表现的温文尔雅所感动，也非常客气地冲他点了点头，问道："大师，您刚才在为病人做什么？"

桑布喇嘛轻轻地道："我在用马奶酒疗法为嘎尔迪老爷解毒去热。"

萨瓦博士点了点头道："我知道了。我有时也会为病人用酒精物理降温。马奶酒疗法是蒙古医学的独创吧？"

桑布喇嘛笑笑悄然退下。

喇嘛们还在围着嘎尔迪老爹喃喃念经，包内嗡嗡的诵经声此起彼伏。萨瓦博士皱皱眉头对色旺道："你能不能请他们退下？我在看病时需要安静！"

色旺道："这怎么可以呢？他们在请十二路金刚为老爷护法哩！"

这时，嘎尔迪老爹睁开了眼睛，对色旺道："你让他们到我的经堂里念经吧！我想与萨瓦博士单独谈谈。"

"是！"色旺冲喇嘛们摆了摆手，喇嘛们跟着色旺离开了睡榻。

嘎尔迪老爹想说什么，萨瓦博士摆手制止，然后掏出听诊器，弯下腰为嘎尔迪老爹听心肺。良久，他抬起身，嘎尔迪老爹咧嘴道："博士，我不会死吧？我一闭上眼，索尼娅这头母牛就会冲着我又噤又咬！她不会嫌我杀了她的儿子，朝我索命吧？你们俄罗斯人咋说的，上帝不会与你时时在一起，所以创造了母亲。我不会得罪了上帝吧？"

萨瓦博士道："你是思虑焦躁所致，我给你打一支镇静剂，好好睡一觉。你的体质很好，没什么问题。"

嘎尔迪老爹喃喃道："我听你的，您是我请来的上帝！时时与布里亚特在一起的上帝。"

萨瓦博士为嘎尔迪老爹注射了针剂，嘎尔迪老爹哼唧了两声，便沉沉睡去了，鼾声像雷一样在萨瓦博士的耳边震响。

侍女落下了纱幔，萨瓦博士悄悄退下。

色旺迎上前问："博士，老爷身体无大碍吧？"

萨瓦博士笑笑，没有直接回答色旺的问话，径直走回自己的医院毡包里。

这是一个很大的毡包，色旺说得不错，宽敞得的确可以跑马，这让萨瓦想起莫斯科的大马戏团。他的助手卡佳带着几名医生护士已经将医院归置好，各种小瓶已经摆放上了架子，还有手术台、病床都已经整整齐齐摆好。医院特有的酒精味、来苏水味弥漫在毡包内。

萨瓦博士看看空旷的医院毡包，对卡佳道："告诉他们找些木板隔出几间小屋来，各科分开，总要有些私密性吧？"

卡佳道："我也是这样想的。博士，我看你的脸色不太好，您到后帐去休息一下吧？"

萨瓦博士问卡佳："同事们的住所安置好了吗？"

卡佳道："全安置好了，大家没有想到嘎尔迪先生会安排得这样周到。西伯利亚没有想的那样蛮荒……"

萨瓦博士点着头道："那就好，那就好。噢，对了，医疗垃圾的焚烧坑、填埋坑位置选好了吗？"

卡佳道："博士，你就别为这些琐事操心了，我已经看了几处……"

萨瓦博士叮嘱卡佳："这事要精心地办。布里亚特蒙古人生活是非常讲究的，一切都井井有条。医院内搞不好，就会成为病灶传染源，一定要慎之又慎……这里很干净，也很脆弱，抵抗传染病的能力较弱……"

"放心吧，我的院长博士，你的眼睛都布满了血丝，你现在的第一要务就是休息，睡觉！"卡佳说着，把萨瓦博士往后帐推。

萨瓦博士来到了后帐，这是一间陈设精美的小屋，萨瓦博士从莫斯科带来的一些物品、书籍，都已经摆放停当。

一位个子高挑的布里亚特姑娘拿着一块抹布，赤着一双脚，正在里里外外地擦洗着。

姑娘见到萨瓦博士，忙行礼道："老爷，金达耶娃给您请安。"

萨瓦博士一时不知说什么好，只是愣愣地看着金达耶娃。

金达耶娃垂着头道："是嘎尔迪老爷吩咐我来照顾您的生活起居。"

萨瓦博士看看金达耶娃，这是一个典型的东方女孩子，发育得很好也很匀称，大概也就是十八九岁吧？萨瓦博士出神地想着。

金达耶娃打断了他的沉思："老爷，我是供你使唤的婢女。您何时需要我，只要咳嗽一声，我就会像一阵小风一样来到您的身边。"

"我不是什么老爷，你以后就叫我博士吧。"

"好的，博士老爷。"

"我累了，想休息一下。"

金达耶娃一听，立即麻利地为萨瓦博士铺好了被褥，并端来一个荡着热气的大桦木盆，她让萨瓦博士坐在蒙着狼皮的椅子上，然后跪在地上为萨瓦博士脱靴子，萨瓦博士双脚慌乱地挣扎着，金达耶娃笑着，在萨瓦博士的光脚上轻轻拍了两下，然后把他的双脚轻轻摁进了热水里。

金达耶娃两只小手灵巧地搓洗着萨瓦博士的双脚，水哗啦啦的，萨瓦博士闭着眼睛享受着这份难得的舒服。洗完了脚，金达耶娃又从衣箱里取出一套丝织的睡袍，要帮萨瓦博士换上。萨瓦博士有些难为情，想避开身子，金达耶娃随口道："羊儿乖乖，不要乱动。"

萨瓦博士立即不动了，金达耶娃为他换好睡袍，并将被子掀开一个角，微笑着道："老爷，您现在可以睡觉了。"

萨瓦博士钻进了被子里，看着金达耶娃随手拉上了窗帘，屋内变得黑洞洞的，依稀看到金达耶娃端着木盆悄悄走了出去。萨瓦博士打了一个长长的哈欠，一阵沉沉的倦意袭来，不久睡着了。萨瓦博士不知是什么时候醒来的，他听到了毡包内还有轻轻的喘息声，他以为是幻觉，侧耳细听，格外清晰。萨瓦博士不禁吃了一惊，他霍地坐了起来，这时，他听到床边传来一阵窸窸窣窣的声音，萨瓦博士有些紧张地问："谁？是谁在那里？"

"老爷，是我，金达耶娃。"

萨瓦博士在夜里终于分辨出金达耶娃的身影，原来金达耶娃就睡在自己的床下，在一团旧皮袍子里缩成一堆。

"你怎么在这里？"萨瓦博士有些奇怪地问，"金达耶娃，你为什么不回自己的毡包内睡觉？"

"老爷，这就是我的毡包。"金达耶娃笑着道，萨瓦博士都能看清金达耶娃露出的一嘴洁白的牙齿，"嘎尔迪老爷把我给了老爷您，从此，我就是您毡包内的一只猫一条狗。老爷，耶娃打扰您睡觉了吗？"

萨瓦博士忽然鼻子有些发酸。

"耶娃，你睡在地上不冷吗？"

"怎么会冷呢？我有皮袍盖着，不会冷的。老爷，您是不是冷了？我在火炉子内再添些牛粪。牛粪很干，火会一下子轰起来的。"

金达耶娃说着站了起来，并随手拧亮了一盏马灯。金达耶娃赤条条的，在昏黄的灯光下充分地展示着自己青春的胴体，没有一丝的忸怩和害羞。对女人裸体并不陌生的萨瓦博士，竟然有些震颤了。

萨瓦博士道："多冷！快，进我的被窝来！"

他说着，揭开了被子的一角，等待着金达耶娃的进入。

金达耶娃忽然跪在地上，对萨瓦博士磕头道："谢谢老爷要我！谢谢老爷要我！耶娃今天是世界上最幸福的人了。"

她说着，揭开被子的下角，从萨瓦博士的脚下钻了进去。她把头钻到萨瓦博士的腋下。萨瓦博士伸手在她的脸上摩挲着，他感到有些湿漉漉的，他问："你怎么流泪了？"

金达耶娃睁大两只眼睛看着萨瓦博士道："博士老爷要我，我高兴，我就哭了。"

萨瓦博士搂紧了她："这回不冷了吧？"

金达耶娃点了点头，说："老爷，我知道您是好人。您要我，我感谢您一辈子！要不，嘎尔迪老爷会把我嫁给他的外甥，人称烂鼻头拉西，我要是不愿意，嘎尔迪老爷会把我嫁给他的马鞍子……"

"嫁给马鞍子？"萨瓦博士不禁一惊。

"我的姐姐曼达尔娜就嫁给了嘎尔迪老爷家的一只鹿皮奶桶。谢谢老爷要我！"

"你是曼达尔娜的妹妹？"

"是呀！"金达耶娃有些奇怪，"您认识曼达尔娜？博士老爷，您怎么认识她的呢？"

萨瓦博士想起了曼达尔娜那双明亮的大眼睛，还有愤怒得头发都要直立的班扎尔，他的眼前晃过熊熊燃烧的祭坛，这一切都在刚刚过去的今晚。看似宁静的西伯利亚草原竟是如此的惊心动魄。萨瓦博士不禁轻轻叹了一口气。

"是金达耶娃不好吗？惹您生气了？"金达耶娃误以为是萨瓦博士嫌弃她，立即着急地道，"老爷，我不会让您白养活我的。我会缝衣服，我会烧茶烤面包，我会收拾屋子，我会给老爷夫人带孩子，我会挤牛奶……"

她说着，把头埋在萨瓦博士赤裸的身躯上亲吻着。

"耶娃，耶娃！"萨瓦博士有些心酸地呼唤着金达耶娃的名字，"好姑娘，你真傻！"

萨瓦博士将金达耶娃拥紧，他分明感到金达耶娃乳房的有力膨胀，当他不能自持时，但清醒的理智仍告诉他危险的存在，这是充满杀机的西伯利亚！萨瓦博士非常清楚嘎尔迪老爹重金买下他来西伯利亚干什么。萨瓦博士下了床，打开抽屉取出一只小天使，随手将马灯旋灭，摩挲了一阵，然后又钻进了被窝，金达耶娃热滚滚的身子贴了上来，萨瓦博士把她紧紧压在身下，金达耶娃在他的怀里辗转扭动，大声地尖叫道："老爷，要我，哦，老爷，要我……"

这个夜晚，金达耶娃找到了自己的归宿，禁不住热泪滚滚。

对金达耶娃来说，这个纵情折腾着她身子的莫斯科老爷，是她未来的天，未来的地，未来的依靠。有了博士老爷，再也不用担心烂鼻头拉西的纠缠，更不用担心嘎尔迪老爷会把自己嫁给一个马鞍子了。有了自己的男人，就是有了自己的毡包，有了自己的家。这一切都是嘎尔迪老爷赐给的，她真想伏在地上，趴在嘎尔迪老爷的靴子前不停地亲吻……

对萨瓦博士来说，这是一个激情四射的西伯利亚之夜。金达耶娃的呻吟尖叫，一次次的忘情投入，都把萨瓦博士推向欢乐的巅峰。萨瓦博士觉得自己就是一个在草原上纵马驰骋的蒙古勇士，又像一个水手，在欢娱的旋涡中不停地划动，那深不可测的爱浪一波接一波地袭来，萨瓦博士啊啊哇哇地叫着，在爱浪里不停地滑动着，对于萨瓦博士手忙脚乱地搬上弄下，金达耶娃不时地提醒道："金贵的博士老爷，当心，金贵的博士老爷，千万当心……"

当萨瓦博士再一次醒来时，他伸手摸摸身边，已经没有了金达耶娃的影子。他翻身坐了起来，金达耶娃笑眯眯地走进包内，冲他道："老爷，早安！"

萨瓦博士看到荡在金达耶娃脸上的红晕，他冲金达耶娃招了招手，金达耶娃顺从地来到了他的身边。萨瓦博士伸出手爱怜地在她的脸颊上轻轻摩挲着，悄声地问："昨晚好吧？"

金达耶娃低声道："老爷好，耶娃就好。老爷，您饿了吧？该用早餐了。"

金达耶娃说着，把早已经准备好的小餐桌放到了萨瓦博士的床头，桌上摆着新鲜的烤面包、煎肠、鸡蛋、草莓、鲜牛奶、葡萄酒。她随手拉开了窗帘，和煦的阳光照了进来，包内熠熠生辉。

萨瓦博士看着琳琅满目的餐桌，惊叫道："好丰富的早餐！这都是你做的吗？"

金达耶娃点点头，悄声道："请老爷慢慢用。"

萨瓦博士拉住金达耶娃的手，道："我们共进早餐好吗？就当你陪我！"

金达耶娃惊讶地睁大眼睛，惊恐地道："这怎么可以呢？老爷，女人是不能上桌的，我是您包里的猫狗，猫狗怎么能上桌呢？耶娃怎么敢坏布里亚特草原的规矩呢？"

萨瓦博士道："我要是要求你上桌呢？"

金达耶娃道："老爷，耶娃不敢，耶娃知道自己的身份。您快吃吧，要不饭就凉了。"

金达耶娃说着，慌慌地退了下去。

萨瓦博士怅然地看着金达耶娃从包内消失，自己慢慢用了起来，一餐下来有些无滋无味。金达耶娃适时地走了进来，将桌上的残羹剩饭端了下去，又帮萨瓦博士穿好了衣服。

萨瓦博士下了床，金达耶娃收拾着床铺，忽然金达耶娃惊叫了一声，吓得萨瓦博士掉头一看，只见金达耶娃脸色惨白，浑身打着哆嗦，一副魂飞魄散的样子。

"你怎么了？告诉我，到底发生了什么事情？"

金达耶娃扑通一声冲萨瓦博士跪了下来，凄然地说："老爷，耶娃有罪，耶娃光顾自己痛快，昨晚让老爷伤了身子，吓死耶娃了……"

"你在说些什么呀？"萨瓦博士不解地看着金达耶娃。

"耶娃是猫狗，老爷怎敢为我这只猫狗生生蜕下一层皮来……"

"你说什么呀？谁蜕了一层皮？"

"老爷，您看哇。"

金达耶娃摊开手心，昨晚萨瓦博士使用过的那只小天使，皱皱巴巴地蜷缩成一团，萨瓦博士一见禁不住辛酸地笑了起来。

金达耶娃茫然地看着他："老爷，您不疼吗？"

萨瓦博士一把将金达耶娃拉进了怀里，动情地亲吻着金达耶娃光洁的额头，连连地道："你才是天使，小天使！"

萨瓦博士说着，眼中的泪水扑簌簌地落在金达耶娃的脸颊上。

金达耶娃像是不相信似的："老爷，您真的不疼吗？心疼死耶娃了！"

7 嘎尔迪老爹看着圣主留下的那个金牌，心中泛起隐隐痛楚

嘎尔迪老爹睡了一个好觉，醒来后想想昨晚的事情，就好像还是在梦中。索尼娅、班扎尔这两个世界上最亲近他的人就这样升天了，他总觉得这件事情不像是真的，但他知道这的确是真的，真的是他们再也不会出现在他的眼前了。

他咳嗽了一声，应声来到他纱帐前的是色旺。

色旺道："老爷，听您昨晚打雷般的鼾声，感到这个世界真平安。您睡稳了，布里亚特草原才不晃悠、您的牧民日子才过得踏实……"

"我睡觉打个鼾，你就能说出这么一大串话来，我要是放个屁呢？你是不是能写一首诗呀！"

嘎尔迪老爹说完，自己先呵呵地笑了。

色旺一见立即手舞足蹈叫了起来："老爷笑了，老爷笑了，乌云塔娜，快把狍子肉端上来，还有酽茶，加盐的！"

嘎尔迪老爹大包里的侍女乌云塔娜端着木盘子走了过来，大块的狍子肉还在冒着热气，还有滚滚的酽茶。乌云塔娜向嘎尔迪老爹道过早安，然后利索摆好餐台，各种奶制品放了一大桌。

嘎尔迪老爹看看食物，咧着嘴，搓着大手道："我还真饿了，哎，丹吉活佛呢？他们喝茶了吗？"

"他们喝过茶就回大乘寺了。活佛看您睡得那么香，就没好意思打

搅您……"色旺随口答道，"活佛临走时，一个劲给您念叨，还领着喇嘛们画了许多十字，求天上的神佛保佑您老人家哩……"

嘎尔迪老爹大笑了起来："色旺啊色旺，你再说瞎话动动脑筋好不好？你见过喇嘛画十字？"

"我这么一说，你就这么一听，只要您老人家高兴！来，我先侍候您老人家吃块狍子肉。"色旺说着，用刀子削开一块大野狍子肉，然后给嘎尔迪老爹送了过去，"这块筋多，嚼着有劲，正好配您的好牙口！"

用完大块的煮狍子肉，滚滚的奶茶，嘎尔迪老爹精神气十足地出了帐。一出帐门，就看见了烂鼻头拉西跪在帐门前。

拉西颤颤地叫了一声："嘎尔迪老爷，舅舅！"

嘎尔迪老爹看着他，首先看到了拉西那开花的烂鼻头，不禁心生厌恶。看见自己这个不成器的外甥，嘎尔迪老爹不禁想到了自己那早已远去的亲妹妹。

十八岁的妹妹生烂鼻头拉西时，咋也生不下来，拉西这狗东西胖得就像一只小棕熊，横卧在生命之门就是不出来。妹妹精疲力竭了，可就是精疲力竭的妹妹用锋利的蒙古刀划开了自己的肚皮，硬是让这个小棕熊来到了人间。这个流传在布里亚特的传说，让人对布里亚特女人不得不肃然起敬。

拉西在布里亚特部众的呵护下长大了，十岁时就成了布里亚特最优秀的骑手，任何烈马都不能把他从马背上摔下。嘎尔迪老爹曾亲眼看见拉西飞身跃上一匹红鬃野马，从未剪过鬃毛的红鬃野马鬃毛一下子竖了起来，就像一只红色的大豪猪。野马连炮了几十个蹶子，而拉西却在马上随势舞蹈，身子像一颗钉子牢牢钉在光脊梁马背上。

嘎尔迪老爹夸赞道："我这外甥就是长在马背上的一块肉。"

十六岁时，拉西跟着嘎尔迪老爹参加了对沙俄哥萨克的大战，一柄弯刀不知砍下了多少哥萨克的头颅。这拉西天生是打仗的料，不怕死，还机灵，不像嘎尔迪老爹的长子达日扎，从来打仗就像一根射出的箭，没有个回头。达日扎那是个黑铁塔似的英雄、战神。嘎尔迪老爹永远忘不了那个草原黄昏，火车载着哥萨克呼啸而来，从火车上射出的子弹像飞蝗一样铺天盖地朝布里亚特骑兵飞来，布里亚特骑兵成片地倒下。杀红眼的达日扎纵马抡刀朝火车上的士兵砍去，他在弹雨中竟毫发未损，看得嘎尔迪老爹惊心动魄。他是眼见着达日扎被呼啸的火车撞飞几十米远而摔倒在路基上气绝身亡。嘎尔迪老爹率队撤出了战场，他知道自己血肉之躯组成的马队是无法与沙皇老儿流动的钢铁碉堡抗衡的。钢铁碉堡轰隆隆运行着，有一匹马总是不紧不慢地跟着它，像是草原上瞎逛悠的野马。当钢铁碉堡停下，沙俄士兵走下铁轨时，这匹野马就呼啸而来，当敌人醒过味来时，弯刀已经抹断了他们的脖子，原来那是神出鬼没的拉西。他纵马冲向敌阵时，不是贴在马的一侧，就是藏身在马的肚子下。嘎尔迪老爹夸奖拉西是马背上的精灵，拉西说，达日扎表哥就是不听我的，咱不是来当活靶子吧！

嘎尔迪老爹不得不夸奖拉西是机灵鬼，还让他把战术教给布里亚特骑兵。于是，沙俄士兵蜷缩在流动的钢铁碉堡里，而嘎尔迪老爹的骑兵也砍不翻这钢铁碉堡，这样僵持了一年。后来，俄国牧首和西藏的达赖喇嘛出面调停，沙皇和嘎尔迪老爹也只得各让一步作罢。

待战争这块下雨的云彩过去，用嘎尔迪老爹的话来说，啥邪乎的战争都是块下雨的云彩，都会过去。果然，阳光明媚的日子到了，那个夏天布里亚特草原的草长疯了，整群的牛马进到里面，看都看不见。只有风儿掀动草浪，牛马才能露出宽宽的脊背。还有野花长得那个美艳，那个绚丽，嘎尔迪老爹说他一辈子都没有见过。死了儿子的索尼娅，常采些鲜红的野花回家，插在花瓶里，喃喃地说这是达日扎的血染红的。嘎尔迪老爹说些蒙古男儿战死草原家常便饭之类的硬话，可想起飞在天上落在地上的达日扎，还是有些黯然。

班扎尔、拉西及一些布里亚特贵族的孩子们被嘎尔迪老爹送到了赤塔的军校。那天，索尼娅拉着班扎尔的手，千叮咛万嘱咐，要知冷知热，加减衣服，在嘎尔迪老爹听来全是一些没用的废话。嘎尔迪老爹对班扎尔道："儿子，你得记住你达日扎哥哥是让沙皇的火车撞飞的，你学了本事，得把这个仇报了！这事咱得世世代代地记着！咱得有记性，不能看见草绿花红啥都忘了。"

班扎尔点了点头。他爱达日扎哥哥，自然恨沙皇恨得牙痒。可天知道班扎尔在军校学了些什么，最后成了与嘎尔迪老爹不共戴天的反叛，成了让天下的老爷们想起来就头疼的布尔什维克。嘎尔迪老爹此生最懊悔之事是把班扎尔送进军校，他时常躺在草地上，看着天上云卷云舒，嘴里嚼着草根想，这可正应了那些拉着骆驼走大库伦莫斯科的阿拉善蒙古人常讲的一句话：沙梁地上掏甘草——自掘墓坑。

那天，他还想起了自己的淖利布哥哥。长他十三岁的淖利布哥哥，本应从父亲手里接过大清二品台吉的官衣，统管驿站营盘地的事情。要是那样，嘎尔迪老爹现在就是草原上一个快活无比的牧人了，也用不着和自己的亲弟弟旺楚格争头马了。可那时，几场与哥萨克的血战过后，赤塔杜马成立了，人们都要听沙皇的指令。沙皇提出要把草原上各个台吉还有部落头领的世袭子弟通通送到赤塔的范雄（即有学生宿舍的寄宿学校）师范学校去读书，系统地接受俄化教育。父亲无奈只得送淖利布哥哥去了赤塔。四年师范学校毕业，驿站地二品台吉的世袭人淖利布却变成了淖利布耶夫。淖利布耶夫又去了喀山读大学，后来又去了莫斯科大学读了博士，现在携妻带子常驻法国巴黎。据说淖利布耶夫现在是专门研究东方哲学历史宗教的顶级先生。说来，那是二十多年前的事情了，嘎尔迪老爹见过淖利布耶夫先生一次，那是在父亲的葬礼上。嘎尔迪刚承袭了父亲的大清二品台吉，换上了大清着狮子补的武二品官衣，掌管起驿站营盘地的大小事情。而淖利布耶夫呢，头上顶着一顶高筒帽，穿着燕尾服，套着西服小坎肩，一根怀表链子亮闪闪地呈U形坠在胸前，鼻梁上还架着一副金丝眼镜，这是淖利布哥哥留给嘎尔迪老爹的最后印象……

那个抢着马刀在马上驰骋的淖利布哥哥呢？还有自己的班扎尔，整天想着犯上作乱的儿子呢？这就是沙皇学校给的教育？要挖草原上的根呢，让我们的未来一片荒芜。想到这，嘎尔迪老爹把嘴里的草根使劲地嚼，直到嚼成草末末，才使劲朝天上呸的一声啐去，那草末末散成了花，慢慢飘落在嘎尔迪老爹的脸上身上……还有拉西，自己的亲外甥，嘎尔迪老爹想到这里，慢慢闭上了自己的眼睛。

上了军校后的拉西呢，更是红火得像草原上的人们常说的连裤门子都找不着了，很快成了名满赤塔的花花公子。拉西家中几辈子存下的金银器、珠宝、牛羊、仆人，全都换成了伏特加、法国香水、英国鼻烟、镶钻的瑞士怀表、镀金的三轮马车，还有屁股后面冒烟的小汽车。

当拉西穿着沙俄的骠骑兵制服，开着汽车，车上坐着一群风骚的俄罗斯女人出现在父老乡亲面前时，整个布里亚特草原都轰动了。那派头，那气度，连嘎尔迪老爹都有些眼热这个风流快活出手阔绰的外甥。

"这兔崽子！这兔崽子！"嘎尔迪老爹连连发出赞叹，"千万家财散去，他连眼皮都不眨，男人就得这样花钱！"

"你还夸他呀！"索尼娅愤怒地大喊大叫，自从达日扎走后，索尼娅经常这样暴怒不已。嘎尔迪老爹觉得索尼娅就像只丧犊的西伯利亚奶牛，发起疯来凶恶得像虎狼。索尼娅觉得自己应该教训一下这个混蛋外甥，把他拉上正路。这天，索尼娅听说拉西在包里搞酒会，要款待自己的狐朋狗友。索尼娅动了公主脾气，提上马鞭子纵马飞去。她的侍女金达耶娃急忙骑马跟上。那天凉风习习，澄静的夜空月大如轮，没有边际的布里亚特草原上洒满了碎银般的月光，极目望去，皎洁明丽，天上人间，熠熠生辉。离拉西的大包老远，索尼娅就看到了火光闪闪，几团大火熊熊燃烧，可以听到手风琴在响，几个男女围着火堆在蹦在跳在唱在闹，影影绰绰，鬼哭狼嚎。走近前去，索尼娅才发现这帮家伙竟然都赤裸着一丝不挂，抱着扭着，互相灌着伏特加。

索尼娅愤愤道："这群畜生真是糟蹋了这片好草地！"

她跳下马，提着马鞭，狂怒地叫道："拉西，你给我滚过来！"

金达耶娃抱住愤怒得抖成一团的索尼娅："太太，您消消气。跟这些不要脸的人生气不值得……"

拉西赤裸着身子，胸前还挂着只破手风琴，摇摇摆摆地走了过来，醉意十足地道："是舅母大人啊……外甥我，我给索尼娅舅母请安了……"

说着，还拨拉了一下琴键，手风琴发出了滑稽的怪叫，那几个男女嘻嘻哈哈地笑着，有个女人浪叫道："来了，就一起玩呗！拉西，你还客气什么呀？"

索尼娅抡起了马鞭，劈头盖脸朝拉西打去。拉西赤裸的身上立即红一道白一道的，拉西扔掉了胸前的手风琴，啊啊地抱头乱跑着。那几个赤身男女不知发生了什么事情，也跟着乱跑。索尼娅气疯了，抡着鞭子追赶着抽打，急得金达耶娃在她后面直叫："太太，太太，你跟这些没皮没脸的人动这么大气呀？"

打得拉西一伙钻进了汽车，一溜烟没了影，索尼娅还要骑着马追，被金达耶娃死死抱住了。直到回到包里，索尼娅见到嘎尔迪老爹仍是气呼呼的。

嘎尔迪老爹劝她说："太太哟，我知道我这混蛋外甥打是没有用的，骂更管不了用，一个人一个活法。谁也改变不了谁，就是亲娘老子也是干看着没有办法。"

"那就不管了？咋对得起他阿妈？"

"草原上的男人就这德行，"嘎尔迪老爹道，"多少男人把家一扔骑着马走了，多少年也没有个音信，这个包全靠女人撑着。老了，骑不动马了，揉着眼屎回来了……可他们能打仗，打起仗来不顾生死，豁出命守卫着布里亚特草原，你能说他们不是好男人吗？"

"你就会护着这些臭男人！"索尼娅本想说，你也不是什么好东西，可话到嘴边却变成了这样，"可咱这外甥折腾得太出格了！"

"他还算出格的？"嘎尔迪老爹道，"你那阿爸仁钦王爷，年轻时把上乌金斯克、赤塔多少幢王爷府都踢踏光了，那才是大手脚哩！拉西真算不了什么！"

索尼娅气白了脸道："我才不管你们这些烂事哩！爱怎么折腾就怎么折腾！"

"这就对了！"嘎尔迪老爹笑呵呵地说，"咱就看他光屁股折腾，早晚有一天屁股后面不冒烟了，他就知道钢是铁打的了……"

嘎尔迪老爹笃定地道："我就瞪大眼珠子看着他！"

后来拉西的汽车陷进了贝加尔湖边的沼泽地里，几头公牛都没有拉出来，拉西摆摆手就拉倒了。不就是一辆汽车嘛。这陷在沼泽内的汽车慢慢变成了狐狸窝，嘎尔迪老爹还在这儿逮住过一只漂亮的西伯利亚红狐，做了一顶非常惹眼的帽子。

再后来，花花公子拉西就成了烂鼻头拉西了，又从赤塔回到了自家的毡包内。

毡包还在，只是包内什么也没有了。

什么也没有的拉西仍在想女人，经过大起大落的拉西，忽然悟出一个硬道理，男人得有个家，不管你在外面怎么呼风唤雨，你得有个属于自己的女人。拉西看看家徒四壁的家，皱着眉头想我的要求不高吧。只需要一个知冷知热、供他使唤的女人，给他煮茶，给他暖被窝，给他挤马奶，给他生孩子。后来，他还主动降低了条件：允许这个女人对他恶声咆哮，亮出利爪与他对打，甚至每天抓挠得他满脸是花都行。

拉西鼻头虽然烂了，搞得说话有些唧唧哝哝，可看女人的眼睛特别毒，一眼就看上了舅母索尼娅的女仆金达耶娃。过去怎么没有发现这个小美人呢？拉西想若是那个月光丰盈的月夜，他没惹索尼娅大动肝火，而是跪在索尼娅舅母的面前痛哭流涕，诉说自己的孤独、绝望，哀求索尼娅将金达耶娃赐给他，他刈草，打马鬃，接牛犊，喂羊羔，一心和金达耶娃过幸福的牧人日子！哦，拉西，当时你要是把这些话给舅母索尼娅说了……可世上哪有要是呢？就是神通广大的桑布满巴那儿也不会有后悔药给你吃的。拉西默默地想。这么好的姑娘，咋在你的手指缝里漏掉了呢？他恨不得直劈自己的面颊。他想着金达耶娃的模样，胸中热血激荡，不知为何想起了自己在赤塔军校的同学阿廖沙，那是一个布尔什维克狂，同时也是一个爱情狂。军校的同学们都说，阿廖沙是班扎尔的影子。革命加爱情支撑着班扎尔和阿廖沙的军校生活。

阿廖沙爱上了学校旁边裁缝铺的一个脸白白的女裁缝，每天都为这个脸上长着小雀斑的胖丫头写诗、念诗，就连拉西还记得这样两句：

青苹果是要熟了吗
为何只对我露着半边红红的笑脸

还有一些疯话拉西记不住了，但就这两句也够拉西血脉偾张了。拉西想，要是我，抱着半边红苹果啃就是了，管它熟不熟呢。拉西想啃金达耶娃嫩嫩的脸，可就是跟青苹果连不上。金达耶娃是什么呢，烂鼻头拉西忽然也有了诗意，他叫道：

你是草地上的小野葱
嫩得一掐就出水
你是林中小松鼠
圆圆眼睛爱死人……

烂鼻头拉西在无数个难熬的夜晚，搜肠刮肚地想着最美好的语言，大声献诗给金达耶娃。他还多次跑进嘎尔迪老爹的包里，跪在地上，一遍又一遍地哀求舅母，让金达耶娃住到他的毡包去。这时的索尼娅已经是重疾染身，即使是这样，索尼娅还是断然拒绝了拉西的要求。她无法容忍这个混蛋外甥的荒唐，她更不想把花儿一样美丽的金达耶娃插在这堆臭狗屎上。她让侍卫把拉西赶出去，永远不允许拉西再踏进这个包里一步。

拉西想，连我这么点最简单的要求都被拒绝了，真是最毒妇人心呀！于是他用最恶毒的毒誓诅咒着索尼娅舅母，终于把索尼娅舅母咒上了天。他觉得转机来了，他从嘎尔迪老爹的眼中，看出了他对自己存有那么一点儿小小的欣赏。这很重要，一个小侍女在嘎尔迪老爹眼中算个啥呢？他一定会说：去吧，孩子，开始你的新生活吧，接受舅舅的祝福吧！

拉西充满了期待。

嘎尔迪老爹归来的当天，他就去找嘎尔迪老爹，要把金达耶娃领回他的破包里去。拉西还引用了一句布里亚特的谚语：毡包内没有女人不叫家。连连受到丧妻丧子打击的嘎尔迪老爹，心情格外糟糕，本要对这不懂事的混蛋外甥重责，可看在死去的妹妹分上，嘎尔迪老爹还是采取了安抚。他忍着胸中的苦楚，耐心地告诉拉西，现在女人并不重要，重要的是要想法诊治他的烂鼻头，治好了烂鼻头，自然不缺女人。这是个再简单不过的道理。可这个简单的道理烂鼻头拉西就是不懂，他像一个真正的无赖一样，在嘎尔迪老爹的跟前撒泼打滚，揪自己的头发，一绺一绺地往下薅，还瞪着眼睛看着嘎尔迪老爹。

嘎尔迪老爹只得告诉他实话，索尼娅升天后，他已将金达耶娃派到了莫斯科来的萨瓦博士的包内，假若博士老爷不喜欢金达耶娃，他还有机会。烂鼻头拉西一副痛不欲生的样子，内心充满了对资产阶级老爷的刻骨仇恨。为了安慰拉西，嘎尔迪老爹送了他一箱窖藏的伏特加，烂鼻头拉西搬起伏特加就往外走，还未回到自己的包内就已是酩酊大醉了。他在草滩上胡乱转悠着，不知怎么就转到祭坛周围了，他依稀记得那个博士老爷爬上了祭坛，竟敢偷偷放走了自己的表哥班扎尔。后来他就醉在草滩上了，直到日上三竿，他才醒了，便又一溜歪斜地来到嘎尔迪老爹的包前，跪了下来，等待着资产阶级老爷们的恩赐。

嘎尔迪老爹对拉西道："我这就给你问问萨瓦博士去。"

烂鼻头拉西磕头道："谢谢舅舅老爷，谢谢舅舅老爷。今天是阳光灿烂的好日子，舅舅老爷一定给我带回让人心花怒放的好消息！"

"你就这么有把握？我的好外甥？"嘎尔迪摇了摇头说，"莫斯科来的萨瓦博士要是喜欢金达耶娃呢？你就没戏了。金达耶娃要是情愿嫁给我的马鞍子呢？你也没戏了。"

"那我还活个屄呀？"拉西忍不住叫了起来。

嘎尔迪老爹看了看烂鼻头拉西，说："你就在这儿等准信吧！"

"舅舅老爷，我就跪在这儿等你。"

"你等吧，等吧，但愿舅舅给你带回个好消息。你还没有喝早茶吧？让他们给你弄口吃喝？"

"我就不吃不喝，我在这儿干等着！我要看着莫斯科来的老爷，被套马杆拖死！"

嘎尔迪老爹以为他疯魔了，烂鼻头拉西告诉了嘎尔迪老爹，莫斯科来的萨瓦博士违背嘎尔迪老爹的命令，前天晚上爬上祭坛，偷偷放走了班扎尔，这是他亲眼所见。在布里亚特草原上，谁敢违背嘎尔迪老爹的意愿，就应被烈马拖死！

"这是真的？"

"我要是说瞎话，让我眼窝子瞎了！"拉西兴奋地道，"还敢抢我的女人，是他自己找死！舅舅老爷，你要主持公道哇！"

可这次拉西错了，嘎尔迪老爹听他一说，兴奋地一拍大腿，道："我说过了，萨瓦博士就是我请来的上帝！上帝不让班扎尔死，我有什么办法？"

拉西愣住了。

拉西自认为扔出了一颗重磅炸弹，会把莫斯科来的博士老爷炸个粉身碎骨，哪知舅舅老爷脸上却乐开了花。他甚至认为这是嘎尔迪老爷、莫斯科的博士老爷，还有丹吉活佛合伙捏咕好的一台戏，要不萨瓦博士他个莫斯科老爷会有这个胆？啥惩办孽障，这是给外人看哩，是给我们这些草原上的无产阶级看哩。明白了，拉西明白了，他想起了在军校时，班扎尔少爷反复对他说过的一句话：封建牧主富农和资本家老爷是蛇鼠一窝，上帝、佛爷是他们压迫无产阶级的帮凶！拉西想，自己是一无所有的无产阶级了吧？莫斯科的老爷霸占了金达耶娃，嘎尔迪老爷是假慈悲，骨子里鄙视自己呢！你还能指望上帝、佛爷站到自己这边？一种对莫斯科老爷，嘎尔迪老爷，丹吉活佛，披袈裟的喇嘛的憎恶，油然从拉西胸腔里升起，在肚子里翻江倒海。他忽然想起，在军校青年军官的聚会上，班扎尔少爷总是像个神经病一样大声朗诵一首诗，歌颂海燕在浪花和云朵里穿行，在暴风和狂雨中穿行，每当结束时班扎尔少爷还要举起双臂欢呼：让暴风雨来得更猛烈些吧！

每次青年军官们都要发出狂呼，都要把班扎尔少爷抬起，呼啦呼啦地把他往天上扔，人人双目炯炯。想到这儿，拉西血热了，他忽地跃起，扬起了双臂，"啊"了一声，也要狂叫欢呼，嘎尔迪老爹狠瞪了他一眼，斥道："犯羊角风啊！老实在这儿等着！"

拉西腿一软，胸中的暴风雨也浇灭了，又跪在地上："舅舅老爷，我等您的准信了……"

嘎尔迪老爹心情十分愉快地来到了圣日耳曼医院的毡帐内，萨瓦博士和卡佳陪着他参观着这个药品充足但仍显得有些简陋的医院。

嘎尔迪老爹看得满脸是笑，不住地点着头。

他把大嘴巴贴着萨瓦博士的耳根说："我早就说过，你就是布里亚特的上帝！我已经知道前天晚上你做了什么。"

萨瓦博士道："我只知道尊重和挽救不该消失的生命！"

嘎尔迪老爹又悄声地对萨瓦博士道："我这次欠你个大情！我想给你说的是，今早上我的那个地方热腾腾的，又火辣辣的，蹿出一条龙来，挡都挡不住！是你又给了我称雄草原的勇气！"

萨瓦博士笑了一笑。

卡佳对嘎尔迪老爹说："嘎尔迪先生，明天这个医院就可接收病人了。现在的问题是，怎么样让病人来医院诊治呢？"

嘎尔迪老爹咧咧嘴巴说："瞧把你愁的！本老爷花了这么大的价钱，花了这么大的气力，把你们弄到布里亚特来，还能让你们闲着？色旺——"

嘎尔迪老爹大叫了一声，色旺闻声走上前来，低声地道："尊贵的老爷，奴仆色旺等着您发话呢！"

嘎尔迪老爹解下腰带上的金牌，交给色旺，道："让各百户、千户索木（布里亚特部族当时的建制形式）的扎苏勒（头领）们看看这个，传本老爷的令，裆下有毛病的布里亚特爷们儿，全给我来医院里打针敷药!"

"老爷，这是动兵打仗的金牌呢!"色旺接过金牌，啜嚅地说，"这可是圣主成吉思汗传下的……"

嘎尔迪老爹看着圣主留下的那个金牌，心中泛起了隐隐痛楚。

圣主成吉思汗咋会想到他老人家动兵的金牌，现在用来治疗蒙古人的烂裆病呢，不是您的子孙不肖没出息，您见过罪恶的火车吗? 火车把咱蒙古人的马蹄子甩远了。圣主，整整死了三万布里亚特汉子其中包括我的儿子达日扎，我也没有挡住火车开进西伯利亚! 还有飞机，那个被俄国人称为萨玛辽特的玩意儿，咱们这些马背上的爷爷，现在只能抬头看人家留在天上的影子了，连热乎屁都闻不上了。就这烂裆病，敢断咱的根哩! 圣主，圣主，您老人家不知道，咱蒙古人现在活得难哩!

嘎尔迪老爹想到这里，脸上的肌肉都有些颤抖了。

色旺看出了嘎尔迪老爹心中的郁闷，不敢再多说一句话了。

嘎尔迪老爹闷了半天，方一字一顿地对色旺道:"告诉扎苏勒们，此刻就是打仗! 布里亚特再也耽搁不起了! 谁敢误了军情，我砍谁的脑袋!"

色旺答应了一声，捧着金牌匆忙走了出去。色旺在帐外运足气力喊:"传老爷的令下去，让扎苏勒们听着，准备接动兵的金牌了……"

色旺的话音刚落下去，早有传令兵的骑乘飞了出去，嘎尔迪老爹这个部落，七百年来一直秉承成吉思汗年代留下的驿乘习俗。在嘎尔迪老爹的大帐前，总有驿卒歪在马上，时刻等待着嘎尔迪老爹的号令，一令下去，日夜奔驰，很快嘎尔迪老爹的声音就会传遍布里亚特草原。

萨瓦博士对嘎尔迪老爹采取的断然措施感到折服。他追忆着与嘎尔迪老爹接触的一些事情，越来越觉得这个草原霸主是个既仁慈又残暴，既有智慧又愚昧，让人揣摩不透，多少有些深不可测的家伙。像什么呢? 萨瓦博士觉得嘎尔迪老爹有点像神秘的西伯利亚一样让人茫然。

"博士，你在想什么呢?"

萨瓦博士笑了一笑，当他觉得不好回答别人的提问的时候，他总是这样憨憨地一笑。

"你一定是在琢磨我! 琢磨我究竟是个什么样的家伙!"

萨瓦博士暗暗吃惊嘎尔迪老爹心机的厉害，他笑笑道："我在想，圣日耳曼医院整体搬迁，虽有莫斯科市政厅的行医执照，按规定还需要到赤塔杜马换一下，免得赤塔市政厅的医官老爷们找你的麻烦！"

嘎尔迪老爹呵呵地笑道："你想说就说，不想说就别扯没盐的淡！我永远不勉强你！至于赤塔杜马市政厅，他们来找我的麻烦试试，布里亚特草原永远是我说了算！"

"那就好，就好。"萨瓦博士道。

"好了，"嘎尔迪老爹对萨瓦博士道，"我想到你的包里看一看，不知下面那些人们给你收拾得怎么样？"

"非常舒服，比我想象的要好得多。"

"那我更要看看。"

嘎尔迪老爹说着，嘎嘎地笑了起来。

嘎尔迪老爹走进了萨瓦博士的后帐，金达耶娃跪在地上，道："奴婢金达耶娃给老爷请安。"

嘎尔迪老爹坐在了狼皮沙发上，嗓子发出一声咕噜，金达耶娃立即站起，风风火火地张罗咖啡去了。眨巴眼的工夫，她端上了咖啡、牛奶和方糖，并为嘎尔迪老爹和萨瓦博士各倒了一杯咖啡，利索地加上牛奶、方糖，然后垂手侍立在一边。

嘎尔迪老爹呷了一口，连声道："好香！好香！萨瓦博士，香不香？"

萨瓦博士微笑地说："的确不错。"

嘎尔迪老爹耸耸鼻子，嗅来嗅去的，萨瓦博士和金达耶娃都有些好奇地看着他。

嘎尔迪老爹乜斜着眼睛看看金达耶娃，又看看萨瓦博士，咧开大嘴巴问："我咋闻见了骒马撩骚的味道了呢？嗯，味还正。"

金达耶娃忽地跪在嘎尔迪老爹面前，道："奴婢侍候博士老爷，不敢不尽心尽力。只是奴婢笨拙……"

"闭上你的小母嘴，老爷我没有问你。"嘎尔迪问萨瓦博士，"博士，这只小母鹅，是不是很讨人嫌？"

金达耶娃跪在地上身上乱抖开了。

萨瓦博士对嘎尔迪老爹说："怎么会呢？金达耶娃是你送给我的东

方小天使！我喜欢她，就像喜欢我自己一样。"

"原来萨瓦博士很会说话。"嘎尔迪老爹双眼瞪着金达耶娃道，"从今天开始，你就算正式留在博士老爷的包里了！我回去就告诉烂鼻头拉西，让他不要再做你的美梦了。我那个烂鼻头外甥现在还跪在我的包外等着回话哩！"

金达耶娃砰砰地磕着头："谢谢老爷！谢谢老爷！"

嘎尔迪老爹说："要谢你还是谢谢博士老爷吧！"

金达耶娃又冲萨瓦博士磕头："谢谢博士老爷，谢谢博士老爷。"

萨瓦博士对金达耶娃道："好了，这里没有你的什么事情了，我与嘎尔迪老爷还有些话说。"

金达耶娃长吁了一口气，站起，悄没声地退了下去。

"嘎尔迪先生，"萨瓦博士对嘎尔迪开门见山道，"我们现在已经发现了梅毒病灶。我想嘎尔迪先生已经听说过梅毒的厉害。"

嘎尔迪老爹点了点头说："我听集中营的狱医老爷给我讲过，说二百年前，法国的十万高卢人跟罗马人打仗时，军营中传开了梅毒，十万高卢大军不战而败。我去莫斯科请你，就是知道梅毒这病厉害，不下狠心根治不行。你是专家，你说咋治就咋治，这事全听你的。布里亚特草原就看你的了。"

萨瓦博士道："我的医院人手不够，需要从布里亚特的青年男女中挑选脑子灵、有文化的来医院工作，由我来辅导他们。"

"阿爸有阿妈有不如自己有。"嘎尔迪老爹高兴地道，"我们布里亚特是得有自己的医生护士。萨瓦博士，我说过，你是布里亚特的上帝！"

"治理梅毒这样的性病，应当是防治结合，用药物控制它对现代医学来说虽然不算是什么难事，但没有积极的预防还是不能除根。唯有积极的预防，才能将梅毒根治。"萨瓦博士想将此事尽量说得通俗一些，"现在的办法嘛，主要是男女之间的接触，我们得有个预防的法子。"

"这咋预防法？"嘎尔迪老爹也犯了难，"人们裤裆下面那点事，上帝、佛爷都犯难。我说博士，咱总不能像怕羊群里的公羊发骚，造成母羊流羔，也用布袋子把男人们的螺丝钻套起来吧？"

萨瓦博士高兴地说："好思路！真聪明！一点就透亮！"

"算了吧！"嘎尔迪老爹摇着头道，"真要是这样，别说男人不干，就怕女人到时也得把我撕成了手扒肉！你就跟我说这么个预防法啊？草原上的牧人都知道。你是上帝，你一定还有好办法！"

萨瓦博士道："那只有把小天使送进牧人的毡包了。"

"啥小天使？"

萨瓦博士也不回答嘎尔迪老爹的提问，只是从抽屉里拿出了一个小纸盒子，抽出一个橡皮套来，把它套在了自己的食指上，冲嘎尔迪老爹不停地晃动着。

"我明白了。"嘎尔迪老爹嘎嘎地笑了一气，摸摸那橡皮套，皱着眉头道，"是不是太厚了？要是传出去，人家该说草原上蒙古人的物件儿是两层了，不把人笑话死！"

萨瓦博士道："嘎尔迪先生，你千万不要小看了这个英国人二百年前的发明……它挽救了整个欧洲！"

"我不傻！我知道它的用场！"嘎尔迪老爹道，"博士，你放心，我会像发子弹弓箭那样，把这些小天使发到牧人的毡包中去！不过，要是让我使用这个橡皮玩意儿……"

他掂了掂那个橡皮套，咧着嘴苦笑不止："我说博士，咱要这样，是不是有点委屈阿爸阿妈给的物儿？"

萨瓦博士又取出一个精美的小盒来，对嘎尔迪老爹道："我特意为你准备了一些生物制品的小天使，它们是鱼鳔和羊的盲肠制成的，质地柔软……"

嘎尔迪老爹接过，不知是哭还是笑："我老嘎尔迪谢过你了，我的佛爷！你瞅瞅，西伯利亚的火车把布里亚特蒙古人逼成什么了！沙皇，沙皇，睁开你的老眼瞅瞅，蒙古人在你的治下活得都不是个了！"

8 萨瓦博士，嘎尔迪老爷给你们送了个好人

色旺抱起泥巴一样瘫软的谢尔盖，把他像放皮褡裢似的窝在了自己的黑马背上。黑马似是嗅出了死亡的味道，恐惧地咴咴叫着，不安地刨着蹄子，想把背上的谢尔盖掀下马来。

黑马转着圈，也不听色旺指挥吆喝，它的大蹄子把地上的泥草掀翻了一大块。

"这是咋了？"色旺使劲揪着马笼头，黑马仍是扬着脖子，转圈挣扎着。

嘎尔迪老爹看看在黑马背上旋转的谢尔盖，不禁有点恼火了。他也不说话，嗖地抡起马鞭，马鞭像闪电一样扫过黑马的头顶，暴躁不安的黑马立即老实了，顺从地驮着谢尔盖慢慢走下山去。

色旺心疼地摸摸黑马的长耳朵尖，马耳尖在渗着血。几个绿头大苍蝇围着伤口转来旋去，色旺挥手驱赶着。

色旺嘟哝道："老爷，哪有这样抽马的。"

嘎尔迪老爹看看，心疼地自责道："莫非我真的老了，鞭子没准了？我就是想吓吓它，让它听话！"

色旺仍是嘟哝："您这样抽马，是臊蒙古人的脸呢！"

"好了，色旺！"嘎尔迪老爹又气又好笑道，"你要是气不过，那你也抽我一鞭子……"

"老爷，"色旺道，"色旺咋敢呢？老爷，您不是说人在马上人是马的主人，人在马下人是马的仆人吗？"

"你就记得这个，忘了我还跟你说过，"嘎尔迪老爹道，"牲口得调教，要不它敢骑在你脖子上拉屎哩！我最不能容忍的就是不服调教，牛变成赶车的了！那还要我这老爷干什么？草原还有没有个规矩了？行事还得看它的脸色，你的鞭子是干什么的？"

"老爷，真怨不得我这马！我看这苦役犯已经死了，你非要拉回包里去！"

"你说死了不行！得萨瓦博士他们说了才行！我已经说了，生生死死，头疼脑热的事儿，得听博士的。"

"他不就治了个烂裆病吗？看您这些年把他抬举的，开口博士，闭嘴博士，我这耳朵都磨出茧子了！"

"我就是抬举他！"嘎尔迪老爹在马上道，"咋，你还不服气？老爷就是喜欢有本事的人！你吃醋了？"

"我的老爷，我哪敢呀？"

"谅你也不敢！"嘎尔迪老爹道，"你这个蠢货，咋净惹我生气？"

"我不就是陪老爷您说说话，给您解解闷？自从夫人走后，这几年陪您说话的少，我还不是怕您闷出毛病来？老爷，我喜欢您骂我，您越骂我我越高兴……"

"好，好，你这个蠢货斯基呀。"嘎尔迪老爹真不知该说什么好了，鼻子有点酸凄凄的。他骂自己，你咋成了个娘们儿，听不得软话了？

黑马驮着谢尔盖来到了圣日耳曼医院的毡包前，扬着脖咴咴地叫了起来。立即有医护人员从包内走了出来观看。

色旺大声吆喝了起来："你们还看啥啊？快点过来啊，萨瓦博士，嘎尔迪老爷给你们送了个好人！"

"对，对！"嘎尔迪老爹哈哈笑着下了马，指着色旺道，"色旺说得太好了，好人！萨瓦博士，快来看看这好人吧！"

听嘎尔迪老爹在外面大喊大叫的，卡佳带着几个医护人员走了出来，一见窝在马上的谢尔盖，不禁吃了一惊，立即找来了担架，七手八脚将谢尔盖从马上抬下，匆匆忙忙地抬进毡包内。

现在的圣日耳曼医院已经有了模样。科室有四五个，各类医护人员也有五六十个，几乎全是萨瓦博士几年下来培训出来的布里亚特男女青年。

嘎尔迪老爹跟着医护人员欲走进处置室内，却被卡佳拦住了。

卡佳微笑着说："嘎尔迪先生，您是不是先在这里等一等，因为萨瓦院长有规定，非患者和医护人员……"

嘎尔迪老爹道："好，好，我就在这里等着。在这个医院内，萨瓦博士是唯一的上帝！入乡随俗，我听你们的。"

这时，脖子上挂着听诊器的萨瓦博士急匆匆地走了过来，像是没有看见嘎尔迪老爹似的，径直地走进了处置室内。人们为萨瓦博士让开空子，萨瓦博士用听诊器摁在谢尔盖的胸脯上认真地听了一会儿，然后命令道："注射强心剂。"

一支强心剂注射进去，萨瓦博士又下了命令："赶紧处置外伤。先把他眼眶里的血止住，他的眼球呢？"

嘎尔迪老爹在外面笑哈哈地答："在秃鹫肚子里呢，你还找他的眼珠？哈哈……上帝也没有办法了吧？"

萨瓦博士仔细观察着谢尔盖的身体，当他看到谢尔盖的身上有一块块黑斑时，不禁脸色凝重了起来，他急忙对身边的医护人员说："处置病人的外伤时，要戴上防护手套，穿好防护衣，还要戴上防护眼镜。我怀疑这……也许这种病传染性较大，凡是接触过这个病人的人畜都要做防疫处理。"

人们一听，不禁愣了。

萨瓦博士沉着脸道："还等什么？"

医护人员立即行动了起来，一看就是训练有素，不大的工夫个个穿戴完毕，包内的气氛陡然变得异常紧张起来。

萨瓦博士仔细观察着谢尔盖身上的黑斑，看着黑斑上被啃咬的伤痕，伤痕处涌着一团团的黑水，萨瓦博士不禁奇怪地问："这是什么东西咬的？"

人们摇了摇头，卡佳对萨瓦博士道："或许嘎尔迪先生他们知道，是他们把病人送来的。"

萨瓦博士一听，掉头冲了出去，人们从未见过萨瓦博士这样紧张过。

"那是西伯利亚大红蚁咬的，怎么了？"嘎尔迪老爹看着脸色凝重、穿着怪异的萨瓦博士，笑了起来，"你说什么？我要打针，色旺要打针，连我们的马也要打针？你疯了怎的？"

"我想你听说过黑死病吧？"萨瓦博士悄声地对嘎尔迪老爹道。

"听，听说过。怎么了？"嘎尔迪老爹心中扑通了一下，"你说什么？那独眼龙是黑死病？"

萨瓦博士点了点头："他身上出现的黑斑病灶足以说明了问题。"

嘎尔迪老爹咧着嘴叫了起来："哎哟哟，布里亚特蒙古人可真是撞大运了，刚刚治住烂裆病，怎的这黑死病又来了？萨瓦博士，你是上帝，你说，这熊世道还让我们蒙古人活不？"

萨瓦博士劝他道："嘎尔迪先生，你就别再扯东说西的了！快些打针吧！只要控制住了发热，就不会出现大问题。"

萨瓦博士叫来了护士，护士是一位名叫其木格的布里亚特姑娘，自然是识得嘎尔迪老爹的。她拿着明晃晃的针头，抽了一大管子药，嘎尔迪老爹道："老爷砍头都不怕，就怕这细细的针管，看见就眼晕……"

其木格甜甜地道："老爷，不碍事的，不大疼的！您不用太紧张，一定要放松，我这就打了……"

嘎尔迪老爹褪下裤子，趴在椅子上，听着护士小鸟一样的歌唱，没好气地道："快打你的吧！"

"那我就打了？"她说着，还用酒精棉球轻轻揉着嘎尔迪老爹的屁股。

"打吧，打吧！"嘎尔迪老爹忽然咆哮了起来，"你这蠢女人，让我说多少遍啊！"

其木格手一哆嗦，针尖戳进了嘎尔迪老爹的屁股里。嘎尔迪老爹哼哼了几声，其木格总算打完了针。其木格正在帮嘎尔迪老爹提裤子，色旺随着一个护士慌慌张张地走了进来，急赤白脸地道："谁给我打针？谁给我打针？快来救救我吧！"

嘎尔迪老爹劈头冲他骂道："你这蠢货！你以为是请狗熊吃蜜呀？快给他扎针，扎死这个傻瓜诺夫斯基！"

色旺脱掉裤子，露着半个屁股，趴在病床上："快来扎死我吧！"

这次连嘎尔迪老爹也禁不住笑了："色旺呀色旺，让老爷我说你啥好呢？"

整个医院都动了起来，人们洒着消毒水，铺着生石灰，偌大的毡帐内充斥着呛鼻的味道。

萨瓦博士把嘎尔迪老爹拉到了一间屋子内，紧张地说："嘎尔迪先生，这种黑死病传染开了可是异常危险！现在的关键是如何处理这个病人！"

"怎么处理？你这不是医院吗？"

"对这种病，我是束手无策，整个欧洲都束手无策。他是苦役犯，一定是集中营的人把他扔了出来……"

"他们这不是想祸害布里亚特蒙古人吗？"嘎尔迪老爹火了，"我，我给他们送回去！"

萨瓦博士摇了摇头道："那不是科学的做法。"

"你说怎个科学法吧？"

"只有让病人尽快停止呼吸，然后把他深埋。"

"我这不是脱了裤子放屁找费事吗？我要早知道你就这么个本事，我把他弄到你这儿干什么呢？当时让蚂蚁秃鹫把他啃光了不就完了？"

嘎尔迪老爹冲萨瓦博士气冲冲地道，"医院是救人的可不是杀人的。"

"在我的眼中，他只是个传染源。我想的只是拯救数万布里亚特蒙古人的生命！在防疫学上，局部的残忍正是对整体的拯救……"

"你不要说了，我不是脑袋瓜里一团奶渣子的糊涂蛋！上帝没有办法，佛爷喇嘛有没有办法？布里亚特蒙古人信奉的神灵多的是哩！"嘎尔迪老爹说着，站起拉开门，叫道，"色旺，色旺——你听见了没有？"

色旺躬着腰出现在他的面前："老爷，您吩咐！"

"把那独眼龙背到桑布喇嘛那儿去！"

"老爷，这独眼龙可是……"色旺嗫嚅地道，"不是说……"

嘎尔迪老爹道："你要是怕死，那该让老爷我背了？"

色旺急忙道："老爷，色旺永远是您忠实的奴仆！打了博士老爷的针了，色旺什么也不怕。"

色旺说着，蹦跳而去。

"这蠢货！蠢货！"嘎尔迪老爹不无赞许地对萨瓦博士道，"我要是离开他，心中就没着没落的。"

"桑布喇嘛那儿行吗？"萨瓦博士有些担心地问。他又解释道，"我对东方医学充满尊敬，那份神秘，让我充满好奇。人的身体的确有许多未知的领域，需要我们去破解，去探索，世上万物相克相生，阴阳互补，就进入了医学的哲学领域……我常和贝加尔召里的满巴喇嘛切磋交流……"

"博士，你想说什么呢？"嘎尔迪老爹翻着大眼珠子问。

萨瓦博士道："据我所知，黑死病可以通过呼吸传染……"

"那就要看长生天的意志了！"嘎尔迪老爹站起身来道，"我这人行事，就是不能留下心病。博士，该尽的力咱尽了，可心病不能留啊！那玩意儿太累人！"

9 谢尔盖戴上水晶眼镜，自己也觉舒服了许多

桑布喇嘛观察着谢尔盖身上的黑斑，嘎尔迪老爹坐在一张椅子上，

耐心地等待桑布喇嘛的诊断结果。桑布喇嘛若说这个独眼龙不能留，嘎尔迪老爹会给谢尔盖一个仁慈而又痛快的死法。北京喇嘛白音殷勤地给嘎尔迪老爹倒上了茶，嘎尔迪老爹关切地道："你也到外面去吧，这里有桑布喇嘛就行了。听说这病不好，能传人，你还是外面守着吧！"

草原上对瘟疫的说法叫传人。

白音感动地道："谢谢老爷关怀。我亦是化外之人，是不惧世间传人的。再说老爷还在这儿，我怎么能离开呢？"

嘎尔迪老爹赞许地点了点头，白音来到了桑布喇嘛的跟前，也在观察着躺在病床上的谢尔盖。谢尔盖的眼睛已经止住血了，但原先漂亮的右眼已经成了黑洞，让人有些恐惧。

白音问桑布喇嘛："大师，我能做些什么呢？"

桑布喇嘛道："你去准备些马奶酒吧，越多越好。"

色旺凑到嘎尔迪老爹跟前，小声地说："马奶酒连烂裆都治不好，能治得了传人？"

嘎尔迪老爹轻轻拍了一下色旺的头："桑布喇嘛这儿有真货哩！"

他说的真货，是指狼毒。

嘎尔迪老爹知道桑布喇嘛的袍袖里藏有狼毒，这是从布里亚特草原上比醉马草还要厉害的狼毒花蕊中提炼而成的。

这种狼毒花，在布里亚特草原上又叫断肠草，枝叶黑绿，花蕊鲜艳，长得像紫黑色的米粒，一团一簇的，即使是怒放时也似乎没有什么香味，但当你闻到其味时，就已经中毒了。这正是狼毒花的可怕所在，牧人们称其为断肠草，这番恐怖就不必细说了。

每当春天狼毒花在布里亚特草原上盛开的时候，牛马们会像防豺狼虎豹一样提防狼毒花，别说不小心吞吃，就是多闻一阵，牛马们的脑子都会受到狼毒花香氰的侵袭而变得一团混乱，或是忽然跌倒，口吐白沫，四肢抽搐；或是像醉酒一样摇头晃脑，有的会不停地用嘴巴追着尾巴乱转。

从狼毒花中提炼狼毒，是桑布喇嘛家祖传的，这是抑制中枢神经的绝妙良药。桑布喇嘛家的先祖就是跟随成吉思汗大军征战欧亚大陆的军医，只要往需要实施外科手术的伤员的鼻中滴一滴狼毒，伤员立即就会全身麻醉，军医就可放心地为伤员裁胳膊锯腿，做一些手术处置。到了桑布喇嘛手上，这狼毒几乎成了无病不治的灵丹妙药。

当萨瓦博士的圣日耳曼医院被嘎尔迪老爹引进到布里亚特草原以后，桑布喇嘛照样行医，一些上了年纪的老人，依然找桑布喇嘛看医吃药。就连嘎尔迪老爹除了自己那烂裆非找萨瓦博士不可之外，平时偶有不适，他也总是找桑布喇嘛，吃些桑布喇嘛给开的蒙药。嘎尔迪老爹觉得地上长的，畜生们身上长的东西成药入口，更让人放心一些。

桑布喇嘛仔细观察了谢尔盖一个时辰，才走到嘎尔迪老爹的跟前。嘎尔迪老爹看看桑布喇嘛，咧着嘴问："这独眼龙可是死人放屁——有缓？"

桑布喇嘛点点头。

嘎尔迪老爹高兴地道："我早就说过，布里亚特供奉的神灵多着哩！你说是不是？"

他又瞪着眼问色旺："你咋不说话？光会龇着牙傻笑？"

"我这是为老爷积了功德高兴哩！"色旺眉眼都挂着笑，"这独眼龙要是活过来，不知给老爷咋磕头捣蒜哩！"

"你以为他是你个蠢货斯基哇！你动脑筋想想敢得罪沙皇的人，得有多硬的骨头！我嘎尔迪不像咱大清的主子由着沙皇拿捏，我佩服敢跟沙皇作对的人。桑布喇嘛，看你这脸色透着喜气和镇静，你的眼神告诉我，这可怜的人还有救？"

桑布喇嘛告诉嘎尔迪老爹，这黑死病只要身体一起黑斑确实是无药可医。可看这病人身上的黑斑却全被大红蚂蚁咬破，大红蚂蚁的唾液性酸，自有除毒的功能。

嘎尔迪老爹哈哈笑道："你的意思是这独眼龙让大红蚂蚁咬对了？"

桑布喇嘛道："万物相生相克，生命变化无穷，生死都是偶然的，也是瞬间的。西伯利亚红蚁早就有祛毒镇痛的药用，这也是上了药书的。我想把病人泡在马奶酒中解毒去热，定能起死回生！"

"你看看，"嘎尔迪老爹兴奋地对色旺道，"你这蠢货，就相信萨瓦博士的药针！咱桑布喇嘛就是有大学问！"

色旺也兴奋地手舞足蹈道："桑布喇嘛咱还等什么，快把这独眼龙泡进马奶酒里呀！"

白音指挥着两个小喇嘛抬来了一个桦木大马槽子，放在了地上。白音又用布将里面揩净，然后和色旺把谢尔盖抬起，慢慢放了进去。又有喇嘛挑来一挑马奶酒，白音接过，轻轻倒进了大马槽内。马奶酒把谢尔盖慢慢淹浸。桑布喇嘛从袍袖中取出一只银制的小瓶，小心打开盖，往盛满马奶酒的大马槽内滴了一滴黑红的狼毒。

嘎尔迪老爹诡谲地冲色旺眨巴了下眼睛，道："看见了没有？桑布喇嘛上真货了！"

桑布喇嘛微微一笑道："放点狼毒不过是起镇静祛毒的作用。你们看，病人的黑斑已破，马奶酒会将病人的毒慢慢逼出来……"

桑布喇嘛正说着，色旺叫了起来："你们看啊，这独眼龙的黑毒正往外排哩，马奶酒的颜色都变了。"

果然，洁白的马奶酒荡起一团团黑色，慢慢洇开，渐渐地将谢尔盖的躯体遮挡住了。

嘎尔迪老爹瞪着眼睛对色旺道："看看，多大的毒素，怕人不？"

桑布喇嘛道："我得一个时辰换一次马奶酒，直到他身上的毒素排净，等马奶酒变清澈了，病人也就清醒过来了……"

色旺问："那得多长时间？"

桑布喇嘛道："得两天两夜吧！"

嘎尔迪老爹打了个长长的哈欠，又忙画了个十字，他这是跟俄罗斯女人学的，据说这样可以挡着魔鬼的乘虚而入。

"我累了，"嘎尔迪老爹对桑布喇嘛道，"等这独眼龙好利索了，你把他送到我包里来，我得仔细审审他！"

嘎尔迪老爹带着色旺一摇一摆地走出了桑布喇嘛的毡包。

谢尔盖在马槽子内用马奶酒泡了两天两夜，光马奶酒就用了四五十挑，马槽内的马奶酒清澈了，谢尔盖身上的黑斑也已褪尽，露出了完好如初的皮肤。萨瓦博士也惊异这个医学奇迹，曾几次来到谢尔盖身边观察，桑布喇嘛告诉他这一切得益于西伯利亚红蚁和草原上的断肠草，这更让萨瓦博士痴迷于东方药典。他告诉在医院里工作的布里亚特蒙古青年们，要挖掘西伯利亚草原的药草，要向贝加尔召的满巴喇嘛们学本事，这才是布里亚特蒙古人生存的根。

嘎尔迪老爹听说后，问他："咋？听说你改信喇嘛教了？"

萨瓦博士道："我想起你说的，阿爸有阿妈有不如自己有。西伯利亚草原是布里亚特蒙古人不死的阿爸阿妈!"

嘎尔迪老爹笑了起来:"智慧!我喜欢跟智慧的人打交道!那个苦役犯真活过来了?不会再传人吧?"

萨瓦博士道:"万物相生相克,我是信了,真神奇!"

谢尔盖终于哼哼了几声,是白音第一个听到的,他正在往谢尔盖身上轻轻地倒马奶酒,先是一愣,然后嘴中发出古怪的声音,谢尔盖听后一惊,强睁开眼睛,却见白音往外跑,并且一面大声叫道:"桑布喇嘛,桑布喇嘛,他醒了,醒了……"

谢尔盖的眼睛又合上了。听到人们急切地在呼唤他,谢尔盖睁开了眼睛,一个圆脸的东方喇嘛出现在他的视野里,桑布喇嘛的身后还有一些披着袈裟的人。

桑布喇嘛满脸是笑,正在乐滋滋地看着他。像过电似的,他的意识包括所有能记得起来的事情,忽一下复苏了,扑扑通通涌进谢尔盖的脑海里。谢尔盖虽然不知道眼前这些东方人是谁,但他知道自己真正是得救了。

谢尔盖喃喃地冲桑布喇嘛道:"谢谢。"

桑布喇嘛招呼来几个小喇嘛将谢尔盖从马槽子内扶起,白音找来一张柔软的羊皮,将谢尔盖身体擦干,又把他抱到了床上放平。

谢尔盖有气无力地问他:"你是……"

桑布喇嘛道:"他是我们这儿的北京喇嘛。"

"噢,北京喇嘛……"谢尔盖又闭上了眼睛,又在床上昏睡了一整天。又是一个秋日明媚的早上,谢尔盖彻底清醒了。桑布喇嘛为他准备了提气补神的羊肉枸杞粥,谢尔盖一口气喝了三碗。谢尔盖用餐巾擦着嘴,冲桑布喇嘛道:"活着真好。"

桑布喇嘛淡淡一笑。他对谢尔盖说:"只是,你的那只眼睛我无力回天了。"

谢尔盖道:"以后我看事物会更集中一些。"

他说着笑了起来,桑布喇嘛觉得谢尔盖是一个乐观的人,乐观的人不太容易被病魔放倒。

谢尔盖瞎着一只眼,来到了嘎尔迪老爹的包中,这已是多天以后的事情了。

嘎尔迪老爹看着瞎了一只眼的谢尔盖有些别扭，随手取出了一只茶色的水晶眼镜，送给了谢尔盖道："这还是前些年，大清的阿拉善王爷托山西茶商送给我的，说是用上好的阿拉善水晶打磨的。这既能遮丑也能养眼，我这眼睛比西伯利亚苍鹰还要看得远，根本用不着，送你正好用来遮挡你那只瞎眼窝子。"

谢尔盖戴上水晶眼镜，自己也觉舒服了许多，他谢过了嘎尔迪老爹。

嘎尔迪老爹看着谢尔盖道："是被沙皇流放的苦役犯？"

"谢尔盖，忠诚的布尔什维克，莫斯科的产业工人。"

"我咋瞅着你像鞑靼人？"

"我的确有鞑靼人的血统。"谢尔盖笑着道，"我们有这样一句谚语：剥开一个俄罗斯人，你会发现一个鞑靼人。"

"说来你也算是我的表弟了，"嘎尔迪老爹嘎嘎地笑了起来，"那么，我们的表兄，智慧的列宁同志你该认识吧？"

嘎尔迪老爹将谢尔盖领到了毡包的一角，把他引到了列宁像前，谢尔盖不禁惊异地看着嘎尔迪老爹。眼前这个衣着华丽、一脸红润的蒙古汉子，让谢尔盖有些诧异，他大概属于蒙古王爷一类的人物吧？他会是布尔什维克同志？

嘎尔迪老爹似乎看出了谢尔盖的疑虑，他冲谢尔盖道："我尊重智慧的列宁同志，是因为他反对沙皇。我也憎恶沙皇，沙皇生生从我大清版图上割走北海，就是人们所说的贝加尔湖，真狠啊，一刀剜去了大清最漂亮的眼珠子！我们的大清和你忠诚的布尔什维克谢尔盖同志一样，都少了一只眼睛……"

"你是说《尼布楚条约》吧？"

"二百多年了，你们沙皇闹得我布里亚特蒙古人无着无落。从蒙古人入主中原建立大元帝国，我布里亚特蒙古地界就是大元帝国通往欧罗巴的驿站，布里亚特草原是元世祖忽必烈分封给我们的驿站地！大清仍袭旧制，我布里亚特蒙古人经营驿站地，保护大清商旅进入俄罗斯，瓷器、茶叶、丝绸，你们叫大清黑达易吧？黑达易是啥？就是元青花、大清粉彩……我就是黑达易，我还要告诉我的子子孙孙我们就是黑达易……"

"嘎尔迪先生，当列宁领导布尔什维克建立苏维埃政权后，就会宣布废除一切帝国主义条约！这是列宁同志早已经向世界人民承诺的……"

"我怕是等不到那天了，我率领我的布里亚特部众与沙皇的哥萨克骑兵曾经大战小战不止，但也没有挡住西伯利亚铁路进入布里亚特草原。沙皇有飞机、大炮、军舰、机关枪，我们布里亚特蒙古人有什么？马蹄子、弯刀！你们布尔什维克能帮助我们布里亚特人把沙俄哥萨克驱逐出布里亚特草原吗？你们不光会煽动布里亚特的青年人与他们的爹娘老子作对吧？"

"布尔什维克就是要推翻沙皇统治的旧世界，在全世界范围内建立新的大同世界，没有剥削，没有压迫，平等自由……"谢尔盖极富演说家的天才，在一番滔滔不绝中让嘎尔迪老爹相信布尔什维克是布里亚特蒙古人的朋友，嘎尔迪老爹热情地拥抱了谢尔盖，并对色旺嚷嚷道："传我的令，鞑靼人谢尔盖是布里亚特人的朋友，他可以自由出入布里亚特草原的每一座毡帐，不用通报直接进入我的大包……"

色旺看看谢尔盖，坏笑着对嘎尔迪老爹说："老爷，看你把这鞑靼人宠得，你就差在他的头上尿一道了……"

嘎尔迪老爹一听，先是一愣后又嘎嘎大笑了。

谢尔盖有些莫名地看着大笑不止的嘎尔迪老爹。

谢尔盖在相当长的一段时间内，在布里亚特草原上考察。他用鹰一样敏锐的独眼观察着布里亚特蒙古人的社会生活、经济生活，布里亚特人的富庶，超出了谢尔盖以往的经验，即使是身为奴仆的布里亚特蒙古人，也都有自己的畜群，一应俱全的生活用品（甚至家家都有手摇缝纫机，就是在莫斯科寻常百姓家也不多见），在营盘地有自己的木屋，牲畜转场时各家有厚厚实实的毡包、换乘的走马，有的人家还有轰轰隆隆作业的马拉打草机。偌大的草原，除了几间铁匠铺，几座织毡纺毛线的作坊外没有任何工厂，更没有在工厂辛劳而时刻想着改变命运的无产阶级，这多少让谢尔盖有些失落。

关于布里亚特蒙古人的富庶，嘎尔迪老爹曾对他讲过，七百年前，圣主成吉思汗曾预见他身后蒙古人的生活：穿美丽镶着金边的华贵服装，戴贵重的宝石，饮甘醇的美酒，住温暖的穹庐……七百年来，布里亚特蒙古人就是过着这样体面的舒适生活。这多少让谢尔盖有些苦恼，布里亚特草原上根本没有产业工人，放之四海而皆准的布尔什维主义，在布里亚特草原成了盲点。

在谢尔盖的眼中，布里亚特草原上唯一的亮点就是烂鼻头拉西。

萨瓦博士虽然治好了拉西的烂鼻头，但萨瓦博士无法将拉西的鼻头恢复成爸妈留给他的原样，费尽周折，也只能让拉西的鼻头有坑有洼，说话哝哝的。有些小孩见到他的狰狞鼻子吓得哇哇直哭，色旺说他的大黑马一抬头见到拉西后，吓得一蹦子跑出去了五里地。众人听后大笑不止，嘎尔迪老爹却叹了一口气，他可是眼见着自己的亲外甥拉西，混成了布里亚特草原上一个标准的流浪汉，叫花子，穷光蛋。嘎尔迪老爹脑海中时常浮出少年拉西纵马草原的英姿，他常眯着眼睛看着奔驰在大草原上如海浪般涌动的马群，想，那个马背上的好少年呢？那个抢刀大战沙俄哥萨克的蒙古好男儿呢？真的就被这墨绿的大草原一口吞噬了？

老话道人穷志短，马瘦毛长，一无所有的拉西的生活目的似乎就是变着法混个吃喝，混个肚儿圆。拉西唯一的乐趣和本事就是站在高高的山包上，认真观察草原上哪一家毡包上的炊烟变淡，变淡的炊烟告诉拉西这家的饭要出锅了。拉西总是在主人上桌吃饭时，准时出现在人家的毡包前。好客的主人绝不怠慢拉西，还会拿出酒来招待拉西。

但他们会以他们的方式告诉他们的孩子拉西为什么会成为这样。至今，布里亚特草原上仍旧流传着一首叫《烂鼻头拉西》的歌曲，这首歌这样唱道：

> 阿爸，拉西叔叔大片的牛羊呢？
> 卖了。
> 阿妈，拉西舅舅冒烟的汽车呢？
> 扔了。
> 阿爸，拉西叔叔宝贵的金表呢？
> 当了。
> 阿妈，拉西舅舅漂亮的女人呢？
> 跑了。
> 阿爸，阿妈，拉西还有啥？

只剩漏风的鼻子啦……

哇哇哇，哇哇哇，

拉西只剩烂鼻子啦……

谢尔盖看上的就是烂鼻头拉西的一无所有，看上了他曾学过的军事技术和精湛的骑射本领，尤其让谢尔盖感兴趣的是烂鼻头拉西格外仇视资产阶级，仇恨有钱人。拉西愤愤地告诉谢尔盖，像萨瓦博士这样戴着金丝眼镜显得文质彬彬的家伙，这才是莫斯科来的豺狼，霸占了他的金达耶娃，这是拉西心中永远的痛。

他还恨他的亲舅舅嘎尔迪老爹，为富不仁的家伙，眼见着自己的亲外甥像丧家犬一样流浪竟然无动于衷，这恨潜伏在拉西的心里，他的心早已长出毒牙来，不知把嘎尔迪老爹咬死了多少回。但拉西在布里亚特不敢跟任何人说对嘎尔迪老爹的仇恨，就是喝醉了酒也不敢说，包括对他不断鼓动革命的谢尔盖。在拉西的世界里，嘎尔迪老爹是他唯一惧怕的人。

谢尔盖教诲拉西，我们无产阶级大众在这场革命中，失去的只是身上的锁链，而得到的是整个世界。

拉西醉醺醺地躺在草地上，皱着鼻子道："这个世界我得到过，可就像一阵风似的，一忽撒，啥都没有了！谢尔盖同志，你说的无产阶级是不是我这样的人？"

谢尔盖笑了笑，他喜欢拉西身上的破坏性，这种破坏性在打碎旧世界时非常难得。但在布里亚特草原，在嘎尔迪老爹的治下，拉西的破坏性根本无法得到发挥，他只能破坏自己，糟蹋自己。貌似广袤的布里亚特草原实际上是一只大皮奶桶，嘎尔迪老爹的大巴掌将它捂得严严实实，这里的一草一木甚至连游逛在草地上的牛羊身上都散发着嘎尔迪老爹的气息，这是个无处不在的家伙，他是布里亚特草原的魂灵。牧人们崇拜他，尊他为神、为佛，这让谢尔盖感到压抑。

思来想去，谢尔盖不想再把精力用在布里亚特草原上，不是任何一颗种子都能在草原上长成参天大树的。谢尔盖知道西伯利亚的革命中心不在布里亚特草原，而应当是在赤塔这样产业工人集中的城市。

他要把拉西带到赤塔去，谁知拉西害怕赤塔，那是让拉西想起就心碎的伤心之地。

拉西说："谢尔盖同志，我是一文不名的穷光蛋，到了那里会饿死。我知道那地方，他们只认识有钱的拉西……"

谢尔盖对拉西庄严地道："那里有你的同志、战友！"

"我的战友、同志？"拉西脸上浮起了笑意。

谢尔盖对拉西道："拉西同志，不要在草原上流浪了，跟我到赤塔找你的表哥班扎尔同志吧！他正在那里挥舞着赤旗，召唤着你！你们东方人有句老话叫作人挪活，树挪死，你就甘心终老草原？你拉西不是那种没有抱负的可怜虫，赤塔就那么可怕？"

是啊，我怕什么呢？拉西想，老话说光屁股的不怕穿皮袍的，赤脚的不怕穿靴子的。到哪儿，我也是站着一根，卧着一条。赤塔就赤塔吧，还能把我吃了咋的？

拉西皱着鼻子对谢尔盖讲："谢尔盖同志，光屁股拉西不听你的听谁的？这个世界上谁能像你这样待见我这样的穷鬼呢？谁会跟一个穷鬼说这么多让人心潮澎湃的话呢？你说我不是没有抱负的可怜虫，那我就有抱负给你看！你说赤塔就赤塔，我愿跟你去任何地方！革命，造反，捅老爷们的屁股眼，我拉西跟定你了！咱就去赤塔！"

谢尔盖想叫着拉西一道去告别嘎尔迪老爹。

拉西想了一下说："我这副嘴脸咋好见嘎尔迪舅舅？您代我问候他，说我时刻惦念着嘎尔迪舅舅老爷呢！他要是有穿不了的旧靴子送我一双，我就感谢不尽了。"

"拉西同志，我们眼光要远一些，"他拍拍拉西的肩膀，"一定要看得远一些！"

拉西诡谲地笑了一笑，拉西在想他可没时间听这老家伙有的没的胡扯。他可不想就这么悄没声地走了，要走也得闹出点动静来。拉西毕竟是上过军校的士官，当过沙俄的骠骑兵，钟情和勾引女人是他们的必修课。

在落魄的日子，拉西一直觊觎的就是金达耶娃，他像一个真正的情人，把对金达耶娃的爱深深埋在心底。他每次路过圣日耳曼医院的毡包时，都会想到金达耶娃在萨瓦博士的怀中扭动宛转，那才叫真正的痛不欲生。偶尔见到金达耶娃，拉西的心就会怦怦乱跳，血涌不止。拉西死死认定，金达耶娃就是与他血肉相关的人，尽管金达耶娃对他冷淡得就像一块桦木板！拉西想，临走之前他一定要再充分地表达一下，就是不成，他也不会损失什么。一个人要是活到没有什么可损失的，那就成了精了。想到这里，穷光蛋拉西不禁嘿嘿地笑了。

谢尔盖看烂鼻头拉西笑得春光灿烂，以为是自己的革命游说起了作用，不禁产生了一点儿小小的成就感。倒是嘎尔迪老爹始终不明白谢尔盖和烂鼻头拉西之间能有啥谈的。一个草原上让人唾弃的败家子和一个职业革命家之间能有什么话说呢？

这天，嘎尔迪老爹和色旺刚刚打死了那只单耳老公狼，单耳老公狼刚刚经历了头狼争夺的失败，被一只皮毛闪亮的青春雄狼咬得遍体鳞伤赶出了群，它曾经给予关爱关照的妻妾们纷纷冲那只青春雄狼撅起了屁股献媚，并冲它皱起了鼻子龇起了牙，老公狼只得悲哀地一拐一拐地离开了他心爱的狼群。从此，这只单耳老狼孤单猎食，野物基本与它的食谱无关了，就连可恶的西伯利亚雪兔也敢在它面前舞蹈了。一只曾经八面威风的单耳老公狼现在只得像个小偷一样没出息地偷猎家畜了。于是，它撞在了嘎尔迪老爹的枪口下，被嘎尔迪老爹一枪打得脑浆子迸飞。嘎尔迪老爹不能容忍无用的老家伙在草原上为非作歹，这是他和西伯利亚生物中的所有强者，共同遵守的一个生存法则。

色旺熟练地剥下了单耳老公狼的皮，终于得到了嘎尔迪老爹几年前赏件狼皮的承诺。色旺点燃了一堆火，割下了狼蛋和狼腰子放进火堆里烤熟了，嘎尔迪老爹和他分享这头老公狼留下的精华，为了遮蔽那腥臊，两人还喝了酒，带着几分惬意地回到了自己的营地。

这时，嘎尔迪老爹见到了早就等他好久的谢尔盖，两人热情地拥抱，嘎尔迪老爹对他说，在布里亚特草原游逛了这么长时间，也该用狼蛋补补身子了。他正思谋着给谢尔盖的毡包里安排一个知冷知热的女人。谢尔盖微笑着告诉嘎尔迪老爹，他要带着拉西去赤塔了，去感受那里的革命暴风雨。精明的嘎尔迪老爹已经听出了谢尔盖的弦外之音，嘎尔迪老爹高兴地在自己大包前的草地上宴请这个在布里亚特草原的碰壁者。

嘎尔迪老爹请来了萨瓦博士和桑布喇嘛作陪。他们开怀痛饮马奶酒、伏特加，布里亚特的小伙子们和姑娘们为他们表演了精彩的布里亚特舞蹈，那是古老的林间之舞，演绎着布里亚特这支森林中的蒙古人的动人生活。萨瓦博士还知道了布里亚特蒙古人起源的传说，原来他们是天上仙女般白天鹅的后代。难怪他们是如此的自由奔放，如此的柔情似水。难怪每当有白天鹅从包顶飞过，金达耶娃总是提着奶桶跑出，冲天上抛洒洁白的鲜奶，多好的女人啊！

那天革命家谢尔盖也兴奋了，还即兴唱了一首歌，那是歌颂伏尔加河上的船夫的，唱到动情之处，萨瓦博士还自动为谢尔盖加了和声，这两个俄国男人的嗓音浑厚而又纯正。真美啊，那个夜晚，天上苍穹如银河倾泻，人们抬头就是灿烂星汉，密密麻麻，星星点点，似乎伸手就能摘下一颗来。

歌声高亢，舞者蹁跹，人们如醉如痴。兴高采烈处，嘎尔迪老爹让色旺取出一个大肚子黑坛子，兴奋地告诉谢尔盖道："知道这是什么吗？这就是有名的大清老白汾！这还是十多年前，一伙拉骆驼走莫斯科的山西商人送给我的！说这是乾隆年间的酒，得有小两百年了。"

享用这样的好酒，人们自然又起一种兴奋。

嘎尔迪老爹醉麻麻地道："铁路未有修通之前，从大库伦（乌兰巴托）进西伯利亚的山西商人们，牵着一链子又一链子骆驼，走了一拨又来了一拨，全是冲着我嘎尔迪来的。从忽必烈授先祖驿站尉开始，一直到顺治爷授我祖爷爷二品驿站台吉（贵族），到我承袭二品台吉，前前后后有七百年了吧。过往的军卒，来去的商人，只要到了布里亚特蒙古人的毡帐里，他们就到了家。四仰八叉地睡，昏天黑地地唱，可着劲儿地造，那些山西商人最爱唱什么了，那些小曲醋溜溜的，咋唱了？"

嘎尔迪老爹一下子想不起来了，直挠头皮，引得众人哈哈大笑。

嘎尔迪老爹一下子看见了色旺，道："你这蠢货，咋光顾自个儿傻笑了？那醋溜溜的小曲咋唱了？你给谢尔盖同志，给萨瓦博士老爷学学，你听听人家是咋唱的。"

"老爷，我是布里亚特草原上出了名的蠢货斯基，傻瓜诺夫，我咋学得来呢？"

嘎尔迪老爹伸出双手在色旺的头上狠揉了两把，亲昵地道："你个坏东西，想让我在你头上尿一道咋地？我知道你这蠢货，你就是布里亚特草原的巧嘴八哥！"

色旺忸怩了几下，道："老爷，那些汉歌不好学哩！"

"他是朝我要工钱哩！来，赏你口老白汾喝！好好唱几声。"

色旺接过了嘎尔迪老爹递过的一碗老白汾，一饮而尽，道："老爷，这下感觉找到了，保证原汁原味！"

色旺扯开尖尖的嗓子，变换着男声女声唱了起来：

> 哥哥哄我哩，
> 拉骆驼的哥哥是无根草，
> 哪儿挂住哪儿好。

> 妹妹冤我哩，
> 从大库伦走到莫斯科，
> 哥哥裤裆里的零件哪样样少？

这下，革命家谢尔盖，医学家萨瓦和桑布喇嘛都禁不住大笑了。

嘎尔迪老爹端起了碗中的老白汾，冲众人道："喝了咱大清的老白汾，以后再喝啥伏特加、红葡萄酒，全都是马尿了！"

嘎尔迪老爹说着将碗中的老白汾喝光，也可能是酒太醇太烈了，嘎尔迪老爹喝完一屁股坐在了椅子上，大脑袋往椅背上一靠，呼呼地睡着了……

10 拉西想，自己这次是确确实实被金达耶娃这个小妖精干了

萨瓦博士摇晃着回到了包里，让大清老白汾搞得昏昏沉沉乱七八糟的博士脑瓜还是感到了一种异样，没有了热乎乎的洗脚水，没有了酽酽的醒酒茶，没有了柔软的睡袍，更没有了金达耶娃那热滚滚的身子。这是萨瓦博士两年多来从未遇到过的。

他孤单单地在床上躺了半天，方才意识到金达耶娃不在包里。这个东方小天使，东方小美人怎么会在包里消失了呢？她会不会到外面接我

去了？西伯利亚的夜风很冷。她会不会到医院别的姑娘那里去了呢？萨瓦博士想爬起来找找，可他挣扎了两下，又一把抱住枕头晕晕乎乎地睡过去了。萨瓦博士做梦都没有想到，他的包里已经发生了重大变故，金达耶娃已经弃他而去了。

当萨瓦博士和嘎尔迪老爹、谢尔盖高兴地喝大酒时，烂鼻头拉西悄悄溜进了他的毡包里。原本拉西想强力行事，他以为金达耶娃见到他会像见到恶魔一样跳起来，拼命地喊叫挣扎，拉西的脑海里已经无数次演绎了强暴的步骤，掐住她的脖子，剥光她的衣服，狠狠地干她，狠狠地……拉西欲火烧身，血脉偾张，他在等待着金达耶娃的强烈刺激，到那时他会一触即发，像鹰捉小鸡，饿虎扑食……

可谁知，金达耶娃见到双眼喷火的拉西，仅愣呆了一下，随即淡淡地打了个招呼："你来了？"

"啊，我，我来了。"烂鼻头拉西被金达耶娃的平淡搞蒙了，胸中的虎贲之气荡然无存了，忽然变得有些手足无措了。

拉西语无伦次地问："包里就，就你一个呀？"

拉西恨自己竟然说出这样的蠢话，恨不得狠批自己脸颊几个大耳光。

"你找博士老爷看病吧？他去嘎尔迪老爷的包里喝酒去了。"

"喝酒去了？那你，你还好吧？"拉西也不知怎么搞的，净问了些傻话，就像一个羞怯的情人。

"我？我就这样。"金达耶娃也有些奇怪地看着烂鼻头拉西。这人怎么了，平时的赖劲呢，"我有什么好不好呢？"

金达耶娃说着，嘴角挂出惨淡的笑。

烂鼻头拉西年纪虽轻却是个采花老贼，老贼的眼光敏锐如雷达，他已经牢牢捕捉到了金达耶娃脸上这稍纵即逝的惨淡的笑，并且准确地做出了方位判断：这是个抑郁的女人。抑郁的女人就像有缝的鸡蛋，最容易被苍蝇下蛆。

拉西有些得意地想，甚至幻想着自己生出了短短的闪着琺琅光泽的苍蝇翅膀，嗡嗡地伸出小触角在金达耶娃有缝隙的地方钻来钻去。拉西不禁得意起来，可他还是不明白，一个世代包衣家奴才的女儿住进了老爷的毡包内，不是一步登上了天堂？还有什么抑郁的呢？该不会为我烂鼻头拉西吧？莫非博士老爷的物件儿只管撒尿？拉西的脸上荡起了一丝坏笑。

布里亚特人都知道，萨瓦博士是嘎尔迪老爷请来的上帝，而金达耶娃是上帝身边的女人。按理说，金达耶娃应当是布里亚特最幸福的女人。这个待人亲善，医术高明，救苦救难的萨瓦博士在金达耶娃眼里却渐渐变成了一个让人心寒心碎的魔鬼。

金达耶娃认为，她住在萨瓦博士的包内，就该为他生儿育女，这是天经地义的事情。在草原上，酒鬼醉汉的女人，二流子无赖的女人，流浪汉的女人，哪个不是儿女满包？就连她那嫁给鹿皮奶桶的曼达尔娜姐姐也有了自己的一儿一女，而且小家伙们能够在马背上颠跶了，能扯着嗓子喊阿妈了。这个嫁给奶桶的女人那甜甜的答应声让金达耶娃妒火中烧，痛不欲生，女人不能生孩子，好猫狗也不是啊！

金达耶娃终于寻找到了原因，障碍就是萨瓦博士不断蜕下的那层皮，金达耶娃开始痛恨那些薄薄的小天使，它挡住了烂裆病，也挡住了金达耶娃做母亲的希望。当小天使降临牧人的包时，嘎尔迪老爹就有隐隐的担心，这会不会影响蒙古人的繁衍？他曾就这个担忧问过萨瓦博士，萨瓦博士对嘎尔迪老爹道怎么会呢，当疫情控制住后，草原上牧民的包里，就会出现无数活泼可爱健康快乐的小板定（男孩子）……

他说着，拍拍嘎尔迪老爹的肚子，意思是让他把心放回肚子里，嘎尔迪老爹笑了。冬去春来，当可恶的烂裆病悄悄退去后，女人们挺着大肚子来到圣日耳曼医院的大帐里叉开双腿让医生做检查时，金达耶娃看得眼珠子都快滴出血来。

她恨萨瓦博士无论在什么情况下，都不肯脱去小天使的外套，金达耶娃女人的解数用尽，可萨瓦博士就像一架机器，无穷尽地重复着自己。和小天使做爱，已经成为金达耶娃的梦魇。她一听见萨瓦博士在暗夜中的摸摸索索，就起心悸，那不是属于生命本身的那一层，已经激荡不起金达耶娃生命之门的泉涌，可萨瓦博士，萨瓦老爷真有办法啊，他竟然在自己的小天使脸蛋上涂抹难闻的药膏子，莫斯科老爷可真会照顾自己哇！萨瓦老爷，萨瓦博士，你可以踢我，咬我，掐我，用马鞭子抽我，可你不能变着法子不让我生孩子哇！金达耶娃有一肚子的委屈，甚至是愤懑，她再也不能忍耐，在一个夜晚终于有了和萨瓦博士这样的一段对话：

"老爷，这样不是很好吗？"

"不，不，理智会让我避开一切可能的危险！我见过太多的丑陋肮脏，我知道怎样保护你，保护自己！"

"耶娃干净着哩！我每天都用清水洗，干净着哩！老爷，我求求你了，求求你了！"

"我也知道，现代科学技术总是在伤害着人类的基本情感。"

"老爷，你不喜欢小孩子吗？"

"小柳芭？小谢廖沙？我当然喜欢！"

"老爷，求求你了，让我为你生个小巴特（英雄）、小萨日（月亮）吧！"

"耶娃，我能做的就是对你负责！请相信我，我是一个负责任的男人！"

耶娃绝望了，感受到耶娃不快的萨瓦博士也很扫兴。俩人第一次分开，相背而睡。半夜耶娃被吭吭声惊醒，她发现萨瓦博士正在机械地运动右手，投入地干着自己。一刹那，她已经看清萨瓦博士残酷而又自私的一面，这个上帝，吝啬得连那繁衍不断的精血都舍不得给自己的女人。世上还有这样的魔鬼吗？

耶娃心中流泪了，她后悔，就是嫁给马鞍子怎么了？她的包里照样可以收留醉酒者流浪汉，照样可以生儿育女。还有烂鼻头拉西，每次看着自己的眼光多可怜啊，就像一条无家可归的狗……

金达耶娃看看烂鼻头拉西，她忽然觉得拉西的鼻子不是那样让人恐怖，不过是比旁人的鼻子显得有些特别就是了。这个烂鼻头，只是过去的故事。

金达耶娃平静地对拉西道："拉西少爷，我知道你来我这包内想干什么。"

拉西愣愣地看着金达耶娃，道："我就是想给你解解闷。"

金达耶娃开门见山道："我不闷，我就是想生个孩子。"

"怎么？"拉西咧着嘴问，"萨瓦博士傻得连这个都不会？原来他是个废物！"

"不许你污蔑博士老爷！他……我给你说不清楚！"

"耶娃，这不就怪了？不就生个孩子吗？多大的事呢？我拉西帮你！这不是吹牛，赤塔不知有我多少孩子哩！趁时间来得及，咱现在就把正事办了！"

他说着就要动手揪扯金达耶娃，金达耶娃一把将拉西推开。

"你给我滚一边去！这是博士老爷的毡包！我告诉你，拉西少爷，我不想再在这个包内待着了！你敢带我走吗？"

"谢尔盖先生要带我去赤塔闹革命，你愿跟我去赤塔吗？"

"那我们现在就走。"金达耶娃说着，提起一只早已收拾好的小包袱，那里面有她几件替换的衣服。原来，她早已做好了随时动身的准备，只是在等待一个色胆包天敢把她带走的男人。

拉西十分兴奋，眼睛巡视着包内道："你这样走了，太便宜他了！咱得找补点吃喝钱。"

拉西说着，伸手就要拿桌子上的银蜡台等几件银器，却被金达耶娃狠狠地打了一巴掌。金达耶娃揪着拉西的脖领子，俩人慌慌地出了包……

拉西和金达耶娃骑马来到敖包前的那片草地上，拉西勒住了马，咧着嘴贴住金达耶娃的脖子道："我这东西硬了一路，都硌痛了。"他说着，抱起金达耶娃就往草地上滚，眨眼的工夫就把金达耶娃和自己脱了个精光，其速度之快让金达耶娃都感到有些惊讶。

更让金达耶娃惊讶的是拉西手上变戏法似的出现了一只小天使，这下，金达耶娃愤怒得像一只母狼忽一下坐起，抱住拉西狠狠地在他的肩头上咬了一口，拉西一疼手上的小天使飘落在草地上。

金达耶娃狂怒地喊道："滚他的小天使，我要孩子、孩子！"

金达耶娃像一只咬住小牛犊脖子的母狼，抱着拉西仰面倒在了地上，她感到自己的生命之门接纳着拉西，她就像一条蟒蛇吞下猎物，挣扎着，扭曲着，不歇气地吞噬着拉西身上热辣辣的生命热流。她渴望着拉西像泉水一样喷涌，她扭动着身躯，充满热情和期待地忘我吸吮着，终于拉西像一头老牛吼叫了，那渴盼已久的生命泉涌热辣辣地进来了。

那一刹那，金达耶娃咯咯地笑了，蔫头耷脑的拉西竟被这笑声搞得茫然不知所措了。看到金达耶娃一脸胜利者的样子，拉西皱皱狰狞的鼻子有些悲哀地想：自己这次是确确实实被金达耶娃这小妖精干了。

当有几分醉意的谢尔盖来到与拉西约好的见面地时，他看到了与拉西一起躺在草地上的金达耶娃，他依稀认出在这个一弯冷月下显得格外妩媚的女人是萨瓦博士包里的侍女，在那一刹那谢尔盖又不得不佩服烂鼻头拉西勾引女人的本事。

谢尔盖在马上带着明显的不悦道："你在干什么呢？还去不去赤塔了？这个女孩子是谁？"

拉西倦倦地爬起身，他看了一眼马上的谢尔盖，道："她是金达耶娃同志。金达耶娃是世代的奴隶，她愿意跟我一同去赤塔闹革命。"

拉西的圆脸上浮起了一层坏笑："布尔什维克不能拒绝女奴隶对平等自由的向往吧？"

"你给我闭嘴！"谢尔盖忽然愤怒地大吼一声，然后一拍马头，马儿载着他在草原上飞奔开了。

拉西把金达耶娃抱上马背，自己再翻身上马，马儿像箭一样朝森森的草地驰去。东方天际那颗启明星闪着晶莹的光束，西伯利亚草原和苍茫天际一样深邃，深邃地泛着幽幽蓝光……

11 小棕熊伸出长长的舌头，忘情地舔着嘎尔迪老爹脚上的蒙古靴子

到了第二天早上，没有早餐吃的萨瓦博士才相信金达耶娃真的不见了。他担心金达耶娃出什么事情，被熊吃狼啃，无数恐怖的场景闪现在萨瓦博士的脑海里，萨瓦博士惊慌失措地跑了几个地方，才在桑布喇嘛的住地见到嘎尔迪老爹。

听萨瓦博士一说，嘎尔迪老爹嘿嘿地笑了，甚至有些幸灾乐祸：一个男人辛辛苦苦跟一个女人在包里生活了好几年，竟然让女人的肚子一直干瘪着，这不是白耽误工夫吗？塌包还不是早晚的事情？女人让人拐跑了，包塌了，在西伯利亚草原，你不是第一个，也不会是最后一个，这又有多大的事情呢？

嘎尔迪老爹安慰着萨瓦博士。

萨瓦博士不明白，为什么金达耶娃不辞而别呢？即使不满意现在的生活，你也可以光明正大地走嘛，这叫什么？

嘎尔迪老爹听着萨瓦博士的嘟囔，冲他摆了摆手，示意他停止。此时的嘎尔迪老爹正在观看召里的满巴喇嘛给一头小棕熊治伤，小棕熊的肚子被一只野狼的利爪划开了，但它也一掌打碎了狼头。那只死狼就趴在受伤的小棕熊附近。在森林中采药的桑布喇嘛发现这只勇敢的小畜生时，它的肠子露在外面，已是奄奄一息。桑布喇嘛给小棕熊嗅了狼毒，小棕熊失去了知觉，桑布喇嘛趁势把这软绵绵的东西扛回了包。一个圣日耳曼医院的外科医生，也是萨瓦博士培训出来的布里亚特青年，正在为小棕熊用酒精清洗着伤口，伤口翻开的肌肉一抖一颤的。

那个医生用羊肠线笨拙地缝着伤口，萨瓦博士指点着他，一面看着没有被绑缚住的小棕熊，他在想：桑布喇嘛究竟用什么药物麻醉呢？这家伙要是忽然醒了该怎么办？

嘎尔迪老爹猜出了萨瓦博士的心思，安慰他道："桑布喇嘛给它上了狼毒，醒过来蹄蹄爪爪也是麻的。再说了，西伯利亚的野物儿还没有敢在我面前撒野的！我知道，你一定没有早饭吃，咱就在桑布喇嘛包里喝早茶。你们好好看着这只熊，等醒过来我有话对它说。"

色旺答应了一声。嘎尔迪老爹和萨瓦博士走进了包内，在一张画漆的小方桌前坐了下来。

小喇嘛们端上了早茶，酽茶黑乎乎的，漂着砖茶根子，萨瓦博士尝了一口，感觉挺咸。

嘎尔迪老爹道："你喝惯了加糖的红茶，尝尝这蒙古砖茶的味道。老话咋说了？茶无盐，不如水；人没钱，不如鬼！我给你说吧，咱蒙古人净至理名言。"

萨瓦博士学着嘎尔迪老爹的样子，往茶里放了炒米、冷羊肉片、酥油。

嘎尔迪老爹对他说："你先别喝，等焖一会儿，你再尝尝。"

当他们再喝时，果然满嘴香喷喷的，再尝尝肉片、炒米，顿时满嘴生津，喝着喝着，他们的头上都冒出了汗。

萨瓦博士赞叹道："蒙古早茶真是奇妙无比，喝一口，浑身都是劲儿！"

嘎尔迪老爹道："我再找一个会做早茶的姑娘侍候你？"

萨瓦博士有些茫然地道："吃饭的事情并不难办，我还是希望金达耶娃继续回到我的身边。"

"她只要走了，就永远不会回来。我比你知道蒙古女人！"嘎尔迪老爹摇着头道，"我真闹不明白了，哪个生马驹子敢从萨瓦老爷的包里拐人呢？"

俩人正说着，色旺跑进了包，兴致勃勃地道："嘎尔迪老爷，那头小棕熊醒过来了。等着您老人家给它开导哩！"

"我是得开导开导这小畜生！"

嘎尔迪老爹站了起来，摇摇晃晃出了包，出于好奇，萨瓦博士跟着他走了出去。那头小棕熊站起又跌倒，趴在地上喘粗气。色旺取了把椅子放在它的头前，嘎尔迪老爹稳稳地坐了上去，小棕熊胸腔里发出几声呜咽，唬得色旺一个劲叫："老爷，老爷！"

嘎尔迪老爹吼道："你给我闭嘴！"

色旺不敢吭气了，嘎尔迪老爹伸出大手在小棕熊的头上摩挲了一把，小棕熊龇着大牙，嘎尔迪老爹笑道："你这小畜生，还敢冲我龇牙？我认识你阿爸哩！你阿爸叫普加乔夫是不是？它是我的老朋友！你小小的年纪不该离开你老阿爸呀！要不是我关照你，你早成了一堆白骨头架子了！"

小棕熊听着，呜呜叫着，费劲地仰着头往嘎尔迪老爹脚前靠。

嘎尔迪老爹哈哈笑道："这回想起我是谁了吧？普加乔夫没有给你说过？"

小棕熊呜呜着，伸出了舌头，一探一探地朝嘎尔迪老爹脚上的靴子探来。

色旺惊道："老爷，这畜生要舔你的靴子哩！"

果然，小棕熊伸出长长的舌头，忘情地舔着嘎尔迪老爹脚上的蒙古靴子，舔得是那样的忘情，那样的痴迷，人们都痴眉愣眼地看着这一幕，再一次领略到了嘎尔迪老爹西伯利亚霸主的神力。

人们被震慑住了，色旺扑通一声跪倒了。围观的人们也都跪倒在地上，桑布喇嘛肃立着，嘴中呢喃着什么。人们折服地磕着头，嘎尔迪老爹的脸上只是挂着微微满足的笑容，犀利的眼风却是横扫一切。

萨瓦博士也被眼前的景象惊呆了，难道说这个老嘎尔迪真有神力，真有通灵的本事？这个彻头彻尾的布里亚特蒙古汉子身上有一股抹不去的东方神秘。他的腿有些发软，他担心自己不能自持，也跪倒在嘎尔迪老爹面前。

萨瓦博士看着那只小棕熊在痴迷地舔着嘎尔迪老爹的靴子，这个小畜生已是彻头彻尾的一派臣服架势。

嘎尔迪老爹亲热地摩挲着小棕熊的头颅，脸上充满了爱怜和悲悯。

色旺站起身，谄媚地道："老爷，我侍候您老人家在这畜生头上尿一道？"

嘎尔迪老爹哈哈地笑了起来："算了吧，我在它老阿爸头上已经留过记号了，我有多少尿侍候这些畜生？滚吧，滚吧！还舔个没完了？"

嘎尔迪老爹笑着用靴子踢开了小棕熊，小棕熊挣扎着站起，昏头昏脑地转了几圈，蹒跚着走进了随风飘拂如海浪般涌动的草丛内。

萨瓦博士仔细地观察着嘎尔迪老爹的模样，他似乎从未这样认真观察过嘎尔迪老爹：那古铜色的圆脸庞上，浓浓的狰狞上挑的两道浓眉透着凶悍的王者之气，可那对细长的大眼睛，却又不时闪出似水柔情……

"你为何这般看着我？"

萨瓦博士道："我觉得你的眼睛长得非常特别。"

"我的眼睛特别？"嘎尔迪老爹眨巴着眼睛，嘿嘿地坏笑起来，"我看还是金达耶娃那姑娘眼睛长得特别！这么好的姑娘，你咋不把人家侍候舒服了？这不就让过路鬼给瞄上了，包塌了吧，我给你实说了吧，草原上不缺馋嘴猫！你看看他们嘴咧得笑成了花，你问问他们吃腥不！"

那些身披深红色法袍的喇嘛朝着萨瓦博士诡谲地笑了，显得十分暧昧。

萨瓦博士多少有些茫然地看着嘎尔迪老爹，嘎尔迪老爹同情地道："真可怜，啥样的过路鬼敢动萨瓦老爷的女人呢？哎哟，哟，嘿，我怎么忘了他呢？色旺，色旺——"

"老爷，我听着哩！"

"我那混蛋外甥呢？拉西呢？"

"老爷，您忘了？烂鼻头拉西不是跟着谢尔盖同志去赤塔了？"

"是他干的，是他！"嘎尔迪老爹兴奋地喊叫开了，"是我的外甥，是我的外甥！他可真行啊！"

看着嘎尔迪老爹那兴奋不已的样子，萨瓦博士有些惆怅，他感到金达耶娃永远地离他去了。他望着湛蓝蓝的天，几团白云舒卷，金达耶娃就像张着一对小翅膀，呼扇着远去了，萨瓦博士为自己的遐想而泪水潸然。

送走了萨瓦博士，嘎尔迪老爹忽然想看看老喇嘛奥腾，听人们说奥腾病了。他有些奇怪，前些日子还见他煮了个整牛头吃，那精气神不让老公牛，这又犯啥病了？他有些疑惑地来到了奥腾大喇嘛住的小厢房。奥腾闭着眼睛，嘴里呢喃着在打坐。屋里点着香，烟气缭绕着，袅袅地向上升腾，把墙上挂的佛像搞得缥缥缈缈的。

嘎尔迪老爹看看奥腾大喇嘛，觉得他气色还好，稍放下心来。

嘎尔迪老爹关切道："听说你病了？"

"你坐吧，我不咋，是听白音说的吧？我就是胸口有些闷得慌，说来也是六十多岁的人了，还能没个病啊灾的？"奥腾大喇嘛咳了几声说，"嘎尔迪呀，我是越老越没出息了，我想老家了。晚上睡不着，我就跟白音聊聊老家，他说他在达拉特旗的王爱召修行过，我问他些事情他又回答得驴唇不对马嘴的。看他有一搭没一搭地应付我，这让我越想家。"

嘎尔迪老爹劝他："老奥啊，你还跟北京喇嘛生气呀，云游僧，就爱吹！白音啊——"

听到嘎尔迪老爹的呼唤声，白音喇嘛出现在门口，笑盈盈地道："老爷，您找我？"

嘎尔迪老爹道："你以后多陪奥腾师父说说话，好好说，别有一搭没一搭的，信口乱说，让他老人家着急。"

白音答应着。

奥腾大喇嘛说："嘎尔迪啊，我现在一闭上眼，就看见我阿妈在黄河边上叫我，昨晚我还真梦见她了。我有几十年没有梦见我妈了，醒来，没出息，我哭出声来了……"

"咳，谁碰上妈也没出息。"

"还是你懂！"奥腾揉揉眼睛道，"我十三岁时，进黄河边上的王爱召当扫地的小喇嘛，那是第一次穿上紫红袍子，第一次穿上不露腚的衣服，把我阿妈喜欢得呀，一个劲儿擦眼泪，感谢佛爷！"

奥腾大喇嘛眯着眼睛，喃喃地说。老奥腾脸也洗得不干净，还有一坨眼屎沾在眼角。脸上的皱褶一圈套一圈，一层叠一层，这还是那个声若洪钟的奥腾大喇嘛吗？人不服老不行。嘎尔迪老爹想起四十年前第一次见奥腾时，奥腾还是个英气勃勃的青年喇嘛。而自己呢，只是个刚会骑马的孩子。四十年一晃，真是时光如刀啊！人咋会老成这样呢，嘎尔迪老爹顿生说不出来的感伤。

奥腾说："我总觉得我阿妈还活着，还等着我哩！我这一辈子啥都没有，就是有个阿妈……"

"你不是还有佛爷？"嘎尔迪老爹劝他道，"你是出家之人……"

一听"出家"，奥腾大喇嘛又要哭。

白音忙对嘎尔迪老爹道："老爷，你和奥腾师父聊，我这就给你们熬茶去！"

白音说完，匆匆走了出去。

"没人爱听我唠叨了。人老了，没坐处，袍子旧了，没放处。"奥腾叹了一口气说，"我十三岁进王爱召，十八岁上塔尔寺，二十岁上扎布伦寺，二十五岁就来到了北海召，到现在整整四十年了。嘎尔迪啊，你说我这把老骨头还能回到黄河边上吗？"

"这可隔着上万里呢！"嘎尔迪老爹摇着头道，"要不我哪天有了空，找沙皇老儿说说，给你弄架飞机萨玛辽特过去？"

"你个嘎尔迪啊，咋敢想了？"奥腾大喇嘛微微笑了，"我就是想再回黄河边上老家看看，总觉得我妈还在黄河边上等着我哩。年轻时心野，没觉着路多远，常想唐僧取经的事，孙猴子翻个跟头十万八千里。咱也不差，翻山越岭，也没觉得有多累，多远！上青海就上青海，上西藏就上西藏，就是马上马下的事情。可现在上个马，也得忽抽几次才爬得上去！我离开王爱召时，我二大爷当时是召里的大喇嘛，是他送我出的远门。他对我说，孩子，你走到天边，召里也给你留着籍，甚时回来都有你的炒米吃。咳，我真想拿着大扫帚，把召里召外再扫上一遍，再泡碗炒米吃。嘎尔迪，你在听吗？"

"我在听，在听。"嘎尔迪老爹眯着眼，点了几下头，"我知道王爱召，就是大召，咱蒙古人叫伊克召。听走莫斯科的绥远茶商说，现在大清咱蒙古地界还有个伊克召盟呢！"

"还大清呢！听人家说大清换新主子了！"奥腾嘟囔着，"你这大清二品台吉新主子还认不？你没打听打听？"

"噢，你说什么？"嘎尔迪老爹瞌睡蒙眬地问，"打听什么？"

"你打什么盹呢？"奥腾大喇嘛忽然光火了，"我又不是在念你听不懂的藏经！我让你问问大清新主子，人家认你这二品台吉不！我好有个盼头，这些日子我就是想我的黄河湾，王爱召！"

奥腾说着，呜呜地哭了，嘎尔迪老爹吓了一跳："你这是又怎么了？"

奥腾呜咽着道："我就是想哭，想哭。"

嘎尔迪老爹无奈地看着哭成一团的奥腾大喇嘛。他冲奥腾大喇嘛道："老奥腾啊，你这么一哭，让我想起了我的淖利布哥哥。"

奥腾大喇嘛道："你咋想起他来了？你淖利布哥哥那学问，连丹吉活佛都佩服哩！哪像你粗言俗语的。"

"我那淖利布哥哥呀，那年跟我说，咱驿站营盘地的土默特蒙古人呀，二百多年前就住在黄河边上的土默特草原，就是现在的归化城附近。"

奥腾大喇嘛道："我还在归化城的白塔寺住过哩！说来咱们的祖上都是黄河边上的人。咱不是老乡见老乡了？"

奥腾大喇嘛说着，眼圈子又红了。

嘎尔迪老爹道："你看你，又要掉泪。淖利布哥哥说，实际上我们土默特蒙古人，祖祖辈辈就生活在西伯利亚大草原上，北海边上的丛林之中。七百多年前，是我们的先祖跟着圣主的长子术赤，加入了成吉思汗西征的大军。我们的马蹄子踏遍了亚欧大陆，就是想看看太阳如何从大海上升起。后来，我们成为阿拉坦汗的子民，就游牧在黄河两岸的土默特草原上，你看咱蒙古人的马蹄子跑得远不远？"

奥腾大喇嘛哽咽道："说来，咱先人都是喝过黄河水的，亲上套亲哩！"

嘎尔迪老爹道："黄河，咱们的母亲河呀！咱蒙古人叫黄河咋叫法？哈囤高勒对吧？"

奥腾大喇嘛道："没错！哈囤高勒！我小时候，只要过黄河，就跟着大人冲黄河磕头。"

嘎尔迪老爹道："听淖利布哥哥说，当年成吉思汗归天在黄河南岸，他的一个夫人为他殉情跳进了黄河，咱蒙古人为了纪念这位夫人，从此就称黄河叫哈囤高勒，夫人河，母亲河！"

奥腾大喇嘛道："老嘎尔迪啊，我得高看你一眼！你用刀枪守护着我们的家园，你的淖利布哥哥用笔呵护着我们的家园！"

嘎尔迪老爹道："淖利布哥哥还说，二百多年前，阿拉坦汗的女儿波拉金公主远嫁布里亚特布贝贝勒的儿子代洪台吉时，阿拉坦汗让她从黄河边上带走了浩里土默特的一万部众，这当中夹杂着许多汉人工匠和家眷、农具和各种手艺家什，还有武艺高强忠勇可靠的几百名侍卫。一万余名男女老幼，赶着自己的畜群，乘着高高的勒勒车、牛车、马车，向着自己先祖出生的地方，布里亚特蒙古人的西伯利亚出发了，这一路上高山、峻岭、荒漠、草原、森林、沼泽、大河、湖泊……"

嘎尔迪老爹眯起了眼睛，轻轻哼唱了起来，好像沉醉于一个古老的回忆之中：

> 兴安岭的鸟呀
>
> 小心那套子
>
> 行程上的人呀
>
> 走路要当心

唱着唱着，嘎尔迪老爹的双手随着身子摇摆了起来，这是布里亚特人为了纪念这段史诗般的悲壮历程，创作的一个集体舞。即使到了现在，每当节庆的时候，布里亚特人就会手拉着手，一边左右摇摆一边唱着这首歌，沉浸在先祖的悲壮历程之中，布里亚特蒙古人称这个歌舞为纳日给勒格。

嘎尔迪老爹对奥腾大喇嘛道："我们的先祖就这样走了整整几年，从大明走到了大清，行程万里呀。"

奥腾大喇嘛一听"行程万里"，眼泪又涌了出来。白音提着茶壶走了进来，见奥腾大喇嘛眼圈子红红的，不禁皱着眉头说："师父，你咋又哭上了？"

"老喇嘛想家，神仙也没法！"嘎尔迪老爹摇着头说，"老奥腾啊，你先喝点茶稳稳神，你说那事呀，我想着哩!"

他冲白音使了个眼色，然后踱出了门。

白音跟了出来，问嘎尔迪老爹："老爷，您有吩咐的?"

"我瞅你奥腾师父心病不轻，你甭有一搭没一搭的，得耐下心来陪他好好说说话。"

白音答应了一声。

嘎尔迪老爹看着白音，忽然问："你这个北京喇嘛，不想家啊?"

白音道："心中有佛，自然无我。"

"回答得好，回答得溜，"嘎尔迪老爹点着头道，"我看你这年轻人，比奥腾大喇嘛还有悟性。"

白音轻声地道："谢谢。"

他低着头，仍能感到嘎尔迪老爹的目光，像闪电一样在他的身上盘旋。

12　布尔什维克还未来，西伯利亚草原的屎壳郎都顶上官帽子了

嘎尔迪老爹和卡捷琳娃赤着身子并排躺在一张宽大的桦木大床上，湿湿的雾气热腾腾地在这间桦木板房里弥漫着。一个侍女拿着苹果木雕成的水舀往烧红的石头上浇着水。随着呲呲啦啦的响声，蒸汽又带着热浪席卷了嘎尔迪老爹的全身。

嘎尔迪老爹的头上、脸上、身躯上都渗出黄豆粒大的汗珠。

他知道谢尔盖在包内等他，谢尔盖现在是大人物了，但大人物未必能办成大事。想成就大事的大人物就应该有耐心，老子就是一块锤炼大人物耐心的磨刀石。

想到这儿，嘎尔迪老爹不禁嘿嘿地坏笑了。

嘎尔迪老爹身边的卡捷琳娃动了一下，但仍闭着眼睛享受着这份滋润。

她那紫葡萄般的乳头上挂着一粒硕大的汗珠，这让嘎尔迪老爹忽一

下想起索尼娅干涩的眼眶中那颗极为饱满的泪珠，嘎尔迪老爹忽生一股伤感，他嘟囔了声坐了起来。

卡捷琳娃也翻了个身坐起，嘴里还轻轻哼着一支什么曲子。看来，她非常享受这样的生活。

"亲爱的，今天我不能陪你浮水了。你知道的，谢尔盖同志在包内等我呢!"

"好吧! 见你的谢尔盖同志吧!"

卡捷琳娃说着站起，赤着身子活动着细细的腰肢，伸展着胳膊。

侍女打开了门，一股清新的湖风扑了进来。卡捷琳娃扭动着圆圆的屁股，向桦木板房的门外走去。门外是一个高高的木台，台下便是碧绿碧绿的贝加尔湖。炫目的太阳挂在贝加尔湖的上空，卡捷琳娃的身体像雪一样刺目，这个白白的小水妖在跳台上腾空跃起，像一条翻转的鱼儿一头扎进了贝加尔湖水里。

在好远处，水浪才翻起，卡捷琳娃蹿了出来，挥动着双臂在水里自由地游动着，嘎尔迪老爹眯着眼睛欣赏着，他感到卡捷琳娃在水中的那份潇洒就像自己骑马驰骋在草原上。这个小水妖，这个俄罗斯女人，这个落难的卡捷琳娃公主是被今冬的暴风雪从遥远的圣彼得堡刮过来的……

这是个多雪的冬天。

冰雪遮盖着布里亚特草原，冰雪遮盖的草原上走来一群又一群俄罗斯的老爷、太太、少爷、小姐，他们迫不及待地要到遥远的东方去，上海、哈尔滨、旅顺是他们向往的躲避暴风雪的温暖圣地。遥远的中国不再是传说，不再是童话，而是他们心中的圣地，是他们的希望所在。他们挤在火车的储煤间，躲在汽车的后备厢里，藏在马车的草垛内，甚至步行在茫茫的雪原上，在朝圣的艰难旅途中布里亚特蒙古人的毡包成了他们生命的灯塔。这些裹着华贵皮裘被这场暴风雪吓坏了的可怜虫们知道，只要钻进了布里亚特的毡包，就等于到了温暖的东方。

这些好客的布里亚特蒙古人给他们提供食宿，运气要好，还会有伏特加、咖啡喝。然后他们会用狗拉的爬犁，沿着古老的驿路，把他们送到温文尔雅的古老中国去。这些被暴风雨吓坏了的企鹅们，啾啾叽叽地向布里亚特蒙古人叙述着他们的悲惨遭遇，曾让嘎尔迪老爹引为自豪的表兄列宁在他们嘴里成了灾难的代名词。

布里亚特蒙古人知道他们是俄罗斯的富人，他们手上戴的一枚小小的钻戒，就可以换掉一座毡包内的一切外带牛羊。

财富、富人从布里亚特草原上走过，于是就有人起了歹心，这个人叫那木斯莱耶夫。这也是一条草原上的好汉，曾跟着嘎尔迪老爹身经百战，没少用弯刀砍下犯境的哥萨克的脑壳。嘎尔迪老爹总是热腾腾地称他为那木，乡亲们也爱叫他那木或那木斯莱。

那木斯莱骑马提着枪打劫了几起逃难的俄罗斯富人，其收获之丰远远超出了他的想象。那木斯莱把那些抢来的金银财宝给亲朋好友展示，于是布里亚特草原骚动了，打家劫舍的念头悄悄游荡在布里亚特草原，很快被嘎尔迪老爹狼一样敏锐的鼻子嗅到了。

"看看，布尔什维克还没来就反了！"嘎尔迪老爹愤愤地骂道，"真以为没佛爷了？没扎撒（法律）了？"

嘎尔迪老爹想起了班扎尔，想起了布里亚特那些在赤塔读书的孩子，想起了谢尔盖，想起了烂鼻头拉西，还有西伯利亚的集中营。

一夜之间，看守集中营的骠骑兵们和集中营的政治犯们竟然串通在一起，成立了苏维埃临时法庭，把集中营的老爷们、神父们、狱医们通通吊在绞架上。政治犯们换上了黑色的皮衣，戴上了红袖标，带着昔日看管他们的士兵们，频繁出现在火车站、汽车站，还在交通要道设立卡口，检查着过往行人，像鹰一样寻找着那些四处躲藏的猎物。

那个长腿鹤狱长背着一把小提琴逃到嘎尔迪老爹的大包里，是嘎尔迪老爹亲自安排骑兵一个驿站一个驿站地把他传递，直到把他送过了额尔古纳河。额尔古纳河是软蛋康熙（嘎尔迪老爹对康熙大帝一向不以为然）和沙皇老儿定的中俄界河。嘎尔迪老爹从小时候就知道，额尔古纳河是布里亚特蒙古人的母亲河，是布里亚特蒙古人维系生命的脐带，千百年来他们的先祖就生活在它两岸广袤丰饶的土地上，吮吸着它母亲般丰腴的乳浆。布里亚特蒙古人在自家的河里玩耍、渔猎，孩子们快活得就像扑腾在自家的澡盆里一样。咋就成了界河了？咋就把西岸的布里亚特蒙古人甩给了沙俄呢？你们问过蒙古爷们吗？

嘎尔迪老爹的先祖，那个顺治帝亲封的二品台吉，临死前还直着脖子告诫他的子孙们："肉绳子割不得哟！"

为了这割不得的肉绳子，布里亚特蒙古人死了多少人，吃了多少苦，受了多少罪，受了多少气啊！自家的澡盆子哪能容外人伸腿呢？可这外人腿比你腰杆子还粗。嘎尔迪老爹一想到额尔古纳河，就不由得肝颤，心头滴血。

长腿鹤告诉嘎尔迪老爹，列宁称帝了，俄皇尼古拉二世皇帝一家，被布尔什维克押到了乌金斯克附近秘密处死。敢杀死沙皇，这个列宁真是了不得！长腿鹤狱长还告诉嘎尔迪老爹，列宁的哥哥十几年前就是因为要刺杀沙皇，而被送上了断头台。这是一家子反叛呢！

嘎尔迪老爹说："这才叫君子报仇十年不晚哩！列宁一家是爷们儿，血性汉子！"嘎尔迪老爹说着，高兴地亲吻了列宁的画像一下，咧着大嘴道："我喜欢死你了！"

长腿鹤狱长摇了摇头，特意提醒兴高采烈的嘎尔迪老爹："列宁和布尔什维克要杀的不仅是一个沙皇，还要消灭世界上所有的富人，同样包括你！"

长腿鹤狱长的细手指指着嘎尔迪老爹。

"我？"嘎尔迪老爹说，"我是牛羊啊，他们想杀就杀啊？我给你说句大话，杀我嘎尔迪的人还在娘肚子哩！再说，我在草原上过牧人日子没有招惹过他们呀！"

嘎尔迪老爹想，他从来对布尔什维克是敬而远之。像前些年在这儿修铁路的工人就有布尔什维克，像铁路电气工程师瓦林耶夫、中国劳工王大川，还是他的朋友，结拜安达（兄弟）。就像对谢尔盖，他们之间也只有欣赏，并无过节。当然了，对班扎尔也许是有点过了，但那毕竟是自己家的事情，这无碍大局。这一点上，嘎尔迪老爹曾与谢尔盖达成过共识：在布里亚特草原啥主义都可以吃喝，但绝不许犯上作乱。

长腿鹤狱长嘻嘻地笑了："不犯上作乱还叫布尔什维克？我给他们打过多年的交道，我了解他们比了解自己还清楚！你我常人的思维，永远不能理解他们！我是要到中国这个自由世界去了。你也要有自己的打算，听我这个老朋友的忠告吧：对俄罗斯这个布尔什维克的世界，我是无话可说！"

他说着拥抱了一下嘎尔迪老爹，并互相贴了贴腮帮子。

长腿鹤狱长解下背后的小提琴，对嘎尔迪老爹道："嘎尔迪，我的蒙古兄弟，谢谢你的帮助，还是让我为你拉一曲吧！"

他说着，自己即兴拉了起来。长腿鹤狱长的确是个艺术家，他绝不重复别人，也不重复自己，而是兴之所至，手指随心房的跳颤而在琴弦上滑动。一曲让人鼻子发酸的旋律在大包里流淌着，他拉着拉着泪水无法抑制地飞了出来。嘎尔迪老爹也不由得眼热了。

长腿鹤狱长对嘎尔迪老爹道："这把琴就是我的饭碗。以后，我也许会在哈尔滨，也许会在上海、旅顺的街头上卖艺为生了。"

他说着摘下头上的皮帽，做收钱的样子。

嘎尔迪老爹拿出一百金币，放进了长腿鹤狱长的帽子里。并一把把长腿鹤搂进自己的怀里，连连说："老哥哥保重！保重！"

送走长腿鹤狱长的那个夜晚，布里亚特草原上出了一件事情，一伙子来路不明的人忽然来袭击圣日耳曼医院。幸亏卫队的人警觉，把这伙子人打跑了，混乱中还开枪打伤了一个。子弹打中了他的肚子，看来伤得挺重，人们围着伤者看也无人识得。嘎尔迪老爹带着色旺闻信赶来时，伤者已经被送进了医院手术室，萨瓦博士正要忙着给他做手术。

嘎尔迪老爹说："你得把他救过来，我得知道他们是哪路神仙吧？"

他又指了指色旺："你进去看着点，这匪类别缓过来，伤了医生。"

色旺嗯了一声，跟着萨瓦博士进了手术室。萨瓦博士费了半天劲，也没救活伤者。

嘎尔迪老爹问："咋就死了？"

萨瓦博士道："他的肝脾被子弹打烂了，血都快流干了，上帝也没办法！"

萨瓦博士耸了耸肩。

嘎尔迪老爹问萨瓦博士："他死之前就没说什么？"

萨瓦博士说："他临死时，是说了一些话，但我听不懂。"

"那你呢？"嘎尔迪老爹看看色旺。

"老爷，"色旺说，"我也听不懂。"

"你不是俄国话、汉语都能听懂会说？你不是巧嘴八哥？这关键时刻咋听不懂了呢？"嘎尔迪老爹冲色旺吼了起来。

色旺说："老爷，我也着急哩！他说的话我们真是听不懂，不信，你问他们，我用汉语、俄国话，还有咱蒙古话问他，他就是说一些谁也听不懂的话。"

几个医生护士点了点头，证明色旺所说不虚。

色旺从小生活在各路商人云集的白音淖富窝子里，与操各国口音的行商们交流，耳濡目染，学会了多种语言。再加上多年跟着嘎尔迪老爹与各色人等打交道，充分显现了语言天才，他许多话一学就会，听听就懂。嘎尔迪老爹喜欢色旺这股子灵透劲。

嘎尔迪老爹问色旺："你也听不懂？你不是说除了爪哇岛的话你听不懂，啥话都能听懂？"

色旺说："那他就是爪哇岛的！"

"放屁！"嘎尔迪老爹骂了色旺一句，众人也都偷偷笑了。

"那就奇了怪了，"嘎尔迪老爹自言自语道，"他们这伙人来医院干什么呢？这里没财也没宝哇！莫非是抢人？"

嘎尔迪老爹看了看这几个医生护士，又摇了摇头。

嘎尔迪老爹确实想不出这伙匪徒打劫医院的理由。

这时，护士其木格悄声地说："老爷，这人活着时我好像见过哩。"

"你好像见过？"嘎尔迪老爹问，"在哪儿见过？给我说说。"

"老爷，我怕说不好哩！"其木格说着，眼睛四处打量着，一副欲言又止的样子。

嘎尔迪老爹冲众人道："其木格留下，你们都出去。"

众人出了屋，嘎尔迪老爹对其木格道："你现在能说了吧？给我说说你在哪儿见过这来历不明的死鬼？"

"老爷，前天下午我去前面山坡上采断肠草，我看见三丫跟这死鬼在一起。"

"三丫？就是那木斯莱的女人？"嘎尔迪老爹还有些不放心地问，"你看清楚了，他们在一起干什么？"

"我肯定看清楚了。他们也没有干什么，就是有说有笑的。见我来了，他们就分开骑马走了。"其木格说，"肯定就是这个死鬼！老爷，我认男人不会错的！他只看了我一眼，我一下子就把他记住了！"

"这死鬼往甚方向去了，你没在意？"

"往北海召方向去了，我一直站在山坡上看，后来就看不见了。"

嘎尔迪老爹想，三丫、死鬼、北海召，这咋串在一起的？

他又问其木格："三丫跟这死鬼有说有笑的，你就没有听见他们在说什么？"

"风往他们那边刮，我可是想听了，就是听不见他们说什么，"其木格有些惭愧地说，"老爷，是风向不对劲，我没有误老爷的事吧？"

"误我什么事呢？"嘎尔迪老爹和颜悦色地对其木格道，"这事跟老爷我说说就行了。人家三丫是汉家女，传出跟这来路不明的死鬼有甚瓜葛不好。这事到老爷我这就打住了……"

"三丫就是贪财，自己男人那木斯莱都成劫路的强盗了。"其木格愤愤地道，"老爷，你要是再不管，咱营盘地这可就乱套了！"

"你给我闭嘴！"嘎尔迪老爹呵斥道，"你以为你会打打针采采药，就成女满巴（医师）了？就敢给我这样说话了？你也以为你有智慧了？"

"其木格再也不敢了，"其木格嗫嚅地说，"我就是只笨母鹅，再也不敢多嘴了。"

嘎尔迪老爹冲她摆摆手，其木格退到了门边，嘎尔迪老爹又叫住了她："其木格啊，你不笨，老爷挺喜欢你这机灵劲的……"

"谢谢老爷，谢谢老爷！"其木格兴高采烈地跑出去了。

这个冬天，布尔什维克风暴越刮越烈，嘎尔迪老爹思忖，就连其木格这个多嘴的女人都能看出布里亚特要乱套了。乱套，在西伯利亚这个皑皑雪国冰封世界可算得是个大忌。嘎尔迪老爹想到了狗拉爬犁，在茫茫的雪原上这是布里亚特人用了千百年的交通工具。而狗拉爬犁最怕的就是乱套，一只乱套的狗会把爬犁搅翻。乱套的狗往往会被处死，因为人类同样给狗的世界订立了秩序。

乱套者颠覆的是秩序。为了布里亚特草原的秩序，嘎尔迪老爹决定惩治乱套者。他的眉峰凝了起来，古铜色的脸就像一尊雕像，双目威严冷峻并透着阴森森的杀气。嘎尔迪老爹沉默着不说一句话，色旺侍立在一旁，觉得屋里的空气都给冻住了，胸中有说不出的憋闷压抑，他又觉得自己像冰层中刚被冻僵的鱼，苦苦等待着春水的化开。

嘎尔迪老爹咳嗽了一声，色旺立即也活过来了，忙说："老爷，色旺等您下令哩！"

嘎尔迪老爹说："你带几个人把那木斯莱请来，我要会会这个草原上的佐罗，西伯利亚的普加乔夫。"

"老爷，您说的都是人人仰慕的大英雄！别听谢苗诺夫瞎叫唤，他配不上！那木斯莱算什么呢，那就更是个劫道的小毛贼！他连给您老人家穿靴子都不配！"

嘎尔迪老爹冷笑几声道："他还想给我穿靴子。"

色旺赶紧赔了笑脸："我还不是瞎打比方。"

嘎尔迪老爹眼中闪过犀利的光，直扫色旺："你就是比方比方？我知道你在想什么！你想的也是老爷想的！"

色旺扑通一声跪在了地上，磕着头叫道："谢谢老爷体恤。那木斯莱不配，不配啊！"

嘎尔迪老爹道："我听说，那木斯莱和谢苗诺夫的人走得挺勤，谢苗诺夫狂叫普加乔夫的时代来了，他要当西伯利亚，甚至远东的佐罗！"

色旺道："他个贼眉鼠眼的烂裆小子真敢想啊，他还普加乔夫，佐罗，他当他是谁啊。"

"布尔什维克还未来，西伯利亚草原的屎壳郎都顶上官帽子了！"嘎尔迪老爹从怀里抽出一张纸，摇晃着道，"你听听，谢苗诺夫给自己封的官。远东蒙古军游击总司令？就他，还总司令？还敢跟我下号令，老爷我……"

嘎尔迪老爹气得甩打着手中的纸片子。

色旺知道这纸片子是半夜有人偷偷塞进包里的，嘎尔迪老爹气得并不是谢苗诺夫这个一直不安分的家伙，而是担心布里亚特蒙古人中有他的同伙。

"咱用马蹄子踏扁他们！"色旺解着恨说，"我最不能见的就是匪类翻天！"

色旺知道嘎尔迪老爹爱听这话，他这话能说到嘎尔迪老爹的心眼里。果然嘎尔迪老爹高兴了，他让色旺站起来说话，色旺还有些忸怩，被嘎尔迪老爹一把拉了起来。

他拉着色旺的手说："你给我说那木斯莱是不是想拉起一竿子人呼应谢苗诺夫？想到谢苗诺夫那儿弄个啥司令干干？咋，布里亚特装不下他了？想把老爷的包顶破？"

色旺腿一软，又要跪，嘎尔迪老爹大声喝道："你给我挺直腰杆子，看着我的眼睛说！"

色旺目光直视嘎尔迪老爹："老爷，您早想好了，不用考验色旺的忠诚了！您下令吧，我把那木斯莱的脑袋给你提来！"

嘎尔迪老爹摇了摇头道："我说了，你去请他来。我要他的脑袋干什么，当夜壶啊？你去请，懂不懂什么叫请，这个好人歹人都由老爷来做，还轮不上你哩！去吧！"

"还有，"他又叫住了色旺，"给那个死鬼换身新衣裳，再去告诉老奥腾他们，让召里多来几个喇嘛给他念念经，超度超度！咳，咱还不知他是哪路的死鬼哩！咱请的神对不对人家的口味哩！"

"老爷，您是佛心哩！这死鬼算是碰上了您这个活菩萨！他在阴间里还不得乐歪了嘴？"

"色旺，色旺，你又抠挠老爷的痒痒肉！"嘎尔迪老爹在包里咯咯直笑，想想那个死鬼在阴间里还能笑歪嘴的样子，他更是笑得咯咯的。听嘎尔迪老爹在屋里笑得咯咯的，在门外的卫兵、仆人也都松了一口气，互相看了一眼也都笑得咯咯的，刹那间，弥漫在布里亚特草原的紧张气氛被这咯咯的笑声冲散了……

色旺带了几个嘎尔迪老爹的贴身卫兵，骑马狂奔着来到了那木斯莱的包前。色旺勒住了黑马的缰绳，黑马咴的一声嘶鸣，前蹄腾空，半个马身子都立了起来。色旺跳下马，将缰绳套在拴马桩上，对跟着他的卫兵们说："你们在这等着，我进包里就行了。"

色旺刚要弯身进包，包帘一挑，他的嫂子三丫走了出来。

色旺还未开口，三丫对他说道："他叔，我是现在跟你走呢，还是你进包里先喝碗茶？"

色旺蒙了，对三丫结结巴巴地说："嫂，嫂子，你要去哪儿？你这是说啥呢？"

三丫道："不是嘎尔迪老爷让你来抓我？"

"嘎尔迪老爷抓个女人？嫂子，你想啥呢？"

色旺笑了起来，众卫兵也嘻嘻笑了。

三丫道："进来喝茶吧，你们都进来暖和暖和。"

众人都脱了靴子，跟着三丫进了包。那木斯莱盘腿坐在擦得瓦亮的松木地板上，地板上放着一张描了云纹漆画的小桌子，正在独自喝酒。见众人进来，那木斯莱对色旺道："你嫂子中了魔障了，非说嘎尔迪老爷要来抓她。我说嘎尔迪老爷蛋疼了，跟你个娘儿们过不去？"

那木斯莱看来是喝了不少，有些醉醺醺的。

众人也都嬉笑着点头，喝着三丫递过来的茶，一个劲称三丫茶熬得酽，味道冲，比草地上的蒙古女人不差。

那木斯莱道："她来这草地上多少年了？光在我这包里就九年多了，还不会熬个茶？"

"我这嫂子是出了名的贤惠，我阿妈都不知道给我夸了多少遍了。哎，嫂子，我那侄子呢？"

色旺目光巡视着包里，有些奇怪地问。

"送他奶奶家里了。你嫂子今天抽风，非说嘎尔迪老爷……"

三丫道："还不是你干的那些糠事？嘎尔迪老爷眼中能容得这？那可是眼中容不下一粒沙的刚直老爷！人家嚼舌根子，说好好的布里亚特爷们让我这汉家女子给带坏了，还说我眼窝子浅眼珠子小，就没见过黄的白的。我是个穷汉家女子，可我没挑唆自己的爷们……"

那木斯莱打断三丫的话："你懂什么？你能挑唆我啊？女人除了灰堆前留脚印、被窝里边留屁味，还能见过多大的天地？"

他又对众人道："你们都知道了吧？列宁在圣彼得堡拉杆子了，凶，都动了大炮了，把那皇宫炸成了杂碎，俄罗斯立马乱成了一锅奶渣子。听说过没有？还有布尔什维克，更凶，知道啥来路吗？你们不知道吧？前天，丹吉活佛在大乘寺扶乩打卦，请动了观世音菩萨，一问啥都明白了。原来就是那水泊梁山上的一百单八将，这些恶煞太凶在咱大清咋也转不了世，就全投胎来俄罗斯了……"

众人啊地惊得眼珠子都快蹦出来，色旺疑惑地问："哥，真的假的？"

那木斯莱不屑地说："人家丹吉活佛，那是去西天取过真经的！你说真的假的！这几百年这伙人憋得眼窝子都蓝了，好不容易返了阳，那还不就是见当官的老爷就杀，进富人家就抢！老爷太太们那个逃命啊，比西伯利亚大火车跑得都快！还有过去在西伯利亚，常偷匹马抢个姑娘瞎游窜的谢苗诺夫，你们都知道吧？"

众人点头："知道，知道。谢苗诺夫修铁路时在咱驿站地就没少干坏事。"

色旺道："赤塔的杜马市政厅，三天两头发捉拿他的告示。咋？这人渣子盗马贼也成精了？丹吉活佛说他其来历了吗？"

"这人来历倒是不大，也就是普加乔夫转世！"

色旺道："我看他也成不了啥气候。嘎尔迪老爷骂他是草地上的屎壳郎哩！"

"兄弟！你别学嘎尔迪老爷，光拿原始眼光子看人。"那木斯莱对色旺道，"草地上的马粪蛋子三年总能有一发哩！谢苗诺夫让人给我捎话，说国际上要封他当总司令，国际！知道啥叫国际不？就是铁路、飞机通不到的地方。瞧瞧，这远天远地方的国际，都要来咱这伸一爪子！人家都国际了，咱还在这瞪眼干看着？咋？就他们硬？咱蒙古爷们裆里是根烂葱？"

众人大笑，都说那木斯莱说得好。

那木斯莱更得意了，对色旺道："兄弟，你跟着嘎尔迪老爷这么多年，得劝劝他，别动不动就来大清那一套，什么仁义礼智信，什么温良恭俭让，还真以为咱驿站地是中国地啊？他老人家这么坚持着，咱们吃现亏！你想想，俄罗斯老爷们欺负咱蒙古人还不够啊？他们也有今天啊？我不把他们塞进贝加尔湖冰窟窿里冻冰块就算对得起他们了！"

"就是！"色旺道，"哥，嘎尔迪老爷就是让我们来请你去他包里谈谈。"

"嘎尔迪老爷请我谈谈？"那木斯莱有点狐疑地看着众人。

众人点着头。

"现在世道是乱，嘎尔迪老爷现在是举棋不定，想找有智慧的人谈谈。"

那木斯莱站起身来叫："那还等什么？嘎尔迪老爷叫哩，咱还磨啥？兄弟，你咋也不懂规矩了？咱驿站地的老规矩，马不停蹄，人不离鞍，老爷一传，来回三千……"

他说着就要出包。

三丫挡在他面前道："那木，你还能回到这包里来吗？"

那木斯莱醉醺醺地道："咋？你还想让嘎尔迪老爷留我过二十三啊？"

腊月二十三是蒙古人的祭火日子，从那天起，蒙古人开始过年迎春。

众人都笑，夸赞那木斯莱说得好，人们指点着他，这个那木斯莱，咋想得出来，嘎尔迪老爷要留他过年？

三丫又瞪起眼睛问色旺："他叔，你说那木还能回到这包里来吗？"

色旺打了个寒噤，一时语塞了："这……"

那木斯莱催道："你还等着上凉盘呀，快走吧，哪有让老爷等奴才的理？你以为你是谁？你列宁啊！"

色旺巴不得赶紧逃了，三丫冲那木斯莱道："孩子他阿爸，咱们夫妻十年，让我给你磕个头吧！再给你擦次靴子吧！"

三丫说着，趴在地上就给那木斯莱磕了个响头。然后伸出袍袖擦拭着那木斯莱脚上的靴子，眼中的泪珠子吧吧地落在那木斯莱的靴子上，打着滑往下滴淌……

那木斯莱醉意十足地对色旺说："看我把你嫂子调教的，多懂规矩！每天，我这破靴子不擦几遍，她都过不去！"

色旺鼻子一酸，赶紧出包上了马，小风迎面吹来，眼睛落泪了，他一个劲儿擦拭着自己的眼睛。

那木斯莱嘚嘚地骑着马，一边回头叫道："三丫，这世道要乱了，睡觉得顶上门！"

色旺等人把那木斯莱请到了大包的客房里，嘎尔迪老爹不在，色旺对那木斯莱道："哥，你先在这包里喝茶，我这就去给你请老爷。"

嘎尔迪老爹正闭着眼睛听奥腾大喇嘛带着白音一干喇嘛在为那个死鬼做法事，听见色旺的脚步声，睁开了眼睛问："人请到了？"

色旺道："正在包里喝茶哩。"

"喝吧，喝吧！得让他喝个够！"

嘎尔迪老爹又对奥腾大喇嘛道："我看这不知名的死鬼超度好了，把他发落了吧。要不一会儿太阳就出来了，阴间的鬼魂阳世里没个方向，对转世不好。"

奥腾大喇嘛听嘎尔迪老爹一说，忙停止了念经，众喇嘛也都停了。白音把那死鬼用白布裹了，和几个喇嘛把他抬起，放在了包外已经停好的牛车上。众喇嘛合十恭送那牛车上了路。白音默默地看着那牛车，渐渐地变成了一个小黑点，消失在蒙蒙的淡淡曙色之中。他知道，牛车上的死者什么时候掉下来了，那里将是他的永远归宿。白音忍住涌上眼眶的泪水，转身走回到了包内，欲收拾一些念经的法器。

嘎尔迪老爹道："不着忙收拾，你们也抓紧吃喝点，提点劲，一会儿还要超度超度咱们的大英雄。你们要用力念经，用力打镲，用力敲鼓，用力吹号，让布里亚特草原都听得见……"

他见色旺木立在一边，便对他说："我看那木斯莱的茶喝得差不多了，你去跟他说，我一会儿见他。你顺便让那木把这个也一块喝了。"

嘎尔迪老爹说着从袍袖里抽出一个小黄纸包，递给色旺道："告诉那木，这是我从桑布喇嘛那儿专门给他请的。喝了也就没个痛痒了。好歹他跟我打过仗拼过命……"

色旺接过，哽咽着道："我替那木谢过老爷了。"

嘎尔迪老爹拍拍他的肩膀说："色旺啊，你要想哭就找地方大声哭几声，这不丢人，老爷我也不怪你！"

色旺道："老爷，我不哭，是那木对不住老爷，脚上的泡是他自己走出来的。怨不得别人，我不哭！"

"咳，你千万别憋着，别像我憋得喷出血来，落下毛病，以后你咋马前马后地跟着我？"

色旺一听捂嘴掉头跑着离开了，快进包见那木斯莱时，才把眼中泪水擦干。

那木斯莱说："这不是狼毒吗？老爷让我喝这个干什么？兄弟，老爷请我来就让我喝这个？"

色旺说："哥，老爷让你喝你就喝吧。老爷说，喝了这个人就没个痛痒了。"

那木斯莱叫道："那我不就成了一段干桦木？没个痛痒，那还叫个人？我知道了，嘎尔迪老爷这是要我死哩！说个咋死法吧！是痛死还是痒死？我那木斯莱要是皱个眉头，就不是布里亚特蒙古爷们！"

他说着一把打掉色旺手中的狼毒。色旺跌坐在地上，愣愣地看着那木斯莱被几个人推出了大包。

那木斯莱被推到了嘎尔迪老爹的跟前，跪下了，他的身边还跪着一个人，是他的索木扎苏勒朝鲁。原来嘎尔迪老爹昨晚一道令，今晨把各个驿站地索木的扎苏勒们都召来了，还有仆役、士兵，大包前的草地上黑压压围了有上千人。

喇嘛们念着经，并不时敲击着手里的法器。

人们屏住气看着嘎尔迪老爹，谁都知道嘎尔迪老爷今天要杀人了。

嘎尔迪老爹目光在那木斯莱身上盯了半天，开口道："那木斯莱啊……"

那木斯莱道："老爷，你还是叫我那木吧，我听着亲切。"

嘎尔迪摇摇头道："我应当叫你全称，那木斯莱耶夫，噢，那木斯莱耶夫先生。听说你不用狼毒，要体会一下痛痒？早就想好了？"

那木斯莱道："老爷，那木要死之人，魂都超度了，身子就是个臭皮囊还怕个痛痒？"

"是个明白人，"嘎尔迪老爹连连点头，"也是个敢做敢当的人！不是我嘎尔迪跟你过不去，是我自己跟自己过不去！"

他用目光扫了一下周围，提高了声音道："我们的先祖曾经跟着圣主成吉思汗开疆拓土，忽必烈大帝赐我们以辽阔的驿站地，以让我们过上富足的生活，让我们照顾好过往的商旅士卒。圣主为什么给我们留下了'拾遗者诛'的训诫？就是告诫我们不许发昧心财，不管发生了什么，都要用钢铁般的律条保持驿站地的圣洁与干净。正是有了这铁律，几百年来商路通畅、顺达四域，我们成为过路者的保障，这是布里亚特蒙古人的光荣。"

周围静悄悄的，嘎尔迪老爹的声音越来越大，越来越亮。

嘎尔迪老爹目光炯炯："几百年来，多少行路的商人临终前把财物交给我们，让我们转给他的家人。我们从没有食言过，大库伦、莫斯科、太原、北京、归化，我们布里亚特人都去过，不管多么艰难，路途多么遥远，付出的代价有多么大，我们都去实践对死者的千金一诺！这是布里亚特蒙古人永远的荣誉！而这个那木斯莱耶夫，现在竟把贼爪子伸向了落难者，伸向了求我们帮助的人，他让布里亚特草原蒙羞。他坏了布里亚特草原七百年的规矩，草原有它的铁律，圣主留下的扎撒谁也不能破坏！若是无视这个规矩，财迷心窍，任意破坏这个规矩，我们就是要把自己杀死！那木斯莱耶夫，他破坏了草原的铁律，布里亚特无法容他。来人啊——"

随着嘎尔迪老爹的一声喝，有两个兵士把那木斯莱捆了起来，并将他的手用绳子牢牢捆在了马尾上。那是一匹枣红色的儿马，不安地尥着蹶子，鼻子喘着粗气，一副不驯的样子。

那木斯莱仰面朝天，脖子上扯出一根根青筋来，狂叫道："嘎尔迪老爷，你还活在夜壶里呢！睁开你的眼睛看看这个世界吧！圣主在哪儿？忽必烈大帝在哪儿？康熙大帝在哪儿？我们现在就是一群没爸没妈没有家的孩子……谁管我们呀？我们还不能自己救自己啊！"

嘎尔迪老爹怒目圆睁，大声吼道："有我嘎尔迪在，布里亚特蒙古人的毡包塌不下来！"

人群忽然骚动了。

那木斯莱的母亲，一个白发苍苍的老妇人，被色旺搀扶着走了过来。他们给嘎尔迪老爹跪下了。色旺把头埋在地上，这个白发苍苍的老妇人是他的母亲，让他蒙羞的那木斯莱是他同母异父的哥哥。

三丫头上蒙着一块白布条，凄然地跪在他们的后面。

老妇人道："嘎尔迪老爷，饶了这个坏了良心的畜生吧……"

嘎尔迪老爹扑通一声，也给那木斯莱母亲跪下了。

嘎尔迪老爹道："阿妈，我不敢饶了他，也不能饶了他。从今天开始我就是你的儿子！你就是我的阿妈！"

嘎尔迪老爹说着冲那木斯莱母亲磕了几个响头，然后高举起大手一扬。

一个士兵嗖地跃上了枣红马，双腿一磕马肚子，那马咴的一声嘶啸，拖着那木斯莱就射了出去。

那木斯莱的阿妈惊叫一声晕倒在地上。色旺含着泪抱起了母亲，朝附近的一个毡包跑去。三丫站起，直着眼睛看着那荡起的黄尘和在黄尘中跃动的枣红马，就像一尊雕塑，一动也不动。

嘎尔迪老爹指着跪在面前的朝鲁，怒斥道："朝鲁，你身为统五百户索木的扎苏勒，那木斯莱的头领，你也难逃失察之责。领一鞭之罚吧，我不得不惩罚你，我的兄弟！"

朝鲁磕头道："小的愿领。"

朝鲁也被绑在了另一匹黑马尾巴上，一个士兵骑在上面，有人拿起了马鞭交给了嘎尔迪老爹，嘎尔迪老爹对马猛抽了一鞭子，黑马拖着朝鲁飞了出去。不大的工夫，黑马回来了，士兵勒住马头，朝鲁被解下了马尾，他的外侧大腿皮肉全被磨破，露出了白生生的骨头。

朝鲁早已经昏死过去了。

几个人把朝鲁抬起，疯了一般朝圣日耳曼医院的大包跑去。

终于，那匹枣红马也跑回来了。只是，可怜的那木斯莱仅剩下两只胳膊吊打在马尾巴上，就像两只破鼓槌敲击着冰封的大地。三丫跑了过去，在草地上展开一块白色的包袱皮，将那两只血淋淋的胳膊包了起来，然后往身后一背，跃上马向茫茫的草原深处驰去……

有许多秃鹫呼扇着翅膀在湛蓝蓝的天空上盘旋……

嘎尔迪老爹闭着眼睛，冲目瞪口呆的人们摆摆手，道："散了吧，还是那句话，圣主留下的规矩谁也不能变！草原扎撒是钢是铁！"

人们沉默地四散了……

夜晚，嘎尔迪老爹拿出一袋金卢布，让色旺交给他的额吉，色旺小声地谢过。

嘎尔迪老爹犀利的目光在色旺脸上扫来扫去的，阴沉着脸问："你恨我？"

色旺扑通跪在嘎尔迪老爹的脚下，磕着头道："色旺不敢。色旺就是一条狗，狗怎么能记恨自己的主人呢？"

"班扎尔还是我的儿子呢！我知道，你记恨我，因为我杀了你的那木哥哥。"

色旺也不说话，从靴子里拔出锋利的蒙古刀，照准自己的胸窝就要扎，却被嘎尔迪老爹一脚把刀踢飞了。

色旺抱住嘎尔迪老爹的靴子亲吻着，涎水吧嗒地道："老爷，色旺是想把心剖出来给您老人家看看……"

嘎尔迪老爹伸出大手，在色旺卷曲的头发上摩挲了两把，哑着嗓子道："草原上布里亚特人的心散了，乱了，我是用那木的血把大家的心往一块粘啊！那木也是我出生入死的好兄弟哟！"

"老爷——"

色旺呜呜地哭了。

"哭啥呢？"嘎尔迪老爹闭着眼睛，仰在沙发上，慢慢地道，"人心啊！北海水再深也有个底，人心呢，哪有个底？咱就说这个大清二品台吉帽子，传了有二百多年了吧？我的先辈们谁都想承袭西伯利亚这富得冒油的驿站地，可头马只能有一匹哇。父子反目，兄弟相残，折腾了多少事情，让人想起来就心寒。我淖利布哥哥倒好，早早地就自我流放了，成了著书的淖利布耶夫先生。我的旺楚格兄弟非要当什么俄国人的'台沙'，非要跟我动粗动手，最后落了个啥？偌大的驿站营盘地现在就只剩下老爷我苦苦支撑了。就这样，大逆不道的班扎尔还要把我往死里逼！"

嘎尔迪老爹嘴唇哆嗦着，紫红色的脸庞抽搐着说："我阿爸在世时常说，轻霜冻死单根草，狂风难摧万木林。可咱这布里亚特草原到底是咋了？"

慌得色旺说："老爷，您千万别着急，谁都知道您是为了驿站地部落，要不是您咱部落早让人家拆巴散了……大家从心里感激您哩！"

嘎尔迪老爹闭上了眼睛，像是在自言自语："奥腾老喇嘛，说他常梦见在黄河边上盼他回家的老阿妈，我也想想小时候我阿妈给我们讲圣主的额吉让他的孩子们折箭的故事，一把箭谁都折不动，一支箭一撅就断了。咱蒙古人现在就是一支一支的箭，拢不成团啊！几百年了，满人、汉人、俄罗斯人谁想撅咱们就撅咱们，要是没人撅咱们，咱们就自己撅自己！"

嘎尔迪老爹说着，用手蹭了蹭眼睛。

色旺说："老爷，咱这大包里该有个女主人了。太太升天有五年多了，连我都感到这包里太冷清……"

嘎尔迪老爹道："这兵荒马乱的，不大是时候。还有索尼娅那颗大泪珠子，总在我眼前晃动……"

色旺说："老爷，咱这地面上就没怎么安生过，那咱就不过日子了？"

嘎尔迪老爹道："你是不是自己想包里该有个女人了？该有自己的包了？该有自己的小马驹了？放心吧，老爷替你思谋着哩！"

色旺道："老爷，色旺盼着这天哩！可色旺还是想侍候您，老爷，就是为了布里亚特，这包里也该有个女主人了。哪怕是知冷知暖地说说话也好……"

是啊，嘎尔迪老爹想，这包里是该有个说话的女人了，哪怕她什么也不说，只是静静地听他说，就像索尼娅那样……

13 奥腾大喇嘛忽地睁开眼睛，眼中射出锥子般的光束

是丹吉活佛把卡捷琳娃送到嘎尔迪老爹的包里来的，那同样是个暴风雪呼啸的夜晚。

丹吉活佛忽然从乌金斯克大乘寺来到了嘎尔迪老爹的面前，他的身后跟着一个严严实实包裹在貂皮皮裘内的俄罗斯姑娘，她就是金发碧眼的卡捷琳娃。

大概是天气太冷了，卡捷琳娃哆嗦着身子一直缓不过劲来，牙关打着战，咯咯的。包外松枝被冻断的脆响，不时嘎巴巴地传进大包的客厅内。

嘎尔迪老爹从大帐内走出，揉揉惺忪的睡眼问："活佛，究竟发生了什么事情？"

丹吉活佛连连道："罪过啊，罪过。"

卡捷琳娃在他的身后哆嗦着，牙关仍在发出磕磕打打的声音。

"她怎么了？"嘎尔迪老爹看看面容秀丽的卡捷琳娃，奇怪地问。

卡捷琳娃哆嗦着嘴唇道："太，太冷了，我怕是缓不过来了。先生们，我是不是要死了？"

"你死不了！"嘎尔迪老爹没好气地说，"进了我的包，你还能死？"

嘎尔迪老爹让人们把包内的四个大生铁炉子重新装满牛粪，顷刻的工夫炉子内嗡嗡响了起来，热气腾腾而起，不大的工夫包内充满了融融的暖意。

侍女帮卡捷琳娃脱掉了皮裘，露出了纤细的腰、高耸的胸、修长的腿，连冻成青苹果般的小脸也透出诱人的几抹红晕。

嘎尔迪老爹仅扫了一眼，立即判断出这是个地道的美人坯子，再看一眼小巧的鹿皮靴，这双小脚也一定非常漂亮。

嘎尔迪老爹为眼前这个忽然出现的美人着了迷。

丹吉活佛讲着卡捷琳娃的来历，她是嘎尔迪老爹的岳父仁钦王爷的

远亲，而这远亲与俄皇又是远亲，她的姑奶奶曾经是俄罗斯的皇后。她有着高贵的皇室血统，人们应称她卡捷琳娃公主。

卡捷琳娃公主也是跟着她的亲戚从红旗飘飘的圣彼得堡亡命逃出，不远万里来投奔乌金斯克的仁钦王爷的。仁钦王爷奉命率布里亚特骑兵与苏维埃红军作战，还未等开战，布里亚特骑兵中的布尔什维克就成立了士兵苏维埃，眨眼之间仁钦王爷、仁钦将军就成阶下囚了。再后来就被拉出去枪毙了。

"枪毙了？把仁钦王爷枪毙了？"嘎尔迪老爹惊得有点不敢相信。

丹吉活佛气呼呼地道："你知道吗？而签发死刑命令的就是你的儿子班扎尔。他现在就是乌金斯克士兵苏维埃主席……"

嘎尔迪老爹惊得睁大了眼睛："你是说班扎尔杀了自己的外公？"

丹吉活佛点了点头。

嘎尔迪老爹愤怒地道："这个忤逆的！长生天长着眼睛哩！"

"魔鬼就是这样侵蚀着布里亚特蒙古人健康的肌体。现在，乌金斯克的蒙古人信列宁了，不信我这个活佛了。要不是我跑得快，也让班扎尔送上天了。"

嘎尔迪老爹在屋里转着圈道："长生天长着眼睛哩！班扎尔，它在看着你哩！"

"老嘎尔迪呀，"丹吉活佛气鼓鼓地道，"我得感谢你为布里亚特生了个灭祖的好儿子！"

"班扎尔五年前就被我送上了天，这是你亲眼看见的，是天不留他！"嘎尔迪老爹有点不喜欢丹吉活佛说话的口气，但他还是忍住了，"也许，我们命中该有这样一劫！"

丹吉活佛闭上了眼道："惹怒了佛爷，长生天会降祸于我们。我要为布里亚特草原多念驱祟经了。嘎尔迪啊，前些日子，我扶了乩，总算查清了这些布尔什维克的来历。"

嘎尔迪老爹说："人们听那木斯莱讲，是水泊梁山的一百单八将下凡俄罗斯了。他们跑得可够远的了！佛爷，这是真的假的？"

丹吉活佛闭目，做高深难测状。

嘎尔迪老爹苦思苦索了一阵，开口道："中国的梁山好汉下凡来俄罗斯是不是索要咱们的中国地来了？沙皇老儿拿刀说割一块就割一块，他能吞得下？有好汉给他记着哩，咋？遭报应了吧？让列宁打成蜂窝了吧？沙皇老儿后悔了吧？你以为中国人都是康熙呀!"

丹吉活佛皱了皱眉，对嘎尔迪老爹道："列宁和布尔什维克的事情不是你想的那么简单，不清楚的事情咱们就先不说了。"

"对，对。"嘎尔迪老爹道，"不知这次活佛……"

丹吉活佛闭着眼，机械地数着手里的念珠，一副法相威严的样子。

嘎尔迪老爹只知道丹吉活佛是从乌金斯克逃出来的。他是留在自己这驿站地界呢，还是在这歇歇脚远走高飞呢？

"活佛，你还是留在我这里吧，"嘎尔迪老爹对丹吉活佛试探道，"开春我就给你盖座大庙，我知道北海召这个小庙……"

丹吉活佛摇了摇头，道："老嘎尔迪啊，我这次是下了决心要去中国的蒙古地界，离布尔什维克越远越好。恰巧兴安岭王爷庙的门巴活佛是我在北京雍和宫学法时的同窗，他早就邀我一同坐床王爷庙。"

"你要上兴安岭呀？"嘎尔迪老爹有些伤感地道，"那我就留不住你了？要是布里亚特草原再有个灾有个难的，我往哪儿找驱灾降难的佛爷？"

丹吉活佛指指心，又指指天。

嘎尔迪老爹道："谢谢活佛的指点。活佛东去有万儿八千里呢！这冰天雪地的路不好走。不如明年开了春，天气变暖和，活佛再起驾也不迟。再说，你还带着个俄罗斯公主，这没几百里路呀，就冻成小鸡子了!"

嘎尔迪老爹指了指卡捷琳娃。

丹吉活佛道："老嘎尔迪啊，卡捷琳娃公主就留在你这里了。"

"留在我这儿？"嘎尔迪老爹有些摸不着头脑了，"为什么要留在我这儿？"

丹吉活佛道："仁钦王爷生前留下话，让你娶卡捷琳娃公主为妻。原本想让你去接卡捷琳娃公主，可谁知仁钦王爷遭了这么大的变故。受王爷之托，我已在大乘寺做过法事，并求下长生天的丹书。蒙古台吉娶俄罗斯公主，可谓上顺天意，下安民心。"

嘎尔迪老爹有些为难地道："人家公主是逃难投亲戚来的，咱却把人家留在包里烧茶当女人，这岂不是有点乘人之危？"

卡捷琳娃忽然开口了："嘎尔迪先生，我在圣彼得堡就听无数人说起过你，我喜欢这个神秘的大包。我愿意在你的包内当女人，这包里非常暖和。我喜欢西伯利亚，喜欢贝加尔湖，大雪覆盖的西伯利亚草原，充满了生机和诗意。"

"出了包满地就是牲口粪、冰碴子、雪块子，有啥诗意？"嘎尔迪老爹还想说什么，卡捷琳娃已经走到了那架钢琴旁，对他道："这一定是索尼娅姐姐留下来的，嘎尔迪先生不介意我弹一曲吧？"

嘎尔迪老爹没有说什么，任由她吧。

卡捷琳娃打开琴盖，端坐在琴机上，随意弹起了一首曲子，这是贝多芬第六交响曲中的一段，对这段曲子老嘎尔迪并不陌生，索尼娅就常弹这首曲子，这首曲子一响嘎尔迪老爹的眼前就浮现出让人陶醉的旖旎田园风光，让人的心灵又甜又静，他喜欢这首曲子。现在琴声又珠滚玉盘般响了，嘎尔迪老爹甚至以为索尼娅又复活了。

嘎尔迪老爹与卡捷琳娃举行了盛大的布里亚特婚礼，布里亚特草原为嘎尔迪老爹迎娶俄罗斯公主而沸腾了，雪原上支起了一座座披红挂彩的毡帐，一口口大铜锅翻着滚滚的油花，大块的牛羊鹿肉在锅里翻滚着，马奶酒哗哗地流淌着，年轻人能喝上伏特加，有身份的长者还能喝上醇香的大清汾酒。小孩子打着饱嗝，吸溜着不断冒着气泡的格瓦斯。

女人们还剪出了一张张大红喜字贴在了嘎尔迪老爹的大包里。在宽大的床头床尾还贴上了喜鹊登枝、观音送子等剪纸。女人们灵巧的手让萨瓦博士惊叹不已，他还以为毕加索来到了布里亚特草原了呢。嘎尔迪老爹告诉萨瓦博士，这是驿站营盘地特有的丰州遗风，或者叫土默特遗风。这还得感谢他们的老主子阿拉坦汗。

原来阿拉坦汗率土默特部落辗转定居在黄河边上的丰州滩上的时候，这里因为连年的战争和明廷对边关的封锁，曾经富庶的古丰州已是一片荒滩。成吉思汗的十七代孙阿拉坦汗，充分显示了雄才大略，经深思熟虑后立即下令发兵北京城。于是，数十万土默特雄兵铁骑越过长城隘口，聚于北京德胜门前。但这不是为了收回失去的元大都，而是兵谏明廷，只是为了通商互市。万历皇帝只得下旨边关开市，于是土默特的畜产品与内地的物资进行了广泛交流，几十年下来，土默特蒙古人的生活得到了改善，各业都有了长足发展。阿拉坦汗还敞开胸襟，让土默特各蒙古部落，接纳从内地流入丰州滩的各色汉人。于是逃荒的穷苦农民，因造反被迫流亡的盗贼，怀才不遇的异见者，逐利的小商小贩大量开始涌入土默特各蒙古部落，成为部落中的外姓人。于是，汉俗悄悄地融入了土默特部落，同样丰州滩慢慢被人们叫成了土默川。阿拉坦汗在土默川上建设城市的时候，还搞了"穹庐悬赏"，把招聘汉人人才的赏格明码标价悬挂在自己的大包上，吸引了晋陕之地无数的能工巧匠拖儿带女聚来。很快，汉人各门类把式匠竟聚起了十万之多，并在阿拉坦汗的统领指挥之下在黄河边上的土默川建起了青砖青瓦的"厚厚和囵"——意即青色的城市（现在称为呼和浩特）。明廷赐名为归化城，还封阿拉坦汗为《明史》上记载的"俺答汗"，意即与明皇结拜的兄弟汗王。这"俺答"容易让人想起蒙古语称结拜兄弟为"安达"。波拉金公主从黄河流过的丰州滩上率领着万余布里亚特土默特人，重返四百年前土默特的先祖们随术赤西征而离开的贝加尔湖时，当中就有混迹于蒙古包中的各类外姓"安达"和他们的妻儿老小。他们虽蒙古装在身，也说着一口流利的蒙古语，但身上褪不掉的晋陕风俗和不时蹦出的晋陕方言，也随着这支浩浩荡荡的迁移大军，流向了西伯利亚。

《尼布楚条约》签字前，大清的驻军还携有汉家女人，几场恶仗过后，清军战死了，溃败了，他们的遗孀、孤女便留在了布里亚特草原，汉俗也不经意间走进了蒙古包。嘎尔迪老爹的先祖经营着圣主成吉思汗七百年来留下的驿站地，以黑龙江的十八台驿站为分水岭。十八台以东驿站为汉站，十八台以西为蒙站，蒙站经呼和勒比、宝日吉、英格代、黑瞎子沟、亚伯力、灰腾希里、腾格里台、依坦查等二十余处驿站，绵延万里，直达北海召驿站营盘地。这横贯西伯利亚的驿路，就像一条彩线将这些闪光的珍珠穿起。这些驿站大多选在道路的要冲，站站之间有二百多里的驿程，也就是一匹好走马一天的单程。好马不是跑出来的，而是走出来的，驿程路关山迢递，骏马拼的是耐力。好的走马在皑皑雪原上走出一条直线来，嗒嗒嗒嗒，不疾不徐，蹄下舞起千朵梅花，布里亚特蒙古人称这种好走马叫风搅雪，听听这名字就非常诗意。

那些训练有素的驿卒挺直身子，侧在马上潇洒而过，看着都是享受。每个驿站备好走马百余骑，板申房（蒙古语即砖木建筑的住房）数十间，设官兵管理，并直属黑龙江将军衙门。兴旺时，每匹走马核定的草料钱是一分三钱，由将军衙门按季拨付。若不能按时拨付，将由驿站自行解决，若因草料费而扯皮耽误军机，轻则杖笞重则砍头。而训练走马压走马的人大都是布里亚特蒙古人中的好骑手，因驿站地穿过的大都是布里亚特蒙古人的游牧地，便渐渐地与驿站融为一体。波拉金公主将她带来的万余部众，按姓氏结起的部落，也都分散在各驿站点上开始过起自由自在的游牧生活，并由嘎尔迪老爹的先祖打理。因从成吉思汗时期，嘎尔迪老爹家的先祖就管理驿站地。驿站地每处方圆千里，供官兵家眷打理以贴补驿站费用和官兵家用。随着驿站的兴旺，嘎尔迪老爹的先祖们慢慢将族人向各个驿站集中，渐形成奇特的驿站索木（村落），每个索木由扎苏勒管理，百户千户不等。大清强盛时，还封了嘎尔迪老爹的先祖为武二品台吉。《尼布楚条约》签订以后，黑龙江将军衙门失去了对驿站地的管理，军事功能渐渐没有了，但通商功能却大大加强了。一链链的驼队，一列列的马队，一排排的勒勒车队，满载着茶叶、丝绸、瓷器，穿森林过草地逶迤而来。晋人、陕人、鄂尔多斯蒙古人、阿拉善蒙古人、鄂温克人、俄罗斯人、图瓦人、鞑靼人，甚至还有波斯人，出没于布里亚特蒙古人的驿站索木。

前些年，嘎尔迪老爹挡不住沙皇的飞机大炮，无奈答应修西伯利亚大铁路的人住进了驿站索木，其中有数以万计的中国山东、河南劳工并夹杂着美国人、英国人和犹太人。人们先是比画着说，渐渐地晋陕味中原味的汉语也能从布里亚特蒙古人的嘴中不时蹦出。早些年，还有的晋商索性把一处处布里亚特驿站索木当成自己货物的中转地、集散地，甚至就地与俄罗斯商人做买卖。生意带富了驿站地上的蒙古人，还有的拉骆驼的西北穷汉见布里亚特蒙古人生活富庶，索性就在布里亚特草原揽羊揽牛马放，租地耕种，过开了稳定日子，有的就彻底扎根了，有了自己的毡包、女人和孩子，然后啥事都交给女人打理，自己穿上蒙古袍子歪在马上在草原瞎游逛了，成为快活的随旗蒙古人。几代下来，他们的后代就成为地道的蒙古人了。

在嘎尔迪老爹的驿站索木部落，蒙古语、汉语、俄语，常常混杂在一起说，人们已经习惯了这种混合着多种语言的交流，这已经成为一种非常独特的语言表达方式。仁钦王爷不太喜欢这种在驿站地界流传的混合语言，一次喝醉了酒当着嘎尔迪老爹的面，讥讽这种语言是嘎尔迪话，人们不禁拍掌大笑。以后这话就传开了，驿站地界的人上乌金斯克、赤塔这样的大地方，只要一开口，人家就会说讲嘎尔迪话的人来了。但讲嘎尔迪话的人普遍有钱，掏出一把就是白的黄的，由着性子买。

仁钦王爷还自作主张地在驿站地界办了学校，请了正宗的巴什（老师）给布里亚特的孩子们教正宗的古老蒙文，标准的蒙语发音。结果娃娃们是课堂上学，家里头忘。一年下来，倒是教语言的巴什们都不知不觉地学了一口流利的嘎尔迪话回到了乌金斯克。仁钦王爷只得苦笑道："我给你们出钱教孩子们学正宗蒙古话，你们自己咋学了一嘴嘎尔迪话？"

巴什们叫苦道："我们也真是跟上鬼了，不知不觉地就学会嘎尔迪话了。"

仁钦王爷摆摆手道："嘎尔迪就嘎尔迪吧，老子也快成嘎尔迪了！"

多好的仁钦王爷啊！这个老冤家。嘎尔迪老爹想。自己临死还想着他这个不服管的女婿，多好的仁钦王爷啊！这个古怪，甚至荒唐的可爱怪老头，却毙命在亲外孙班扎尔的手上，这让嘎尔迪老爹心寒，可再一想，要不是萨瓦博士出手相救，班扎尔不也毁在自己的手里吗？布里亚特蒙古人这是怎么了？这是着了什么样的疯魔呀！这究竟是为了什么呀？亲生的骨肉，却互相拿刀砍喉管，嘎尔迪老爹百思不得其解，最后，他把这一切全都归罪在横穿西伯利亚的大铁路上。若没有铁路没有火车，布里亚特蒙古人咋会碰到这样多的烂事呢？当骑在马上的蒙古人束手对着这冒烟的钢铁怪物兴叹时，蒙古人还是蒙古人吗？

嘎尔迪老爹喜欢马背为王的时代，几百年传承下来的驿站生活，让他感到无比的充实和自在。他喜欢这开阔与交融，对南来北往的新鲜物儿，他像孩子一样充满了好奇和恐慌。可当西伯利亚火车碾过布里亚特草原时，嘎尔迪老爹的心口开始滴血了，脑子里的弦已经绷得不能再紧了，他变得多疑甚至残忍，就像一头守土护群的头狼，不时目光阴阴地扫过自己的部群和领地，既担心内部的觊觎者又警惕外来的入侵者，时刻准备着流血厮杀。还有夜色袭来时，那是男人的隐秘，他躺在床上隐隐地担心自己身体器官的细微变化，怕雄风渐去……

可卡捷琳娃已经喜欢上了嘎尔迪老爹。这个粗壮敦实有一肚子故事的蒙古汉子，他有四十多岁了吧？想想过去在圣彼得堡、莫斯科的生活，比比那些围着女人裙子转的花花公子，参谋部的骠骑兵们，那些家伙简直就是可怜的小矮人！嘎尔迪老爹在卡捷琳娃的心目中不是什么白马王子，白马王子在这个时代早该见上帝了。嘎尔迪老爹就像是传说中远古时代的天神，他的领地不是几幢古堡、几千亩森林、几十个戴假发裹绑腿会用法语问安的管家仆人，而是西伯利亚所有的森林草原，那些出没其中的豺狼虎豹也都是嘎尔迪老爹的顺民。贝加尔湖，传说里的贝加尔湖，诗人作家笔下的仙境般的贝加尔湖，就好像是嘎尔迪老爹的天然浴盆。布里亚特蒙古人称之为"达赖诺尔"——意为海一样的湖。你就是纵马驰骋几个月，还是走不出嘎尔迪老爹的布里亚特草原，而这丰富又生动的一切将与自己以后的生活密切相关。想起这些，卡捷琳娃就激动得浑身打哆嗦。卡捷琳娃觉得自己是因祸得福，在仓皇出逃的日子里，她甚至已经做好了到远东当女招待、当舞女的思想准备。那时，她满脑子想的只有一个念头：活下去！只要不像沙皇一家被布尔什维克处死，她可以承受人间的一切屈辱和灾难。感谢仁慈的仁钦王爷，在她流亡逃难的路上，送了她这么一个温暖的大包、这么辽阔的领地，还有这么一个霸气十足的男人！

此刻的卡捷琳娃恨不得伸出双臂喊列宁、布尔什维克乌拉了……

丹吉活佛祝福了嘎尔迪老爹和卡捷琳娃，就迫不及待地坐上了四十只狗拉的狗爬犁走进了风雪迷茫的草原，一路向东驰去。他带走了北京喇嘛白音，白音十分愿意跟随丹吉活佛，嘎尔迪老爹感到白音喇嘛眼睛中藏着秘密，而这秘密一定比贝加尔湖还幽深。嘎尔迪老爹原来是想让奥腾大喇嘛跟丹吉活佛一起走，他想成全老奥腾的夙愿，送他回到朝思暮想的黄河边上去，让他再扫扫王爱召，再喝喝黄河湾的糜米酸粥，运气要好的话，他还能见到活着的老妈，与之相拥老泪纵横。送出家人回乡，嘎尔迪老爹认为这是一件善事。送老喇嘛回家，更是积了大功德。谁知奥腾大喇嘛走到跟前了，啥东西都放上狗爬犁了，却忽然不走了。

这一下子把嘎尔迪老爹彻底搞蒙了，他着急地说："老奥腾啊，你这是抽甚羊角风呢？一阵子一哆嗦，咋？不想哈囤高勒黄河阿妈了？"

奥腾大喇嘛用手指了指心窝，就又闭眼呢喃念开经了。手指捻着佛珠，发出细细的响声，再也不理嘎尔迪老爹了。

嘎尔迪老爹看看丹吉活佛，想让他劝劝奥腾大喇嘛。

丹吉活佛对奥腾道："老奥腾啊，我想好了，咱一到王爷庙安顿下，我就陪你去王爱召。到了咱蒙古人的地界上，五六千里也就不算个路了。咱们骑骆驼去，软绵绵的就跟坐轿子差不多，屁股上还暖暖和和的。不像老嘎尔迪弄个狗爬犁支应我们，不行，我得让他把脚底下那张虎皮抽出来，给咱们垫上。"

"对，对！"嘎尔迪老爹连连点着头说，"色旺，你傻站着干什么呀？赶紧去我包里，把那张虎皮弄过来垫上呀！"

色旺要走，奥腾老喇嘛开口道："别说虎皮，就是你嘎尔迪趴下你这肥胖热滚身子给我当垫子，我也不走了！"

嘎尔迪老爹笑着对丹吉活佛道："活佛你看，这老东西话说到这个地步，真是走不成了。他要是脾气上来，就不省得拐弯转个角。到了这把年纪，他说想他妈，就能哇哇地哭下！我是拿他真没办法了。"

丹吉活佛道："老奥腾，真不走了？这一路上我还想听你给我唱酸麻麻的《王爱召》呢？我爱听你们鄂尔多斯小曲，尤其是爱听你老奥腾的《王爱召》！"

嘎尔迪老爹知道《王爱召》是鄂尔多斯蒙古部落的一首名曲，唱的是一个民间女子与名寺王爱召里的一个喇嘛的爱情故事。那些走库伦上莫斯科的鄂尔多斯汉子都会唱，曲调委婉，袅袅动听。只要西伯利亚森林里传出这歌声，布里亚特蒙古人就知道这是晋陕绥去莫斯科的商队来了。词好曲美，索尼娅听了几遍，就能在钢琴上弹奏了。弹得多了，还配了一些和弦协奏，竟成了一首钢琴曲。本世纪开年时，索尼娅回娘家，仁钦王爷在乌金斯克的王爷府开新年酒会，她为乌金斯克的达官显贵们演奏了·曲《王爱召》。一曲弹完，竟不胫而走，并传到了圣彼得堡、莫斯科、巴黎……后几经改编，竟被冠名为《东方寺院与神秘女人》钢琴协奏曲，在欧洲的一些大剧院演出。

"老奥腾，我真的想在路上听你唱《王爱召》哩！你听没听见？"丹吉活佛冲着闭目念经的奥腾大喇嘛喊，"真不走了？"

"误不下你听！"奥腾大喇嘛启开眼皮道，"我咋算着你还得回来，听我给你唱《王爱召》哩！你先走哇，我等着你哩！你是布里亚特蒙古人的活佛，跑到兴安岭王爷庙算咋回事呢？"

"你当我愿走啊？自家的召庙香火都熟了，是布尔什维克不容我啊！你问问老嘎尔迪，他家班扎尔容不容我？"

嘎尔迪老爹道："刚才还《王爱召》，咋又扯在班扎尔身上了？嫌我还心不烦是不是？"

"老奥腾，那我就走了。"

丹吉活佛说着，与嘎尔迪老爹贴腮拥抱。

白音走到奥腾大喇嘛跟前，跪下道："师父，我走了，您多保重！"

奥腾大喇嘛忽地睁开眼睛，眼睛中射出锥子般的光束："师父是老了，可耳不聋眼不瞎，认人准着哩！你走吧，好好地走，千万别把丹吉活佛带到黑豆地去！"

黑豆地，这是鄂尔多斯蒙古人常说的一句话，意指陷阱黑坑。

白音笑着道："师父放心，我这鞭头子准着哩！哪条狗敢乱套，我抽死它！"

"就是！"丹吉活佛笑道，"白音这青年人是我看着长起来的。老奥腾啊，你放心吧，我这佛眼可是修行多年而炼成的！"

嘎尔迪老爹看看奥腾大喇嘛，他又闭上了眼睛。

他看看天色，对丹吉活佛道："太阳从湖面上升起了，趁天好，赶紧上路吧！佛爷，我是真舍不得让你离开啊！"

太阳冉冉东升，金光灿灿地洒在硕大的贝加尔湖冰面上，整个雪原，冰雪遮盖的草地、森林，成为一面大镜子，反射着太阳的万道光芒，刺得人眼睛都睁不开。丹吉活佛与众人合十道别，并坐上了爬犁。这时，卡捷琳娃跑了过来，手里拿着一个热腾腾的大列巴，还有一小盘盐。她蹲下，献上。丹吉活佛撕下一块，蘸着盐吃了，笑着说："真香！你这是迎客还是送客呢？咋都列巴蘸盐了？你这个公主哟！老嘎尔迪啊，我可把卡捷琳娃公主交给你了，心疼着点，人家还是孩子哩！"

嘎尔迪老爹咧着嘴道："我把她顶在头上行不行？她可以把我当大列巴，啥时蘸盐随她的便，只要她高兴喜欢就行！"

"瞧老爹说的！"卡捷琳娃怪动人地扭怩了几下，众人哈哈地笑了。

"走了！"白音晃了晃鞭子，狗们颠颠出动了，爬犁向着太阳升起的东方，快速地行进了。渐渐地，渐渐地，爬犁在阳光照耀的茫茫雪野里变成了一个小黑点，消失在人们的视野里。

嘎尔迪老爹看看卡捷琳娃的貂皮装束，摇摇头道："咋跟只小母熊似的？我以后得给我的新娘子好好装扮装扮！"

"好啊，好啊！"卡捷琳娃拍着小手，欢声跳跃。嘎尔迪老爹浑身的血腾一下蹿了起来，一把抱起了卡捷琳娃。卡捷琳娃抱着他的粗脖子撒着娇道："老爹，以后不许你叫我小母熊！"

"好，不叫小母熊！"嘎尔迪老爹看着卡捷琳娃花儿一般灿烂的面容，娇嗔、妩媚甚至还有几丝妖冶，还有那湖水一般清澈的大眼睛，嘎尔迪老爹恨不得一下就扑腾进去打滚，从卡捷琳娃口鼻中喷出的青春气浪，直冲嘎尔迪老爹的胸腔，他抱着卡捷琳娃在雪原上跑着，啊啊地叫着。卡捷琳娃像小马一样踢打着两只小靴子，跑着跑着嘎尔迪老爹脚下一个趔趄，俩人摔倒在松软的雪地上，抱着滚着，在雪地上滚成了团。卡捷琳娃开心地笑着喘着，像闹春的猫一样嗷嗷叫着。抱着卡捷琳娃青春躯体的嘎尔迪老爹血脉偾张，烧得古铜色的脑门上都沁出一层细细的汗粒来。他脱掉身上的皮袍，一把将笑成一团的卡捷琳娃抱起放展，顺手撕剥开了卡捷琳娃的貂皮裘衣，并将她狠狠压在身下。

卡捷琳娃惊道："我的上帝，老爹，就在这冰天雪地，你不怕冻死啊？"

嘎尔迪老爹频频亲吻着卡捷琳娃，一边叫道："老子是火，蒙古利亚，蒙古就是不熄的火，知不知道！"

他大声地叫着喊着在卡捷琳娃身上动起了蛮力，结实的身躯就像一匹被蜂蜇了屁股的雄马，不时地一弹一绷。

哦，蒙古利亚，不熄的火，卡捷琳娃在嘎尔迪老爹身子的重压下喃喃地叫着，迎合着嘎尔迪老爹身体的弹绷。卡捷琳娃不由得伸出双臂用力搂紧在她身上不断扭动旋转的嘎尔迪老爹，啊哇大叫道："烧死我呀！烧死我吧！烧死我啊——哦，哦，你这个夺魂的老蒙古利亚！"

事后多天，卡捷琳娃还在品味那场与嘎尔迪老爹在雪地上的激战，欢愉地埋怨嘎尔迪老爹当时就像一匹调皮的小公马，不光在她身上又啃又咬，又碰又撞，而且还把她的貂皮大衣扯坏踢烂。

嘎尔迪老爹得意地笑了："好了，我的小母马！不就是一团烂貂皮吗？以后，我让你看看老爹我是如何装扮我的新娘子的！"

嘎尔迪老爹说着，搂了搂卡捷琳娃，卡捷琳娃身子一歪，软软地依偎在嘎尔迪老爹的胸前。嘎尔迪老爹伸着大嘴轻轻亲吻着卡捷琳娃细软富有弹性的耳垂，卡捷琳娃忽然眼中涌出了泪水，对嘎尔迪老爹说："这个世上，我只有你一个亲人了……"

嘎尔迪老爹庄严地道："卡捷琳娃公主，我以圣主成吉思汗的名义向你发誓，我要让你成为布里亚特最富裕最漂亮的女人！我说的话你要记住！"

"不！"卡捷琳娃忽然撒起娇来了，"我不要最富裕最漂亮，不要！我还是当你的小母熊吧，让你在雪地里使劲抱；要不让我当你骑的小母马吧？你想在草地上咋骑就咋骑；你说行不行啊？要不，我还是在你的包里当爱撒尿的小母狗吧。"

卡捷琳娃说着抬起了一条腿，学着小狗撒尿的样子。结果，自己也被逗翻了，在包里的大床上打着滚，哈哈地笑个不停。嘎尔迪老爹也开心地笑了，高兴地道："好，小母熊就小母熊，小母马就小母马，小母狗就小母狗！老爷我疼你，爱你，我还要……"

嘎尔迪老爹咬着卡捷琳娃的耳朵，喘着粗气，狠狠地说了一句。卡捷琳娃开怀地哈哈大笑，头一个劲往嘎尔迪老爹怀里钻："干死我哇！快干死我哇！老爹，我现在就想死哩！"

嘎尔迪老爹看着春情泛滥的卡捷琳娃那线条起伏的胴体，连连叹道："我真相信有上帝，美！真美！上帝造你时可真是下了大功夫，让我上上下下左左右右地好好看看，哎呀呀，真是没有一点点的偷工减料！真是可惜了，你穿那乌涂涂的貂皮衣服真是作践了上帝给你的好身材！"

嘎尔迪老爹连声嚷嚷道："快给公主换身好袍子！不是早让你们准备下了？"

嘎尔迪老爹的声音刚落，已在外面侍候的女仆们进来了好几个，手里捧着一堆衣服让卡捷琳娃试穿。嘎尔迪老爹又嫌女仆们笨手笨脚，自己亲自给卡捷琳娃穿上了绚丽的布里亚特蒙古袍子，红色的腰带一束，身上的线条马上出来了。

嘎尔迪老爹左右端详着，啧啧直叹："腿是腿，腰是腰，卡捷琳娃公主好看，真好看。"

众女仆也连称好看，真好看。

一个叫伊琳娜的胖丫头还发挥了一下："公主这腰好细好软，我原先以为索尼娅太太的腰最细软的哩！"

伊琳娜猛地发现自己的嘴说秃噜了，但已经来不及了。

嘎尔迪老爹一下阴沉了脸，冲众人喝道："滚！全滚！"

众女仆慌慌地跑出了帐外。伊琳娜吓得腿都软了，傻傻地立着，不知该怎么办，只是颤颤地叫了一声："老爷，我……公主……"

"我没事，"卡捷琳娃微微笑着对伊琳娜说，"你没说错什么呀？我喜欢你拿我和索尼娅太太比，真的！"

她又对嘎尔迪老爹道："老爹，你发那么大火干什么呀？我才不会吃索尼娅姐姐的醋哩。伊琳娜你过来，帮我整整这里，以后要常给我讲讲索尼娅太太和老爷的故事，我喜欢听。"

伊琳娜赶忙过去，小心翼翼地帮卡捷琳娃整理衣服。

嘎尔迪老爹伸手拍了拍卡捷琳娃的屁股，卡捷琳娃笑了："我喜欢没心眼的胖丫头，没那么多的零碎事情。这避讳那不能说的，还不把我闷死？我还会跟一个过世的姐姐斗机锋啊？我傻啊？"

嘎尔迪老爹哈哈笑道："老爷我傻行不行？"

伊琳娜垂下手道："是奴婢不会说话……"

嘎尔迪老爹摆摆手道："公主不是说了，她喜欢不会说话的胖丫头！伊琳娜啊，以后你就贴身跟着公主吧。"

伊琳娜高兴地道："谢谢老爷太太，奴婢一定不怕脚上磨起泡也要跟着太太……"

这下连卡捷琳娃也高兴地咯咯笑了。

她盯着伊琳娜的衣服看，又看了看自己的袍子，她又把被嘎尔迪老爹赶到帐外的女们全叫进帐来。她挨着个，一个一个仔细看她们着身的袍子。女仆们有些莫名其妙，嘎尔迪老爹倒是饶有兴致地甚至是带着几分欣赏地看着卡捷琳娃。

"怎么了？看出马跑了还是羊羔子离群了？"

"老爹，"卡捷琳娃问他，"布里亚特女人的袍子，为什么在关节活动部分都是拼裁而成的呢？这是不是为了好骑马，好干活？"

卡捷琳娃以女人的纤细立即发现了布里亚特女人服装的奇异特点。

她抚摩着袍子的肩、肘部分，一个劲问嘎尔迪老爹："好奇怪哟，老爹，你给我说说为什么呀？"

嘎尔迪老爹若有所思，眉峰也有些凝紧了。

"太太，"伊琳娜道，"咱们老爷一个大男人，咋会知道女人袍子的事情呢？回头伊琳娜找奶奶问问，她是部落里年纪最长的，大事小情没她不知道的。"

嘎尔迪老爹道："你奶奶都快一百岁了。前些年沙皇的萨玛辽特往地下咣咣地扔炸弹，我怕她伤着，就让色旺把她背回了大包躲着。她在大包里往外看，还问我：嘎尔迪呀，好好的草地，咋不出声地翻开了泥花呢？"

众人都笑了。

嘎尔迪老爹道："二百多年了，人们也许啥都不知道了。这高兴的日子今天就不说这事了。行了，该让公主歇歇了。你们先都下去，晚上还有一夜闹腾呢！"

人们下去了，帐内忽然有些静悄悄的。嘎尔迪老爹仰身躺在虎皮沙发上，卡捷琳娃站在他的身边，伸出细细的手指，轻轻抚弄着嘎尔迪老爹乌黑浓密的头发。

"老爹，你咋忽然打蔫了？是不是嫌我问这问那的？"

"不是！我喜欢你这点。有些傻女人们，穿破几十件袍子了，也不知道是怎么回事。有些东西是不能忘的！可是，"嘎尔迪老爹深深地叹了口气，"时间一长，人们就慢慢地忘了，忘了祖宗了。这伤疤现在还渗着血哩。"

嘎尔迪老爹睁圆了眼睛，直直地向前看着："真就忘了？"

"老爹，我是你包里的女人了！"卡捷琳娃摇晃着他，"老爹，你告诉我嘛！"

嘎尔迪老爹告诉了卡捷琳娃一个并不古老的英雄故事。

很久以前，北海边上住着一个勇敢的小伙子，一位天上的仙女爱上了他。仙女便化成一只美丽的白天鹅飞到了北海上空，却碰上了在北海上空作恶的一只灰鹰，灰鹰追逐着白天鹅，小伙子一箭射中灰鹰，从鹰爪下救下了那只美丽的白天鹅。他们相爱了，渐渐人丁兴旺，若干年下来，繁衍成了布里亚特蒙古人部落。后来波拉金公主从黄河边来到了他们中间，率领着这个部落过着与世无争、美满幸福的游牧生活。

二百多年前，沙俄的哥萨克们翻过了布里亚特蒙古人的萨日博格山，蒙古语意即白雪覆盖的山峰。他们发出了狂呼，高喊乌拉，为了记住这侵略的叫嚣，沙俄占领军把萨日博格山改成了乌拉尔山。翻下乌拉尔山的沙俄军，遭到了驻扎在北海边上的大清将军、士兵和布里亚特蒙古人的奋起抵抗。不知战死了多少好汉，也没抵挡住人家的进攻。《尼布楚条约》签订后，大清的兵勇们扔下大龙旗四散了，大清失去了包括贝加尔湖在内的大片森林草原。沙皇的哥萨克骑兵，这些蓄着黑八字胡的六脚畜生们，开始奴役被大清甩在西伯利亚地区的大清子民。没有了大清的庇护，布里亚特蒙古人惶惶然了，就像是一个与中华血脉连体的婴儿被一刀割掉了脐带。在痛不欲生的一刹那，原本无忧无虑率部生活的波拉金公主好像一下子长大了，长成了让无数蒙古汉子和大清男儿现在想起都汗颜的"大男人"。

波拉金公主本是个多愁善感的弱女子，她爱布里亚特草原上的一切，甚至是一只可怜的小麻雀。她唱道：兴安河上的麻雀哟，小心那蓄意下的套子。康熙大帝把她与她的部众孤零零地甩在北海边上时，她并不气馁，重整被冲散的驿站部众和逃进西伯利亚大森林中的布里亚特人。她要率众拼死保护先祖留下的土地、牛羊、女人和孩子，还有湛绿如蓝天的北海。她带着布里亚特汉子与进犯北海的沙俄骑兵展开了一场场殊死的搏斗，并被部众拥为我们的波拉金女皇。在波拉金女皇的带领下，他们重新竖起了驿站地的大龙旗，尽管这旗帜已经与他们没有关联，但仍能鼓舞人们重新拾起远去的辉煌。因为她和布里亚特蒙古人，心中永远闪耀着圣主成吉思汗拓疆辟土的荣耀。在那日月无光的日子里，失去大清庇护的布里亚特汉子们疯了，杀疯了，把马刀都砍成了锯条，却终因寡不敌众溃败了。

波拉金女皇被俘，沙俄逼她交出大清黑龙江将军衙门留下的部众人口籍簿，要让波拉金女皇和布里亚特蒙古人成为沙俄的臣民。

波拉金女皇说："籍簿有，但和我的心长成一体。"

临刑之前，波拉金女皇慷慨叫道："莫叹大清无男儿，我笑康熙不丈夫！"

这个美丽的女人竟被残忍地肢解了。就是为了纪念波拉金女皇的慷慨就义，从此，布里亚特女人们的服装关节活动部分专门拼裁而成。世代相传，这是一个民族永远不能忘却的疼。

卡捷琳娃问："哦，老爹，这是一个传说?"

"混蛋!"嘎尔迪老爹忽然像一只狮子暴怒了，一把将卡捷琳娃揪胸举起老高，卡捷琳娃吓得叫道："老爹，你说嘛! 我在听哩!"

嘎尔迪老爹高声地道："波拉金女皇就是我的高祖，是我心中的神! 不是什么传说!"

卡捷琳娃道："老爹，你吓着我了!"

见嘎尔迪老爹还是阴沉沉的，卡捷琳娃跪地起誓道："老爹，我以圣父圣母圣子的名义发誓，卡捷琳娃生是布里亚特的人，死是布里亚特的鬼!"

嘎尔迪老爹将其拉起，并且紧紧地搂在怀里。

卡捷琳娃奇怪地问："老爹，你怎么哭了?"

嘎尔迪老爹道："刚才看见你这么一跪，我心真有些疼!"

卡捷琳娃道："你也会哭呀? 心真软! 心软的男人好!"

嘎尔迪老爹搂紧卡捷琳娃："你现在是公主落难，可你再难也有国啊! 我呢……"

嘎尔迪老爹忽然有些凄然。

卡捷琳娃道："你有大草原呀! 这草原多大呀，比天还大呀!"

嘎尔迪老爹摇了摇头，在这个新婚之夜他感到有些惶惑，甚至渐生一些悲凉。他知道，从波拉金女皇就义之时起，他和他的子民们，就开始了只有草原，没有祖国的流浪生涯。这有二百多年了吧，整整七代人了，到哪才算一站呢? 遥远的大清还在吗? 他看了看卡捷琳娃的袍子，抻了抻马蹄袖对她说："这马蹄袖好看吧，这是大清为我们蒙古人的服装特意规定的制式。寓意我们蒙古人像马儿一样忠良，忠实于我们的大清。"

卡捷琳娃说："好神秘的东方，好神秘的大清!"

嘎尔迪老爹想，都说大清已经换新主子了，新主子还记着布里亚特吗? 还记得我这个世袭的二品台吉吗? 莫非这一切，真的变成了记忆，变成了传说?

但是生命还要繁衍，生活还要继续。

草原上的祭火开始了，冲天的火光把半边天都燃红了，火堆旁围了那么多人，个个都打扮得那么鲜亮。就连奥腾大喇嘛也换上崭新的法袍，围着火堆，用松柏枝叶蘸着马奶酒向火里挥洒着，大声地祭咏着，欢声笑语冲淡了嘎尔迪老爹的感伤。哦，这就是蒙古利亚，永远不熄的火！

他拉起卡捷琳娃的手，走出了帐外，走进了跳跃欢腾的人群。他和卡捷琳娃在奥腾大喇嘛的指派之下，在高高堆起的火堆前站好。

奥腾大喇嘛笑盈盈地道："我怎么会错过草原上这个美好的日子呢？祝福你们啊，二品台吉嘎尔迪与俄罗斯公主卡捷琳娃共结百年之好！请把最好的美酒献上吧！"

嘎尔迪老爹接过了色旺递上的珍藏的五年陈酿马奶酒"苏天愣"，大银碗一挥，"苏天愣"像玉液一样钻进了熊熊大火里，火苗腾空的刹那，祭火的古歌也轰然唱响。

众人唱道：

圣主成吉思汗发现的火石
诃额仑夫人保存下来的火种
用醇香的马奶酒祭祀
草原香火万年长存

新郎新娘祈祷吧
神火是你们婚配的见证
新郎新娘磕头吧
佛光引你们接代传宗

嘎尔迪老爹举起卡捷琳娃的手，庄严地宣布道："我的孩子们，从现在起，美丽的卡捷琳娃公主就是你们的母亲。你们要像保卫布里亚特一样，保卫你们的母亲！"

部众欢呼跳跃。卡捷琳娃泪如泉涌。

嘎尔迪老爹的婚礼，是这支布里亚特部落在西伯利亚草原最后的狂欢之夜。布里亚特人演绎着最古老的婚礼，嘎尔迪老爹戴起了漂亮的尼克帽，圆顶代表太阳，帽缨代表阳光，嘎尔迪老爹今天就是布里亚特草原的太阳神。

这夜嘎尔迪老爹阳光得就像个布里亚特小伙子，喝酒，跳舞，还扯开嗓子引吭高歌：

> 苍天般的草原圣洁的湖，
>
> 湖畔上走过牧羊的老苏武……

嘎尔迪老爹爱唱这首歌，一唱这首歌，嘎尔迪老爹的心头就感到沉甸甸的，苏武牧羊的故事在贝加尔湖畔流传了一千多年。生活在贝加尔湖边的人们敬重苏武，早先贝加尔湖畔还有个苏武庙，不时有香火气从庙里飘出。戍边驻扎的官军，途经的商队，都要给苏武庙内送些供品。后来这座庙被毁了，却生出一棵松树来，到现在已经好粗，枝叶繁茂，郁郁葱葱。树下常有被敬放的一束束绚丽的花儿，嘎尔迪老爹听说在北海边，还有苏武的后人。

14　谢尔盖同志，你来是带我去见列宁同志的吧

谢尔盖终于等到了嘎尔迪老爹，俩人紧紧地拥抱。俩人还互相擂着胸脯子，嘎尔迪老爹的胸骨发出砰砰的声音。

谢尔盖笑着说："还是那么结实有力，就像是只胖狗熊！老嘎尔迪啊，我好像等了你快一个世纪了。"

"你现在是大人物了，因为大人物耐心总是有限的。很短的时间他也会觉得很长，这是大人物的通病。"

"你这个老嘎尔迪啊，说话总是带着刺。我们就不能心平气和地像老朋友一样说说话吗？"

"好，你说你说。"

嘎尔迪老爹说着坐在了沙发上，那只沙发蒙着夺目的黄缎，那是他

的专座。嘎尔迪老爹穿着细软的土耳其睡袍，睡袍上头发上散发着浓郁的花露水香味。

谢尔盖不禁皱了下眉头。

色旺给嘎尔迪老爹递上了咖啡。

他呷了一口，对谢尔盖说："我看你直耸鼻子，你不喜欢我身上的味道？卡捷琳娃喜欢，她是你们俄罗斯的公主。"

谢尔盖嘴角泛起了一丝冷冷的笑。

"谢尔盖同志，你是带我去见列宁同志的吧？"

谢尔盖被嘎尔迪老爹这句闷头闷脑的话问蒙了，他一时不知该怎么回答，只是小心地问了一句："你要去见列宁同志？"

"那是当然，"嘎尔迪老爹有些奇怪地看着谢尔盖，"尊敬的可爱的谢尔盖同志，六年前就是在这个包里，你可是不止一遍给我说过，列宁答应废止一切不平等的条约，包括《尼布楚条约》《瑷珲条约》《北京条约》……"

谢尔盖哈哈地笑了起来："老嘎尔迪，你可是记得很清楚呀，比我记得还清楚！"

嘎尔迪老爹道："现在苏维埃成立了，现在该把西伯利亚和贝加尔湖还给我们大清蒙古人了吧？我们可是盼星星，盼月亮等着哩。"

谢尔盖笑了，这大概是俄罗斯大地上最顽固不化的一块封建堡垒了。难怪，他的儿子班扎尔要带着乌金斯克、赤塔的布里亚特红军来剿灭他。可谢尔盖知道班扎尔现在还不是嘎尔迪老爹的对手，刚从旧军队脱胎出来的布里亚特红军，还有一些工人赤卫队、青年学生组成的革命武装要与老牌的布里亚特骑兵作战，谢尔盖是无法想象的。

作为赤塔地区，整个布里亚特地区苏维埃政权的负责人，谢尔盖需要嘎尔迪老爹的布里亚特骑兵挡住逃窜的高尔察克匪帮。从顿河逃亡的高尔察克匪帮才是社会主义苏维埃的死敌。

而嘎尔迪老爹是什么，他只想守住自己的牧场，牛羊，大包，女人，还有这身细软的土耳其丝袍，这是个胸无大志的家伙！但嘎尔迪老爹仇恨顿河来的哥萨克，他会像一条忠实的看家狗，守护着这片草地，这对谢尔盖来说就够了。

嘎尔迪老爹似乎猜测出了谢尔盖在想什么，不禁呵呵地笑了。

"鞑靼小子，我让你为难了。"嘎尔迪老爹拍了拍谢尔盖的肩膀，笑着道，"我比你了解这些俄罗斯人！他们是只知吃不知吐的北极熊！这么大的地方说还就还了？水肥草美，森林茂密，下面不知藏着多少宝贝，谁见了不爱啊？吃到了嘴里还能吐出来，我们敬爱的列宁同志上下嘴皮一碰，就还给我们蒙古人了？你当我傻啊？要不你就是一开始就在哄我这个老蒙古利亚！"

嘎尔迪老爹有些生气了，对谢尔盖道："我们心实诚！我们没少帮你布尔什维克的忙吧？你在赤塔只给我写了二指宽的一个条子，说你们没吃的了，没烧的了，老人和孩子要饿死了，女人要冻死了，新生的政权正在接受考验。看在我们多年交往的面子上，我二话不说，支援了你两车皮的粮食，一火车的木柴。这没等你派城里的工人工作团来布里亚特草原征收，我就给你办了吧？我们也是从牙缝里挤出来的，可你们吃饱了，住暖了干什么？杀王爷，斗喇嘛……"

谢尔盖说："嘎尔迪同志，你的讲述有失偏颇，今天我们不争论。关于脚下这片土地的归属问题，这已是几百年的陈年旧账，不是你我说得清楚马上解决了的。这得最高当局与中国政府协商，现在我可以负责任地告诉你，我们的高层正在遵照列宁同志的指示，在研究我们的承诺，我们的苏维埃联邦会很快照会中国政府，承认将永远废止一切强加在中国人民身上的不平等条约，但是……"

嘎尔迪老爹哈哈地笑了："谢尔盖同志呀，我就等着你这个但是哩！这个但是有内容，正是你纵马千里来找我要谈的，别的都是扯淡，再过几百年更是扯不清的淡！你还是说你的那个但是吧！"

谢尔盖指着嘎尔迪老爹说："你呀，总是那么出言不逊，咄咄逼人！我也没时间给你扯淡！我现在要告诉你的是我们脚下的这片草原正要遭受亘古未有的灾难！顿河的高尔察克骑兵，正在朝布里亚特草原窜来。谢苗诺夫率领的先头部队已经出没在布里亚特草原，他们会忽然出现在你的大包前，而你却在包内搂着女人睡大觉。现在分分秒秒都会发生战争，而你却让我在你的包内听你发情耍浪，你要是我的部下，我会将你就地军法处置！"

嘎尔迪老爹已经看见谢尔盖茶镜后面眼睛中喷出的一团火苗子，这个鞑靼小子看来是真的愤怒了，着急了。嘎尔迪老爹想啥战争都是来得急，去得快，布里亚特人经历得多了。这次，也许战争的阴云已经笼罩在布里亚特草原的上空，不管是谢尔盖的布里亚特红军还是高尔察克的哥萨克白军，嘎尔迪老爹都不喜欢，他都不允许他们出现在他控制的驿站界。这是他拼死守护的底线。嘎尔迪老爹知道高尔察克率领的这些顿河哥萨克骑兵，嘎尔迪老爹早就与他们交过手，这才是一群真正的六条腿的豺狼。就当是打越境的狼吧，嘎尔迪老爹胸中荡起一股豪气。

谢尔盖告诉他，布里亚特红军准备在敖包山上打阻击，希望与嘎尔迪老爹的骑兵一同抗击哥萨克匪帮。他看着嘎尔迪老爹，充满了期许。

"有啥呢？"嘎尔迪老爹淡淡地说，"咱不就是抡着马刀打一仗？"

谢尔盖听后，不禁舒心地一笑，这笑被嘎尔迪老爹看到了。嘎尔迪老爹甚至狡猾地想，他在笑什么？是不是布尔什维克把高尔察克匪帮故意赶到布里亚特草原上来，让他们与布里亚特蒙古人火拼？他狐疑地看着谢尔盖，谢尔盖狠狠在他的胸脯上擂上了一拳："我知道你在想什么，你个老滑头！你是不是不相信我？怀疑我给你下圈套，是不是？"

嘎尔迪老爹尴尬地笑了。他想就是圈套，他也得往里面跳，因为这是唯一的选择。因为，不许顿河哥萨克染指布里亚特草原，这是嘎尔迪老爹的天职，他要像草原上的头狼，牧场的头马一样，护卫自己不可侵犯的领地。

嘎尔迪老爹决定集合起自己的部众，迎头痛击进犯的高尔察克匪帮。

他对谢尔盖道："你去告诉列宁同志，西伯利亚草原永远是蒙古人放牧的草场。我们会为祖先的土地流光最后一滴血！"

谢尔盖还告诉嘎尔迪老爹，这片广袤的驿站地理论上已经归属赤塔州苏维埃，为了统一指挥，他命令嘎尔迪老爹所率领的布里亚特骑兵改为苏维埃远东赤旗军团，嘎尔迪老爹是当然的军团司令。并且为他们带来了绣着镰刀斧头的鲜红军旗，他有句话没有说，就是说了嘎尔迪老爹也不会懂，谢尔盖亲自担任这个赤旗军团的政治委员。

嘎尔迪老爹看了那火红的军旗一眼，断然拒绝道："我们有圣主传下来的大纛，我们布里亚特人永远遵循圣主为我们留下的战争法则。你说的红党白党与我们布里亚特蒙古人无关，我们谁也不属于，我们只忠实于西伯利亚草原！"

谢尔盖脸上浮起一丝笑。原来嘎尔迪老爹还是个中世纪的骑士，或许更古老一些。可怜的嘎尔迪老爹，可敬的嘎尔迪老爹，你难道还不明白吗，即使在布里亚特草原，你的时代已经结束了，永远地结束了！

他扬起双臂，再一次热情地拥抱了嘎尔迪老爹。

临走，谢尔盖让警卫员取出一套崭新的灰粗呢军装，还有一顶绣着红星的灰呢军帽，笑着说："这是我特意给我们的司令员定制的一套军装。"

嘎尔迪老爹说："我也成为草原上戴官帽的屎壳郎了？"

谢尔盖不解其意，站在后面的色旺早已经哈哈笑得弯下了腰。

嘎尔迪老爹接过了那顶军帽，仔细地看了看，然后扣在自己的大脑袋上。并对谢尔盖说："军装就不用了吧？我们有自己的战袍，要不我也送你一副牛皮盔甲？"

谢尔盖握着他的手道："那我们敖包山见。"

嘎尔迪老爹道："敖包山见。"

嘎尔迪老爹来到了卡捷琳娃的身边，卡捷琳娃正坐在湖边看书，她面对着波涛汹涌的湖水。放眼望去，贝加尔湖蓝得让人目眩，蓝得与天空融成一体。卡捷琳娃曾在嘎尔迪老爹的怀里撒娇说，蓝天是贝加尔湖水制成的，要不契诃夫为什么说贝加尔湖是透明的，天空也是透明的？嘎尔迪老爹亲吻着她的蓝眼睛道："我不知道契诃夫是谁，但我知道你的眼睛才是蓝得像湖水一样透明，我恨不得天天光着屁股跳进去洗澡。"

卡捷琳娃咯咯大笑，她已经钟情于这个男人。这个男人有着莫斯科人、圣彼得堡人从不曾有过的生猛和彪悍。听到嘎尔迪老爹的脚步声哒哒传来，卡捷琳娃抬起了头，一眼就看见顶在嘎尔迪老爹头上的那顶红军军帽，不禁有些惊异。

嘎尔迪老爹笑眯眯地问："怎么宝贝，没有见过？"

卡捷琳娃低下了头，轻声地说："我害怕见到它。布尔什维克的士兵都戴着它，头上的红星闪着光冲进了我的家。老爹，你怎么现在也戴上它了……"

"怎么？你不喜欢？"

"我也不知道，就是觉得顶在你的头上，挺有意思的。老爹，你怎么也布尔什维克了？"

嘎尔迪老爹严肃地对卡捷琳娃说："宝贝，要打仗了。"

"是那个布尔什维克大人物要你打仗吧?"卡捷琳娃看了嘎尔迪老爹一眼,"是吗?为他流血冲锋陷阵?这是不是布尔什维克给定制的马蹄袖?"

嘎尔迪老爹皱了下眉头,耐着性子道:"高尔察克被人家赶到布里亚特草原来了,要占我的草场、牛羊、毡包……"

"是不是和我一样?"

"你给我闭嘴!"嘎尔迪老爹忽的一声大吼,吓得卡捷琳娃站了起来,"我不允许任何女人用这种态度给我说话!"

卡捷琳娃眼中闪出委屈的泪花,这让嘎尔迪老爹有些难过,嘎尔迪老爹缓和了下口气解释道:"你是列宁同志给我送来的小天使,他们是六条腿的畜生!一路上烧杀抢掠过来的,有几万啊,我要是不把他们拦住,布里亚特草原就完了。我知道哥萨克,那可不是什么好牲口!我不会为布尔什维克打仗,我是在为蒙古人的布里亚特草原打仗!"

嘎尔迪老爹说着,轻轻拍了一下卡捷琳娃粉嫩的脸颊,算作安慰。

"我要带着布里亚特的男儿们去打仗了,你晒你的太阳,看你的书,弹你的琴,浮你的水吧。你该干什么还干什么,就当没打仗这回事。"

嘎尔迪老爹说着摇摇摆摆走了。

"你就这样走了?"

嘎尔迪老爹根本没有理睬卡捷琳娃在身后的叫喊。他不知为什么忽然想起索尼娅来,索尼娅听说打仗,从不多问嘎尔迪老爹一句,就是把自己一连几天关在包内默默地祈祷。索尼娅,好女人啊!嘎尔迪老爹嘟哝道,是个好女人啊……

色旺看着嘎尔迪老爹头顶上的帽子,说:"老爷,你咋不让谢尔盖那独眼龙多送几顶,我也想戴上一顶。"

"你当布尔什维克这顶红帽子好戴啊?蠢货,这重着哩,你不怕被压死?"嘎尔迪老爹转着眼珠子,"哎,色旺,你是不是也想当司令了?"

"我才不想当司令呢,你当我是谢苗诺夫那贼娃子屎壳郎呀?"

"好你个色旺,敢拐着弯骂老爷是屎壳郎,看我不把你摔碎摔烂!"嘎尔迪老爹忽然来了兴致,要与色旺摔跤。俩人揪扯着衣服,互不相让,脚下的草皮被他们不断扭动的靴子搓起了一大片。色旺用着力,脚牢牢地蹬住地,丝毫不让一点,憋得面红耳赤的。两人架着胳膊转来转去的，色旺都能感到嘎尔迪老爹从嘴中喷出的团团气流，色旺知道，和嘎尔迪老爹摔跤就得照着往死里摔的准备，绝不能让跤。有一年，嘎尔迪老爹被色旺扔了个大马趴，不但不怪罪，脸上还笑成了花。这次，色旺被嘎尔迪一个大背摔，甩出老远，重重地趴在了草地上。色旺啊啊地叫着，双手在草地上乱拨拉："我的牙呢？我的牙呢？"

嘎尔迪老爹也忙爬在草地上帮他找，一面埋怨道："真的满地找牙了？你咋这么不经摔了？以后给人过手要吃亏呢！"

"老爷，在这哩！"色旺指着自己的嘴，满口的白牙好好的，然后哈哈大笑不止。嘎尔迪老爹也哈哈大笑了，两人滚在草地上笑个不止。

他俩大字摆开平展展地躺在草地上，仰面看着高高的天，天空蔚蓝，有几团白云浮在天空，似是一动不动。两只苍鹰先是在天上追逐着，后又展开双翅，随着气流平平地滑行着。慢慢滑过他们的视野，不见踪迹了。风儿轻轻地吹拂着草浪，发出窸窸窣窣的响动，数不清的鼠尾草摇动着细细的尾巴，就像一尾尾小鱼晃悠在起伏的草海里。嘎尔迪老爹折断一根草茎，捅着牙缝，呸呸地啐了几口，惊动了一窝地拨鼠，它们蹦跳着钻进了深深的草丛里。几只西伯利亚大红蚁悄悄地爬进了色旺的衣襟，色旺霍地跳起，用手胡乱拨拉着，大声叫着："老爷，动动身子，小心让蚂蚁给咬了。"

"好啊！"嘎尔迪老爹站了起来，色旺赶紧上上下下地替他拍打身子。

嘎尔迪老爹抬头看看天空，太阳亮闪闪的，挂在像用水洗过的蓝天上。他赶紧眯上了眼睛，但他还是看到了，天空上一团团厚薄不匀的白云慢慢滑过，遮住了阳光，云层的边缘都镶上了灿烂的金边，云层薄的地方透出绚丽的光束，更显得霞云重叠，彩光万千。

嘎尔迪老爹睁开了眼睛，凝视着天空，没头没脑地问："色旺，你说哪块云彩下雨呢？"

色旺哈哈地笑了："老爷，我要是知道我不也成丹吉活佛了？哎，老爷，活佛他们到兴安王爷庙了吗？人都走了半年多了。"

"我问你哪块云彩下雨，你却给我说丹吉活佛，你这蠢货！"

"老爷，蠢货怎么能知道哪块云彩下雨呢？我就知道今天太阳底下亮亮的，红透透的，还有那裹着阳光的白云，跟彩色缎子似的好看，真好!"色旺笑着说，"老爷，您看那块，就那块，那是多少种颜色染成的啊，红色、粉色、黄色、浅蓝色，那是天上的七仙女在舞动纱巾吧？"

嘎尔迪老爹抬头往天看："你说，就是那块云彩要下雨？记得过去打仗时，天上总有一块云彩要落雨……那是长生天心疼咱蒙古人哩！"

"老爷，咱们今天不琢磨老天爷行不行？"色旺劝嘎尔迪老爹道，"啥时候长生天都保佑着咱蒙古人哩！不是说要打仗吗？那有啥？您不是给谢尔盖那独眼龙说了，就当是头上飘过过云雨。老爷，我就爱听您说话，啥事都是浮在头顶上的一块云彩，风一吹就散去了……"

"色旺，你听说过这么一句话没有？大盗好挡，小贼难防。"

"老爷，我听说了，就是刚刚。"色旺说着，调皮地笑了。嘎尔迪老爹伸出手轻轻打了他一巴掌，然后也笑了。

他对色旺道："色旺啊，你也跟我有十年了吧？"

色旺道："老爷，我从十二岁上就跟着您学本事，到现在整整十三年了。"

"十三年了，"嘎尔迪老爹自言自语道，"老爷我咋不烦你呀？你那么蠢，还爱说那么多傻话。可我咋不烦你呢？色旺啊，你认真想一想。知道这是为什么吗？"

色旺皱起了眉头想了半天，还是摇了摇头。

嘎尔迪老爹拍了拍色旺的脸蛋子说："这都想不出来，就是因为你又蠢又傻呀！"

嘎尔迪老爹说完，仰头发出一阵大笑，色旺挠了挠头皮道："老爷，这有什么可笑的呢？我真那么蠢货斯基、傻瓜诺夫吗？"

"看看，又犯傻了是不是？只有傻瓜才去跟人争论自己傻不傻呢！"嘎尔迪老爹说着，拍了拍色旺的肩膀，"我想过了，等打完这一仗，老爷也赏你一个包，包内还有一个会过日子的女人。以后，你可不能学烂鼻头拉西，踏踏实实地在草地过好你的牧人日子！"

"天爷！"色旺一听，一下子蹦起老高嚷嚷道，"那还不把色旺美死，把我阿妈乐死？"

"你个蠢货，死了咋办？"嘎尔迪老爹在他头上狠狠摩挲了一把，"让人家女人进门就替你守空包呀？"

色旺高兴地打了个呼哨，嘎尔迪老爹的赤色枣骝马打着响鼻，蹿出

133

草浪颠颠地跑了过来。色旺的大黑马紧紧地跟在后面。

两人上了马，色旺还在后面问："老爷，是哪个女人呀？色旺认识不认识呀？"

"你个蠢货！"嘎尔迪老爹双脚一磕枣骝马肚子，扭过头身子一颠一颠地骂色旺，"进了包你不就认识了？这事还用得着问老爷？"

"老爷，谁让你喜欢我这个蠢货呢？"色旺用脚后跟使劲磕了下大黑马的肚子，放开嗓子喊了一声，"啾——"，手里晃动马鞭，纵马追了上去。

两匹马一红一黑，一前一后，在草浪上奔驰着，就像骤起两团旋风疾疾地掠过苍茫草原。嘎尔迪老爹在马上颠着，望着无边无垠的草原，胸中涌起了许多往事，脑海中泛起了无数亲人，阿爸、阿妈、索尼娅、达日扎，还有许多叫上名叫不上名的乡亲，他们的热血骨殖全都融化在这片草原里，这片草原就是他的至亲至爱，嘎尔迪老爹的眼睛湿润了。还有即将发生的恶战，又要有许多乡亲的血流在这里，骨殖埋在这里，明年这里的草原会更茂密丛绿，野花会更绚丽鲜艳。这就是命！蒙古人的命！蒙古人就是这样一代一代走过来的……

一路上嘎尔迪老爹浮想联翩，纵马驰骋。

到了包前，他猛地勒住马缰绳，枣骝马咴咴地不断嘶鸣，马夫小苏赫跑了过来，牵过他的马，接过了他手上的马鞭子。小苏赫家是世代为嘎尔迪老爹管马的，他父亲老苏赫早年还是嘎尔迪老爹的活马石，尽心尽力侍候了嘎尔迪老爹十多年。索尼娅那年嫁过来时，见嘎尔迪老爹踩在老苏赫的背上上马，不禁皱起眉头道："我阿爸是大清的郡王现在都不用活马石了，你咋还用？你到乌金斯克、圣彼得堡、莫斯科、俄罗斯伯爵家的庄园看看，人家少爷小姐们都在商量着怎么解放农奴，你可好，还如此老榆木？你也看看书，听听大作家托尔斯泰是怎么说的，看看世界现在是个什么样的潮流……"

那时索尼娅除了爱读书，弹琴，还有格格脾气，嘎尔迪老爹也就是个二十出头的年轻人。他想想对老苏赫说："听太太的，新潮流了，以后你就不用干这活马石了。可你能干什么呢？"

嘎尔迪老爹看着一脸愠怒的索尼娅，嬉皮笑脸地说："要不让他来当老爷，我给他当活马石怎么样？要解放咱就彻底解放！"

吓得老苏赫跪在地上冲嘎尔迪老爹直磕头，索尼娅气得多少天都不理他，睡觉就给他个后背。后来听说老苏赫去了马掌铺学技术，索尼娅才掉过脸来，并很快有了第一个儿子达日扎。老苏赫感谢索尼娅的"解放"，在马掌铺狠学技术，练就了一身修马掌的好手艺。不像别人修掌，得把马先得固定在马桩子或木架子上，那阵势跟上屠宰场一样。老苏赫只要抚摩一下马脖子，然后轻松地抬起马蹄放在自己的腿上，削角质的小刀舞得让人眼花缭乱，削得又薄又匀又快，马儿们挺受用。尤其是上掌时，老苏赫的小铁锤抡得又快又准，哒哒几下，马还没有什么感觉，掌就钉好了。老苏赫会拍拍马屁股说，撒着欢去跑吧！

老苏赫马掌钉得好，名声越来越大，很快就传到了乌金斯克。仁钦王爷特意骑着马来到了老苏赫的马掌铺，让给他的坐骑修修脚疾，钉钉马掌。老苏赫见是王爷，修掌的小刀使出了花，剔下的角质像薄薄的雪花飞舞，钉掌的小铁锤匀速有力，哒哒几下，就放下了马蹄。那马踏踏蹄子，高兴得咴咴扬脖嘶鸣。王爷很满意，连连点头，只说了一句话：把粗鄙的技术化为让人欣赏的艺术，能入本王法眼的你是第一个。仁钦王爷走时直接把老苏赫带进了乌金斯克王爷府的马房，专给他的马修脚疾钉马掌。带人走，连给嘎尔迪老爹招呼都不打一个。嘎尔迪老爹很不满意，索尼娅回娘家时提醒父亲办事不要太孟浪，仁钦王爷气呼呼地说："他没阿爸了，我现在就是他阿爸，咋？用他个钉马掌的，还敢给他老子叽叽歪歪？欠鞭子抽，还是欠炮轰啊？"索尼娅自然是不敢再多言，只得两头受气。

自此，老苏赫到了王府展示手艺。可王爷在乌金斯克办事，不是坐汽车，就是坐轿子，用马的时候很少，他的手艺就不大用得上了。有时王爷喝多了，硬拉一些显贵的名马来这里钉马掌，是想让这些显贵们看看老苏赫已经化为艺术的钉马掌技术。就这样一晃多少年过去了，王爷也渐渐失去了观钉马掌的兴趣，老苏赫也就慢慢闲了下来。人一闲就苦闷，一苦闷就爱喝酒，喝了酒就难免发牢骚，后来就遇到了王爷的外孙子班扎尔。班扎尔当然喜欢牢骚不断、对现实表现强烈不满的老苏赫。班扎尔抽空就给他讲些道理，老苏赫就开了窍，渐渐地就接受了班扎尔系统的布尔什维克教育……再后来，仁钦王爷……这是后话了。

老苏赫走了，嘎尔迪老爹虽然不满，但仍让他的儿子小苏赫赶过来接了班。嘎尔迪嫌小苏赫原来的名字太长："啥嘎尔迪基其劳耶夫，还有啊，老苏赫给你起名时脑瓜让驴踢了，这一长串他能记得住？我看你就叫小苏赫吧！"

别看小苏赫人不大，却十分勤快，心灵手也巧，嘎尔迪老爹很是喜欢。

色旺赶过来把自己的马鞭也交给了小苏赫，并嘱咐道："这马都跑出大汗了，你得好好遛遛，把汗消了再放回马厩。汗要是没有消透，凉风要是激着了，马蹄子一发软，影响了打仗，瞧老爷怎么收拾你！"

小苏赫嘟哝道："这还用提醒？色旺老哥，你这是咋了？你也不打听打听，我是做甚的？"

色旺急了眼："你个小蛋泡子，敢给我顶嘴？你去问问你那修马掌的阿爸，打听打听我色旺……"

看来自认为有本事的人，都不大服管，而且火气也大。

于是，俩人高声饿饿了两句，被嘎尔迪老爹听见，气得骂道："大列巴吃撑着了？是不是想挨马鞭子抽啊？都给我滚进贝加尔湖去！滚滚滚！"

嘎尔迪老爹气呼呼地进了包，看见奥腾大喇嘛在包里坐着等他。奥腾大喇嘛笑着道："你这个老嘎尔迪啊，还给这两个小狍子生气啊，骂两句吼两声就行了。来，你也喝口茶，润润嗓子。"

女仆上了茶，嘎尔迪老爹喝了，问："你有事？"

奥腾大喇嘛也是有本事的，脾气也大，他拉下脸来道："听你这话，是不是不欢迎我？我没事就不能来看看你啊？"

他说着抬屁股要走，却被嘎尔迪老爹一把拉住："给我坐下。这是咋了，人们都气冲冲的，连老喇嘛都吃火药了？火气太重！陪我喝喝茶，好好说说话。"

奥腾大喇嘛道："听说人要拉上敖包山打一仗？是不是高尔察克那些哥萨克就要打过来了？草原上的人们，都忙着要上战场哩。听那战马嘶叫的，老马能闻出火药味！马也通人性哩！我小时，听我老爷爷说，他爷爷跟康熙爷征噶尔丹时，被反贼砍翻了，人都死过去了，硬是被战马咬住战袍领子从死人堆里拖了出来。要是没那战马，我那老爷爷就回不了家了。"

"是啊，是啊！那我也就听不见你哭着喊着想妈了，咱得首先感谢你老爷爷那匹战马!"

"老嘎尔迪,我咋听着不像一句好话呢?"

"啥好话歹话,咱不就是一块说说话?"嘎尔迪老爹喝着茶,嘴里发出嗯嗯的声音。他说,"老奥腾,咱俩说个正经事。这几天,你们得把经念好,请出各路法神,来保佑咱出征的布里亚特男儿们。还得把会念蒙文经的喇嘛们组织起来,搞个像模像样的法会。让孩子们也得听得懂你们在念叨什么,心里好有个收敛,别像长着草似的。"

奥腾大喇嘛说:"我一直让喇嘛们学蒙文经。可自从白音走后,这些念蒙文经的喇嘛就再没好好念过。我得好好说说他们,原来白音在我懒得说,懒得管!"

嘎尔迪老爹笑了起来,呷了口茶道:"你还大喇嘛哩!人家白音不就没跟你好好说说王爱召,你就记上仇了?刚才还反过来说我给小狍子们斗气哩。你可好,还慈悲为怀哩!我看你的心眼得往大里扩扩,那样透亮!"

"我透亮着哩!"奥腾大喇嘛气鼓鼓地说,"白音这家伙鬼眉溜眼,心术不正,来路更不正,要不是丹吉活佛一个劲儿关照着他,我早就把他赶出召了。"

嘎尔迪老爹道:"他咋鬼眉溜眼了?我看他挺勤快的,心眼也挺活泛,遇事也能拿个主意。现在的这些青年人里,他已经算是很不错了!"

"你就是听丹吉活佛的!你看吧,丹吉活佛早晚得让这小子给坑了。"

"啥事?这么严重?"嘎尔迪老爹有一搭没一搭地问,"老奥腾,你可别吓唬我,白音这青年人,不会是布尔什维克吧?"

他说完自己先笑了起来。

"他布尔什维克?"奥腾大喇嘛不屑地说,"他也配?人家那都是梁山好汉转世,他算甚?你还记得冬上有伙人袭击圣日耳曼医院,还让卫队打死了一个,还记得这事不?"

嘎尔迪老爹一下子眼睛亮了:"这事情一直没弄出个眉目,我还觉得蹊跷哩!那人临死前说的话连色旺都听不懂,我当时就觉得这人来历非同一般,不是过路的小毛贼。哎,老奥腾,说着说着北京喇嘛,你怎么扯到这事上来了?"

"色旺听不懂，可白音听得懂。不光听得懂，还能叽里呱啦地说。"奥腾大喇嘛愤愤不平地，"欺负我耳聋眼瞎是个老糊涂蛋哇?"

嘎尔迪老爹警惕了："你给我说说怎么回事?"

"他们是一伙子人。那天晚上，他们凑在召里叽里呱啦地商量，我虽听不懂，可我察觉得出，白音就是那领头的。"奥腾老喇嘛道，"那夜，我想我娘，想王爱召，睡不着，尿就多，我起来撒尿，听召门口有人咕里哇啦地说话，听又听不懂，我溜出门一看，就见白音正在和这些人说话，好家伙，他们各个手里都提着盒子炮，把我吓得啊，一动都不敢动。一直到那些人骑马走开，我都不知道自己的尿是啥时尿下的。天亮时，听说医院那儿死了人，让我们去念叨念叨。那人一看我认识，就是和白音一伙的。"

"你咋不早说?"嘎尔迪老爹有些不满。他冲帐外大声喊道："色旺，你过来，刚才在草地那儿我给你说啥了?"

色旺跑进来说："老爷，是不是'大盗好挡，小贼难防'?"

嘎尔迪老爹道："看你这记性，我说的是家贼难防!"

"对对，"色旺连连点着头，"是家贼难防。"

嘎尔迪老爹又问色旺："我不是早让你查查白音的来历，你查得怎么样?"

色旺说："他不是跟着丹吉活佛上王爷庙了，这还有啥查的? 查清楚了，又能咋的? 是不是他偷召里的东西了?"

"你就没听说白音和召外的人有啥来往?"

嘎尔迪老爹盯着色旺，色旺着急地直挠头皮，转着眼珠子想来想去。他忽然一拍大腿，大声叫道："老爷，我想起来了，不过……"

"说!"嘎尔迪老爹闷声一叫，色旺打了个激灵，再也不敢吞吞吐吐了。

色旺小心翼翼地说："老爷，我哥那事没出多久，我去看我阿妈，送您老给的金币……"

嘎尔迪老爹皱了皱眉，打断色旺的话："你去看你阿妈，就说堂堂正正地看你阿妈，说我干什么?"

"我阿妈生气地告诉我，说召里的白音喇嘛半夜里敲你嫂子的门……"

"三丫?"嘎尔迪老爹心里一惊,忽然想起那个吊诡的夜晚其木格给他说过的话。那个死鬼也见过三丫,白音喇嘛也见过三丫,看不出原来这三丫还是个结哩。嘎尔迪老爹在脑海把这些人颠来倒去转过了无数个可能性,但究竟是怎么回事,他并没有一点儿头绪。

嘎尔迪老爹不动声色地对色旺说:"接着说你的,你嫂子咋了?"

"我阿妈告诉我,说白音这个北京喇嘛想占你嫂子的便宜……"

嘎尔迪老爹笑了:"这又是喇嘛犯骚啊,老奥腾啊,看看你召里的……"

"你个老嘎尔迪,提我做甚哩?"奥腾大喇嘛催色旺,"快说你的正事,到底咋了?"

"我阿妈对我说,你嫂子拿鞋底子抽了白音喇嘛的脸……"

"对,对!"奥腾大喇嘛兴奋地说,"我是看见过白音的半面肿脸,就像刚出炉的大列巴又像是我家乡刚烙熟的白面锅盔。听小喇嘛们偷偷地传,说白音去寡妇家犯骚,让人用靴底子给抽了。"

"你是听你阿妈说的,"嘎尔迪老爹嗑着牙花子问色旺,"你就没听你嫂子说过?"

"这是啥露脸事?我嫂子是来给我阿妈诉苦,年轻寡妇守寡不容易……"

"对,对!"嘎尔迪老爹连连点着头说,"你嫂子是汉家女,面皮薄。"

"咳,"色旺叹了口气说,"全是那木斯莱造的孽!"

嘎尔迪老爹说:"那事就算过去了,我看白音也不在了,就是有啥活扣,咱就到此拴住。过去了,不提了!"

他连连摆着大手。

"我总觉得白音没那么简单,我现在是担心丹吉活佛被他送到黑豆地里!"奥腾大喇嘛说,"我真闹不清楚,他到底是哪方妖孽呢。"

嘎尔迪老爹说:"你别瞎操心了,已经有鄂温克人给我传话了,丹吉活佛乘他们的皮筏过额尔古纳河了,早已经到咱大清地界了。咋?你担心啥,你还担心班扎尔那王八羔子还想越界斩尽杀绝呀?"

"老爷这么一说,我也想起来了,前些日子我见到一群狗,瘦得呀,让人心疼。你们说这都几月了,它们连毛都没蜕干净,那烂毛在身上东掉一块西耷拉一块,像披着露洞的破毡子,就跟一群吃不上穿不上的流浪汉一样。我还在想，这是哪户倒塌人家养的一群邋遢狗哩？听老爷一说，我这才明白原来是咱那些爬犁狗跑回来了。冬天走时个个毛发锃亮，腰圆体壮，也真是遭大罪了……"

"既然爬犁狗回来了，传话的人都说活佛过额尔古纳河了，现在应该到兴安王爷庙了。佛祖保佑，阿弥陀佛！我是天天祷告，祈求佛祖镇住妖哩。"奥腾大喇嘛说，"我也回召里准备给出征的将士做个法会。天兵天将，观音如来一出阵，还镇不住个高尔察克哥萨克？哎哟……"

说着说着，奥腾大喇嘛忽然失声叫了起来："我咋差点把正事给忘了？"

嘎尔迪老爹奇怪地看着奥腾大喇嘛，不满地道："啥大不了的事情，搞得这么一惊一乍的？老奥腾啊，你侍候佛爷这么多年，本应修炼成仙，有些道行。你咋老了老了，反倒成了放屁猴小子了？你是召里的大喇嘛，本是智慧之人，是我们这些凡夫俗子的主心骨哩！"

奥腾大喇嘛说："一说到高尔察克，我想起有人让我给你捎过话，我来找你就是给他捎话来的。"

"谁呀？给我？捎什么话？"

"王大川，你还记得不？"

"王大川？"嘎尔迪老爹思忖着，"他……"

"你还说我放屁猴小子哩，忘性这么大？属熊瞎子的，掰一地撂一地的。是不是娶了俄罗斯公主，红火得啥都忘了？再想想，修铁路的王大川……"

"哦，"嘎尔迪老爹笑道，"王大川啊，我那结拜的安达（兄弟）……"

"我也想起来了，"色旺也兴奋地叫了起来，"山东人，大块头，人称他为半截塔。老爷和他结拜那天，喝多了酒，他又说又唱的，还敲着两块破马掌，'叮儿当叮儿当，闲言碎语咱不讲，专表山东好汉武二郎'……"

"是这样，是这样！"嘎尔迪老爹高兴地擂了色旺几下，"你就是我的活宝贝，没有你不会的！老奥腾，我那安达现在干什么呢？他有能耐，有胆识，敢在冰冻的贝加尔湖冰面上架起临时铁轨，跑火车运修路材料，省了多少力，少损坏了多少草场，少死了多少人！我这安达，长大清的脸了。他这人就是不服管……那年，听说他领人打死了几个沙俄监工和哥萨克骑兵，要被沙俄绞死，大清的修路工人数万人全线甩了耙子不干了……"

"这个王大川啊！"奥腾大喇嘛告诉嘎尔迪老爹，"我听捎话的香客讲，布尔什维克一起事，他也领着在海参崴修路的几百个大清工人，拿枪造反了，成立了远东布尔什维克红军中国营！"

"王大川真布尔什维克了？"嘎尔迪老爹有些吃惊，"他还中国营？"

奥腾大喇嘛白了嘎尔迪老爹一眼："咋？连这个都不知道？活在夜壶里了？"

"就你个老奥腾敢抢白我，"嘎尔迪老爹板起脸道，"你是侍候佛爷的人，我大俗人不招惹你行了吧？"

色旺拍拍脑门道："老爷，我明白了。难怪丹吉活佛讲，布尔什维克就是中国水泊梁山一百单八将下凡，活佛就是活佛，从不妄说！"

"啥事也逃不过活佛的法眼。"奥腾大喇嘛气哼哼地说，"老嘎尔迪啊，你也得小心点，我看那王大川也是个匪类！"

"那他给我捎什么话呢？"嘎尔迪老爹问奥腾大喇嘛，"不会邀我上水泊梁山吧？"

色旺一听，笑得岔了气，一个劲儿直喊："肚子疼！"

奥腾老喇嘛瞪了嘎尔迪老爹好久："你呀，也是少正果！不听你瞎说溜道了，我得回召里念经去！"

"哎，"嘎尔迪老爹叫住他，"王大川究竟捎了个啥话呀，你还没说哩！"

"我也是让你给气糊涂了！"奥腾大喇嘛说，"香客说，王大川的中国营来乌金斯克布里亚特草原了，他主要是对付谢苗诺夫那伙子远东游击军。王大川的中国营，主要是从山东来的那些修路工人，对贝加尔湖一带熟悉。还有他那中国营啊，啥人都有。呼伦贝尔的蒙古人，鄂温克人……"

"都是老朋友。好啊，都来了。"

"王大川捎话来，就是让你提防谢苗诺夫。他说，谢苗诺夫跟高尔察克尿不到一个壶里，他不会为高尔察克冲锋陷阵，是偷嘴吃的黄鼠狼。好了，"奥腾大喇嘛说着站了起来，摆摆手道，"我说完了，回召里念经去了。"

色旺送奥腾大喇嘛出了门。嘎尔迪老爹头靠在沙发背上，闭上眼睛想：各路人马都来了，布里亚特草原这回热闹非凡了。兵来了将挡，水来了土掩，要是黄鼠狼来了，那就让你尝尝蒙古猎人打牲口的铁夹子！看我不夹断你的贼爪子！

想到这，嘎尔迪老爹忽地站起，怒目圆睁，就像一尊金刚，大声叫道："来吧！高尔察克！来吧！谢苗诺夫！我要让你们知道啥叫蒙古爷爷！"

呼唤战士出征的海螺吹响了，海螺呜呜的声音像风一样刮过布里亚特草原，男人们从心底荡起一种莫名的兴奋，挎上弯刀，提起长枪，女人们把早已备好的肉干马奶酒装进皮褡裢搭在马背上，无奈地倚在门框上麻木地看着男人们上了马，融入刀枪战马汇起的洪流之中。

圣主留下的战旗大纛竖起来了，那是一面古旧的旗帜，陈年战血的污渍已经把它浸染得分不出原来的颜色了。五色马鬃编织的大纛上面原先绣着图案，现在已是斑驳不清了。大纛虽破旧，但它透着几百年的杀气，竖在那儿就让人从发根上生起一种难言的肃穆。

嘎尔迪老爹的卫队，也都清一色地换上了旧日的牛皮盔甲，手执苏鲁锭（成吉思汗时代留下的战矛）雄赳赳地簇拥在大纛之下。黑色的大纛，神圣的苏鲁锭，如海浪一样汹涌的战马，还有马上背枪提刀杀气腾腾的战士，从嘎尔迪老爹眼前一一滑过，嘎尔迪老爹胸中顿生昨日的辉煌。布里亚特草原夏日的小风吹拂着大纛，发出猎猎的抖动和呼呼的声响，草原顿生一派肃杀。这是圣主成吉思汗赐予的草原，这是一代代蒙古人马蹄耕耘的草原，这是浸着先祖鲜血埋着先祖骨殖的草原，这是蒙古男儿建功立业誓死捍卫的草原！哦，草原，我的草原，大战临近杀声透天的草原！

嘎尔迪老爹泪眼迷茫地望着大纛下赳赳站立的持纛手们，这是光荣的所在，也是必死的职业，因为枪林弹雨下他们必须勇敢地持立大纛，任是弹雨横飞，持纛手也会一动不动，直至轰然倒地，但倒地的那一刹那就会有人接住大纛。任炮火纷飞弹如飞蝗扑来，大纛仍岿然屹立，每场大战过后，都会有上百名护持纛手阵亡，这已是规律。千百年闪耀在他们的头上的荣誉决定他们是战争的祭品。

嘎尔迪老爹一个个拥抱他们，机械地对他们说着："好样的，我的孩子们，都是好样的。"

嘎尔迪老爹知道，他是在和这些勇士们一一诀别。

嘎尔迪老爹在出征的队伍内，就在马克沁重机枪联队的旁边，发现了萨瓦博士和他的圣日耳曼医院。萨瓦博士和他的医护人员都是精悍的俄式短打扮，每人胳膊上套着一只红十字袖章，背着一只药包。自上次圣日耳曼医院被人偷袭后，医院的大包顶上画上了鲜红的十字，包门口也飘起了红十字的旗帜。萨瓦博士告诉嘎尔迪老爹，这是国际统一标志，受到保护，在战争中谁破坏红十字医院，战后会受到战争罪的指控。嘎尔迪老爹说："好，好，谁指控谁，那就看谁是战争的胜利方了。我向你保证，我是不会碰任何红十字一指头，因为你们是我的上帝！"奥腾大喇嘛看这红十字不顺眼，与嘎尔迪老爹喋喋不休，但也说不出理由来。嘎尔迪老爹冲他说："我的大喇嘛哟，你们鄂尔多斯人咋说的，蓝色的裤腰青色的裆，谁也踩不了谁的行。人家红十字怎么了，不是治好了你召里喇嘛的烂裆？"

嘎尔迪老爹冲萨瓦博士笑笑，萨瓦博士一脸木然，他知道萨瓦博士还在生他的气。嘎尔迪老爹告诉萨瓦博士要打仗了，趁西伯利亚的铁路未断，让他回到莫斯科去。并且送给他一千金卢布。萨瓦博士把金卢布冷冷推开，然后弯下腰默默地整理自己的手术器械，再也不说话了。嘎尔迪老爹对他说："博士，你让我臊得慌！"萨瓦博士还是默默地没有一句话，嘎尔迪老爹想：这博士真是气着了。上帝也会生气呀？

嘎尔迪老爹跃上了马，站在了大纛之下，人们屏住气息，希望能听到嘎尔迪老爹的精彩演说。嘎尔迪老爹看着他们好久，默默地没有说一句话，最后，只是抢起马刀往上一挥，天上好似闪过一道闪电，上万骑兵立即同时喊起乌拉，潮水一样呼啸着朝敖包山浩浩进发。

敖包山虽为山，却没有山的陡峭，而是缓缓的、长长的一面坡。坡顶是浓密的森林，坡下是碧绿的青草，绿茵茵的草地上怒放着五颜六色的花朵。尤以马兰花而盛名，现正是马兰花盛开的时候，一望无际蓝格茵茵，风儿袭来花香醉人。坡的左翼就是波涛汹涌的色楞格河，浩浩荡荡汇入贝加尔湖。这面山坡上是马队进入乌金斯克和布里亚特草原的必经之地，只要翻过这面山坡便是一马平川。嘎尔迪老爹的人马立即部署在山顶上。

这女人乳房一样圆润的敖包山顶上还有当年大清驻军留下的镇北台，各类掩体和工事现都已破旧不堪。这残垣断壁，告诉人们，二百多年前大清的将士们曾经在这里安营扎寨。当年黑龙江将军萨布素，曾在这里率七千官兵与犯境的哥萨克展开了大战。现在，一块巨大的山石上还有大清戍边将士镌刻的"满蒙一家""固若金汤"八个大字。

嘎尔迪老爹嘟哝了一句，撩开袍子冲着这块山石狠狠地尿了一泡。然后系紧袍子道："就把我们的旗子插在这块山石上。让人家看见在这竖着就行，你们都趴在山石后面，大纛倒了我要你们的命！"

众护纛手把大纛牢牢插在岩缝里，嘎尔迪老爹非常满意。他说："打趴下哥萨克，你还站着喘气，这就算胜利了。这就是我的战争法则！我要告诉高尔察克、谢苗诺夫，今天是成吉思汗的子孙在这守着哩！让他们来吧！"

嘎尔迪老爹的话很快传遍了布里亚特部众把守的山头，兴奋不已的人们又增加了几分的踏实。打趴下这些六条腿的畜生，你还得站着喘气，多聪明的嘎尔迪老爹哇！

嘎尔迪老爹用望远镜观察着山下，一处一处地搜寻着，探索着对方的蛛丝马迹。这时，色旺悄悄地来到嘎尔迪老爹的身边，一副欲言又止的样子。

嘎尔迪老爹看到，皱皱眉道："蠢货，快讲。"

"老爷，"色旺敛眉低眼地道，"他们的传令兵来了，让您老人家过去，一块研究打仗的事呢。"

嘎尔迪老爹知道他们是谁，鼻子里哼了一声，他看看敖包山，其他山头上都飘着绣着镰刀斧头的猎猎红旗。嘎尔迪老爹知道他们是苏维埃领导的布里亚特红军。这支部队过去归仁钦王爷统帅，现在归班扎尔这个小狼崽子领导。嘎尔迪老爹原本想不理睬，可想想，毕竟是人家布尔什维克统一指挥，自己还与谢尔盖有盟约的，决定还是去会会班扎尔这个小狼崽子。

嘎尔迪老爹在指挥部见到了这个小狼崽子，猛一见面，还以为遇到了年轻时的自己。几年不见，传说中的班扎尔竟然是这场战役的主帅。

嘎尔迪老爹摇摇晃晃地走进指挥部的掩体时，班扎尔正在看地图，他的身旁围着一些穿着皮夹克，头上戴着红星军帽的红军指挥员。谢尔盖也是这身打扮，和班扎尔头对头地看着地图。

嘎尔迪老爹鼻子哼了一声，轻蔑地想："还假装将军哩！"

班扎尔已经感觉嘎尔迪老爹的气息逼近，他抬起头看看，面无表情地问："你的队伍全部进入阵地了？"

"是的，"嘎尔迪老爹滑稽地道，"将军大人。小的在听将军大人的示下哩！"

班扎尔愤怒地将手中的铅笔扔在了地图上，若不是共同对付高尔察克，班扎尔肯定会一枪掀掉嘎尔迪老爹的天灵盖。会的，嘎尔迪老爹想，这小狼崽子会的。看他浑身抖动的，这得压着多大的火气啊！小子，斗气是战前大忌，需要的是冷静加冷静，你还得好好练啊！你看，你老阿爸我就不生气，嘎尔迪老爹有点得意扬扬地看着班扎尔，俩人一句话都不说，指挥部的气氛有些尴尬。

谢尔盖呵呵地笑着对嘎尔迪老爹说："这顶军帽你戴着蛮合适嘛！我看看，不错，真不错！"

嘎尔迪老爹嘴角抽了一抽，算是给足了谢尔盖面子。

谢尔盖说："我看到你们的军旗了，挺威风，很有古风！现在有一个情况要给你通报一下。战局是瞬息万变，咱们先碰碰。"

谢尔盖告诉嘎尔迪老爹，据侦察员报告，嘎尔迪老爹防御阵地的山下已经发现了高尔察克至少一个团的山炮部队，班扎尔担心嘎尔迪老爹的队伍挨炮弹轰炸，让他的队伍分成三个部分，在山后留足预备队。

嘎尔迪老爹狐疑地问："有一个团的山炮部队？"

班扎尔以为嘎尔迪老爹怯阵了，不屑一顾地道："高尔察克这是典型的炮骑步协同作战的打法，先炮击，再动骑兵步兵，老一套！"

嘎尔迪老爹想，高尔察克既然是被布尔什维克红军一路驱赶着逃来的，他哪来一个团的山炮？我可不是小鸡雏子，是老苍鹰，我那傻小子，别看你上过校，要说打仗，你比老爹可差远了！

他冷冷地看着班扎尔在地图上点点画画，对年轻的指挥员布置着什么，不屑地想：你们围着地图陪这个小狼崽子玩吧，我可没有时间奉陪了。

眨眼的工夫，突袭的计划在嘎尔迪老爹脑海形成了，他考虑着可能发生的诸多因素，下定了决心：高尔察克就是有一团山炮，我也不能窝在山上等着挨轰啊！

嘎尔迪老爹对班扎尔道:"将军大人,我得赶紧回去让我的人在山头散散,免得一颗炮弹炸起一堆杂碎来,那我的损失就大了。"

班扎尔嘴角挂起一丝冷笑,嘎尔迪老爹匆忙出了指挥部,谢尔盖水晶眼镜下的那只独眼一直望着嘎尔迪老爹的后背消失了。

刚拐过一个山角,迎面碰上了几个脚步匆忙的红军指挥员。打头的是个威猛的黑大个,两人一照面都愣了一下。

15 一个哥萨克半个脑瓜子被子弹掀没了,还在马上抡着刀

"是老嘎尔迪!我的老天爷,真的是你呀!"

"王大川!"嘎尔迪老爹伸臂将黑大个抱住,"我的好安达!咱们有六七年不见了吧?"

"谁说不是呢,前几天我还一直念叨你呢!"

两人也顾不上多寒暄,嘎尔迪老爹道:"我现在得赶回阵地,得对付高尔察克猛然出现的一个炮团。咋?你的中国营也上来了?"

"我正要去指挥部接受任务。谢尔盖同志在吗?"

嘎尔迪老爹点点头。

王大川对他说:"咱们以后再聊,等打完了仗,我得给你这个老蒙古利亚喝个痛快!"

色旺说:"我家老爷还想听你的'叮儿当叮儿当'呢!"

王大川哈哈大笑道:"等消灭了哥萨克匪帮,我再跟你'叮儿当'。老嘎尔迪,前几天我给你捎的话传到了吧?"

"捎到了,捎到了。"嘎尔迪老爹感激地说,"到底是自己的好安达。"

"你可一定要当心谢苗诺夫,"王大川拍拍嘎尔迪老爹的胳膊,再次提醒道,"小心无大错!大意失荆州!"

"放心!放心!"嘎尔迪老爹连声道,"我提防着哩!他敢往我的营盘地伸爪子,我剁碎了他!"

嘎尔迪老爹和王大川匆匆告别。

走着，走着，嘎尔迪老爹在崎岖的山路上碎步小跑起来，慌得色旺在后面一个劲叫喊："小心坑，前面坡小心，哎呀，我的老爷！"

谢尔盖一见王大川，立即布置任务道："你带中国营的同志立即进入老嘎尔迪的驿站营盘地，隐蔽待命。这些日子，契卡的同志们，一直未发现谢苗诺夫匪帮的具体去向，我非常担心他会乘虚偷袭老嘎尔迪的地盘。一旦发现有异动，你立即出击。"

"是！"

"还有，你要相机行事！战争有输赢，要是老嘎尔迪打输了，回不来了，你要看住这片驿站地，老嘎尔迪这个部落控制的都是交通要道，绝不能落在谢苗诺夫匪帮的手里。你和驿站地的人头熟，又在那里修过几年铁路，部队里还有不少蒙古同志……"

"我明白了。"王大川对谢尔盖道，"放心吧，人民委员同志。"

"还有，"谢尔盖叮嘱王大川道，"老嘎尔迪若胜利回师，你立即悄悄撤出。这家伙疑心重，他那块地方都是他撒尿圈过的，谁都无法染指。我只能说这些了，你明白吗？"

王大川点了点头，然后领命而去。

嘎尔迪老爹匆匆忙忙赶回阵地，一见嘎尔迪老爹的神色，人们忽地跃上了马。嘎尔迪老爹一举马刀，双目炯炯地环顾着周围的战士们，粗脖子上的青筋骤然暴起，用足气力狂吼一声："孩子们，跟我冲啊！"

嘎尔迪老爹一挥马刀，乌拉声响彻山谷，无数鸟儿惊上了蓝天，遮天蔽日一般。嘎尔迪老爹一马当先，他的身后是千军万马，齐声呐喊着，势如山洪暴发，一路狂泻。顷刻的工夫，嘎尔迪老爹的马刀已经沾了血，狂怒的喊杀声压住了枪炮声。高尔察克的少数炮兵放弃炮位抱头鼠窜，布里亚特的骑兵们就像在旷野上追赶着野兔子，上千把马刀抢起，刀锋在阳光下闪着五颜六色的光芒，马刀抢下，爆炸起一团团鲜花般艳丽的血浆。

渐渐喊杀声弱了，枪炮声稀了。嘎尔迪老爹检查战场，一共缴获了十几门山炮、百十枚炮弹，还有用许多树干做成的假炮。嘎尔迪老爹疑惑了，高尔察克这是做给谁看呢？他一定是在哄骗班扎尔，自己的傻蛋儿子。狗东西，还轮不到你这六条腿畜生欺负嘎尔迪老爹的儿子呢！嘎尔迪老爹怒冲冲地用袍袖擦拭着刀刃，他想，高尔察克一定是另有逃窜方向……

他派出了侦察员让他们查清高尔察克的逃窜方向。他就不信高尔察克也像谢苗诺夫一样变成了草原上的黄鼠狼。很快，有侦察员骑马回来报告，高尔察克的主力正在偷渡色楞格河。他们扎起了木筏，抢夺了西伯利亚土著鄂温克人打鱼的鹿皮舟，还有的士兵索性抱着马脖子向对岸游去。当嘎尔迪老爹的骑兵接近他们渡河的地方时，高尔察克的主力，已经有一大半过了河。

高尔察克的部队拥挤在河滩上，与嘎尔迪老爹率领的布里亚特骑兵背水一战。子弹像蝗虫一样在布里亚特骑兵的身上撞击着，马仆人翻，前边进攻的人马已经全部被打翻在地上。

嘎尔迪老爹的大纛被机枪穿了许多眼，护纛手已经牺牲了四个。嘎尔迪老爹爬上了土丘，看着自己的骑兵被高尔察克匪帮的子弹打得像受伤的兔子一样在地上翻着滚，立即下令停止了进攻。海螺声起，布里亚特士兵和战马立即伏在草地上一动不动，子弹像没头的苍蝇乱飞。

嘎尔迪老爹重新布置了兵力，悠长的海螺声调动着重兵器，不大的工夫，一溜几十挺马克沁重机枪摆开在大纛飘扬的土丘上。

布排完毕，嘎尔迪老爹看到一个士兵正在撒尿，泼口道："混蛋，把尿留着，等机枪管打红了要往上浇。你知道不，战场上屎尿都是宝贝！"

那士兵吓得提起了裤子，仓皇地跑了，阵地上荡起了笑声。土坡上飘动的大纛，成了活靶子，引得弹雨像扑火的飞蛾呼啦啦扑来，听得扑哧哧的着弹声，嘎尔迪老爹回头一看，只见一条壮汉趔趄着握着大纛的旗杆，身子像被子弹打破的皮奶桶，汩汩地往外涌着血。嘎尔迪老爹喜欢这个草原上最优秀的摔跤手，这个熊一般粗壮的家伙曾把自己抡起，摔出去几丈远。这个叫巴特尔的孩子的滚滚热血，刺激得嘎尔迪老爹浑身的热血像开锅一般，腾腾地往头皮上蹿。他血红着眼，高高举起了马刀，怒吼："给我打！把子弹全打光，全把这些犯境的豺狼突突在河里！"

嘎尔迪老爹高扬的马刀狠狠往下一抡，阵地上顿时枪声大作，从马克沁重机枪管里喷出的子弹立即像下雨一样泻了出去，又像夺命的蜂群直往高尔察克匪帮的身上扑，那些哥萨克们被打得啊哇惨叫，纷纷跳进了河里，弹雨又噗噗地追到了河里。刹那间，河水变红了，浮起的尸首结成了坝，染红的河面陡然变宽了许多。

嘎尔迪老爹跃上了马，马刀往天上一挥，率部掩杀了过去，怒吼声发出的气浪，把天上残留的几颗星辰都要震落下来，遑遑地抖闪个不停。

那些无路可退的从顿河来的哥萨克们与布里亚特骑兵展开了一场惊魂动魄的肉搏。这是两伙在集体记忆的深处都不知道什么叫缴械，什么叫投降的人们，你死我活成了他们唯一的战争法则。刀闪见血，枪响死人，一个哥萨克半个脑瓜子被子弹掀没了，还在马上抢着刀，就连盘旋在低空见惯了死亡的秃鹫也被惊吓得直直从天空摔下……

班扎尔被嘎尔迪老爹的忽然发起的进攻搞蒙了，他已经在心里把嘎尔迪老爹这个不驯的封建老顽固枪毙了许多次。班扎尔知道，他还要与嘎尔迪老爹不知较量多少次，才能把布尔什维主义的旗帜插上布里亚特蒙古人的每一座毡包。让整个布里亚特布尔什维克化，是他矢志不移追寻的目标，奋斗的目标，山不能挡，海不能拦，况且嘎尔迪老爹在他眼前只是一具封建僵尸。班扎尔喜欢革命，喜欢纵马在这排山倒海、摧枯拉朽的浩浩洪流之中……

要不是谢尔盖以人民委员和赤塔区苏维埃主席的名义的阻拦，班扎尔已经下令在嘎尔迪老爹的背后开炮，他要毫不留情地坚决消灭嘎尔迪老爹这支封建割据武装。无产阶级革命时代来了，老嘎尔迪还举着旧时代传下来的大纛招摇，愚昧，愚蠢，你以为你是成吉思汗再世啊？班扎尔想起这些就怒火冲天。谢尔盖不断地提醒他，的班扎尔同志，我们远东苏维埃政权的大敌是高尔察克、谢苗诺。现在，我们兵不过万，战斗力还很薄弱，嘎尔迪老爹的布里亚特骑兵是我们争取团结的一支重要力量。当然仅这些，谢尔盖也不能完全消除班扎尔多年蕴藏在心中对嘎尔迪老爹的杀机。这时通信兵向他们报告高尔察克匪帮的一部分已经越过了色楞格河，忽然出现在乌金斯克的周围烧杀抢掠，并且与乌金斯克的布尔什维克守军展开了激战。

为了解救乌金斯克，班扎尔果断地率部退出了战场，留下了嘎尔迪老爹的布里亚特骑兵与未能及时过河的高尔察克匪帮拼杀。谢尔盖担心嘎尔迪老爹的布里亚特骑兵受损过大，提醒班扎尔通知嘎尔迪老爹，立即向乌金斯克收拢。班扎尔想了一阵同意了。谢尔盖拍了拍老战友的肩膀，对他表示了欣赏。班扎尔对谢尔盖道，我不是为了他，是为了联合抗击高布扎克匪帮的布里亚特蒙古兄弟。谢尔盖当然知道，自从嘎尔迪老爹把班扎尔包裹在牛皮里，推上祭坛时，班扎尔就与嘎尔迪老爹恩断义绝了。

　　班扎尔也反省自己，过去他是个自由主义者时，反抗的是嘎尔迪老爹的封建专制，对新思想的扼杀，对年轻人追求平等自由的压制，还有对男女青年婚姻的野蛮干涉，但这种对抗并非你死我活，无非是羝羊触藩，血脉亲情有时可以使这一切化解。哦，我可怜的小马驹，哦，为我操碎心的老阿爸，于是，父子相拥一切如初，草原上几乎常常发生这样的故事。他也无数次幻想头领的更迭，这可以使草原少些血腥与罪恶。如果，班扎尔有时也想，如果是淖利布阿巴噶（伯父）三十年前掌管了驿站营盘地，当上了被嘎尔迪老爹看得比乌拉尔山还重的大清二品台吉，他会不会像仁慈的托尔斯泰一样，用慈悲用人性的柔软改造这石头般坚硬的大包？倘若是那样，自己会不会也像列文一样在草原上挥着俄式大钐刀，在生于斯长于斯的布里亚特大草原上刈草？自己和阿爸嘎尔迪老爹会不会仰面躺在软软的草垛上，吹着煦风，晒着暖阳，用柴草棍惬意地剔着牙缝？年轻的班扎尔，曾想过要是这样多好！随着血与火的洗礼，班扎尔为自己的幼稚感到可笑，也感到可耻！渐渐地班扎尔在残酷的阶级斗争的血水里浸泡着的心慢慢硬了，成为钢，成为铁，足以与同样钢铁般坚硬的嘎尔迪老爹碰出灿烂的火花。来吧，大清二品台吉，来吧，远东最后一座封建堡垒，这是阶级的较量，这是最后的殊死斗争！班扎尔内心经常回旋着这样的鼓号……

　　比起班扎尔来，谢尔盖可能想得更长远，更政治化一些。既然嘎尔迪老爹戴上了布尔什维克的军帽，就不能让他轻易摘下来。这对这个桀骜不驯的蒙古部落实现布尔什维克化的改造，是非常重要的一步。更复杂的是，他面对的可能是大清遗落在西伯利亚的最后一座堡垒。也可能扯得更远一些，是成吉思汗时代留下的最后一位勇士。这是一位真正的历史巨人。看着嘎尔迪老爹头戴布尔什维克的红军军帽，身披牛皮盔甲，班扎尔及参谋部年轻军人脸上露出了不屑，谢尔盖却对装束古怪的嘎尔迪充满了敬意和尊重。他不知道，嘎尔迪老爹以后会成为谁，但这种敬意和尊重会始终伴随着他。谢尔盖知道是嘎尔迪的提前进攻，打乱了班扎尔的部署，但他也打乱了高尔察克的部署，这样，使得战争的主动权不在班扎尔和高尔察克的手上，而握到了嘎尔迪老爹的手上。嘎尔迪老爹的确是战神。谢尔盖又有些后悔，不该把王大川的中国营撤离乌金斯克，去对付行踪不定的谢苗诺夫。若有这支中国营在，乌金斯克形势不会出现这样的局面。这如果是高尔察克和谢苗诺夫共同设定的圈套呢？他们竟然还有心思制作木炮迷惑对手，那一定是经过深思熟虑的战略考量。谢尔盖不得不承认自己失了一招，但幸亏这个老嘎尔迪在关键时刻跃马横刀……

实际上谢尔盖思考得也不错，战争的顾此失彼，那是常态，战争会使完美主义者后悔不迭。当嘎尔迪老爹的骑兵雄赳赳地开往敖包山时，谢苗诺夫带着他的马队悄悄溜进了嘎尔迪老爹的驿站营盘地。他像真正的老贼一样，这么些日子故意在赤塔、乌金斯克附近飘忽不定，抢个车站、烧个粮库，闯进民居掠几个女人，甚至有意杀几个老人和小孩子。谢苗诺夫喜欢制造恐怖气氛，而且看重这种气氛。他要的就是这样的效果，到处是谢苗诺夫出没，却又见不到谢苗诺夫的踪迹。于是，布里亚特草原甚至整个远东，让他闹得人心惶惶。为了对付这个惯匪，苏维埃远东当局决定把在战争中屡建奇功的中国营调到乌金斯克。

当王大川和政治委员瓦林耶夫率部乘火车来到乌金斯克后，分析了谢苗诺夫在布里亚特草原实施的一系列暴行，得出了一个结论，谢苗诺夫这是在放烟幕弹，他的最终目的是要逃往远东。他们想在额尔古纳河两岸盘踞，这样可以东窜呼伦贝尔草原，北上蒙古草原，西下西伯利亚森林，控制中俄边境这个辽阔的三角地带。草原森林茫茫无际，村镇星罗棋布，而且还有便捷发达的铁路，这样给谢苗诺夫的落脚提供了极大的方便和发展的空间。

王大川和瓦林耶夫判定谢苗诺夫匪帮如此神出鬼没，四处作乱，就是想寻找时机，发一笔大财，得手后立即向东逃窜，穿越中俄界河，这样就可以永远摆脱布尔什维克红军的追击。

谢苗诺夫会从哪儿下手呢，俩人几乎同时喊出："老嘎尔迪！"

16　叮儿当，叮儿当，闲言碎语咱不讲，讲一讲好汉武二郎

　　王大川和瓦林耶夫不禁击掌大笑，他俩都想到了嘎尔迪老爹的驿站营盘地。原来，王大川和瓦林耶夫都是多年前在布里亚特草原上修筑西伯利亚铁路时与嘎尔迪老爹结识的。那时，嘎尔迪老爹与沙俄苦战后最终达成了和解，允许铁路从布里亚特草原穿过。王大川也就是此时，与十余万中国劳工乘轮船到了海参崴，踏入了俄罗斯的地界。他的叔叔带他去见一个早年闯关东，最后落脚海参崴的山东老乡。老乡讲，这海参崴，还有你们要去修铁路的西伯利亚草原先都是咱大清朝的，现在全归人家老毛子了，你听听人家给咱海参崴起了个啥名字，符拉迪沃斯托克，知道啥意思不？就是征服大清！人家俄罗斯有钱，谁让咱大清穷呢！人穷就腰杆子软。穷人家过不下去，就得卖房子卖地卖儿卖女，最后卖自己当苦力。

　　老乡一席话，说得王大川直想哭。

　　当时通往西伯利亚的火车，一段通一段修的，王大川他们坐一段火车，乘一段马车，甚至有时步行在随时把人吞没的沼泽地里和不时蹿出豺狼虎豹的原始森林里。从春天折腾到初秋才来到了布里亚特草原，有不少中国劳工就死在了通往西伯利亚的漫漫征途上。王大川是亲眼看着自己的亲叔叔被冒着黑泡泡的沼泽一点点吞没，最后仅剩下了挣扎的一双手。在这茫茫的沼泽地里，随时可以看到从沼泽里伸出的枯干手臂，这让行进的中国劳工心惊肉跳……

　　最后，终于来到了他们施工的标段，这里就是嘎尔迪老爹世传的驿站营盘地。王大川第一次吃到了香喷喷的煮狍子肉，见到了那个粗壮敦实圆脸赤红的嘎尔迪老爹。嘎尔迪老爹用半生不熟的汉话问候他们："路上走得好，都是从大清甚地方来的？"

　　"山东聊城。"

　　"山东好啊，大清好啊！"嘎尔迪老爹连连说，"好啊，大清！我是

152

蒙古利亚，满蒙一家！"

吃饱狍子肉的王大川，在这遥远的西伯利亚，听到嘎尔迪老爹如此赞美大清，胸口一热，眼睛竟也湿了。王大川从十三岁起，就跟着大人闹义和团，恨洋人，恨大清，先烧洋堂，后杀狗官。最后被狗官官府杀了王大川全家十八口，还对他悬赏通缉。是叔叔带着他逃到了青岛，恰碰上老毛子招人修铁路，于是他来到了西伯利亚。王大川曾站在轮船上，望着雾蒙蒙的渐渐远去的码头，狠狠啐了一口浓痰，发出了恶声："我操你十八辈子姥姥！大清！"

王大川这辈子从没想到大清这个词儿会暖他心窝，会让他这个眼睛喷火的山东大汉发潮湿润。

王大川他们在黑幽幽的森林里，砍伐大树，然后再加工成又粗又短又厚实的枕木。随着一声声悠长的"顺山倒"，树木成片成片地倒下。到了入冬，枕木已经堆成了小山。可铺铁轨的地方，是沿着贝加尔湖盘桓。王大川他们的标段，离采伐地走陆地得有三百多俄里之遥。要在丰茂的草原上开出路来，得穿过大片大片的农田、沼泽地，最后还要走山的分水岭，盘来旋去山哪高往哪爬，而且全是密不透风的原始森林，才能到达铺设铁轨的地方。筑路工程师瓦林耶夫带着勘测技术员还有王大川等测工，背着勘测仪器，扛着测杆去测路。进黑压压的森林时，瓦林耶夫的勘测队有三十余人，一个月后回到基地时，还剩下不到二十人。有十余人永远留在了这片山里。瓦林耶夫是被王大川背下山的，所有的人衣服都成了烂布条子，一个个黑瘦得都成了庙里的小鬼。至于在山里发生了什么事情，人们都很清楚，但没有一个开口去问。王大川为死去的三位中国弟兄的赔偿去找工头，工头拿出了当时签的合同，白纸黑字，生死自负。气得王大川要动手，但被监工、哥萨克骠骑兵死死摁住，还要吊起来鞭笞，亏得瓦林耶夫出面找到这段路的承包商并声称要辞职，才救下了王大川。这段铁路的承包商是个叫哈林的犹太人，据说哈林家族的势力可以买下整个莫斯科。就这么个有钱大佬，却仍在为修通运送建筑材料的道路问题与嘎尔迪老爹争执不下。嘎尔迪老爹对他摇头说："这不是钱的事情，哈林先生。"

"我不明白，这个世界还有钱解决不了的事情吗？你不爱钱吗？我不爱钱吗？他们跋涉万里来西伯利亚做劳工是为什么呢？一个字，钱！"

哈林得意地笑了，"再用中国人的一句话，有钱能使鬼推磨！在对钱的理解上，中国人完全可以与我们犹太人相媲美！"

嘎尔迪老爹说："好吧，为了钱我可以为你们提供牧场和农田，但五十俄里的沼泽地呢？你是无法绕开，这是无法修筑道路的。你就是把这些廉价的可怜人全填进去，也就是多冒几串气泡。还有黑森林，能吞噬多少人？你也见到了！钱在沼泽和山林面前能管用吗？"

哈林翻翻灰眼珠子，不吭气了。

嘎尔迪老爹说："当年我与他们谈判时，他们答应我的是要用贝加尔湖水路运输建筑材料。而不是破坏和侵占我的良田和牧场！"

一提水路，哈林更是气急败坏，跳着脚喊："我上当了，尼古拉二世欺骗了我，我要破产了！"哈林说的尼古拉二世是沙皇的儿子，也是俄罗斯的储君，是西伯利亚铁路的坚定规划者和支持者。原来，贝加尔湖在这里甩了个大弯子，若从湖上走直线道路到工地最远处也不过十多俄里。天气若好，都能看到湖湾那片忙碌的工地。湖面碧波荡漾，浩浩渺渺，原本工程勘测者设计的是走水路运输。只要在湖边多建几所码头，多购一些船只，保证筑路材料供应是没有任何问题的。但开工后，哈林通过勘测才发现湖边全是深不测底的泥潭，而且绵延有十几俄里，根本没有办法建立码头。水路走不成，公路修不成，在尼古拉二世的西伯利亚大铁路建设图上，这里一直是条虚线。在尼古拉二世的工程进展图上，从莫斯科向东，从海参崴向西，渐渐有了许多实线，而且有许多地段已经断断续续通车。唯有到这儿，铁路还只是在图纸上。这三百俄里的纸上铁路成了尼古拉二世的一块心病。

死了人，还得不到赔偿，工程的方向感也不明确，原本拼命干活的中国工人们开始了磨洋工，出工不出力，还不时跑到草丛里蹲坑方便。王大川说这叫管天管地，管不了拉屎放屁。工地上还流传开了顺口溜：磨洋工，磨洋工，拉屎半点钟，看看不够点，回去再空空。哈林急得满嘴起火疱，监工们又打又骂，仍是不见成效。王大川想这样拖着也不是个事情，大家来西伯利亚是挣钱来了，完不了工就挣不上钱。挣不上钱这趟西伯利亚不就白跑了？他出神望着像镜子般闪亮而又平静的贝加尔湖，一排大雁排着长长的队嘎哇鸣叫着飞过，王大川的脑子里忽地蹦出一个非常大胆的念头。他向瓦林耶夫提出，咱们能不能在贝加尔湖封冻季节，铺一条临时铁路用以运输修路材料？瓦林耶夫听完眼睛一亮，说："你一定是天才！也许我们会创造历史！"

正当瓦林耶夫为这个天才想法而绞尽脑汁做设计上的前期论证时，工地上又出了这样一件事情。

一天，几个监工在工地周边巡逻，发现一个在草丛里蹲着的中国工人蹿出就跑，几个监工扑过去将他摁住，带到草丛里一看，原来这人没有在这里拉屎，而是在起套野物的铁丝套子，铁丝套子上有勒住的死雪兔。于是监工就开了打，打得死去活来，求救声撕破荒原。于是工人开始聚拢了，铁路警备队的哥萨克也跑过来了，还鸣了枪，怒不可遏的中国工人们抢起铁锹大镐冲了上去，混战中人们一片一片地倒下。赶来弹压的哥萨克骑兵抡着马刀在人群里横冲直撞才算把事态控制住，领头的就是谢苗诺夫。结果死了五个人，两个监工，一个铁路警备队的人，两个中国工人。双方伤得更是不计其数。王大川和两个工人也被五花大绑拖走了。

谢苗诺夫提着马刀狂喊："我以俄罗斯法律的名义宣布：凡是破坏俄皇的西伯利亚铁路建设者，杀无赦！"

瓦林耶夫冷眼看着这一切。他是筑路工程师，同时也是一位领导工人运动的布尔什维克。为了营救被哥萨克抓走的中国工人，他奔波于各个施工点上，出没于各种肤色的工人当中。

这天早上，上工哨吹得山响，工地上却是静悄悄的，一个人也没有。工人开始罢工了，谢苗诺夫气得暴跳如雷。瓦林耶夫代表罢工的工人提出释放王大川的要求，谢苗诺夫指着瓦西耶夫说道："好，工程师先生，那我要让你看看我是如何释放这些中国佬的！"

他指挥着哥萨克们在工人生活区竖起了三个绞架，并把王大川等三人拖了出来。绞架上的绳套子放了下来，晃晃悠悠地荡在王大川他们的头顶。哥萨克们亮出马刀长枪对着越聚越多的中国工人，当中还夹杂着许多俄罗斯工人。瓦林耶夫郑重向谢苗诺夫宣布：此刻万里西伯利亚铁路线全体工人，已经全线罢工，直到中国工人被释放。

像是回应瓦林耶夫的正告，停在铁路线上的火车机头响起了刺耳的长鸣。谢苗诺夫一下子也蒙了，他知道若是因为他的莽撞，耽搁了尼古拉二世的西伯利亚大铁路建设，等待他的会是什么。正在瓦林耶夫和中国工人与谢苗诺夫的骠骑兵僵持之际，嘎尔迪老爹、哈林等一干人策马而来。

嘎尔迪老爹下了马，就带着色旺等几个卫兵来到王大川等人跟前，用刀子划开绳索，并将他们松了绑。急得谢苗诺夫直叫："法律呢？我的人就白死了？"

嘎尔迪老爹只对他说了一句话："王大川是我的安达！在我的地盘上，看谁敢动他一根汗毛！"

哈林拍着手喊："事情解决了，解决了。我们为什么要杀人呢？瓦林耶夫工程师和中国工人研究了一个很好的施工方案，经过论证是可行的！我知道，王大川先生是立了大功的！我要奖励他十个金卢布，死去的每个中国工人抚恤十个金卢布。谢苗诺夫先生，还有你的勇敢的士兵也是每人十个金卢布。钱能解决的事情，我们为什么要杀人呢？就这样了，开工，开工，王大川先生，您请，谢苗诺夫先生，您也请……"

瓦林耶夫搀扶着王大川走了，工人们跟在他们的后面，慢慢散去。

哈林满意地看着，对嘎尔迪老爹说："感谢上帝，给我送来了这么好的筑路华工！撒这么点小钱，他们会带给我美国人开发西部一样的好运气！你看，钱真的就像上帝一样！"

当嘎尔迪老爹再见到王大川时，正是贝加尔湖冰面列车开通之际。人们沸腾了，都想看看中国工人在这荒蛮的西伯利亚创下的奇迹。一列火车冒着浓烟，缓缓开上了冰面铁轨，车上装满了钢轨、枕木、碎石，轰隆隆地辗压着封冻的贝加尔湖，铿铿锵锵地呼啸而过。王大川，瓦西耶夫站在车头上，兴奋地向下面的人们挥手。嘎尔迪老爹一直望着，火车渐渐远去了，在低垂的蓝蓝天际留下了一道细细的白烟，就像一条软软的白色绸缎在飘在舞。嘎尔迪老爹在想，那一定是传说中的贝加尔湖仙女在起舞长袖，翩跹婀娜。

最开心的还应当是哈林，若不是这些聪明的肯吃苦的中国华工，身陷沼泽无法脱身的他连上吊的心思都有了。当然尼古拉二世不会可怜他，谢苗诺夫不会可怜他，嘎尔迪老爹不会可怜他，谁会为一个破产的有钱人唏嘘呢？看这个傻瓜，连自己的钱都守不住！那些勤劳如工蜂的中国劳工也不会可怜他，瓦林耶夫这样的布尔什维克更不会可怜他。有钱人该死，世上的人不会为有钱人触霉运而流下一滴泪。谁让你有钱呢？同样的人，一只鼻子两只眼，你凭什么有钱呢？人人生而平等，我的犹太兄弟马克思哟，你揭开了上帝的瓶盖子，把人胸中的隐秘全释放了出来！那个游荡在欧洲上空的共产主义幽灵，把人心中的隐秘彰显到了天空，成为人们的理想旗帜。我的上帝呢？哈林一遍遍祈祷，祈祷天上的上帝保住他的财产，一定是上帝看到了可怜的哈林的智慧、辛苦、操劳，让他绝处逢生。那个王大川，那个瓦林耶夫工程师，不过是借上帝之手在帮他，这是神的力量！要有光，贝加尔湖上之光就来了，工期缩短了，成本降低了，钱财像涓涓细水一样流来了。

哈林激动地见谁都张臂拥抱，最后抱住了嘎尔迪老爹不放，一个劲儿地说："我想流泪，真的想流泪，老嘎尔迪啊，你看看，看看在这圣洁冰面上的铁轨，我们这些普通人创造了只有上帝才能创造的神奇！你相信上帝了吧，神就在我的身旁！"

嘎尔迪老爹看看陶醉的哈林，提醒他说："哈林先生，春上时，你可让我替你征了两千匹拉车的马，我已经替你预付了定金。每匹十个金卢布，这账非常好算。"

"我想流泪，"哈林喋喋地说，"火车隆隆而过，我还需要那些拉车驾辕的笨马吗？嘎尔迪先生，谁不知道草原上的牛马都是您的，哪个可怜的牧人敢收您的定金呢？嘎尔迪先生，您哪天请我去你的包里喝马奶酒啊？我真的想流泪……这都已经超出了预算六十金卢布，我真的会破产的。"

嘎尔迪老爹伸出大手，轻轻捏了捏他的脸蛋子，狞笑着道："两万定金，是我替你垫付的。明天太阳升起时，我要在我的包里见到。那时有你的马奶酒喝。若是没有见到呢？我把贝加尔湖全灌到你的肚子里！"

"上帝，上帝！"哈林仰天道，"我要破产了，尊敬的嘎尔迪先生，我难道还不可怜吗？"

"我不会再说第二遍的。"嘎尔迪老爹坚定地说，"你给我记着！"

那个夜晚，王大川和工友们邀请嘎尔迪老爹来他们的工棚参加聚会，吃山鸡炖野兔子，喝马尿一样难闻的伏特加。嘎尔迪老爹高兴，说："咱大清国的人，喝咱大清的老白汾。"让人取来了几坛子老酒，大碗大碗地对饮起来。人们喝高了，喝大了，嘎尔迪老爹竟然坐在炕桌前，上半身跳开了抖肩舞，两只肩膀抖得就像过电一样，尽显潇洒、豪放。人们拍掌大呼大叫，嘎尔迪老爹竟然不能自已，眼中却唰唰地流出泪来，没有人知道嘎尔迪老爹为什么流泪，人人都陶醉在醇醇的老汾酒当中。王大川忽地跳到工棚中央，手里敲着两块铁马掌，嘴里念道：

> 叮儿当，叮儿当
> 闲言碎语咱不讲
> 讲一讲山东好汉武二郎

众人鼓掌大笑，嘎尔迪老爹擦了擦眼中的泪，又拍了正在傻笑的色旺的屁股一下，大声道："你给我记住这好汉武二郎。老爷哪天高兴了，你得给我说说。"

色旺道："老爷，放心吧，我记下了！"

然后嘎尔迪老爹跳下大炕，与王大川又碰了一杯，俩人紧紧拥抱着，相互叫道：

"好安达！"

"好兄弟！"

可这好安达，好兄弟，嘎尔迪老爹心中的山东好汉王大川，在来年夏季的某一天，就在沿湖铁路开始铺轨的时候，忽然不辞而别了，据说是为了躲避谢苗诺夫的杀害。谢苗诺夫曾不只一次地说："看着吧，他王大川走不出西伯利亚！我要把这个狂妄的中国小子扔进贝加尔湖里喂鱼！"也有的人说，王大川跟着瓦林耶夫去了更为遥远的地方，据说那个地方有主义，有真理。嘎尔迪老爹想，这是啥教门呢，让这位安达如此痴迷。以后又听人说，凡是有中国工人的地方，就有王大川和瓦林耶夫的身影，那人讲，王大川双目炯炯，挥着肌肉条条的胳膊说，这是在为真理而斗争！当圣彼得堡涅瓦河上阿芙乐尔巡洋舰上的炮声隆隆响起，震撼俄罗斯大地时，这块冰封的土地沸腾了，地火般地爆发了。那是个血脉偾张的年代，那是个颠倒乾坤的年代，那是个对上帝、老爷们说不的年代！看吧，那一支支高举着镰刀斧头旗帜的队伍，汇成了冲天的烈火，无情地痛快地焚烧着这个让人诅咒的世界，翻卷着冲撞着撕裂着人们的灵魂。看看吧，看看吧，这个世界还会变成这个样子！哦，这一切没什么可惊的，没什么可怕的，伴着机器而诞生成长的工人阶级，正在为这个世界制定新的秩序。他们的目标很明确：我们要做天下的主人。

在这人吼马嘶红旗飘飘战刀闪闪的浩荡洪流中，有一支黑头发黄皮肤黑眼睛组成的中国部队，那就是王大川领导的威震远东的中国营。王大川，这个十年前还是中国山东义和团拳民的血性男儿，来到西伯利亚后，在俄罗斯狂风大雪的拍扑之下，无产阶级革命血与火的锻打之下，已经成为一名坚定的俄共（布）党员。每次冒着枪林弹雨的冲锋，他都会举起马刀，大声高呼着"为了列宁"，率领带着他的中国兄弟，陷阵冲锋，屡建战功。王大川和他的战友们，在血与火的征途中，这样骄傲地唱着：

> 在涤荡旧世界的洪流中
> 跳动着我们闪闪发亮的黑眼睛
> 在解放全人类的最后斗争中
> 昂首行进着黄皮肤的中国弟兄
> 列宁，飞翔的山鹰
> 引领着我们唱着歌儿勇敢冲锋
> 乌拉列宁
> 我们大踏步前进从不惧怕牺牲

布尔什维克中国营的利剑已经出鞘，谢苗诺夫已经看到了它那让人心悸的刀锋不断在自己眼前晃动，在远东的战争中，中国营所向披靡，打得哥萨克闻风而逃。高尔察克曾命令谢苗诺夫与中国营决一死战，以挽回俄罗斯军人的荣誉。谢苗诺夫趁机提出，希望高尔察克将军能为他提供充足的军饷，世界上没有哪一支军队能依靠抢劫发展壮大。只要高尔察克将军把俄皇留下的珍宝和黄金，拿出小小的部分武装他的军队，他就会顶住布尔什维克的进攻，中国营不过是一伙泥腿子臭劳工。他有海上通道，只要钱给得合适，枪支弹药、飞机大炮，应有尽有。高尔察克告诉他，黄金和财宝那只是一个可笑的传说。他现在有的只是哥萨克军人的荣誉和恢复俄罗斯秩序的铁血决心。

谢苗诺夫失望了，没有钱让我拿什么去和中国营硬碰硬呢？这些在异国土地上打仗的中国人既不要钱也不要命。他太了解王大川和瓦林耶夫这两个老冤家，曾经毁了他多少财路啊。当时，他的赌场，那财源滚滚的赌场，就开在万里西伯利亚大铁路的两边，像珍珠一样一个个地闪亮在世界各国劳工的营地。那些中国人的黑眼睛，俄罗斯人的蓝眼睛，美国人英国人的灰眼睛，哦，形形色色的眼睛都闪着狼一样的蓝光，死死地，死死地盯着摇动的骰子。太阳穴上的青筋一暴一暴地，押着，大把地押着他们在西伯利亚风一更雨一更而换来的血汗钱。还有配套的俄罗斯妓女，谢苗诺夫在多个中国劳工集聚区挂了许多"开洋荤"幌子，他很为自己的奇妙想法而感到得意。还有伏特加、"孙二娘"高粱烧（也是他起的名字，直接雇山东劳工中有酿酒手艺的人开酒坊），这"孙二娘"高粱烧真刺激啊，抿一口腾腾地直顶脑门子，太阳穴都响得嘡嘡的。喝下二两，就驾雾腾空了。就连萨瓦博士一开口就定三百普特"孙二娘"，直接给圣日耳曼医院当医用酒精使用。对这样的大主顾他还会有优惠，当然谢苗诺夫还有一个小小的条件，就是请圣日耳曼医院的大夫们，定期为他的姑娘们检查一下赚钱的地方，发现那烦人的红点点就治疗治疗。姑娘们很皮实，很经造，用不着太贵的消炎药，不用像老嘎尔迪为治这么个烂裆，兴师动众，大把花钱。咱们就是为了生意意思意思，比如涂抹点"孙二娘"，就那么一点点，这东西杀菌烈着哩！到了检查的日子，"开洋荤"大院里会传出姑娘们上刑般的号叫，叫声在辽阔的草原传得很远。嘎尔迪老爹骂谢苗诺夫，你这里杀牛啊？谢苗诺夫告诉嘎尔迪老爹，这叫文明，我要在西伯利亚铁路线上开文明挣钱的先河。于是，谢苗诺夫很文明地挣了很多钱，金卢布当当地在他耳边响着，这一定是世界上最动听的声音，他笑得耳朵都扯到了脑跟后。有一段时间，谢苗诺夫不断做着这样的梦，梦中的他变成了一只比西伯利亚草原还要大的狼，是天狼吧，天狼张着比贝加尔湖还大的血盆大口，吞噬着草原的一切。笑得醒来后，肚子还不胀，很受用，谢苗诺夫拍拍自己的肚子，鼓着眼珠子想，人要发财，除了心狠，还得有副铁胃铜牙。

是啊，在他像流浪狗一样晃荡在布里亚特草原时，常用蒙古人的一句老话励志自己，草地上的干马粪团也有发芽的时候。这不，我发了，谢苗诺夫发了，劳工们的辛苦钱都排着队落进了自己撑不烂胀不破的钢铁般的胃口里。

谢苗诺夫这个昔日的盗马贼最终成了体面人。胸前口袋里装块金壳怀表，不时掏出来打开看一看，似乎提醒人们，他的时间开始有了价值。当然，他还养了打手，雇了许多哥萨克士兵。他早年在圣彼得堡的军校混过两年，多少掌握一些军事知识。有了军队，不到天冷，他的鼻孔也会蹿出两股白气来。同时，他还从乌金斯克杜马那里得到授权，掌管着这里的法律。就连嘎尔迪老爹有时也会客气地称他为先生。过去呢，动不动就拿着马鞭子指着他，斥他为无赖，盗马贼，有时也会赏他一块大列巴、一双烂靴子，在牧人的眼里可怜的他连烂鼻头拉西都不如。现在呢，谢苗诺夫真的像体面人一样，动不动就说：我以法律的名义。哦，法律的名义，乌拉，西伯利亚大铁路；乌拉，尼古拉二世；乌拉，"孙二娘"高粱烧；乌拉，我的"开洋荤"大院！

在乌拉的日子里，谢苗诺夫以为会永远这样地乌拉下去。后来，他的赌场生意忽然冷了下来，即使是在给各国劳工发薪水的日子，曾经最红火的"开洋荤"大院门前竟然落着一大堆羽毛闪着珐琅彩的乌鸦，在蹦跳吃着姑娘们扔出的残食剩渣。姑娘们见了谢苗诺夫，都使劲嚷嚷着要去当洗衣女工，他一打听，原来是劳工中有了一个禁赌协会的组织，还有人编了山东快书：

　　叮儿当，叮儿当，
　　劳工兄弟细思量，
　　万里迢迢出苦力，
　　想想在家的爹和娘，
　　耍钱落个穷光光，
　　嫖妞染上杨梅疮……

唱的人眼泪汪汪的。

协会还定出自律措施，阻止劳工们参与赌和嫖，而这个组织的幕后人就是王大川和瓦林耶夫工程师。

谢苗诺夫对手下道："我不用脑筋想，也知道这里出了布尔什维克，我以法律的名义……"

还未等谢苗诺夫的法律发威，一夜之间他广布在西伯利亚铁路线上的百十个赌场妓院同时被大火烧了个精光。当气急败坏的谢苗诺夫带哥萨克士兵、铁路警备队的警察抓捕王大川和瓦林耶夫时，俩人早不见了踪影。再后来，谢苗诺夫不知怎么和乌金斯克杜马那伙子老爷们闹掰了，再不向市政厅交一卢布税收了。再后来，他不代表法律了，而法律却开始光顾他了。再后来，去他妈的法律吧，索性拉起一干子人在草原上逍遥自在开了，专跟老爷们的法律作对。再后来，老爷们被布尔什维克推翻了，老爷们这才想起了谢苗诺夫，觉得他是可用之才，一气封了他好几个司令，给他枪炮，给他钱财，鼓励他专跟布尔什维克作对。

烧杀抢掠，谢苗诺夫又以法律和恢复秩序的名义。再后来，王大川和瓦林耶夫领导的中国营来对付他了，而中国营的骨干就是当年劳工中禁赌协会的成员。当中国营来到乌金斯克后，谢苗诺夫可不想招惹这些老冤家，想赶紧抢上一把，趁冬天还未来临，迅速往额尔古纳河中俄边境逃窜。啥高尔察克，啥布尔什维克，今后与我谢苗诺夫无关了，我要去中俄边境三角地自由自在地生活了。机会，上帝只要给我一次机会，我就能撬动地球，谢苗诺夫在耐心等待着，向上帝祈祷着，给我机会吧，我这辈子受的苦够多的了，上帝，可怜可怜我这只多灾多难的羔羊吧。终于，他等来了机会，嘎尔迪老爹带着他的布里亚特骑兵去敖包山与高尔察克骑兵血拼去了。老嘎尔迪哟，你为布尔什维克拼老命吧，你的肥得流油的老窝却留给我了。

"这叫什么？汉话里那句话怎么说的？"他问游击军的参谋长，他的老搭档诺雅。诺雅骑马走在他的身边，显得非常从容。

诺雅答道："司令，这叫螳螂捕蝉，黄雀在后。"

诺雅自称是出生在呼伦贝尔草原上的巴尔虎蒙古人，此人俄语、汉语全通。他是谢苗诺夫的高参，两人在布里亚特草原上狼狈为奸了二十多年。有他在，谢苗诺夫如鱼得水，像"开洋荤""孙二娘"之类的创意招牌，都是出自他的点子，不过是从谢苗诺夫的嘴中说出而已。诺雅这个人显得非常谦恭，既不贪财，也不争风头，多年来兢兢业业跟随在谢苗诺夫的鞍前马后，似乎他这辈子就是来辅佐谢苗诺夫这个混世魔王的。

"黄雀在后。"谢苗诺夫满意地点着头。他觉得这个比喻很形象，就像眼前的这片布里亚特草原，他的人马在草浪里走，天上的苍鹰都看不见。嘎尔迪老爹的大包，已经隐隐地出现在他的面前。

17　草原上的牧人称之为"草原上的克里姆林"，蒙古语意即草原上的石头大包

　　这大包好神奇哟，就像一座天上的宫殿降落在布里亚特草原上，那圆圆的金顶子，在沉沉的夜色中发着奇异的光，那上面一定镶着许多宝石吧？人们传说蒙古人当年在欧洲带回的财宝，全汇聚在嘎尔迪老爷的这个大包里。草原上的牧人称之为"草原上的克里姆林"，蒙古语意即草原上的石头大包。关于这个克里姆林，这个石头大包的当然继承人淖利布耶夫曾写过一部专著，而且将其延伸过来，探讨蒙古人的建筑史。随着成吉思汗大军独步欧亚，蒙古人天一样的穹顶，留痕于许多世界级的建筑。像莫斯科的克里姆林宫、印度的泰姬陵等等，许多圆顶建筑，都会让人情不自禁想起蒙古的穹庐。多少年了，谢苗诺夫远远地从这里打马走过，偷偷地望上一眼，心就会扑腾腾地乱跳。

　　嘎尔迪老爹的大包是先祖留下来的，建它时他的祖上借鉴了欧洲的许多古堡，选址时依山傍水，面向开阔的草地。建大包时，挖空了一面山，光基座的石头就堆砌了七排，人们传说它上面可以并排跑五驾马车。每排巨大的石头间都留有跑三匹马的距离，排排空当间有石包，有通道，绝大部分都填满了拳头大小的碎石、黏土和牲畜的血液。成形后黏合成了一体，其牢固就是用炸药都炸不开。这是个奇妙的石包群落，人走在里面，你以为通了其实不通，你以为不通其实又通了。通与不通，层层环绕曲里拐弯的大包就像个奇妙的迷宫。达日扎和班扎尔兄弟，从小时常在这大包里玩耍，玩了十多年都没有闹明白其中的一层。而索尼娅呢，住到死，也只知道有一扇门通往贝加尔湖边，有一扇门通往正面的布里亚特草原。奇绝的是最外一层，竟然是运兵的通道。除了四通八达的通道外，还有外人不知的秘密通道。嘎尔迪老爹的先祖，在这里不知生死过多少回，经过不断修整，完善了生活储备，健全了排水排烟排污的设施。二百多年前，护卫在这里的驿站兵卒、布里亚特三百名蒙古骑兵就在这个包里与犯境撞包的千余哥萨克骑兵对峙了一个秋

天，硬是毫发无损地坚持到大雪封山。一天夜里，蒙古骑兵忽然从多个通道一齐呐喊杀出包外，哥萨克一下子蒙了，慌忙逃窜，死伤无数，布里亚特蒙古骑兵大获全胜。即使你进到了包里，还会有几层铜墙铁壁，数不清的明枪暗箭等着你。外面的人传说它是一个铁包，打打杀杀攻不破不算奇怪，就连一百多年前，发生在西伯利亚的强烈大地震也未让它受到一点儿破损。腾格里山上有一座腾格里敖包，敖包前有一座石砌的小庙，小庙原来坐北朝南，庙门面对贝加尔湖。地震过后，人们前来敖包祭祀上香，惊奇地发现庙门现在对着的竟是布里亚特草原。大地抖动，山上的小庙整整颠了一个个儿，来了个一百八十度大转弯，而山下的大包岿然不动。更多的是关于包里所藏财富的传说，说成吉思汗在欧洲夺得的珍宝，都藏在这个包里。

几百年来，这个传说传遍了欧洲和远东。慕名者万里寻访，都是失望而归，说那不过是一个石头堆成的圆形古堡，披着白色的毛毡。当嘎尔迪老爹接了二品台吉，统领了驿站地后，把老先人留下的这座大包又进行了加固修整，并在当年先人建造时留下的瞭望眼、通风口，安置了几门火炮和数十挺马克沁重机枪，炮口枪口全部对着开阔的草原。嘎尔迪老爹不时骑着马，沿着这大包的外层走一圈，常会摸摸光滑的石壁，点着头说："欢迎尊贵的客人，欢迎哥萨克，欢迎沙皇大人！你真以为蒙古爷爷就剩下敬酒献哈达啊？"

这座大包的左侧，是波涛汹涌的贝加尔湖，为其筑起了天然的屏障。腾格里山在它的右翼，直耸入云天的腾格里峰为大包遮风挡雨，抵挡住能摧折树木的西伯利亚暴风雪。这座大包在北风呼啸的冬季时自然形成了一个向阳坡。即使是在三九天，山洼的向阳处的黑土层，多时都是松软的，在暖烘烘的阳光下还会露出细细的嫩草芽。无风的日子，仆人们会在这里摆放好大沙发，嘎尔迪老爹会坐在上面，色旺会为他盖上熊皮被子，然后嘎尔迪老爹眯着眼睛，享受着西伯利亚的冬日阳光。那种和煦，那份舒心，就别提多惬意了。这座大包就建在腾格里山和贝加尔湖的衔接处，占尽了山光水色。面对的是一望无尽、苍苍茫茫的布里亚特草原，微风送来草的清香、花的芬芳，通透的大包内总是洋溢着草原的味道。春秋时节，草地上总有大演兵，嘎尔迪老爹在这里统领着他的布里亚特骑兵们在这儿纵马奔驰，舞刀弄枪。平时，他也和他的卫队的勇士们摔摔跤，打打猎，他就是要不断把草原搞得杀声动天，他不断地向那些犯境的过境的六条腿豺狼发出警示：这里，这是我嘎尔迪老爹的领地。嘎尔迪老爹常说，马不能歇，兵不能养，得操得练，才成队伍。他练兵只有一个标准，出刀见血，弹中眉心。还有夏季的那达慕，大包前的草原人山人海，牧人临时搭起的毡包，就像一朵朵雨后出土的大蘑菇，新崭崭地闪现在翻滚的草浪上。记得那年俄罗斯劳工的洋号队、华工的狮子队也来助兴，还有那像鹰一样晃动着臂膀出现在跤场的蒙古壮汉们，像箭一样飞射在草原上的骏马，马上的小孩子们像影子一样随着马跳跃奔腾，像小鸟一样闪着漂亮的羽毛，放开嗓门歌唱的姑娘们，都让嘎尔迪老爹如痴如醉。篝火熊熊，酒香浓浓，载歌载舞，笑浪腾腾，这就是嘎尔迪老爹要守护的牧人日子。可这牧人的好日子还能撑多久呢？他时常站在腾格里山坡上，望着布里亚特草原的边际，常常有一条飘动的白烟划过蓝蓝的天空，他知道那是火车在铁轨上移动。火车把牧人的心眼撑大了，铁路把牧人心搅乱了，他知道，嘎尔迪老爹什么都知道。同样他也清楚，这座已经住了几百年聚着先人魂灵的大包也正在风雨飘摇……尽管这毡包是一座披着巨幅毡毯的石砌穹庐。

此刻，谢苗诺夫正在马上打量着耸立在布里亚特草原上的这座毡包。

月光洒在草地上，谢苗诺夫的头上是一轮皓皓圆月，向天地纵情洒着清冷冷的光。月光下，腾格里山透着逶迤的剪影，山脚下的大包已经显出清晰可辨的轮廓。包顶闪闪发光变幻着诱人的光彩，一闪一闪，团团点点。谢苗诺夫将马鞭指向包顶，问诺雅："你说这包顶得镶着多少宝石啊？才在这月亮底下闪的，看这一团团的光亮，这些老爷们真肥啊，就他妈差与日月争辉了！"

诺雅笑了笑说："这老嘎尔迪喜欢个花里胡哨，爱闹些新鲜玩意儿。我研究过他多年，我知道他这是在包顶的避雷器上镶了些意大利的彩色玻璃，阳光下五颜六色的，你从山顶上都能看到闪闪亮。在月光下一反射冷光，昏头昏脑的蛾子啊萤火虫啊都来了，显得光怪陆离，不少牧民都认为是佛光，还趴在地上磕头哩！"

"妈的，这老东西，连老子都哄了！"谢苗诺夫丧气地说，"这还有没有法律了？任由着他装神闹鬼愚弄百姓了？"

"这种封建愚昧早该结束了，我们要亲手创建一种新的体制。"诺雅说，"啥台吉，啥王爷，早该扫进历史的垃圾堆了。"

"嗳，我说参谋长，你比我抱负还大呀?"谢苗诺夫笑着道，"诺雅啊，我咋闻见一股布尔什维克的味道呢?"

他笑着，像变戏法似的手里忽然出现了一支小手枪，黑洞洞的枪口直对诺雅，一字一顿地道:"告诉我，你是不是布、尔、什、维、克?你不说实话，看我敢不敢一枪打碎你的脑壳?"

诺雅微笑着道:"你不用问我，你觉得我是，就一枪崩了我。别那么拖泥带水，像中国人说的，西瓜皮擦屁股，腻腻歪歪!"

谢苗诺夫一听，立即哈哈地笑了，枪也收了起来。

他对诺雅说:"你闻闻味，你的鼻子灵，这老嘎尔迪没给咱设下圈套吧?"

诺雅冷冷地说:"老嘎尔迪还回得来?他还圈套?做梦去吧!高尔察克不灭了他，布尔什维克也得灭了他!蒙古那战歌咋唱的?阿爸的大嘴啃倒在草地上……我敢保证，老嘎尔迪兴许在草地上啃青草哩……"

谢苗诺夫摘下帽子，表情深沉地道:"我得祭祭这老冤家!那年冬天，天出奇的冷，湖面的冰裂子有一尺宽，我还得在湖上捕鱼。他还送我过一双旧靴子，要不我的两只脚全都得冻掉……"

谢苗诺夫说着，还用手背抹了抹眼睛。

诺雅叹了一口气道:"我也喝过他的阿尔乞如(头酿马奶酒)，吃过他给的大列巴呢!好人啊!咋?司令，他那俄罗斯公主，咱这次是不是也顺便带上?"

"这个问题不用讨论了吧?"谢苗诺夫淫邪地咧起了嘴巴，"老嘎尔迪，你放心吧，放心吧，你的宝藏，你的女人，我都会替你好好保管……"

他晃晃手里的马鞭，向诺雅宣布命令道:"通知部队放出断后队伍，警惕周围动静。其余的跟我上，马勒铁嚼，蹄蒙毡布，不准出声，快速包围大包!"

色楞格河缓缓地流着，河面上浮着一层月光，水花翻起，就像荡起满河碎银。河岸边的喊杀声渐渐停了，枪声渐渐稀了下来。大地静寂，好像没有任何动静了，又忽然爆出一声枪响，接着又是瘆人的沉寂。嘎尔迪老爹打乱了高尔察克偷袭乌金斯克的计划，他们在色楞格河岸扔下了上千具人和马的尸体慌忙逃窜了。嘎尔迪老爹命令终止了对他们的追杀，收兵的海螺号立即在色楞格河岸边呜呜咽咽地响起，他知道这些顿河的哥萨克们再没有胆量和能力进犯布里亚特草原了。

嘎尔迪老爹累了，一屁股坐在了河边的土坡上。土坡上的草丛里，躺着几具布里亚特骑兵和哥萨克骑兵的尸体，当嘎尔迪老爹眯缝着眼睛打量着汩汩流淌的河水时，一条鱼忽地跃出水面，在银晃晃的河面上翻了个滚，又一头钻进了水里。他正出神地看着，不料身后，一具哥萨克骑兵的尸体忽然复活了，举刀跃起老高像鹰一样朝嘎尔迪老爹扑来时，枪声响了，一颗子弹像长着眼睛一样直直钻进了他的眉心里，这个家伙仰面倒下重重地摔在草地上，手中的马刀直直地插在嘎尔迪老爹的脚面前。

嘎尔迪老爹侧脸看了一下，原来是色旺提着冒烟的手枪在冲他露着白白的牙齿笑，嘎尔迪老爹不禁心生感动。色旺，忠实的色旺在枪林弹雨中始终像影子一样追随着嘎尔迪老爹，提着两只德式大镜面匣子枪保卫着嘎尔迪老爹。

嘎尔迪老爹也冲色旺笑了一笑。

他指指那死尸道："这是条好汉！哥萨克打起仗来，个个都是好汉！"

色旺道："在咱蒙古爷爷面前他们只算是狗屎！"

色旺说着，给嘎尔迪老爹递上了一皮桶马奶酒，非常谦恭地道："老爷，这是熏舒尔，六酿的上品好酒，这是我让酒坊的巴音特意为您准备的。"

嘎尔迪老爹接过，虔敬地往地上洒了一些，算是敬过了战死的将士们，然后仰起脖子咕噜咕噜喝了一气。

他对色旺说："你也喝一些吧。"

"老爷，"色旺说，"我怎么能喝熏舒尔呢？这是老爷您的！我给自己准备了一些阿尔乞如（头酿马奶酒）。啥时候老祖宗留下的规矩，咱也不能坏。您老人家不是常说，咱好多时候都是为规矩打仗的！"

色旺说着，解开了马奶酒囊，喝了一口。

嘎尔迪老爹有点欣赏地看着色旺，点着头道："你这蠢货，有时不那么蠢货斯基哩！"

"老爷说我是啥我就是啥！"色旺媚笑着看着嘎尔迪老爹，"老爷，我喝阿尔乞如最好了。"

嘎尔迪老爹不置可否地哼了一声。

士兵们兴致勃勃地搜捡着战利品，不时为发出哼唧的哥萨克士兵补上一刀。一些女人赶着花轮枣木牛车，跟在士兵们的后面装载着。染血的大衣、外套、皮带、马鞭、眼镜、马靴，什么都往牛车上装。颇丰的战利品，让女人们的惊呼声四起。这些女人是上次大战留下的遗孀，她们享受着跟随军队拾捡战利品的特权，还要往车上装受伤的士兵。有一团云彩在天上飘浮着，遮住了月光，草地上忽然暗下来了，苍穹也显出暗蓝色。色楞格河的水雾灰蒙蒙地荡漾在河中，河水单调地哗哗地响着，更让草原显得空旷寂寥。

一轮圆月又钻出了绚丽多彩的云层，熠熠生辉地挂在敖包山顶上，大地泛着幽幽的清光，空气中散发着浓浓的血腥味，广袤的草地上人尸马尸横七竖八地叠卧在一起。黑压压的秃鹫，丑陋的脖颈无毛多皱的秃鹫，就像无数个小鬼在尸堆上跳来跳去。还有，无边无尽的草丛里处处闪动着幽幽的蓝光，就像天上坠下了无数颗闪闪的星星，那是饿狼们在集结。狼群嚎叫着，引得马儿不安地发出咴咴嘶叫。还有大片大片的萤火虫，飞旋在天上，像被风儿带起的鬼火，在沉沉夜空中眨巴着眼睛。这个清冷的夏日夜晚，色楞格河畔充满了死亡气息，这汩汩的河水呜咽，像是天地中流动的一首挽歌，拨动着人们的心弦。嘎尔迪老爹知道待到明天太阳升起来时，秃鹫、恶狼还有西伯利亚大红蚁，会把草地上的人尸马骸打扫得干干净净，而且有一天自己也会被装进这些家伙们的肚子里。这是布里亚特草原上每一个蒙古人的必然归宿。嘎尔迪老爹在马上挺了挺腰，他并不惧怕死亡，但人要死得血性，不能窝囊，就像眼前这些英勇战死的孩子们。

嘎尔迪老爹将那顶灰军帽摘下，四处挥了挥，虔诚地祭拜了这些战死的孩子们。

嘎尔迪老爹的队伍集合起来了，那面大纛在夜色里闪着光芒。嘎尔迪老爹在马上巡视着自己的队伍，清冷的月光下忽地少了那么一大片，嘎尔迪老爹的心抽紧了：永远留在这里的人太多了。他想起了倚在毡包门框前等待自己丈夫儿子归来的女人们，那目光就像飘浮的魂灵在他眼前久久挥之不去，嘎尔迪老爹闭上了眼睛。

这时，色旺带着一个红军传令兵来到了嘎尔迪老爹的面前。

嘎尔迪老爹眯缝起眼睛，打量着这个矮矮的却又敦敦实实的传令兵，一头汗水，战马也是汗淋淋的，汗水把鬃毛都紧紧贴在一起，嘎尔迪老爹都能听到汗珠掉在草地上的滴答声。

嘎尔迪老爹认得这个传令兵，是早些年索尼娅给班扎尔派过去的跟班奴仆阿拉泰，专门去赤塔的军校照顾班扎尔少爷起居的。阿拉泰是索尼娅带过来的跟班，他过去在王爷府是仁钦王爷的活马石，仁钦王爷喜欢他那软软的又宽又厚的后背，踩上去十分有弹性，王爷一抬腿，阿拉泰的后背一弓，仁钦王爷就像被弹在了马背上。仁钦王爷十分喜欢这种感觉，有时禁不住多来几次。索尼娅从欧洲游历回来，有了见识。三番五次地让仁钦王爷学习俄罗斯的贤哲托尔斯泰，王爷舍不得阿拉泰宽厚弹性十足的后背，说没阿拉泰这活马石弹着，他上不去马。于是，索尼娅使性子，不吃饭，不与仁钦王爷说话，还哭，无奈仁钦王爷"解放"了阿拉泰，还宣布取消了"活马石"。从此，阿拉泰跟了仁慈的索尼娅……

"报告嘎尔迪同志，"阿拉泰冲他敬礼道，"班扎尔同志……"

"混蛋！"嘎尔迪老爹火了，怒吼道，"叫老爷。"

"是，报告老爷同志，"阿拉泰继续道，"班扎尔同志命令你部，立即参加保卫乌金斯克的战斗……"

阿尔泰话未说完，嘎尔迪老爹的马刀就朝他的脑袋削了过去，阿拉泰头一低，他的军帽飞了出去，挂在了一棵山楂树的树枝上摇晃不止。

"滚开！"嘎尔迪老爹用马刀指着惊魂未定、目瞪口呆的阿拉泰道，"告诉你的班扎尔同志，老爷的仗打完了，老爷要回包了！乌金斯克这个苏维埃城市与我有什么关系呢？班扎尔是个屁！他敢命令我？滚！"

阿拉泰一拨马头，嘚嘚地跑了。

嘎尔迪老爹看着阿拉泰颠颠而去，嘿嘿地笑道："我嘎尔迪老爷同志，打马回包了——"

"出发——"

嘎尔迪老爹一挥马刀，大纛移动了，战马汇成的海洋立即掀起一片喧嚣。马蹄叩击着草原，不时溅起一窝窝血来。在战马啸啸中，雄浑的歌声骤然唱响：

> 阿爸的大嘴啃在草地上，
> 血染的弯刀还紧紧握在手掌，
> 刀锋划破了豺狼的胸膛，
> 狼毒花在春天的草原上怒放。

嘎尔迪老爹歪在马背上想，蒙古人就这样一代代过来了。他忽然想起了班扎尔，不禁打了个激灵。他算哪一代呢？嘎尔迪老爹今天算是领略了班扎尔的冷酷，他觉得班扎尔和他信奉的布尔什维主义就是古老草原生活的掘墓人，他不敢想象没有了老爷的布里亚特草原会是什么样呢？老爷成为同志的布里亚特草原又会变成什么样呢？

18　他愤怒地把半只马耳朵一把填进大嘴巴里

当嘎尔迪老爹率军离开敖包山时，谢苗诺夫的五匹老马驮着上千斤TNT炸药，姗姗地穿过草地，向腾格里山脚下的大包走去。这些马儿诺雅不知带人试验过了多少次，在模拟的嘎尔迪老爹的大包门前，放着许多混着鸡蛋的玉米。马儿驮着重重的炸药来到大包前，总能美美地吃上一顿；然后再往包里撒一些，马就会往包里走。如果没有了，它们会往包里挤，寻找吃的。然后，向马射击，引爆驮在马身上的炸药，大包门就会被炸塌，谢苗诺夫就会率队涌进……

诺雅是个称职的参谋长，一切都精确计算到秒。谢苗诺夫非常奇怪，诺雅这家伙脑袋瓜里怎么装着这么多鬼主意，从"开洋荤"到马闯大包，这他妈的都是怎么想出来的。

马儿在前面走，谢苗诺夫的匪军不远不近跟着，以确保马在射程之内。果然马走到大包前，就被守包的卫兵挡住了。卫兵们有些奇怪地看着驮着重物的马儿，并且跑过来几个人欲挡住马儿，马儿咴咴叫着，挣扎着往包里冲，卫兵们还没有闹清发生什么事情，诺雅指挥着朝大包前的马开了枪，枪声一响，立即发出了山崩地裂般的巨响，火光和浓烟腾地而起，腾格里山都被映红了半边。大包已经罩在大火和浓烟之中，这一切都按设想进行，计划是如此的完美，只要大包门前爆炸一响，趁着硝烟未散，谢苗诺夫就率军冲进大包内……

可是，诺雅没有想到的是，这山崩般的爆炸声，使谢苗诺夫匪军的战马炸群了。这些身经百战的战马们，也被这震天的巨响和横扫的冲击波吓惊了，吓疯了。谢苗诺夫的坐骑，一下子跃起老高，然后在草地上没头没脑地胡乱疯跑了起来。马上的谢苗诺夫只觉得脸上一热，像是有什么东西狠狠贴了上来，然后是马儿载着他没命地跑。月光下，上千匹战马四散狂奔，人喊马叫，乱成一团。不知跑出去了多远，这匹马才慢慢安静了下来，停在草地上喘粗气，打响鼻，谢苗诺夫这才把刚才贴在脸上的东西揭了下来，抓在手上一看，原来是血淋淋毛乎乎的半只马耳朵。他愤怒地把半只马耳朵一把填进大嘴巴里，咯吱咯吱地大嚼了起来，腮帮子鼓动得狰狞。

诺雅指挥着号兵吹起了集结号，过了好久，谢苗诺夫的人马才在草地上重新聚拢了起来。士兵们借着月色一看，个个脸上身上全是血的糊拉的碎肉。人们拍打着身上的肉屑，抹着脸，个个垂头丧气，就像一群刚从土地庙里钻出的小鬼。诺雅声嘶力竭地整理着部队，喊着骂着，可人马仍是惊魂未定，乱乱哄哄。谢苗诺夫瞪着眼，鼓着腮帮子，冲诺雅招了招手。诺雅一见，颠颠地跑过，刚要说什么，却被谢苗诺夫狠狠地啐了一口嚼碎的马耳朵。诺雅下意识地退了一步，然后又挺直了身子，高声叫道："俄罗斯远东游击纵队集合完毕，请司令指示。"

谢苗诺夫冲诺雅骂道："你不是说炸药一爆，五分钟就能占领大包吗？现在又他妈退回了几十里地，你咋算的？你不是可能耐吗？"

诺雅道："司令，我们现在要做的，是立即集合队伍，继续攻占大包。老嘎尔迪不在，这是不可多得的好机会。"

"奶奶的，我不就是等着这天吗？老嘎尔迪的包没咋地，咱倒是被炸出了几十里远。你真是天下第一的好参谋长！用你的王八爪子把脸擦擦，我看着就恶心！"

诺雅一面擦着脸，一面大声地说："司令，箭在弦上，不得不发。

越耽搁时间，对我们越不利！司令，兵贵神速，赶紧占领大包。"

"理是这么个理。"谢苗诺夫说，"大包卫队的人要是没全炸死，有十杆枪顶着，咱就得在包前草地上撂下百十个兄弟，这亏可就吃大发了。这可不是千百斤炸药和几匹烂马，我得想想，你也得想想，看咱有没有进包的好法子……"

谢苗诺夫在马上逡巡着四周，看到不远处的贝加尔召，安安静静地立在湖畔。他眼睛凝视着，忽然嘿嘿地笑了。

诺雅道："司令，我知道你笑什么了。司令就是司令，果然是天才！"

谢苗诺夫哈哈地笑了起来："老子要知道这儿有现成的，还用脱裤子放屁找费事，可惜了我的炸药和马。去些人，把召里的喇嘛们都给我请来。参谋长，你见过向喇嘛们开枪的蒙古人吗？"

诺雅并不回答谢苗诺夫的话，回头命令身边的人："还磨蹭什么？快请喇嘛们啊！"

轰隆隆的爆炸巨响，让扎苏勒朝鲁一下子跳了起来，他揪住慌乱不安的坐骑，冲身旁的黑马营战士们喊："抄家伙，跟我上。"

他提枪一马当先，沿着大包外层的运兵通道，冲了出来。后面的士兵跟着他鱼贯而行，眨眼来到了爆炸的大包门前。包前的草地上出现了几个大深坑，当晚当值的卫队士兵已经全被炸碎炸飞了，空气中弥漫着浓烈的焦煳的味道。朝鲁听着草地上的人喊马嘶声，立即命令士兵，散开隐蔽，准备抵挡谢苗诺夫匪帮的进攻。朝鲁冲着空旷的草地高声叫道："来吧，哥萨克小子！蒙古爷爷等着你们哩！"

原来，嘎尔迪老爹率军赴敖包山作战时，特意留下了朝鲁率领的黑马营，用以抵挡偷袭者。朝鲁对嘎尔迪老爹道："老爷放心出征，你不用再交代什么，这里一切有我老朝鲁哩！从现在起我黑马营将士人不离枪，马不离鞍，等待老爷打胜仗回来！"

这时，卡捷琳娃带着伊琳娜和几个侍女走了过来，朝鲁一见立即下跪道："太太，有朝鲁黑马营在，太太可安心歇息。老爷曾吩咐朝鲁，太太的安全，比朝鲁的命重要。请太太快回后帐歇息。"

卡捷琳娃道："你快起来，忙你的去！我就是来看看，是哪个找死的，搞这么大的动静？"

朝鲁站起道："刚才在草地上找见了个被震晕过去的匪徒，审过了，是谢苗诺夫带来的人。"

"我还以为是布尔什维克哩！原来是草地上的盗马贼！"卡捷琳娃摆摆手道，"好了，你忙你的，我们回后帐去了。"

朝鲁目送着卡捷琳娃带着伊琳娜等侍女走回了后帐。这时，有士兵跑进来告诉他，谢苗诺夫的人马围过来了，看样子有上千人。朝鲁笑道："我正等着狗日的呢，明年包前保准长出好草。"

他带着传令兵噌噌几步，跑上了一个瞭望台，正有几个士兵守着一挺马克沁重机枪，专心地向外观望着。见朝鲁过来，都忙闪到一边。朝鲁通过瞭望口往外看，只见开阔的草地上，洒满了月光，谢苗诺夫的人马正吆喝着围了过来，黑黑的影子在草地上晃来晃去，乱了一地。

有士兵问："朝鲁老爷，他们全在射程里了，打不打？"

朝鲁道："打啥？你没见前面全是召里的喇嘛，哪有蒙古人打喇嘛的！"

他把传令兵叫到了跟前，低声说了几句，传令兵匆忙跑下了台阶。

谢苗诺夫抓来了贝加尔召里的十几个喇嘛，拿刀枪逼着他们往大包门前走，诺雅拿枪顶着奥腾大喇嘛的后背，推着奥腾大喇嘛走在了最前面。谢苗诺夫挥着马鞭，指挥着人们往包前凑，已经围拢过来几百人马。

诺雅躲在奥腾大喇嘛的身后，缩着身子大叫道："里面的人听着，快把大门打开！要不我打碎奥腾大喇嘛的脑袋！"

奥腾大喇嘛在前面昂头叫道："别听他的，佛爷保佑着布里亚特草原哩！你们尽管开枪，送这些匪徒上西天！"

谢苗诺夫劈头给了奥腾大喇嘛一马鞭，奥腾大喇嘛的额头立即涌出鲜血，顺着脸颊淌了下来。

朝鲁在瞭望台上看得真切，大声喊道："谢苗诺夫，你打侍候佛爷的喇嘛不怕遭天报啊？亏你身上还流有蒙古人的血呢！"

谢苗诺夫笑道："原来是老朝鲁啊！我当是谁呢！那年，你赊了我五斤'孙二娘'，钱还没给吧？只要你把包门打开，我立即放喇嘛们回去念经！"

朝鲁道："这有多大的事情呢？你可不敢再打喇嘛了，长生天看着哩！佛爷看着哩！你看你，又抓喇嘛又放炮的，不就是进个包吗，值得闹这么大响动？你等着，我现在就给你启开大门！"

大门咯咯吱吱缓缓开启了，明晃晃的汽灯光刺目地闪了出来，吓得谢苗诺夫一下子退出了好远。只见朝鲁端坐在一把椅子上，两旁的用沙包堆起的掩体上各安放着四挺重机枪，有士兵趴在机枪掩体后，乌黑的枪筒对着大门。

诺雅着急地喊道："司令，小心有诈！"

话音未落，谢苗诺夫匪帮的身后，骤然响起雷鸣般的喊杀声，黑马营的几百匹骏马从左右两侧杀出，黑马营的士兵们挥着马刀把谢苗诺夫匪帮紧紧围在大包门前狭长的地段。朝鲁对谢苗诺夫喊道："老老实实把喇嘛给我放了，立即滚出嘎尔迪老爷的驿站地！要不我咳嗽一声，全把你们这些奶桶打漏！"

谢苗诺夫道："你这招我早防着哩！我给老嘎尔迪打了十几年交道，知道他这一套！老朝鲁，我告诉你，你断了我的后，可我早把腾格里山拿下了，制高点在我手上，三门炮，五百发炮弹，我炸不翻老嘎尔迪的这个大包，可能把你的黑马营炸成杂碎。还有三百哥萨克骑兵，会居高临下冲过来，就像一股洪流横扫这营盘地，见人就杀，见包就烧！你不信，咱耐心等着，一会儿两颗红色的信号弹就会升起……"

朝鲁道："你哄小孩子呀？你给我赶紧滚蛋！滚得越远越好！"

正说着，两颗红色的信号弹，从腾格里山上腾空而起，就像两颗灯笼燃烧在沉沉夜空，照亮了包前的草地，谢苗诺夫匪帮发出了一阵欢呼。

朝鲁心中一咯噔，忽地站了起来。谢苗诺夫忙冲他摆着手道："老朝鲁，咱今天不鱼死网破行不行？我不干那些得理不让人的事情。我是实在让布尔什维克撺得活不下去了，要不我咋敢打老嘎尔迪的主意？他藏这些宝贝有啥用？等着让人家共产啊？我打这大包是费劲，可它能比冬宫、克里姆林宫结实？禁得住布尔什维克炮火折腾？今天，老哥哥开价不高，你就给我十万金卢布，我立马走人！"

"你走人？你今天能走得出去吗？就是我黑马营的人全战死……"

"你这是说啥话呢？"谢苗诺夫道，"老朝鲁，我知道你今天是当家做不了主。我不为难你，五万，这回行了吧？干吗要死人呢？黑马营，多好的马，多棒的蒙古小伙！我看着都喜欢！咱说好了，就五万！"

"我担心你是挣上花不上哩！你得想想你有没有花钱的命，我现在几百条枪对着你，你听我的，趁我没改变主意，赶快把喇嘛放了，滚蛋！"

"我要喇嘛们干什么？快放了，老奥腾，你把脸上的血擦擦，搞得这血糊拉的，好像我咋着你了！"

奥腾和一群喇嘛，趔趔趄趄地跑进了大包里。

诺雅对谢苗诺夫道："咱手里这回可没筹码了，由着人家捏嗒了？"

谢苗诺夫对诺雅道："我的参谋长哎，这黑马营一围，咱就成瓮中的王八了。等腾格里山上的人下来，咱全成肉酱了。要钱还有啥用？我得有花得了的命！"

"好了，好了！"谢苗诺夫拍着手道，"老朝鲁，人我可放了，你得把五万卢布给我吧？你赶快找人去取，我得进去喝口奶茶，瞧我这阵子话说得嗓子都冒烟了！"

谢苗诺夫说着，就要往包里走，这时，腾格里山上忽然枪炮声大作，天上飞过一串串带火的流弹，还有嘀嘀嗒嗒的冲锋号声响彻山间，谢苗诺夫一下子蒙了。朝鲁也不知发生了什么事情，只是警惕地观察着四周。包里的空气就像一下子凝固了。

诺雅仔细聆听了一阵，面带紧张把嘴贴近谢苗诺夫的耳根道："司令，怕是山上的弟兄与布尔什维克的中国营交上手了。听这冲锋号，就这中国营才这么吹打。我看，钱财事小，咱现在得三十六计走为上。"

"咱没掏他家小狼崽啊，咋就没完没了地跟上我了？"谢苗诺夫抬头看看火光映红的腾格里山，悄声地对诺雅布置道，"给人们传个话，咱得准备溜。别硬拼，自个找死，听我的。"

"司令放心，"诺雅道，"咱属狸猫的，有九条命。"

山上的枪炮声更响了，火光一闪一闪的，不时把腾格里山的剪影闪现，夜空中，拖着小火苗的子弹头不时划过。

谢苗诺夫冲包里喊道："老朝鲁，听见这枪炮声了吧？这是我的人在山上给嘎尔迪老爷堵着布尔什维克哩！要不你们的老窝早被人家端了，惦记他这老窝的可不光我谢苗诺夫！我这次为你们可是舍命又舍财了，枪炮弹药，你听听，响一声，这可都是钱，我的人是在为你们守口子哩！五万金卢布，今天你说啥也得赔给我！"

朝鲁从口袋里摸出一枚金卢布，扔给了谢苗诺夫，说道："这是欠你的酒钱，咱俩两清了。你要是识相，现在就给我滚蛋！到时布尔什维克来了，人家可不像你蒙古爷爷好脾气！"

他对身边的传令兵道："传我的命令，给他们让开一条通道。"

黑马营本来将谢苗诺夫匪帮围成了一个大铁桶，马刀在夜空中闪着亮，听到命令，很快让开了一条口子。

谢苗诺夫冲大包里的朝鲁拱拱手道："行，行，老朝鲁，兄弟领教了，后会有期。"

谢苗诺夫说完一拨马头，领着人马仓皇窜进了黑夜覆盖的布里亚特草原之中。当贝加尔湖上透出淡淡的鱼肚白时，腾格里山中的枪声才渐渐停了下来。诺雅收拢了队伍，清点了一下，少了不少人。他对谢苗诺夫说："司令，腾格里山上的弟兄们是回不来了，那几门炮也没啥指望了。"

谢苗诺夫看着诺雅说："参谋长，这又有啥？没炮就没炮了，临时政府的老爷们也别指望着我给他们攻城拔寨了，高尔察克也别指望我给他当炮灰了！老子就他妈彻底当匪了！咱不是还有上千好马快枪？"

诺雅佩服地道："司令好心胸！以后咱就是西伯利亚草原上的一股黑旋风了，来无影去无踪！"

谢苗诺夫高兴地咧咧嘴说："我就是这么想的！以后，咱以后的行动策略就是贼不走空，捞只大灰熊咱不嫌大，逮只小蚂蚁咱不嫌小，咱这次就从老嘎尔迪的驿站营盘地抢起，一路抢到额尔古纳河，横扫八千里。这年头，还能饿着咱们这些有枪的大爷？你们说是不是啊！"

他提高了声音问身边的哥萨克们，哥萨克举刀高呼乌拉。

这时，一匹马驮着人颠颠地跑了过来，马上跳下了一名哥萨克，诺雅知道这是他放出去的流动哨兵。哨兵跳下马来，向诺雅报告说："参谋长，那面来了一个女人，说有重要事情向您报告。"

"女人？"诺雅听了不禁一愣，忙问哨兵，"她没说什么事情吗？"

哨兵道："我问了，那女人就是不说，凶得很，说要是误了参谋长的大事，小心我的脑袋。"

"是大事，女人的事是大事！"谢苗诺夫嘿嘿地坏笑道，"诺雅啊，定是你的老相好找上门来了！你不会会？给你半个小时的时间。"

诺雅还是半信半疑，他问哨兵："这女人还说啥了？"

哨兵道："那女人说她叫阿什么了，这蒙古名字不好记，阿什么来着……"

诺雅着急地问："是不是阿菊？"

"对！"哨兵一挺身子道，"这女人说她是阿菊！"

诺雅一听，跳上哨兵的马，一抖缰绳，那马嘚嘚地大跑开了。

谢苗诺夫在他身后喊："参谋长，小心裆下的迫击炮，别给硌坏了……"

谢苗诺夫大笑，众哥萨克男人也跟着淫邪地狂笑，这笑声敲击着诺雅的耳鼓，他纵马狂奔，草原上的风冲他呼呼袭来，冲撞着他起伏的胸膛。哦，阿菊，这是海的呼唤，诺雅的眼前漂浮起大海的潮起潮涌，母亲般的大海啊，那暖暖的咸咸的海风哟，马上的诺雅竟然像孩子一样流泪了。在这辽阔的西伯利亚草原上，从不会流泪的诺雅，他哭了……

19　金达耶娃一笑，肚子里的孩子似乎也笑了

当乌金斯克城郊的枪声响起时，守军参谋长拉西第一反应是布里亚特红军被高尔察克匪帮打垮了，哥萨克打过来了。

拉西向守军司令建议，收缩部队，打阵地战，等待援军。可他又十分清楚，援军在哪儿呢？班扎尔组织的敖包山决战，是远东布尔什维克红军的背水一战，连红白不清的嘎尔迪老爹的布里亚特骑兵都拉上去了，还哪会来什么援军呢？若是中国营还在，那可是死打硬拼的梁山好汉，偏偏又被临时调走了，拉西虽是参谋长，却闹不清楚谢尔盖究竟是在布什么局。

守军司令是老苏赫，这位革命前仁钦王爷军中的优秀马掌匠，十分瞧不上拉西的战况分析。他认为"十月革命"摧枯拉朽，远东形势一派大好，看看乌金斯克上空飘扬的红旗，看看工人兴高采烈的笑脸，看看士兵肩上闪亮的钢枪，他们知道这是在为工人阶级自己而战！老苏赫一面派人向班扎尔报告，乌金斯克岿然不动，人民斗志直上云天，高尔察

克这只资产阶级的小跳蚤拱不起布尔什维克的铁马鞍，等着粉身碎骨一命归天吧。

老苏赫为自己卓越的想象力陶醉。拉西善意地提醒说："司令，打仗是刀对刀枪对枪……"

老苏赫严词批评了拉西的军事保守主义：看看布尔什维克的暴风雨是怎样荡涤旧世界的吧，看看当家做主的工人阶级是怎样用生命和鲜血保卫乌金斯克的吧，看看红色的布里亚特是怎样书写远东战争史的吧！拉西为老苏赫的滔滔不绝的铿锵高论而折服。老苏赫再一次提醒拉西：记住，布里亚特红军的字典上只有冲锋，冲锋，向旧世界冲锋！

老苏赫说着，挥了挥手中的小铁锤，这小铁锤是他工人阶级身份的佐证，犹如在拉西这样的旧军官面前鹤立鸡群。他不止一次地对拉西说，这是列宁同志带给他的荣誉，这小铁锤是飘扬在鲜红军旗上的布尔什维克象征。这把小铁锤在布里亚特红军中象征着至高无上。但拉西不太喜欢老苏赫身上散不去的臭马蹄子味。在拉西眼中，老苏赫就像他修理了半辈子的马蹄子一样，又臭又硬。

老苏赫见拉西还有点犹豫不决，把玲珑发亮的小铁锤往桌子上一拍，命令拉西立即带着警卫营和工人赤卫队杀出城去，去迎头痛击进犯的高尔察克匪帮。

马掌匠阿尔泰用诗一样的语言鼓励烂鼻头拉西："战斗去吧，拉西同志！红色的布里亚特，马蹄嘚嘚，昂首挺胸，在列宁的旗帜下前进，前进！"

拉西知道老苏赫手上的小铁锤的威力。老苏赫曾经用这把小铁锤一锤子打进仁钦王爷的颅脑内，仁钦王爷当时脑浆飞了出来，大眼珠子一翻，扑通倒地死了。

去年冬天，公元一千九百一十七年的冬天，大雪狂舞，士兵苏维埃主席班扎尔带着哗变的布里亚特士兵，冒着枪林弹雨，踏着还冒着热气的鲜血，踩着软绵绵的尸体，像暴风雪一样扑进了仁钦王爷在乌金斯克的王府。这是红色的布里亚特士兵第一次经历血与火的考验。杀红眼的班扎尔厉声宣判了仁钦王爷的死刑。可是执行人却你推我搡的，尽管革命了，可这些昔日的奴隶们还是有些害怕仁钦王爷。仁钦王爷的先祖是顺治爷御封的郡王，后来就这样稀里糊涂地世袭下来，到了仁钦那儿已是第八代郡王。杀郡王按大清律和布里亚特蒙古人的规矩那是大逆不道，正当人们逼着班扎尔拔枪出手时，老苏赫的小铁锤子像一道闪电飞了出来……

从此，老苏赫在布里亚特红军中脱颖而出，而且远远超过了士官学校出身的拉西。从此，拉西在老苏赫的手下当了一名参谋长。拉西发令集合队伍，准备出城与哥萨克拼杀。就在集结队伍的同时，拉西匆匆忙忙回了趟家。拉西并不怕死，但他从不想白白送死，更不想让金达耶娃和她肚里的孩子送死。

那年秋天，拉西带着金达耶娃跟着谢尔盖来到了赤塔，并没有见到班扎尔。赤塔的布尔什维克同志告诉他们，班扎尔已经去了乌金斯克，他们赶到了乌金斯克，见到了班扎尔。班扎尔现在在他的外公仁钦王爷的军队里当参谋长。

仁钦王爷信任自己的外孙，当他知道班扎尔为了自己的母亲，他可爱的女儿，差点被嘎尔迪这个老混蛋烧死的时候，他疼爱地抱着班扎尔亲了又亲，班扎尔在他的亲吻中大放悲声，他想起了可怜的母亲，疼他爱他的母亲。从此，仁钦王爷对班扎尔更是怜爱有加，看来外孙班扎尔中了布尔什维克魔怔的话只是风言风语的谣传。这件事情班扎尔没有错，他对丹吉活佛讲，嘎尔迪就是个不识好歹的混蛋。仁钦王爷一百个放心地将军中的大事小情统统交给班扎尔打理，自己乐得逍遥。而班扎尔忠实于他的布尔什维主义，并在仁钦王爷的军队里秘密发展布尔什维克，悄悄成立士兵苏维埃，革命家谢尔盖的到来，使班扎尔如虎添翼。班扎尔不太满意烂鼻头拉西，他不相信拉西这样的花花公子会献身无产阶级革命，可拉西跟着谢尔盖多日在布里亚特草原游说革命，谈吐已非昨日可比，俨然一个无产阶级斗士。谢尔盖告诉班扎尔，帮助、教育、改造拉西这样的流氓无产阶级，把他们引向革命，更能体现布尔什维克改造世界的能力。谢尔盖拍着班扎尔的肩膀道："相信我们有这个能力！让那些老爷们去说这说那吧，我们就是要给这个世界一个又一个脱胎换骨浴火重生的崭新生命！我们就是要让上帝在我们双手托起的新世界面前发抖！"

虽有谢尔盖如此高屋建瓴的鼓励，班扎尔仍然有些半信半疑，他甚至是有些厌恶地望着拉西表弟的狰狞鼻头。尽管有些厌恶，班扎尔还是皱着眉头将自己的这个表弟留在了军中，并且带他去见自己的外公仁钦王爷。

仁钦王爷早就知道烂鼻头拉西的大名，伸出粗短的双臂热情地拥抱了拉西，拉西向仁钦王爷介绍了金达耶娃，并且毫无掩饰地告诉仁钦王爷，金达耶娃是他从莫斯科来的博士老爷包里挖出来的女人，仁钦王爷高兴地哈哈大笑，一个劲夸奖他："烂鼻头拉西就是烂鼻头拉西！"

班扎尔从鼻子里发出了一声哼，强烈表达着自己的不满。为了打破这尴尬，金达耶娃告诉仁钦王爷，是她陪着索尼娅走过了最后时光，是她将那团圣洁的白色驼毛敷在了索尼娅的口鼻，留住了索尼娅高贵的魂灵。现在吸附着索尼娅高贵魂灵的白驼毛，日夜贴在班扎尔少爷火热的前胸，她永远保佑着自己心爱的儿子。说得班扎尔鼻子也有些发酸，而仁钦王爷已是老泪纵横。金达耶娃还告诉他，索尼娅是那样想念自己的父亲——尊贵的仁钦王爷，是那样想念乌金斯克郡王府中那间属于自己的闺房，想念那匹只属于自己的小白马，想念苏力娅阿姨烤的又软又酥的奶油面包……仁钦王爷听得鼻涕眼泪流了一大堆，还把金达耶娃抱进自己的怀中，就像抱着自己已经幸福生活在天国的爱女索尼娅。

拉西一进门，就大声嚷嚷着让金达耶娃立即返回布里亚特草原，回到嘎尔迪老爹的驿站营盘地。平时，拉西一进门就掀金达耶娃的袍子，吭吭着非要泄了自己裆下的火。自从肚子里有了孩子，金达耶娃就拼死反抗拉西，不是拉西把她打得鼻青脸肿，就是她把拉西抓得鼻子开花，金达耶娃拼命保护着肚子里的孩子不受侵犯。为这点裆下事，拉西还揪上金达耶娃去班扎尔那儿评理，他振振有词地诉说着，说自己为工人阶级革命是多么的辛劳，可这愚蠢的女人却这么点包内之事都不肯贡献。班扎尔听完也不说话，只是掏出手枪冲拉西的头上开了一枪，子弹贴着拉西的头皮飞过，屋内立即荡起浓浓的燎毛煳味。拉西不知自己犯下了什么错，被飞过头皮的子弹吓傻了，还是金达耶娃拉着呆若木鸡的拉西慌慌逃了出来……

今天，金达耶娃从拉西紧张得有些扭曲的脸上感受到了战争气氛，她知道，从顿河来的哥萨克那可是无恶不作，啥天地不容的事情都能干得出来。金达耶娃最担心殃及还没出生的孩子，那可是她的眼珠子、命根子。她顾不上和拉西多说什么，实际上跟拉西真也没有多少话可说，匆匆整理了几件衣服便出了门。

拉西这狗杂种竟然还扶她上了马，这让金达耶娃忽然有些心生感动。

金达耶娃在马上对拉西说："你也要当点心，我可不想让孩子当没爹的马驹子。对孩子来说，有颗烂鼻头比没有烂鼻头要好得多。"

拉西点了点头，这个没心没肺的家伙眼眶子都有点红了。战争有时还真能调动起人心中仅存的那点柔软。

金达耶娃都能听到轰隆隆的枪炮声了，还有嗖嗖掠过头顶的子弹更是吓人，人们惊恐地在街上喊叫着，奔跑着。她纵马穿过乱哄哄的城市，驰往敖包山后的布里亚特草原，她翻越敖包山时，还特意去祭了一下坐落在山上的敖包。那敖包圆圆的，基座是由一块块未经打磨的石条垒砌而成的，石条一排一排，石块尖尖棱棱而又相互咬合拥紧。垒起的包是碎石子堆起的，这是虔诚的信众将一块块石头扔在上面，让自己的心愿永远留在这天地之间。碎石间还插着一些干枯的柳树枝子，上面飘着白色的蓝色的哈达，有些已经被风吹刮破了，就紧贴在石头上，化成了虔诚的纹络。金达耶娃从怀里掏出一根白色的哈达，手心向上托起，弓着身子将其搭在柳枝上，风儿一刮，白色的哈达哗哗啦啦地愉快响起。金达耶娃磕了头，围着敖包转了三圈。她还特意捡了三颗小石子用力地扔在了高高的敖包上，这是千百年来草原上蒙古人留下的祈福习俗。两颗落在敖包堆里的石子，代表她和肚里的孩子，愿长生天保佑他们母子平安。这一颗石子代表拉西这个挨千刀的王八蛋，也得给他祈祈福，愿长生天保佑，千万别让不长眼的子弹把拉西的烂鼻头打烂。金达耶娃就是这样想的，这样想着心满意足地再次艰难地爬上了马。

她的心愿留在了敖包上，马儿载着她翻越上了敖包山。站在山顶往下一看，她的眼前就是平静得像绿色缎子一样飘浮的布里亚特草原。还有那蓝蓝的天，几条长长的像带子一样飘浮的白云，还有那在蓝天上展着翅膀漫无目的滑翔的雄鹰，自从跟了拉西进了乌金斯克，金达耶娃就再也没有见过这样的好景致。她忽然嗓子有些痒，她想唱歌，可又不敢大声唱，她怕惊动了肚里的孩子。她曾听姐姐曼达尔娜说过，有个傻娘们使劲放了个屁，就把孩子生在了裤裆里。金达耶娃一笑，肚子里的孩子似乎也笑了，轻轻动了一下。金达耶娃好幸福哟，骑马走在山间的苍翠林子里，轻轻哼着劝奶歌。那是任何一个蒙古女人都会哼唱的。劝奶歌没有歌词，只有来自内心的声音，来自地心的声音，来自天籁的声音，与风儿搅动缠绵，飘荡在起伏的草浪之间。金达耶娃轻声地哼着，唱着唱着，脑海中闪现了一只在草原上凄声咩咩找妈妈的小羊羔。妈妈不见了，永远地不见了，这在弱肉强食的草原上是常有的事情。小羊羔饿极了，怕极了，挤到了另外羊儿妈妈的身边。母羊嗅了嗅，知道它不是自己的孩子，于是就用小蹄子驱逐它，小羊羔好伤心哟。她咩咩地叫着，倾诉着自己的伤心和孤独，更重要的是饥饿。这时，劝奶歌轻轻从蓝蓝的天上飘来，从茫茫的草地上升起，从蒙古女人的齿香中流出，绵羊妈妈被这歌声感动了，它向可怜的小羊羔发出几声暖心的呼唤，小羊羔扎进绵羊妈妈的怀里，摇着小尾巴吮吸着……

金达耶娃泪流满面了，她为草原天地赋予她的母爱天性感动了。她轻轻地抚摩着自己的肚子，告诉肚内躁动的孩子：孩子，你只要降临在布里亚特草原上，你就会长成参天大树！长生天保佑着你哩，我的可爱的孩子！

金达耶娃骑在马上，慢悠悠地穿行在下山的寂静森林中。透过林木的缝隙，山下的草原离她越来越近了。她知道只要下了山，进了驿站营盘地，只要嘎尔迪老爹还在，布里亚特草原就会有永远的安静和祥和……

金达耶娃是在山背后的山洼里发现萨瓦博士和他的圣日耳曼医院的，挂在毡帐上的红十字小旗，让她备感亲切。金达耶娃已经看出这里已改成了伤兵医院，草地上丢着几条刚截下来的胳膊和腿，胳膊腿都被西伯利亚大红蚁爬满，猛看上去，这些胳膊腿都还在动，让人不禁心惊肉跳。金达耶娃在大帐篷前下了马，悄悄闪进了毡包内。

毡包内躺着伤兵，一些男女护士进进出出显得非常忙碌。他们认出了金达耶娃，立即惊讶地叫了起来："耶娃！是金达耶娃！"

金达耶娃和他们拥抱在一起，金达耶娃保护着肚里的孩子，惊慌地叫道："小心点……"

"你怎么了？"女护士其木格奇怪地问金达耶娃。

"你看呀！"金达耶娃骄傲地一挺肚子，其木格明白了，发出了惊叹："哇，耶娃真可以啊！几个月了？"

"六个多月了。"金达耶娃得意地甩着头道。在甩头的刹那，金达耶娃见到了站在一边睁大灰色的眼睛盯着她看的萨瓦博士。

金达耶娃兴高采烈地招呼道："你好，博士老爷!"

萨瓦博士尴尬地笑了一笑，道："耶娃，你回来了? 你是来听胎心和检查胎位的吧? 快进包里，幸亏你来得及时，我们也要撤退了。"

萨瓦博士把金达耶娃领进了一个门帘上挂着红十字标志的小屋里。

这是一个临时的简易手术室，并排放着几张桦木板子搭起的手术台，手术台上躺着伤号，手术台下也都是躺在担架上的伤号，哼哼唧唧地呻吟着，屋子内充斥着浓浓的血腥气。

萨瓦博士让金达耶娃躺在手术床上，解开身上的袍子。金达耶娃露出了圆圆的肚子，刚才还在担架上呻吟不止的一个伤兵忽的一下子坐了起来，咧着嘴道："耶娃的肚皮可真圆啊! 是烂鼻头拉西给你种上的?"

其木格伸手把伤兵的头拧到一面去，道："腿都快打断了，还犯骚?"

伤兵又叫唤了起来："哎哟，哟，博士老爷，给她查仔细了，看看是不是个小烂鼻头……"

"小烂鼻头怎么了?"金达耶娃在床上叫道，"我愿意，气死你!"

"安静!"

萨瓦博士仔细地听着胎心，面对这熟悉的躯体，他面无表情。他听了一阵，抬起头道："胎心正常，小家伙挺健康。"

"谢谢博士老爷，谢谢博士老爷。"

萨瓦博士检查完胎位，金达耶娃从手术床上坐了起来，一面穿好了袍子。

"你要注意运动，生产时会顺利一些。"萨瓦博士叮嘱道，"小家伙个头不小。"

"是嘛!"金达耶娃幸福地道，"他又在肚子里闹动静哩!"

萨瓦博士走了出去。

那个伤兵伸手拉住金达耶娃的胳膊，道："金达耶娃，这仗打完了，嘎尔迪老爷说，得消停些日子! 你就让我住进你的包里去吧! 人家烂鼻头拉西现在可是乌金斯克的大人物了，围着他犯骚的母狗不会少，他没有时间弄你了……"

金达耶娃生气地挣开他的手，道："滚开!"

金达耶娃走出了包，那伤兵仍在她的背后喊："金达耶娃，你就当可怜可怜我这瘸腿的公狗吧!"

萨瓦博士看着金达耶娃上了马,慢慢化成一个小黑点,隐在那无穷尽的蔚蓝之中。

圣日耳曼医院开始撤退了,车马在草原上拉成了一条细细的长线。西斜的阳光懒洋洋地照在萨瓦博士的身上,他正歪在一匹青色的儿马马背上打盹。草地上开着五颜六色的花朵,儿马停下,低下长长的头,认真地嗅着遗在地上的马粪,激动地抖着脖子上的鬃毛。

萨瓦博士身子有些前倾,睡意也全消了,用手狠狠拉着缰绳,将马头抬起。

马前有一辆牛拉的花轱辘车,车上躺着女护士其木格,其木格目光呆滞地盯着天空,脸颊上挂着凝固的泪痕。

萨瓦博士好奇地问其木格:"你这小百灵怎么了?刚才还叽叽喳喳地乱叫个没完。"

其木格呜呜地哭了。萨瓦博士赶紧下了马,跳上了其木格的花轱辘车,坐在了她的身边,关切地问:"你到底怎么了?"

其木格大放悲声,萨瓦博士轻轻抚摩着她的肩头,安慰着她。其木格在呜咽抽泣中,断断续续告诉萨瓦博士,她的巴特尔哥哥没有出现在返回的队伍之中,他永远留在色楞格河河畔了。

萨瓦博士知道这个巴特尔,大圆脸,小眼睛,黑墩墩的,走路横着膀子撒拉着两条罗圈腿,从你面前一过,会带来一股马身上的气味。巴特尔是布里亚特草原上最优秀的摔跤手,曾把嘎尔迪老爹扔出去有一米多远,人们都为这个傻小子的举动惊呆了,嘎尔迪老爹却高兴地奖给巴特尔一副雕花的马鞍。

巴特尔跃上雕花的马鞍出征了,他手执苏鲁锭,紧紧跟在飘扬的大纛后面,那副威武雄壮的样子让其木格好不喜欢,好不骄傲,而且像一尊雕塑永远定格在她的脑海内,这是巴特尔哥哥留给其木格的永远。

其木格永远不会知道他的像天神一般威武的巴特尔会被一梭子铅弹打烂,就像打穿了一只皮桶,鲜血呼地同时从九个枪眼里涌出,直至鲜血流尽。

其木格是个脸上长雀斑的瘦姑娘,过度的悲哀使她的脸更加消瘦了,萨瓦博士不知道该怎样安慰其木格,只是伸出手在她的脸上轻轻抚摩着，想用他这双灵巧的手抚平其木格心中的悲伤……

其木格凄凉地道："我害怕回去，我怕见那个留着巴特尔哥哥身上味道的空包，我家的包空了，又空了……"

萨瓦博士安慰她道："美丽的其木格姑娘，你的温暖如春的毡包怎么会空呢？我愿意住进你的包内，你不会讨厌我是个俄罗斯人吧？"

其木格侧过身子，闪动着眼睛，有些惊疑地看着萨瓦博士。

"你不相信？"萨瓦博士有些奇怪了，凭他的身份，这个可怜的女人该感恩涕零才是呢！

其木格凄凉地一笑："院长老爷要光顾我的毡包？可你是个人人都知道的骡子，草原上的人们会笑话死我哩！"

"谁说我是头骡子？"萨瓦博士火了，也被激怒了，"我是，是……"

他一时语塞，不知该说些什么好了。

"没话说了吧？金达耶娃在你包内两年多，还让人家干瘪着肚子，你不是骡子是什么？再看看人家烂鼻头拉西，耶娃才跟他走了多长日子，肚子就那么圆滚……老爷，你要干什么呀？"

萨瓦博士也不说话，只是用力撕剥其木格的衣服，其木格咯咯地笑了起来："骡子也想犯骚啊？你这又骚又不中用的骚骡子！哎哟，你、你、你的家伙像根炮筒子哇……"

萨瓦博士也不说话，只是狠狠地把其木格压在身下，猛烈撞击着。

其木格兴奋了，张着大嘴啊呀啊哟地吼了起来，刹那，就连脸上的小雀斑都要激动地飞出。这奇怪的动静引起了驾辕老牛的注意，它扭头看着在车上赤身搏斗的愚蠢男女，哞地发出一声怪叫，然后不满地摇动起了细芭蕉叶似的长尾巴……

牛拉花轱辘勒勒车慢慢地在草原上走着，夕阳沉进烟波浩渺的贝加尔湖中，流彩泛金，湖面上荡起铜浆和昏黄的雾霭。草棵里隐藏的蚊虫小咬活跃了起来，很快成团成蛋，朝着散发着腥气的人畜扑了过去。

萨瓦博士和其木格汗津津的身上沾满了蚊虫小咬，用手一扒拉便是一团血污，兴奋劲过去的萨瓦博士最先跳了起来，嘴内发出嚯嚯的惊叫，将衣服胡乱披挂在身上。其木格也舞着双手胡乱拍打着，手掌击打着赤裸的身子溅起一团团血污，萨瓦博士随手将一件衣服扔了过去，其木格抓起就往头上套，却怎么也套不进去，原来是自己的红内裤。其木格舞动着红内裤驱赶着挤成蛋的蚊虫小咬，就像挥动着一面小红旗。

驾辕老牛眼中的余光发现了倒映在湖水中的这面"小红旗"，愤怒得眼珠子血红，一头朝着水中的"小红旗"撞了过去。牛拉着车在水中扑腾着，萨瓦博士和其木格惊叫着掉进了湖中，其木格在水中扑打着，发出一声声痛快的尖叫……

20　换好白色马鬃的查干苏鲁锭在包前一竖，嘎尔迪老爹看着就喜欢

金达耶娃惊异地看着嘎尔迪老爹大包前的几个大土坑，还有坑周围被炸泛起的碎土，空气中还弥漫着浓浓的硫磺味和血腥味。这味儿，让金达耶娃想起了前些年沙皇老爷的萨玛辽特（飞机），往布里亚特蒙古人的地界扔炸弹，草地上炸起的大坑，就有这难闻的味儿，好长时间都消不去。那长着双翅膀的萨玛辽特，在天空上盘旋着，怪叫着，不时地往地上扔炸弹，直直地从天上落下来咣的一声在地上翻了花，人啊，马啊，可没少被炸碎炸飞，人们只得跪在林子里求佛爷保佑。听说，萨玛辽特飞过来时，连嘎尔迪老爹都躲在大包的石头屋里不敢露面呢！金达耶娃又想起爆响在乌金斯克上空的炮弹枪弹，就是为了躲这些祸害，拉西才把她赶回了草原，莫非萨玛辽特又来祸害布里亚特草原了？难道嘎尔迪老爹就没有法子了吗？

她呆呆地站立在土坑前，心中忽然有些发紧，肚子又抽搐了一下，那是肚内的胎儿在动。她担心乱世来了，自己的孩子会像自己一样活在惊慌不安之中。她又想起萨瓦博士老爷，那个不肯给自己骨肉精血的博士老爷，可心又像发丝一样柔软纤细，是个好老爷哩！记得博士老爷刚来那年领着医院的人，在草原上，在医院的毡包后面挖坑，处理医院里扔出来的那些脏东西。铺一层石灰，再铺一层石灰。还怕脏水溢出，一连挖了那么多土坑，土坑里铺满了沙子，让脏水过滤成清水，一直到清水坑内有小蝌蚪游动，才让水流进草地，流进贝加尔湖。嘎尔迪老爷真有眼光，从遥远的莫斯科请回来了这么爱干净爱草原的博士老爷，嘎尔

迪老爷一个劲夸博士老爷是上帝。可上帝又能怎么样呢？金达耶娃想起了乌金斯克的洋教堂，俄罗斯人们跪在钉在十字架上那个受苦受难的男人面前祈祷。又想起了喇嘛庙前那大小的泥佛爷泥菩萨，她从小就跟着额吉在他们面前磕头。那又能怎么样呢？金达耶娃又笑自己咋想这么多乱七八糟的。这是怎么了？让眼前这个大坑惊着了？

这时，色旺走出了大包，来到了她的面前，两个眼珠子盯着金达耶娃滚圆的肚子。金达耶娃说他："你个死色旺，看啥呀？没见过怀孩子的女人呀？你有本事也把女人的肚子搞大呀！看吧，看吧，馋死你个死色旺！"

金达耶娃骄傲地冲他一挺滚圆的肚子。

色旺笑了："你个小骚蹄子，走到哪儿骚到哪儿！"

金达耶娃撒着娇说："好兄弟，老爷见我吗？你看，我的马肚儿都吃滚圆了。"

色旺说："耶娃啊，你有啥急事，不知道老爷刚打仗回来？我要是不给你上几筐好话，老爷哪有时间听你这怀犊的母牛哞哞叫唤。"

金达耶娃道："那我现在就能去给老爷请安了？"

色旺摆着手道："快去吧，说几句就快出来。老爷心烦事多着哩！"

嘎尔迪老爹率领勇士们，刚刚进入了营盘地，就见朝鲁率着黑马营军容整齐地肃立在绿茵茵的草地上。朝鲁骑着马颠颠地跑了过来，离老远就滚下马，跪倒在嘎尔迪老爹面前。嘎尔迪老爹跳下马，一把抱住了朝鲁，连连叫道："好兄弟！好兄弟！听说，谢苗诺夫滚蛋了！"

朝鲁说："这狗日的，抢了几个包，就跑了。"

"看他这点出息！"嘎尔迪老爹不屑地道，"临时政府这伙子人还真拿他当盘菜了？我看高尔察克他们气数算是尽了……"

朝鲁道："谁说不是哩！谢苗诺夫也让王大川的中国营死死咬住了。腾格里山那一仗打得邪乎，枪炮一直响到天快亮。天亮时，我带人到腾格里山上看了，谢苗诺夫的人死得海了，枪支弹药丢了一地，我还捡了两门迫击炮呢！要不是中国营，这狗东西也真够我这黑马营打的！谢苗诺夫这次真是豁出老本与咱们拼呢！"

嘎尔迪老爹道："谢苗诺夫这辈子就是想捞财！你想为捞财打仗能聚住元气？你看看咱的队伍，咱打仗就是为了咱们的草原，为了父老乡亲兄弟姐妹们不受糟践，为了蒙古爷们儿的自由自在好日子！那仗打的，那号吹的，弟兄们嗷嗷叫的，机关枪突突的……"

嘎尔迪老爹似乎还沉醉在色楞格河畔的战斗所带给他的兴奋之中。朝鲁看了看凯旋的队伍，皱着眉头问："老爷，咱的人可没少留下。班扎尔少爷那边，不会再找咱们的麻烦了吧？"

嘎尔迪老爹道："他找咱的麻烦？就他们那点人马？哼，还假装将军哩，围着地图拿个铅笔指指画画的！这次，要不是咱拼死了这些爷们，乌金斯克还不得让人家哥萨克给端了老窝？咋说，那儿也是仁钦王爷的地盘，我能眼见着我那傻蛋儿子吃这个亏？"

"就是！"朝鲁点头道，"老子就是老子！咱跟班扎尔少爷那伙子人有啥冤仇，打断骨头连着筋！"

"他还讲骨头和肉？"一提班扎尔，嘎尔迪老爹气就不打一处来，眼珠子都喷出火来。

朝鲁一见，赶紧打圆场道，"老爷，不管咋说，这次中国营可是帮咱们大忙了。"

嘎尔迪老爹问："你没请他们喝顿酒？王大川过去在这扛枕木时，你们可没少来往。"

朝鲁道："老爷的安达来了，我哪敢怠慢？我想请人家，可人家死追谢苗诺夫去了，连战场都没顾得上打扫。到现在，我连王大川他们的影子都没有见到。"

"他们之间的血仇大了去了，"嘎尔迪老爹道，"我看几辈子都解不开！朝鲁啊，你去告诉扎苏勒们跟我一同去召里念念经，顺便让大家散了吧，家里的人都在包里等着哩！"

朝鲁急忙站起了身，要走，又问嘎尔迪老爹："老爷，那大包门前炸出的深坑我让他们填平了？"

"留着，我得仔细看看。我得看看谢苗诺夫这个王八蛋咋在家门口欺负我的！我得给他一笔笔记着。"

朝鲁答应了一声，匆匆地去了。不一会儿，十几个扎苏勒们骑着马，颠颠地跑了过来，嘎尔迪老爹一拨马头，率先朝贝加尔召进发了。贝加尔召里已是鼓号大作，喇嘛们鼓着腮帮子吹长号，呜呜的声音传出去好远。还有敲鼓的，打镲的，随着喇嘛们的诵经韵律节奏，击鼓敲镲，咣咣作响。嘎尔迪老爹虽爱跟奥腾打趣，但佩服奥腾大喇嘛的学识。是他把祭咏圣主成吉思汗文治武功，祈佑圣主保佑的《伊金桑》，纪念苏鲁锭，祈祷战无不胜的《哈喇（黑色）苏鲁锭桑》和祈愿和平安宁祥和的《查干（白色）苏鲁锭桑》这样七百余年的文化传承从遥远的黄河边上的王爱召带到了西伯利亚草原。每次大战出征前和凯旋后，奥腾大喇嘛都会在贝加尔召组织这样的法会，召里的喇嘛们齐声念诵，以鼓舞士气和安抚心灵。嘎尔迪老爹领着朝鲁等扎苏勒，跪在经堂前，听着奥腾大喇嘛带着一帮小喇嘛在抑扬顿挫地吟诵。经堂内，一片嗡嗡声，色旺拿着一摞黄纸，纸上写满了阵亡将士的名字，跪着挪到了嘎尔迪老爹身边，说："老爷，名字登记全了，共七百二十三名。"

嘎尔迪老爹脸上抽搐了一下，随即又恢复平静，他对色旺说："知道了。让他们念叨念叨吧！"

他说着闭上了眼睛，嘴唇一动一动地，似乎是在默默地吟诵着什么。色旺跪着挪移到奥腾大喇嘛的身旁，把那摞黄纸跪举着放到了奥腾大喇嘛的经桌上。奥腾大喇嘛左手摇了一阵手中的法铃，法铃很清脆地响了一阵，他运足气力又带领喇嘛们开始了新的一轮吟诵，在这战争与和平的吟诵声中，奥腾大喇嘛会高声将写在黄纸上阵亡者的名字，一个接一个呼唤。随着奥腾大喇嘛"巴特尔——青格尔——乌力吉——"的深情呼唤，这些阵亡的将士便神气活现地出现在嘎尔迪老爹的眼前，呼唤一声闪过一个，成排成队，叠印复印，栩栩如生，他们的音容笑貌会深深地印在嘎尔迪老爹的脑海里，成为永远的永远。

最后奥腾大喇嘛会将这黄纸焚烧，着火的黄纸会呼呼烧起，带着闪亮的火星子飞到蔚蓝色的天空，与天地融为一体。

嘎尔迪老爹仰着头，一直看着那零零碎碎的火点子融入浩浩的天际之中，然后使劲揉了揉眼睛，对奥腾大喇嘛道："你得带上这些喇嘛们到我的包里念叨念叨。他们差点把我的包炸翻，看看有什么邪祟趁乱钻进包里没有。"

奥腾大喇嘛带人在嘎尔迪老爹的包里念了驱祟大经，嘎尔迪老爹问："包里可干净了？"

"干净着哩！"奥腾大喇嘛告诉嘎尔迪老爹，包里的旮旮旯旯里都有各路金刚护着，任啥样的妖魔鬼怪都被驱赶跑了，你就放心过你的安生日子吧。

"那我的包前能换上查干苏鲁锭了?"

"快换上吧!哈喇苏鲁锭杀气太重,打仗时立几天就行了。让他们知道咱有圣主成吉思汗保佑着哩,知道咱蒙古爷爷不是那么好欺负的!这样杀来杀去的对谁都不好,佛家慈悲为怀哩!"奥腾大喇嘛道,"咱要是有一点儿办法也不动枪动炮哇!老嘎尔迪,我可是给你准备了些上好的白马鬃,根根都像银子一样纯净闪亮,我昨天就用香柏熏过的马奶洗净过了。"

嘎尔迪老爹一听,一迭声地催色旺赶紧去换。

换好白色马鬃的查干苏鲁锭在包前一竖,嘎尔迪老爹看着就喜欢。

他对众人喜滋滋地说:"这查干苏鲁锭往大包前一竖,是不是说咱牧人的好日子又要来了?"

奥腾大喇嘛和朝鲁等扎苏勒们都冲着嘎尔迪老爹乐不叽叽地点头。嘎尔迪老爹对他们道:"你们都去把自家包前的哈喇苏鲁锭换了,换上查干苏鲁锭,让人看着就踏实,都喜欢。"

人们都高兴地点着头,说回去立马就换。人们又七嘴八舌地议论,仗打完了,咱牧人也该过牧人日子了。嘎尔迪老爹又对他们说,蒙古人不怕打仗流血死人,可谁又愿意打仗流血死人呢?众人连说是,是。

嘎尔迪老爹又问奥腾大喇嘛:"这门前的大坑咋办?就这么留着,就让谢苗诺夫拉下的这摊臭狗屎恶心我?"

奥腾大喇嘛笑着道:"那天夜里我就给你看了,这几个大坑咱都得留着,再挖条宽渠,西面给贝加尔湖一接,东面接上圣日耳曼医院在草地上挖的那些埋脏物的坑坑,水就流起来了,你这大包也护住了。我估摸着,这比不了北京紫禁城的金水河,也跟太原城的护城河差不多。"

嘎尔迪老爹脸上笑成了一朵花,对众人道:"看看奥腾大喇嘛,这学问,这见识,不到关键时刻看不出来。你行不?会那么几句'叮儿当叮儿当',就以为西伯利亚盛不下你了?你就会吆喝着人填坑,看看人家……"

嘎尔迪老爹笑骂着色旺,众人也都笑,众人看出打垮了高尔察克哥萨克,赶走了谢苗诺夫,嘎尔迪老爹心里高兴舒坦。

色旺也笑着道:"老爷,您看您说的,我咋敢跟奥腾大喇嘛比学问，我真成傻瓜诺夫了？"

众人更是大笑。

嘎尔迪老爹拍拍色旺的屁股："你以为你不是蠢货斯基啊？你们说，我给他起的这个俄罗斯名字怎么样？"

众人更是笑得前仰后合。喇嘛们也抿着嘴笑。

朝鲁道："人家奥腾大喇嘛那胆识咱也比不了！诺雅那王八蛋就拿枪筒子抵着大喇嘛的脑袋，谢苗诺夫拿马鞭子抽打着，人家嘴就没软过，一个劲让佛祖灭了这伙王八蛋！从头到尾嘴就没松过，那硬气让人佩服，到底是侍候佛爷的人，咱老爷看重的人！"

色旺道："咱老爷是啥眼光？"

朝鲁接着说："这些小师父们啥情况下都念着经，那沉着劲，不怕死的劲，让我这玩刀枪一辈子的人都佩服！咱北海召里的喇嘛真行，啥情况下都没有一个下软蛋的！"

嘎尔迪老爹疼爱地看看这些年轻喇嘛们，问奥腾大喇嘛："这几个小师父我咋看着眼生呢？是不是我记性不行了，记不全人了？"

色旺说："老爷这是臊我们哩！你那记人准头，没人比得了！"

"老嘎尔迪，你可真是法眼！"奥腾大喇嘛佩服地说，"他们中间真有几个从乌金斯克大乘寺逃过来的，那可受老罪了！丹吉活佛一出走开溜，召里的大小喇嘛受的罪别提了！臊人哩，辱佛祖哩！看他们的帽子了吗？全让他们反戴着游街示众……"

奥腾大喇嘛说着，取下自己戴的红色法帽，也就是俗众说的鸡冠子帽，反扣在自己头上。这下原先雄赳赳驱邪的鸡冠子跑到脑后了，后脖子上就像耷拉着一个肉坠，显得不伦不类，十分滑稽。反扣上鸡冠帽的奥腾大喇嘛再没有半点法相尊严。

"这是谁干的？"嘎尔迪老爹气鼓鼓地问。

"还能有谁？"奥腾大喇嘛戴正帽子道，"还不是咱那无法无天的班扎尔少爷领着人干的。现在，乌金斯克地面上三十七座喇嘛庙，没一处全乎的了。还有喇嘛被打死的，被赶跑的，这就剩下拆庙了。这是咋了？咱没招惹布尔什维克呀，你杀沙皇，打高尔察克，咱不说什么，只要是穷人高兴！可你们折腾喇嘛干什么呀？喇嘛们除了这身红袍袍，也都是穷得只剩下光打床板呀！班扎尔少爷说这叫啥？你们想想，给嘎尔迪老爷说说。"

一个小喇嘛悄声说道："这叫无产阶级。"

"好了，好了，"嘎尔迪老爹摆摆手道，"我原先真他妈活在夜壶里呢，这次可开眼了，这世上咋有和喇嘛过不去的啥阶级？以后啊，咱说啥不能让布尔什维克进咱驿站营盘地！就是王大川的中国营也不行！"

朝鲁道："老爷，我明白了。我以后就是咱营盘地的看门狗！"

"老奥腾啊，"嘎尔迪老爹亲切地道，"你去账房支点金卢布，给召里的师父们每人再做一套冬天的棉袍子、皮毛靴子。从乌金斯克大乘寺逃过来的师父们再加上套秋天穿的袍子和一双单皮靴子。有我嘎尔迪在，咱驿站营盘地就没有无产阶级！"

众人也七嘴八舌地道，咱草原上有牛有羊，有包有家，有山有水，有林木草地，有嘎尔迪老爷，谁愿意无产阶级呢？

色旺咧着嘴道："光屁股拉西愿意。"

朝鲁撇撇嘴道："他倒是想不愿意。自个儿要找死，长生天也没有办法。你嘎尔迪老爷也没有办法。"

众人又是大笑，在众人的笑声中嘎尔迪老爹很受用。奥腾大喇嘛带着小喇嘛们对嘎尔迪老爹的体恤千恩万谢的。临别，奥腾大喇嘛对嘎尔迪老爹道："咱这地面上，咱这草原，就靠你撑着了！这世道咋了？啥人都来欺负咱们！我也想明白了，老嘎尔迪啊，咱要是撑不住了，就回王爱召去！不就那万儿八千来里？老嘎尔迪，我不嫌你说我没出息，我又想王爱召了，想那糜米酸捞饭就咸蔓菁疙瘩。咱蒙古人是吃糜子炒米的咋非在这儿吃俄罗斯大列巴！"

"你看你这个老奥腾！冬上让你跟丹吉活佛一块回，上了爬犁你又下来了，现在又闹腾要回……"

"哼，我怕那白音把我引到黑豆地里呢！他北京喇嘛？我在雍和宫侍候过佛爷哩，啥人没见过？前天晚上，丹吉活佛托梦给我，他在受罪哩！"

奥腾大喇嘛神神道道个没完，色旺见嘎尔迪老爹面有倦色，忙打圆场道："大家都累了，都歇了吧！老爷，太太几次捎话，说洗澡水早给你备好了……"

众人一听，便与嘎尔迪老爹辞别，奥腾还在说："我真是想王爱召了……"

嘎尔迪老爹笑着道："我早听拉骆驼的鄂尔多斯蒙古人讲，伊盟喇嘛没出息，瞭不见自家烟囱冒烟就哭鼻子，我算是领教了。"

"伊盟喇嘛咋没出息？"奥腾大喇嘛气哼哼地道，"我就是伊盟王爱召的喇嘛，我西藏印度都去过，我西伯利亚待了四五十年，谁敢说……"

"好，好，"嘎尔迪老爹摇着头说，"我没出息行不行？我也想祖上待过的土默川了，想那哈囤高勒母亲河了！"

他说完，哈哈地笑着，摇摇摆摆地走进了包里。

金达耶娃跪在嘎尔迪老爹的面前，心跳得怦怦的，连大声喘气都不敢。大包内帐显得空空荡荡的，帐内弥散着刚才奥腾大喇嘛作法时所用柏树的香气，金达耶娃觉得挺好闻的，不时吸溜一下鼻子，又偷偷地看嘎尔迪老爹一眼。嘎尔迪老爹穿着一身宽大的细软的丝睡袍，赤着两只大脚丫子仰坐在宽大的沙发上。他眯缝着眼睛，已经好久了。

金达耶娃跪在地毯上，觉得肚子有些发沉，只得不安地怯声道："老爷，奴婢回来了。"

"是耶娃啊，"嘎尔迪老爹睁开了眼睛，似乎漫不经心地问，"你咋回来了？不是听说拉西当上参谋长了？我听说，他在乌金斯克正押着反戴帽子的喇嘛们，在街上游街示众哩！"

"男人们的事情我不知道，天上的佛爷，地上的老爷管着哩！我就是怕打仗，怕伤着肚里的孩子，我就跑回来找老爷了。"

嘎尔迪老爹早就发现金达耶娃圆滚滚的肚子，暗想，拉西这狗东西，这狗东西，真能撒种啊！他可是遍地开花啊！他这参谋长要是长久干下去，乌金斯克的街头上得跑着多少烂鼻头小拉西啊！

嘎尔迪老爹咳嗽了一声，清了清嗓子，金达耶娃急忙捧出双手接了过去，嘎尔迪老爹却咽动了几下嗓子，把清出的痰又咽了回去。

"你这跑春的小母狗！"嘎尔迪老爹嘟囔道，"私自从萨瓦博士老爷包内逃跑，让老爷我咋罚你呢？你说，是抽你的小屁股几鞭子还是把你绑在拴马桩上喂蚊子？"

"老爷是仁慈的菩萨，老爷疼怜奴婢肚子内的孩子，老爷怎么会责罚奴婢呢?"

金达耶娃说着,将头埋在嘎尔迪老爹的光脚丫下。

"这是拉西的种?"

金达耶娃点点头。

"说来我还是这小畜生的舅爷爷呢!拉西这狗东西!"

嘎尔迪老爹嘿嘿地笑着,伸出大手,一把将金达耶娃揪起,并将耳朵贴在金达耶娃隆起的肚子上,仔细地听了一气。

"这小兔羔子,这小狗兔羔子,"嘎尔迪老爹咧着大嘴道,"闹腾得好欢实呢!八成是个小马驹呢!"

"他就是不老实!"金达耶娃喜滋滋地道。

"卡捷琳娃,卡捷琳娃,"嘎尔迪老爹忽然叫了起来,"你快过来……"

卡捷琳娃像一阵风一样从内室跑了过来,她穿着一条花裙子,露着修长的双腿,赤着一双秀丽的脚。她的身后跟着侍女伊琳娜,伊琳娜看见金达耶娃,不禁惊异地叫了起来:"耶娃姐,你咋回来了?人家说你在乌金斯克当太太哩!"

"闭上你的嘴!"嘎尔迪老爹侧着耳朵冲伊琳娜道,"你没见老爷……"

卡捷琳娃看见嘎尔迪老爹将头贴在金达耶娃的肚子上,不禁闪动起蔚蓝色的大眼睛,惊异地问:"老爹,你在干什么呢?"

嘎尔迪老爹这才将耳朵从金达耶娃的圆肚子上移开,乐哈哈对卡捷琳娃说:"你也过来听听,真是好听,好听着哩!"

卡捷琳娃好奇地走了过来,金达耶娃弯腰,低声道:"公主。"

嘎尔迪老爹道:"以后称她太太。"

"是,太太。"

卡捷琳娃也像嘎尔迪老爹一样,将耳朵紧紧贴在金达耶娃圆鼓鼓的肚皮上,听了一阵,忽然惊讶地叫了起来:"哇,老爹,这是一个幼小生命在强烈颤动……"

伊琳娜也叫了起来:"耶娃姐,你真行啊!要不人家说萨瓦博士是头骚骡子!你真行啊!"

"蒙古女人都是好草场!见水就疯长!"嘎尔迪老爹高兴地道,"金达耶娃，老爷赏你一座毡包，日用杂品俱全，好好过你的美日子吧！老爷我看见大肚子的蒙古女人就高兴！"

金达耶娃忙又跪地磕头道："谢谢老爷，谢谢老爷！"

伊琳娜在一边惊叫道："耶娃姐，小心窝了肚子里的娃娃！"

嘎尔迪老爹高兴地将卡捷琳娃抱在怀中，咧着大嘴问："你的肚子何时也能跑马呢？千万别浪费了老爷我的好籽种……"

卡捷琳娃一时不知该说些什么，金达耶娃接话道："老爷，我瞅太太屁股大奶也大，准能坐住许多胎哩！"

"大屁股大奶？"嘎尔迪老爹一拍卡捷琳娃的屁股，"说得好，好啊！"

嘎尔迪老爹摩挲了一把黑油油的头发，嘎嘎地笑道："金达耶娃真会说话！老爷今儿个高兴，再赏你一匹小走马！伊琳娜，你带她去见色旺，让色旺给她挑一匹好走马！"

金达耶娃千恩万谢地跟着伊琳娜走出了内帐。

帐内安静了下来，似乎金达耶娃把那欢乐也带走了。嘎尔迪老爹感到有一阵空空荡荡无着无落的感觉冲他袭来，就像是从脚心底下慢慢升起的，渐渐弥漫了他的身心。他轻轻嘟囔了一声，那声音挺无奈，连嘎尔迪老爹都有些奇怪，这声音不该是自己的呀。

"我的老爹，你怎么了？"卡捷琳娃伸出浑圆的胳膊揽住嘎尔迪老爹的头颅，轻声地问，"我的战神，你怎么了？"

嘎尔迪老爹把头靠在卡捷琳娃胸前，闭起眼睛，嘟囔道："敖包山一战，损失了近八百布里亚特汉子，想起这我肝花子都打哆嗦。八百啊，这些生龙活虎的蒙古爷们说没就没了，再聚起这么多人，女人们紧生慢生也得二十年。二十年后，我多大了……"

"二十年后，你照样是只扑出森林的猛虎！你不会老的！我的老爹，你不会老的！"

卡捷琳娃用细细的手指，轻轻触摸着嘎尔迪老爹古铜色的面颊，她感到嘎尔迪老爹的眼睛有些湿了。她抱住嘎尔迪老爹的头，在他的脑门上轻轻亲吻着，悄声地说："你永远是西伯利亚的出山虎！有你在，布里亚特草原就天蓝水绿，白云悠悠，马儿奔驰，牛羊肥壮！老爹，您是牧人们的主心骨哩！"

嘎尔迪老爹道："美人，你是听色旺的话多了！"

"不!"卡捷琳娃摇晃着一头金发道,"这是我的心里话!老爹,你就是我心中的神!"

嘎尔迪老爹哈哈地笑了起来:"真是个蠢女人!你见过有我这样的神?在皮被子里嘣嘣放屁?"

卡捷琳娃咯咯地笑了,抱紧嘎尔迪老爹的脖子,在脸上使劲亲了一下,说:"老爹,我喜欢死你了!我咋亲不够你?"

她又在嘎尔迪老爹的红圆脸上叭叭了几下。

嘎尔迪老爹抚摩着卡捷琳娃细嫩的面颊,动情地说:"你是给我暖被窝的女人,你就是我身上的一部分!你想听我说些心里话吗?老爷我也有颗热滚滚的心哩。"

"怎么了,我的老爹?听你这么说,我都不知道该怎么样疼你了。"卡捷琳娃有些心疼地说。卡捷琳娃觉得嘎尔迪老爹伤感得有些可怜,剥开衣衫,掏出两只活兔子般的大奶,在嘎尔迪老爹的脸上轻轻地磨蹭着,说:"老爹,我是你的妻子,有啥话不能给我说呢?卡捷琳娃爱听你说话,老爷,你有什么心里话就与卡捷琳娃说吧。"

"美人啊!"嘎尔迪老爹把头靠在卡捷琳娃饱满的乳房上,直愣着大眼珠子叫道,"你说班扎尔会放过我吗?"

卡捷琳娃道:"他是你的儿子呀!哪有儿子往死里逼老子的?再说,你也戴上布尔什维克的红星帽子了,他们还想让你怎么样呢?"

嘎尔迪老爹道:"是啊,还想让我怎么样呢?那年,我不是也让铁路修进来了?铁路一修进来,我咋觉得草原不再是我熟悉的草原了,人也不再是我熟悉的人了,一切都在悄悄地变了。布尔什维克可比西伯利亚火车来势……"

"老爹,你想得太多了!"卡捷琳娃道,"你放心吧,布里亚特草原永远是你的!"

"我怎么一闭上眼,草原上都是赤旗飘飘的布尔什维克……你不知道,老爷我知道,班扎尔那个小狼崽子也知道,"嘎尔迪老爹拍了拍自己宽大的额头,叹了口气道,"这场恶仗打下来,高尔察克垮了,布里亚特也垮了。老爷我也打不起仗了,真的打不起了。"

"哦,我的老爹,可怜的老爹!"

蒙古人啥时变成了这副德行?嘎尔迪老爹有些悲伤地想。看看身边娇艳可人的卡捷琳娃，他想，啥时候蒙古爷们让女人搂在怀里像哄小羊羔一样哄，哦，我的老爹，可怜的老爹！嘎尔迪老爹虽然享受着这份美妙的温存，可胸中五味杂陈，思绪翻腾。真的，他想，自从地上有了火车，天上有了飞机，靠马蹄子弯刀独步世界的蒙古人横跨欧亚的雄心到哪儿去了？难道只剩下在自己天堂般的草地上撒欢打滚了？难道苍狼再也不是自己心中的图腾了？难道就醉生梦死在这女人的温柔乡里？想到这儿，嘎尔迪老爹竟然难过地流出几滴泪来。

卡捷琳娃轻轻亲吻着嘎尔迪老爹那赤裸的布满胸毛的胸膛。她想，老爹一定是打仗打累了，他就是钢打铁铸的，也一定累了，"你累了，睡醒一觉，鲜红的太阳又从贝加尔湖升起，圣洁的查干苏鲁锭保佑着布里亚特蒙古人的祥和平安……"

"好啊！你也知道查干苏鲁锭了？"嘎尔迪老爹显得非常高兴地说，"人们都说咱驿站营盘地风水硬，啥人来了都得换水土……"

卡捷琳娃道："老爹，我是你的妻子！俄罗斯公主！不是啥人！"

嘎尔迪老爹道："对！对！"

卡捷琳娃道："我说过，我生是布里亚特的人，死是布里亚特的鬼，我以我的姓氏起誓，我以俄罗斯贵族的名义起誓！"

嘎尔迪老爹道："我知道，知道！"

他说着，又轻轻拍了拍卡捷琳娃的面颊。卡捷琳娃说："我喜欢白色的纯洁，我喜欢查干苏鲁锭带给我们的和平与安宁！我的主，我向你祈祷，天主保佑我们布里亚特蒙古人的毡包前面永远是查干苏鲁锭飘扬！"

卡捷琳娃又问："老爹，那咱就真的不打仗了？"

嘎尔迪老爹告诉卡捷琳娃，这是奥腾大喇嘛请了佛爷的旨意：长生天保佑着布里亚特草原呢！

他挥挥手道："不打仗了！"

卡捷琳娃笑了起来："不打仗了，太好了！老爹，从今以后咱过咱这牧歌般的田园日子。我给你弹琴唱歌生孩子，多美的贝加尔湖啊！老爹，我陪你在湖边散步，带着我们的巴特、柳芭、娜塔莎……"

"两条老狗带着一窝小狗在湖边遛腿……"嘎尔迪老爹想象着夕阳下的那番乐融融的美景，禁不住呵呵地笑了，而且笑出了眼泪。嘎尔迪老爹伸手擦拭着眼泪，他想：真好啊，我这样想，可班扎尔那小狼崽子呢？

21　人民委员谢尔盖同志只要谈到天气，那就是要结束谈话了

原先乌金斯克仁钦王爷的旧王府，现在已经成了谢尔盖和班扎尔领导的远东苏维埃政权的指挥中枢。从镰刀斧头旗帜在门前飘扬起，那些挎着枪穿着灰军装、黑皮夹克的布尔什维克们，一直在这里来来往往进进出出。班扎尔和谢尔盖从革命后就一直住在这里，指挥着乌金斯克布尔什维克红军与高尔察克哥萨克的战斗和苏维埃政权的正常运行。

老苏赫率军的顽强应战和班扎尔领导的布里亚特红军的及时回援，让拼命攻城的哥萨克们军心大乱，使高尔察克占领远东重镇乌金斯克的计划成为泡影。这些哥萨克有的乘火车往东撤退，要撤到几千俄里外的海参崴休整，以图东山再起。据说临时政府的海军，正在海上集结，统一听从高尔察克指挥，要与远东的布尔什维克的红军决一死战。还有的哥萨克骑兵被嘎尔迪老爹率领的蒙古骑兵打得沿着色楞格河两岸流窜，成为一团一伙没有建制的散兵游勇。谢苗诺夫在腾格里山扔下了几百具尸体，窜进了西伯利亚森林里，不顾一切地往东逃窜。现在王大川正在率领着中国营，马不停蹄地追赶着谢苗诺夫所率的败将残兵。瓦林耶夫告诉谢尔盖和班扎尔，现在中国营已经追出了一千俄里外。

瓦林耶夫是专门从一千俄里外赶回乌金斯克参加作战会议的，他灰扑扑的军装上硝烟未退，人显得异常疲惫。谢尔盖告诉他中国营打得非常好，以后中国营的任务就是咬住谢苗诺夫，他跑到哪你们就追到哪，不管他是跑到额尔古纳河还是大库伦。最好是把他歼灭在额尔古纳河西岸，不要让他越到中国境内。现在的中国政府加入了协约国组织，也参加了国际上的反苏维埃大合唱。现在我们的布尔什维克革命已经让世界战栗了，发怒了，发疯了。我们的最高苏维埃，已经做好了粉碎世界帝国主义武装干涉的准备。

班扎尔有些不满地对瓦林耶夫说："你们中国营就应该将谢苗诺夫彻底消灭在驿站营盘地，不能让他东窜。谢苗诺夫队伍的背景非常复

杂，我不知给你提醒过多少次，瓦林耶夫同志！"

瓦林耶夫不说话，只是默默地看着谢尔盖。

谢尔盖道："是啊，班扎尔同志说得对，是该把决战地放在驿站营盘地。既然谢苗诺夫已经东窜了，那我们就按他东窜的方案追打。我们会通知沿途的苏维埃地方武装，配合中国营剿灭谢苗诺夫匪帮的任务。"

瓦林耶夫道："沿途有些驿站是归嘎尔迪的……"

班扎尔不等瓦林耶夫说完，气冲冲地道："谁阻碍剿灭谢苗诺夫，你就消灭谁！这是无产阶级革命！"

瓦林耶夫挺了下身子，大声道："是！主席同志！"

瓦林耶夫行了军礼，转身走出。

班扎尔对谢尔盖道："谢尔盖同志，我认为，我们现在应该重点解决驿站营盘地的问题了。乌金斯克已经成立了苏维埃政府，可驿站地仍是老一套，是旧势力盘踞的顽固堡垒，已经同我们僵持半年多了。我们别说部队，就连工人宣讲团工作团的同志，都踏不进驿站地一步……他们，他们是在对抗苏维埃政权，搞反动的封建割据。"

谢尔盖说："我们得看大局。去年冬天，营盘地还为我们提供了燃料粮食，使我们度过了严寒和饥饿。这次联合打击高尔察克，嘎尔迪同志……"

"不要称他同志，千万不要亵渎了同志这个神圣字眼！我们是从《国际歌》的旋律中寻找同志，他是什么？就凭他戴了一天灰军帽？"班扎尔冲着谢尔盖喊了起来，"我比你了解他，我的人民委员同志！"

谢尔盖看着班扎尔，班扎尔也不甘示弱地看着谢尔盖。

"我说得不对吗？谢尔盖同志？"

谢尔盖严肃地讲："班扎尔同志，我们是在处理复杂的政治形势，军事形势，现在特别是要防止"左派"幼稚病。我们要认清远东局势，认清驿站营盘地，认清嘎尔迪同志。当然，你可以不承认他是同志，但是你要认清楚他！"

"我生于斯，长于斯，难道说我还认不清楚自己的父亲？"班扎尔有点不服气地说，"谢尔盖同志，你可以说我是什么幼稚病，但是对这块地方，我有发言权！甚至是比别人更多的发言权！"

谢尔盖哈哈地笑道："班扎尔同志，我当然尊重你比别人对这个问题拥有更多的发言权。我倒是非常欣赏中国人这一句哲理名言：当局者迷，旁观者清。我不是危言耸听，在嘎尔迪这些人的眼中，驿站营盘地，本质上就是一块中国地！在那里，我们的俄罗斯文化，当然也包括我们现在进行的布尔什维克革命，全是外来入侵！"

"他是挡车的螳螂吗？他是堂吉诃德吗？"班扎尔冷笑道，"他能拉回历史的车轮吗？真是不自量力！"

"我倒是欣赏和尊重他的这点不自量力！"谢尔盖对班扎尔道，"好了，今天我们的谈话有点远了，范围仅在你我之间。以后我们之间不要就事论事地去争论，这会妨碍人们的视野。我要提醒你，政治是一门艺术，是一门学会妥协的艺术。妥协是什么，妥协就是看来离我们的目标远了，实际上是更近了。学会妥协，这需要大视野、大智慧还要有大勇气！亲爱的班扎尔同志，想想我们投入这个洪流的初衷吧，无产阶级只有解放了全人类，才能最终解放自己。这个全人类就包括形形色色的同路人，甚至我们的敌人！"

谢尔盖说完，摘下了那只嘎尔迪老爹送他的茶色水晶眼镜，在镜片上用嘴哈了口气，然后撩起军装衣摆，轻轻地擦拭着。班扎尔有些发蒙，一时呆呆地看着谢尔盖，似乎被谢尔盖这番宏论给镇住了。他一下子看见了谢尔盖那只独眼，那只独眼也并不像他想象的那么狰狞和丑陋。

谢尔盖戴上了眼镜，对班扎尔说："我们要立即停止在驿站营盘地的一切军事行动。苏维埃政府对这里的征粮，征木炭，征牲畜工作，由工人工作团进行和平征收。"

谢尔盖语调很和缓，但班扎尔听出了威严。班扎尔轻轻地应了一声。

谢尔盖轻轻地走到班扎尔身边，对他说："班扎尔同志，还有一件非常棘手的事情，这是直接涉及我们的老朋友嘎尔迪同志的。这是全俄肃反委员会签发的命令，契卡的同志要专程来办这件事情。"

"什么事情？"

"具体的你还是不知道为好。"

"请相信我的党性！"

"这事，与党性无关。你还是回避，由我来办吧！"谢尔盖微微笑道，"我是已经做好了我们的老朋友怒发冲冠的准备！对了，你让拉西同志来我这里一下。你看，这个夏天真是有点热，我的衬衣全都湿透了……"

班扎尔知道，人民委员谢尔盖同志只要谈到天气，那就是要结束谈话了。

这个盛夏，的确是像谢尔盖同志所说，是有点热。除了热之外，嘎尔迪老爹的布里亚特草原的盛夏还显得出奇的平淡。那场在色楞格河与高尔察克匪帮的恶战过后，嘎尔迪老爹像在布里亚特草原上留下了腥浓的记号，布尔什维克，流亡者，高尔察克溃兵，很少有人光顾嘎尔迪老爹的领地。偶有从乌金斯克来的收粮收畜收木材的工人工作团，也都是客客气气地与嘎尔迪老爹协商。嘎尔迪老爹有他的硬主意，绝不能超过革命前乌金斯克杜马的税赋，过去沙皇老儿时，咱蒙古人是人在屋檐下，现在列宁了，咱还是屋檐下的人。原先说下的我一分不少，多收的我一分没有。你们得瞅瞅布里亚特蒙古人现在过的是啥日子。你们不是说人民当家做主了吗？你们不是牧民的仆人吗？你们不是说，我这老爷也得听牧人的吗？牛成了赶车的了，你让我这老爷往哪儿搞这么多东西？

看着嘎尔迪老爹与工人工作团的人装疯卖傻，色旺咯咯地笑弯了腰。工人工作团的人无奈地走了，就很少有外人光顾布里亚特草原了。朝鲁黑马营的人每天不分白晚巡视着驿站营盘地，就连越界跑过来了几群傻狍子，朝鲁都向他报告。草原上这些日子真是静得不能再静了。

嘎尔迪老爹猜忖，也许外面的世界真的已经变得平静了，他兴许不知道呢，但他又担心班扎尔这个狼崽子消停不下来，甭跟他憋什么坏水呢。这静让他又有点发虚，发瘆。他去问奥腾大喇嘛，想消消心症。奥腾大喇嘛问他："平静不好吗？你去看看咱草原上插满了查干苏鲁锭，圣主帮咱镇着妖魔鬼怪呢！放心过你的平静日子吧！你老嘎尔迪啊，就是操心的命，听我老奥腾的，你得把心放下，心静了自然就凉了。"

真是世上本无事，一切都平安吉祥了？

嘎尔迪老爹看着这静静的贝加尔湖、静静的布里亚特草原、静静的腾格里山，还有静静的插在牧人包前的查干苏鲁锭，暗忖，这平静的世界真好。是啊，骑骑烈马，嚼嚼草根，晒晒太阳，喝喝烈酒，抱抱女人，这真是天堂般的生活，天堂般的草原。这得感谢长生天，感谢圣主成吉思汗，赐给了布里亚特蒙古人这样一片无边无际的好草地，好山水！嘎尔迪老爹跪拜了腾格里山，跪拜了贝加尔湖，并把头深深地埋在布里亚特草原上，就像婴儿扑在母亲的怀里……

嘎尔迪老爹的虔诚，深深打动了色旺，他揉着眼睛想，当老爷容易吗？老爷得为布里亚特的牧人操碎心！真是个好老爷，要是没有了嘎尔迪老爷让牧人怎么活呀？他也跪了下来，祈求嘎尔迪老爷长命百岁，永远像太阳一样照耀着布里亚特草原，让牧人的心头暖暖的。他还祈祷卡捷琳娃公主，快给嘎尔迪老爹生下小少爷，他还祈祷自己快有自己的包，自己的女人，他还夸奖自己，世上往哪找自己这样的仆人去？收粮的工人说自己是公仆、天爷，仆人是好当的？咋敢说了？那辛苦自己这并不算啥，可还得让老爷高兴，老爷快乐，这可不是啥人都能干得了的！我色旺颠前颠后的，容易吗？

色旺告诉了嘎尔迪老爹自己的祈愿，说长生天会赐给嘎尔迪老爹好多好多的小马驹，在包里撒欢打滚，在草地上嬉戏，人家都说卡捷琳娃公主是块好草场。欢喜得嘎尔迪老爹摩挲了色旺的头一把，说："你那点小心眼能逃过老爷的眼睛？是不是你想女人了，想有自己的包了？"

色旺一个劲儿傻笑，嘎尔迪老爹说："放心吧，傻小子，老爷我替你想着哩！"

这天早上，起床的时候，卡捷琳娃告诉嘎尔迪老爹从今天开始她要与嘎尔迪老爹分床睡了，嘎尔迪老爹并不感到奇怪，因为他有与索尼娅分床睡的经验。

嘎尔迪老爹问卡捷琳娃："你这小骒马怀上驹了？"

卡捷琳娃奇怪地问："你怎知道我有身孕了？"

嘎尔迪老爹笑道："我下的种，啥时有收成，我能不知道？色旺这蠢货的祷告还真灵验了。"

"他祷告什么了？你说嘛，说嘛……"

"这有啥说的？不就是盼你怀上老爷我的马驹驹……"

嘎尔迪老爹这份轻描淡写让卡捷琳娃有些惆怅，她原以为嘎尔迪老爹会一跃老高，兴奋地手舞足蹈。哪知在嘎尔迪老爹眼中，草原上的女人怀孕生孩子，和骒马下驹、母羊产羔没有什么不一样。

嘎尔迪老爹对卡捷琳娃道："多时肚里有动静了，叫我来听一听。"

嘎尔迪老爹有爱听生命律动的癖好，他有时会趴在草地上，仔细地聆听青草拔节的声音，虫儿交配的声音。这细细的从地心传出的声音，对他来说，无异于生命的交响乐，大合唱，这让嘎尔迪老爹心旷神怡，乐不可支。看着嘎尔迪老爹忘情的神态，色旺心中会想：再聪明的老爷也有犯傻的时候。

色旺冲着犯傻的嘎尔迪老爹傻笑。

色旺现在终于有了自己的新包，那也是嘎尔迪老爹赏他的。

那天，嘎尔迪老爹用马鞭指着草地上刚盘起的一座毡包对色旺道："蠢货，看见那座包了没有？"

"看见了。"

"那是你的新包，包内的一切全属于你！"

"谢谢老爷！"

"蠢货，你有了自己的包，自己的女人，过自己的滋润日子去吧。"

"色旺永远是老爷忠实的奴仆！"

22　蒙古女人得拎熬茶的勺子，拿枪干什么

色旺跳下马，有些迟疑不决，不敢贸然来到包前。

他看着这座刚刚盘起的新包，大包底部基座上的篷布都被向上翻卷开，让人能感到飕飕的小风穿包底而过，那森森的凉意就是从草地上升起，然后弥漫在包内的每一个角落，夏日毡包的那份凉爽看着就透人心脾。这份惬意，这份自在，这正是自己多年做梦想要的，有个属于自己的包，包内有个属于自己的女人。靴子随便地脱在包外，赤脚踏在铺着白毡子的松木地板上，包内有新松木发出的淡淡的松香味，还有女人的诱人体香。色旺一想，浑身就打开了哆嗦。嘎尔迪老爷说了，这里的一切都属于他了，他是这个包的主人。哦，比父母还要亲的嘎尔迪老爷，想到这，色旺不禁鼻子一酸，真想冲着腾格里山下的大包狠狠地磕上一头。

包前竖着一根拴马桩，也是新的，浑身上下透着新木头的青涩和光洁，通体没有一点点马缰绳和马儿靠的油污痕迹。一切都是新崭崭的，

色旺高兴地将马牵了过来，小心地将缰绳打了个梅花结，然后将大黑马拴在了马桩子上。大黑马不安地一下一下地仰着头，大眼睛透着善良的光束，可怜巴巴地望着色旺。色旺使劲摩挲了马脖子一把，咧着嘴说："咋？你也想进包呀？美死你！"

大黑马停止了不安躁动，然后围着拴马桩蹭开了痒痒，活生生的皮肉毛发抖动着贴在木头上，左一下右一下的，发出嘶啦嘶啦的响声。色旺看看包门，使劲咳嗽了一声，包里还是没有动静。色旺轻轻把门拉开，将头探进了包内。他一下子看到了三丫，自己新寡的嫂嫂，不禁有些发愣。他这才明白，原来嘎尔迪老爹是把三丫赐给了自己。

三丫是嫂嫂的小名，她是个从归化城过来的汉人。三丫的爹是个来往于大库伦、莫斯科和归化城的茶叶商人。色旺见过的，是个矮个子，鼻子上架个茶色的圆眼镜，脑后留着一条长长的花白辫子。买卖做得大，伙计也多，驮茶叶的骆驼就有十好几链子。人手面也大方，常送嘎尔迪老爹一点中国的丝绸、茶叶和瓷器，俩人还成了忘年交。那时，色旺刚跟了嘎尔迪老爹不久，一次三丫的爹还往色旺的怀里塞了件东西，他打开一看原来是个银铸小蜡台，亮闪闪的。赶紧拿回去给阿妈看，阿妈看了也喜欢得不行。再后来茶叶商人就病殁于布里亚特草原，临终之前，茶叶商人把三丫托付给了嘎尔迪老爹，让嘎尔迪老爹收进包内当个粗使丫头。那年三丫十六岁，皮白肤净，头发乌黑。人长得银盘圆脸，细眉小眼，走路轻得像一阵风，眼中有活也手脚麻利。三丫说她从小就长在茶叶驮子上，跟着他爹走库伦，上西伯利亚，还会说俄国话、蒙古话，嘎尔迪老爹看得喜欢，尤其是喜欢三丫那双小眯缝眼。原本想把三丫收进包内，可索尼娅嫌三丫眉心有颗痣，恐有克夫之嫌，嘎尔迪老爹这才作罢。嘎尔迪老爹原以为索尼娅犯了格格性子，后来进行床笫之欢时，索尼娅才告诉他，她不喜欢三丫的眯缝眼，眼风太亮，好像小眼睛背后还藏着一双大眼珠子。嘎尔迪老爹听完，笑得几乎岔过气去。索尼娅气得给了嘎尔迪老爹两天后背，嘎尔迪老爹只得忍痛将长着眯缝眼的三丫赐给了色旺的哥哥那木斯莱，现在三丫带着八岁的儿子阿尔德那惶惶地生活在这座毡包内。

三丫对色旺淡淡地道："你来了？把靴子脱到外边，进包里来吧！"

她似乎已经知道色旺来自己包内的目的。

色旺嗫嚅地："嫂嫂，是嘎尔迪老爷让我……"

"你不要说了，卡捷琳娃公主已经派伊琳娜送来礼了。"三丫指指炕桌上的一个小包袱，"他叔，我这个苦命的女人认命！"

色旺心中有些酸楚，有些难为情地说："嫂嫂，不行我给你找嘎尔迪老爷再说说去。"

"你要说什么？你来照顾我和阿尔德那，是老爷太太的恩典，我能不知足？只是汉家的风俗要为亡夫守孝三年，我这是……"三丫垂下眼睑，伤心地道，"我这是人在难处顾不上脸了。只是叔叔不要记恨嫂嫂不恪守妇道就是了。"

"我傻怎么的？"色旺强笑道，"我咋能记恨嫂嫂。嫂嫂，你吩咐我做什么我就做什么。哎，怎么不见阿尔德那呢？"

"我打发他回额吉的包里住几天，我不想让他……"三丫涨红了脸道，"这包内没有你的什么事了，你去海子边的草滩上把羊吆喝回圈吧，我在包内给你做饭。"

色旺答应了一声，走出了包外，他长出了一口气，又狠狠地吸了一口气，跃马朝海子边驰去。

布里亚特蒙古人世世代代称贝加尔湖为北海子，色旺策马来到海子边的寸草滩上时，几只西伯利亚牧羊犬蹿了过来，围着马蹄子从马肚子下钻进钻出，又蹦又跳，欢叫不止。

色旺跳下马来，几只牧羊犬冲他欢乐地扑了过去，搭着前爪，摇着尾巴，伸着红红的舌头冲他撒欢。它们的爪子踩扑着寸草滩上的浅水，细细的水花溅湿了它们浓密的毛发，它们晃动着大脑袋抖动着身上的水花。在阳光的折射下，这些牧羊犬们就像被七彩的水雾包围着，激动地吠个不止。

这些畜生们知道，它们的新主人来了。

色旺抱着它们的头，与它们碰着鼻子，他很想学着嘎尔迪老爹的样子，对准这些畜生的头尿一道，给这些牧羊犬留些记号。

色旺知道，牧羊犬、羊群、三丫、毡包，还有阿尔德那，曾经属于哥哥那木斯莱的一切，现在记在了他的名下。他是这一切的主人。

色旺躺在了草地上，一只牧羊犬伸出舌头在他的脸上舔着，这粗糙的热滚滚的狗舌头，让他的脸上痒酥酥的。

色旺想起了他可怜的哥哥那木斯莱，心绪滚过一阵哀伤，色旺即时制止了这份哀伤的漫延，并且小心翼翼地观察了一下四周。他知道，他的这一切都是嘎尔迪老爹给的，嘎尔迪老爹既然可以给他，也可以把这一切拿走。嘎尔迪老爹才是布里亚特草原的一切，自己不过是沾在嘎尔迪老爹绣花靴子上的一块烂泥巴。

于是，他十分恐惧地趴在地上冲着嘎尔迪老爹金碧辉煌的大包方向磕头，色旺知道，草原上的花草，海子里的小鱼，地上的蚂蚁以及飘忽不定的风儿都会将他的忠诚告诉嘎尔迪老爹，嘎尔迪老爹是布里亚特草原无所不在的精灵。

色旺痴迷地望着照耀草原的太阳沉进了深不可测的贝加尔湖底，不禁心生敬畏。从小嘎尔迪老爹就告诉他，海底还有一个需要太阳的世界，当草原上大夜如墨时，海底却是艳阳高照灿烂辉煌。太阳比人，比世间的一切畜生都辛苦，人和畜生还有睡觉休息的时候，而太阳不行，每天都得坐着八匹天驹拉的金马车在天上飞来飞去，谁让它是光明之神呢？

色旺恭维嘎尔迪老爹就是太阳，嘎尔迪老爹骂道："你这蠢货！你让我当太阳，你想把我累死哇？"

嘎尔迪老爹虽瞪着大眼珠子骂他，但色旺还是看出，嘎尔迪老爹愿意人们把他比作太阳。

牧羊犬在绿茵茵的草滩上狂吠着，奔跑着，聚拢着几只调皮捣蛋的羊只，极为卖力气地维持着羊群的秩序。很快，羊儿聚集在一起，就像在湖边堆起了一团团五颜六色的棉絮。羊儿扎着堆，一个紧挤着一个，头都紧紧地挤在一起，像是在举行一个什么仪式。羊儿拖着圆滚滚的肚子咩咩地叫着，这高一声低一声的叫声，在色旺心中飘过一丝凄惶，贝加尔湖和布里亚特草原太辽阔了。辽阔得让他觉得自己渺小得就像一滴水珠，一株野草。人算啥呢？毛毛虫一条。色旺在阔地高天下，心头忽然滚过一阵悲凉。他做梦也没有想到，自己包内的女主人会是三丫。现在他想，他和三丫一样，都认命吧。

面对波浪翻滚的贝加尔湖，色旺想了好久，才慢慢地转过身来。他对着羊群发出了吆喝。一只头上盘着大角的棕色头羊慢慢挪动了，羊群发出了轰隆隆的响动，牧羊犬在羊群周围跃动着，激动地吠叫着，羊群在暮色中回圈了。

所谓的圈就是三丫家包前的一片沙滩，沙滩上有厚厚的羊粪，几只牧羊犬各占了沙滩的上下风头。三丫早为它们备下了饭——几条还在鼓着腮的大鱼，每只犬欢快地叼起一条，躲在一个安静的地方慢慢地享用着。

雾霭渐重，草原笼罩着青色，三丫包内的窗户已闪出一团昏红的灯光，包门虚掩着，一条长长的灯光泄了出来，色旺驻足在门前，显得有些踌躇不决。

三丫在包内道："你进来吧！磨蹭什么呢？"

色旺压抑着怦怦的心跳，定定神才进了包。他见包内小桌上点着一对蜡烛，三丫穿着一身红色的汉家衣服，头上顶着红盖头，端庄地盘腿坐在地板上的小桌前。小桌上放着一些肉制品、奶制品，还有一银壶马奶酒。一对大红喜字贴在了包内的墙上。

色旺看着包裹在红装中的三丫，佯装从容地笑道："嫂嫂，你看你装扮的，让我都不知说些甚……"

色旺说着，伸手揭开了蒙在三丫头上的红盖头，却看见早已被泪水洗湿的三丫，慌得色旺道："嫂嫂，你咋哭了？色旺是老爷的，你也是老爷的，这包是老爷的，这天地海子草原上所有所有的一切都是老爷的，你在布里亚特草原待了这么多年了，这个道理……"

"叔叔这是教诲三丫哩，三丫知道叔叔对老爷的一片忠心。"三丫滴着泪道，泪光中闪着亮亮的光芒，"寡嫂再嫁小叔，嘎尔迪老爷真是天大的恩典！"

"嫂嫂，我咋看你这般咬牙切齿的？"

"草地上的人啥都好，就是喝大了酒让人真是受不了。自你哥走后，我这包门都快让醉汉敲打烂了，那些天醉老巴在我的包前唱了一夜又一夜，无休止地干号他那只战死的小青马，还在包前草地上打滚，眼泪鼻涕地折腾了一夜……"

色旺微笑着说："这有啥，他们还不是怕你寂寞难耐？"

"汉家寡妇要守名节哩！我咋能不清不楚地放他们进来，那成了什么？"

"要说还是嘎尔迪老爷英明，这包里只要住进男人就消停了。"色旺冲三丫道，"嫂嫂，以后我就是你这包内镇包的门神，谁胆敢在咱的包前叫春，我打断他的腿！"

"他叔，你甭光惦记着嫂嫂，你还得想想你那惨死的哥哥……"

"嫂嫂，那木斯莱哥哥升天了，咱还想他干什么？"

"他叔，你看这个，"三丫说着从屁股下抽出一把勃朗宁手枪，枪柄是银的，还镶着几粒宝石，显得华贵而又小巧玲珑。

"我的天老爷，你这枪是从哪儿弄来的？"色旺惊慌地问，"这要出人命哩！"

"这是那木斯莱那个死鬼留下的，他说是从俄罗斯老爷手中抢来的。"

"嫂嫂，"色旺不解地问，"你个女人家要枪干什么？"

"那木斯莱那死鬼说，他要跟谢苗诺夫老爷出去闯天下了，留给我防身用。"三丫端起了枪，微微眯起一只眯缝眼，"谁敢来我包里使坏，那木斯莱让我专朝坏男人的裤裆下面打。叭——叭——"

色旺听得屁眼有些发紧，但仍然笑着说："嫂嫂，我这把枪就挺好使的，还用得着你叭叭的？你快把枪放下，小心走了火！"

三丫仍是举着枪，愤愤地道："谁杀了我男人，我记着。总有一天，我要报杀夫之仇，把他的脑袋打烂！叭叭叭叭——"

"你疯了？"色旺吓坏了，伸手捂住三丫的嘴，慌得四下打量着，"你这不知天高地厚的女人，咋敢动这歪心思了？你不想活了？"

"杀夫之仇不报，三丫还算个人？"三丫的小嘴捂在色旺的大巴掌之中，眯缝眼圆睁，不断闪出刀子般的寒光，嘴巴还在色旺的手掌中呜哇乱叫，"我要报仇！"

色旺瞪着眼对三丫说："那木斯莱死就死了，你咋敢想报仇了？那木斯莱那是自找的！咋，你不想活，也想让你的阿尔德那不活哇？"

听色旺这样一说，三丫的身子一下子软了，出溜在色旺的怀里。然后呜呜地哭了，她哭着说："那木斯莱走了半年了，我还没有好好哭过哩！"

"那你使劲哭哭，我听着哩，那木斯莱那死鬼也在天上听着哩！"色旺劝慰着肩膀一耸一耸的三丫，轻轻抚摩着她的脸颊，并将三丫手中的勃朗宁手枪取下，小心地放在了小桌下的铺着白毛毡的地板上。

"这就对了，蒙古女人得拎熬茶的勺子，拿枪干什么？"色旺对三丫道，"你想哭就痛痛快快哭一场吧，心火泄了，咱就好好过日子。"

"那我哭了。"三丫对色旺说。

色旺说："哭吧，哭吧！谁让我娶寡嫂呢，你哭，我还想哭哩！"

三丫咧嘴抽搭了一下，说："过去，在我们老家死了人，女人们比着哭。哭得披头散发，拿头碰棺材板，砰砰的，要是不哭死过去几次，就好像没当回女人。村里的闲汉，都圪蹴在地上看，看谁哭得好。出殡比娶媳妇还热闹，一个村的人都出来看，外村的也来，苦家的女人们都憋着，只要一见到棺材，哇……"

三丫想象着，然后双手一拍大腿，啊啊哇哇地哭叫了起来。

"我那苦命的那木斯莱啊，你咋这么不安分呢？你就剩下了两条烂胳膊了，你一撂腿就走了，留下我们孤儿寡母的可咋办呀？我的那木斯莱呀，还有你那可怜的老阿妈呀，一把屎一把尿地把你拉扯大，就等你送终摔老盆哩，你咋狠心地走了呢，白发人送了黑发人，老天爷看着都掉泪呀！大雨下了八九天，地下水起三尺三……我那可怜的那木斯莱呀，我知道你心不甘放不下呀，放不下可怜的我呀，你咋心这么狠哩，让我活生生地当寡妇呀？家里没个人把水担，床头上再不见你吃旱烟，留下我个傻老婆推烂碾，屋顶漏了没人苫……还有你那可怜的吃屎娃呀，遇上野狗干哭干叫没抓拿，没人替他拦没人替他拉呀，我那没大的娃……"

三丫的哭号声，穿出包外，凄惨地撕扯着沉沉的夜幕。

一直趴在包前草地上支棱着耳朵偷听的其木格，好像也受不了这份刺激，缩着身子往后爬。她爬出老远，才骑上了马，轻轻一抖缰绳，马儿载着其木格，淹没进了草浪里。她的行踪，就像草原有一只幽灵飘过，眨眼好像什么都没有发生。包门开了，三丫唱歌般的哭号随着一道烛光猛泄了出来，引起了几声犬吠，色旺走了出来，站在那条长长的烛光下，长长地叹了一口气。他伸伸懒腰，又冲包四周看了看，然后转身回了包。他随手把包门一关，包外又是黑漆漆的，恢复了死一般的沉寂。

三丫那样子像是哭够了，两拳一握伸出摇晃了几下，总结一般道："好了，我哭好了，胸口不那么堵了！他叔，我们老家的女人都是这样哭丧的！哭出来，心情就好了。"

色旺对三丫笑着说："嫂嫂哭得真好，就像唱歌一般，那木斯莱哥哥一定在天上听见了。"

三丫晃了晃身子，自言自语道："好了，我总算像家乡的女人那样号丧了！哭出来，就全了了。冤说了，仇诉了，心里就不想了！"

"就是！"色旺对三丫道，"这事就算过去了。嫂嫂，以后咱过咱的日子，可不敢胡思乱想了。咱得知道，嘎尔迪老爷是天神，是佛爷，咱是什么，就是草地上的烂泥巴。嫂嫂，你是汉人，你不知道嘎尔迪老爷的威猛，他要是打个喷嚏，赤塔、乌金斯克都得闹动静……"

"那你是不知道外面天地。"三丫道，"山外有山，天外有天。世界上还有比腾格里高的山，还有比北海子大的海……"

"别听白音那北京喇嘛胡说！我告诉你，奥腾大喇嘛说他不是什么好人，和一伙子嚼鬼话的家伙鬼鬼祟祟的……"

"人家说奥腾大喇嘛想家想疯魔了，他的疯话你也信，嘎尔迪老爷也信?"

"我知道了，你准是听那木斯莱那死鬼讲的，他就是心眼撑大了，要不咋会只剩下两只烂胳膊?"色旺说，"三丫，我住进了你的包，咱就不想那些远的大的没影子的事情。咱就侍候着嘎尔迪老爷，好好过牧人的踏实日子。"

三丫嗯了一声，眼风轻轻扫过色旺的面颊，色旺身子腾的一下热了。他一把搂住三丫，用大嘴巴轻轻地亲吻着三丫的耳垂。三丫挪移了两下，然后软在色旺的怀中不动了，只是细眯缝眼中闪出一束一束的火花，脸上也洋溢出了笑窝，看得色旺心跳得怦怦的。

色旺一面解剥着三丫的衣衫，一面说着情话："嫂嫂，你的脖颈真软啊，胸脯子真细活……"

三丫被剥了个赤光，面孔泛起一抹一抹的红晕。

她冲色旺道："他叔，咱把蜡烛熄灭了吧!"

"嫂嫂还害臊呢，明光瓦亮的多好！我愿看着你，你真好！"

三丫悄声地道："他叔，你还是把灯吹灭了吧，要不我眼前全是那木斯莱那死鬼！你没听说，寡妇的心都是两瓣的?"

色旺一听，热滚滚的身上不禁打了个冷战，他默默地吹灭蜡烛，荡在心头的情火也忽一下熄灭了。

包内黑漆漆的，三丫伸手摸了摸，禁不住叫了起来："他叔，你咋了? 这东西咋跟个蔫海参似的?"

"蔫海参是啥？我听也没听说过。"色旺不高兴地道，"你们汉话最不好学了。就说男人裆下这东西，我刚学会叫鸡溜子，你们又说它叫屎头子，你这更新鲜，现在又换成蔫海参了。"

三丫笑得喘不过气来，还要伸手摩挲，色旺蜷缩着身子道："嫂嫂，这东西越摩挲越抽抽，我也不知道咋搞的，就像忽一下被人抽掉了筋骨，一下子变得软塌塌了……"

"天爷，"三丫也慌神了，"他叔，你不是吓唬苦命的嫂嫂吧？"

"嫂嫂，哪是色旺吓唬你，明明是嫂嫂吓唬我！"色旺嘟哝道，"你看，你把我吓成羯子（阉割的育肥羊）了。"

三丫拍着自己的脑门子道："我该死，该死！是三丫该死！"

色旺抓住她的手说："嫂嫂，你别闹了！你让我静一静……佛爷显显灵……"

三丫贴在色旺的身上说："他叔，你不愿黑地里闹，那咱再把蜡烛点着，明展大亮地忽抽？"

三丫说着，赤着身子要点灯。

色旺拉住三丫，没精打采地道："嫂嫂，你就甭让我亮灯底下现眼了，咱就黑灯瞎火地鼓捣吧！"

"随你。"

色旺抱住三丫，三丫起初还配合，色旺试了几次都塌了火，三丫也就没劲了，身段僵硬得就像一板子肉。

色旺怪没味地道："嫂嫂，要不咱就先睡吧？"

"那就睡吧！"三丫说着，侧过了身去。色旺咽了好一阵唾沫，睁着大眼珠子看着黑沉沉的天，好不容易眼皮沉了，那木斯莱那死鬼又在眼前飘来浮去的，让他激灵一阵子，迷糊一阵子，搞得色旺昏头昏脑的。

天刚亮，色旺和三丫要去嘎尔迪老爹的大包内给老爷太太谢恩。色旺换了新袍子，还在身上配了一些小物件，像鼻烟壶啊、银把蒙古刀啊，三丫左看右看的，脸上透着欢喜。色旺穿上锃亮的靴子，这也不知是三丫何时给擦拭的。色旺胸口热了一下，不禁感激地扫了三丫一眼，正见三丫眼眯眯地望着他，细眉毛弯弯的，喜盈盈地看着他。色旺心中不禁一热，有个知冷知热的女人真好。

太阳的光辉洒在大包上的时候，色旺和三丫已经等在大帐内的客房里。三丫不时地用细眼睛扫来看去，色旺提醒她："别东张西望的，这包内看着空荡荡的，可到处有枪眼瞄着你呢！这里头的机关我清楚。老实待着等老爷太太，这是多大的恩典，我想起就想笑哩！"

色旺拉三丫跪下，三丫跪在地毯上道："老爷这毯子真绵活，就像跪在软软的草甸子上。"

色旺说："你懂啥？草甸子，你可真敢比啊！懂不？这叫波斯地毯。那年老爷用两张老虎皮给一个波斯商人换的。老爷那年还赏给我一张狼皮，回头咱也铺在地板上，让你也绵软绵软。"

三丫微笑着低下了头。

内帐里，伊琳娜正给卡捷琳娃梳着头，用心整理着发辫。卡捷琳娃的一头金发，披散了下来。伊琳娜一面梳着，一面夸奖着："看这一根根的，太阳底下就像金丝一样，闪闪发亮。"

卡捷琳娃高兴地道："伊琳娜，可我喜欢你的黑头发哩！远远看上去，头上就像盘着一团黑云彩，像珐琅一样有光泽……"

伊琳娜惊喜地叫了起来："太太，我咋不知道哩！我咋觉着跟顶个乌鸦窝哩，哇，黑云彩，珐琅，公主说话就是让人高兴！"

卡捷琳娃道："我希望我的孩子将来是一个黑头发的东方王子！"

伊琳娜说："公主想啥就是啥！佛爷，天主都佑护着哩！"

卡捷琳娃像是想起来了什么，问："今天一大早，那个跟着萨瓦博士给我做孕检的女护士，脸上长着小雀斑的……"

伊琳娜道："太太是问其木格吧？"

卡捷琳娃道："对，就是其木格。她一大早找老爷干什么？"

伊琳娜道："其木格给我说了，她呀，是老爷让她监视三丫的。昨天夜里，她去偷听三丫和色旺说什么，老爷有些不放心三丫。听说，她跟北海召里的那个北京喇嘛不清不楚的……"

卡捷琳娃笑了："老爷还关心这事？嗳，我不是让你给三丫送东西了？"

伊琳娜道："是啊，营盘地的人都知道老爷赐色旺哥大喜了。我给三丫送太太赏的东西时，特意盯住三丫仔细看了看，她尖鼻子细眼的，特像狐狸精。听说十年前，要不是格格太太顶着，老爷还要把这个汉女子收进房里呢！其木格刚才还悄悄告诉我，她不让我给任何人说，三丫还有一把枪哩！是那木斯莱那死鬼抢俄罗斯老爷的……"

卡捷琳娃道："那我得去客房看看这个三丫。"

伊琳娜手上一阵忙活，盘完了发辫，提醒卡捷琳娃道："太太，咱是不是把护身的小枪也带上，怕她个汉家女子寻仇哩！我听说，汉家女子烈性大着哩！你要是逼她嫁，她要是不愿意，敢跳河上吊拿剪刀拼命哩！"

卡捷琳娃咯咯地笑了起来。

伊琳娜道："太太，你笑起来真好看，牙好齐整呀，还白生生的……公主太太，你说……三丫咱还是防着点吧！老爷提醒，你要是外出，让带上枪哩！"

卡捷琳娃沉下脸说："在自家的包里见个再嫁的女人，还用带上枪？传到布尔什维克耳朵里，还不让他们笑话死？"

卡捷琳娃进客厅后，嘎尔迪老爹也抹着嘴进来。他俩坐在沙发上，色旺和三丫跪在地上磕了三个响头，并且献上了一壶酥油，还有一些奶皮子，奶豆腐。

三丫低着头悄声道："老爷，太太，这是奴婢自己打的，这是我们的一点心意。祝老爷太太如意吉祥。"

卡捷琳娃对三丫说："你把头抬起来。"

三丫抬起了头，卡捷琳娃仔细看了一眼，道："好个美丽白净的女子，眼睛长得更让人疼，我看着都喜欢！色旺，你要懂得心疼女人，三丫万里在外，身边也没什么亲人，你要爱她，疼她！"

色旺道："我听太太的话，一定爱她，疼她。"

嘎尔迪老爹哈哈地笑了起来，笑着掰了一块奶豆腐放在嘴里嚼巴，还咧着大嘴问："色旺，三丫的奶子绵活不？"

三丫羞红了脸，垂下了头去。

色旺嬉笑着道："绵活着哩！"

嘎尔迪老爹嘎嘎地笑着站了起来，走到色旺的身后，伸出大手，狠狠拍了一下色旺的屁股："你这蠢货！咋我问你啥你就说啥呢？人家三丫是个羞答答的汉家女子，你说啥就不懂个避讳？真是蠢货，蠢货！"

"老爷，色旺的肠子不会打弯。"

"老爷就喜欢肠子不会打弯的蠢货！色旺，老爷放你三天假，回包里好好侍候三丫。"

"谢谢老爷，谢谢太太。"色旺兴高采烈地答应着。

卡捷琳娃拿出十个金卢布，递给了三丫，三丫接过，感激地道："谢谢公主！谢谢老爷！"

嘎尔迪老爹摆了摆手道："去吧，好好地过你们的舒坦日子去吧！别忘了，给包前的查干苏鲁锭磕个头。"

色旺道："我们一来就先给查干苏鲁锭磕了，还是三丫提醒的哩！"

嘎尔迪老爹道："你看看，三丫多懂咱蒙古的礼数规矩，这就叫入乡随俗。说来，汉人蒙人都是佛爷的人！"

三丫道："老爷教导得极是。三丫自幼随家父生长在蒙古地界，家父将三丫托给老爷，老爷就是我的父亲。老爷恩典赐三丫入蒙人包里也有十年，还为那木斯莱添了一子，三丫也算得上是个地地道道的蒙古人了。"

"你看，你看，三丫话说得多好。色旺，你以后多学着点，多让三丫教你点不会的话，也好学给老爷听听。"

三丫笑了，对色旺道："这可是老爷说的，你以后得跟我学说话。"

色旺道："我听老爷、太太的话，爱三丫疼三丫，跟着三丫学说话……"

色旺和三丫又千恩万谢了一番，才高高兴兴地离开了嘎尔迪老爹的大包。

嘎尔迪老爹的目光一直盯着三丫那袅袅娜娜的背影。

卡捷琳娃问嘎尔迪老爹："老爹，你为什么让其木格盯上这么个女人？"

"肯定是伊琳娜那蠢女人告诉你的！其木格也是个蠢货！三丫要是像她们两个一样，我盯她干什么呀？三丫咋让我看不透了呢？"

卡捷琳娃拉起了嘎尔迪老爹的手，轻轻抚摩着，叹道："老爹，你太操心了！哦，神秘的女人，神秘的草原。"

出了大包，色旺对三丫道："老爷太太心多细！他们连草原的虫虫草草都惦记着哩！你咋寻思给嘎尔迪老爷寻仇？多好的老爷，多好的公主哇！"

三丫什么话也不说，默默地跟在色旺的后面。

他俩牵着马，慢慢行走在花团锦簇的草原上。草原上静悄悄的，他们在草浪上花丛中轻盈地走着，袍子上都沾扑了金黄的花粉。几只彩蝶轻盈地呼扇着翅膀，在草丛中飞来飞去。一些蜜蜂拉着长长的细细的金线，穿梭在蔚蓝色的天空中。布里亚特草原散发着醉人的花香，色旺大张着嘴吸着气，结实的胸脯子一鼓一鼓的。

三丫回头看了他一眼，悄声地问："你在干什么？听着气喘得就像耕地的老牛似的。"

色旺猛地抓住三丫的手，颤声道："三丫，我以后就叫你三丫了，不再称你为嫂嫂了。"

"嗯，"三丫答应了一声，语气挺甜的，细细的眉毛还轻轻挑了一下，歪着头看了看色旺，"叫甚还不由你？"

色旺听后，心中热腾腾的，小腹也变得火辣辣的，腾腾地蹿出一条龙来。

色旺忽一下紧紧抱住三丫，三丫惊叫道："色旺，你要干什么？"

色旺眼中闪出火苗子，恶狠狠地道，"你是我的女人！我想痛痛快快使唤你！"

三丫笑道："昨晚上我可是放展了让你使唤，你又能咋？色旺听我的，那种事儿不能想，越想越蔫巴……"

"三丫，从现在开始，咱不再想着那个死鬼，不再想着那堆烂肉！"色旺气冲冲地道，"他凭啥夹在咱们中间？我们不欠他的！呸，呸，人死就死了，让他滚得远远的！呸，呸！"

色旺说着，使劲向天上啐着唾沫，像是在驱赶着死鬼那木斯莱。

色旺的胳膊越来越有劲了，狠狠地抱紧三丫往自己的身上贴，三丫挣扎道："勒得我都喘不过气来了，色旺，你疯了？"

"我就是疯了，憋疯了，涨疯了，你真把我当羯羊子了，当蔫海参了？我现在就让你看看蒙古哥哥的家伙事好使唤！"

色旺说着一把揪开三丫红色的袍带，往天上一扔老高，袍带飘了几下，又慢慢落在绿茵茵的草丛上。色旺把三丫狠狠摁倒在草地上，焦急地解着她身上的袍子。三丫双腿赤裸着，两只脚丫子踢打着，色旺也脱赤了下身，眉眼变得甚是狰狞。

三丫恼怒地叫道："啥事不能在包里办呀，非要……"

"我非要这样，非要……"色旺狠狠搂住三丫，凶巴巴地道，"三丫，我就是要在这太阳地下干这牲口活！你看看哥的家伙事涨成了个甚？"

三丫软软地躺在草地上，她偷偷看了色旺的腹部一眼，不禁惊讶地叫了起来："天爷！这哪是人的家伙事！色旺，色旺……"

色旺大动着，三丫哦哦地呻吟不止，色旺发着狠："我让你说我蔫海参，我让你说我羯羊子！看看蒙古爷爷的鸡溜子，看看蒙古爷爷的屎头子！"

色旺在这个女人身上疯了！

色旺这番孟浪得好狰狞，三丫歪过了头去，那番心底的隐秘在色旺的猛烈撞击下，一点一滴地翻涌了出来。汇聚着，翻滚着，理智让三丫抑制着这倒海翻江般的剧烈冲击，她强忍着，可那透心的酥痒，触电般战栗，犹如一个波浪衔着一个波浪，一个旋涡套着一个旋涡，让她浮起沉下，沉下浮起，身子轻得像一根羽毛，不能自己地飘转在天上，终于，三丫哦哇一声，似是人事不知了……三丫塌了，一声闷叫过后，她觉得自己就像被春水浸泡的贝加尔湖坚冰，轻轻地掠过一丝春风，便没完没了地酥了，塌了。

酥塌的三丫在春水中翻卷着，就像扑腾在记忆的浪花之中……

23　二道梁上歪脖树，树下住着二喇嘛

三丫的家在哪儿呢？教官告诉她，只要你进到这所学校，你们就只有国没有家。家，那悠悠荡在海上的渔舟，海岸峭壁上飘摇的小木屋，那是家吗？还有跪在地上从早到晚不停擦拭着地板的母亲，地板在她的手上光亮得都能反射出另一个家来。渔网、雨靴、斗笠、小酒壶、腰刀等等家里的一切反射在榻榻米上是那样的虚幻，让人穿梭在梦境之中。她在榻榻米上长大了，母亲那天却僵卧在地板上一动不动了。父亲，那个挂着腰刀穿着木屐总是醉醺醺唱着歌的父亲，一个想当武士却又不得不在海里打鱼的虾夷人，这个整日做着大和梦的日本准浪人，牵着她的手把她送给了教官，并且郑重地告诉她，在她身上附着一个父亲的武士

216

梦。并让她对着腰刀起誓，以家族的名义，她懵懂地起誓了。父亲不顾她的哭叫，转身而去，那个和蔼的慈祥的矮胖教官带她上了火车，一路上像个老伯伯一样照料着她，带她进了札幌一所推窗见不到大海的学校。那年她刚刚九岁。这里温暖如春，有和她一样娇艳的女孩子，个个聪明，个个漂亮，人人都像春天含苞待放的樱花一样。学校的生活一切都是新奇的，刺激的。对她来说，简直是温暖得不能再温暖了。她把这里当成了温馨的家，教官们是她可亲可爱的父母，她身边那些蹦蹦跳跳叽叽喳喳的同学们就是她的姐妹。

她和她的小姐妹们从学习大和礼仪开始，她能记起的第一堂课竟然是学会擦鞋子，好有趣哟，然后教官教她们学习一些稀奇古怪的语言，让姐妹们大胆地说，甚至大声地叫喊都可以。最让她和这些女孩子们兴奋不已的是，还能经常跟着教官漂洋过海，坐火车汽车，来到了东方的城市、乡镇、农村、草原，在酒馆、茶馆、烟馆、妓馆里大胆与人们交流。她脖子上挂一只木盒子，木盒子里摆放着几盒香烟，大声地叫卖着，还拆开单支卖，还有冰糖块，花生豆，炒瓜子，尖声地吆喝着叫卖着。就这样，她和姐妹们熟练地掌握了汉话、蒙古话、朝鲜话、俄罗斯话，还要熟悉每一地的风土人情，掌握这里的俗言俚语。当她们惊叹和欣赏东方的奇妙时，教官这才告诉她们：我们的大日本有多么大，土地是多么肥沃，物产是多么富庶，山河是多么壮美，这里也是我们可爱的故乡，这些都是我们失去的土地，教官说得自己都能动情地哭。为了失去的可爱的故乡，这些可亲可爱像父亲母亲一样呵护她们的教官们，有拿刀切肚子的，有剁下手指头的，还有要跳海的，大喊大叫，个个壮怀激烈，纷纷要与抢占他们土地的可恶的支那人、俄罗斯人决一死活。这让她不由得想起了自己的父亲，酒后的父亲多爱天皇，多爱大和，挎着腰刀随时准备为祖国献身。却又是怀才不遇，空有一番壮志，被人蔑视地讥为虾夷醉鬼。她从教官那里知道，她们以后要献身家乡，在这个陌生的地方默默地为天皇付出，受屈受辱，挨打挨骂，甚至流血掉头。教官告诉她们，不管以后你变成了谁，在你的心里，你首先是一个日本人，然后你才是中国人、蒙古人、朝鲜人、俄罗斯人。教官们语重心长地告诫她们，以后不管命运之神把你们带到哪里，你们的胸中永远跳动的都是一颗热腾腾的大和心。天皇是大神，我们爱他，崇拜他，信仰他，随时准备为大神献上我们的一切，直至我们的生命。教官们讲得热泪如雨洒，女孩子们听得心跳如擂鼓。为了天皇，为了大和，我可以去死一千次，一万次。她和小姐妹们这样喊，这样叫，一个个咧着小嘴啊啊的，胸中热血滚滚的。

大和的种子在她心中播下，接踵而来的是学会冷酷，先从愚蠢的胡乱蹦跳的鱼儿剁起，然后看看谁能一下把可爱的小鸽子的头揪下，再就是可怜的小兔子，一劈两半。噢，不要搞得血糊糊的，再试一只。对，揪起它那颤抖的双腿，嘶啦一下，快得不立即见血头上就能戴上让人羡慕的黄菊花。她撕，她撕，被她撕成两半的五颜六色的兔子都能把她埋起来了。终于，她的纤纤细手再也不会发颤了，利索得像两只出鞘的刀。于是，她的青丝盘绕的头上也像其他女孩子一样戴上了勇敢的黄菊花。她兴奋，兴奋之中学会了打枪，玩飞刀，处决该死的囚犯、杀掉讨厌的麻风病人，抵着太阳穴扣扳机，对着喉管下刀子，看看谁眼睛都不眨一下，就能再戴一只黄菊花。后来，她的沾着人的鲜血和脑浆的黑头发上也插满了芬芳的黄菊花。然后是媚术，教官们教导她们把自己身体的每一处都与可爱的帝国联系在一起，她们的眼睛、玉腿、纤足都与大和命运紧紧相连，它们不是属于你们自己的，而是我们可爱的大日本帝国的。浅笑、微笑、抿嘴一笑，眼睛也要会笑，会说话，会唱歌……她的细眯缝眼，要学会似笑非笑，似怒非怒，似嗔非嗔，修出的眼功要到勾魂摄魄、出神入化的地步。教官们都夸赞她，夸奖她的眼睛里面有内容，有山海。这年她十二岁。最让她心颤的是两位男女教官上课时，当着她们的面脱下和服，大大方方地袒露天体，像被互相吸住一样缠绵在一起，他们像梦一样吻着，滚着，撞击着，呻吟着，尖叫着，看得她心慌气短，大汗淋漓，教官让她知道了男女之事也知道了自己。教官们还让姐妹们结伴，互相欣赏对方，抚摩对方，亲吻对方，催化她们的性意识成熟。后来，她和她的同伴们完成了爆破、下毒、收发报等所有的间谍课程。十四岁那年，经过五年严苛的训练，她以优异的成绩从札幌的东方语言学校毕业了。这是帝国为了占领远东专门成立的女子间谍学校，占领支那西伯利亚就是要从娃娃们抓起。在学校的毕业典礼上，她和姐妹们都穿上了最鲜艳的和服，每人头上都插满了黄色的菊花，这天台下是一片花的海洋。她们的校长，一个精瘦如虾干的瘦老头，深情地告诉她们：走出这个校门，谁也不知道你们会到什么地方，你们以后会是谁，但你们都有一个共同的名字：阿菊。

等待帝国的召唤吧，阿菊，我的花儿一样美丽可人的孩子们！校长伸出了双臂，展开了袍袖，就像一只飞翔的大蝙蝠。

阿菊们先后奔赴支那，并四散了。她是在满洲里一个破旅店等上了她的接头人，她一看正是五年前从北海道带走她的那个矮胖教官，那个慈祥的伯伯。伯伯操着一口浓浓的晋陕话，说她是他的女子，名字叫三丫，她从此有了一个中国名字三丫。慈祥的伯伯告诉三丫，他现在是跑大库伦、莫斯科的茶叶商人。他们的家在归化城东南蛮汉山下旗下营，村里传瘟疫家人全死光了，现在就剩他们父女俩与骆驼为伴了，伯伯说着眼圈都红了，这份演技让三丫也佩服得哭成一团，慌得拉骆驼的赶脚汉们，一个劲劝慰他们，父女见面是天大的好事，娃都这么大了，以后下大库伦，走莫斯科路上也有个照应。一路上，三丫照顾着伯伯，伯伯关怀着三丫，大啊，女子啊，俩人相互叫得亲切。那么大的森林，那么大的草原，原来这都是天皇陛下的，三丫不怕吃苦，三丫愿意吃苦，三丫在骆驼背上在雨雪风寒中不断地给自己打气。老伯笑眯眯地看着三丫在骆驼背上一颠一耸，前胸一弹一跳的。这天到了海兰泡，住在暖融融的驿馆里，三丫还像往常一样要给伯伯倒洗脚水，伯伯说女子，不用了，大现在后背痒，你给大用你的小细手手，麻利利地挠挠。于是三丫看了慈祥的伯伯一眼，慈祥的伯伯也在慈祥地看着她，三丫微微笑着将小手伸向伯伯的后背，轻轻地挠着。伯伯挺舒服，又翻过身来，让三丫挠。三丫抚摩着他的胸膛，一双眼睛还笑眯眯地看着他，这下，慈祥的伯伯不慈祥了，翻身把她压在了身下，还撕剥净了她的衣裳。这是一个出色的老间谍，同样也是一个老色鬼。他和形形色色的阿菊们在远东周旋了三十余年，夫妻，兄妹，父女，在淘金汉的架窝子里，在牧马人的蒙古包里，在鄂温克渔猎人的撮罗子里，都有他和他的阿菊们的身影。那年，三丫还未有初潮，却为他流淌了处女血。三丫兴奋地想，我总算给帝国献身了。慈祥的老伯是一个做爱的高手，他认真破解着三丫在课堂上见到教官们带给她的懵懂，搬上翻下，前后左右，这个老男人乐此不疲地调教着三丫。这个撕裂心肺的晚上过后，三丫认识了什么叫男人，同样，她也成了一个真正的女人。老伯自称姓黄，在草地上，蒙古汉子搔着他的胸脯，称他茶叶黄，不管走到哪里，都有他稔熟的人。客栈的老板称他为黄先生，驿站的马夫称他为黄老板。后来他专跑嘎尔迪老爹的驿站地，还在营盘地上修了仓库，专门供应草地上蒙古人所用的黑砖茶。三丫平时就照看仓库。黄老伯可能是跑得太辛苦了，太为帝国卖老命了。一次从赤塔回来，竟然连他最喜欢与三丫做的事情都做不成了。三丫使尽解数，全身上下能使唤上的东西都使唤上了，可黄老伯还是一条蔫蔫的海参。她累了，老伯也累了，老伯摸摸她的脸，捏捏她的乳房，动动她的私处，三丫风情万种地看着老伯，老伯慌慌避开她热辣急切渴望的眼风，叹口气道："东西还是好东西，只是老伯没福气。"

后来老伯病了，发高烧，还咯血，大口大口地。三丫尽心尽意地服侍着，跪在地上擦拭着，连老伯穿的靴子都擦得明亮。嘎尔迪老爹来看老伯，他们是二十多年的老朋友了，对三丫身上散发出的这股女人味儿非常欣赏，一个劲夸奖老伯生了个好姑娘。老伯说地还没上冻，他就咳成这样了，怕是挨不过这个冬天了。嘎尔迪老爹劝他，年过六十五，猛过出山虎，你刚到哪儿呀？老伯要将三丫托付给嘎尔迪老爹，最好留在大包内当个粗使丫头，把女子交给嘎尔迪老爹他就放心了。三丫也哭得呜呜的，眼中透出的悲伤哀凉让嘎尔迪老爹又疼又怜。嘎尔迪老爹又请来了奥腾大喇嘛为他作法驱灾，奥腾大喇嘛与黄老伯一见如故，说来都是黄河边上的人。糜米捞饭山药蛋，羊肉茄子赛神仙，奥腾大喇嘛劝慰黄老伯：佛爷保护在西伯利亚大清国的人哩，长生天照应着哩！好哇，病好哇！黄老伯当着奥腾大喇嘛的面教诲三丫要记住家乡，要记住回家的路，有机会把他送回家。还教她记回家的口诀：二道梁上歪脖树，树下住着二喇嘛，正东走上二十里，青石梁村有黄家。三丫还未哭，奥腾大喇嘛早哭成了一团，还说："怕是这喇嘛当不成了，出家人想家也是过啊！"

三丫佩服黄老伯对帝国的忠诚敬业，大口大口地咯着血，到了这个生死关口，还在想着掩护阿菊。真不愧是教官，三丫从心眼里佩服这个把自己修炼成女人的老男人。桑布喇嘛为黄老伯用马奶酒表毒，还是挡不住黄老伯大口大口地咯血，后来一口气没上来，就魂飞魄散了。三丫披麻戴孝发送落了黄老伯，趴在木匣子上碰头，只叫了一声"我那亲亲的大呀"，便昏死了过去……

三丫更知道，她从此会成为帝国布局远东的一个闲子儿，默默地沉睡在布里亚特草原上，苦苦地等待复苏……

24　一个小小的卡捷琳娃公主，竟让谢尔盖如坐针毡

夏日黄昏的贝加尔湖，倒映着起伏的腾格里山峦，还有岸边笔挺的参天樟子松树，曲弯的沙枣树，婆娑的胡杨，五颜六色的马群、羊群、牛群、蓝蓝的天、白白的云朵，都映在水中，就像是一幅色彩绚丽的油画展铺在镜子一般光洁的贝加尔湖水面上。湖水静静的，只有火柴棍大小的鱼苗儿吐出的水泡，在静如绸缎的水面上泛起浅浅的涟漪。还有多爪的棒棒浮虫儿在静如镜面的水中轻盈地爬来爬去……

金达耶娃又从湖里汲满一皮桶清水，有些吃力地举起，倒进了桦木板制成的水车中。水箱已经满了，用于防晃的十字桦木板已经漂浮在箱顶的水面上，怕因车轮颠簸而溢出水来。金达耶娃随手将湿皮桶扔进了水车上，然后伸手在后腰轻轻捶打了两下。那神态，分明告诉人们她是一个辛苦中带着幸福，幸福中透着满足的傻娘儿们。

金达耶娃看看西斜的落日，天色一片殷红，远处的草地上不断地拢起黑黑的雾团，她心中一惊，知道这是草窠上的蚊虫结伙出动了，便急忙坐上车，吆喝牛快往家赶。老牛也知黄昏迫近，该死的蚊虫小咬要钻出草窠逞威草原了。老牛慌慌忙忙地拉着水车在草地上颠颠跑着，并且不安地摇晃着尾巴，驱赶着渐渐多起来的蚊虫。太阳沉进了湖里，燥热已经退去，饿了一天的蚊虫小咬抖着狠钻出了草窠，嗡嗡鸣叫着越聚越多，凶狠地朝着草原上的一切生物扑去，顿时，天地荡起一片带响的雾霭。

金达耶娃催促着老牛，老牛拉着水车在蚊虫形成的帷幕中奔突着，像是走进了一团永远无法挣脱的纱幔之中。老牛被蚊虫叮咬得哞哞惨叫着，甩打起尾巴狂奔着，水花不时荡了出来，溅在金达耶娃的身上。金达耶娃的手臂手背上也落了黑黑的一层蚊虫，两只手背一蹭，立即泛出一片血污，眨巴眼的工夫手臂上又落满了蚊虫，痛痒得变得麻木的金达耶娃索性不再去管它了，任手臂手背毛毛茸茸的一片乌黑。总算看见自

家的毡包了，老牛兴奋地哞叫不已，金达耶娃却见毡包周围升起了一团团浓浓的烟雾，空气中弥漫着艾蒿的辛辣味道，她的心头不禁一热。

她不知道是什么人在她的毡包前点燃了熏蚊的艾蒿。她急忙赶车往家中奔，毡包前的拴马桩上拴了一匹乌黑发亮的顿河马，黑马前放着卸下的马鞍，还有一大堆干草，黑马无滋无味地吃着草，看见金达耶娃赶车过来，黑马打起了响鼻。

金达耶娃从车上跳下，呆呆地站在包前，她不知道包中的来人是过路的野鬼还是在草原上游荡的醉汉。正猜忖着，拉西从毡包门中走出，满脸堆着笑，连烂鼻头都荡着一团团笑容。看得出，拉西已经有了几分微微的醉意。

金达耶娃看着拉西，有些木呆呆的。

拉西的忽然出现，让她有些措手不及：这跑春的狗咋回来了？

拉西笑眯眯地也不说话，几乎是舞蹈着来到了金达耶娃的身边，他张开双臂欲拥抱金达耶娃，金达耶娃却躲过了。拉西仍是傻笑着，伸手拉住牛身上的缰绳，将水车拉到一边去，将车把放在地上立好的一段木头上，以保水车平稳，防止水箱倾斜，还暗叹一个人在家的金达耶娃真不容易。还在想是谁给自己的包前立了木头呢。一边想，一边为牛卸了辕套。卸套的老牛慢腾腾地卧在了毡包前的沙地上，大嘴巴立即机械地嚅动开了。

金达耶娃进了包，嗅到了浓浓的香气。拉西很会照顾自己，自己早已经动手在烤炉里烤好了面包。他取出热腾腾的面包，还往面包上涂抹了一层厚厚的奶油，胶着的黄油立即被酥软地化开渗进了面包内，顿时包内透出一股腥腥的乳香。拉西吸溜着鼻子，脸上满是微笑，又像变魔术似的从烤炉内提出一只油汪汪的西伯利亚雪兔来。

金达耶娃想，这一定是拉西这狗东西在路上打的猎物。

拉西嘴里嚯嚯地吹着气，随手将烤熟的雪兔扔在了一只盘子上，并从橱柜内翻出一把削肉的小刀，漆桌上已经放着一瓶打开的伏特加。拉西脱下了军便服，露出一件短袖花衬衫来，盘腿在漆桌前坐定，摆开一副大吃大喝的样子。

包内有些发暗，金达耶娃点亮了漆桌上的油灯，拉西抓起金达耶娃的手，深深地吻了一下，金达耶娃感到手背被亲过的地方有些油腻腻的，急忙把手缩了回来。

拉西也不介意，自己专心开始了吃喝，并且自嘲地说："我得代表我儿子多吃几口，多喝几杯。"

金达耶娃也不理睬他，自己给大铜盆倒满了清水，脱掉了袍子，哗哗啦啦地洗涮起来。水温乎乎的，滑过肌肤甚是惬意。金达耶娃一面擦洗着，一面轻轻地哼着歌子。

拉西啃着烤兔子的后腿，一面喝着伏特加，眼睛睥睨着道："耶娃，你的肚子可是越来越大了，我的种子咋这么厉害？"

"还是我的地好，"金达耶娃一甩湿漉漉的头发道，"你的种子是个屁！"

"你瞧瞧，你这个骚娘们！"溅起的水珠扑了拉西一脸，拉西在脸上抹了一把，甩打着手，咧着嘴道，"吃饭还得就你那点骚水水。"

"嫌我骚，别进我的包哇！"

"耶娃，想我了不？"

"我想你干什么？吃饱了饭，快滚你的蛋！"

"你咋属母牲口的？"拉西叫了起来，"自己一怀上驹子，咋就对爷们连踢带咬的？你肚里揣着我的驹子，这里就是我的包！"

"你的包？"金达耶娃道，"你也真敢想了。这是嘎尔迪老爷赏我的包，你看这穿的用的铺的盖的，全是卡捷琳娃公主送我的！"

"你可真会攀高枝！"拉西醉醺醺地笑了起来，"卡捷琳娃公主，她还公主？出不了几天，她就会变成一堆烂杂碎。"

"你胡说些什么呀？你就不怕嘴上长烂疮？"

"我胡说？"拉西嘎嘎地笑了起来，"我笑嘎尔迪老爷是个傻瓜，人家俄罗斯扔掉的破鞋，他反倒拾起来当宝贝！咱蒙古人咋了？没母的了？就缺这么个骚×当皇后？老头子这不是没事找事吗？"

金达耶娃有些惊异地看着拉西，这是她从拉西嘴中第一次听到拉西竟敢对嘎尔迪老爷如此的不恭。莫非这个畜生狼蛋吃多了，要不咋生出这么大的胆子来？金达耶娃多少也知道乌金斯克的布尔什维克全是一伙胆大包天的人。拉西现在大小是个参谋长了，莫非官升脾气长，这狗东西也长大出息了？

拉西看出了金达耶娃的疑惑，醉意十足地说："尊贵的嘎尔迪老爷，咱们那自以为是天王老子的傻舅舅，这次真的遇到麻烦了，是大麻烦。"

金达耶娃漫不经心地笑道："吓死我了！谁敢给嘎尔迪老爹添麻烦呢？活得皮痒了不是？"

"这次可是有人给嘎尔迪老爷上霸王嚼子了，你还不知道吧，是莫斯科的捷尔任斯基签发了命令，这可是俄罗斯现在最大的活阎王，要捉拿卡捷琳娃公主归案哩！这次上级说了，嘎尔迪老爷要是敢反抗，机枪大炮一起上，要不是谢尔盖那个独眼龙拦着，班扎尔少爷早率兵杀过来了！"

"班扎尔少爷也真是的，"金达耶娃皱着眉道，"高骡子大马长枪粗炮的，比嘎尔迪老爷还威风哩！他还想咋？咋想的？为何要和一个女人过不去呢？"

"和她过不去？这次，俄罗斯皇室成员不论男女老幼，都要统统消灭！你知道这叫什么？这叫无产阶级革命！你知道我来干什么？实话给你说了吧，我这次来就是捉拿卡捷琳娃……"

"天爷！"金达耶娃叫道，"你咋敢跑到草原上抓卡捷琳娃公主？你是不是疯了？"

金达耶娃抓起盘子上的烤兔子头，狠狠摔在拉西的身上。

拉西的确是谢尔盖派回来执行任务的。让他带着契卡的人，抓捕卡捷琳娃归案。谢尔盖从内心不想蹚这个浑水，更不想让班扎尔蹚这个浑水，他怕触怒了嘎尔迪老爹，引起一场恶战。这老东西可是护群的公马。这老嘎尔迪不是犯混蛋吗？娶了这么个俄皇的远方打几杆子才打着的什么公主，还这么招摇？这不是叫板苏维埃吗？这不是找死吗？我可以不管你，可全俄肃反委员会能放过你？你那几杆破枪几匹马能挡住无产阶级革命的滚滚洪流？他现在很希望嘎尔迪老爹送卡捷琳娃逃出西伯利亚，到中国到美国到哪都行，就是别在他的眼皮底下。别为一个微不足道的女人，搅了远东的大局。他甚至暗暗抱怨契卡，灭掉一个跟皇家有牵连的女人的肉体有那么重要吗？她能阻抗住摧枯拉朽的无产阶级革命吗？"左派"幼稚病，"左派"幼稚病，谁又能挡住"左派"幼稚病呢？

谢尔盖思来想去，想到了拉西，他希望拉西能在布里亚特草原放出风去，好让老嘎尔迪审时度势，让什么俄罗斯公主早点滚蛋，滚得越远越好。谢尔盖从不指望老嘎尔迪向苏维埃政权交出卡捷琳娃，若是那样，他还是老嘎尔迪吗？我他妈都看不起你！愤怒的谢尔盖真想一枪把这老混蛋崩了。但好多话又不能给拉西明说，你就是给他说了他也未必懂，这也是一个挨枪崩的混蛋加蠢货！他忽然有些自责，不该把如此重要的事情交给拉西这样的花花公子，出了大纰漏怎么办？这会直接影响远东的局势。他想着补救的办法，若是王大川在身边，这件事情就好办了，可惜他还在率领着中国营追击谢苗诺夫。他忽然想到了瓦林耶夫，让他去找老嘎尔迪，直接把利害说透，逼着他送走和放弃卡捷琳娃。他相信这个老布尔什维克的政治智慧，他当即给瓦林耶夫可能经过的地方苏维埃和游击队发出电报，让他们派人立即找到瓦林耶夫，让他速去嘎尔迪老爹的营盘地，谈判摊牌，化解危机。三个小时后谢尔盖才收到回电，瓦林耶夫已经在去嘎尔迪营盘地的路上。他才松了一口气，但他哪里知道，他的电报和回电已被一个神秘的电台截获，一双看不见的黑手正在伸向布里亚特草原……

可拉西哪懂谢尔盖的这番苦衷，在金达耶娃面前仍是得意扬扬。

金达耶娃用手指戳点着拉西："你这个枪崩货，你就不怕嘎尔迪老爷把你的蛋骗了？"

"他骗我的蛋？"拉西醉醺醺地傻笑起来，"这次谁骗谁的蛋，还不一定哩！嘎尔迪老爷这辈子光骗别人的蛋了，这次他该尝尝被人骗的滋味了！革命了，颠倒过了，他还想当成吉思汗啊？"

拉西说着，皱皱生动的鼻子，傻笑不止。

金达耶娃想骂他几句，可肚子内的孩子狠狠踢了她一下，她不禁哎呀着叫了一声，她摸摸自己的肚子，心想，自己的宝贝儿子要是生下来，活脱一个小拉西，那可该怎么办呀？

金达耶娃轻轻地叹了一口气。

拉西皱着鼻子道："瞧把你愁的，小脸皱巴得就跟个青马铃薯似的。我屁股都坐出汗沫子来了，还没见你个笑样儿呢！好耶娃，你今天咋也得给我个硬办法，让我把裤裆里的这把火泄了吧。"

拉西说着就松开了裤子，趔趄着身子就往金达耶娃身上扑。

金达耶娃随手将割肉的小铁刀子握在了手中，这种小铁刀是蒙古人专用来割熟肉的，玲珑小巧，锋利无比，长短尺寸有点像武林高手使用的袖镖。

金达耶娃手中握着小铁刀，挺着大肚子冲拉西比画道："我让你犯骚，看我不把你那嘟噜骚东西割下来喂狗！看我不给你割下来，我看你敢上来！你看我敢不敢？"

金达耶娃吧唧着小嘴，像叭叭地放着枪。手中的小刀不断冲着拉西挥舞着，拉西提住了裤子躲闪着，慌慌地叫道："你这娘儿们疯了？有这样护犊子的？快把你的刀子收好，我这就走，找别的地方泄火行不行？"

拉西蹦跳着出了包，金达耶娃疲惫地坐在了漆桌前，聆听着拉西的坐骑嘚嘚远去，孤寂的大幕重又笼罩在毡包内。

金达耶娃惆怅地将拉西脱下的军便服揽在怀中，使劲地贴在鼻子旁嗅着，那浓浓的男性汗碱味刺激得金达耶娃浑身颤动，金达耶娃感到有些天昏地旋的，她紧紧地闭上了眼睛。眼睫毛忽闪着，几滴泪珠挂在眼睫毛上，晶莹地忽闪抖动。

拉西靠不住，草原上哪个男人靠得住呢？金达耶娃有些绝望地想，当他们的种子收获时，有哪个草原男人会守在他的毡包前呢？一切都得靠女人自己，斩断脐带的，咬断脐带的，全是女人自己。听说拉西的阿妈是自己割破肚子，才把这狗东西揪出来的。都说女人是生命的母亲，可女人为了生命还得豁上自己的命！草地上的女人活得结实，可也过得苦啊！

金达耶娃觉得自己就是草原上的羊儿、马儿。而男人们呢，日子快活得就像一阵草原上的来无踪去无影的小旋风。或醉卧草地，或拼命沙场，只有当他们骑不动马了，再也不能在草原上瞎游窜了，才会想起自己的毡包，自己的妻子儿女，于是有一天老态龙钟地回来了。不停地咳嗽，口中流着涎水，鼻孔淌着鼻涕蹲坐在毡包前晒太阳，眯缝着眼睛打量着草浪起伏的茫茫草原，在辉煌的回忆中渐渐老去。还是老妻将其洗净，换上新装。亲人们把僵硬的尸体搬上车，用柳条子抽着赶车的牲口屁股上路，直到把他颠下车，大嘴啃地永远地趴在草原上。老妻会默默地跟在后面，不时地抛洒些鲜奶，然后跪在草原上，对着长生天为他祈祷祝福着什么，然后走回自家寂寞的毡包，把他孤零零地甩在他无限钟爱的草原上。为了让他快些与草原融为一体，草原上大小食肉的生物会蜂拥而来照顾他，直到把他的生命轨迹打扫得干干净净，西伯利亚草原天生有副吞没一切的好胃口。

人生有寿，草原无疆，呼德格勒古勒乎（将逝者放在野外），人啊，跟草原上的虫虫草草没啥不一样，金达耶娃常常听到那些蹲在毡包前晒太阳的、发须花白龇牙露齿的老男人们会不时发出这样的感叹。

金达耶娃想起了自己的阿爸和额吉，已经没有了什么印象。尤其是阿爸，他像许多布里亚特汉子一样没来得及过上蹲在毡包前晒太阳的好日子，便战死在西伯利亚铁路边了。当嘎尔迪老爹带着草原上的莽汉要掀翻火车头这钢铁怪物时，这呼啸狂叫的怪物口中却喷出了如雨的机关枪子弹，她的阿爸，永远挥刀冲在最前面的阿爸几乎被密集的子弹拦腰打断。阿爸死了，顿河来的哥萨克抢占了额吉的毡包，这群六脚牲口疯狂地蹂躏着可怜的额吉，走了一群又来了一群，一群接着一群，直到额吉腹胀如鼓，昏死在羊毛毡上。

额吉下身不断流淌的腥臭的脓血流到了毡包外的草地上，这群六条腿的畜生才呼啸而去。七岁的金达耶娃和姐姐曼达尔娜从藏身的草丛的深处跑回毡包时，她们被额吉的举动惊呆了，只见额吉赤身躺在羊毛毡上，鼓起的肚子上平放着一根捣奶的圆木杵，额吉正在用双手推搋着木杵，她挺直身子，冲金达耶娃和曼达尔娜发疯一般喊道："滚，滚出去!"

金达耶娃从未感到额吉这样的凶狠和丑陋。

额吉在羊毛毡上躺了好长一段日子，才摸索着出了毡包，西伯利亚的太阳照耀着她，这时，金达耶娃才发现，额吉已是步履蹒跚，就像一个风烛残年的老妇。从此，过往的布里亚特汉子，哥萨克骑兵，再也没有人愿意多看她一眼。

日子就这样一天天过去了，后来听说嘎尔迪老爹与尼古拉二世互相贴了脸蛋子，于是草原上少了枪炮声战马嘶叫声。当又一个春天到来的时候，哥萨克们在额吉的毡包旁建起了一个桦木酒吧，这些快活而又年轻风流的哥萨克，每天喝酒唱歌，拉着手风琴转着圈跳舞，还有不少布里亚特汉子搂着俄罗斯娘儿们在那儿咧着嘴看着他们傻笑，那场血腥味甚浓的战争早已被忘到了九霄云外。

唯有额吉时常木然地望着乌烟瘴气的白桦酒吧，金达耶娃时刻跟随着额吉，就像她的一根小拐棍。

额吉对金达耶娃道："你这棵小苦菜多时才开花呢?"

初潮上身的那天，金达耶娃惊慌失措地告诉了额吉，额吉却笑了，笑得那样灿烂，那样美丽，似乎她在苦苦等待这天。

额吉帮她搞清爽，抚摩着她的脸蛋说："耶娃，你的花骨朵就要开了，小心草原上的小蜜蜂采你的蜜！"

曼达尔娜悄悄告诉金达耶娃小蜜蜂怎样采蜜，金达耶娃脸羞红了。

她们疯闹了一气，额吉哑着嗓子唱起了《劝奶歌》，在金达耶娃的印象中，额吉就会唱这样一支歌。她们在额吉的歌声中睡着了，额吉唱着歌用酥油梳理着自己，她在自己的身上涂抹了个够，额吉浑身上下散发着酥油的清香。她像年轻的姑娘一样带着一阵风朝桦木酒吧像幽灵一样轻盈地跑去，并在那群醉生梦死的哥萨克中间点燃了自己，刹那桦木酒吧一片火海，鬼哭狼嚎声撕破夜空，这么大的动静，却没有吵醒金达耶娃和曼达尔娜姐妹。

当她们醒来时，却见嘎尔迪老爹一脸肃穆地站在她们的包前。

嘎尔迪老爹一手拉着她们一个往包外走，金达耶娃问："我额吉呢？"

嘎尔迪老爹蒙头蒙脑地说了一句："她是布里亚特草原的爷们！我是布里亚特草原的娘儿们！"

从此，额吉在她们的生活中消失了。

失去额吉庇佑的她们，像两只小老鼠生活在嘎尔迪老爹华丽的大包内，嘎尔迪老爹成了她们真正的主人、父亲。她俩爬进爬出暗道机关，在谜一样的大包内长成了秀丽的布里亚特姑娘。那时班扎尔少爷受母亲索尼娅的影响，正在疯狂地崇拜普希金，还有古米廖夫、勃留索夫、马雅可夫斯基、巴尔蒙特等俄罗斯诗人。他时常大声地吟诵《上尉的女儿》和《欧根·奥涅金》。时而长哭，时而大笑，疯疯癫癫的班扎尔少爷引得这两只"小老鼠"露齿窃笑：吃得太好，真能把人撑出毛病来。

后来班扎尔少爷注意到了长得成熟一些的姐姐曼达尔娜，于是就为她献诗，金达耶娃记得班扎尔少爷曾这样对姐姐吟诵道：

> 我是自由的风
> 我永远的在飘拂，
> 抚爱着柳树
> 激荡起浪花……

多美啊，多神啊。曼达尔娜对她说，为他，我可以去死。后来，姐姐和班扎尔少爷之间发生了一些爱慕。对此，嘎尔迪老爹没有显出过多的吃惊，倒是班扎尔少爷的母亲索尼娅表现要激烈得多，她要捍卫王室血统的高贵和纯正。

于是班扎尔少爷被送到赤塔读军校，班扎尔少爷几乎是五内俱焚地离开了布里亚特这个"令人心碎的草原，让人诅咒的草原"。索尼娅与曼达尔娜有一次长谈，为她介绍了许多草原上的棒小伙，答应给她许多嫁妆，就像嫁自己心爱的女儿一样，只是让她断绝与班扎尔少爷的来往。曼达尔娜对索尼娅说："他长在我心里，上帝和佛爷也拔不走他。"

于是，曼达尔娜姐姐经嘎尔迪老爹的赐婚，把她嫁给了家里的一只鹿皮奶桶。

姐姐抱着奶桶向嘎尔迪老爷和索尼娅太太叩头谢恩。消息传至赤塔，恰碰上班扎尔刚刚热衷上了《怎么办》，只是班扎尔的牙缝中恨得流下了一缕血，滴在印刷粗糙的《怎么办》上，就像盛开了一朵狼毒花。庆幸的是，班扎尔少爷并未做出让嘎尔迪老爹担心的事情。原本嘎尔迪老爹会以为，班扎尔这只小畜生会忽然跑回草原，一把火把大包烧个干净。

那时班扎尔也正在选择自己的《怎么办》，就像自己的偶像伟大的列宁一样，这位导师在思考俄罗斯的未来，而导师的崇拜者、追随者也在思考自己和布里亚特草原的未来怎么办。此时的班扎尔像大海中的一名落水者，忽然看到了坚实的彼岸，他跃出水面，像海燕一样迎着风迎着雨，向着希望奋力搏击。他已经跃出了布里亚特草原。

当然，班扎尔少爷革命之余有时也会从赤塔跑回草原来，不是去找嘎尔迪老爷算账，而是去找早已经嫁给奶桶的曼达尔娜。寒来暑去，年复一年，曼达尔娜竟然为班扎尔少爷生养了那仁（太阳）和萨日（月亮）。孩子虽然没有正式的名分，但那眉和眼都让人想起班扎尔少爷来。对此事，嘎尔迪老爹是睁一只眼睛闭一只眼睛，也会偶尔打马从曼达尔娜的毡包旁走过，看看太阳和月亮咿呀着从他身边跑过，才会有些心动。有时他会留些金币在曼达尔娜的包前，而很快嘎尔迪老爹就会发现他的金币重又会放回他的大包前。嘎尔迪老爹问过金达耶娃，金达耶娃告诉他，姐姐让送回，她只得送回。嘎尔迪老爹有些郁闷，金达耶娃劝老爷别生气，索尼娅太太有时让她给曼达尔娜送些东西，曼达尔娜都收下了。嘎尔迪老爹嘟囔道，他们倒有理，我倒反成没理的了，老辈子的草原是这样吗？

多么好的嘎尔迪老爷啊！

拉西的忽然到来，拉西说的那些话，让金达耶娃隐隐心生对嘎尔迪老爹的担心。这是怎么了？你杀我我杀你的？平日有多大的冤仇啊！多么仁慈有趣的仁钦王爷呀，班扎尔少爷说杀就杀了，那可是他的亲外公啊，他们之间能有多大的仇呢？拉西说他们是来抓卡捷琳娃公主，实际上还不是冲着嘎尔迪老爹来的？也许现在嘎尔迪老爹还蒙在鼓里呢。金达耶娃又感到不该为嘎尔迪老爹担心。嘎尔迪老爹是只大老虎，自己是什么？不过是一只小老鼠，哪有小老鼠为大老虎担心的？夜风掠过包外的布里亚特草原，草浪声如同贝加尔湖的波涛，哗哗啦啦地荡个不停。更搅得金达耶娃有些心神不宁。

金达耶娃思忖再三，觉得还是应该给嘎尔迪老爹通个风，就是真的有什么事情，最起码也落个不后悔。金达耶娃办事利索，只要想通就干，绝不拖泥带水。

金达耶娃走出了包，看了看星汉灿烂的夜空。这晚，天上的星星很多很碎，都闪着熠熠的光芒，就像密密麻麻的萤火虫飘浮在头顶上。夜空很低，似乎伸伸手就能抓下一颗亮星星来。

金达耶娃站在包前，不断扭动着腰肢，而且打了个尖尖的呼哨。呼哨响过，嘎尔迪老爹送给她的那匹白色小走马，从墨黑的草丛里钻了出来，就像一个白色的小精灵来到她的跟前，并伸出长长的头颅轻轻蹭着金达耶娃的身子。金达耶娃抱住马头，在毛茸茸的脑门上轻轻亲了一口，然后吃力地爬上马背，脆脆地吆喝了一声，小走马长耳朵转动了几下，颠颠地跑了几步，然后一溜碎步地在草原上走开了花步，嗒嗒的甚是有韵味。

蒙古人都知道，好马不是跑出来的，而是走出来的，走的步伐均匀耐力也久，一匹好走马其价值也远远超过像风一样疾驰的跑马。马儿在没肚的草浪里嘚嘚走着，金达耶娃从马褡裢里抽出一支火把点燃了，用以吓唬潜伏在草丛里的豺狼虎豹，同时也为自己壮胆，再说，肚里还有没见过天日的孩子哩……

金达耶娃想着，直直地朝着透迤的腾格里山峰驰去，山脚下屹立着嘎尔迪老爹钢铁一样坚固的毡包……远远望见嘎尔迪老爹的大包了，包前灯火辉煌，人影绰绰，像是发生了什么事情，金达耶娃心中不禁一紧，小走马咴儿咴儿地叫了起来……

嘎尔迪老爹的大包前亮起了几盏明晃晃的大汽灯，光亮得如同白昼一般。成千上万的飞虫向着汽灯扑来，被烤焦了翅膀，一片片地落在地上。地上全是烤焦了翅膀的飞虫，在草地上艰难地挣扎着蠕动着。

一队卫兵提着枪，肃立在大包门前。刚竣工不久的环绕大包的那条河渠，像条长龙围着大包宛转，渠背上也站着一些骑马提刀的士兵，透出威武的剪影。

几个仆人抬着两只大沙发走了出来，并排放在了包前。嘎尔迪老爹和卡捷琳娃走了出来，俩人在沙发上坐定。色旺提着两只大镜面盒子枪，威风凛凛地站在他们的身后。门前的空草地站着一些人叽喳议论着，见嘎尔迪老爹出来了，立即安静了下来，都垂手肃立着，恭敬地看着嘎尔迪老爹。

嘎尔迪老爹扫视着四周，脸上带着难以捉摸的微笑道："哎，我的朋友们呢？他们在哪儿呢？"

色旺急忙一迭声地道："快把他们带上来！带上来！"

随着一片吆喝声，从黑暗的草地上拖出一伙被五花大绑的人，拿枪的士兵推推搡搡地驱赶着他们来到了嘎尔迪老爹的跟前，从他们的装束上看得出这是一些布里亚特红军。拉西也夹杂在他们中间，拉西显得有些惊慌，眼睛滴溜溜地转着。

原来拉西他们准备夜袭嘎尔迪老爹的大包，趁嘎尔迪老爹不备，用武力抢夺卡捷琳娃。也许是草原的牛儿马儿，抑或是草原的风儿将此信传给了嘎尔迪老爹，我们早就说过嘎尔迪老爹是西伯利亚草原无所不在的精灵。嘎尔迪老爹早已经张好了大网，将拉西率领的赤塔苏维埃契卡一干人捉了个正着。

嘎尔迪老爹看见拉西，嘿嘿地笑了："哎呀，这不是拉西参谋长吗？您快上坐，将军同志请上坐。大清二品台吉嘎尔迪见过俄罗斯将军拉西同志。"

嘎尔迪老爹说着，站起欲向拉西见礼。

231

拉西腿一软，扑通一声跪倒在嘎尔迪老爹跟前。

嘎尔迪老爹故作惊讶，显得十分滑稽地道："将军同志这是干什么呢？我一个放马的糟老头子，哪能受用将军同志的这般大礼？"

拉西哭丧着脸叫道："舅舅，老爷，外甥是没办法才办出这不得体的事情。是莫斯科的老爷们下令捉拿卡捷琳娃公主的，我要是不来班扎尔少爷就带着大军来了，我哪敢得罪班扎尔少爷，不信你问问你那独眼龙朋友，是他……"

嘎尔迪老爹不听拉西说完，气愤地啐了一口："看你这点出息，推三推四的，又是莫斯科，又是班扎尔。还扯上谢尔盖那独眼龙，你咋不说列宁呢？忘了老辈子的教诲了，功不独居，过不推诿，忘？今天我就问你这个，你不敢得罪班扎尔少爷就敢得罪嘎尔迪老爷了？"

拉西慌忙说："你们是龙虎斗，我就是个倒霉的蛇鼠子。舅舅老爷，我回来就是想看看金达耶娃和她肚子里的孩子。"

嘎尔迪老爹瞪着大眼珠子问："你是不是看我老了，以为我拉不动弓上不得女人了，守不住自己的群了？你们这些生马蛋子，就敢明晃大展地跑到我包门口糟蹋我，欺负我？"

拉西嗅到了嘎尔迪老爹身上透出的杀气，吓得直磕头道："舅舅，外甥咋敢呢！"

"你咋不敢呢？你有啥不敢的呢？"嘎尔迪老爹说着怒火冲了脑门子，飞起一脚把拉西踹了个仰面朝天，怒冲冲地骂道，"你这猪狗不如的东西！竟敢带着刀枪来我的包内抢我的女人，抢你们的母亲！我就想不明白，你们布尔什维克咋跟一个女人过不去呢？她碍着你们什么事了呢？你给我说！说！"

嘎尔迪老爹气咻咻地，指着拉西道："你今天要是不给我说清楚了，看我不把你的皮剥下来当鼓敲！"

拉西哭丧着脸道："舅舅，老爷，拉西哪知道这其中的道理呢？拉西就是一把刀，可刀把子在班扎尔少爷手里握着呀！你不信问问他们！"

嘎尔迪老爹吼道："我问他们干什么？我就问你！卡捷琳娃公主到底碍你们什么事情了？你们非要把她捉回圣彼得堡去上绞架！我告诉你们，卡捷琳娃公主现在怀上了我的儿子，班扎尔那个畜生要杀死自己的母亲，那就让他带着枪炮人马自己来！"

232

拉西忙道："舅舅，老爷，我烂鼻头拉西甚也不知道！我一定把您的话转告班扎尔少爷。"

嘎尔迪老爹哈哈地笑了起来："你转告？我怎么敢劳将军同志的大驾？我还没有好好侍候侍候你呢！"

"舅舅，老爷，"拉西惊恐地叫了起来，"我算哪门子将军同志呢？我再也不敢了，不敢了。谢尔盖啊，你这独眼龙，你可把我拉西坑苦了……舅舅……我真的再也不敢了……"

嘎尔迪老爹阴阴地道："我的傻外甥，你还想有再也啊？我告诉你，你再也不会有再也了！老爷我这辈子，最见不得的就是你们这些家贼！"

"我不敢了，再也不敢了。"

"你不敢了？晚了，我的傻外甥！"嘎尔迪老爹咧嘴凄楚地笑了起来，"我在包里搂着老婆睡觉，并没有招惹你们呀！是你们不让我过牧人的安生日子啊！"

"你想咋？"拉西瞪起了眼珠子，"你不是要把我们害了吧？"

"我想咋？我能咋？"嘎尔迪老爹诘问道，"咋叫作害你们？我总得变着法子过牧人日子吧？你们要是逼得我连牧人日子都不能过，我还不疯魔？你们真把我的脑门子当软毛毡踩巴啊！"

嘎尔迪老爹又看看那几个被绑的布里亚特红军，啧啧地叹道："看看，一个个多棒的好小伙子！全是摔跤射箭套马打草的好汉子！仁钦王爷家的人？你们咋了？咋跟了班扎尔那个孽贼！你们告诉我，你们当中谁在乌金斯克让大乘寺的喇嘛反戴鸡冠帽子游街过？"

"我！"一个布里亚特红军喊道，"老子是契卡，专门整治喇嘛王公老爷太太！现在除了你这巴掌大的地方，哪儿不都是赤旗飘飘？我们不怕死，你等着人民的审判吧！"

"还人民的审判？咋净新词？"嘎尔迪老爹摇了摇头，"我算想通了，你们也都是布里亚特的汉子，老爹我不为难你们，我给你们准备了最尊贵的死法！"

"操！"拉西嚷嚷道，"闹了半天还是个死！人死屎朝天，有啥尊贵不尊贵？"

"看我这傻外甥，你这就不懂了。老爷我可给你们准备了好死法哩！"

"啥好死法？啥好死法？"拉西喊叫道，"咋还不是喂狼的一堆肉？

你凭什么决定我们的死活？现在苏维埃了，平等自由了！"

嘎尔迪老爹笑了起来："拉西，我的好外甥！这话要是别人说，我信！可你说，我不信！你早八辈子就苏维埃了，你还不自由？裤裆内要没有卵子坠着，你早自由上天了！你还不平等？你平等得都敢骑在我的头上屙尿了！"

拉西还要嚷嚷什么，嘎尔迪老爹不睬他了。

嘎尔迪老爹犀利的目光扫量四周，威严地咳嗽了一声，随着这声咳嗽，一大群卫兵提着长长的黑毛口袋走了过来，他们二话不说，利索地将这群布里亚特红军连头带脚套了起来，并且紧紧系上了带子。

卫兵们给拉西套袋子时，拉西大喊着："舅舅，老爷，我还没有活够哩！"

嘎尔迪老爹道："你把几辈子的福都享了，还没活够？我的傻外甥，等一会儿我让喇嘛们好好为你们念念经，啥事理你都明白了。就怕临到死你还是个糊涂蛋，舅舅真就对不住我那短命的妹妹了！"

拉西还想叫唤什么，却被卫兵摁进了袋子里，系上了口。

拉西在口袋内挣扎着，破口大骂着："嘎尔迪老爷，你杀人不眨眼啊！你不怕厉鬼把你捉了去下油锅！你杀自己的兄弟，你杀自己的儿子，你杀自己的老婆，你杀自己的外甥，你动动自己的猪脑子想一想，你身边还有啥样的亲的热的你这狗东西还没有杀完！你想一想，你咽气时谁给你的嘴巴塞羊毛团，谁收留你的魂灵？你到时是孤魂野鬼啊，你白当我的舅舅了！你是布里亚特草原第一大魔王！天上的雷劈你，地下的火烧你……"

"你听听，"嘎尔迪老爹对卡捷琳娃笑着道，"看我这外甥，临死都不会下软蛋！我喜欢这狗东西！喜欢这狗东西！"

卡捷琳娃漠然地望着蓝幽幽的天际，一句话都没有说。

这时，桑布喇嘛带着一群喇嘛走了过来，嘎尔迪老爹问："奥腾大喇嘛呢？"

桑布喇嘛道："他说他不给他们念经，念破嘴皮子也救不了他们的灵魂！"

嘎尔迪老爹道："老奥腾火气大，你们好好念吧。"

喇嘛们围着这堆蠕动的毛口袋，坐在草地上，念开了经。喇嘛们口中念念有词，嗡嗡的，人们就像置身于一只大蜂房之中。嘎尔迪老爹在念经的喇嘛们中间，不停地转来转去，临走又对桑布喇嘛道："你带着喇嘛们多念几遍经，好好超度这些青年人。若不是魔鬼上身，他们个个都是好汉子，都是好汉子啊。天亮念完了经，老爷赏你们一人一个金卢布。"

嘎尔迪老爹话音刚落，就像有人捅了蜂窝，哄的一声，喇嘛们念经念得更上劲了。听着这骤然升高的诵经声，嘎尔迪老爹高兴地笑了。

嘎尔迪老爹回头招呼卡捷琳娃道："公主，咱们回包去，明早太阳升起时，我再好好发送他们。"

卡捷琳娃款款地站了起来，嘎尔迪老爹伸出一只大手让她搀扶着，俩人慢慢踱进了大包内。色旺提着两只盒子枪，像尊金刚矗立在灯火通明的大包前。这分明告诉人们，布里亚特草原出事了。

见嘎尔迪老爹走进大包内，一直躲在黑暗中的金达耶娃走了过来，她悄悄来到了装裹拉西的羊毛口袋前。

一个卫兵看见了金达耶娃，咧着嘴道："耶娃，你挺着这么大的肚子，还来看拉西？"

拉西在羊毛口袋里哼哼道："耶娃，你来了，你知道嘎尔迪老爷咋处置我们吗？我窝在这里面好憋气啊！"

金达耶娃没好气地说："你现在知道憋气了？不犯癫发狂了？我咋劝你的忘了？"

"你劝我甚了？"拉西委屈的声音从羊毛口袋内传出，"你连弄都不让我弄一把，搞得我现在还火烧火燎的……"

众卫兵哄地笑了。

一卫兵用脚尖踢踢装拉西的毛口袋，粗鲁地道："人死鸡巴硬，你说，你这算得的哪门子病！啥叫狼行千里吃肉，狗活百年吃屎？我说拉西哎，这都啥时候了，你还忘不了你那根烂鸡巴！"

这下连诵经的喇嘛也笑出了声。桑布喇嘛咳嗽了一声，众喇嘛忙又呢喃起来。

金达耶娃对卫兵道："各位大哥，好歹我也跟拉西这畜生住过一个包，肚子里还怀有他的孩子。你们能不能让他把头露出来，均匀地喘几口气？我还想好好给他说说话……"

众卫兵互相交换了一下眼色，有些犹豫不决，金达耶娃央求他们道："好大哥哩，你们是怕我这个大肚子女人呢，还是怕这个四马攒蹄的活死尸？你们长枪快马的还怕他返阳不成？"

众卫兵笑了。

小苏赫走了过来，对众卫兵道："行了，让他们全透透气。拉西红火时，也没少请弟兄们喝酒，让他少受点罪。"

他现在是嘎尔迪老爹卫队的小头目。

拉西在袋子里叫："苏赫兄弟，谢谢你了。"

众卫兵给羊毛袋子解开了一个口，拉西和那些布里亚特红军的头全从羊毛口袋里露了出来，人人大口地喘着气，呼呼哧哧的。

拉西耸耸着鼻子道："苏赫哎，你就是救命的菩萨，这均匀地喘气多好。老苏赫司令还让我给你捎话，问你多时把兄弟们拉过去呀。"

小苏赫一下子变了脸道："你死还拉我垫背，缺心眼啊？"

其他卫兵也说："拉西少爷，这事是乱说的？你咋又活回去了？"

小苏赫道："他要是再敢胡说八道，把嘴给他堵上。"

拉西大口大口地吸着夜风，转头对金达耶娃咧着嘴道："耶娃哎，人要是快死了，吸口气都是好的！"

金达耶娃没好气地对拉西道："我给你说啥了？嘎尔迪老爷是敖包山，你们是山下的烂泥巴！现在后悔了吧？"

"后悔顶啥用？"拉西道，"耶娃，你得救我！"

"亏你还是个爷们，让我咋救你？"金达耶娃叫了起来，"生生死死这样大的事情是女人能办的？"

拉西道："耶娃哇，我给你出个主意，你去找萨瓦博士老爷，嘎尔迪舅舅听他的！当年，班扎尔少爷就是他救的！"

"萨瓦博士能听我的？"金达耶娃狐疑地问，"他凭什么听我的？"

"他咋不听你的？他白弄你两年多了？"拉西嘟囔道，"就是使唤牲口，他也得给点草料钱呢！"

"呸！"金达耶娃使劲啐了拉西一口，"你也算个男人！自个儿屁股烂了是马背铲的，我才不会为你去求萨瓦博士呢！"

"我就知道你肚子里没有装着好杂碎，你不救我，来这干什么呢？"

"拉西，我这肚子里的孩子总是你的吧？你死就死了，谁让你做下了该死的事情！你死总得为孩子留下个名字吧？"

"哎哟哟，"拉西叫了起来，"我活不了几个时辰了，你还用这事烦我！我哪有心思为这不见天日的小马驹子起名字，快别再烦我了！"

拉西的反应激怒了金达耶娃，金达耶娃抡起手中的马鞭子狠狠地抽开了拉西，拉西躲闪着，马鞭子还是落在了拉西的头上、脸上。

金达耶娃一边抽，一边骂："烂鼻头拉西，光屁股拉西，我抽死你！我让你苏维埃，我让你布尔什维克，我让你谋划卡捷琳娃公主，你光顾自己痛快了，让自己的孩子没落地就有个无头鬼阿爸！你也配当阿爸，我抽死你！"

金达耶娃的鞭子飞快地落在拉西的头上，拉西呜哇叫道："这娘们疯了，她要杀人哩！"

小苏赫拦住金达耶娃，劝解道："行了，行了！杀人不过头点地，嘎尔迪老爷会热腾腾地侍候他呢！"

金达耶娃仍是气咻咻的。

小苏赫悄声对金达耶娃道："你还真得快点去找博士老爷。老爷的令牌已经发下去了，明早这会儿聚集起上万匹马，到时马蹄子会把拉西他们踏成肉酱！"

金达耶娃一听，像是遭了霜打，立即有些蔫头耷脑。

"我的长生天，"拉西像被人捅了一刀，叫唤起来，"弟兄们，你们听见了没有，明早我们就被马蹄子踏成肉酱了！"

金达耶娃不再理会拉西的胡吼乱叫，木木地离开了，隐进了黑黝黝的夜色里。她的身后忽然传来了悲怆的歌声，压住了嗡嗡的念经声，这磅礴的歌声让她浑身发颤，头皮发麻。

正在大包内打盹的嘎尔迪老爹也被这歌声惊了一下，他吆喝了一声，色旺立即出现在他的面前。

嘎尔迪老爹问他："这是啥人在唱歌？"

"老爷，"色旺笑眯眯地回答，"这是那伙要死的布里亚特红军在唱。"

"这是什么歌？不像是祖宗留下来的呀？"

"他们哪会唱祖宗留下来的歌？您听这歌声，这干吼的哪有个音律？"

"那他们胡唱啥？念念经文也是好的。这些中了魔的年轻人，临死也不知道个扎撒（法度）！"

"他们唱的是《国际歌》，"卡捷琳娃走过来道，"这些布尔什维克就

237

是唱着这支歌，掀翻了冬宫克里姆林宫，赤化了整个俄罗斯！现在，贝加尔湖边的布里亚特草原也响起这支歌了，老爹，咱可怎么办呀？这要是管不住，咱们脑袋搬家的日子也不远了……"

卡捷琳娃说着，浑身打了个哆嗦。

嘎尔迪老爹愤怒地鼓起眼珠子道："他们让我脑袋搬家？哼，没这个日子！我要亲眼看着他们变成肉酱！卡捷琳娃，你在这儿看着，看马蹄子把这帮无法无天的家伙踩烂。"

卡捷琳娃叫道："老爹，我可不敢看这血淋淋的东西。真要杀人啊？好可怕啊！一听这歌，我就……"

"老爷，我去找羊毛把狗日们的嘴堵住？"色旺也变得气咻咻的，"哪能由着他们这样不着调！"

"由着他们去吧！"嘎尔迪老爹摇了摇头道，"只要他们不怕灵魂升不了天，佛爷不收留他们，就让他们可着嗓子唱！"

25　他们不就是欺负我们有草没地有家没国吗

金达耶娃骑着马急急地往圣日耳曼医院赶去，都能远远地看见隐隐现在草浪上的医院大包了，正疾走着，忽听叭叭的两声枪响在附近响起。她吃了一惊，立即勒住马头，警惕地四下观看。这时，听见马蹄声嘚嘚响起，从翻滚的草浪中忽地冲出一匹马来，她正吃惊着，那马肚子下忽然翻起一个人来，抬手冲她就是一枪，她啊呀一声，胯下那小白马已经扑通一声跌倒在地。那人和马风一样驰过，眨眼已经消失在夜色笼盖的草原上。就像闪电一样，唰地一闪就过去了。

金达耶娃从地上爬起，全身上下摸摸，竟然没有中枪。她警惕地看看四周，担心那人又骑马杀回来，惊魂未定的金达耶娃急忙拉她的小白马，马却在地上一个劲抽搐。

她赶紧摸摸马，竟在马头上摸到了一手血，仔细一看马的脑门开了一个洞，马脑浆子混着血正汩汩地往外流着。天爷，原来是小白马的马头替她挡了一枪。金达耶娃耸耸鼻子，浓浓的血腥味好冲，她紧张地打哆嗦，金达耶娃知道血腥味一扩散，就会有夜里在草地上觅食的野兽顺着血味找过来，那可就没命了。想到这儿，她立即撒丫子在草地上疯跑起来，大包内闪闪的灯光离她越来越近了，金达耶娃放开嗓门狂叫起来："萨瓦博士，救命啊，萨瓦博士，救命啊……"

这晚，嘎尔迪老爹梦见妹妹多里娅了。可爱的多里娅穿着白衣白裙在花团锦簇的草原上骑马跑了过来，嘎尔迪老爹高兴地大叫，竟然把自己一下子吵醒了。他翻身坐起，直愣愣地瞪着大眼珠子想：咋梦见她了？怪了，二十多年从没有梦见过一次呀。他想起小时候许多和多里娅在一起时的事情，多里娅爱唱歌，就像只百灵鸟。多里娅现在找我来干什么？对了，一定是为了拉西。想到这里，嘎尔迪老爹的心紧抽了一下。他隐隐觉得包外有动静，便使劲地咳嗽了两声，包外立即传来色旺的声音："尊贵的老爷，您醒了？您的鼾声都压过他们的歌声了。您睡得香，牧人就安静，您睡着的时候，医院那边响了三声枪，卫队的人终于给查清楚了……"

嘎尔迪老爹一听就知道有事，立即穿衣走出了包外，小苏赫跟在色旺的后面正在等候着他，一脸紧张不安的样子。小苏赫向他报告，听到枪声，他们就搜寻了过去，现在发现了两具红军的尸体还有一匹死马，三枪全都打在人和马的眉心上，都是一枪毙命。嘎尔迪不禁一惊：这么厉害？红军的枪是吃素的，就没还手？小苏赫说，怕是中了暗算。色旺不急不慌地告诉嘎尔迪老爹，死的红军他认识，就是建铁路的瓦林耶夫老爷，现在是布尔什维克的大人物。

嘎尔迪老爹一听，大怒道："哪个王八蛋杀的瓦林耶夫，他是老爷我的安达知不知道？吃了熊心豹子胆了！把他捆了。"

色旺忙说："我也是这么说呢！瓦林耶夫老爷是随便杀的？可撒开网，也没找着开枪的人呀！我觉得这事重大，就来打搅老爷的觉了。对了，那匹死马我也认识，是老爷赏给金达耶娃的小白马。"

嘎尔迪老爹一惊："这可碍着金达耶娃什么事呢？金达耶娃那小骚蹄子呢？你们也没有见到？"

苏赫道："正派人四处去找呢！我也觉得金达耶娃没准知道点啥，老爷放心，她挺着个大肚子走不远……"

"我是问你她人呢？老爷我要人！我不知道她挺着个大肚子呀？"嘎尔迪老爹光火了，冲小苏赫大声喝道，"滚，快找去！全是蠢货！"

小苏赫慌慌地跑了出去。

色旺说："跟他个小蛋泡子还生气呀？没经过什么世面，老爷历练历练他就行了。现在离天亮还早，外面的事情色旺支应着哩。您还能安心睡一个时辰。老爷一觉醒来，啥事都清楚了，都过去了……"

嘎尔迪老爹嘟囔道："色旺，我咋觉得这事过不去呢？"

色旺道："老爷这辈子啥没经历过？再大的事，咱不都过来了？我说呀，在您手上，啥事都不是事。您睡一个时辰醒来，我敢保证，太阳高高升起，草原美丽无比！老爷的布里亚特草原还是和昨天一模一样……"

"你这蠢货，就会哄我开心！"嘎尔迪老爹又问道，"外面那些布尔什维克年轻人呢？"

"唱累了，都睡着一会儿了。这些人心真大，不知道个死活！"

"拉西呢？"

"数他呼噜打得响。"

"这狗东西，这狗东西，他还打呼噜？"嘎尔迪老爹愤愤地说，"他没梦见他额吉？我那可怜的多里娅妹妹，刚才还来找我了呢？呼一下，就过去了……"

色旺小心地说："老爷，那是小姐托梦给拉西求情呢，拉西好歹也是老爷您的亲外甥哩！"

嘎尔迪老爹说："我也是这样琢磨着呢！多里娅心强，不是实在难住了，不找我。走，咱看看拉西这狗东西去！"

嘎尔迪老爹背着手来到了大包外的草地上，喇嘛们还在有一声没一声地念着经，他慢慢踱到了拉西的跟前，拉西蜷缩在毛毡口袋里，呼呼地打着鼾，就像呼啦啦地拉着一只大风箱。嘎尔迪老爹看看月光下拉西的睡相，皱皱眉头道："都说外甥像舅，这狗东西哪点像我？"

色旺笑笑道："老爷，这得仔细看，这眉毛，这眼睛。拉西鼻子没破相前，长得还真是像老爷……"

"索尼娅也这么说过。"嘎尔迪老爹用靴子踢了踢躺在地上的拉西，"醒醒，醒醒，下雨了……"

拉西挣扎了一下，睁开了眼睛："天上的星星都挤成蛋了，哪来的雨？是舅舅老爷呀，渴死我了，给我口马奶酒喝吧！"

色旺说："你还想甚？再来俩凉盘？"

守着的卫兵都笑了。

嘎尔迪老爹挥了挥短粗的胳膊，道："给他喝，管饱管够。听见了没有？"

色旺赶紧一迭声地喊："快去取马奶酒，听见了没有？大桶的阿尔乞如（头酿马奶酒）！"

不一会儿，士兵提来了大桶的马奶酒。

拉西耸耸烂鼻头，兴高采烈地道："好香，快给我喝一碗，还是舅舅老爷待拉西亲。"

嘎尔迪老爹对躺在草地上的拉西说："我的亲外甥，让舅舅侍奉你喝一壶。"

嘎尔迪老爹说着，弯下腰，从奶桶内取出一只苹果木勺子舀起一勺马奶酒，对着拉西仰起的脸浇了下去，拉西大张着嘴吞咽着，嗓子眼里发着咕嘟咕嘟的声音。嘎尔迪老爹连浇了几勺子，然后问："外甥，喝够了没有？"

拉西就像是从水里捞出来的，一晃悠脑袋，一阵奶酒花子乱溅。空气中弥漫着酒香奶香。

"舅舅老爷，"拉西显得有些可怜巴巴地，"外甥喝好了。"

嘎尔迪老爹对拉西道："喝好了好啊，那就好好养养神，准备天亮上路吧，我的亲外甥！"

"舅舅，你非要亲外甥的命哇？"

"咋是我要你的命？是你自己不要命！"

"我要是见了我亲额吉咋说？"拉西瞪眼道，"我说是我舅舅用马蹄子踩烂了我的脑壳，踩塌了我的肚子，把我踩成了肉酱？"

"你想得美？你额吉在哪儿？在天堂上！我刚才见着了呢，多里娅美着呢。"嘎尔迪老爹指着拉西骂，"你能去哪儿？你在地狱内扑腾吧！下油锅、过火海、上刀山，等受够了罪，你再变牛变马变猫变狗吧！"

"老嘎尔迪！你不得好死！"拉西破口大骂开了，"你不得好死，老嘎尔迪，你不得好死……"

嘎尔迪老爹摇了摇头道："你骂吧，骂吧！你再骂，也成不了我舅舅！外甥，拉西，还是舅舅给你留点记号吧！"

嘎尔迪老爹说着，撩开袍子冲着拉西浇了一道热尿，拉西吱哇叫着，头摇成了拨浪鼓，嘴中"呸呸"地吐着唾沫道："腥臊死我了！老嘎尔迪，你不得好死，临了你还糟蹋我啊？我呸！"

嘎尔迪老爹冲他道："看你这混蛋，咋不懂个好歹？有了舅舅这记号，你就能托生成个好畜生，啥时都能混个肚儿圆！你瞎扑腾啥？你也不打听打听，舅舅这泡尿是随随便便给人的？"

色旺道："就是！草地上的大小牲畜让老爷尿一道美着哩！"

拉西啐了一口道："快滚你的蛋吧！你咋不让嘎尔迪老爷尿一道？"

嘎尔迪老爹整理好袍子，摇摇摆摆地来到桑布喇嘛跟前问："驱祟大经可念了九九八十一遍？"

桑布喇嘛点头道："一遍不少。"

"行了，"嘎尔迪老爹摆摆手道，"你们回包里歇息去吧！你们是出家人，闻不得血腥。别忘了，到账房领金币。"

桑布和喇嘛们合十谢过嘎尔迪老爹，走进了大包里。

天蒙蒙亮了，显出鱼肚白的东方天幕上挂着硕大的启明星，在闪着璀璨的光芒。波光潋滟的水面上不时有鱼儿泼剌剌跃起，好像是在空中舒展着困了一夜的腰肢，击溅起浅浅的水花。大包前的一棵松树上有一只小松鼠站在颤颤悠悠的枝头上吱吱鸣叫，活了大半辈子的嘎尔迪老爹是第一次注意到了松鼠的歌唱，原来生命竟是那样的有趣。他放眼望去，在水天交接的地方聚集着一些发灰的云层，渐渐透出了一些亮色，灰中掺黄，黄中泛红，黎明前的东方在嘎尔迪老爹的眼中，就好像是索尼娅生前曾经用过的一块调色板，凝固在了那遥远的地平线上。贝加尔湖也从长夜中醒了过来，厚厚的芦苇荡中不时响起鸟儿啾啾鸣叫，短促的，疾速的，像是幼鸟在练发声又像是呼唤寻觅着在夜里走失的亲人。让嘎尔迪老爹听得鼻子有些酸痒。

他对色旺道："给这些年轻人弄点吃喝吧，吃饱了好送他们上路。"

色旺对地上的红军道："你们看看，往哪儿找这样的好老爷去，快给这些死鬼搞些吃喝。"

色旺招呼旁边的卫兵。那卫兵一听，立即颠颠地去安排。

"管饱了吃！"嘎尔迪老爹在他后面大声提醒。

草原上，浩浩的马群像海浪一样从草地涌了过来，海啸般的马嘶声此起彼伏。

拉西正在吞吃着一块大列巴，不禁惊呆了，躺在地上的他，已经看到纷至沓来的马蹄子马腿，就像无数移动的树桩子，让人眼花缭乱。拉西赶紧把列巴咽进肚子里，狠下心来想：老子就是变鬼，第一个掐死的就是老嘎尔迪！

布里亚特红军们面对蓝天，又唱起了雄壮的《国际歌》。卫兵们又把他们的脑袋塞回了羊毛口袋内，系好了口。偌大的草地上，仅剩下这十几个不断挣扎的羊毛口袋。嘎尔迪老爹看了一眼这些唱着歌的羊毛口袋，又望了一眼草地上越聚越多的马群，像一片片五彩的云朵在聚拢着，跃动着，跳跃奔腾着。

一个士兵吹响了海螺，卫兵们退出了草场。紧接着马群像海浪一样从东边涌来，就像从喷薄而出的太阳中走来，浑身披着熠熠金光。草地已经感到了颤动，一匹红色的头马，在马群前不安地刨着蹶子，草皮已经被蹭破了老大一块。马上的骑手穿着褐色的袍子，焦虑不安地看着嘎尔迪老爹手上将挥动的一面小红旗。

当嘎尔迪老爹手中的小红旗举起落下，将是一马领先，万马奔腾，届时，成千上万只硕大的马蹄子会从拉西他们的身上踏过，直至把他们踏成肉酱，狠狠地浸进泥土之中。

这是让布里亚特众想起都为之动容的酷刑，就连嘎尔迪老爹也想不起他曾在什么时候使用过这样的刑罚。

他看到色旺手中那面小红旗，他已经感到色旺心房的紧张颤抖。刹那间，他感到这面小红旗像铅铸的一样沉重。

色旺的后面还跟着小苏赫，小苏赫一脸紧张地对嘎尔迪老爹说，刚才朝鲁黑马营的人报告，从赤塔和乌金斯克方向来了不少红军，是班扎尔少爷亲自统领的，先头部队已经与黑马营接上火了。

嘎尔迪老爹眯缝着眼睛问："班扎尔有多少人？"

小苏赫小心翼翼地回答："回老爷的话，报信的人说是万余人。"

"咋有这么多人？"嘎尔迪老爹吃惊地睁开了眼睛，"不会传瞎话吧？"

"黑马营报讯人讲了，是顿河来的哥萨克接受了班扎尔少爷的改编，犯境的前锋马队全是哥萨克。还有……"小苏赫忽然变得有些吞吞吐吐了。

"说！往清楚里说，蠢货！"

"班扎尔少爷托人带信，说老爷只要放回拉西他们，交出卡捷琳娃公主，放下武器，接受苏维埃政权的领导……"

"好了。"嘎尔迪老爹嘟囔了一声，小苏赫立即不语了。

嘎尔迪老爹漠然地望着东边海浪一般起伏的马群，忽然色旺叫了起来："老爷，你看，医院那边跑过来两匹马。"

果然有两匹走马奔了过来，色旺高兴地道："是博士老爷和金达耶娃。老爷，原来金达耶娃和博士老爷在一起。"

嘎尔迪老爹道："瞎嚷嚷什么，老爷我看得清清楚楚哩。你瞎高兴什么，嘴巴都扯耳后了。"

色旺道："老爷不是常说萨瓦博士是上帝吗？博士是智慧之人，现在咱们正需要有智慧之人。"

嘎尔迪老爹沉下脸道："那老爷是什么，我是蠢货？"

说着，两匹马来到了包前。萨瓦博士下了马，并且把金达耶娃搀扶下了马。

色旺赶快跑了过去，笑着说："欢迎博士老爷，嘎尔迪老爷正等着你哩！金达耶娃，老爷送你的马你咋让人家打死了？老爷正生你的气哩，你还不快点给老爷赔罪去！"

金达耶娃道："我就是来给老爷说这事的。要不我早来了，可我昏死过去了，等我醒来以为晚了哩，佛爷保佑，佛爷保佑……"

她一眼看见了色旺手中的小红旗，骂道："你个死色旺，还不把手中的小红旗放下，要是瞎晃悠，马群炸了，出人命哩！"

色旺一听，吓得忙把小红旗放在了背后。

金达耶娃挺着隆起的大肚子，跟在萨瓦博士的身后，蹒跚着来到嘎尔迪老爹的面前。

"老爷，"金达耶娃凄楚地叫道，"饶了拉西这个牲口吧。我不能让没有出世的孩子一出生就没有父亲！草原上的马儿羊儿都有父亲，老爷，您是草原上的太阳，您的阳光应该普照万物生灵……"

"我是太阳？"嘎尔迪老爹气咻咻地道，"这些狗东西们，要用套马杆子把我往地下捅呢！把我当发臭的奶豆腐往草地上摔哩！"

"老爷，他们是不懂事的马驹子，您老人家怎么能和生马驹子斗气呢？"

金达耶娃伏在地上不断地给嘎尔迪老爹磕头道："放他们一条生路，他们还是您老人家的仆从，饶了他们吧，他们仍是草原上会唱歌的牧人！"

"是啊，是啊，"萨瓦博士点头道，"耶娃这小蹄子说得不错，他们是草原上会唱歌的小鸟，我知道，他们唱得好听着哩！"

"嘎尔迪先生，昨晚草原上发生了这么多的事情，已经引起骚乱了。嫂子河那边布尔什维克的先锋部队正与先生的人马交火，已经有伤员正往医院这边送哩。"萨瓦博士道，"我担心，这次先生若是处置了这些布尔什维克年轻人，必定会在草原引起一场大战……"

"他们的人死在草原就是我杀的？也不问个青红就找我问罪，我是啥，是他们的夜壶？是人不是人就想往我的头上尿一道？我的太太，让人尊敬的俄罗斯卡捷琳娃公主，已经进了我的包里，他们还派这些混蛋来要抓回去审判！审判什么，就因为她是公主，还是因为她是嘎尔迪的女人，还是因为他们是布尔什维克，就可以想审判谁就审判谁？"

嘎尔迪老爹气得站起，怒道："我还真不信了。色旺，把你的小红旗给我，给我！"

色旺要递过小红旗，却被萨瓦博士拦住，嘎尔迪老爹和色旺都愣在了那里。

"老爷，老爷……"金达耶娃跪在嘎尔迪老爹的脚下，一遍一遍地哀求着。

萨瓦博士走到嘎尔迪老爹跟前，掏出那把腰刀，双手递给嘎尔迪老爹。嘎尔迪老爹眯起眼睛，仔细打量着萨瓦博士："萨瓦先生，您这是干什么呢？"

"嘎尔迪先生，你送我这把腰刀时，许诺过我，答应我的一切要求。"

"不错！我一口唾沫，把石头都能砸出坑来！你有什么要求，说！"

"嘎尔迪先生，我求您把这些青年人放了。"萨瓦博士一字一顿地道，"把两位红军的遗体交给赤塔的布尔什维克，告诉他们查清真相捉拿凶手后，一定会妥善处理。"

"萨瓦博士，这能怨我吗？死去的红军还有我的安达，尽管他是俄罗斯人。我的牛羊在海子边嬉戏，我在草地上躺着晒太阳，我的女人在自己的包里唱着歌，我们就这样在自己的土地上生活着。我们没有招惹任何人，一会儿尼古拉二世，一会儿顿河哥萨克，一会儿高尔察克，是他们举着刀枪，狗爪子狼踪地践踏着布里亚特草原！凭什么呀？就是因为我们没了主子？大清顾不上我们了？我们就该让人宰杀？我们是没爹没妈的苦孩子，就该受他们欺负？他们以为蒙古爷们真的没有脾气了，只会捧着哈达扯着嗓子唱长调了？爷爷身上流的是苍狼之血，爷爷不想杀人，可爷爷不怕被人杀也不怕杀人！现在更好，布尔什维克又来了！一会儿是朋友，一会儿是安达，我没有得罪过他们呀！博士你说说，我哪点对不起他们了？你有智慧，你给我说说。"

面对嘎尔迪老爹的咄咄逼问，萨瓦博士一时语塞了，他想了想说："我对你们的历史不太清楚，对布尔什维克更是没有研究，一知半解不好做出评判。今天我们不谈这些，我只是希望……"

这下嘎尔迪老爹来劲了，雄赳赳地道："我那混蛋儿子不是纠集了一万人马来夺他老子的命吗？班扎尔不是要越过嫂子河占领我营盘地吗？来吧，拼吧，杀吧，大不了大家都在布里亚特草原上粉身碎骨！"

"布里亚特草原上的血腥味太呛人了，都已经渗进我的毛发里了。"萨瓦博士对嘎尔迪老爹道，"你还要死多少人啊？醒醒吧！"

"是我愿意死人啊？"嘎尔迪老爹喊了起来，"他们不就是欺负我们有草没地，有家没国吗？让你当司令你就得当司令，让你交出自己的老婆就得交出自己的老婆，我好歹还是大清的二品台吉呢！蒙古爷爷窝囊了二百多年了，我这次就痛痛快快拼个死活吧！"

他说着要从色旺手里夺过红旗，却被萨瓦博士一把夺下，并使劲地摔在了地下。他火了，放开声音怒喝嘎尔迪老爹道："你要什么混蛋？你这小旗扬下去，又得死多少布里亚特男人！"

金达耶娃喏喏地悄声道："老爷，萨瓦博士老爷都发火了。真的，草原上蒙古爷们越来越少了，让女人们咋煎熬呢？"

嘎尔迪老爹一愣，金达耶娃这话刺得人心疼哩。

嘎尔迪老爹哈哈地笑了起来，对萨瓦博士道："你骂我混蛋？你还会骂混蛋？原来上帝也会骂人哩！"

萨瓦博士认真地道："我不是上帝。嘎尔迪先生，你以父亲的名义向我做过许诺的，答应我，放掉这些青年人！"

他说着，冲嘎尔迪老爹双手托起了腰刀。

这也许是一个最好的台阶，嘎尔迪老爹此刻最清楚这一点。

草滩上一下子静寂了起来，嘎尔迪老爹望着波浪涌动的马群，脸色有些黯然。

嘎尔迪老爹知道，布里亚特再也打不起仗了。仅剩下妇孺的草原还叫草原吗？金达耶娃这个小骚蹄子说得不错，草原上再也死不起人了。自己并没有招惹布尔什维克啊，甚至还率部帮助布尔什维克给顿河来的高尔察克匪帮打过一仗，倒下了多少活生生的布里亚特汉子啊！可班扎尔这个杀红眼睛的小畜生非要把自己的老爹逼到水边上，还要让自己把自己新婚的妻子送到苏维埃设立的绞首架前，这让嘎尔迪老爹感到了从未有过的屈辱。以嘎尔迪老爹的人生经验来看，事事都有转机，此刻，嘎尔迪老爹心存一丝侥幸，他若将拉西他们放回去，也算是给了班扎尔一个台阶下。俩人都有了台阶下，路不就宽了？嘎尔迪老爹甚至认为，班扎尔和他一样都在寻找着退缩的台阶。有了这个台阶，兴许班扎尔这小畜生会停止对他老子大动干戈哩。

班扎尔在赤塔搞他的苏维埃，自己仍在布里亚特草原上放牲口。汉人的山曲咋唱了？浅色的裤腰深色的裆，谁也踩不了谁的行。对，谁也踩不了谁的行。

想到这儿，嘎尔迪老爹嘿嘿地笑了。

他对萨瓦博士道："我说过，您是布里亚特草原的上帝，我怎么敢拂上帝的旨意呢？我当着父辈留下的腰刀起誓，放这些青年人回赤塔去。他们是我的孩子，我怎么会跟他们有仇呢？"

金达耶娃一听，立即冲嘎尔迪老爹和萨瓦博士磕头道："谢谢仁慈的老爷！谢谢博士老爷！烂鼻头拉西有救了。谢谢老爷，谢谢老爷。"

金达耶娃胡乱磕着头。

嘎尔迪老爹道："你去让拉西来我这儿磕头吧。"

金达耶娃一听立即从地上了爬了起来，腆着个圆肚子朝草地上颠颠跑去。

嘎尔迪老爹咧着嘴道："瞧她高兴的，这个蠢娘们！"

萨瓦博士道："我知道嘎尔迪先生是个仁慈的人。谢谢你战胜了自己，拯救了自己，同时也拯救了布里亚特草原。我也知道我不会白张这口的，因为先生是重信承诺的人。"

"当然，当然，"嘎尔迪老爹道，"我说过，你就是我请来的上帝，萨瓦博士的面子比天大。"

萨瓦博士淡淡地一笑。

嘎尔迪老爹对色旺挥手道："传我的令，把这些青年人放了吧。把他们的衣服剥光，让他们光屁股去见班扎尔。顺便给班扎尔捎个话，他要是再给布里亚特草原上派红党，那就绝不是剥光衣服的事情了。"

"好哩。"色旺脸上乐开了花，笑眯眯而去。

嘎尔迪老爹对小苏赫道："你把瓦林耶夫他们的尸体让喇嘛们收拾干净，抹上酥油，再穿戴整齐点，给他们送过去。你带上去送，让你那老爹老苏赫司令给班扎尔和谢尔盖他们说说情况。让他们掰着脚丫子想想：我跟我的安达瓦林耶夫有仇啊？"

小苏赫看着他，嘎尔迪老爹道："你还瞪着大眼等啥，快去办啊。"

小苏赫答应了一声，匆匆忙忙地走了。

悠悠的海螺声响了起来，马群像海浪退潮一样慢慢消失在茫茫的西伯利亚草原上，一并带走了草原上的骚动和不安。草原安静了下来，安静下来的草原让嘎尔迪老爹的鼻尖莫名地有些发酸。

他抹了一下发痒的眼窝，对萨瓦博士道："进我的包里坐坐？我那里有上好的俄罗斯红茶。咱们好长时间没有好好说说话了。"

萨瓦博士摇了摇头道："改日我再去你的包里喝茶吧，医院里还有个病人需要手术。"

他说完要走，却见赤着身子的拉西跟在金达耶娃的后面走了过来，拉西只用一块脏污的烂羊皮遮着下身，怯怯地来到嘎尔迪老爹的跟前。

金达耶娃骂他："死人哇，还不快给嘎尔迪老爷跪下。"

"舅舅老爷，"拉西叫了一声，跪在了嘎尔迪老爹的面前，"谢谢舅舅老爷留我一条小命。"

嘎尔迪老爹哼了一声道："要谢你就谢萨瓦博士和金达耶娃吧，舅舅我可没有那么仁慈。"

拉西冲萨瓦博士道："谢谢仁慈的博士。"

萨瓦博士道："不管是红党还是白党，俄罗斯人还是布里亚特蒙古人，谁都没有漠视生命的权利。我尊重的只是生命，包括你。"

萨瓦博士盯着拉西："尽管我不喜欢你。"

嘎尔迪老爹看看金达耶娃隆起的圆肚子，狡黠地眨眨眼皮道："这狗东西的确是不太招人喜欢。"

他说着，冲着拉西轻轻踢了一脚，阴沉着脸道："你现在就去告诉班扎尔，让他的红党滚回赤塔去，不要染指我的布里亚特草原！要不，我把他的红脑壳打烂，红爪子砍断！滚吧！"

拉西扯着烂羊皮站了起来，并用它遮住下身道："舅舅老爷，那外甥就滚了。"

"滚吧，滚吧！"嘎尔迪老爹嘟哝着，"没有人想见到你。"

拉西倒退着走了两步，又停住了。

他脸上荡起一层涎笑，冲萨瓦博士道："博士老爷，耶娃的肚皮里揣着我的驹哩。您老人家要是再使唤她，千万别伤着我的驹……"

"滚！"金达耶娃恼怒地喊，声音咆哮得就像一颗出膛的炮弹。拉西颠着白屁股，慌乱地钻进了草丛里，三蹿两蹿，不见了。

"这狗东西，"嘎尔迪老爹在他的背后发出了一阵阵大笑，"这狗东西……"

嘎尔迪老爹笑得几乎喘不过气来，他瞅了萨瓦博士一眼，萨瓦博士一脸漠然地站立在苍茫的草原上，从贝加尔湖掠过的腥味颇浓的湖风使劲掀动着他长长的棕发……

嘎尔迪老爹以为萨瓦博士在生拉西的气，便走到萨瓦博士的跟前道："你要是气不过，咱把拉西拴在你的马尾巴上，狠狠拖他一蹦子？"

一蹦子就是骑手策马一鞭在草原上奔跑的里程。

萨瓦博士摇了摇头道："我哪儿顾得上那个烂鼻头拉西的什么鬼话。我在想，得赶紧进些治外伤的药了。嘎尔迪先生，我们真要与赤塔的红党打一仗？"

嘎尔迪老爹无奈地叹了一声道："真是奇了怪了，我与红党无冤，红党却与我有仇。人家要是逼得我活不下去了，你说这仗打不打？"

26 谢尔盖觉得自己是被班扎尔揪着脖领子提上战马的

这天夜里，闷热的布里亚特草原终于迎来了清凉的夏雨，一下压住了不断升腾的暑气，嘎尔迪老爹的大包里清凉了许多。嘎尔迪老爹与卡捷琳娃已经分床睡了一段时间，出了这事后卡捷琳娃心中有些不踏实了，竟然没有了睡意。她在床上辗转了一阵时间，最后还是钻进了嘎尔迪老爹的大熊皮被子里。

嘎尔迪老爹问她："咋了？你还真怕这帮小兔羔子找你麻烦啊？我把他们全光屁股撵跑了。本该按老规矩万马踏死，可老爷我一想，你这里有喜了，怕是见不得血光……"

他说着，轻轻拍了一下卡捷琳娃暖暖的肚子。

卡捷琳娃道："老爹仁慈，就是佛爷！可我还是有些不踏实……"

嘎尔迪老爹道："我给你说吧，咱这包是铜墙铁壁。明枪暗枪，几十条枪护着你哩，你怕什么呀？"

卡捷琳娃道："我就是想老爹了，抱着老爹，贴着老爹这热热的身子，老爹才是铜墙铁壁。"

嘎尔迪老爹听得有些激动，伸出胳膊搂住卡捷琳娃，说："真像那些拉骆驼的汉子们唱的，面对面睡下还想你。"

"老爹乖，"卡捷琳娃亲吻了一下他宽大的额头道，"现在我要郑重宣布一条扎撒：只许我碰你，不许你碰我！"

嘎尔迪老爹哈哈地笑道："好，你就是我的扎撒！"

嘎尔迪老爹轻轻把卡捷琳娃揽在胸前，卡捷琳娃像只猫一样挤进他的怀中，顷刻，便发出了轻轻的鼾声。这甜香的均匀的鼻息声，就像是一首催眠曲，嘎尔迪老爹很快也睡着了。俩人睡意正浓，忽然卡捷琳娃公主啊地尖叫一声，嘎尔迪老爹应声而起，两支子弹上膛的大镜面匣子枪从枕头底下忽地抽了出来，闪着珐琅蓝光的枪身在暗夜中画了个弧，就像大夜中猛然惊醒的两只蓝精灵。

嘎尔迪老爹关切地问："梦到什么了？给我说说，我让奥腾大喇嘛明天给你破了它。"

卡捷琳娃压抑不住内心的激动，迫不及待地告诉嘎尔迪老爹，是她的肚内动了一下，是那个猫狗般可爱的小生命有了可喜的灵动。哎呀，他又在动，哎呀……

卡捷琳娃又欢喜地叫了起来。

嘎尔迪老爹长嘘了一口气，收好了匣子枪，把肥厚的大耳朵紧紧贴在卡捷琳娃温润的肚皮上，静静听了一气，却不见动静，不禁着急起来，像只抓挠跳蚤的小狗动来动去的。卡捷琳娃伸出浑圆的臂膀搂住嘎尔迪老爹毛毛茸茸的大头颅，让他耐心等待，静心聆听生命的律动。

就在嘎尔迪老爹听到又一声惊心的悸动时，蠢货色旺却闯进了大包内，报告了嘎尔迪老爹一个更加惊心的消息：红党的先头部队已经开始强攻嫂子河了。

嘎尔迪老爹知道嫂子河是布里亚特部落的天然屏障，汹涌澎湃的河水将布里亚特蒙古人划成两个营盘，河北是仁钦王爷的乌金斯克部落，河西是嘎尔迪老爹的驿站部落。

相传在很久以前，河南住着富哥哥，河北住着穷弟弟，一个叫萨日（月亮）的姑娘爱上了穷弟弟，但贪财的父亲非要把月亮姑娘嫁给富哥哥。月亮姑娘拗不过父亲，又深爱着穷弟弟，就想跳河殉情。穷弟弟在河中救下了月亮姑娘，并作为送亲人送月亮姑娘出嫁，当一身嫁衣的月亮姑娘坐上鹿皮船过河时，穷弟弟悲怆地大叫了一声嫂子，引得月亮姑娘泪水如雨，河水陡涨了几尺，从此人们称这条河为嫂子河。

从此，这里流传着这样一首民歌，就叫《伤心的嫂子河》，歌中这样唱道：

> 凤凰降落在梧桐树上
> 流水把月亮姑娘变成了嫂子
> 美丽的云彩飘在天边
> 再好的姑娘永远是人家的

当嘎尔迪老爹率兵一路泥泞地赶到嫂子河畔的时候，已是天亮时分。他在嫂子河西段见到了自己的亲外甥阿布尔，他是自己姐姐奥里娜的大儿子，现在是统领千户的白马营扎苏勒。阿布尔对嘎尔迪老爹说："舅舅放心，我白马营防地不会放一个红党过来。"

嘎尔迪老爹连连说："那就好，那就好。我得去黑马营那面盯着点，他们那面河道窄，河滩宽。我怕老朝鲁那边出问题。"

"舅舅，要不我抽出些人马支援老朝鲁？咱白马营随叫随到，就是老爷您手上的白毛风，无往不胜！"阿布尔雄赳赳地说。

自幼嘎尔迪老爹就看重阿布尔。这孩子诚实正直，小时候，他和达日扎、班扎尔、拉西一同在大包跟着图里读书时，从不参与达日扎、拉西等人的胡闹。也不像班扎尔读书读得疯疯痴痴，总那么沉稳稳的。他还正直，敢揭发达日扎等人的恶作剧，但从不在背后说，总是当着他们的面，告诉嘎尔迪舅舅和索尼娅舅母。这点特别让索尼娅看重，她认为这是做人行事的好品行。索尼娅告诫这些孩子们：爱护名誉从幼时起，爱护衣服从新时起。阿布尔认准了这一点，小小的年纪就知道洁身自好，就连孤傲的班扎尔也对他有几分佩服。达日扎战死后，嘎尔迪老爹更对他格外看重，甚至有让他当驿站接班人的念头。铁路大修建时，嘎尔迪并没有把阿布尔送到赤塔的军校去，而是把他送到了铁路工地跟着瓦林耶夫学本事。当时，班扎尔也跟着瓦林耶夫，可嘎尔迪老爹觉得班扎尔对瓦林耶夫太依赖了，看瓦林耶夫的眼神就像是看父亲，这让他很不舒服。而阿布尔呢，办事有板有眼，就是学本事，学技术，对修路之外的事情不闻不问。工地上火热热闹罢工时，他仍像没事人似的，每天忙碌在工地上，画图演算。这份耐力让嘎尔迪老爹格外敬重，他认为阿布尔是个办大事情的人，他放心地把有战马上千的白马营交给了阿布尔，让他担任统领千户索木的扎苏勒。他想让阿布尔多多历练，到时嘎尔迪老爹就会放心地把驿站营盘地交给他。在所有的晚辈孩子中，阿布尔是让嘎尔迪老爹最放心的一个。

"好！好！"嘎尔迪老爹拍拍阿布尔的脸蛋，告别了嫂子河西线，带着色旺一行卫兵继续在雨中前行。天快亮的时候，雨慢慢停了，东方天际厚厚的云霾中透出火红的朝霞，宽敞的嫂子河岸上躺着一些战死的士兵。嘎尔迪老爹一路上担心嫂子河畔的守军抵挡不住红党部队的进攻，现在他觉得自己的担心有些多余了。

朝鲁是率部坚守河滩阵地的扎苏勒，他一身血污扯着嗓子向嘎尔迪老爹报告："啥红党？全是哥萨克这些六条腿的牲口！摇身一变，就红党了？想占我黑马营的便宜？我用三十挺机关枪突突他们，全把他们打成了翻盖子的大王八！"

嘎尔迪老爹使劲嗅了嗅，空气中弥漫了尸臭和血腥味。他觉得胸腹之中翻江倒海一般，一阵阵恶心袭来，甚至有了想呕吐的感觉。

嘎尔迪老爹闭上了眼睛，细心的色旺，急忙递上装马奶酒的皮囊，嘎尔迪老爹接过，嗅了嗅，一缕马奶酒的清香直沁心脾，他仰脖灌了几口，立即神定魂安。

嘎尔迪老爹问朝鲁："朝鲁，你现在能不能告诉我，他们的援兵现在什么位置？"

朝鲁嘶哑着嗓子道："老爷，我听马啸声不少，得有万儿八千的，现在全都隐在河对岸的树林和草丛里。我就是闹不明白，他们究竟在等什么呢？痛痛快快地过来打啊！"

嘎尔迪老爹凝眸道："是啊，等什么呢？等我的大部队到，摆好了阵势，好从从容容地突突他们。朝鲁，你说，我那混蛋儿子不会这么傻吧？"

"班扎尔少爷咋会傻呢？"朝鲁咽了口唾沫道，"老爷，您要不是来得及时，我还怕顶不住呢！我就闹不明白，班扎尔少爷咋就按兵不动了呢？"

嘎尔迪老爹道："那他就是攒足了劲在等着老爷我了。我想他一定是给咱们准备了好东西。"

"啥好东西？"朝鲁有些不解地问。

"你过来。"嘎尔迪老爹有些神秘地对朝鲁道。朝鲁凑了过来，嘎尔迪老爹贴着他的耳根讲了起来，朝鲁一边听，一边点着头。

"这回明白了吧？你要是错过了时机，长生天可不会照顾咱们第二次了。"

朝鲁咧着大嘴道："我知道了。"

嘎尔迪老爹瞪着大眼珠子道："那你还傻站在这儿干什么？快带上你的黑马营，照我的命令办啊！"

朝鲁答应了一声，兴冲冲地要走。嘎尔迪老爹又喊住了他："你等等。"

朝鲁看着嘎尔迪老爹："老爷，您还有啥吩咐的？"

嘎尔迪老爹将手中的皮酒囊递给朝鲁道："这是六酿的熏舒尔好酒，你带在路上喝吧！"

"老爷，"朝鲁扑通一声跪倒在嘎尔迪老爹面前，"熏舒尔是祭长生天和圣主的，是老爷您享用的，我咋敢喝呢？啥时候朝鲁也不敢坏了祖宗的规矩啊！"

嘎尔迪老爹有些发愣，鼻子也有些酸凄凄的。

他将手中的皮酒囊又交还给了色旺，扶起朝鲁道："好兄弟，活着回来！到时我让你统领千户……"

朝鲁谢恩而去。望着朝鲁的背影消失在草丛里，嘎尔迪老爹用袍袖抹了抹眼睛，吐了一口长气道："命令部队占领坡丘，构筑掩体，不许放一个红党越过嫂子河。"

色旺答应了一声，接着草原的上空响起了呜呜咽咽的海螺声，集结的布里亚特骑兵眨眼占据了嫂子河畔的山坡土丘，紧张地埋灶烧饭，构筑掩体。没有卸鞍的马匹不时发出咴儿咴儿的嘶鸣，引起河对岸战马的呼应，呼呼的河风中夹杂着大战前的不安，掠过每一个人的心头。没有人知道为什么要与红党打仗，就连嘎尔迪老爹也不甚了然。他想：人我给你们放回去了，不过就是吓唬吓唬，臊臊他们，瓦林耶夫我也给你们收拾干净送回去了，咱没结下什么大仇啊？这枪炮一动，血仇可就结下了，你们非要逼我跳了贝加尔湖啊。

他不明白为什么读了几年大书的儿子，会成为自己的死敌。班扎尔是想提前抢夺布里亚特部落的辖治权？真若是这样，也犯不着如此动枪动炮，让布里亚特部众尸横遍野，血流成河！他可以打老子的黑枪，在老子的酒杯里下毒嘛，那多省事！千百年来，自从嘎尔迪老爹的先祖主掌这个部族以来，不乏父子相残，兄弟交恶，可你上我下，你死我活，不变的是先祖留下来的规矩！但是班扎尔这个孽障，这个混蛋要毁掉的是先祖们血脉维系的规矩和传统！先人留下来的规矩，这就像长在布里亚特蒙古人身上的一个好物件儿，要就这样让班扎尔这个混蛋儿子给毁了，那才对不起天上的列祖列宗呢。

嘎尔迪老爹眯缝着眼，打量着水浪翻滚的嫂子河，河水汩汩呜咽着东去，嘎尔迪老爹仿佛看见自己和班扎尔的尸体纠缠在一起，在水浪里漂浮翻转。嘎尔迪老爹知道这是幻觉，但这幻觉告诉他，在嫂子河上，他和自己的儿子有一场生死恶斗。也许，真像这些红党在歌中唱的，这是最后的斗争！

"最后的斗争，"嘎尔迪老爹喃喃道，"唱得好啊，好啊！"

色旺轻轻来到嘎尔迪老爹的跟前，悄声地道："老爷，您的包已经扎好了，您鞍马劳顿了，该歇歇了。"

嘎尔迪老爹骑马上了一面山坡，在刚刚扎起的一座毡包前下了马。

毡包内十分宽敞，中央放着一张大桦木桌子，桌子上铺着作战地图，还有一架望远镜。嘎尔迪老爹拿起了望远镜，通过大门对着面前的嫂子河看了起来。在河对面没腰深的草丛里，黑森森的树林内，频频闪着明晃晃的光点，晃得嘎尔迪老爹有些眼花缭乱。

嘎尔迪老爹知道那是隐在草浪树丛中的枪刺和刀锋在闪光，广袤的草原上埋伏着班扎尔的千军万马，只待一颗信号弹起，将是山摇地动，地陷天塌。

一场昏天黑地的大战。

嘎尔迪老爹已经预见到这场即将开始的杀戮，他放下望远镜，慢慢闭上了眼睛。色旺小心翼翼地站在嘎尔迪老爹的身边，有些手足无措。

嘎尔迪老爹叫了声："色旺。"

色旺道："老爷，您吩咐。"

"你说，"嘎尔迪老爹睁开了眼睛问，"班扎尔这个混蛋小子现在干什么呢？"

"老爷，这可为难小的了。"色旺赔着小心道，"色旺是蠢货，蠢货怎么能知道班扎尔少爷的动静呢？"

"你猜猜看嘛！"

嘎尔迪老爹微笑地看着色旺。

色旺伸出蛇芯子一样的舌头，舔了舔干裂的嘴唇，有些为难地道："老爷，这可不好猜。老爷，您让我这个蠢货猜，那我就猜了。"

"猜吧，猜吧。"嘎尔迪老爹仍是笑眯眯的。

色旺伸出大手挠了挠蓬松松的头发，道："我想，老爷您大驾亲征，咱老祖宗的大纛在山顶上一飘，班扎尔少爷还不带着他的人马吓得跑回乌金斯克？"

"那他还是我的儿子吗？"嘎尔迪老爹板下脸训斥色旺道，"你这蠢货，还是个马屁精！"

这次连包里的几个参谋人员也哈哈地笑了。

嘎尔迪老爹脸上也荡出了几丝笑，色旺道："老爷，您一笑，大家都踏实了。你们说是不是？"

色旺问跟前的几个参谋人员，参谋们冲着嘎尔迪老爹点头微笑。

"还是我告诉你们吧，"嘎尔迪老爹挥着大手朝着河对面一指，"我闻见这个小狼崽子身上的味了。他就卧在河对面的树丛里，瞪着一对小狼眼偷窥老爷我呢！"

色旺道："老爷，我咋看不见呢？"

一个参谋笑他道："你就是鹰眼又能看多远？得拿望远镜看。"

色旺拿起了望远镜看了一阵，嘟哝着："老爷，我咋还看不见呢？"

嘎尔迪老爹踢了色旺的屁股一脚，大笑着说："你这蠢货，再给你长两只眼睛你也看不见！老爷我是用心看见的！知道吗？用心看！"

"用心咋看？"色旺显得迷迷瞪瞪的，一副傻呆呆的模样，"心又不是眼睛，咋看？"

"这蠢货，蠢货！"嘎尔迪老爹乐不可支地道，"你要能用心看见东西，早就成精了！我看见他了，看见他了！这次我可逮着他了！"

嘎尔迪老爹说着，提起一支毛瑟步骑枪，走出了毡包。

他举枪道："我掀不掉他的天灵盖，也得吓出他的尿来！"

嘎尔迪老爹冲着嫂子河对岸放了一枪，清脆的枪声划破雾霭，飞了出去。枪弹几乎是长着眼睛，钻进了嫂子河对面的树林里，将班扎尔头上的灰军帽穿了一个洞，然后狠狠扎进了班扎尔身后的一株树干上。

当时，班扎尔正坐在一株树墩子上聚精会神地看地图，忽然飞来的枪弹引得警卫人员一阵紧张。

班扎尔摘下军帽，看了看帽子上的破洞，冷冷地道："我知道是谁放的枪！我们的战争已经开始了。嘎尔迪老爷，我会还你这一枪的！"

班扎尔说着站了起来，大声地叫道："老苏赫——"

老苏赫跑了过来，冲班扎尔敬了一个礼。

班扎尔怒冲冲地问："你告诉我：山炮团现在究竟在什么地方，为什么还没有到达指定位置？"

"报告班扎尔同志，我去查看过了，雨下了一整夜，草地泥泞湿滑，炮车又重，行进起来实在是困难。我已命令他们全速前进！"

"山炮团已经贻误了战机，犯下了不可饶恕的罪行。你去传我的命令，立即撤销山炮团长白音格的职务，送交军事法庭审判。"班扎尔双目炯炯地看着老苏赫，"现在由你接任白音格的职务，你的任务是，在黄昏开始渡河前，山炮团的一万发炮弹要全部，一颗不剩地泻到嘎尔迪老爷的阵地上。"

"班扎尔同志，山炮团还在一百里开外的沼泽地上打滚呢！"老苏赫有些为难地对班扎尔道，"你看能不能将渡河的时间推迟……"

"绝对不行！"班扎尔断然拒绝道，"我们是在摧毁远东的最后一座封建堡垒，我是一分钟也不想延搁下去了。你若完不成任务，我就把你就地枪毙！苏赫同志，你听明白了吗？"

"听明白了，"老苏赫双脚跟一碰，冲班扎尔敬了个礼，"我若是完不成任务，用不着你枪毙，我自己就把自己吃饭的家伙打烂。拉西，你们几个上马跟我来。"

苏赫招呼了拉西等人一声，拉西和十几个士兵跃上马，跟着老苏赫冲出了丛林。老苏赫也不明白咋就真的动枪动炮了，因为他十分清楚谢尔盖的作战部署。

当谢尔盖知道抓捕卡捷琳娃的计划失败后，为了稳定住班扎尔怒不可遏的情绪，他只同意了武力威胁嘎尔迪老爹的计划，就是在嫂子河边摆开阵势让嘎尔迪老爹妥协，同意交出被捕的拉西等布里亚特红军。可谁知班扎尔派出的先头部队是一支刚被改编的哥萨克，军纪非常松弛，这些马上的大爷们虽然换了装束，头上戴上了红星军帽，但基本还是一群六条腿的牲口，无恶不作。

红军要整顿军纪，他们的司令官古卡耶夫一口气毙了几个闹腾得太猖狂太出格的家伙，这些哥萨克才算有些收敛，才勉强算得上是支队伍。古卡耶夫将军接受红军改编的条件就是，替布尔什维克拿下嘎尔迪老爹的驿站营盘地，布尔什维克同意其携家眷远走东方。班扎尔非常不满意古卡耶夫跟他讲条件，训斥古卡耶夫的侄子阿廖沙，一位在赤塔军校时就一起宣传布尔什维克的老战友老同学，是他一手促成了其叔叔古卡耶夫队伍的改编。面对批评，阿廖沙只能冲他耸肩，双手一摊，表示他已经做了最大努力。班扎尔皱眉想了半天，最后一咬牙，还是答应了古卡耶夫的条件。他也像谢尔盖一样，学会了妥协，但只对自己的父亲嘎尔迪老爹除外。

听说是打驿站营盘地，古卡耶夫队伍的热情十分高涨，布里亚特人的富庶和美丽的布里亚特女人早让这些歪戴着红军帽的哥萨克们垂涎三尺，不用战前动员乌拉乌拉的呐喊声便响彻云霄。不等授旗，古卡耶夫的先头部队已经蹿出好几十里。当班扎尔制订的详细的作战方案，通过参谋部向队伍下达时，古卡耶夫的人马已经早就拥挤在嫂子河北岸，胡乱地放了枪。

朝鲁在河南岸工事里，用望远镜打量着河那边的这一锅乱粥，心中也产生了疑惑：这是要打仗呢？还是要逃难？红军打仗是不怕死，可也不是这么个死法啊？班扎尔少爷带的这是一支什么样的队伍？

当拉西一行赤着身子披着夜色逃回嫂子河北岸后，谢尔盖立即命令班扎尔结束这次军事行动，但为时已晚，原来古卡耶夫已经下达了渡河命令。实际上是哥萨克们一到了河边，就枪炮齐鸣开始强渡，古卡耶夫也不过是替他们补了一下手续。朝鲁的黑马营早在对岸等着他们，一场混战过后，哥萨克们便自动撤退了，河滩上只留下了百十具尸体和大群大群的秃鹫，还有哥萨克们躲在丛林里隔河射击秃鹫的激烈枪声。

愤怒的班扎尔一面叫喊着要枪毙古卡耶夫，下令执法队要全突突了这些不听调动的败兵，一面调动着部队，准备更大的进攻。他知道开弓就没有回头箭，这次不管什么样的代价，也要攻克远东的最后一块封建堡垒，让共产主义的红旗飘扬在整个远东。谢尔盖在电话里提醒班扎尔，革命需要理智需要清醒，这就必须要学会学习，共产主义绝不是一蹴而就的。班扎尔在电话里冲谢尔盖喊："这是战争，这是战争！再错失战机，我们就是对布尔什维克事业的犯罪！谢尔盖同志，你来看看被秃鹫啃吃撕扯的战友尸体吧，看看淌着我们同志鲜血的嫂子河吧！看看摩拳擦掌怒火冲天的战士们吧！"

谢尔盖还要说什么，可班扎尔已经放下了电话。谢尔盖火了：他眼中还有没有我这个上级、州苏维埃主席、远东人民委员？班扎尔是什么，他就是在我们阵营中的一个活脱脱的老嘎尔迪。这些蒙古人啊，不驯就是他们的天性，谢尔盖恨不得将电话那头的班扎尔一把揪过来，狠狠踢上几脚。谢尔盖想象着将班扎尔狠踢了几脚后，胸中的怒火才渐渐平息下来。既然战火已开，那就要审时度势，掌握战争的主动。这就像革命，就像巴黎公社，战火已经燃起，尽管有这样和那样的不成熟，看看我们的导师们是怎样对待这场革命的。谢尔盖想象着嫂子河这场混战，考虑着各种各样的后果，越想越觉得自己应该立即奔赴嫂子河前线，自己要亲自指挥这场战役，以最小的代价获得最大的胜利。谢尔盖觉得自己好像是被班扎尔揪着脖领子提上战马的，这让他这个赤塔州苏维埃主席、远东的人民委员很不舒服。他要着眼远东的全局，甚至俄罗斯苏维埃革命的全局，来处理布里亚特游牧地这个点。嘎尔迪老爹的布里亚特骑兵，是远东的一支重要军事力量，现在不是把他打掉消灭，而是利用他，掌握他，用他去对付苏维埃最大的敌人高尔察克。老嘎尔迪已经放回了拉西这伙人，这是在向我们摇橄榄枝，应当紧紧抓住这个大好机会，与老嘎尔迪达成和解甚至是妥协，让其慢慢适应，渐渐促成驿站营盘地的布尔什维克化。而不是武力消灭，武力是解决不了问题的，他们实际上是一伙固执的中国人，是命运把他们抛到了这里，是历史的大车轮子把他们甩到了这里，他们无法改变历史，无法改变命运。但他们可以固执地活在历史里，这同样是谁也不可以改变的。谢尔盖不明白班扎尔怎么连这么个简单的道理都不懂呢？他都不知给班扎尔提醒过多少次。谢尔盖甚至想以远东苏维埃人民委员的名义解除班扎尔的工作，千万不能让班扎尔这个生马驹子搅了远东的大局。可班扎尔在乌金斯克部落里的位置，如同老嘎尔迪在驿站地的位置一样，只是他们的颜色不一样。班扎尔同样也是一颗烫手的山芋。处理不好，也会引起乌金斯克部落的骚动不安。还有，班扎尔在他眼里也是个大孩子，而且是一个很可爱的大孩子，忠诚、坦诚，眼睛里不能揉沙子，谢尔盖觉得自己有责任保护他，免其受到内部整肃的伤害。

谢尔盖想：在我的布尔什维克生涯中怎么会碰上了这样的父子俩，一个比一个让人头疼。在冒雨驱车赶赴嫂子河的路上，谢尔盖的脑海中不时浮现出班扎尔和嘎尔迪老爹的音容笑貌来，有时这俩人纠缠在一起，甚至分不出来。谢尔盖甚至想，如果没有这场伟大的无产阶级革命，班扎尔甚至会成为比老嘎尔迪更出色的东方枭雄。面对这对疯狂的父子，自己需要的是理智和清醒，在这两雄争斗中，不管发生什么，不管损失有多大，一定要保持理智清醒。他一遍遍地叮嘱自己。

但当谢尔盖见到瓦林耶夫僵硬的尸体，看到他眉心中那个凝血的黑洞时，他一下子震惊了，甚至有些头晕目眩，一下子不敢相信自己的眼睛。瓦林耶夫，可是个已经有十多年党龄的老布尔什维克啊！在他身上，肩负着远东苏维埃多大的希望和重托啊！如果不是自己将他半路派回老嘎尔迪的营盘地，他就不会遭到这样的不测。现在仍然在和中国营的同志们，在追剿谢苗诺夫匪帮的征程中，谢尔盖一阵一阵地责备自己。而班扎尔已经完全疯了，一面下命令调山炮团参战，一面吆喝着要将小苏赫枪毙，好像可怜巴巴的小苏赫就是凶手似的。谢尔盖知道，瓦林耶夫是班扎尔的革命引路人，是他把班扎尔这样读过几本托尔斯泰、普希金、屠格涅夫的布里亚特贵族青年吸引进了布尔什维克。是他一手把班扎尔培养成了布里亚特无产阶级战士的中坚，甚至成为自己的上级。当谢尔盖提醒班扎尔在工作中注意尊重瓦林耶夫这样的老布尔什维克时，班扎尔这才告诉了他和瓦林耶夫的关系。班扎尔告诉谢尔盖，他对瓦林耶夫的尊重是在这里，他用手掌捂在了自己的前胸，行了一个蒙古礼节说："在我的心中他就是父亲！"

谢尔盖看到班扎尔说这话时，眼中有泪光在闪动。

也就是在这刹那，他似乎懂得了蒙古人的感情表达方式，他真正懂得了班扎尔，并喜欢上了班扎尔。面对父亲般的瓦林耶夫被害，谢尔盖甚至有点欣赏班扎尔的狂怒和莽撞，这是个有血有肉的男人。班扎尔调山炮团就调山炮团吧，让老嘎尔迪尝尝无产阶级的炮火硝烟，他才会明白他是在和谁打交道。谢尔盖不允许他的战士他的战友的鲜血白流。只是当狮子般的班扎尔咆哮着要抽枪枪毙小苏赫时，他才制止住了班扎尔的失态。

小苏赫已经吓傻了，瘫软在地上哭，还冲班扎尔磕头："少爷我啥也不知道哇，就是嘎尔迪老爷让我来送给你们，我就送来了。这人真不是我们杀的，我什么都给我阿爸说了……"

谢尔盖问："他父亲是不是老苏赫？"

班扎尔点了点头。

"老苏赫呢？"

"我已经命令他去山炮团，接替白音格的职务。白音格就地免职，交付苏维埃军事法庭。"

谢尔盖愣了一下半天才发出嗯的一声，只表示这件事情他已经知道了。实际上，他心中很生气，临阵换将是军中大忌。但命令已经发出就更不好更改了，他尽力让自己平静下来。平静下来的谢尔盖继续问小苏赫："你给你父亲说了什么？"

班扎尔气冲冲地道："他给老苏赫说，让我们掰着脚丫子想一想，瓦林耶夫是不是……还编了一堆没影的鬼话。"

小苏赫叫了起来："少爷，这话不是我说的，是嘎尔迪老爷让我传话给你们的！我们驿站地的人传话就是老爷说什么就传什么，这是几百年的规矩，你让我改我也不敢改不会改啊……"

谢尔盖和蔼地对小苏赫道："你不用紧张，我们知道这事和你没有关系。你把我们战友的遗体交给了我们，我们很感谢你。你们的嘎尔迪老爷，是不是让我和班扎尔同志掰着脚丫子算一算他为什么杀害自己的安达，我们的瓦林耶夫同志？"

小苏赫道："我家老爷就是这样说的。"

谢尔盖看看小苏赫，又问："他还说什么了？"

小苏赫说："再也没说啥了，就是让喇嘛们为他们做完法事，就让我给你们送回来了。"

谢尔盖问："他们生前见过你们嘎尔迪老爷吗？"

小苏赫道："肯定没有见过，是我在包前值班，忽然听见离大包不远的地方响了三声枪。我就带人去草地上搜索查看，就看见倒地的他们了。还是我跟着色旺去报告了老爷，老爷当时还在睡觉呢！"

班扎尔道："你不是说离他们不远的地方，还有你家老爷的一匹马也死了？我看你就是你家老爷派来迷惑我们的……"

小苏辩解道："不是啊，少爷，我是说这是我家老爷的马，可是他送给金达耶娃了……"

"金达耶娃？不是那个拉西从营盘地带过来的女人？"谢尔盖问，"这是怎么回事？"

"金达耶娃说那人从马肚子下钻出来，抬手就给了她一枪，可子弹打在马头上了，她才躲过了一劫……"

"你听听，杀手要杀一个大肚子傻女人？你哄鬼啊？"班扎尔愤愤

261

地道。

谢尔盖问："杀手要是想杀人灭口呢？金达耶娃为什么会出现在杀人现场？"

小苏赫道："是我不想让拉西他们丧命，才让金达耶娃去医院找博士老爷去求我家老爷说情，谁知碰上了这么件事情……我说的句句是实话，这事我们家老爷真的不知道。"

"又说鬼话，又说鬼话，"班扎尔怒冲冲地道，"等着，你等着，看我一会儿枪毙你！你不是说，你家老爷最恨布尔什维克了，让人们见一个杀一个吗？"

小苏赫道："班扎尔少爷，我不是给你说了，这是三丫给我说的。"

谢尔盖问："三丫是谁呀？你再给我们说说。"

小苏赫道："我去找牛车拉他们，就找到三丫家。三丫说反正这包里东西都是嘎尔迪老爷的，你用牛车拉了死人，车就不用放回这包里了，三丫是汉人，人家有忌讳。她还说：老爷不是说了，见布尔什维克就杀吗？老爷咋还让喇嘛念经，让你给送回去？你过了河，不是替老爷背黑锅吗？你还回得来吗？"

谢尔盖道："这三丫有点意思。"

小苏赫道："三丫恨老爷，老爷杀了她丈夫，她还放狠话要给老爷拼命哩！她巴不得老爷被布尔什维克打垮！"

谢尔盖现在已经做出了判断，瓦林耶夫的牺牲，要么碰到了训练有素的杀手，要么是熟人作案，打了个瓦林耶夫措手不及。不管是哪种情况，肯定是有人走漏了消息，才导致瓦林耶夫遇害。这就是说还有一种势力在插手这件事情，他们希望挑起嘎尔迪老爹与布尔什维克的血拼，这会是些什么人呢？事情显然变得更加复杂了起来。谢尔盖决定先从电文消息的走漏查起，看看究竟是些什么人。他自然想起了政治保卫局这伙人，这是一伙子专把眼睛盯住内部的人，得交给他们办点正经事，免得我的人前方打仗，还得提心吊胆地防备他们的暗箭。就说瓦林耶夫吧，政治保卫局的人把材料已经报到他这里两次了，若不是他顶着，瓦林耶夫也许早死在契卡的枪口下了。那将是最心痛的事情，以革命的名义搞整肃，甚至凌驾于地方苏维埃之上。是得让政治保卫局的人给我好好查查，究竟是谁暗算了瓦林耶夫同志。

至于眼前这场战事，谢尔盖决定静观事态发展。他对小苏赫道："你马上回去对你们家老爷说，瓦林耶夫同志死在营盘地，他脱不了干系。现在，你家老爷只有交出卡捷琳娃公主，才是唯一的出路。班扎尔同志，找人把他送过河去。"

　　小苏赫可怜巴巴地道："老爷，这话我可不敢给我家老爷说，你让人家交出自己的老婆，这话让我咋说呀？"

　　谢尔盖内心也为自己刚才这番话臊得慌，可卡捷琳娃是上了全俄肃反委员会通缉名单的人啊。嘎尔迪啊嘎尔迪，你让我怎么说你这个老混蛋呢！契卡啊契卡，就这么个小女人能把咱布尔什维克的天掀翻？就为这么个狗屁公主非要把布里亚特草原打烂？

　　小苏赫还在可怜巴巴地看着他，谢尔盖忽然火了，冲班扎尔喊道："你还在等什么？立即把他送过河去！"

　　小苏赫说："我等我阿爸，他还找我有事情……"

　　"滚！"谢尔盖怒吼了一声，"这个时候你还在想着你的老阿爸。"

　　班扎尔赶紧拉着小苏赫走了出去。

　　班扎尔在想：谢尔盖同志今天怎么了？是不是也像我一样，让那个封建老魔头气疯了？嘎尔迪老爷，你等着吧，等着万炮齐发吧！老苏赫到了山炮团了吗？

　　小苏赫说："班扎尔少爷，我还是等等我阿爸吧，他说有重要事情给我说呢！"

　　班扎尔说："我知道的，你要听你阿爸的话。"

　　小苏赫答应了一声，班扎尔抬头看看正在西斜的太阳，焦虑地想：这个老苏赫究竟接上了山炮团了没有？

　　此刻，老苏赫带着拉西等十几个战士仍纵马在路上，他也正在为过去的时间着急，跑得满头大汗。拉西告诉老苏赫，他在赤塔军校学过炮科，知道山炮的拆卸，到时，只要把炮一卸开，把炮车一扔，用马驮也能把山炮驮到阵地上，没有炮车照样开炮。这不就加快了时间？

　　"嘎尔迪老爷，嘎尔迪舅舅，"拉西咬牙切齿地道，"你该尝尝红色山炮的厉害了！你让我光屁股露丑，看我怎么炸没了你的屁股！"

　　老苏赫兴奋了，夸奖拉西道："都说烂鼻头拉西有办法！果然是有

263

办法！这一路上我怕延误了时间，保不住自己的吃饭家伙哩！"

他们纵马嗷嗷叫着，马像离弦之箭驰进了草原深处。当老苏赫、拉西一干人马正湿漉漉地兴奋前进时，忽然前方传来了密集的枪声。老苏赫他们不禁一惊。他们勒住马听动静，远处的枪声响得如爆豆一般，老苏赫眼睛瞪得老大，问拉西："怎么回事？"

拉西听了一阵，思忖道："别是有人打了山炮团的埋伏吧？"

老苏赫大惊道："何人吃了豹子胆，敢打山炮团的埋伏？"

拉西拍着马脖子道："啥人？除了嘎尔迪老爷，还能有谁？这老家伙打仗鬼灵精怪的。你说班扎尔少爷着了啥魔了，非要捅这马蜂窝？我们现在咋办？"

"有啥咋办的？拉西同志，枪声就是命令，咱得去救援山炮团啊！"

"就咱这几颗马铃薯，够人家塞牙缝吗？司令，咱不是白送死吗？"拉西叫了起来，"要去你去，我的儿子还在娘肚子里呢！司令，不是拉西怕死，我是说仗不是这样打法，咱得回去报告班扎尔同志……"

老苏赫随手给了拉西一枪，子弹贴着拉西的耳朵飞了过去。拉西吓得尖叫了一声，伏在了马背上。

老苏赫怒喝道："谁敢阵前下软蛋，我现在就崩了他！"

拉西道："不就是拼命吗？司令，老子的刀枪不比谁差！"

老苏赫一挥马鞭子，马速跑了起来，拉西纵马紧跟着他。

拉西喊："阿司令，我听这枪声，白音格怕是碰上了朝鲁那家伙的黑马营了。"

"那又怎么样？"老苏赫一面催马，一面扭过头喊。

"那可是西伯利亚草原上的一支黑旋风！嘎尔迪老爷的撒手锏！"拉西道，"咱与他们交手得多几个心眼，提防着点。"

"小小的黑旋风能挡住无产阶级革命的红色风暴？笑话！"老苏赫喊，"我们红色的布里亚特是在列宁的旗帜下前进，无坚不摧，无往不胜！"

拉西想：这臭马掌咋这么傻啊？只怕是不等我们赶到，山炮团也就成了一堆杂碎。

拉西讲得不错，白音格带领的山炮团果然遭受到了朝鲁率领的黑马营的突袭。在湿滑的泥沼里辗转的山炮团，被铺天盖地呼啸而来的黑马营打蒙了，不善枪战的炮兵们，不是弃炮而逃，就是躲在山炮后面胡乱放枪。白音格的这个山炮团不过是由十几门山炮组成，连警卫连算上也不过一二百人。这十几门山炮还是当年仁钦王爷花重金从意大利购买的，仁钦王爷一直视这十几门山炮为眼珠子。为了培养自己的炮兵人才，仁钦王爷还选派白音格和几个布里亚特青年去罗马学炮科。从罗马军事学院炮科学成后的白音格一直担任团长，革命后班扎尔继续重用白音格这个炮兵专家。

白音格组织警卫连躲在几门山炮后顽强抵抗着黑马营的突袭，几番弹雨过后，警卫连已是死伤大半，望着四面八方围过来的黑压压的马队，白音格知道大势已去，再抵抗下去已经没有丝毫意义。没有意义的抵抗不如缴械，保全生命，这是战争中的文明。当年罗马教官的话在白音格的耳边盘旋，但他没有勇气给他的士兵们讲。他知道，士兵们的蒙古血液渗透出的是视死如归，现在他们的信仰更是激励他们视死如归。

这时，黑马营停止了进攻，白音格也举手示意停止射击，枪声骤然停了下来，弥漫着血腥的草原显得非常空旷和寂寥。

这时，一匹马慢慢腾腾地走了过来，骑在马背上的是朝鲁。

朝鲁喊叫道："白音格，老亲家，咱俩坐下来聊聊。我有几句话给你说!"

朝鲁喊叫着下了马，只身走向了沼泽地的一块小草包。他在草包上坐了下来。

白音格从山炮后走了出来，来到了草包前。

两人按着蒙古人见面的礼节，交换了鼻烟壶，然后张开双臂紧紧地拥抱。原来，白音格的女儿嫁给了朝鲁的侄子，两人也算是儿女亲家。现在这对冤家互相寒暄着，俨然一对不期而遇的故交。

朝鲁对白音格道："我活了四十大几，咋越活越糊涂了呢? 咱蒙古人咋自己打开了自己呢? 我就闹不明白: 班扎尔少爷和嘎尔迪老爷能有多大的仇呢? 还把你的山炮团调上来轰我们。我要不把你的山炮团打掉，我们还不得灰飞烟灭?"

"你打掉了我的山炮团，班扎尔非得把我送军事法庭枪毙。"白音格道，"亲家，我这次算是彻底毁了。"

"咱们是亲家，我还能害你? 嘎尔迪老爷就是怕你受连累，专门让

265

我接你过河那边去呢！你和女儿住在一起，咱老亲家没事喝喝酒，聊聊天，晒晒太阳，多好！管他啥红党白党，碍着咱蒙古人啥事了？"

"那我的士兵们呢？"

"愿过河的过河，愿回家的回家，只要他们放弃抵抗，我绝不会为难他们半点。"

白音格点点头说："那我去和他们说说？你不知道，实际上我这团长也只是个摆设，团里的大事情得士兵苏维埃说了算。"

朝鲁有些闹不明白："那你这团长是个啥？亲家，你不是推托吧？"

白音格苦笑了两声，站起，摇摇晃晃地走了。

他回到了自己的炮车前，召集了团里的警卫连长兼士兵苏维埃主席阿拉泰和一些士兵开会。白音格刚把意思说清楚，就被阿拉泰一枪掀了天灵盖，红白相间的脑浆子砰的一声从白音格的脑袋中飞了出来，他扑通跌倒在地上，流血的大嘴巴一口啃在了草地上，不动了。

枪声胡乱响了起来，远处观看的朝鲁知道出了变故，抡起马刀率部喊杀着冲了过来，布里亚特红军无法抵抗黑马营的冲击，扔下炮车，便散进了森林之中。朝鲁喝令停止了追杀，阿拉泰和几个顽抗的布里亚特红军被黑马营围在了一门山炮后面。阿拉泰疯狂地射击着，直到打光了子弹。黑马营的人冲了过来，阿拉泰这个昔日仁钦王爷的活马石、班扎尔少爷的奴仆和同志，高呼着朝鲁永远也不会懂的口号，毅然决然地拉响了拥在怀中的一束手榴弹……

横飞的血肉溅在了朝鲁的脸上，朝鲁在脸上抹了一把，背过脸去，嘟囔道："你们干什么非要自己的命呢！你们个个是好汉子，是汉子，可也都是一根筋的傻汉子哇！"

朝鲁下令组织士兵们将炮弹集中在一门门山炮旁，然后将炮弹引爆，顷刻，轰隆隆的爆炸声响彻布里亚特草原……

当老苏赫、拉西一干人来到这里时，看到眼前的惨景，都不禁倒抽了一口凉气。草原上横躺着数具血肉模糊的尸体，秃鹫已经开始光顾他们了，哇哇鸣叫着撕扯着他们身上的肉。老苏赫摘下了军帽，肃然地望着一具具尸体。

山炮已被炸成了一堆碎铜烂铁，七零八落地散失在茫茫的草原上。

拉西摸了摸一段扭曲的炮筒，对老苏赫说："司令，炮筒子还有些发热呢！我看黑马营走不了多远。咱们咋办？"

老苏赫看着拉西："你说咋办？"

拉西有些言不由衷地说："追上杂种们，把他们全砍翻！"

老苏赫像是看出了拉西肚内的肝花五脏，凄然一笑道："往哪儿追？你当我傻哇。"

"司令，你看，"拉西有些尴尬地说，"我不是想为牺牲的同志们报仇嘛。咱们不能这样便宜了黑马营。"

"这个仇会报的！无产阶级战士的血是不会白流的！"老苏赫斩钉截铁地说，"我们会与嘎尔迪老爷算总账的！会的！"

"对！对！"拉西点着头道。

"拉西啊，"老苏赫对他道，"你赶紧带上同志们回去向班扎尔同志报告情况吧。"

"那你呢？"

"我与班扎尔立下了军令状，我辜负了班扎尔同志的期望，我要像一个战士一样实践自己的誓言！"

老苏赫平静地说着，掏出了手枪，顶上膛，举起就要朝自己的太阳穴搂火，拉西跃起，伸手一抬枪口，子弹砰的一声飞上了天去。

拉西夺下老苏赫的枪，气冲冲地道："司令，你这样傻不傻啊？班扎尔同志要是知道了，该多难受！千军万马等着你统领呢！最后一块封建堡垒等着你带兵踏破呢！咱们还要高举着列宁同志的旗帜前进呢！你要是这样了，我们咋向班扎尔同志交代？"

众士兵也都劝老苏赫，老苏赫思忖了一阵道："我已经死过一次了，现在我还活着。"

"这就对了。哪有自个儿枪毙自个儿的？"拉西道，"人要是不自己和自己过不去，没有啥事过不去的！"

一士兵道："拉西参谋长净说至理名言！"

老苏赫道："我还是一个顶天立地的蒙古男儿，红军战士？"

"你永远是我们的司令！"拉西嘎嘎大笑道。

拉西挺高兴，他忽然悟出，挽救他人的生命竟然是一件能够愉悦自己身心的事情。当他再扫一眼地上一具具血肉模糊的尸体时，刚刚那点小愉悦立即退去，甚至涌上了一股愤懑和怨恨：这仗有啥打头呢？他想起了经历的大小多场战争，想起那么多的死人，想起了自己的父亲，自己的表哥达日扎……心中忽然充满了凄凉。他想再这样下去，除了再次演绎愚蠢的惨烈外还能留下啥呢。难道蒙古男儿生下来就是为打仗的？长生天啊，咱们蒙古男儿就不会有另外一种活法？

拉西颠在马上，想起了金达耶娃，想起了躁动在金达耶娃腹中的儿子，他甚至有些后悔，不该把儿子生在这个多事之秋……

"咳，"拉西在马上叹了一声，"活了二十八，咋还管不住自己的鸡巴？"

"你说啥？"骑在前边的老苏赫扭头过来问拉西。

拉西没好气地道："我说鸡巴！"

人们哄地笑了起来，乐得差点颠下马来。

老苏赫一扬马鞭子道："拉西呀拉西，你啥时候都忘不了自己的烂裤裆！啾，啾……"

马儿扬蹄，硕大的蹄子疾速地叩击着草原，发出嘚嘚的闷响。好像战场上的鼓声，再一次催促着他们去拼命，搏杀……

27 你说得不错，这只狼的确已经来了

丢掉了山炮团，班扎尔却出奇的冷静，闷着头一言不发。他只是拿着望远镜眺望着嫂子河南岸，倒更让老苏赫格外紧张。谢尔盖拉了老苏赫一下，轻轻退了出来。他们走到了一棵雪杉树下，坐了下来。老苏赫说："谢尔盖同志，班扎尔少爷一句话不说，更让我心里没底，哪怕他打我骂我都行，我真怕他憋坏了。"

谢尔盖笑了，说："让班扎尔同志自己想想也好。"

老苏赫说："真是知子莫若父啊！班扎尔少爷斗心智，还是斗不过嘎尔迪老爷。谁能想到他出奇兵，打掉咱们的山炮团。"

谢尔盖也说："这老家伙！我知道他那大包，更是个大碉堡、大迷宫，还能屯兵运兵……"

老苏赫说："可不是！沙俄哥萨克围了那么久，包里该干什么还干

什么，我还在那里面钉马掌哩。哎，谢尔盖同志，你是不是想趁他们那边兵力空虚，咱也出奇兵，端嘎尔迪老爷的老窝？给他来个出其不意！"

老苏赫说着，兴奋地站了起来。

谢尔盖哈哈地笑了起来："你老苏赫都想到了，老嘎尔迪还想不到？他这些年干什么了？还不就是经营他那个大包。"

老苏赫也笑了，拍拍脑瓜子说："可不是！老爷家这个大包前前后后几辈子了，他别说留一支伏兵，就是光包里的卫兵、杂役、老妈子、婢女拿起枪来，就够你打一阵的。"

谢尔盖说："我听班扎尔讲，老嘎尔迪那边一些识字有文化的青年人，想来河北边投身革命……"

老苏赫说："那是我儿子鼓捣的。"

谢尔盖惊奇地问："你儿子可是老嘎尔迪卫队的人，就在嘎尔迪眼皮底下，他会没察觉？"

"嘎尔迪老爷哪会把这些人放在眼里？这都是他训来斥去的奴隶！再说这些孩子哪懂什么革命道理，识了字，心就撑大了，就想换换新鲜空气。这些年轻人窝在嘎尔迪老爷的大包里都快憋闷死了。我给我那儿子说：'你那想法不行！革命不是尝鲜，得流血牺牲，得经受考验。'你看咱们这队伍，举着镰刀斧头旗帜唱着歌儿前进！谢尔盖同志，我这辈子就一个钉马掌的，现在生活在这样的队伍里，这辈子没有白活了！"

谢尔盖说："那你快去找你儿子谈，他没有过河就是等着你哩。思想并不重要，主要是他想变革，那就能在革命当中成长。拉西不就是一个例子？不要苛求年轻人成熟，要那么成熟干什么？就要在我们的队伍里百炼成钢！你现在赶紧给他聊聊，看看他们那面准备得怎么样，不要等什么都准备好了再做。我告诉你，革命瞬息万变，永远准备不好。可以让你儿子拉过一些人来。至于怎么样接应，你去请示班扎尔同志。我的意见是这件事情越快越好。"

老苏赫兴奋地说："我现在就去安排。"

谢尔盖道："老嘎尔迪，我亲爱的老朋友，谢尔盖要还手了！我要扯扯他那肝花子了，我要让他知道，他那里也不是铁板一块。世上就没有坚不可摧的堡垒！"

老苏赫说："请谢尔盖同志放心，我保证完成任务！"

老苏赫说完，匆匆走了。见老苏赫消失在树林里，谢尔盖想，是该乱一乱嘎尔迪的阵脚了。丢了山炮团也许会变成一件好事，人们都开始喜欢动脑子了。谢尔盖从来也没指望几千发炮弹就能把老嘎尔迪打垮。战争这东西，看似动的是枪炮，实则斗的是心智。

这时，一个人像幽灵一样从旁边的树林里出现，轻轻地来到谢尔盖身边了，才咳嗽了一声，算是打了招呼。

谢尔盖看了他一眼，道："瓦林耶夫的事情进行得怎么样了？基柯夫同志？"

基柯夫是州苏维埃政治保卫局的局长，他的特点是会忽然出现在你的面前，不管你是人民推选的苏维埃主席，还是老爷时代留下的电报局局长，哪怕你是城防司令。他有权力监督调查逮捕关押处决任何人，全俄肃反委员会给了他这把尚方宝剑。不管你是过去的老爷，还是现在的公仆，他都会笑眯眯地出现在你的面前。苏维埃的敌人会在他的面前魂飞魄散，苏维埃的新贵在他面前毕恭毕敬，苏维埃的同路人在他面前战战兢兢，因为他可以随时翻开你家的锅底看看黑白，最让人心悸的是这个黑白的判断标准是模糊的，不定的。我以革命的名义，我以人民的名义，我以布尔什维克的名义，基柯夫总是笑眯眯地在你面前出现，整个赤塔都变成了被他揪住小尾巴吱吱乱叫的小老鼠。班扎尔就不喜欢他这神神秘秘的样子，就曾拍着桌子，让他滚蛋。可他仍是笑眯眯的，对这位现在州苏维埃最高军事长官，昔日的蒙古贵族少爷班扎尔说："政治保卫是我的职责所在，这是我们都应遵循的政治原则，我尊敬的班扎尔同志，我以革命的名义，我们来共同研究一下你的革命引路人，瓦林耶夫工程师好吗？他一直在一个犹太人手下当工程师，很富足，是老爷量级的人物，可你说，他是把你引向革命的父亲，我们知道我们革命的父亲是伟大的弗拉基米尔……"

谢尔盖对这位尽职尽责的基柯夫同志，也是客客气气，但多少带点敬而远之。他觉得这家伙事情做大了，可能就是一个罗伯斯庇尔式的人物。谢尔盖那只丢在布里亚特草原的瞎眼珠子，曾是一个传奇，一段辉煌，现在竟然成了说不清道不明的糊涂事。哦，尊敬的谢尔盖同志，我以布尔什维克的名义，我们来共同回忆一下那个不堪回首的夏天……那个嘎尔迪老爷把你从秃鹫的口中救出，这很传奇是不是？桑布喇嘛是用马奶酒治愈了你的黑死病，这不能不说是一个世界的医学奇迹……笑眯眯的基柯夫曾对他笑眯眯地这样说。

这让谢尔盖说些什么呢？

现在，笑眯眯的基柯夫向他汇报政治保卫局对瓦林耶夫之死的分析，一是中国营内部的政治谋杀，这个特殊的群体有着同布尔什维克宗旨格格不入的帮会性质，他们对瓦林耶夫政治委员的工作性质有抵触不满，于是借机除掉瓦林耶夫，继续实行自己的帮会主义。这是第一种可能。我们正着手调查。谢尔盖说尊敬的基柯夫同志，我敢保证，高尔察克匪帮打不垮拖不烂的中国营，会让你不费吹灰之力就能打垮打散。基柯夫仍是笑眯眯的，说这是一种推测。谢尔盖不动声色地对基柯夫说立即停止这种猜测调查，否则我会把你送上军事法庭，理由法官会告诉你。

基柯夫仍是笑眯眯的，讲第二种可能，是嘎尔迪杀死了瓦林耶夫，理由谢尔盖同志应当比我们清楚。谢尔盖笑着道，你是在怀疑我与嘎尔迪勾结除掉瓦林耶夫，以清除我在布里亚特草原什么不可告人的痕迹吗？基柯夫仍是笑眯眯地说，这种想法是有些不近人情，可它贴近政治，我又有什么办法呢？当然，这是第二种推测，你不会有什么意见吧？尊敬的谢尔盖同志，因为是你发电报忽然把瓦林耶夫从追剿谢苗诺夫的前线调到营盘地与嘎尔迪谈判接触，这违背了作战会议上的安排，这种改变很让人产生联想，我又有什么办法呢？我们怀疑到尊敬的谢尔盖同志，这是非常痛苦的选择，同志们都很痛苦。谢尔盖说，基柯夫同志，你不必痛苦。我同意你们继续调查第二种推测，而且建议你们把这种推测，上报全俄肃反委员会，我会签字的。基柯夫笑眯眯地说，谢谢谢尔盖同志对我们的理解，我们想想，我们是在以人民的名义做这些事情，我们心中只有人民，我们没有任何一个私敌。

基柯夫继续笑眯眯地汇报第三种推测。电文内部泄露的可能性为零，因为所有译电员都是我亲自挑选培养的，上岗前都接受过严格的政治审查，是最可靠的契卡。当然可靠也得接受审查，我们也会以每一分钟为时间单元审查我们的契卡同志，这是实施政治保卫的必要手段。谢尔盖说，我理解，我只是希望这种审查不要影响正常的电信工作，这是须臾不可离开的。还有一种推测，是我的异想天开，基柯夫甚至有点不好意思地说，完全是我个人的想法，还未与政治保卫局的同志们交流。我觉得我们的电文已经被一股力量破译，现在有另一股我们不知道的可怕势力在与我们斗法。可我们对他们现在是一无所知，谢尔盖同志，我不是在故弄玄虚，干扰侦破方向。

谢尔盖鼓励他继续大胆说，基柯夫忽然脸上没有了笑眯眯，异常严肃地说，我认为，我们的对手是一个严密训练有素的团体，其高效其严密，是我们无法想象的。这应该是一个带有国家行为的组织，谢尔盖同志，我怀疑他们甚至在我们还没有取得政权之前，就已经渗透到布里亚特草原甚至是整个远东。谢尔盖摘下眼镜，用衣角擦拭着镜片，只能用一只灰褐色的眼睛亲切地看着基柯夫，基柯夫说，谢尔盖同志的这只水晶眼镜很宝贵，听说是中国的阿拉善王爷送给老嘎尔迪的。谢尔盖说，我的这只瞎眼一般我是不外露的，只有最亲密的同志，我们之间才不介意。基柯夫说，这是我的殊荣，我还是建议你现在戴上眼镜，好的，感谢谢尔盖同志。这是早已经渗透到远东的外国间谍组织，他们认为现在时机成熟了，就开始动手了，瓦林耶夫之死就是他们制造的一个阴谋，意在挑起我们与嘎尔迪的武装冲突，他们好趁火打劫，谢尔盖同志，这只狼已经来了，我推断他们就是我们在中国满洲的老对手日本！理由是……谢尔盖冲他伸出了手，打断他的话说，基柯夫同志，不要谈理由了，你锁定日本，就已经是让人信服的理由了。你说得不错，这只狼的确已经来了。基柯夫同志，动员你的契卡打掉远东的日本间谍机构，可以派你的人渗透到布里亚特草原的蒙古包里，可以采取一切手段……要立即实施，一分钟不能耽搁。

基柯夫可以说是一溜小跑地走了。这是个敏锐的家伙，谢尔盖忽然佩服起基柯夫来了，原来他以为这只是个狂妄的蠢货斯基。他忽然想起老嘎尔迪骂色旺的口头禅来了。谢尔盖忽地心头一惊，立即跑回作战室，进门就让人通知老苏赫带着小苏赫立即跑步到他这里来。老苏赫父子气喘吁吁地来了，谢尔盖通知他们取消行动，小苏赫立即回到嘎尔迪老爹那里，忘掉这里的一切计划，就当是没有发生过。老苏赫吃惊地问为什么。谢尔盖急匆匆地走出门，头也不回地道，没有为什么，带上你的宝贝儿子立即滚蛋。

他跳上门前等待的汽车，汽车立即一溜烟地起动了，老苏赫只听到谢尔盖正在喊叫：去特务营。老苏赫蒙了，他不知道发生了什么事情，让谢尔盖如此行色匆匆火气冲天。

28 "当然是像头狼一样。"色旺肯定地道,"班扎尔少爷的心机不让老爷您哩!"

打掉了班扎尔的山炮团,嘎尔迪老爹并没有表现出异常的兴奋。他皱着眉头,坐在一段树桩子上,闭着眼睛半天没有说话。

朝鲁有些惴惴不安地看着嘎尔迪老爹,怯怯地问:"老爷,是不是奴才的事情没有办好?奴才愿意接受老爷的任何处罚。"

嘎尔迪老爹睁开了眼睛,和蔼地道:"你打了胜仗我怎么会处罚你呢?好兄弟,打完了这仗,你就是统辖千户的扎苏勒。关键时刻还得靠你的黑马营哇!黑马营毫发未损给老爷立了这么大功,我高兴还来不及哩!"

"谢谢老爷。"朝鲁跪地道。

"你累了,快回去歇息吧,告诉孩子们,养足了精神还有仗打。"嘎尔迪老爹摆了摆手道,"色旺啊,传我的令,给黑马营的勇士每人奖三个金币,给马匹赏一升燕麦。"

色旺应了一声,朝鲁欢天喜地而去。

"老爷,"色旺悄声地问嘎尔迪老爹,"消灭了红党的山炮团,您老人家该高兴才是啊。莫非老爷是心疼这些山炮毁了?"

嘎尔迪老爹不置可否地嗯了一声。

过去,仁钦王爷的山炮团也算是嘎尔迪老爹的一块心病。历史上,仁钦王爷的乌金斯克部落和嘎尔迪老爹的驿站营盘地部落,也常有摩擦,经过几次较量,谁也没有占太大的便宜。后来哥萨克翻过乌拉尔山,屡屡犯境仁钦王爷和嘎尔迪老爹的地盘。为了共同对敌,守护蒙古人的共同利益,经丹吉活佛的点化,仁钦王爷将宝贝女儿索尼娅嫁给了嘎尔迪老爹。两个部落首领算是结了姻亲,一荣俱荣,一损俱损。

仁钦王爷自恃有黄金家族血脉,是成吉思汗的玄孙,祖上又是大清顺治爷封的郡王,自认为是正宗的皇亲国戚,平时不大看得起嘎尔迪老爹这样身份的台吉,认为他们根子上就是奴才。但对嘎尔迪老爹这个二品驿站台吉，仁钦王爷一直有着几分敬畏，隔着几百里都能感到嘎尔迪老爹身上咄咄逼人的气息。和嘎尔迪老爹为邻，他就感到好像卧榻之侧睡着一只野豹子，不知这家伙何时扑上来咬住他的喉管，这让他很不踏实。后经丹吉活佛指点，仁钦王爷下嫁了索尼娅格格，也是为了拢住嘎尔迪老爹，大家联手共同过个平安日子。那时，索尼娅正在赤塔跟着俄罗斯艺术家学弹琴，学绘画，组织文学沙龙，谈托尔斯泰普希金，还演话剧。她的未来是诗，是画，是雪莱，是列宾，是普希金，是莎士比亚，就是没有想到是嘎尔迪老爹。仁钦王爷忍痛将小鸽子一样纯洁的索尼娅格格嫁给了下乌金斯克这只野豹子，只告诉心爱的女儿，你是格格，格格的婚姻就是为了草原的安宁。索尼娅瞪着美丽的丹凤眼，看着父亲说了这样一句话：阿爸，冬天到了，春天还会远吗？仁钦王爷哈哈地笑道，不远了，不远了，七九河开，八九雁来。河开了，雁来了，美丽的索尼娅披着红盖头过了嫂子河，眼中那夺眶而出的泪点子落在嫂子河上，却疼在仁钦王爷的心上。痛定思痛的仁钦王爷，花重金从罗马购买了意大利山炮，组建了山炮团，看着黑洞洞的炮口，他的腰杆子立马就觉得粗了许多。好些日子，动不动就说："本王拿炮轰他们！"

他们是指尼古拉二世，指翻过乌拉尔山口窜到布里亚特草原的哥萨克，也指搂着他的女儿睡在营盘地大包里的女婿嘎尔迪。

一年夏天，从嫂子河北岸跑过来一千多匹好马，一眼望去就像天上的锦缎忽然落在了驿站营盘地界上，嘎尔迪老爹看得好喜欢。尤其是那几百匹黑马，黑油油的圆屁股蛋，个个一弹一鼓的，像是会喘气。嘎尔迪老爹夸赞道："就凭这样的屁股蛋，准是好脚力。看这大蹄子，像小骆驼的脑袋。好马，好马！"

手下的人怂恿道："老爷，这是野马，是天赐的物儿。咱要是不留下，对不起长生天。"

"既然是野马，就好生看管得了。"嘎尔迪老爹点着头道。实际上，他也清楚这是仁钦王爷的马匹。在草原上牛马串界不是什么大事，可仁钦王爷这些年来就常赖住营盘地串过去的牛马不还。要得紧了，也还可以，但也得等着牛马肚子里的驹子生下来再说。光跑到嘎尔迪老爹这儿告状的，算下来也足有万匹牛马。嘎尔迪老爹也去找王爷说过，带着礼品，赔上好话，王爷仍是装聋作哑。这次嘎尔迪老爹决定将这些马扣下。

跑了马，仁钦王爷的马倌顺着踪迹找了过来。嘎尔迪老爹吩咐手下的人好酒好肉招待这几个马倌，可就是不还马。

马倌无奈回去报告仁钦王爷，仁钦王爷浓密的白胡子立即气得分了岔，鼓目大吼道："嘎尔迪个浑小子，敢赖我的马？看本王拿炮轰他！"

那些日子王爷正气不顺，哥萨克们杀够了抢够了，想占乌金斯克最好的地面盖东正大教堂，好在上帝面前忏悔罪过。不给地吧，人家又给的是大把大把金灿灿的金卢布。给吧，老祖宗留下的好地盘都快让人家占完了。以后咋见列祖列宗，各位守土有成的先王？咋对得起大清主子封的郡王？人没难处不想大清，遇见难处才想起头上还是有个大清罩着好。仁钦王爷正在金钱和故国面前做着两难的选择，嘎尔迪又来打劫他的马，气得仁钦王爷一气连说了三个轰：轰，轰，轰他个王八蛋。

仁钦王爷说到做到，立即让白音格指挥人在嫂子河南岸驾起了几门山炮，一气咣咣地放了几十颗炮弹。仁钦王爷这才稍稍泄了小二十年压在心中对嘎尔迪老爹的怒火。美丽的草原上留下了几十个弹坑，尽管没有伤着人，却把人吓得够呛。那时大炮还是稀罕物儿，这炮弹的威力越传越悬，搞得人心惶惶。打炮的这天，正是奥腾大喇嘛坐床北海召，布里亚特地面上大小三十个召庙，都派员参加。丹吉活佛亲自主持坐床仪式，可这炮声响得人们都没了甚兴致。丹吉活佛了解了事情的缘由，也发了话，说这翁婿俩，见面就掐，多大的事情呀，还值得动炮？奥腾大喇嘛，去见嘎尔迪老爹，传达活佛的旨意，嘎尔迪老爹一听要了横，说从这月起停了大乘寺和北海召的布施。奥腾大喇嘛赶紧赔了些好话，嘎尔迪老爹才收回成命。奥腾大喇嘛借机劝嘎尔迪老爹，不要因小失大，伤了两家的和气，吃亏的还不是蒙古人？让哥萨克看笑话。咱这地面上没有大清主子罩着了，更应精诚团结，以彰佛法。仁钦王爷老了，你跟个老头子斗什么法？佛爷那儿自有公判。嘎尔迪老爹一听，感到有内容，觉得新坐床的奥腾大喇嘛有智慧，于是又献了一份布施，表示心意。但马还是不还，他得亲眼看看炮弹的威力再说，它就是威力再大，还能把祖宗留下的石头大包炸塌？众人都点头附和，色旺那时还小，跟着朝鲁学侍候嘎尔迪老爹的本事，却说："大炮有啥啊？想晃动老爷的大包，除非黄河水变清，北海子水倒流！"奥腾大喇嘛连声赞这娃了不得，还知道黄河水变清哩！嘎尔迪老爹立即高看他一眼，把他从扫地提夜壶的杂役位置提成小跟班。色旺乐得一跳老高，朝鲁冲他屁股踹了一脚，让他快谢老爷恩典。色旺磕下响头说："祝老爷福如东海，寿比南山，百年好合，早生贵子！"众人大笑，奥腾大喇嘛惊叹道，小小年纪，懂这么多汉家的礼仪词儿，以后跟着嘎尔迪老爷好好学本事吧！嘎尔迪老爹一高兴，要立即带着他去看看弹坑，色旺道："还是夜里去吧，免得老王爷的炮弹打过来，有个闪失。"众人更是大惊，说老爷包里提夜壶的小孩子都有这番见识，嘎尔迪老爹当即决定，色旺从此跟他了，朝鲁从今天领百户扎苏勒，人们又祝贺朝鲁。嘎尔迪老爹果然在夜里领着几个扎苏勒，趁着夜色而来观察弹坑，火把照得通明。他让色旺跳下去试试深浅，色旺跳下去就淹没了脑袋。

色旺被人拉了上来，拨拉着沾在脑袋上的泥土，跺着脚下的泥浆，发出吧唧吧唧的声音。

色旺对嘎尔迪老爹道："老爷，地底下都见水了，这玩意儿咋这么邪乎？这玩意儿要是落在人堆上，人还不得被炸成肉末末？"

众人嗡嗡地议论起来。

"真是蠢货！"嘎尔迪老爹骂色旺，"你长腿干什么的，你躲啊！"

"人腿再快也快不过炮弹片啊！"

"你不傻啊，小人精！"嘎尔迪老爹高兴地拍了拍他屁股。

"老爷，"色旺对嘎尔迪老爹说，"你得给外公王爷说说，再也不能这么吭吭地扔炸弹了。这么下去，咱本就没国，就更国将不国了！"

他学着达日扎、班扎尔对仁钦王爷的称呼，啪啪地学着大人说话。

嘎尔迪老爹问他："这话跟谁学的？"

色旺一歪头道："格格太太常这样说。老爷，咱咋没国了？大清不是咱国吗？"

嘎尔迪老爹摩挲了一把色旺的小脑瓜，说："你这是拿刀子扎我呢。王爷拿炮轰我，你拿针扎我，还让老爷怎么活？我看你就是个地道的傻瓜诺夫、蠢货斯基！"

众人大笑："老爷这名起得好。"

见嘎尔迪老爹高兴，众人也都对嘎尔迪老爹说："老爷，您老人家出面是得给仁钦王爷说说，咱营盘地的人头上整天顶着炮弹，这哪还是牧人的日子？不等顿河的哥萨克打过来，咱自个儿就把自个儿炸死完了。老爷你得说说，哪有用炮弹炸女婿的老丈人？”

“好，我说说。”嘎尔迪老爹笑道，“我这老岳丈真是人老贪财，连草原上的野物儿都要插一杠子！大家不要乱吵吵了，明天我让索尼娅格格回趟娘家，咱这野马分他一半就结了。”

仁钦王爷早就防着嘎尔迪老爹这一手，派人在河边迎着索尼娅格格。

来人传话道：“这事格格就不用操心了。王爷说了，贤婿一天不悉数归还马匹，王爷的炮弹也就三六九没日子了。”

这就是告诉嘎尔迪老爹，仁钦王爷的炮弹随时可以打过去。

索尼娅无奈只得打道回府，将话传给了嘎尔迪老爹。

嘎尔迪老爹道：“现在是啥关口？咱得对付沙皇哥萨克！可你家老爷子为这么千八百匹破马却大闹个不休。我真要是翻了脸，派人把他的大炮炸了，他又能怎么样？”

“阿爸，你发令，我去炸！”十六岁的达日扎一挺结实的胸脯子说。草原上的孩子，吃牛羊肉还有熊肉狍子肉等野味儿长大，长得就像半截塔，敦敦实实。达日扎整天玩刀弄枪黏在马上，已透虎威雄风，嘎尔迪老爹格外看重。不像班扎尔，十二岁了还黏在索尼娅屋内看书，很少在马上奔驰。嘎尔迪老爹对索尼娅说，看书能守得住祖宗留下的土地？咱得在马背上吃肉，看书早晚看吃草了。索尼娅道，有个达日扎就够了，你还想我俩儿子都去跟你打仗！

她训斥达日扎：“你想犯上作乱啊？你去炸？你外公是王爷，让他抓住看他不剥你的皮！你也学学班扎尔，趁着年轻记性好，好好读点书，咱们这样人家的孩子哪有不读书的？”

“噢，我学他？”达日扎学着班扎尔的样子，吟诵道，“那里，太阳燃烧着春天，生还是死，这是个问题——”

达日扎还未说完，在一旁正在看书的班扎尔，猛地像豹子一样跃了起来，照着达日扎下巴就是一拳，差点把达日扎打倒。最后俩人扭打在一起，还是嘎尔迪老爹将两人揪起扔了出去。兄弟俩才倒在地上咻咻气喘。嘎尔迪老爹看着班扎尔想：这家伙看着文绉绉，结果血性更大，不多说话，上来就打，我算看透了，别说他读书，他就是吃书，也改变不了他身上的苍狼之血！读了书，只能让这小东西更阴更险。最后，嘎尔

277

迪老爹让这俩兄弟外面摔跤去，看谁先被摔趴下。

嘎尔迪老爹还是舍不得放走那些好马："要放，仁钦王爷也得把我的牛马还回来。世上哪有光吃不拉的？"

索尼娅劝他道："老爷，王爷年纪大了，爱钻个针眼牛角尖，爱图个小便宜，你让他就是了。就为这么点牛马，搞得国将不国的？"

嘎尔迪老爹道："好，太太，我就听你的！这些马就当孝敬老王爷了。"

嘎尔迪老爹让人将马群的黑马精心挑出，然后又找了一些马中的老弱病残，填补够了数，便让人吆喝着赶过河去。接马的马倌们也不敢再报，仁钦王爷听说够了数，只骂了句"狗东西，还是大山炮好使"，便将山炮撤了回去。

王爷谱大，赌的就是口气。

嘎尔迪老爹得了几百匹好马，赶紧让朝鲁组织了黑马营。从此，布里亚特草原有了让哥萨克闻风丧胆的黑旋风……

这次用黑马营毁掉了班扎尔的山炮团，虽说用兵奇妙，但嘎尔迪老爹总觉得也有漏招。有些事情是不能想的，但又不能不想，越想越是个事，越想越后怕。

嘎尔迪老爹下意识地伸出手，抓了抓自己的头皮。

"老爷，我给您挠挠痒痒？"色旺殷勤地道。

嘎尔迪老爹嗯了一声，色旺站在嘎尔迪老爹的身后，伸出十指灵巧地抓挠着嘎尔迪老爹的头皮。

嘎尔迪老爹舒服地闭上了眼睛。

"老爷，您的头发真好，咋看咋中看，黑生生，油亮亮的……"

"我成大姑娘了？"

"老爷真会说笑话。您看，一根白头发都没有……"

"你盼我长白头发哇？"

"瞧老爷说的，色旺每天在佛爷面前祝您永远年轻呢！"

"好了，别拍老爷的马屁了，小心拍到了马蹄子上！"嘎尔迪老爹问色旺，"我掀掉了红党的山炮团，你说班扎尔那个小王八羔子咋想？你给我说实话！不许搪塞我！"

嘎尔迪老爹瞪起了眼睛。

色旺想想道："我觉得班扎尔少爷和老爷的脾气秉性一样，不服输，吃了亏会拼命！"

"嗯，"嘎尔迪老爹发出了一声满意的嘟囔，"接着说，这小狼崽子咋拼命法？"

"老爷，色旺是个蠢货，这我真是不知道了。"

"我是问你他是像蛮牛一样找我拼命呢？还是像头狼一样，围着我转，找机会下嘴？"

"当然是像头狼一样。"色旺肯定地道，"班扎尔少爷的心机不让老爷您哩！咳，好好的班扎尔少爷咋就跟老爷过不去呢？"

"色旺啊，"嘎尔迪老爹喃喃道，"老爷我是担心几百里长的嫂子河总是有出纰漏的地方……"

嘎尔迪老爹担心嫂子河失守，那他就无险可守，只能缩进大包里去了。

嫂子河西接贝加尔湖，东连斯古腾河，当中的狭长地段便是水流湍急的嫂子河。河床有深有浅，河水有急有缓，河岸有悬崖峭壁，也有平坦沙滩。还有几个天然的渡口，从来是血流得最多的地方。现在，班扎尔的红军和嘎尔迪老爹的骑兵都陈兵在几个渡口的两岸，刀出鞘，枪上膛，对峙着。他想起了自己的老阿爸，就是在这里横尸在哥萨克的马刀之下，一晃三十年过去了，在天堂的老人家，做梦也不会想到他的儿子和孙子，今天会对垒在这里，而且是决一死战。想到这里，嘎尔迪老爹不禁心生感慨，他想对色旺说些什么。这时，朝鲁领着小苏赫走了进来，才把他的话头压了回去。

嘎尔迪老爹平静地问："回来了？人给他们送回去了？"

小苏赫道："老爷，送回去了。那个独眼龙让我告诉您，咱得把卡捷琳娃交给他们，他们才肯罢兵。"

嘎尔迪老爹笑道："他就不想想，世上哪个男人会交老婆？"

小苏赫道："我也是这么跟他们说的。"

嘎尔迪老爹唔了一声，不说话了。

小苏赫眼睛四处看了眼，色旺道："你看啥呢？咋越来越没规矩了？"

小苏赫不服气地道："咱都是给老爷当奴才的，谁比谁高呢？"

色旺刚要说什么，嘎尔迪老爹摆了摆手。朝鲁说他俩："人家刀都架在脖子上了，你俩还饿饿个啥？老实听老爷说话！"

嘎尔迪老爹又问："见你阿爸了？他那个司令当得怎么样？也统率个千军万马的？"

小苏赫道："见了。我阿爸那个司令就统率个拉西，没见有别人！"

嘎尔迪老爹笑了，朝鲁和色旺也笑了。

小苏赫道："真的。班扎尔少爷许我阿爸当炮团团长，可他们的炮团让老爷给打掉了，班扎尔少爷嫌我阿爸救援不力，差点把我阿爸枪毙了。我阿爸私下给我说，他这个司令没啥当头，让我好好跟着老爷当差，奔前程。"

嘎尔迪老爹点了点头，小苏赫这才放下心来。

朝鲁道："还是老苏赫知道个好歹，跟着红党能有啥前程？好好的钉马掌手艺也荒废了。我刚才还跟小苏赫讲了，得把你阿爸的手艺接过来，传下去。这才是过日子的正理。那天老爷还跟我讲，咱营盘地地面上手艺人珍贵，能留在家就留在家，别往沙场上送。看看，老爷多珍视你们有手艺的！"

嘎尔迪老爹道："小苏赫啊，老爷我想了，这仗你就甭打了，还是回你的马掌铺钉马掌吧！你要是有个闪失，咱这些战马咋办？再说，卫队那边也缺得力的人在包里支应着，你两头都看着点。"

小苏赫道："老爷，我还是愿意跟着您打仗！"

嘎尔迪老爹道："手艺人都上前线搏命了，我这个老爷也就没啥当头了。老爷想事得长远点。咱以后还得过日子是不是？还得用手艺人是不是？我早说过，啥战争都是一阵风，一眨眼就过去了。你去领十个金币，赶紧回大包那边吧！"

朝鲁感叹道："老爷就是老爷！你还不快点谢恩，走吧！"

小苏赫谢恩要走，色旺又让他把拉人的牛车送回自家的包里。小苏赫说三丫嫂子不要了，嫌拉过死人，有忌讳。色旺叫道，有啥忌讳？她说不要就不要了，这是老爷的恩典哩！以后靠啥拉草冬贮？让我背啊？真是个败家傻娘们！嘎尔迪老爹道，你就说在河里洗干净了，秽气留在河那边了，不就结了？汉人忌讳多，女人得哄！小苏赫说我知道怎么跟三丫嫂子说了，然后有些蔫蔫地离开了。走出老远，他还回头看看，幸亏独眼龙谢尔盖叫停了他们拉人过河的哗变行动，要不他还不知道怎么办呢。小苏赫又想：嘎尔迪老爷是不是察觉了什么，有意把我支开？小苏赫赶起牛车，他的灰骟马被拴在牛车后面，慢慢地跟在后面颠跛。离开了嫂子河前线，小苏赫心里七上八下的，手里的枪随时顶着火，他担心有人在后边打他的黑枪。还总觉得什么地方藏着个人，拿枪瞄着他，就像嘎尔迪老爷的大包内，总是有枪手藏在那里，盯着每一个进来的外人。嘎尔迪老爷就是传说中的鬼难拿，啥人都没有办法。咳，自己咋敢跟嘎尔迪老爷作对呢？小苏赫忽然心中飘过一丝凄凉。都说不做亏心事，不怕鬼叫门，我是不是做亏心事了？咋这么担惊受怕了？他又想起嘎尔迪老爷对他的好来，送了趟死人就给了十个金币，这是多大的恩典？嘎尔迪老爷做事从来都是赏罚分明。再想想自己的阿爸，都在红党那边当司令了，没往家里捎过一分钱，听说现在自己连喝酒钱都没有，穷得只剩下那把闪亮亮的小锤子了。

阿爸这是图啥呢？图举着红旗唱着歌儿前进？阿爸就是这样说的。他想起阿爸说这话时，眼睛的闪光，浑身上下洋溢着昂扬斗志，就像一匹雄赳赳的公马。老苏赫早就想叫儿子投身革命，小苏赫说在哪不是钉马掌吃饭，干吗要跑红党这边呢？老苏赫对儿子道，过去咱头上顶的是个包，现在阿爸头上顶的是天，想飞多高飞多高！每个孩子的梦中都出现过展翅飞翔，小苏赫也做过身上长翅膀的梦，像老辈人讲的天上有长着双翼的神马，一会儿飞到莫斯科，一会儿飞到大清国，小苏赫觉得当年的成吉思汗就那样。小苏赫小时，听阿爸讲他家祖上就是给成吉思汗钉马掌的，这钉马掌的手艺几百年传下来了，可别断了，可阿爸忘了，嘎尔迪老爹还给他记着。也许，嘎尔迪老爹根本不是有意支开他，就是让他家别断了钉马掌手艺，小苏赫心里飘过一阵愧疚。

实际上，小苏赫想得太多了，他这也是想扯旗造反担惊受怕思虑所致。嘎尔迪老爹说珍惜老苏赫家传的钉马掌手艺不假，更重要的是考虑老苏赫家就小苏赫这么个男孩子，剩下的全是女儿。他让小苏赫过河送瓦林耶夫，也是想让老苏赫把他留下，好在身边有个照应，你光顾自己当司令红火了，可我不能让你老苏赫绝了后。咋说，你老苏赫家也是几代侍候我家的奴才，大事小事我都得替你想着。朝鲁听嘎尔迪老爹这么一说，感动得差点给嘎尔迪老爹跪下来。老爷为布里亚特蒙古人的老老小小男男女女操多少心，世上有这样的好老爷不？布尔什维克给这样的老爷作对亏心不？色旺提醒嘎尔迪老爹，小苏赫他们有一伙子人光说班扎尔少爷那边的好话，有人说他们想过河投红党哩！嘎尔迪老爹道啥红党不红党，还是年轻的看着年轻的好，人家红火我老了！朝鲁道老爷您老啥，咳嗽一声跟牛叫似的，还老，我们咋活？嘎尔迪老爹说，你们俩呀，就会哄我高兴。你们让我静一静，我得想想，班扎尔这个狼崽子咋这么沉得住气？他要是跳起来跟我拼命这就好打了，他老是鳖瞅蛋似的这么盯着，这得让我想想。

嘎尔迪老爹想：八千余人要守住百余里的河岸，对付万余红军的强渡，应当是不难。可要是有小部队偷渡呢？他心里打了个激灵，既然我能派黑马营潜过河去，班扎尔的红军也就能涉河偷袭。马识水性，驮一个人一杆枪泅过河去，应当是不太困难的事情。嘎尔迪老爹知道，班扎尔可不是顿河来的哥萨克，他熟悉布里亚特草原的每一条脉络。兴许，现在这个无父无君的小狼崽子，正在部署他的红党怎样过河哩，甚至已经在过河……

嘎尔迪老爹想到这儿，腾地站了起来，吓了朝鲁、色旺一跳。

"老爷，您……"

"传我的令，"嘎尔迪老爹道，"命白马营、红马营、黑马营分东西中三段，不分昼夜巡查河岸，严防红党涉水偷袭。哪个河段出了问题，我砍谁的脑袋！"

朝鲁道："老爷，你放心，我亲自带人去办。我这就去部署……"

朝鲁急忙跑出去布置，不一会儿，司号手吹响了海螺，海螺发出了古老而又神秘的音调，传递着嘎尔迪老爹的命令。隐蔽在河岸树林里的人们侧耳听着，就连战马也支棱起尖尖的耳朵，仔细聆听着。海螺的呜咽声，穿破夏日草原的寂静，萦绕在人们的心头久久不去，更让空旷的布里亚特草原平添几多凄凉和悲怆……

风儿裹挟着呜呜的海螺声，在森林和草地间飘荡，让小苏赫听得头皮一阵阵发紧。他赶着牛车颠颠地在草原上跑，可这呜呜的声音一直缠绕着他。他知道呜呜过后，又是没完没了的厮杀，他的朋友们、玩伴们有的就躺在嫂子河畔永远回不来了。可一座座包前的老妈妈们、女人们仍在眼巴巴地盼着他们回来，伸长了脖子踮脚眺望着遥远的地平线。小苏赫觉得自己的眼睛湿了，他不断揉着自己的眼睛，任牛儿拉着车自己走。牛儿识家，一个劲往家中方向颠跶，不一会儿就看见三丫家包前飘着黑马鬃的苏鲁锭了。咳，这黑马鬃苏鲁锭一竖，草原上就又透出血腥味了。小苏赫呆呆地想。三丫正在包前垛干草，用草杈子叉起一捆捆晒干的草往高里垛。一见小苏赫赶着牛车回来了，立即喊道你咋又把这拉死人的车送回来了？我不是给你说过我家不要了。小苏赫说色旺让送回来的，说老爷赐的物儿不能丢。三丫说你倒是个忠臣，我倒是个奸臣了。车洗干净了，我还用柏树枝子熏过哩！三丫说你哄嫂子吧。小苏赫说嫂子，你咋干上这男人活了？留给色旺哥吧。三丫说谁知你色旺哥还回得来回不来，别被窝还没有焐暖哩，又得当寡妇。这马上就入秋了，一下雪盖住了草牛马羊吃啥？没听说老毛子讲的，夏天存什么，冬天吃什么，不过日子了？小苏赫说都讲寡妇心硬，嫂子到底是当过寡妇的。三丫啐了小苏赫一口：你这小蛋泡子，你以为我愿当寡妇啊？是嘎尔迪老爷非要拖死孩子的大，老天爷在天上看着哩，早晚打雷劈死他！天爷，小苏赫一听这疯娘们骂嘎尔迪老爹，吓得脸色发灰，忙说嫂子我走了。他说着赶紧卸下牛车，解下拴在牛车后面的那匹灰骟马，跳上马背一溜烟地跑了。三丫在他身后喊：这是在我家，我想说谁说谁，想骂谁骂谁！咋？

看见小苏赫一溜烟地骑马跑了，三丫嘿嘿地冷笑了几声。她警惕地看了下四周，移开了一堆草，钻进了草垛里。不一会儿，一根金属线伸了出来，草垛内立即响起了嘀嘀嗒嗒的声音。半年前，草原上的冰雪还未消融，刚刚有小草拱出，遥遥地透出一点点绿来。正是在圈里困了一冬的羊儿们跑青时机，上午三丫将羊放出草地刚回到包内，儿子阿尔德那就告诉她，有一个叔叔给她留了一个皮荷包。她疑惑地打开一看，竟像被雷击中了，那包内竟是一朵干枯的黄菊花和一张纸条，上面写着见面地点。三丫一下子热泪涌了出来，十三年的等待，十三年后的早春，阿菊终于复活了。她兴奋得一声哟西，然后啊哇乱叫了一气，小阿尔德那呆呆地看着三丫，不知阿妈为何变成了这样。三丫看见阿尔德那，愣了一下，然后一把把阿尔德那搂进怀内，对他说这些日子让他住奶奶家。然后匆匆出包，纵马来到了一座山坡前，一个穿黑衣服的青年正在那儿等着她，一声乡音的问候，差点让三丫哭翻天。黑衣人给了她一个重重的包，说这是军方为她配备的谍用摩尔斯收发报机，其体积最小发射功率可达上千公里。三丫讲，太好了，收发报课我都是优哩。哦，不会手生吧？不会的，这都是刻在脑子里的。她一看，还有两把手枪和一千发子弹，四颗手雷。哇，这么多装备，是战争要开始了吧？我是不是话太多了，好久不见家乡人了，连做梦都不能说家乡话。对不起，让你讨厌了。黑衣人讲，我理解，理解，你们辛苦了，你们是帝国最美的人，最可爱的人。战争马上就要打响了，现在协约国正在寻找一个借口，立即对俄罗斯共产主义实施武装干涉，这样，远东不出半年就会被帝国收入囊中。为了抢占先机，帝国决定启动远东的阿菊们，你被唤醒了。哦，盼着这一天哩，十三年了。今天，春日好暖，花儿好艳，天空好蓝啊！三丫兴奋得不能自已。黑衣人告诉她，为了与美英抢占西伯利亚，帝国已经派出了一支三百人的先遣队，进入西伯利亚。现正在亚布力休整，等待命令。三丫讲十年前，她在那里住过，离营盘地不过八百公里，哦，亲人们，我们很快就能见面了。黑衣人告诉三丫，现在部队出现了一些状况，只能在休整。哦，有什么情况，能告诉我吗？我时刻准备着为帝国献身。

　　黑衣人所在的部队是日本第八师的一个先遣分队，装备精良，人员战斗素质极高，趁着大地冰封，像幽灵一样潜进了远东，顺利进入了西伯利亚地区。寒风暴雪挡不住他们，草地森林挡不住他们，这支化装成商队的马队像一支利箭一样，在茫茫的林海雪原上疾驰。隐蔽在西伯利亚的阿菊们，为他们提供着行军方向和休息的大小集市村镇。一切都在按计划进行，精准得像一只瑞士时钟。只是部队在一个叫海林泡的地方，稍稍娱乐了一下。海林泡是一个有着万余人的集镇，专门为远东的开发者们提供形形色色的商业服务。这里有女人，俄罗斯、中国、朝鲜、日本的女人们，一路上受尽苦寒的帝国军人在阿菊们的指引下，哟西哟西地浸泡在温柔乡里。当部队斗志昂扬地继续上路后，慢慢出现了一些情况，士兵们出现了裆下奇痒，然后是溃烂，一个个候在马上变成了抓耳挠腮的猴子。这支先遣队不得不停止前进了。为了防止蔓延，不得不把染病者集中在一间临时帐篷内，绿军毯上竟然躺着有一百多名士兵，毫无羞耻地晾着自己恶臭的卵子。鼻头红肿溃烂的，眼睛看不见东西的，裆部淌着脓血的，上空弥漫着腐臭的气息，天上的秃鹫越聚越多，不断地有勇敢者在他们聚集的帐篷前探头探脑欢乐舞蹈，等待着大餐，等待着盛宴。可怜的医官只能给这些受伤的士兵涂抹一些酒精，吃些感冒药片维持。一下子倒下了这么多人，一下把带队的中佐击蒙了，不知不觉中不动一枪一弹，竟然有三分之一的减员，确实打了中佐一个晕头转向。中佐对行军安全啥都考虑到了，就是忘记了给部队配备安全套，跌了大跟头，不禁难过得带着醉意，唱着辛酸的歌儿要切腹自杀。当深藏在这里的一朵阿菊探头告诉他们千里之外的营盘地有圣日耳曼医院，而且有性病专科药剂时，中佐立即命令一支由随队医官带队的行动小分队日夜兼程突袭医院，并同时启动潜伏在营盘地的帝国谍报人员，配合这次行动。

站在三丫面前的黑衣人就是随队医官，同时也是唤醒阿菊的帝国谍报员。医官告诉阿菊，她将会有更重要的任务，电台会随时给她发布指令。阿菊说她熟悉医院，可以带队。医官告诉她已经联系上其他的帝国的谍报人员，我们的人遍布西伯利亚。分手时，三丫对医官说，我真想好好疼疼你。医官说，你的眼睛会勾魂，我的魂已经附在你的身上。三丫顿时眼中含满了泪水。分手后当晚，医官就在突袭医院的行动中阵亡，这不具名的魂灵正如他所说已经依附在三丫身上，并随着她在布里亚特草原游荡。

这部电台让三丫成为布里亚特草原熟知远东局势的一个明白人，在无线电波面前，嘎尔迪老爹、班扎尔少爷，甚至连把控时局的智慧的谢尔盖同志都成了聋子瞎子。还是基柯夫狼一样的嗅觉嗅到了一点点味道，当他像狼一样扑上去的时候，真相露出的冰山一角还是让他震惊了。他万万没有想到，就在乌金斯克旧王府现在苏维埃政府里，竟然还隐藏使用着一部电台。而电台的使用者会是一位儿孙满堂的五十出头的老祖母，她叫苏里娅，她是一位糕点师，侍候了仁钦王爷三十多年。尤其是烤得一手好面包，那份酥软抹上奶油后那份香甜，让这里的新旧主人都欣赏她，甚至是离不开她。哦，苏里娅，让我亲亲你这双灵巧的小手，老仁钦王爷这样说。哦，苏里娅阿姨，我想带走一个面包晚上吃，班扎尔少爷这样说。哦，苏里娅太太，你的烤面包手艺一定是从上帝那里偷来的，谢尔盖这样说。几十年了，这里的主人们餐后都会对苏里娅表示感谢和敬意。若不是基柯夫亲手摁住了老祖母灵巧发报的手，恨不得连自己都怀疑的基柯夫都不敢相信自己的眼睛。最不敢让他相信的是，竟然是这位老祖母破译了谢尔盖发给瓦林耶夫的指令，才导致了瓦林耶夫的牺牲，直接挑起了嫂子河的战事。这是长年埋在西伯利亚冻土里的一枝老阿菊，札幌东方语言学校的首届毕业生，也是黄伯的老搭档。苏里娅熬过三十多年的寒冬刚刚破土，就被基柯夫狠狠捏住。让人开口，是基柯夫的强项，但是老祖母对自己都快记不清了，她又能说出什么呢？

举一反三是基柯夫的过人之处，他立即让搞通信的契卡侦测监听是不是还有别的什么电台在活动，这一听不要紧，西伯利亚天空的电波都已经成交响乐大合唱了。美国的、英国的、日本的、中国的谍报人员都在那里唱着歌儿，有浅吟低唱的，有高亢嘹亮的，时短时长，时高时低。而年轻的监测人员却是一脸懵懂，什么也听不明白。基柯夫一面骂着自己笨蛋，一面调整着契卡的工作方向，由内部监控向国际谍战转移。然后纵马上嫂子河前线指挥部谢尔盖那里去检讨，一面紧张地报告情况，一面哀求尊敬的谢尔盖主席，把犯有不可饶恕的渎职罪的基柯夫同志，也就是他自己，送到军事法庭上去。

谢尔盖耐着性子与基柯夫做了一次长谈，最后得出结论，帝国主义对西伯利亚苏维埃的武装干涉已经开始了，现在它的先头部队已经深入西伯利亚腹地，大规模的武装入侵已经迫在眉睫。他当即把自己的判断拟成电文报告全俄苏维埃最高当局，一面制定布里亚特草原反入侵的策略。一是挖出所有的日本间谍，二是打掉已经进入西伯利亚的日本先头部队。现在需要的是专业的电信监测人员，他让基柯夫马上从赤塔劳动营中调选过去在沙俄政府效力的电信工程师们，投入到这场反间谍的斗争中来。还要从中多找一些懂日语的专业人员，不管是什么人，旧军官、教师、大学生，甚至神父、教士、和尚喇嘛都可以。基柯夫呆坐着不动，脸上又呈现出了让人心烦的笑眯眯。谢尔盖问他，我的指示不清楚吗？基柯夫笑眯眯地告诉他，你说的这些人，据我所知，他们在劳动营中已经全部被处决。劳动营中现在只剩下小偷、流氓、骗子和酒鬼，还有几个无碍苏维埃大局的诗人和作家。谢尔盖忍着怒火对基柯夫说：那你现在就去给我破获日本间谍机构，要是破获不了，我会枪毙你的！

枪毙你，滚——

基柯夫笑眯眯地对怒气冲冲的谢尔盖说："尊敬的人民委员同志，下面我想分析一下嘎尔迪先生，这个问题，我们共同语言可能会多一些。我们应当确定他在未来发生，或者说已经发生的远东战争中所处的点。我想日本当局一定也在考虑这个问题，这可能比捕获一些日本间谍更有意义。"

谢尔盖看看基柯夫，脸上也浮出了笑意，说："和你谈话，留在最后的话题可能有点意义。亲爱的基柯夫同志，如果现在枪毙你，也许是有点可惜。我喜欢你这颗聪明的大脑，那现在我们就谈谈嘎尔迪先生，他正在河对面架着枪炮对着我们呢！你能跟我谈些什么呢？"

基柯夫笑眯眯地道："苏里娅间谍案给了我这样一个启示，三十年埋一颗雷，关键时刻引爆，这的确有一个眼光问题。我们年轻的苏维埃共和国，要向世界，甚至我们的敌人学习的东西太多了！"

"说说老嘎尔迪！"谢尔盖沉下脸道。谢尔盖看着这张笑眯眯的、典型的蒙古人的圆脸，在想：基柯夫在赤塔做一个政治保卫局的局长真是屈才了。

29　我想提醒你的是：蒙古人是人，哥萨克也是人

男人们去征战了，往日喧嚣的牧场显得消停了许多。只有不识愁的牛马羊儿仍是像云朵一样在翠绿的草滩上飘浮转动。该咬脖的咬脖，该撒欢的撒欢，这让在草浪里骑马行走的金达耶娃好生感慨：还是这些不知死活的畜生们过得安详惬意。别看人使役着畜生，享用着畜生，可人怕死愁活，还不如畜生。就是这样，还要无休止地打仗，一个劲地给自己添愁加怕，河岸上的枪炮一响，多少男人又永远回不来了。

金达耶娃走得一路伤感，只是见到姐姐曼达尔娜的毡包在草浪里若隐若现，金达耶娃的心情才好了起来。

见有人骑马过来，包前的一匹棕色的小儿马抖动颈毛咴儿咴儿地嘶鸣开了，正在包里烧茶的曼达尔娜，急忙出包去看，见是金达耶娃挺着

大肚子骑马姗姗而来。

曼达尔娜紧走两步牵住马，小心地扶金达耶娃下了马。

曼达尔娜有好长时间没有见到妹妹了，那股高兴劲一下子溢在了俊俏的脸上。她笑着对金达耶娃道："瞧把你骄傲的，都这个月份了，还挺着大肚子乱转？唯恐别人不知道你怀上拉西的崽了？你是来气我的吧？"

"姐，"金达耶娃亲热地道，"瞧你说的，人家是想你和外甥们了。看，我给你们带什么来了。"

金达耶娃拍拍马背上的毛口袋，曼达尔娜取下打开，掏出两只刚剥皮的雪兔，渗着血，黑红黑红的。

金达耶娃道："这是大黄二黄（牧羊狗）今早叼回来的，我已经拾掇好了，洗巴洗巴就能下锅。哎，那仁和萨日呢？"

"二姨，我们在这儿呢！"虎头虎脑的那仁和小萨日忽然出现在她的身边，欢快地叫了起来。

金达耶娃高兴地道："快让二姨抱抱！"

曼达尔娜道："瞅你这肚子，抱什么抱？"

小萨日道："二姨，妈妈说你要给我们生小弟弟了！二姨，你告诉我，他会是个小烂鼻头吗？"

金达耶娃被小萨日逗得哈哈大笑："对！二姨给你生一个小烂鼻头弟弟！"

这下，引得曼达尔娜和孩子们也咯咯地笑了起来。

"好了，你们别跟着傻笑了。"曼达尔娜对那仁和萨日说，"你们去地里采些野韭菜和野蒜来，妈妈一会儿给你们炖兔子吃！"

那仁拉着萨日牵着小棕马蹦蹦跳跳着走了。

曼达尔娜对金达耶娃道："瞅你这肚子圆鼓劲，倒像是儿子。动静大不？"

"咋不大？我这儿子在肚子里跟头把式地折腾，闹腾着出来哩！"

"多时生？"

"立了秋吧。姐，到时你可来帮我！我可是第一次生孩子，心中好怕哇！"

"好了，好了，我的亲妹妹，热妹妹，"曼达尔娜笑着道，"咱蒙古女人生个孩子有啥可怕的？这一年四季接春羔、接马驹、接牛犊，哪天不见带毛的下崽？你还怕、怕的，好金贵哟！"

"姐，阿妈不在了，还不兴我给你撒撒娇？姐，我那晚上让人稀里糊涂地打了一枪，要不是让老爷的小白马给挡了枪，我和肚里的娃就全没命了。现在想起来心还扑腾腾地跳呢！你还不可怜可怜我这个苦命的傻妹妹？"

"好，我可怜可怜你，"曼达尔娜说着，轻轻抱了抱金达耶娃，"知道自己可怜，还挺着肚子乱跑。嫂子河那边响枪响炮的，你不怕流子儿伤着你？"

"你听说了没有？班扎尔少爷和嘎尔迪老爷这次可是要动真枪真炮了。一面都是好几万人哩！再这么瞎打下去，草原上找个男人也不容易了。"

曼达尔娜说："天上打雷我都当是响炮，吓得咋也睡不着。"

曼达尔娜说着将金达耶娃让进了包，还要忙活给金达耶娃上茶。

金达耶娃道："姐，你瞎忙活啥？还把我当客人呀！你去收拾些牛粪点火烧锅，我拾掇兔子。再耽搁下去，该有味了。"

金达耶娃说着把雪兔扔在了砧板上，立即有一群苍蝇扑了上来，她又急忙驱赶。慌得曼达尔娜说："你慢着点，别动了胎气。"

"我纸糊的呀！"

姐妹俩说笑着，包里包外地忙活了一气，不大的工夫兔子肉就塞了满满一锅。包中央的铸铁炉膛内塞了满满的牛粪，一根火柴落进便轰轰地烧了起来，一股热浪冲来，曼达尔娜急忙拉开包顶的通风口，贝加尔湖的凉风夹杂着花草的清香呼地灌了进来，包内一下子凉爽了许多。

姐妹俩难得见面，东一句西一句地说着闲话。

金达耶娃道："姐，班扎尔少爷现在是大人物了，整个赤塔都是他说了算。他该把你和孩子们接到赤塔和乌金斯克这样的大地方去。我在赤塔时就想，要是姐姐带着孩子们也过来住，该有多好！"

"傻妹子，"曼达尔娜道，"我去那大地方干什么？人见多了，我头都晕。孩子是我的……"

"姐，班扎尔少爷答应娶你为妻的。"

"他那是说傻话，姐姐是嫁过人的。"

"破奶桶也算男人？寡妇都可以再嫁的，谁能拦着你？"

"奶桶是不会死的，姐姐也永远成不了寡妇。"曼达尔娜凄楚地道，"但愿下辈子，老爷能赐姐姐个会死的活物成婚！"

"姐！"金达耶娃鼻子有些酸楚楚的。

正说着，包外面响起了马嘶声，不大的工夫，一个说不清年岁、身上的袍子也说不清颜色的老男人走进了包里。

老男人满脸尘灰，一脸疲惫，在包前自己脱了靴子，赤着两只脚走了进来。进包自己就倒了碗茶，咕嘟咕嘟地喝下。然后冲曼达尔娜和金达耶娃笑笑，自己爬上了地铺，在小桌前盘腿坐下。

曼达尔娜赶紧从烤炉里取出了一块黑面包，放进盘子里放到他面前的小桌上，他们谁都没有一句话。老男人吃完了面包，曼达尔娜又给他倒了碗茶，他嘴中嘟囔了一声，喝完，把空碗一放，然后倒头躺在了黑色的羊毛毡上。

眨眼，老男人便打起了呼噜……

在老男人不规则的呼噜声中，姐妹俩又东拉西扯开了，说起肚子里的孩子，说起烂鼻头拉西，说起班扎尔少爷，说起眼前的战事，说起往事，姐妹两个的话头好像说也说不完。在她们的交谈声中，肉锅咕嘟嘟地泛着水花，包内溢着腥腥的肉香。一两个时辰过去了，肉锅里开始了鼓水花，就是老半天冒几个泡，还不见那仁和萨日采野蒜、野韭菜回来。

曼达尔娜埋怨道："那仁这只小野兔子带着妹妹又去疯玩了。肉都烂了，调味的东西还在地里长着呢！三岁看大，七岁看老，那仁这孩子和他老子一样，指望不上。"

"不就是几根烂韭菜两颗烂蒜嘛，引出你这么多冤枉话！我瞅那仁这孩子会有大指望！我这个，"金达耶娃轻轻摸了摸自己的肚子道，"到时给我生出个活脱脱的小拉西来，到了三四十还像这位，不把我愁死？"

金达耶娃说着，指了指那位还在醋睡的老男人。

老男人像是听到了金达耶娃的话，睁开了眼睛，然后坐起，伸直胳膊打了个长长的哈欠，引得曼达尔娜和金达耶娃咯咯地笑开了。

老男人像是休息过来了，脸上有了光泽，细眼睛也亮亮的。

金达耶娃贴着曼达尔娜的耳朵悄声道："我看这家伙坯子还不错，你想法把他在包里留两天，咱们女人千万不能让自己的地老早着。等这场仗打完，这样的男人都稀罕了！"

"说啥呢！"曼达尔娜道，"你要喜欢领回你自家的包里去！这家伙鼻子长得又大又尖，下面的棒槌也错不了。"

"去你的！"

姐妹俩又咯咯地疯笑了一气。

"两位大嫂，你家有什么力气活没有？"老男人站起礼貌地问，"我可以帮你们做一做。"

曼达尔娜道："谢谢这位大哥了，我包内没有什么力气活让大哥帮忙。"

"那我就走了。"老男人说着就往包外走。

"哎，你别走哇，肉都烂了，吃完了肉再走。"曼达尔娜着急地说，"你要这样走，传出去成了啥？以后我这包还来人不？"

老男人笑笑道："吃肉吃馋了，我就走不动了。"

老男人不顾曼达尔娜和金达耶娃的挽留，执拗地上了马，一磕马小肚子，马嘚嘚走开了，很快消失在随风摇摆的草浪里。

曼达尔娜和金达耶娃惆怅地望着绿茵茵的草原，在她们视线里消失的这个老男人，没有人知道他是谁，也没有人知道他到哪里去，就像草原上的一股小旋风一样，起于何方，止于何地，永远让人搞不清。草原上的男人呀！

曼达尔娜和金达耶娃姐妹几乎同时叹了一声，俩人互相看了一眼，默默地没有一句话。

这时，那仁和萨日骑着一匹小马疾疾地跑了过来，那仁抱着马脖子下了马，然后伸出小手接着萨日，萨日也下了马。

曼达尔娜正要说他们，那仁却先开口道："阿妈，来骑兵了。"

曼达尔娜和金达耶娃一惊："啥骑兵？"

小萨日道："我看清他们帽子上的红星了，是红党。"

"天爷，"曼达尔娜惊恐地叫道，"嘎尔迪老爷顶不住了，红党这就打过来了？咱们草丛里躲躲？"

"躲什么？我在赤塔、乌金斯克红党见多了去了。他们只跟老爷、佛爷过不去，绝不胡乱动女人！"金达耶娃道，"咱们怕什么？姐，好歹拉西是他们的参谋长，班扎尔少爷就是他们的嘎尔迪老爷，他们会为难咱们？"

曼达尔娜还是有些犹豫不定："我怕是远喇嘛治不了近病……"

"没事，"金达耶娃对那仁、萨日道，"走，跟二姨进包吃肉去！哎，你们采摘的野蒜野韭菜呢？"

"哎呀，路上见到了一只小狍子，我光顾追它了，就忘了摘了。"那仁有些不好意思地道。

"你看看，你这孩子，光顾玩了？"曼达尔娜责怪那仁，"以后阿妈还能指望你不？"

"算了，没那几颗野蒜咱就不吃肉了？"金达耶娃拉起那仁和萨日进了包，曼达尔娜往盆里盛着肉。她挑出一块颤灵灵的兔子腿，放进了一个小盘子内，并在肉上插上一把刀子，恭敬地摆在长条漆桌上陈放的鹿皮奶桶前。肉刚一放上，几只绿头苍蝇嗡地围了上去，很快落了黑亮亮的一层。

"姐，"金达耶娃道，"你天天还给奶桶上饭哇？"

"奶桶好歹也是包里的一家之主，"曼达尔娜道，"逢年过节，尝个鲜什么的，都给他供点。咋着说，也是嘎尔迪老爷赐的灵物。"

曼达尔娜说着，坐在了小炕桌前，自己一边啃兔子头，一边往那仁和萨日的碗里放兔肉，一家人津津有味地吃着饭。正吃着，外面响起了人喊马嘶声，吓得小萨日一下子扑进了妈妈的怀内。那仁也有些发愣，金达耶娃拣了一块肉放进他的碗里，道："那仁，你是家里的男子汉，谁慌你也不能慌。"

那仁瞪着黑亮亮的眼睛点了点头，像是听懂了金达耶娃的话。

外面的人喊马嘶声已经响在了包门口，金达耶娃冲曼达尔娜道："姐，吃咱们的，甭理他们！"

话音刚落，包门上的门帘子一挑，包内进来了两个穿灰军装的人。一个粗矮敦实，是个蒙古人。另一个细高瘦长，是个留着八字胡的哥萨克。俩人穿着马靴就要往地铺上的黑羊毛毡上坐。

金达耶娃啪地把吃肉的刀叉往炕桌上一摔，愤怒地道："穿着靴子进包，你喜顺也算是蒙古人？哥萨克是六条腿的牲口，难道你也忘了祖宗的礼貌规矩？"

这个粗矮的蒙古人叫喜顺，喜顺的祖上是有名的晋商，铺号扎在绥远归化城，而喜顺的祖上长期在大库伦和莫斯科做丝绸茶叶生意。每年赶着几十链骆驼，驮着茶叶、丝绸、瓷器来往于漠北和布里亚特草原。一来二去，喜顺的祖上和仁钦王爷的祖上成了安达，索性就把王爷府当成了货物中转站。

喜顺的祖上出手阔绰，每次见老王爷都有厚礼相赠，老王爷既讲面子又好吃喝玩乐，又从喜顺祖上的手里赊了不少真金白银，老王爷携家人上北京面圣下江南游玩，还转遍欧洲，一出门就是三两年。老王爷花钱如流水，还购了不少奇珍异宝。几年下来一算账，老王爷就是把王爷府卖了，也不够还喜顺祖上账的。

喜顺祖上当着老王爷的面把几大摞借据扔进了火炉子里，感动得老王爷眼泪鼻涕进出。老王爷家中有个待字闺中的妹妹，长得也好，老王爷做主要嫁给喜顺的祖上，喜顺的祖上喜出望外，但公主不愿意离开西伯利亚，喜顺的祖上爱死了公主，一咬牙成了随旗蒙古人。老王爷还打通了康熙爷的理藩院关节，给喜顺的祖上封了个三品台吉，算是有了正式的蒙古贵族身份。小二百年下来，到了喜顺这一代已经是第六代了。

喜顺是班扎尔少爷、拉西等布里亚特蒙古贵族青年在赤塔军校的同学，也是最早接受布尔什维克熏陶的布里亚特蒙古青年，现在是赤塔红军特务营的营长。大战在即，他忽然接受了谢尔盖交给的一个重要任务，就是将班扎尔少爷留在布里亚特草原的一双儿女和曼达尔娜接过河。喜顺见谢尔盖急匆匆的，便劝他说孩子的安全不会有问题，哪有孩子的爷爷跟自己的亲孙子孙女过不去。谢尔盖道我还不知道哇？越是这样越不能大意粗心。我能告诉你的是现在形势有了变化，有一股外部势力已经渗入了布里亚特草原，你要格外当心！

喜顺带着一支精悍的队伍，偷偷越过了嫂子河，凭着他对布里亚特草原的熟悉，一路寻找曼达尔娜而来。对于金达耶娃，他自然是识得的。听得金达耶娃这样一骂，他咧嘴一笑，急忙脱掉了靴子，坐在了羊毛毡上。

喜顺道："刚进包时，啥也看不清楚，有点坏了草原上的规矩，两位嫂子多担待了。这是曼达尔娜嫂子吧？这是那仁侄子和萨日侄女吧？"

曼达尔娜点了点头。

喜顺有些兴高采烈地说："嫂子，我就是专门来找你们的。"

曼达尔娜有些狐疑地看着喜顺和那个脸带诡异的哥萨克。

曼达尔娜问："你找我们干什么？"

喜顺道："是班扎尔同志派我来接你们过河去。"

曼达尔娜又问："接我们过河干什么？"

金达耶娃高兴地道："姐，那还用问？班扎尔少爷想你和孩子们了呗！班扎尔少爷是赤塔的大人物了，该你和孩子们过好日子了。"

"那我的毡包呢？我的牛羊呢？"曼达尔娜迷茫地道，"没有了毡包，那是流浪汉，没有了牛羊，那是败家子。毡包和牛羊是牧人的象征，我怎么能丢下祖宗留下的毡包，嘎尔迪老爷赐的牛羊呢？"

"姐，"金达耶娃劝曼达尔娜，"赤塔是好大的城市，有十多万人哩。可比咱这营盘地红火热闹。怎么说呢？那里的一切是你无法想象出来的。我看班扎尔少爷来接你和孩子是好事情，一家子在一起过日子有多好。再说，班扎尔少爷就是咱这儿的嘎尔迪老爷，你能缺啥呢？"

曼达尔娜道："我现在啥也不缺呀！妹子你知道的，咱家是嘎尔迪老爷家世代的奴仆，没有了老爷，我都不知道该怎么样过日子……"

金达耶娃着急地道："姐，你有班扎尔少爷呀！你傻呀？没有了嘎尔迪老爷咱就不活了？"

喜顺道："看看，要不要闹革命呢？革命了，大家都能打破封建了。革命了，一切就都颠倒过来了。卑贱的高贵了，高贵的卑贱了。赤塔现在就是一个天翻地覆的世界！嫂子，咱现在谁也不怕！工人阶级现在用这个对资产阶级老爷说话！"

喜顺说着，掏出吊在屁股后面的左轮手枪，啪地放在了小炕桌上。

黑胡子哥萨克顺手将枪拿走，道："喜顺同志，你这个火暴脾气总是改不了，小心枪走火！"

曼达尔娜指着那鹿皮奶桶说："请你转告班扎尔少爷，曼达尔娜是嫁过人的。"

"姐。"金达耶娃忽地站起，一把拎过那只奶桶就要往地上摔，曼达尔娜抢上一步拦住了。

曼达尔娜从金达耶娃手上抢过奶桶，并紧紧抱在了怀里。

"姐，"金达耶娃不解地看着曼达尔娜，"姐，你真要给这只奶桶过一辈子啊？你傻啊？"

喜顺摇着头道："要不我们得闹无产阶级革命呢，看看这些老爷们

294

把草原上的人们压迫成啥了？"

曼达尔娜瞪着眼睛对喜顺等人道："你说的什么革命我不懂，我就是个草原上的女人，我从小就知道，嘎尔迪老爷才是我的天！好妹子，你想想：乌鸦能变成凤凰吗？阿妈在时就给我们说，马蹦得再高也毁不了鞍，骆驼跑得再远也飞不上天，咱得认命，我不想让人家把我的脊梁骨戳断！奶桶是嘎尔迪老爷赐我的丈夫，北海召的奥腾大喇嘛告诉我这是佛爷的旨意，我一个女人怎敢违背天意？怎敢和佛爷作对？我哪儿也不去，一辈子也不离开……"

喜顺说："嫂子，班扎尔同志想你和孩子们哩！"

曼达尔娜道："他想孩子可以回草地上来看，没有人拦着他。班扎尔少爷若是真爱他的儿女，那他就应该给予草原安静与和平，率领他的红党撤回乌金斯克和赤塔去。你们看看，布里亚特草原多美，这里的日子有啥不好？喜顺兄弟，请你告诉班扎尔少爷，我和孩子们永远不会离开毡包和牛羊！"

她说着，拉开包门，对喜顺和那个黑胡子哥萨克道："请你们离开我的毡包，不要打乱我生活的平静。"

喜顺有些发愣，只是木木地叫了句"嫂子"，却又不知该说些什么好了。

金达耶娃道："喜顺兄弟，你回去和班扎尔少爷说说，不要难为嫂子了。等多时不打仗了，我领姐姐和孩子们过去！"

这时，那个黑胡子哥萨克阴阴地冷笑了几声，道："喜顺同志，我有几句话要说。"

"你快说，阿廖沙同志，咱得想办法完成谢尔盖同志交给的任务。"

阿廖沙也是班扎尔赤塔军校的同学，而且和烂鼻头拉西住同屋。虽然阿廖沙是俄皇驻赤塔要塞基地司令古卡耶夫的侄子，但他喜欢普希金和托尔斯泰，不满俄皇的黑暗统治，参加了班扎尔组织的布尔什维克秘密活动。革命后，古卡耶夫和高尔察克很快搞在了一起，妄图占据远东与苏维埃政权对抗。他们的哥萨克骑兵，被布里亚特红军和嘎尔迪老爷的骑兵所击溃。古卡耶夫只得带着他的队伍还有一些家眷到处流窜，几乎到走投无路的时候，阿廖沙找到了他，鼓动古卡耶夫摆脱高尔察克的控制，率残部参加红军。古卡耶夫还是犹豫不定，阿廖沙对他说："我是你侄子，从小在你身边长大，婶婶待我像妈妈一样，我还能害你们吗？我来找你就是遵照班扎尔同志的指示，他说你和谢苗诺夫不一样，你是真正的军人，不是匪帮。"

当时古卡耶夫给阿廖沙提出了这样一个条件，当他帮助布里亚特红军打垮嘎尔迪老爹后，苏维埃政权应当允许他和他的亲属前往中国避难，因为他的两个女儿早已经逃到了中国哈尔滨。他老了，已经无心与苏维埃作对，只是想安度晚年。

班扎尔爽快地答应了古卡耶夫的要求。

这样，古卡耶夫的残部被编入了布里亚特红军，并且担任强攻嫂子河的先头部队。结果这支被红军收编的队伍，被嘎尔迪老爹的布里亚特骑兵几乎全歼在嫂子河。混战中，古卡耶夫也负了伤，他对阿廖沙讲："该尽的力我全尽了，现在我已是风烛残年的老人，只是想携老妻与女儿在中国颐养天年……"

阿廖沙向班扎尔提出应当放古卡耶夫及亲属去中国，班扎尔有些为难地说："阿廖沙同志，这件事情我还要与谢尔盖同志商量一下，你知道，当时我答应古卡耶夫是想收编他的残部，现在形势变了……再说，我只是赤塔的军事首长，有些事情是需要谢尔盖同志同意的。"

"班扎尔同志，你不会出尔反尔吧？古卡耶夫和他的哥萨克已经尽力了，他们现在也是我们的同志……"

"这我知道，知道。"班扎尔点着头说，"阿廖沙同志，我想提醒你的是，在这场无产阶级革命风暴中，你我有一个先天不足，那就是我们从小接受的贵族教育和身份……"

"班扎尔同志，你是让基柯夫这个狗杂种吓着了吧？我他妈不怕他！他要是敢阻拦，我一枪掀了他的天灵盖！"阿廖沙暴怒地大吼开了，"班扎尔同志，我们不能只考虑自己的处境。我想提醒你的是：蒙古人是人，哥萨克也是人！我们不是说，无产阶级革命最终是人的解放吗？"

"好吧！我们一同去找谢尔盖同志商量一下，他是赤塔区苏维埃的主席，远东的人民委员。"班扎尔有些无奈地道，"我想，他也许有解决这件事情更好的办法。"

谢尔盖正伏在桦木板子上看地图，班扎尔委婉地谈了自己的意见。

谢尔盖头也不抬地道："阿廖沙同志去执行我的命令，将古卡耶夫将军和他的亲属送进赤塔劳动营。他现在不是应该去中国，而是应该接受劳动这第一基本生活需求。"

班扎尔和阿廖沙都有些蒙了。

班扎尔还想说什么，谢尔盖铁青着脸道："班扎尔同志，你不要再说了。再说，我会签发命令，立即将古卡耶夫将军吊在绞架上！阿廖沙同志，我的意思讲得非常清楚了，你现在立即把古卡耶夫将军送去劳动营。"

阿廖沙无奈只得将古卡耶夫和他的亲属们送进了赤塔的劳动营。

古卡耶夫对羞愧交加的阿廖沙道："比起布尔什维主义，我更讨厌言而无信！对哥萨克来说，对蒙古人来说，信守承诺这才是做人之首要！你的班扎尔同志，就是把我吊在绞架上，我也鄙视他！孩子，我的阿廖沙，信仰可以不同，但做人是相同的！这是我对你的忠告。"

当阿廖沙知道这次和喜顺接受的任务是接回班扎尔的一对儿女时，忽然萌生了一个大胆的想法，他要用这对"太阳"和"月亮"换回自己的叔叔及亲人们。他知道他这样做是背叛了班扎尔，但也顾不了那么多了。

他忽地用枪指住了喜顺，喜顺惊讶地问："阿廖沙，你要干什么？"

包内的金达耶娃、曼达尔娜也都被阿廖沙的举动惊呆了。

"喜顺，我的好兄弟！"阿廖沙对喜顺道，"你回去告诉班扎尔同志，我要用他的这双儿女换回我的叔叔古卡耶夫将军及我的亲人们！"

"阿廖沙，你疯了！"喜顺骂阿廖沙，"你这是背叛革命，会上军事法庭的。你想过后果没有？你把枪放下，我们还是好同志，好战友，好同学！想想，我们一同唱的歌儿，团结起来到明天……"

阿廖沙摇了摇头，说："我没有明天了。我只是想换回我的叔叔婶婶，我的亲人们！"

喜顺着急地道："你也不想想，就算是班扎尔同志同意了，嘎尔迪那个老混蛋能同意古卡耶夫过河？他早杀红眼睛了！"

"嘎尔迪老爷知道太阳和月亮是他的嫡孙，在这点上，他比班扎尔同志聪明，他会算清楚这个账的。"阿廖沙冷冷地道，"我们不说了。我就给你们两天时间，两天后的现在，我若见不到古卡耶夫叔叔和我的亲人们，我就在这里与班扎尔同志的太阳、月亮同归于尽。"

他说着，拉住了那仁和小萨日。小萨日惊恐地叫了起来。

曼达尔娜疯了一般要向上冲："你这个狗娘养的哥萨克，放开我的孩子！"

喜顺也在寻找着下手的时机。

阿廖沙往后退了一步，忽地解开军装上衣，他的上身绑着一排手榴弹，恶狠狠地道："你们全往后退，不要逼我，听见了没有？不要逼我！"

金达耶娃拦住了曼达尔娜，他对喜顺道："你还呆着干什么？快过河去找班扎尔少爷想办法哇！"

喜顺对阿廖沙道："阿廖沙，你千万别犯浑！你要是敢伤着那仁和小萨日，我非扒了你的皮不可！你等着，我现在马上去找班扎尔同志汇报。两天后，我肯定会回来！"

喜顺走出了包，却被忽然出现的布里亚特骑兵用枪顶住了胸膛。喜顺一下傻眼了，原来朝鲁率黑马营在巡河的时候，发现了河边的潮湿草地上出现了陌生的马蹄印，立即率黑马营的一支小分队一路追踪尾随而至。当喜顺和阿廖沙在包内发生变故的时候，他们率领的小分队已经被黑马营缴了械。黑马营动作之快，让小分队的战士们根本来不及反应，长枪短枪已经黑洞洞地顶在了他们的脑门上。

几个布里亚特骑兵把喜顺摁住，全身上下搜寻着武器。

喜顺没好气地说："瞎搜啥？我早让人家缴了械。"

他一眼看见了朝鲁，立即叫道："朝鲁大叔，侄子正要找你有大事说哩。"

"你找我？有大事？"朝鲁有些狐疑地看着喜顺，"你能有什么大事？你是喜顺吧？"

这时，金达耶娃从包内蹿了出来，大声叫道："朝鲁大叔，那仁和小萨日被哥萨克绑架了，现正往他们身上绑手榴弹哩！"

朝鲁一听急忙冲进了包内，只见曼达尔娜已经瘫倒在羊毛毡上。两个孩子被阿廖沙绑住了手脚，身上被捆上了手榴弹。

阿廖沙恶狠狠地对朝鲁道："你们要敢对我下手，我只要一拉弦，我们便会一同飞上天去！"

阿廖沙说着，抬起了套着铁环拉弦的左手，一根拉线颤灵灵的。

小萨日可怜巴巴地道："朝鲁爷爷，救救我和哥哥！"

朝鲁镇静地道："小萨日别害怕，这位哥萨克叔叔是你爸爸的好朋友，与你们开玩笑哩！你们要听叔叔的话，千万不要乱动！那仁，你是哥哥，听懂爷爷的话了吗？"

那仁点了点头道："朝鲁爷爷您放心，我们听这位叔叔的话。他刚才也是这样说的，要不我和妹妹会飞上天去。"

朝鲁点头道："这才是好孩子！"

阿廖沙对朝鲁道："该说的话我都给喜顺同志说了，现在你立即带着你的人马离开，否则……"

"好，小兄弟，我这就走，这就走。你只要不伤着孩子们，你说啥，我朝鲁都给你办，要多少钱我都给你办。"

朝鲁说着，退出了包外。

他一把拉住喜顺道："这小黑胡子到底要干啥？你快给大叔说说？他要多少钱？"

喜顺只得原原本本地说了一遍。

朝鲁不禁埋怨道："班扎尔少爷咋说了不算呢？这也怨不得人家黑胡子发疯。咱蒙古爷们儿就该落地有声，吐唾沫砸坑，咋能说了不算呢？看，惹出麻烦了吧！我还以为是谢苗诺夫的人绑票呢！"

"大叔，这也怨不得班扎尔少爷，咳，我们队伍的事情给你说不清楚。"

"我不管你们队伍的事情，可这事咱得说清楚。班扎尔少爷的事情你来办，嘎尔迪老爷的事情我来办。我不管嘎尔迪老爷说成个啥，你只要带上黑胡子要的人，你就从我黑马营的防区过，我舍出这条老命也要接应你。"

"行，行，"喜顺感动地道，"还是咱蒙古人，打断筋连着肉。"

"喜顺啊，"朝鲁道，"大叔给你说正经的，咱不管红党白党，要是断了后可就啥也不是了。咱办事不能图一时痛快，啥事都得往长远想想，一有长远想法眼前啥事都不是个事！"

喜顺道："谢谢大叔的教诲。"

"喜顺啊，"朝鲁道，"这事让咱们爷儿俩赶上了，咱说甚也得替嘎尔迪老爷和班扎尔少爷保住这脉香火！你知道吗？这可是波拉金女王家的香火哩！波拉金女王可是为大清为咱蒙古人……"

"大叔，"喜顺道，"这谁不知道？咋一上了驿站营盘，就好像来到中国地了？你放心，我这次是铁了心了，说啥也得把这事情办成办好了。那我就走了？哎，我的人马和枪支你可不能扣下，要不班扎尔少爷还不得把我枪毙了？"

朝鲁道："碰上大叔我算你小子走运，要是换上别人可没那么好说话。不过，我得把你们送到河边，再把家伙什儿还给你们。谁知路上还能遇到什么乱子？"

"行，我听大叔的。"

金达耶娃着急地道："喜顺，你可得快点。别让嫂子在这瞎等着，孩子的命可交给你了。"

喜顺道："我比谁都着急，我知道。"

朝鲁对金达耶娃道："那我们就走了。这两天，你就在这包里陪你姐，千万别犯蠢，办傻事！"

"你才犯蠢呢！"金达耶娃道，"你们可得快一些。咳，长生天保佑吧，佛爷保佑吧！"

30　一朵朵血花飞起时，连嗜杀成性的谢苗诺夫都不禁在胸前画十字

太阳刚刚偏西，金达耶娃就吆着一群羊回圈，还不到羊收坡的时间羊儿们还不愿回去，一面跑着一面找机会低头吃草，金达耶娃在马上喊着，牧羊犬汪汪叫着，驱赶着。一只小羊羔子根本跑不动，像是有了病，卧在草地上咩咩地叫着。金达耶娃在马上对它啊哦地喊着，一条牧羊犬在它身边伸长脖子一耸一耸地厉声叫着，小羊羔趴在草地上，头一抬一抬地，凄惨地叫着，就是不挪窝。正在这时，三丫骑着马过来了，对金达耶娃道："你姐呢？你咋挺着大肚子吆开羊了？这还不到收坡的时间，这小羊羔子还没吃饱呢！"

她说着，跳下马，将袍子前襟扣子一解，提起小羊羔子脖子往怀里一揣，说："走吧，我帮你吆喝羊回家。"

金达耶娃一听忙阻止道："三丫姐，你可不敢去我姐家。"

"咋了?"三丫十分警惕地问,"出了甚事情了?你姐和孩子们呢?"

金达耶娃慌慌张张地把事情说了一遍,三丫一听脸色陡然一变,果然班扎尔要来接孩子了,诺雅分析得真是不错。看来,她赶到三丫家来得太及时了。原来诺雅带着一伙子人,摆脱开王大川中国营的追赶,掉头悄悄潜回了布里亚特草原。这数千公里的逃亡,谢苗诺夫和诺雅带着的匪帮被中国营像在草地上撵野兔子一样追着打,被沿途的苏维埃游击队骚扰着打,再加上饥饿和疾病,谢苗诺夫的人死的死、伤的伤、逃的逃,好长时间连顿热饭都没有吃上过。这伙人一个个搞得疲惫不堪,谢苗诺夫指着诺雅骂,你不是说很快就有大日本帝国的皇军接应吗?天皇的人马在哪儿呢?我看是在你这个王八蛋的嘴里吧?

诺雅和三丫接上头,是在谢苗诺夫偷袭嘎尔迪老爹的大包未能成功的那天。当诺雅知道有叫阿菊的女人给他联络时,这个混迹于西伯利亚各类匪帮中有二十余年的日本间谍顿时泪如雨下,感觉总算熬出了漫漫长夜、沉沉寒冬。他含辛茹苦这么多年,终于等来了祖国母亲的召唤。在春天的草原上,在鲜花与青草间,他与三丫大声讲着久久蕴藏在心海深处不断翻滚激撞的乡音,三丫那在国内遭人鄙夷的虾夷口音在诺雅听来就像布谷鸟儿在唱歌一样。终于能用乡音互诉衷肠了,二十年了,他像孩子一样扑在三丫的怀里号啕大哭。三丫用女人的妩媚抚慰着诺雅,诺雅从她那淡淡的唇香中,嗅到了海风的浓烈腥气,久违了我的帝国,久违了我的女人。三丫告诉他,帝国武装进入西伯利亚的战争已经揭开了帷幕,一支先遣部队现在已经潜入西伯利亚,正在向布里亚特草原挺进。他的任务是动员谢苗诺夫的这支部队,与先遣部队会合,并接受先遣队长官的统一调遣。可这一路上除了能感受到王大川中国营的刀光剑影,这伙像恶狼一般的中国人,紧紧尾随着谢苗诺夫,谢苗诺夫匪帮无一时刻不感觉到死亡的威胁。漫漫征途,无休无止,谢苗诺夫穿行在黑暗的森林之中,像是熬煎在无穷尽的地狱之中,他不时嘲弄诺雅:咱他妈快到富士山了吧?咋不见八重樱怒放呢?与本司令共沐香汤的光屁股日本女人呢?诺雅为了帝国,为了天皇,笑脸迎对着谢苗诺夫的羞辱。

就在密不透风的森林里,谢苗诺夫一伙人走得几乎要绝望时,在一幢快要倒塌的森林小木屋前,诺雅终于迎来了另一朵开放的阿菊。这朵阿菊是个洋溢着青春气息的少女，穿着一身短袍骑着一头驯鹿而来，她的身后还跟着一群驯鹿，可爱清纯得就像圣诞老人的外孙女。谢苗诺夫一见喜出望外，立即下令屠杀这群驯鹿，以解部队的饥饿。少女一边哭着，一边楚楚动人地哀求着，面对心爱的驯鹿一头头倒下抽搐，少女发出了奇怪的声音像是在破口大骂，但没人听得懂，也没人理睬她，这帮家伙在忙着埋灶烧锅，剥皮切肉。有的趴在驯鹿的伤口上大口大口地吮吸着汩汩流淌的鲜血。是诺雅听到了这骂声，就像是听到亲人的呼唤。他问女孩，你是阿菊？女孩天真地点点头，然后告诉诺雅，帝国的先头部队已经到了，她奉命在西伯利亚的森林和草原上寻找着诺雅，她赶着这群驯鹿在森林中的鄂温克人中间已经生活了多年。诺雅兴奋地告诉谢苗诺夫，帝国的先遣部队正在等候司令的到来。谢苗诺夫刚吃饱了鹿肉，正在用一支细细的松针剔着牙齿，他斜着眼看着女孩，问诺雅，是这只百灵鸟告诉你的？诺雅说帝国，谢苗诺夫说咱先不说帝国，我想先和这只帝国的百灵鸟来首二重唱。他站起张开双臂招呼女孩，女孩像小鸟一样飞来并款款地偎依在他的臂膀里，在哥萨克们的哄闹和口哨声中，慢慢踱进了那幢森林中的小木屋里。不一会儿，女孩的哼唧声尖叫声混合着谢苗诺夫哦哦哇哇的狂笑声，冲撞进人们的耳鼓，当他们再次出现在木屋门口时，这个女孩躺在谢苗诺夫的怀抱中，双手紧紧勾住谢苗诺夫的脖子，脸上荡着淫邪的笑，就像一只从黑森林中蹿出的小妖精。谢苗诺夫油汪汪的大嘴叭地亲吻了她的脑门一下，把她托起，对欢闹不止的哥萨克们喊，从现在起，我们不再是流浪的野狗，我们正式有了东洋小妈！诺雅和哥萨克们举枪大呼乌拉，若不是巡逻哨发出预警，发现了赶来的中国营，这帮家伙会拉起手风琴，转着圈像蚂蚱一样蹦跶了。

　　谢苗诺夫一伙人终于和中佐带领的帝国先遣队会合了，谢苗诺夫部队随身携带的针药挽救了许多帝国军人的性命。那些病入膏肓救治无望的士兵，中佐忍痛让他们光荣殉国了。中佐叫黑木，出身于名古屋的一个武士世家，非常看重军人的死亡仪式，认为这是帝国武士道精神的体现。当太阳从西伯利亚草原上冉冉升起时，数百士兵唱着哀伤的歌，围坐在一堆木头搭起的焚尸台周围。焚尸台上躺着那些待死的士兵，一溜并排共有三十四个，基本是一些尚能喘臭气的烂肉。秃鹫在天上高高地盘旋着，发出嘎嘎哇哇的鸣叫，让人不时发瘆抖鸡皮疙瘩。黑木中佐身穿白色的和服，戴着雪白的手套，举着闪着寒光的武士刀冲那些躺在木板上的他心爱的士兵，一个个虔诚鞠躬，对不起了，然后冲着他们的胸膛狠狠扎去，那份惨烈是目睹的哥萨克们终生的噩梦。随着黑木中佐双手举起的武士刀频频落下，一朵朵血花飞起时，连嗜杀成性的谢苗诺夫都在胸前不断地画着十字。当焚尸台熊熊大火燃起时，黑木中佐热情地拥抱了他，并告诉他大日本帝国的武装干涉已经开始了，而且英国美国等十四个国家都已经派兵参战了，现在海参崴、满洲里全是世界各国聚拢来的部队，就连瘦弱的"中华民国"都派出了海军出兵助战。帝国军队是主力，现在通往西伯利亚的铁路、公路全被帝国占领，国际联军正在分多路向西伯利亚挺进，布尔什维克的部队现在是望风而逃一路西窜。谢苗诺夫咧着嘴对诺雅说，看来我们不用东逃中俄三角地了？黑木告诉他，与帝国合作的俄临时政府已经下发了对谢苗诺夫的委任，任西伯利亚自由军游击总司令，统辖西伯利亚地区的反布尔什维克武装，授中将军衔。谢苗诺夫不满地说，高尔察克是陆海军上将，我咋才是个游击中将？临时政府这帮狗眼看人低的家伙。不，我的朋友，我的谢苗诺夫将军，黑木告诉他，我的背后是强大的日本帝国，现在是要钱有钱要枪有枪，飞机大炮都能武装。谢苗诺夫这才高兴地道，我现在是有爹又有妈了。黑木不解其意，诺雅告诉了他，黑木高兴地哈哈大笑。

　　这天夜里，中国营的偷袭遭到了谢苗诺夫和黑木联手顽强抵抗，双方损失了不少人。王大川为谢苗诺夫陡增的战斗力感到不解，反复侦察后才发现有日本军队进入了，马上电告谢尔盖，谢尔盖回电就四个字：骚扰咬住。于是，中国营分成了无数个游击小组，摸哨打黑枪，突袭征粮队，神出鬼没，搞得黑木焦头烂额。黑木和谢苗诺夫被困住，无法西移进入嘎尔迪老爹的驿站营盘地。黑木也搞不清楚：西伯利亚这里怎么会突然出现一支能征善战的中国军队呢？诺雅反复地给他讲了来由，黑木才知道了大概，正式定义为远东布尔什维克红军中有一支中国劳工组成的部队。先遣军大本营迅速调整了他们的任务，黑木和谢苗诺夫固守，着重扩大谢苗诺夫武装，等待军械弹药装备的补充，准备接受改变远东格局的重要任务。另派一支小分队潜入驿站地，牵制嘎尔迪老爹的布里亚特骑兵武装。谢苗诺夫听完，激动地抱住黑木并亲吻了他的两颊，连连说，我活了四十几现在才真正体会了什么叫爹亲娘亲。黑木从自己的部队中挑了二十个最优秀的军人组成了特工队，由诺雅带领准备潜入数百公里外的驿站地。但这一行人刚出亚布力就碰上了中国营的巡逻队，混战中又被打掉了三个，还伤了一个。一路狂奔，沼泽草原，披星戴月，自然是千难万难，遥遥看见腾格里山时，受伤的那个士兵再也无法坚持，从马上跌下一头摔倒在草地上。看他那腹部伤口往外泛着脓血恶臭，露着一段肠子，上面还有无数的蛆虫蠕动。伤兵的头上滚动着豆粒大的冷汗，乌黑的嘴唇呻吟着反复地重复着活下去的欲望，恳求着诺雅不要把他丢在草地上，他还想吃妈妈的寿司。诺雅和士兵们把他抬起，安置在草地上一棵孤零生长粗壮无比的西伯利亚雪杉旁，然后不顾他的哀求转身离开，走了好远才听到了一声枪响，回头望去，只有他的战马围着他嘶鸣不已，诺雅已满脸是泪。

当三丫看到这些小鬼般的亲人们时，心疼得一个劲儿地说你们辛苦了，不住地忙前忙后，煮茶做饭，还为他们打来了水，让他们洗去一路征战留下的尘土硝烟。这些士兵们不住地说有女人真好啊，还点头哈腰，一个劲儿地对三丫表示感谢。三丫用软软的羊皮擦拭着他们赤裸的前胸后背，就像是侍候着一群调皮的孩子。这些士兵们感动地说，好像回到了家中，来到了母亲和妻儿的身边。三丫说我想好好抱抱你们，士兵们更是高兴地哟西不止，于是她挨个儿拥抱了这些赤身裸体的男人。士兵们太累了，横躺竖卧地在地板上沉沉地睡去了，三丫的包内响起了此起彼伏的沉沉鼾声。三丫还把他们的脏衣裳扔在马槽里，倒满水，自己赤脚站在里面吧吧唧唧地踩着，还轻轻哼着歌儿。洗完了衣服，然后一件件摊铺在草地上，又把他们的靴子一双双擦干净，这才钻进柴草垛里，给黑木发电报告诺雅突击队到达的消息。她正接受着回电，诺雅披着一件袍子，钻到了草垛里，伸出手摸摸她柔软的脖子，她回过头来，对诺雅明眸一笑，那弯弯的眉毛，那红红的圆脸让诺雅身上不禁一抖。三丫冲他伸出一只手指，表示自己正在工作，然后又继续专心地接收着回电。诺雅耐心地等待着，一只手在三丫脖子上摸来摸去。三丫接收完电文，道了一声好了，然后讲了黑木中佐的回电，指示诺雅小分队要像一把钢刀插入布里亚特草原的心脏，寻找到嘎尔迪老爹的软肋，逼迫他与帝国合作。诺雅笑着道，我想先探索一下你的软肋。然后一把将三丫抱住，你的软肋在哪儿？在哪儿？三丫咯咯地笑着滚进诺雅的怀里，两人亲吻着，抚摸着，三丫说你好雄壮啊，诺雅立即雄壮地将三丫翻倒在草垛上，狠狠地撞击着。三丫迎合着，接纳着，一面喃喃着你是帝国的英雄，千万不要在女人身上太累，帝国的英雄，千万不要太辛苦……她越是这般心疼体贴诺雅力气卖得越甚，头脸上的汗珠子像下雨一般吧吧嗒嗒地落在三丫的身上，三丫哦哇地呻吟着，诺雅君，太辛苦了，太辛苦了，诺雅终于啊呀闷叫一声，趴在三丫身上过电般抽搐开了，三丫抱紧软成一摊的诺雅，柔声细语地说，帝国的男人真好，真好。然后她问诺雅，嘎尔迪老爷的软肋在哪儿呢？诺雅随口就说，还不是老婆孩子？支那人就这点儿出息。可嘎尔迪老爷与班扎尔少爷正在交火哩！三丫忽然叫了起来，知道了，诺雅君，班扎尔少爷有一对儿女还在草原上。诺雅一听，立即翻身坐了起来，说，那太好了，嘎尔迪老爷的亲孙子、亲孙女，用支那人的话说就是心尖子肝花子哩！唔，嘎尔迪老爷，我这次才捏住了你的心尖肝花。诺雅说着，一把将三丫揪了起来，你快去打探孩子的情况，我们能想到，布尔什维克想不到？嘎尔迪老爷想不到？

三丫一听，立即穿好衣服，并从电台旁拿起手枪，匆匆地跑了出去，她要去曼达尔娜那里，看看嘎尔迪老爷的这对亲孙子孙女。她没有想到遇到了金达耶娃，这个挺着肚子的女人为什么总是与自己不期而遇呢？她想起那个夜晚，自己接到了立即除掉瓦林耶夫的电令，她接到的任务是要将嘎尔迪老爷与布尔什维克之间的战火挑得越高越好。三丫知道中国营的厉害，也知道瓦林耶夫工程师和嘎尔迪老爹是安达，同样也知道这个老牌布尔什维克会对这个世界充满警惕。瓦林耶夫想着谢尔盖交给的紧急任务，既要救出拉西等红军战士，还要劝说老嘎尔迪再度与红军合作，共同对付布里亚特草原上的哥萨克匪帮。尽管他知道这一路危险重重，想了许许多多可能遇到的危险，但他想来想去，不会想到每天滚得像土驴似的三丫，会是他的致命杀手。他和警卫员小陈，纵马折回到了嘎尔迪老爹的营盘地上。在月光下已经看到了非常醒目的圣日耳曼医院的红十字标志，也看到嘎尔迪老爹大包前那通明的灯火，他正想象着与老嘎尔迪如何见面、对话，甚至是谈判。这时，一匹马从草丛里悠悠走了过来，三丫骑在马上，还同他热情地打着招呼：是工程师老爷啊。瓦林耶夫认出了这个中国女人，警卫员小陈亲热地招呼她为嫂子。

在前些年修筑铁路的日子里，那木斯莱让三丫去铁路工地上当洗衣工，中国劳工们万没想到会在万里之遥的贝加尔湖边上碰上一位山西女人，还会唱情哥哥肉蛋蛋的山西小调。三丫的眼睛会说话，三丫的嘴会说汉话，每逢雨雪天歇工，三丫的包里会来许多中国劳工，死鬼那木斯莱也是个爽快人，自然与他们打得一团火热。马上的三丫一边热情地打着招呼，一面笑容可掬地冲他们走来，然后利索地出枪，砰砰两声，瓦林耶夫和小陈都被子弹击中眉心翻落马下。三丫纵马而过，看都不看一眼，正疾马奔驰时遥见正面也过来一匹马，她还以为是瓦林耶夫中国营的同伙，忙藏身镫底，快到跟前时才翻身上马并开枪射击，丝毫不犹豫地夺路而去。三丫直到第二天才知道只击中了一匹白马，从她枪口下死里逃生的竟然是蠢得不能再蠢的金达耶娃。当她知道金达耶娃还是一个大肚子女人时，心里竟然飘过一丝侥幸，幸亏有那匹马挡着……

她心里甚至暗骂：不知死活的傻女人，挺着个大肚子瞎跑啥呀？又庆幸碰到了她，知道了嘎尔迪老爷的孙子孙女落在一个哥萨克手里当了人质。这究竟怎么办呢？她想过动用诺雅特工队抢人，怕是远水解不了近渴。动静过大，伤了嘎尔迪老爷的宝贝孙孙，对争取嘎尔迪老爷的合作大大地不利。小羊羔在她的怀里乱拱，头一探一探的，不住地叫着。三丫忽然有了主意，她摸了摸小羊羔毛茸茸的小脑袋，脸上浮起了一丝狞笑，她想起了在学校时，手中颤灵灵的活生生的兔子……

三丫和金达耶娃吆着羊群，都快到曼达尔娜家的蒙古包前了。三丫下马站在草丛里，又把金达耶娃接下了马，一面埋怨她："你挺着个大肚子，真不应该疯跑，你要是卸了车小产了，看烂鼻头拉西不掐死你！人家现在可是红军参谋长！"

金达耶娃道："再给他个胆！"

三丫问："你想不想把那仁、萨日救出来？"

金达耶娃道："他们是我亲外甥啊！我恨不得把那个哥萨克小胡子一刀劈死！三丫，你是见过世面的，你快给我这个傻妹子拿个硬主意！"

三丫道："好，我豁出去了！你得听我的，你过来……"

三丫凑到金达耶娃的耳边，悄声说了起来，金达耶娃紧张地点着头，三丫最后说："你想尽法子把那哥萨克小胡子引出来，剩下的我来办，越紧张越好，就像是真的一样……"

三丫说完，嗖一把从怀里揪起那只咩咩直叫的小羊羔，一手揪住头，手腕子一抖，那只可怜羊羔的小脑袋就被揪掉了，血从血腔子喷了出来。金达耶娃啊地叫了一声，几乎吓晕过去，三丫把血往她身上一把一把地抹着，还把血往自己身上洒，直到小羊羔子血流尽了，她才一把扔开。然后一推金达耶娃，金达耶娃惊惶失措地啊哇乱叫着，直往包前喊救命，还一个劲儿喊："狼咬人了，咬住人了……"

三丫倒在草丛里，伸出两只血淋淋的手，乱喊乱叫着："救命啊，救命啊……"

两只牧羊犬不知出了什么事，也汪汪地乱叫开了，羊群更是轰隆隆地跑开了，马也嘶鸣了起来，曼达尔娜的包前草地上乱成一片。曼达尔娜听到金达耶娃的呼叫声，想往外跑，阿廖沙一把拉住她，紧张地拿起了枪，那仁和萨日也害怕地哭泣了起来。这时，金达耶娃血淋淋地跑了进来，曼达尔娜一见立即疯叫了起来："耶娃，妹子，你这是怎么了？"

金达耶娃直着眼睛喊："来狼了，来狼了，咬住三丫了，我怎么也拉不动她……三丫帮着咱家吆喝羊，让狼给咬了，看这血……"

阿廖沙狐疑地问："三丫是谁？"

曼达尔娜道："一个邻居，汉家的女人，可是个热心肠人哩，不行，我得去救她。"

曼达尔娜说着，就要往包外走，阿廖沙喝道："你们老实待着，不老实，我把你这个包炸飞！"

这时，包外传来了三丫声嘶力竭的喊声："救命啊，救命啊！"

阿廖沙提枪蹿出了包外，先是警惕地看了看四周，三丫的求救声更响了，"来人啊，救命啊……"

阿廖沙顺着声音望去，只见草丛里正翻滚着一个女人，两只手血淋淋地晃动着，阿廖沙提枪跑了过去，刚跑到三丫身边，只听砰的一声枪响，阿廖沙吭都没吭一声，仰面躺在了草地上。三丫仍然躺在草地上，她在想下一步怎么办。这时，远远传来了人的呼唤声，她急忙把耳朵贴在地面上，还有疾疾的马蹄声在草地上咚咚叩响……

她想坏了，这次可是搂柴火跌进了山药窖……

她想了一下，忽地闭上了眼睛，紧紧地握着手里的枪。

这时，金达耶娃颠颠地奔了过来，一见阿廖沙仰面躺在草地上，脑门子上还有个黑洞，汩汩地往外渗着血，蓝色的眼睛大睁着，直直地凝视着蔚蓝的天空。她立即大喊大叫了起来："姐，你快来看啊，小黑胡子让三丫给打死了。"

曼达尔娜在包里给那仁和萨日轻轻地解着捆在身上的两颗手榴弹，一面吓唬那仁别乱动，小心炸了。孩子们一动，她就抖一下，身子不住地打哆嗦。好不容易解开了，赶紧对他们说："别动，小心外面有狼。"

曼达尔娜提溜起两颗手榴弹，跑了出去。刚跑出包，就见金达耶娃冲她招手呼唤："姐，人在这儿呢！"

曼达尔娜跑过去一看，忙把金达耶娃推开："你咋敢看这个？人刚死身上不干净哩，对肚子里的孩子不好。"

金达耶娃吓得跑到了一边，又说曼达尔娜："姐，你拿着手榴弹干什么？碰响了会出人命哩！快把它丢开。"

曼达尔娜发着狠说："我恨不得把小胡子的脑袋敲烂！我让他吓唬我孩子，小萨日都吓得尿了一裤子！哎，三丫呢？三丫在哪儿？"

她们大声叫着三丫，却听不见三丫的回答，金达耶娃急得都快哭了出来："她不会也死了吧？"

曼达尔娜呸呸地啐了两口，对金达耶娃道："你想把姐吓死啊！三丫，三丫……"

她俩正喊着，其木格和萨瓦博士骑马跑了过来，他们跳下马，来到金达耶娃姐妹身边，其木格着急地问："三丫怎么了？呀，这人是谁呀，天爷，这人死了！"

萨瓦博士忙跑过去，看了一眼问："谁开的枪？"

金达耶娃道："是三丫，就响了一枪这小胡子就倒下死了，三丫人呢？急死人了……"

萨瓦博士怀疑地问："三丫开的枪？"

其木格肯定地道："这三丫有枪，我亲耳听她说的！汉家女子心烈，她想找嘎尔迪老爷报仇哩！"

曼达尔娜咋舌道："咋敢想哩？"

金达耶娃道："姐，人家三丫可是为外甥们拼命哩！别看她平时狐媚子勾眼的，关键时刻还是咱草地的人！"

萨瓦博士四处看看，忽然发现，就在不远处的草丛里露出一只带血的手来，他急忙跑过去一看，只见草地的深草丛处躺着三丫，浑身是血，落着一层翅膀闪亮的绿头苍蝇。萨瓦博士驱赶着苍蝇，苍蝇嗡嗡地飞起，跑过去一看，三丫的脸上都是血道子。萨瓦博士仔细查看了一下，没有发现伤口，又用手放在她的鼻孔下，对她们说："没事，她是吓晕过去了。"

人们围了过来，萨瓦博士使劲摇晃着她的身躯，人们呼唤着："三丫！三丫！"

三丫忽地坐了起来，啊啊呀呀地叫着，把人们吓得退出老远。三丫闭着眼睛，提起手里的枪就是一阵乱放，人们吓得啊啊叫着，趴在了草地上。有颗子弹就从萨瓦博士的耳边飞过，正正地打在拴马桩上。三丫一气儿把枪里的子弹打完，还在舞着手里的枪，啊哇乱叫着。

金达耶娃喊："三丫，你疯了，差点把萨瓦博士打死！"

三丫直愣着眼珠子喊："我杀人了！我杀人了！"

其木格跳着脚喊："她吓疯了，扇她嘴巴子，头上浇凉水，激过来就好了！"

萨瓦博士趁三丫不注意，一把将三丫搂住，三丫嘴里喷着白沫子仍是在喊："我杀人了！我杀人了！"

"好了，好了，"萨瓦博士抚摩着三丫的肩头，轻轻地劝慰道，"三丫，没事了，一切都过去了。"

他说着，把三丫的枪取了过来，三丫咧嘴哦哦地哭了起来："死鬼那木斯莱啊，你可害死我了，你啥也留不下，只剩下两只烂胳膊啊！你这把破枪，可把三丫害了个死，打着人了吧？打死人了吧？这哪是吓唬人啊，是把人照死里打啊！你个死那木啊！你祖坟前拉屎抽旱烟，是缺德带冒烟啊，我连只鸡也不敢杀呀……"

金达耶娃说："三丫，你别哭了，你办了件大好事哩！"

那仁和萨日也从屋里跑了过来，围着三丫姨姨长婶婶短地叫个不停。

其木格看着金达耶娃惊讶地道："耶娃，你咋也闹得血糊糊的？脏死了，你这样不讲卫生，对胎儿可不好哩！"

金达耶娃刚要讲什么，三丫啊呀咧嘴一声又要哭，众人赶忙一阵劝慰，三丫才渐渐缓了过来，哆嗦着嘴唇问："嘎尔迪老爷不会治我的罪吧？"

众人都说：不会的，不会的，嘎尔迪老爷慈悲着哩。

金达耶娃道："你救了他两个孙子孙女，肯定会赏你哩！"

这时，几个骑兵赶了过来，他们是朝鲁留在这里远远监视阿廖沙行动的。听见一阵砰砰的枪声乱响，急忙赶过来围住了曼达尔娜的包。看到阿廖沙被人打死在草地上，也感到非常奇怪。尤其是看到阿廖沙被一枪击中眉心，都连连叹道好枪法。

"啥好枪法？"金达耶娃道，"刚才那枪放的，就跟天女散花似的，闭着眼瞎打。"

"就是。"其木格道，"那是瞎猫撞上了死耗子！你没见三丫嫂子都快吓傻了。"

萨瓦博士简单了解了下情况，问大家这事情咋办。众人都说你是老爷，你说咋办就咋办。萨瓦博士让士兵把两个孩子先护送到大包里，这事因孩子引起，留在这里不安全。众人都点头，曼达尔娜有些不愿意，说这小胡子都死了，还能怎么样。众人都说小心无大错，还是进了老爷的大包踏实。萨瓦博士看出了曼达尔娜的担心，她怕孩子进了大包后，嘎尔迪老爷会扣住孩子不让她见面。萨瓦博士让曼达尔娜也跟着住进包里，也好有个照料。众人都说这样最好，萨瓦博士让曼达尔娜抓紧收拾赶紧离开这里。曼达尔娜带着孩子，跟着两个士兵骑马而去了，金达耶娃对曼达尔娜喊，姐，你这包我替你料理，你放心吧。萨瓦博士又让另外两个士兵将阿廖沙的尸体用牛车送到嫂子河边，让嘎尔迪老爷看着处理。士兵们将阿廖沙的尸体放到牛车上，吆喝一声，牛车慢腾腾地走了。

三丫看在眼里，恨在心里，自己费了半天劲儿，两个孩子还是回到了嘎尔迪老爹的包里，这不是白忙活了？她恨不得赶快离开这里，去找诺雅特工队想办法。她又哼唧了两声，萨瓦博士问她感觉好些了吗。她点了点头，说天快黑了，还要回家给阿尔德那做晚饭哩。其木格急忙扶她站了起来，三丫冲萨瓦博士说，这次全靠博士老爷了。老爷，守着蒙古女人这么好的草场，你也该有个后了。在草地上，男人没后，连个好牲口都不是。其木格说，三丫，你给博士老爷咋说话呢？三丫说，我吓糊涂了，嘴没把门的了，想起啥就胡说些啥。咱女人也一样，在我们老家养鸡，母鸡不下蛋连食都吃不上，还被别的鸡欺负得不行，追着它其木格刚要说什么，被萨瓦博士拦住了，三丫骑上了马说走了，金达耶娃说你慢点，今天谢你了。三丫说谢管甚用，这辈子做不了好梦了，人家不找我来索命我就阿弥陀佛烧高香了。说完催马就走，其木格在她身后喊不要你的枪了，三丫头也不回地喊你留着看画吧，我要那劳什子干甚。望着她远去的背影，金达耶娃感叹地说今天全靠她了，要不还不知怎么收场呢。萨瓦博士说就是不简单。其木格说汉家女子就是有心机。

金达耶娃又把来龙去脉讲了一番，惊得萨瓦博士目瞪口呆：这样的周密安排，她咋会吓傻呢？金达耶娃道，计划是计划，要是真杀一个人了，谁不傻？那是真死人呀！谁杀过人呀？萨瓦博士点了点头，觉得有道理。金达耶娃又问，博士老爷，你们在这干什么呀？其木格说，卡佳去莫斯科进药去了一直没回来，听说铁路让外国兵全给占了，回不来了。这不博士老爷领着我们采草药，桑布喇嘛都指导我们做蒙药呢！萨瓦博士又对金达耶娃说，你的胎儿大了，不敢在草地上乱跑了。其木格说就是，可得注意点。金达耶娃道，蒙古女人没那么娇贵，不就养个娃？我说博士老爷，你别那么抠抠索索的，连管子好精血都舍不得给人家，让其木格的肚子老闲着。其木格说我正给博士老爷商量呢。金达耶娃道，商量个屁！其木格妹子，你听我的，下狠心把他那层皮揪下来！萨瓦博士气得骂道，真真是一对蠢女人！这种事情是探讨的？金达耶娃看着萨瓦博士尴尬的样子，不禁嘎嘎大笑了起来⋯⋯

31　混蛋，我是客人吗？狂怒的班扎尔说着掏出手枪

当喜顺和朝鲁一行人来到嫂子河边时，已经是夜里了。班扎尔已经组织了对嫂子河的强攻，东西两个方向都是轰轰的枪炮声，不时地传了过来。火光在沉沉的黑夜一闪一闪的，森林和河谷在火光中时隐时现。远远的天空上，不时有拖着红尾巴的枪弹像流星一样滑过。士兵们看着火光流弹，听着枪炮声响，默默地没有一句话。唯独朝鲁黑马营防守的河段仍是平静，河水泛着星月之光，哗哗地流淌着。朝鲁看看对岸的森林，黑黝黝的，寂静得就像睡着一般。

朝鲁不禁自言自语道:"班扎尔少爷这是干什么呢?单把我黑马营的防地剩下?"

喜顺笑着对朝鲁道:"那是班扎尔少爷舍不得仁钦老王爷这些好马,你以为是亲你呀?"

众士兵也都笑了起来。

朝鲁道:"上下乌金斯克都是蒙古人,瞎打啥呀?你看看那小胡子哥萨克咋会和蒙古人一条心?翻脸比狗都快。"

喜顺道:"我就这么件事办现眼了,你还没个完了?我从跟着班扎尔少爷闹革命,还没被人下过枪呢。"

朝鲁对喜顺道:"那是你没碰上我黑马营!我要不是看你是个蒙古人,我才不给你讲这个道理。老叔也就送你到这了,别看这河边现在平静,说不定什么时候就要开战呢。一颗信号弹升起,那就是枪炮齐响人仰马翻,真要是打起来了,我认你,枪子可不认你。你现在赶快过河,办你的正经事。等领上小黑胡子要的人再过河时,你就扯起一面白旗,我们的人就知道是换人来了。"

"我们又不是投降干什么扯白旗?"喜顺不满地道。

"那你就等着吃枪子吧!不就是个联络记号。"朝鲁道,"啥投降不投降的,你现在还顾上扯这个淡?你赶忙回去告诉班扎尔少爷,别光顾自己杀得痛快,让他想想自己的一对儿女。"

"这不用你说。"喜顺嘟囔道,"那你快把枪支还给我们吧。"

朝鲁让自己的部下将卸光子弹的枪支交给了喜顺他们,喜顺他们将枪背好,抱着马脖子洇进了嫂子河里,河水汩汩地带走了喜顺一干人,渐渐消失在银光闪烁的水面上。

喜顺他们刚上了岸,一群布里亚特红军就从河边的树丛里蹿出,枪栓拉得哗哗乱响。

喜顺气急败坏地喊:"瞎了眼了,连自己的同志都不认识了?我们是特务营的!"

"是喜顺营长吧?"一个小军官模样的人迎上来道,"谢尔盖同志一直询问你的消息呢?"

"快带我去见谢尔盖同志,我有紧急情况向他报告。"

谢尔盖的指挥部是用桦木搭的一间木头屋，屋子内几个参谋人员正在对着电话哇哇乱叫。新鲜树脂的味道弥漫在小屋内，刺激得喜顺鼻孔有些发痒。喜顺报告完情况，有些紧张地看着谢尔盖。他的军装湿透了，一直往地下淌着水。

谢尔盖严肃地诘问喜顺："像阿廖沙这样政治上严重不纯的人，你为什么要带上他执行这样重要的任务？"

喜顺道："谢尔盖同志，阿廖沙是我们营的政治委员。我们怎么能预见到我们的政委会发生这样的变故呢？"

"那你的鼻子是干什么的？就是嗅味儿也应当嗅出他想干什么。"谢尔盖气鼓鼓地道。

喜顺低垂着头，不敢看谢尔盖一眼。

谢尔盖抓起电话，道："接赤塔劳动营。伊万同志吗？我是谢尔盖，我以州苏维埃主席的名义命令你，十个小时之内，将古卡耶夫将军及其亲属送到我这里来。"

谢尔盖斩钉截铁地说完，轻轻放下了电话。

喜顺激动地对谢尔盖道："谢谢谢尔盖同志，谢谢谢尔盖同志。"

谢尔盖对喜顺道："班扎尔同志正在指挥前方作战，这件事情就不用告诉他了。你明白我的意思吗？"

"我明白。"

"好，那你就抓紧时间休息吧，今天晚上继续带人过河换人。哎，老嘎尔迪那儿能说得通吗？"

"应该没有问题。他不应该跟自己的亲骨肉过不去吧？"

"喜顺同志，那你告诉我，"谢尔盖轻声地问，"世上哪些事情是应该的呢？"

喜顺不知道该怎样回答，只是挠了挠自己的头皮，憨憨地笑了。谢尔盖拍了拍他的肩膀，关切地说："赶紧去换件干军装，小心感冒了。"

喜顺转身要走，却见基柯夫迎面冲他走来。

基柯夫走到他跟前，笑眯眯地问："喜顺同志，我怎么听说阿廖沙同志临阵倒戈了？这到底是怎么回事？听说你还与他们达成了一种交易？"

喜顺道："基柯夫同志，我现在需要赶快换一件干衣服，然后再接受你的质询。"

基柯夫仍是笑眯眯地说："喜顺同志，我要是你，我会这样处理这件事情……"

谢尔盖对基柯夫道："这件事情我已经知道了。喜顺，你怎么还不走！"

基柯夫笑眯眯地对喜顺道："快走吧，我还有一些重要事情向谢尔盖同志汇报。我们赤塔军校是不是很有意思？听说你家和仁钦王爷家是世交？"

喜顺一听吼了起来："我们前方拼死拼活，你却在这查我们家的锅底子。你上战场试试，小心你的后脑勺被人钻了洞！"

他这用力一吼，作战室的人都看着他。

谢尔盖冲他大喝一声："快滚！"

喜顺气鼓鼓地走了，基柯夫摇着头，笑眯眯地冲谢尔盖说："这些年轻人没有一点政治定力。"

喜顺走后，谢尔盖问基柯夫，有什么事情，有些话干吗要在人家上前线作战时说，考验他们的政治定力？基柯夫说我要是早找阿廖沙同志谈这些问题，敲敲警钟，兴许他不会走向我们的反面。谢尔盖说，基柯夫同志，你不是来追究我的政治责任的吧？基柯夫笑眯眯地说，要有责任也是我们政治保卫局的责任。我今天来是谈一件更重要的事情。他说着，神神秘秘地看了看作战室，谢尔盖说好吧，那我们进内室谈吧。谢尔盖对警卫人员讲，我与基柯夫同志谈一些事情，这段时间不要让人打扰我们。

内室有一张小床，一张桌子，一把椅子，谢尔盖坐在了椅子上，基柯夫就站在他的面前。基柯夫告诉谢尔盖，远东的铁路线我们已经丢了，现在被协约国部队控制了。谢尔盖凝眸道，形势这样糟糕？基柯夫说，他们正在全面向西伯利亚开进，光日本就出动了四个师团、六十架飞机，投入总兵力七万人，已经占东线协约国部队总数量的三分之二。日本人想当老大，可英美法会当他的小兄弟？连象征性出点兵的中国也看不上他小日本。这样他们就会有分歧，我们就有隙可乘。谢尔盖说那英美一定扶持高尔察克，日本会扶持谢苗诺夫，那么老嘎尔迪的蒙古骑兵就会成为他们争取的中间势力。谢尔盖思索了起来，嘎尔迪老爹和他的骑兵在他的面前晃动了起来，搅起了他不断的思绪。而基柯夫好像没

314

有注意到谢尔盖的思绪变化，仍在滔滔不绝地说，现在我们的主力部队大都在西线抵抗美英法联军，帝国主义已从东西两线形成夹攻态势，想把我们新生的苏维埃政权一下扼杀。而且，西伯利亚中线铁路已经被捷克军团的五万人控制，他们借口退出战争要从西伯利亚铁路经过，到达海参崴后再出海回欧洲。这也正好给协约国这些帝国主义国家武装干涉提供了理由。现在，西线铁路一部分，东线至满洲里的西伯利亚铁路已经不在我们手中，谢尔盖同志，没有了铁路线，我们就失去了战争的主动。远东在告急，我的谢尔盖同志！

听基柯夫这样一喊，谢尔盖才缓过神来，他说这些情况我已经知道了一些，我们还是先说说我们这里的情况。噢，这些情况班扎尔同志知道吗？基柯夫道，他正在打仗，没时间听我的汇报，我告诉他是紧急情况，他说没有再比强攻嫂子河更紧急，一分钟的时间都不给我讲。还动了粗，差点把我枪毙。这些旧军队出来的人，我们的布里亚特红军基本被这些赤塔军校的旧军官控制着……谢尔盖正色道，班扎尔同志是有十年党龄的俄共布尔什维克，这才打断了基柯夫的话头。

谢尔盖对基柯夫道，我们这边情况怎么样？你刚才谈老嘎尔迪的蒙古骑兵成为中间势力，这有点意思。基柯夫道，谢尔盖同志，这边情况你是清楚的，我们的主力部队春天已经抽出了两万人支援西线，留在远东地区作战部队仅剩一万余人，再加上布里亚特红军和一些地方零星武装也不过两万人。现在只能干些破坏铁路、袭击辎重部队这样的零星战事，已经组织不起有效抵抗，伊尔库茨克、乌苏里斯克、海兰泡、哈巴罗夫斯克、海参崴都已经陷落。不到入冬，也许更快，我认为远东重要城市赤塔、乌金斯克都会沦陷。现在日本已经派出了多股先头部队，深入西伯利亚地区，并控制了多个交通要塞。有一颗钉子已经揳进亚布力，并且和谢苗诺夫已经会合。现在各路苏维埃政权的敌对武装，都在向那里靠拢。潜伏的敌特都已经纷纷出笼，正在使出手段与我们较量！我们在那里只有一支主力部队，谢尔盖问是不是王大川的中国营。基柯夫道，正是有了中国营的袭击干扰，这支日本先头部队才龟缩在亚布力不得前行，拖延住日本大本营战略计划实施。如若不是这样，我们的班扎尔同志现在正应该与日本侵略军在嫂子河边拼个死活，而不是与那个老嘎尔迪打个没完没了。唔，你对眼前的嫂子河战役有新的判断？打仗的事情是班扎尔同志掌控的，我不过是有一些想法。

谢尔盖道，你说说，我想听听你的想法。基柯夫道，我判断日本侵略军下一个要攻克的战略要地就是老嘎尔迪的驿站营盘地，这样他们就会封住了我们南撤的通道，被他们南北夹击，妄图把我们聚歼在嫂子河流域。当然这是日本帝国主义的一厢情愿，基柯夫说完笑眯眯的。你还有什么情况要说？谢尔盖微笑着道。据我所知，我们亲爱的基柯夫同志总是把最重要的事情放在最后说。基柯夫说，尊敬的谢尔盖同志，是有一个紧急情况。根据我们的电台破译，日本已经有一支特工队进入了驿站营盘地，具体任务我们正在侦测当中。谢尔盖说，你的电台侦讯工作很有长进嘛，从哪请来的电信工程师啊？基柯夫说，我在侦讯瓦林耶夫同志的时候，注意到了他过去在铁路工地时，曾与一个铁路电信工程师有交集，我就把他找到了。原来这家伙在德国时就学过三年收发报技术，是一个摩尔斯电报破译高手，可现还混在那个犹太佬在赤塔的铁路公司工作。谢尔盖问就是那个犹太人老哈林？基柯夫讲，就是那个犹太人！现在，我们的铁路运转还需要这个犹太佬，我们的经济维持还需要他的金钱，不过，这家伙已经是两进两出劳动营了。他对啥主义都不感兴趣，只对金钱感兴趣。我去找他借人，他还敢给我讲价钱，说这个人须臾不能离开，否则他会破产的。他要一天三百金卢布出租这个家伙，我任务紧跟他耗不起，只得跟他打了欠条。有时无产阶级是要向资产阶级妥协那么一点点，因为我们现在还不是天下的主人。但我总有一天要把这个犹太佬吊到绞架上。谢尔盖道，你就是把老哈林吊在绞架上，他也会要你还钱的！俩人都笑了起来。

谢尔盖说要密切注意这支特工队，查清他们的任务，我估计他们不会仅仅是打个冷枪、烧个仓库那么简单。他们这次是冲着老嘎尔迪来的，现在老嘎尔迪的蒙古骑兵已经成为一个砝码，他偏向哪里，哪里就有控制远东的主动权。基柯夫道，看这仗打的，我们已经失去了争取老嘎尔迪与我们合作的希望了。怪不得一些政治家老说，打仗就是打政治。谢尔盖摇了摇头说，就为一个女人，因小失大，我们是不是有些太幼稚了？基柯夫道，从历史的经验看，皇族不管远近只要留下一颗种子，就会让那些复辟者留下希望。所以从整个大局来看，卡捷琳娃远远要比老嘎尔迪重要。谢尔盖这次咆哮了，我们是经过血与火考验的，钢铁锤炼的，不至于那样脆弱吧？我们现在正在进行的是人类历史上的第一次无产阶级革命，不是哪个封建王朝的更迭，我的基柯夫同志！基柯夫道，谢尔盖同志，我非常敬重你，你这些话让我怎么说呢？谢尔盖道，不好说就不要说！我现在只能考虑远东，更广阔更深远的事情由我们敬爱的列宁同志和捷尔任斯基同志去考虑吧！基柯夫道，噢，尊敬的谢尔盖同志，我们这次的谈话是不是有些远了？谢尔盖摆了摆手说，既然谈远了，那我们就说近的！现在我们要百倍提高警惕，密切注意这个特工队的动向，我敢判定这支特工队就是冲着老嘎尔迪去的。基柯夫说，暗杀掉？谢尔盖道，日本人对老嘎尔迪，我想，他们不会像我们的班扎尔同志那样简单……

　　于是，谢尔盖接通了班扎尔的电话，要他马上停止拂晓前对嫂子河的总攻。电话线那边的班扎尔简直不敢相信自己的耳朵，连问了几个这究竟是为什么，我的人民委员同志。谢尔盖也不解释，只是问他听清楚了没有，然后啪地挂断了电话。不大的工夫，班扎尔气喘吁吁地来到了谢尔盖的战地指挥部。他要冲进内室，却被警卫拦住了，班扎尔同志，谢尔盖同志吩咐了，他这段时间有重要事情，不见客。混蛋，我是客人吗？狂怒的班扎尔说着掏出手枪，朝着警卫员的脚下砰地开了一枪，警卫员吓得呼地一下跳开了。班扎尔几乎是撞开了门，一股风呼地带了进来，连桌子上的几张薄纸都飘转了起来，慢慢地落在了谢尔盖的床上。

　　谢尔盖脸板得铁青，愤怒地道："谁允许你在这里开枪的？你知道这是什么性质的问题吗？班扎尔同志，动不动就掏枪，动不动就要枪毙人，你是仁钦王爷？你是嘎尔迪老爷吗？"

　　班扎尔怒冲冲地反问道："尊敬的谢尔盖同志，我要问你为什么停止拂晓前的总攻？你知道吗，我的东翼西翼佯攻部队有的已经越过了嫂子河，正在滩头与敌激战。现在忽然停止进攻，战士们的血不是白流了？现在白马营的防线已经被我们突破，阿布尔他们正在溃散……我们完全有能力构筑滩头工事，打垮他们的反扑！我们的红旗插上了嫂子河南岸，营盘地就要回到工人阶级的手中！"

　　谢尔盖平静地道："这难道就是你在我的指挥部里胡乱开枪的理由？班扎尔同志。"

　　班扎尔缓和了一下口吻道："在这个关口，你忽然下令停止总攻，想过我们部队的感受吗？想过我的感受吗？再说，总攻需要的筏子已经全部绑扎完毕，而且每个筏子上都有机枪掩体，足够压制住敌人的火力，我们完全可以把伤亡减少到最少。"

谢尔盖道："这也不能成为你胡乱开枪的理由。班扎尔同志，我从不怀疑战役上的胜利。"

"那你怀疑什么？"班扎尔咄咄逼人道，"我们这是在摧毁苏维埃大地上的最后一个封建堡垒，你知道不知道？我的谢尔盖同志？"

"摧毁封建堡垒未必都要动枪动炮，我们有无数解决这种事情的办法。"谢尔盖挥了一下手，水晶镜片下的独目，地看着班扎尔，"我们有的是办法！"

"不！"班扎尔狂吼起来，"对待嘎尔迪这样的封建魔头，只能用大炮、枪弹！从肉体到精神，把他们彻底消灭！谢尔盖同志，没有什么可以把我阻拦！我们已经撕开了阿布尔白马营的防线，正在河滩构筑工事，我们的敌人不堪一击……"

"够了！"谢尔盖一挥手道，"你打乱了我们的部署。班扎尔同志，我再次下达命令，立即停止对嫂子河的总攻！"

"不！"班扎尔拧着脖子道，"我要是不执行这个命令呢？尊敬的谢尔盖同志。"

"那好，基柯夫同志，立即执行我的命令，卸掉班扎尔同志的枪！"谢尔盖严肃地说，"我以全俄苏维埃远东人民委员的名义宣布，班扎尔同志从现在起不再担任赤塔州苏维埃军队的任何职务。"

班扎尔愣了，呆呆地看着谢尔盖。

基柯夫走到班扎尔的面前，取下班扎尔手中的枪，笑眯眯地道："班扎尔同志，有些人总是要执行一些让人不那么心情舒畅的任务，比如我。"

谢尔盖道："基柯夫同志，请将班扎尔同志交赤塔劳动营伊万同志。"

基柯夫道："请谢尔盖同志签发一下手令。伊万同志有时办事有些呆板，这跟他身上有德国人的血统有关。他祖父的母亲是奥匈帝国人……"

谢尔盖把写好的手令交给了基柯夫。班扎尔冲谢尔盖吼道："我会向全俄苏维埃控告你的！谢尔盖同志！"

"班扎尔同志，请您先走，我会跟在您的后面，"基柯夫说，"在路上也好向你讨教一些问题……"

作战室的参谋们看着班扎尔被基柯夫带走，都有些面面相觑。

谢尔盖道："通知各参战部队，现在由我行使前线总指挥权力。命令一：东西两线抢滩已经成功的部队占据有利地形，构筑工事，坚决打退敌人的反扑。命令二：东西两线增援部队迅速渡河，渡河成功后，与抢滩成功部队一起实行战略防守，严令不许扩大战果，不再纵深前进。违令者坚决执行战场纪律。命令三：中部总攻部队停止总攻前的准备工作，时刻待命，准备接受新的任务！哦，还可以让他们时不时地发几组信号弹，这样吧，就放四次，每次三颗……"

说到这里，谢尔盖脸上露出了一丝坏笑，为什么放四次呢？谢尔盖只是想敲打敲打老嘎尔迪，因为他熟悉老嘎尔迪，知道老嘎尔迪像许多蒙古人一样，相信三六九是个吉数，一般也是个思维定数。中国人爱说事不过三，三生万物，我就放四次，破破这个定数。老嘎尔迪啊老嘎尔迪，退一万步来说，谢尔盖有些阴阴地想，我不睡，你也别想睡安生觉……

32　嘎尔迪老爹没好气地说：不睡了！不睡了！这回你高兴了吧

看到河对岸的天空上升起了三颗信号弹，就像天空上忽然飘浮起三颗红色的小火球，划破沉沉的夜幕，把河两岸的山山水水一下全部照亮，色旺跳起，跑进包里，吆喝道："打信号弹了，老爷，红党要进攻了！"

嘎尔迪老爹一听，立即翻身从行军床上跃起，高声叫道："通知朝鲁，准备迎击。来吧，小狼崽子，来吧，你老爸爸早等着跟你来场最后的斗争了！"

包内的参谋人员立即遑遑地动了起来。

嘎尔迪老爹跑出大帐，卫队的人一见立即跟上了十多个，天色刚蒙蒙透出一点亮光，清新的河风带着一丝甜甜的土腥味，直直地灌进了他的心肺里。他狠狠地吸了几大口，又徐徐吐出。然后支棱起耳朵静静地听着，两把大镜面匣子枪提溜在手中，好像就在等待着枪炮齐鸣，杀声四起。等了好长一段时间，还未见有一点动静，嘎尔迪老爹有些狐疑，不时地转动着大眼珠子，打量着四周。色旺悄声地说，咋没有动静了？嘎尔迪老爹烦躁地道，闭上你的嘴，蠢货！又是安静地等待，人们都不说一句话，遥遥能听到很远很远的地方有闷闷的枪声，好像连身边的空气都一鼓一鼓的。嘎尔迪老爹站在高高的河岸上，河风掀扑着他身上的袍子，发出单调的扑扑声，色旺悄悄走到他的身边，轻声提醒他，老爷，河风太猛，咱还是回包里歇一会儿吧。嘎尔迪也不说话，还是默默地看着夜色下闪着粼光的嫂子河水在奔腾翻滚。色旺又劝，老爷，咱还是回包吧。嘎尔迪老爹嘟囔了一声，才慢慢转过身来，缓缓地向包内走去。刚走到包门口，河对岸又响起砰砰砰的三声枪响，又有三颗红色的信号弹冉冉升起，照亮了河两岸，嘎尔迪老爹猛地转过身去，疾走几步，又猛地停了下来。河南岸的士兵阵地发出一阵骚动，随着信号弹的光亮在夜空渐渐消失，一切又寂静了下来。静得让人发瘆，嘎尔迪老爹苦苦地等待着，等待着那爆发的火山，等待着那冲天而起的滚滚岩浆，等待着那火与血的拼搏，等待那撕破夜幕的喊杀。可他等了半天，还是那静静的风，静静的水，静静的草动，静静的虫鸣。

嘎尔迪老爹忽然想起，那是三十年前了吧，达日扎刚刚出生过满月，仁钦老王爷来喝满月酒，索尼娅爱搞洋派的生日派对，在绿茵茵的草地上摆满了长桌，堆了那么多的威士忌、伏特加、马奶酒，还有大清的老白汾，女客和孩子们还有喝不尽的甜淡淡的格瓦斯。小达日扎第一次出了大包，在草地上露面，人们高兴地碰杯，大喊乌拉。仁钦老王爷将银筷子蘸了老白汾酒递到了小达日扎的嘴边，在他粉嘟嘟的嘴唇上抹了一点，小达日扎贪婪地吮吸开了，老王爷带着醉意哈哈地大笑了。他搂着年轻的嘎尔迪说，贤婿啊，本王还是爱喝咱大清的老白汾，草原上的男人都要喝老白汾。那天，老王爷喝多了，像孩子一样对嘎尔迪说等天晚了，我给你看一样好东西，本王专给我这小外孙子庆祝生日准备的。老王爷说着，还调皮地眨了眨眼睛，一副老顽童的样子。夜幕降临

320

了，草原上星汉灿烂，在人们的期待中，老王爷的礼物闪亮登场了，剥去了一层又一层的黄色油纸，出现在人们眼前的竟然是一大盒子礼花炮，仁钦老王爷告诉人们，这是他专程托人从大清带回来的。他还兴致勃勃地点燃了炮，随着炮闪着金花发出哧哧的响声，礼花砰砰地带着一股股金线飞上了天，人们都仰着头看着，五彩的礼花把布里亚特草原的夜空点燃，那晚草原的夜空真绚丽啊，让灿烂的星月之光都失色，大家都为仁钦老王爷别出心裁的生日礼物欢呼干杯，干了一杯又一杯，个个都醉卧在草原上。

还有，嘎尔迪老爹清楚地记得，那个绚烂缤纷的草原之夜他与索尼娅格外缠绵。索尼娅在嘎尔迪的怀里呢喃，她要像草原上的花牛一样为嘎尔迪老爹养育牛犊，繁衍儿女，六个、八个，她哦哦呻吟着，他吭吭大动着。多么有滋有味的牧人日子啊！可现在呢？仁钦老王爷、索尼娅、达日扎都一一飘过嘎尔迪老爹的脑海，又都离嘎尔迪老爹远去了。我的亲人们啊，你们都到哪儿去了呢？一定是融化在了这茫茫的草原里，都化成了用手一握就出油的肥泥沃土，化成了碧绿的发亮乌黑的茵茵青草，哦，浸着先人骨殖鲜血的布里亚特草原啊！

嘎尔迪老爹的眼睛有些湿润了。他又想起了班扎尔。现在他们隔河对峙，个个握紧钢枪，看谁先掀掉对方的天灵盖，你是我儿子，我是你老子啊！我们没有这样的血海深仇吧？嘎尔迪老爹正在浮想联翩，色旺又走到他面前轻声道，老爷，他们又放信号弹了，这些红党是在干什么呢？是啊，这是在干什么呢？嘎尔迪老爹觉得现在河对面不像是他的儿子班扎尔，他了解班扎尔，一动就是出山虎，带着呼啸，带着怒吼，扑上来张开血盆大口就咬喉管。而眼前呢，好像是一个人在与他开着什么玩笑，在引他斗气，引他乱方寸，甚至是透着一点小小的轻蔑，这让嘎尔迪老爹很不舒服。他想，这人是个有着童心的老顽童，也一定是个可以把战争握在手上把玩欣赏的真正老混蛋。这种不经意，这种似是顽劣的斗机锋，让嘎尔迪老爹感到了一阵隐隐的杀气在逼来。这人会是谁呢？当然不会是像老苏赫这样的蠢货，像拉西这样的无赖。哦，那一定是他了，嘎尔迪老爹想起了谢尔盖，想起了这个瞎着一只眼窝的老布尔什维克。嘎尔迪老爹嘿嘿地笑了，色旺高兴地说，老爷笑了，老爷一笑色旺心里就踏实了。色旺又对卫兵们说，看见了没有，老爷笑了。众人都说看见了，这下子可好了。嘎尔迪老爹说，事不过三，我知道他想干什么。色旺高兴地说，老爷，离天亮还有一个时辰，您再睡个回笼觉去？嘎尔迪老爹说让这个独眼龙折腾的，你这么一说，我还真有点困了，他说着伸了个懒腰，打了个长长的哈欠，他还学着俄罗斯娘们的样子在嘴前画了个十字。可嘎尔迪老爹的哈欠声未落，又有三颗信号弹在嫂子河上空闪亮了，在黎明前的黑夜中，显得格外刺眼。嘎尔迪老爹一直抬头望着，直到红红的火星完全被暗夜吞噬，才慢慢踱回包里。

他进包就一头扎在行军床上，生气地想，你不想让我睡我偏要睡，并且拉上大熊皮被子把头都捂了个严严实实。色旺一见刚要悄悄退出，嘎尔迪老爹被子一掀呼地坐了起来，吓得色旺慌慌走上前去，一个劲儿问老爷怎么了，咋又不睡了。嘎尔迪老爹问，你说，他想告诉我什么呢？色旺懵懂地说谁呀。老爷梦见谁了。你给我说，我找奥腾大喇嘛给你解梦去。我梦见谁了？我梦见你了！嘎尔迪老爹没好气地说，不睡了！不睡了！这回你高兴了吧？色旺嘟囔道，老爷，您冤死色旺了！嘎尔迪老爹道，蠢货！我又没说你！色旺看了一下四周，嘎尔迪老爹道，瞎看啥？他又不在这儿！色旺看看嘎尔迪老爹，有些害怕地说老爷，您不是吓唬我吧？嘎尔迪老爹摆摆手道，不睡了，吃饭，我拣好的吃，我气死你！色旺又看看四周，脸上带着惊恐，嘎尔迪老爹气得骂道，你没听见呀？老爷我要喝早茶，我多多地吃，多多地喝，气死你！色旺一听，急忙招呼人们备饭。不大的工夫，早有人把餐桌摆在嘎尔迪老爹面前，餐桌上放着满满的食物，色旺忙着给嘎尔迪老爹布饭，倒茶。他还不时瞧嘎尔迪老爹一眼，心中有些七上八下的，他想老爷这是怎么了，这是在跟谁说话呢，在跟谁斗气呢。色旺正琢磨着，忽然看见朝鲁在包外探头探脑的，见嘎尔迪老爹吃得正香，便悄悄走了出去。

朝鲁问色旺："老爷起来了？睡得可好？"

色旺道："好啥，让那几通信号弹折腾得，刚才可不大好哩！这不好说歹说，才开始吃点饭。你有事？"

朝鲁说："事不小，我正要报老爷哩。"

俩人正说着，就听嘎尔迪老爹在包里喊："外面说啥呢？有话进包里来说。我咋听着是朝鲁来了呢？"

听嘎尔迪老爹这样一喊，朝鲁赶紧走了进去。

嘎尔迪老爹还在津津有味地喝早茶，啃着涂满黄油的大列巴。他见到朝鲁，忙抹了一下嘴巴，道："你那边有动静没有？"

朝鲁摇了摇头："我正纳闷哩，东边西边都打起来了，可这边还是那样，信号弹飞了几番，又塌火了。班扎尔少爷闹腾什么呢？"

嘎尔迪老爹道："人家这是试探我哩！实际上，我早算准了，东边西边都是佯攻，真要想大队人马打过来，他们还是得从你守的河段硬突。这段河水浅，河滩也不宽，便于大部队抢滩。你等着吧，还真有你的硬仗打！"

朝鲁豪气十足地道："老爷，我等着他们哩！我看他们有多少人马能填满嫂子河。"

"好，好，"嘎尔迪老爹夸奖道，"我也知道，只要有你朝鲁在，就出不了大差错。对了，你对昨晚上那几通信号弹到底有啥看法？"

"是有点邪乎，我刚才还跟色旺说这事哩。有啥看法？战马都折腾得趴下起来几回，班扎尔少爷这是咋了？"

"我刚才吃饭时还琢磨这事情哩！这行事不像我那小王八羔子，有计谋呢！我想这是谢尔盖上手了！"

"就那独眼龙？"朝鲁道，"老爷，你咋知道？"

"我不是瞎琢磨？我觉得这几通信号弹，是谢尔盖给我发信号哩！"

"啥信号？老爷能不能给我说说？让我也长长见识？"

"这还得让我想想。"嘎尔迪老爹摆摆手道，"先不想他了。朝鲁你这一大早的，准有啥事吧？"

"啥事都逃不过老爷的法眼，我正要禀报一件事情哩！"

"你说，快说。"

嘎尔迪老爹眯着眼睛听朝鲁讲了一遍，冷笑道："你看见了吗？班扎尔这小兔崽子是铁了心要灭我哩！接走他的儿女，想甩开蹄子跟我干。他也不想想我是谁？我是孩子的亲爷爷，我会对自己在羊背上疯玩的亲孙子下毒手？我疼还疼不过来呢！"

"就是！"朝鲁点头道，"隔辈亲，亲还亲不过来呢！班扎尔少爷也不知道是咋想的！"

"你估摸着，我那亲孙孙不会有事吧？"

朝鲁道："那小黑胡子哥萨克我是稳住了，我看不会出啥事。我还

323

留了几个人，在附近盯着哩。班扎尔少爷准会同意换人，哪有跟自己儿女过不去的老子？"

"这么大的事情看他托付给的人。"嘎尔迪老爹气哼哼地道，"一帮乌合之众。还未等开战哩，倒让自己的部下把自己的儿女给绑了？现在想起自己的封建老爹来了？"

"班扎尔少爷就是蹦跶到天上，您也是他的阿爸！他现在有难事不找您老人家找谁？啥绳子结实？"朝鲁道，"说到底还是这割不断打不烂的肉绳子！老古人说得好，君臣父子，四维纲常！"

嘎尔迪老爹满意地点了点头，说："朝鲁啊，你没有白跟我这么多年，看看，多大的见识。色旺啊，你也多学着点。"

色旺连连答应。

朝鲁道："说到底，还不是老爷调教得好！当初老爷太太给少爷们请巴什（老师）时，也没少让我这当下人的去跟着听听，听了几次，就记在心里了。咱现在说句公道话，那时班扎尔少爷学得最好……"

"我看他那些书是白念了！"嘎尔迪老爹叹了一口气道，"念成了个反叛！"

"主要是外国书念坏了！"朝鲁道，"阿布尔少爷就不念外国书，看看，白马营顶上大用场了吧？"

嘎尔迪老爹道："阿布尔就是忠良！我刚才还去他那看了看。瞅着这有板有眼的年轻人，就让人踏实。"

朝鲁道："还是咱中国书教人守规矩，识礼仪，讲信用。要说阿布尔的白马营，那调教得就是不一样。班扎尔他们要是讲信义，还能让人家小胡子给绑了？"

色旺也点头说："就是！要说，还是咱驿站营盘地，比乌金斯克那边的人守规矩。这些年，咱这地方全是老爷给罩着哩！"

嘎尔迪老爹道："我这辈子就这样了，下辈子呢？不想这些烦心事了。"

"对，对！"朝鲁道，"咱还是想想眼跟前的事情。老爷，那奴才就准备接人换人了？"

"那你就去准备吧，"嘎尔迪老爹对朝鲁道，"你要是接上古卡耶夫将军，就先把他送到我这儿来，我要亲自拿他去换我的孙子孙女！"

"老爷，这说不准啥时开战，怎能让您老人家为这事分心？"朝鲁劝他道，"这事还是交给奴才来办吧！我保证您的孙子孙女一根头发丝都少不了。老爷，你还信不过我啊？"

"自家人的事情自家人来办。"嘎尔迪老爹固执地摇了摇大脑袋，"朝鲁啊，你还是守好你的防区，这比啥都重要。老哥可是把嫂子河交给你了！"

朝鲁一听，扑通一声跪倒在地上，冲嘎尔迪老爹磕头道："老爷放心，朝鲁就是粉身碎骨也不会放红党过嫂子河！"

嘎尔迪老爹眼圈有些红了，他仰起头，冲朝鲁摆了摆手，朝鲁站起，躬身退下。嘎尔迪老爹用大手抹了抹眼睛，嘟囔道："这是咋了？听不得热乎乎的话了？总像有虫虫往鼻子眼里钻。色旺，你说老爷是不是有些老了。"

色旺笑着道："老爷，您咋敢说老了？早上我给你梳头，头发根上嗖嗖地冒火星子，这是多大的火气！您咋会老？"

嘎尔迪老爹拍拍色旺的脸蛋子，笑着道："那我不成了妖精？你呀，就会拿蜜糖哄我，你当老爷是熊瞎子呀，闻见蜂蜜就五迷三道抖尾巴晃屁股的？你这蠢货给老爷还耍小聪明！"

色旺委屈地叫道："老爷，我哪敢呀？"

嘎尔迪老爹亲昵地摩挲了一下色旺的脑瓜，然后嘎嘎大笑着走出了毡包。

色旺在后边道："老爷，一听您这笑声，奴才又踏实了。"

外面，天已经蒙蒙亮了，嘎尔迪老爹放眼往山下一望，宽阔的河面早已经灰白成了一片，稍稍带着血腥味的河雾成团成堆地罩在河面上。起伏的小山坡上，有不断走动的士兵，远远看去就像飘浮在浓浓的水雾里。嘎尔迪老爹顺着山坡小道往下走着，就像在蒙蒙雾气中晃悠着，浓稠的水雾包裹着他，并与他缠绵晃动着。清新的河风迎面而来，就像在轻轻地亲吻着他的脸颊，直沁他的肺腑。他打量着曲曲弯弯的嫂子河，嫂子河泛着起起伏伏的细浪，慢慢地流淌着，水中时有不安分的鱼儿跃起，在河面上画着长长的弧线，然后又落入水中。河岸的草地上有几匹野马在安详地吃草，神态仍是那样安闲。这份安静让嘎尔迪感到有些寂寞，他走动着，咳嗽着，故意发出很有穿透力的声响，像是在告诉人们：这山这河的主人站在这里呢！

不一会儿，东方透出霞光，云层尽染绚丽，就像一块块五色云锦飘浮在水天相接的尽头。宽阔的嫂子河溢彩流金浩荡东去，太阳先是在水上露出半面红脸，然后抖动着从河面上跳了出来，刹那，雾霭消去，万物山河在灿烂阳光下都恢复了勃勃生机。几只在阳光下披着金色羽毛的松鸡抖动着翅膀，在雪杉枝头上跳来飞去，欢愉地鸣叫歌吟着。一直在河滩上吃草的一匹小白马忽然跑了起来，又像急刹车似的转头跑回，往来反复，在洒满和煦阳光的绿色草地上尽情地撒着欢。色旺也被这绚丽多彩的阳光世界感了，不禁也摇晃着两只胳膊大声地对嘎尔迪老爹嚷嚷道：老爷，太阳出来真好！我也想撒欢打滚呢！嘎尔迪老爹默默地看着嫂子河对面河岸，那幽幽的山谷，那密密的丛林，那弯弯的山路，在这个阳光明媚的清晨都显得格外静寂。这份静寂让他感到好生奇怪，他问色旺："你说，河对面是不是太安静了？"

33 嘎尔迪老爹一听，叫道，日本人？日本人来干什么

色旺纵马在草地上奔跑着，耳边呼呼地带着风，一路上呜呜呼啸，像是催促着他一路前行。他刚穿过青青的冷杉林，又在密密的桦树林中疾奔，一只带着两只幼崽的大棕熊立马站了起来，警惕地看着色旺的大黑马在林间小路上疾疾飞过，猛地发出了瘆人的吼叫，在林间发出了闷闷的响。圆圆的发黄的桦木树叶，不知是被风刮落的，还是被熊吼震掉的，不时飘转着落在色旺的身上。大黑马的呼呼喘气声就像是在他的耳鼓边震响，就像是鼓声咚咚，马上的色旺不时啊啊地欢叫起来。他正为这股不可掩饰的兴奋劲儿陶醉着，好像是又听到嘎尔迪老爹在骂他，蠢货。他勒马看看四周，静悄悄的，不见有什么异样。可他明明是听到了有个声音在招呼他，他再仔细察看着，忽然发现有一只小马鹿卧在一棵桦树下，正冲他凄切地叫着。

他掏出枪，跳下马慢慢走到小马鹿身边，伏下身子低头看着。原来，这小马鹿后腿受伤了，流出的血把后腿都染红了。在不远处，有两只黑色的小狼羔在瞪着眼看着他。色旺想，这两只小狼羔一定用这只小马鹿当练习捕猎的活物，附近定有母狼出没，这是狼妈妈对狼崽子的苦心训练。他掏出枪冲那两只小狼崽比画了两下，嘴中还叭叭地发出射击声音，那两只小狼崽见状嗖地蹿没了影，色旺不禁学着嘎尔迪老爹那样哈哈大笑。小马鹿见色旺靠近他，奋力挣扎了两下，后腿伤口的血又渗了出来，痛得又趴在了地上。色旺骂它，你才是蠢货呢！我是来救你知不知道？他说着，揪起一把草拧巴拧巴绑住了小马鹿的伤腿，并把小马鹿一把抱起，把它颤软的小肚子放在了马背上。色旺纵身上了马，啊啊地叫了两声，带着小马鹿颠颠地跑了起来。

色旺今天真是高兴，嘎尔迪老爹也高兴，对他说。你也没白没晚地累了些日子了，回家多歇两天，好好犒劳犒劳三丫。这三丫真是不简单，不简单哇！色旺说女人不能夸，嘎尔迪老爹说，不夸她，我夸你呀？你这蠢货。当喜顺带着古卡耶夫将军和夫人来到了嘎尔迪老爹面前，嘎尔迪老爹对他说，你们这次说话算话了？你要告诉班扎尔这小狼崽子，要学会做人。喜顺笑着道谢尔盖同志让我问候尊敬的嘎尔迪老爷。嘎尔迪老爹说他昨天晚上那没完没了的信号弹已经问候过我了。一会儿我会还给他一件贵重的礼物。嘎尔迪老爹说着又见过了古卡耶夫将军，俩人拥抱还相互贴了腮帮子。最后，他还非常绅士地吻了吻将军夫人的手。

将军夫人说，代我问候尊贵的卡捷琳娃公主。嘎尔迪老爹要请古卡耶夫将军进包里喝下午茶，古卡耶夫将军说，我想尽快见到我的侄子阿廖沙，我们要离开这人间地狱般的俄罗斯。到中国去，到东方去，到世界各地去，哪怕是到南非矿井里挖矿。嘎尔迪老爹对古卡耶夫将军说，我非常理解你的心情，但是出了一点儿问题，阿廖沙怕是跟你远走高飞不成了！这是上帝的旨意！他摊了摊双手，表示自己无可奈何。古卡耶夫将军愤怒地道，嘎尔迪先生，你不能与布尔什维克达成交易，出卖我的阿廖什卡（阿廖沙的爱称），这样会把事情搞得非常糟糕。阿廖沙会冲动，他会不计后果、不顾一切的，我了解他。喜顺道，嘎尔迪老爷，我得把阿廖沙带回去，要不我会上军事法庭的。

嘎尔迪老爹道，阿廖沙的事情不是像你们想象的那样，古卡耶夫将军，我真的很遗憾。将军夫人惊异地问，阿廖什卡出了什么事情吗？嘎尔迪老爹冲色旺使了个眼色，色旺冲卫兵们说，还不把人抬过来让将军老爷看看。卫兵们把阿廖沙抬了上来，阿廖沙安静地躺在一块木板上，脸上蒙着一块白布。将军夫人一见立即惊叫了起来，天啊，我的上帝！我的阿廖什卡怎么了？古卡耶夫将军冲上去，把白布掀开，阿廖沙惨白的脸露了出来。将军夫人大叫一声，立即瘫软得要倒下，色旺冲上去将其扶稳，将军夫人摇晃了几下，慢慢站稳，还不忘冲色旺道谢谢。然后嘴里喃喃着，一个劲儿画十字。

古卡耶夫抚摩着阿廖沙僵硬的脸庞，一面仔细地观察着眉心上的那个弹洞。他抬起头问嘎尔迪老爹，嘎尔迪先生，你能告诉我这是为什么吗？嘎尔迪老爹道，事情发生时，我在这里嫂子河前线，离事发地点有二百多里之外，我怎么会知道呢？喜顺也问，谁杀害了阿廖沙同志？你们这里有凶手！杀害布尔什维克的凶手！喜顺怒冲冲地看着众人，眼珠子鼓出老高，想要用锐利如刀的眼风把凶手挑出来。色旺说，你们还有理呀？你们凭什么绑架嘎尔迪老爷的孙子孙女？古卡耶夫仰天叫道，俄罗斯还有法律吗？我的上帝！

嘎尔迪老爹道，这与上帝没有关系，与法律也没有关系。这就是牧民当中的民间救助，谁家圈里进了狼，大家都骑着马去追去打，一直把狼追尿下了，用套马杆子拖回来。众卫兵咧嘴道，嘎尔迪老爷说得没错。色旺说，啥人都想到布里亚特草原上撒野，他也不打听打听？嘎尔迪老爹冲色旺喝道，闭嘴。古卡耶夫道，嘎尔迪先生，你说是民间救助出手杀人的？嘎尔迪老爹点了点头。古卡耶夫生气地道，我是四十年的职业军人。我知道，这是一位熟练的枪手干的，老到、准确，正中眉心，一枪毙命！我看过伤口，创面没有灼伤点，不可能是近距离射杀而是二十米开外的精准射击，子弹是从勃朗宁手枪射出的。嘎尔迪老爹佩服地道，看看，什么叫将军，懂了不？他目光炯炯地看着众人，众人也都点头称是。

他又回过头来对古卡耶夫道，我要说这是一个草地上再嫁的寡妇开的枪你信不信？她就守着锅灶过了多年，一辈子没开过一枪，开了一枪就打中你家侄子的眉心了。你不信是不是？我也不信，可事情的确是这样！萨瓦博士的话你该信吧？他亲眼看见了，这女人吓傻了，拿着枪乱打，一枪还差点把萨瓦博士的耳朵打掉。你侄子就是萨瓦博士让送过来的，这回明白了吧？古卡耶夫道，草地上的女人有枪？嘎尔迪老爹道，那有什么奇怪的？又要打狼，又要打两条腿的牲口、六条腿的牲口，没枪咋办？古卡耶夫道，真是草地上的女人干的？你不会骗我？嘎尔迪老爹道，我骗你干什么？这事我也琢磨上了，可想来想去，这就是天意！众人道，没错，绝对是天意！有人拍了拍色旺，说小心三丫把你的头打烂！色旺道，我不做伤天害理的事情我怕什么？古卡耶夫和夫人围着阿廖沙祈祷一阵，夫人眼睛哭得红肿肿的。

嘎尔迪老爹让喜顺把阿廖沙运过河去，到乌金斯克的东正教堂里做个仪式，人死了得有尊严地离去。喜顺道，那我就过河去了。人们帮着把阿廖沙抬上了一辆牛车，喜顺赶着走了。喜顺走了几步，又回过头来说，谢尔盖同志让我告诉你，我们攻占嫂子河的部队已经撤了。嘎尔迪老爹说，他昨晚上的信号弹就告诉我了，蒙古人实诚但心不傻！我也要回大包里养神去了，补补觉，以后咱们是井水不犯河水。你也告诉他，以后少打过河的主意，我嘎尔迪老爷比他多着一只眼睛哩！嘎尔迪老爹说完哈哈大笑，众人也都跟着哈哈大笑。

哀伤的古卡耶夫将军夫妇凄然地站在一旁，将军夫人一直看着牛车远去，不住地在胸前画着十字。古卡耶夫将军轻轻地抚摸着太太的肩头，低声地喃喃着什么。这是一对伤心欲绝的老人。嘎尔迪老爹轻轻走到他的身旁，低声道，将军阁下，要不回我的包里歇养几天？古卡耶夫将军摇了摇头，我得走了，这地方我一分钟也不想待了。嘎尔迪老爹说，那我就不留你了。嘎尔迪老爹让人拿来了一个包裹，看来是早已经准备好了。嘎尔迪老爹亲自把包裹递到古卡耶夫手上，说不是什么好东西，就是一些风干的牛肉干，路上充充饥。你们要是快，三天就能到亚布力。那地方人多还能补充些吃的用的。古卡耶夫将军谢过了嘎尔迪老爹。到亚布力？他又有些疑惑地问，嘎尔迪先生，你难道还不知道？这下，嘎尔迪老爹有些奇怪了，我知道什么？古卡耶夫将军悄声地道，我在那边，听人家说亚布力已经被日本人占了。嘎尔迪老爹一听，叫道，日本人？日本人来干什么？这是怎么回事？古卡耶夫耸耸肩，说，我一个布尔什维克的囚徒怎么会知道呢？只是听说谢苗诺夫现在跟日本人搞到了一起。我是不会去亚布力的，前十多年，我在中国旅顺口带兵跟日本人打过仗，死了不少哥萨克，心里的疙瘩解不开。这是一帮胃小野心大的家伙，日本人恨不得把全世界都吞下。嘎尔迪老爹说，他们不怕被撑死？古卡耶夫道，中国人骂他们小日本。嘎尔迪老爹道：我也骂他们小日本！古卡耶夫看了看他道，你个老嘎尔迪呀，你吃亏就吃在蒙古人这股劲退不下去！色旺，那话中国人咋说的了？色旺想想道，叫江山易改，本性难移！嘎尔迪老爹哈哈地笑道，我就是本性难移！打他个小日本！古卡耶夫说，我与小日本打过交道，这是能把卑鄙上升到国家行为的一伙强盗！还有谢苗诺夫。古卡耶夫摇了摇头说，也并不因为他反布尔什维克，人就会变得高尚。驴子终归是驴子，哪怕它用黄金来装饰。他到哪里，都是卑鄙的人渣。古卡耶夫说着，然后挽扶起妻子，帮着她上了马。嘎尔迪老爹说，将军一路走好。古卡耶夫冲他挥挥手和妻子骑马上路了，终于离开了这块让他们心碎的伤心之地。绿色的草地上有一条弯弯的小路，又细又长，嘎尔迪老爹一直看着古卡耶夫将军远去，望着他们颠簸在马上的背影变得越来越小。嘎尔迪老爹呆呆地站在那里，一直在凝眸思索着，色旺小心地站在他的旁边。他忽然回过头来问色旺，知道日本不？色旺摸摸头，笑着道，我知道他们干啥？嘎尔迪老爹又问，会说日本话不？色旺说，我做梦都没有梦见过日本人，咋会？嘎尔迪老爹沉着脸道，你快学会了！色旺笑了起来，以为是嘎尔迪老爷与他开玩笑呢。嘎尔迪老爹轻轻地叹了一口气，吓得色旺问，老爷，您怎么了？嘎尔迪老爹道，老爷我不准叹口气呀？怎么了？怎么了？你说怎么了？色旺不知嘎尔迪老爷火从哪儿来，只能默默地陪着嘎尔迪老爷。色旺又感到奇怪，好像这次嘎尔迪老爷没有骂他蠢货。这更让色旺心不安了。

34　朝鲁道，白音淖是啥地方？就是咱蒙古人为大清守的中国地

家家都有本难念的经，色旺骑在马上想，还是中国人的老话说得

好。色旺知道，嘎尔迪老爷是让日本人的事烦的。这古卡耶夫老头子到底给嘎尔迪老爷说了些啥，让老爷这样心神不宁的。嘎尔迪老爷也真是的，现在又操开日本人的心了，碍着咱蒙古人筋疼啊？远天远地的，咱操心操得过来啊？老爷就是老爷，不光操驿站营盘地人的心，现在连日本人的心也操上了，不像我，蠢货就蠢货！你说是不是？他抚摩了一下小马鹿的头，小马鹿轻轻地鸣叫了两声，就像打呼哨似的，短促而又响亮，色旺高兴地笑了起来。

马儿带着他疾驰着，终于走出了山林，眼前是一片一望无际的绿茵茵的草原，在草原的尽头是泛着银光的贝加尔湖，蓝色水面一鼓一鼓的，像是在喘着气，浩浩碧水似乎时刻要溢出来。色旺望着草原上的一条细如弯蛇的小路，他知道那条小路通往额吉家，那里有他的童年。他忽然想起了家里的老阿妈，是该去看看老人家了。色旺小时候住的地方，叫白音淖，走草地做买卖的汉人称它是富窝子。那里是一个热闹的索木，前后左右住着几百户驿站地的人，老朝鲁就是这里的扎苏勒。黑马营的骑兵几乎全是从这个索木出来的，父子兄弟，叔伯子侄，全是血亲。老朝鲁说这叫打虎亲兄弟上阵父子兵，黑马营的人最能打，对嘎尔迪老爹也最忠诚。

老朝鲁还在家中弄了张关公的画像，这是他特意托草地的老客从大清带回来的，还不时地上炷香拜一拜。嘎尔迪老爷也看见过，说这个武圣关公，面相好，黑红的脸蛋就像经过风霜的大枣，当时，他正拿着一枚大清商人从山西带过来的狗头枣，左右端详着。嘎尔迪老爹在驿站营盘地，最看重的就是白音淖。去上下乌金斯克的各地买卖人，都会集中在这里，转货运货等着过河或飘然东去。

布里亚特草原上的人们都说这里是营盘地中的营盘地，每天都有天南地北的人进进出出来来往往。他们操着各种语言谈生意，哇里哇啦的，连说带比画的。小色旺混在他们当中听他们说话，渐渐地听懂了不少，不时看着他们傻笑。尤其是那些从大清来的客商，来到这里就像住进娘家一样理直气壮。色旺从小就知道，他居住的草原，这里是大清的地盘，可让老毛子占着。谢苗诺夫手下的那些哥萨克税官，整天吹胡子瞪眼的，还要时不时地睡女人。

老人们常说，人家有铁路，有萨玛辽特，腰杆子粗过咱们的马蹄子，就连天神一样的嘎尔迪老爷有时也要让他们三分。王八有钱都大三辈，咱蒙古人现在还不是由着他们捏打？朝鲁信关公，火气有时大，受不了哥萨克的欺负，常发着狠说，爷爷早晚反了回大清去。好像大清是他老朝鲁的娘家，说多了，说顺了，白音淖的人们都觉得大清就是娘家。嘎尔迪老爹常跟白音淖的人开玩笑说，你们硬气，有大清罩着哩。真到了大清，你们可赏老爷我口饭吃。没把色旺乐翻。过去，大清来的草地老客常说，蒙古人、满人、汉人都是中国人，一家人，打断骨头连着筋。可没听说有过什么日本人啊？这又是从哪蹿到草地上的野狼野狗哇？

色旺来到了阿妈家前，看到了苏鲁锭飘动着黑色的马鬃垂缨，他想告诉阿妈仗不打了，该换白色的马鬃了。这是一幢用松木盖成的木屋，还是阿爸在世时修建的，现在木屋外表已经发黑发污了，就像是一个老人向人们诉说着岁月的雨雪风霜。色旺眼前又闪过他那经常醉醺醺发脾气的老阿爸，那天，阿爸挎着弯刀出了门，就再也没有回过这个家，听嘎尔迪老爹说，阿爸战死在腾格里山上。色旺在拴马桩前，拴好了马，然后抱下了小马鹿，小马鹿又卧在地上吱吱地叫了几声。他脱掉靴子进了家。尽管是老屋了，阿妈的地板还是擦得锃亮，屋子内散发着淡淡的松香和烤面包的味道。阿妈正在面包炉上烤面包，桌子上烤好的面包已经堆起了老高。阿妈看见色旺，高兴地笑了，并且拥抱了他。他掰开一块面包嚼了起来，问阿妈，家中来客人了？阿妈告诉他，客人住在原先那木斯莱家里，三丫住进你包里后，房子就没人住了，做饭不方便了。客人住进后，就让我给烤些面包。还付了三个金卢布呢！色旺高兴地问，大清来的山西老客？阿妈说，可不是，三丫领过来的老乡。说是红党把世界搞乱了，这些买卖人聚伙要去乌金斯克坐火车回海参崴老家哩，可嫂子河那面打仗，先来到咱白音淖躲躲。色旺问，阿尔德那呢？阿妈说阿尔德那给他们送面包去了。色旺问，这么多啊？阿妈说他们十几个人哩。色旺说，那可是大买卖家，咱得把人家待好了。

阿妈又问，嫂子河不打仗了？色旺说不打了，不打了，嘎尔迪老爷与班扎尔少爷说好了。阿妈说，父子俩打啥仗？是嫌咱蒙古人男人多啊？你快去换上查干苏鲁锭。色旺正在屋前给苏鲁锭换白马鬃，听得草地上响起了嘚嘚的马蹄声，拴在拴马桩上的大黑马也咴咴叫开了，他一抬头见小阿尔德那骑着一匹枣红马跑了过来，小阿尔德那勒住马抱着马脖子下了马，笑着对色旺道，二叔好。色旺说，以后叫阿爸，见你阿妈了吗？小阿尔德那说，我阿妈让我帮着奶奶做事哩！阿爸，这是你的小马鹿啊？小阿尔德那说着，跑过去抚摩小马鹿。

小马鹿头一抬一抬地直哼唧，色旺说，你去拿点酒来，再让奶奶找块布。色旺说着把小马鹿抱了起来，不一会儿小阿尔德那跑了出来，手里拿着一小壶酒和一块布。色旺接过，闻了闻酒，吸溜着鼻子说，好酒，"孙二娘"。阿尔德那低下头说，这是我阿爸留下的。色旺拍拍小阿尔德那的脸蛋说，我现在是你的阿爸了，咱不想他了！色旺说着，把酒倒在了那块布上，然后给怀里的小马鹿用酒擦伤口，小马鹿疼得乱动蹄子，色旺使劲儿将它紧紧抱住。

小阿尔德那绑住了小马鹿的伤口，然后抬起头说，阿爸，这鹿伤得不深，小狼崽子咬的？色旺点了点头说，阿爸见它可怜，送你养着有个玩伴。小阿尔德那高兴地抚摩着小马鹿的头，小马鹿已经不那么疼痛了，伸出长长的舌头舐着小阿尔德那的手。小阿尔德那说它也通人性哩。色旺对他说，你和我一同回家看阿妈吧？小阿尔德那摇了摇头道，我还得给诺雅叔叔他们送面包呢！色旺一听不禁吃了一惊，诺雅？哪个诺雅？小阿尔德那说，就是我阿爸的朋友，阿爸在时，他常来找阿爸，阿妈说就是这人让阿爸没命的，可阿爸就夸诺雅叔叔是做大事情的。色旺有些紧张地问，诺雅叔叔他们有多少人？小阿尔德那说至少十几个哩，现在就住在我家原先的房子里。色旺问，他们有枪吗？阿尔德那摇了摇头说，诺雅叔叔好像有，别的叔叔我不知道。色旺知道，诺雅有个外号，叫作谢苗诺夫的跟屁虫。他来了，就意味着谢苗诺夫这个大魔头也来了，这些坏蛋不知又给布里亚特草原带来什么祸害哩！他诺雅也算得上是蒙古人？色旺想，这事得赶紧告诉嘎尔迪老爷。

他告诉阿妈和小阿尔德那，千万不要让诺雅知道他来过，阿妈说，你这一讲也是的，三丫过去挺烦这个人，现在咋往家领？色旺说你们要是见了诺雅就跟没事人似的。阿妈说，别让诺雅把我这孙子带坏了，剩下这些刚烤出的面包我给送过去。色旺说，我担心他们不是啥正经买卖人，妈，你得当心点。阿妈说，我都老太婆了，还怕他们个啥？色旺又对小阿尔德那嘱咐了一遍，才又跑出小木屋，纵身上了马，立即一磕马肚子，马便飞奔了起来。当他纵马跑回嫂子河边南岸的小山坡上，刚一下马，大黑马一下子倒在了地上，累得嘴里直吐白沫子。包前的一些卫兵见状忙跑了过来，吆喝着把马生生拖起，前拉后推地让它一溜歪斜地溜达。

色旺上气不接下气地往包里跑，一面喊，老爷，老爷。嘎尔迪老爹也正准备着往营盘地撤兵，走前正与朝鲁等十几个扎苏勒们商量着咋对付眼前小日本的一些事情。朝鲁说，亚布力是红马营的地盘，好马两天路程就到营盘地了。嘎尔迪老爹说，人家上乌金斯克的红党都知道亚布力来日本人了，咱咋一点风声都不知道？咋？真像奥腾大喇嘛骂的活在夜壶里了？红马营的扎苏勒叫图里，原来是个教孩子念书的巴什，后来在大包里给嘎尔迪老爹当笔帖式，写个公文什么的。后来送乌金斯克杜马的公文不光用蒙文了，还要有俄文，仁钦老王爷就给嘎尔迪老爹推荐了个俄蒙文兼通的笔帖式，这才把图里换到了红马营当扎苏勒。

图里说，这些日子光顾嫂子河的防务了，忽略了亚布力的守护。嘎尔迪老爹道，咱地盘太大，也免不了顾头顾不了尾。你得把窟窿给我堵上，篱笆扎紧。图里说日本人没啥怕的，大不了也就是些买卖人，倒是谢苗诺夫那伙匪类，咋又转回来了？嘎尔迪老爹说，古卡耶夫将军说，日本人不是啥好东西，凶得很，他手下的哥萨克在中国与他们交过手，人没少死，还被打败了。图里惊道，咋？俄罗斯哥萨克都打不过他们？那咱们咋办？老朝鲁道，有啥？在咱的地盘上，还怕他们小日本？先把这伙小日本灭了，让他们知道蒙古爷爷的厉害！

众扎苏勒都对嘎尔迪老爹说，老爷放心，咱飞机大炮都不怕，还有啥能把咱蒙古人打趴下？这是在咱蒙古人的地界上。老朝鲁说得对，咱得先把这伙小日本灭了！正吵吵着，色旺满头汗水地喊着老爷，跑进了包内。嘎尔迪老爹不禁一惊，让色旺慢慢说，到底出什么事情了。色旺把在白音淖的事情说了一遍，嘎尔迪老爹吸溜着牙花子道，诺雅这伙子人跑白音淖干什么呢？朝鲁道，诺雅就是谢苗诺夫的影子，准是让中国营给打散了，又跑回咱营盘地抢东西来了！不把这伙匪徒消灭了，布里亚特草原永远不得安宁。嘎尔迪老爹站起来道，谢苗诺夫无故炸我的大包，这账我还没有跟他算，他又回来了，老爷我今天得会会他！

朝鲁说，老爷，这点小事还用劳你？这事交给我黑马营了！图里说，凡事小心无大错，具体情况也不是很清楚，我们应该派些人去侦察一下。色旺说，还侦察啥呀？咋不清楚？小阿尔德那亲眼见的，我阿妈给烤的面包，也就那么十来个人。嘎尔迪老爹说，刚才图里说得也不错，咱得先把外围情况摸清楚。图里，你带红马营搜索外围，朝鲁你带黑马营全部出动，把他们全部抓起来。图里问，他们要是反抗呢？朝鲁叫道，跟这些匪类瞎客气什么呀？全宰了！图里还是看着嘎尔迪老爹，嘎尔迪老爹问图里，你那儿面粉是不是富余呀？图里叫道，富余啥呀？乌金斯克来的征粮队来了一拨又一拨，快搜刮光了！我那儿可不像老朝鲁的白音淖。嘎尔迪老爹道，我还以为你那儿富余得不行哩？

色旺听得嘎嘎笑了起来，嘎尔迪老爹狠瞪他一眼，道，你这蠢货傻笑啥呢？又冲朝鲁和图里说，那我就率营回大包了，明天在包里等你们的消息。朝鲁说，老爷你放心回你的，图里也说老爷放心吧。嘎尔迪老爹说，老爷我这辈子离不了你们这些忠臣良将。我是得回包里睡个安生觉了。众扎苏勒都点头道，这才是正事。

色旺说，老爷，我今晚也得赶回白音淖去，那里有我老阿妈和侄子哩。嘎尔迪老爹说，那你就和他们一块走吧。完了事，和三丫在包里多待些日子。色旺又谢过嘎尔迪老爹。嘎尔迪老爹回到大包，已经是第二天清晨了，卡捷琳娃刚刚睡起，伊琳娜正领着几个侍女收拾着房子。卡捷琳娃高兴地道，老爹回来了，不给红党做最后斗争了？伊琳娜端来了一大铜盆热水，说，老爷多厉害，在河边一站就把红党吓回乌金斯克了。嘎尔迪老爹淡淡地说，也没那么容易，不打不打，还死伤了几十个人。伊琳娜一听吓得啥话也不敢说了，卡捷琳娃说老爹一定累了，在马上奔波一夜了，赶快上床歇息了吧。说着，亲自给嘎尔迪老爹宽衣解带，并服侍他躺下。伊琳娜还用热水帮老爹擦拭了手脚，不一会儿嘎尔迪老爹就响起了呼噜声。到了吃中饭的时候，嘎尔迪老爹才醒来，醒来后第一句就问，朝鲁他们来了没有？卡捷琳娃道，来了，正在外面等着哩。嘎尔迪老爹赶紧穿衣下床，卡捷琳娃道，我让厨房炖了熊掌，啥事也得先吃饭吧？嘎尔迪老爹说，我和朝鲁他们一块吃，边吃边说。卡捷琳娃对伊琳娜说，让他们都到餐厅里去。伊琳娜匆匆去了，嘎尔迪老爹又伏在卡捷琳娃的肚子上，仔细听了一阵，然后咧嘴笑了，行，小马驹子挺欢实。

嘎尔迪老爹来到餐厅的时候，朝鲁和图里已经在等他了，一看他们的脸色，嘎尔迪老爹就知道他们出师不利。朝鲁刚要张嘴，他摆摆手说，先吃饭，吃饭时啥都不说。你们不饿啊？朝鲁说老爷，嘎尔迪老爹道，我说了，先吃饭，啥事都大不过吃饭。说着，坐了下来，夹起一块熊掌就往口里塞，朝鲁、图里也都坐下吃了起来，餐厅里响起了咯吱吱的声音……

嘎尔迪老爹判断得不错，歼灭诺雅这支日本特工队的战斗确实打得不顺。诺雅从送面包的阿尔德那的奶奶身上看出了老额吉的神色有些慌张，问了几句更是回答得也不自然，诺雅判断老人已经怀疑了他们的身份，只是现在他无法判断是否已经走漏风声。他在这间老屋里踱步思考着，三丫讲这是她原先住的老屋，这里是易守难攻，雅诺讲这屋我知道，那木斯莱活时没少来过，四周都是开阔的草地，还不易被人发现和靠近。三丫讲卡捷琳娃公主要在明天召见她，这俄罗斯娘们挺好奇的，想再听听她是如何救那仁和萨日的。诺雅道，找机会一枪毙了她，捅捅老嘎尔迪的肝花肺叶？三丫道，我才不想为布尔什维克办好事哩！诺雅道，我咋忘了这茬儿了。三丫告诉诺雅，这是个绝好的机会，顺便再去看曼达尔娜和孩子，并想办法将曼达尔娜和孩子们引出大包，诺雅这支特工队直接实施武装劫持。计划实施后，立即带孩子撤回亚布力。诺雅高兴得哟西哟西直叫唤，夸三丫不愧是帝国的间谍之花。三丫道，先把老嘎尔迪这对亲孙子孙女抓在手里再说。跟这老家伙打交道，就得先发制人。两人电告黑木，黑木回电要他们速战速决，为了计划的万无一失，黑木决定派部队半路接应。诺雅和三丫还商定第二天凌晨在腾格里山见面，然后分头实施抢人计划。

老额吉来送面包，眼睛不由得四处瞟着看，还马上要回去，说得给小阿尔德那做晚饭。诺雅觉得老额吉有点异样，立即阴下脸来将老额吉关在了厨房里。他立即放出了两个游动哨，监视外面的动静。诺雅还决定提前出发，等天大黑时立即行动。老额吉在屋里喊她要拉屎尿，诺雅说，你烦不烦呀？哪儿不能拉尿？要不就拉在饭锅里。老额吉骂诺雅，你这畜生，我比你阿妈年纪不小哩！诺雅说，你要不提，我都忘记我还有阿妈哩！老额吉在厨房内又喊又叫，诺雅听得心烦，进到屋里给了老额吉一刀，老额吉哼了一声就倒在了地上，诺雅在老额吉的袍子上擦了擦带血的刀，嘟囔道，老奶奶，是你逼着我杀你哩！

当朝鲁和图里带人从嫂子河边匆匆赶来时，图里的红马营，刚做好外圈包围，就被诺雅放出去的游动哨发现了，便立即开火示警，双方立即打了起来。朝鲁一挥弯刀，黑马营立即出击，恰碰上诺雅率领的突击队往外突，很快被黑马营的火力打回了屋。原先朝鲁设定的黑马营突袭方案也不能实施，只能靠硬打了。诺雅带的日军特工队，个个训练有素，枪法极准。朝鲁的黑马营还未靠近房屋，人马便已倒了一片。朝鲁原先觉得诺雅这伙子人是一帮乌合之众，还不像在雪地上撵兔子由着自己打，万没想到这伙人如此这般沉着应战。他的人马就不能露头，一露头便被打翻。图里也爬了过来，悄声对着朝鲁道，这不像是谢苗诺夫的人，枪法咋这么准？朝鲁发着狠道，他就是天王老子的人，我也要把他打烂！

朝鲁在死马上架起了两挺马克沁重机枪，冲着屋子一阵狂扫，这才压住日军的火力。黑马营继续往前冲，又被屋里射出的子弹打翻了不少，只得趴在屋前的草地上，胡乱还击着。图里说，老朝鲁这么硬打不行，咱死伤太大。咱用炮轰他。朝鲁道，我的几门小炮还在嫂子河那边呢，没有带过来，哪想到抓这么些小毛贼还用那么大的动静？图里说，那还不快去调，咱就这么围着他，等炮来轰这些王八羔子。朝鲁咧着嘴道，也就得这样，咱在自家门上，有的是时间。他赶紧传令调炮，并让把屋子的前后左右都围严实了。图里说，我围了他三层，他们只要蹿出来，就由不得他。朝鲁对图里说，天快黑了，一会儿笼起几堆火来，照着点亮，别让兔崽子趁夜色跑了。图里说，这还用你交代？我是做什么的？朝鲁对黑马营的人喊，王八羔子们的枪法不赖，全给我趴在马身后猫着，老子调炮去了，谁也不准露头当靶子，咱就这么给他们耗着。

黑马营的士兵们都高声叫开了好。

诺雅冲屋外喊，是老朝鲁啊！我也挑明了给你说吧，我们是大日本帝国皇军，我们是从布尔什维克手里解救你们的！朝鲁道，诺雅，你多咱又唤小日本为爷爷了？还大日本皇军，不就是当年让戚继光追杀的海盗倭寇？图里说这话说得不赖，有学问。朝鲁，从今天往后我得高看你一眼！朝鲁道，白音淖啥地方？这是咱蒙古人为大清守的中国地！还能由着你们日本人来这撒野？诺雅喊，老朝鲁，人家大清都不要你们了，

337

你们还当啥忠臣孝子啊？咱们今天大路朝天，各走半边，你让兄弟们撤了，我诺雅以日本武士的名义保证，大日本帝国军人以后不会与蒙古人为敌！朝鲁道，你还日本武士？我看你就是一摊狗屎！你们等着吧，看蒙古爷爷的大炮把你们小日本儿轰成杂碎。

正说着，色旺弯着腰跑了过来，朝鲁骂道，快趴下，你个小蛋泡子找死啊？这些小日本枪法准着哩！色旺趴在地上气喘吁吁地说，我阿妈被他们扣在屋里了，我得去救我阿妈。朝鲁想想道，你先别着急，等天黑了，咱趁夜色摸进去。图里说色旺你沉住气，色旺说，你说得倒轻巧，你阿妈要是扣在里面，看你还沉住个屁气？正说着，忽然有士兵喊道，你们看，屋子里起火了。色旺一看，果然屋子里冒出了黑烟，转眼，就有火光从浓烟中蹿出。原来，老额吉被诺雅捅了一刀后昏死过去，枪声一响醒了过来，忍着疼痛，将厨房内的杂物抹上黄油用火点燃，顿时浓烟蹿起，火光冲天。诺雅一看想跑，却被老额吉一把抱住大腿动弹不得，诺雅冲老额吉头顶连开数枪才挣脱。见火势难挡，只得哦哦哇哇地和日本特工队带着烟火跑出来，立即成了黑马营的活靶子。

朝鲁发着狠喊道，奶奶的，一个活的都不要！色旺一见木屋成了火屋，眼珠子都喷出血来，提着弯刀就冲了上去，诺雅身上着了火正在草地上滚着，想压灭身上的火，见色旺提刀过来举枪乱打，色旺像牛一样冲了过来，左手揪住他还在冒烟的头发，右手弯刀一挥，诺雅的脑袋就被色旺提在了手上。色旺望着火光熊熊的木屋，噼里啪啦发着巨响，轰隆坍塌了，火星子逬溅在他身上，有的钻进他的脖领子里，色旺依然一动不动，一脸悲愤肃然……

35 嘎尔迪老爹一把抱住色旺道："我的好兄弟！我这当儿子的，来送阿妈最后一程。"

嘎尔迪老爹嘟哝着道："人死了十一个，马死了十七匹。"

朝鲁垂着头道："还有三个重伤，枪子都打在胸脯子上。正在医院里救治呢！看萨瓦博士那脸色，救过来的希望不是太大。"

图里说："小日本枪法准，咱死的兄弟不是打中了脑瓜就是打中了心脏。要不是色旺他阿妈在屋里放了火，还不知有多少伤亡。"

嘎尔迪老爹苦笑着说："人家枪法都赶上咱三丫了。红马营、白马营在嫂子河上与红党打了两夜三天，也不过死了这么点人，几千人放枪放炮哩。"

朝鲁道："黑马营大意了。我真该死，还没吃过这么大的亏。"

嘎尔迪老爹道："没一个活口？要知道是小日本，咱得留一个问问！"

图里也说："我也是这么想的，可又一想抓活的也没用，咱谁懂日本话？诺雅要是抓活的就好了，一眨眼的工夫，他的脑袋就被色旺提溜在手上了。"

"诺雅是日本人？"

朝鲁道："他亲口说的，还说他是日本武士。图里你说。"

图里说："没有错。听得真真切切的。"

嘎尔迪老爹道："咱这草原上还有多少日本人？我有点儿闹明白了，冬上抢医院的，准也是日本人。难怪色旺都听不懂他们的话呢。"

朝鲁道："我听奥腾大喇嘛说白音能听懂他们的话。咋着？白音那北京喇嘛……"

嘎尔迪老爹惊叫了一声："坏了！我怀疑丹吉活佛根本到不了王爷庙，没准现在也落到日本人手里了。我得找奥腾大喇嘛分析分析这事。"

朝鲁道："是啊，日本人要个活佛干什么呢？"

图里说："听说日本人也信佛。"

嘎尔迪老爹说："千万别提他们信佛，佛爷都为他们臊得慌！我得再找奥腾大喇嘛捋捋根梢。日本人究竟来这要干啥？"

朝鲁道："奥腾大喇嘛去色旺家里做法事了。"

嘎尔迪站起来道："去色旺家包里看看，我也得送送老人家，那年处置那木斯莱，我还跪下认老人家为阿妈哩！"

图里道："老爷，我们跟你一块去送送老人家。"

嘎尔迪老爹一行骑马来到了白音淖老额吉的小木屋前，风儿轻轻地吹着，木屋前的查干苏鲁锭，刚换好的白色马鬃晃颤着，闪着银光。嘎尔迪老爹想：我们都和平吉祥了，咋日本人又来了？还让不让蒙古人活了？我们没有招惹你们呀？

339

小苏赫扶嘎尔迪老爹下了马，并将嘎尔迪老爹的马拴在了拴马桩上。老额吉已经裹好了白布，放在了一辆牛车上。色旺领着阿尔德那跪在了牛车前，三丫头上、腰上都系着白布条子，盘腿坐在牛车边上，正在拍打着哭着号着。奥腾带着几个喇嘛，围着牛车念着经。还有一些乡亲，都在一边哭哭泣泣的，金达耶娃挺着大肚子，站在三丫的旁边一个劲抹泪劝解着。

见嘎尔迪老爹过来，色旺忙道："老爷，您咋来了？"

说着要磕头，嘎尔迪老爹一把抱住色旺道："我的好兄弟！我这当儿子的，来送阿妈最后一程。"

色旺一听，立即泪如泉涌。他刚要说什么，三丫就号上了："我那可怜的苦命的老婆婆哟，你咋丢下我们就走了呢！杀千刀的诺雅呀，那木斯莱拿你当兄弟，你咋杀了他的妈呀，留下阿尔德那我这苦命的娃啊！娃想你炖的手扒肉熬的好奶茶，我想把我当亲女子的那木斯莱老妈妈，你半夜里给屋子里烧火炉呀，你天不明起来暖烤衣裳呀，怕我娃穿衣服凉呀……"

三丫这一号，引得小阿尔德那也咧着嘴哭起来了，还一头扎进了三丫怀里。三丫号叫道："我这苦命的娃呀！六岁上没了大，亲不够热不够的奶奶也把你抛下……"

金达耶娃抹着泪对身旁的朝鲁道："三丫这汉家女子好良心哩。老婆婆的点点好处都记着哩。我比她命苦，拉西那个王八蛋指不上，连个知疼知热的婆婆都没有……"

朝鲁道："碍着你啥事了？挺着个大肚子还凑热闹？"

金达耶娃道："我大肚子怎么了？那是我的本事！我肚子大就不能送送老额吉了？老爷还没说话了，轮着你个扎苏勒在这儿……"

她话还没说完，嘎尔迪老爹怒吼道："闭上你的嘴！"

听嘎尔迪老爹这样一呵斥，连三丫也不哭号了。小苏赫拿着一炷香，递给了嘎尔迪老爹。嘎尔迪老爹冲老额吉跪下了，朝鲁等人也跟着跪下了。奥腾大喇嘛扯开长音念开了经，众喇嘛们也和着诵念。等诵经完毕，小苏赫扶起了嘎尔迪老爹，色旺又冲嘎尔迪老爹磕头，三丫也拉着小阿尔德那跟着磕。色旺磕了一个长头，三丫砰砰地磕了三个响头。

嘎尔迪老爹从袍袖里抽出一个装满金币的小袋子，放到了三丫的面前。三丫接过又磕了个头，嘎尔迪老爹说："看着给孩子买些穿的用的。以后，这孩子就你这一个亲的热的了。"

朝鲁和图里也拿了几个金币递给了三丫，说老额吉是为我们死的，这些该死的小日本。

三丫磕头咬牙，嘴唇都渗出一缕血来。

三丫知道是色旺割下了诺雅的头，恨不得一枪把色旺的头打烂，或者是把色旺的脖子拧断。她伤心地哭着，哭那个和她一样并在自己身上留下深深印迹的男人，哭那些不远万里漂洋过海而把生命丢在西伯利亚的帝国军人。也为被烧成炭的老额吉难过，毕竟在一个包里住过十余年，三丫想自己就是一块石头，也在这包里焐出了一点温度。阴谋与战争本不该把这善良的老奶奶卷进来，她该老死在家里的木板床上。就像自己的母亲无休止地擦地板呀，擦雨靴呀，最后死在自己家里的榻榻米上。

三丫甚至觉得自己被怀疑了，嘎尔迪老爹狼一样的眼风只要从她身上一掠过，她的心就会打战，身上就会起一层鸡皮疙瘩。她想起了黄伯说过的一句话，有可能你一辈子不会被唤醒，但从你被唤醒的那一刻起，你就开始了为帝国付出生命的倒计时。三丫想到这里，心情平静了下来。她甚至想起了自己的名字，她过去一直排斥着，压抑着，你不是慧子，你是三丫，汉家女，绥远旗下营的黄三丫。妈妈活着时一直叫她慧子，后来再也没有人叫过。现在她自己叫自己，慧子，努力坚持，一切都会好起来的。帝国的军人已经来了，自己坚持在黎明前的黑暗之中，一切都会好起来的，慧子不怕为帝国的西伯利亚献身！

奥腾大喇嘛领着喇嘛围着老额吉转了一圈，一边嘴里念着经转着，一边用柏树枝蘸着水往她身上淋洒着，然后仰望长空，哑着嗓子呼唤天上的天狼，带走这位在草原上劳作了一生，养育了儿孙，最美丽最善良最慈祥的女人那仁其其格。这是老额吉的名字，三丫也是第一次听到老额吉还有这样美丽的像花儿一样的名字。三丫跪在地上，磕着头送走了老额吉，老额吉躺在牛车上，色旺赶着牛车，亲自送母亲到草原的深处。小阿尔德那坐在色旺的身边，就依偎在色旺宽厚的怀中。那只小马鹿跟在牛车后面，颠动着小小的翻着一小撮白绒毛的小尾巴。

嘎尔迪老爹对奥腾大喇嘛说，有一阵子没跟你一块喝茶了，去我包里坐坐？奥腾大喇嘛说，我还得送走一些人呢。朝鲁红着眼说，我还有俩侄子等着发送呢！嘎尔迪老爹说，让那些小喇嘛去吧，我想跟你说说话。奥腾大喇嘛说，听你的，是去你包里，还是我召里？嘎尔迪老爹说，还是去我那儿吧。图里对嘎尔迪老爹说，我得布置一下对亚布力的防务，别让日本人打我个措手不及。嘎尔迪老爹说，你红马营现在成了第一线，快去忙你的吧。朝鲁啊，你也去送送你的侄子们吧，替我念叨念叨，说我老嘎尔迪永远想着他们，想着这些战死沙场的草原好男儿。嘎尔迪老爹说完上了马，三丫忙跪下磕头说，谢谢嘎尔迪老爷，谢谢奥腾大师父。谢谢朝鲁老爷，谢谢图里老爷。在三丫的谢谢声中，众人都上马走了，就留下了金达耶娃和三丫。三丫叹口气，对金达耶娃道，这兵荒马乱的，你一个女人挺着个大肚子到时咋办？我都替你愁得慌！金达耶娃道，过些日子我曼达尔娜姐姐说过来帮我。三丫道，她那俩孩子咋办？金达耶娃道，老爷那么多人手，还不能照顾一下他的孙子？我姐捎话来，想让你过去说说话哩。说幸亏你了。三丫道，别提这事，一提我心里就乱扑腾。再说，我现在哪走得开？看哪天吧。金达耶娃道，我是把话传到了，看你哪天有空闲吧。我走了，顺便看看我的羊去，得把它们吆喝回圈，一晃，太阳就偏西了。

三丫一直看着金达耶娃骑着马消失在草浪里，才急忙向自己家的大草垛走去，她左右前后看了看，一闪身钻进了草垛里。先从一个草垛缝里抽出一支枪，顶上了火，然后打开了发报机，开始给黑木发电，只七个字，特工队全体玉碎。不一会儿，黑木发了回电，等待接应部队联系。收拾好了发报机，并藏好了枪，三丫才长喘了一口气，并暗暗给自己提气：坚持，慧子！慧子，努力！

奥腾大喇嘛品着嘎尔迪老爹的茶，说，好茶，这是咱大清的熟普洱茶。比我在西藏时喝的印度红茶味正。嘎尔迪老爹说，好茶得给懂茶的人喝。这还是仁钦老王爷十多年前送我的几坨茶饼子，说年头越久越好喝，走草地的老客们说是从滇地千年茶树上摘下的，整个大清也就那么几棵树。价格比金子还贵哩！奥腾大喇嘛笑问，那你咋舍得请我喝了？说吧，啥事？嘎尔迪老爹说，知道不？小日本提着武士刀来白音淖了。奥腾大喇嘛道，打都打起来了，死人都打落这么多了，还用你告诉我？人家日本人已经和谢苗诺夫联手把亚布力占了，是不是？嘎尔迪老爹说，到底是老神仙，啥事都知道。

奥腾大喇嘛说，世道一乱，来庙里磕头求吉的人就多了，天南地北的啥信没有？你还不知道吧，西面的铁路让几万捷克兵占了，说是要到海参崴取海路回国，更邪乎，开着火车烧杀抢掠，走一路抢一路，要不是红党游击队扒了几段铁路，现在早就到了咱驿站营盘地了。嘎尔迪老爹思忖道，日本人从东边来，捷克人从西边来，红党从北边来，咱不就剩下跳贝加尔湖了？奥腾大喇嘛道，老嘎尔迪啊，我说句丧气话，这驿站营盘地咱怕是替大清守不住了！咱蒙古人给大清的买卖人苦守了二百多年，咱对得住大清了！嘎尔迪老爹道，老奥腾啊，你想说啥放开了说，你是有智慧的老神仙，我今天就想听你说话！奥腾大喇嘛道，三十六计，走为上！

嘎尔迪老爹问，往哪儿走？奥腾大喇嘛忽然光火了，吼了起来，老嘎尔迪，你给我还装傻充愣？往哪儿走，你真不知道啊？你心里早盘算好了，你以为我是色旺？由着你骂傻瓜诺夫斯基啊？嘎尔迪老爹笑着说，神仙就是神仙，到底是侍候佛爷的人！我不是禀圣主教诲，决断大事需听三个智慧之人的意见？你老奥腾才是大智慧！奥腾大喇嘛说，我智慧啥？还不是念着黄河边上的老额吉，念着王爱召的糜米稀饭山药蛋！嘎尔迪老爹也说，我不想着土默川？我不想着黄河湾？我想起我小时老爷爷常给我说的，宁恋故乡一撮土，莫贪他国万两金！老祖宗有眼光啊！

奥腾大喇嘛说，啥事都得往长远里想，早有个决断！咱办事也得学学日本人，看人家谋划得多长远，几十年前就想到有今天。就说布里亚特这地界吧，诺雅是日本人，人家在匪窝里混了二十多年，啥屎尿没吃下？嘎尔迪老爹道，他们这是图啥呢？诺雅这王八蛋要不是被色旺这蠢货割了头，咱还能审审！我要问问他这是图啥？奥腾大喇嘛说，图啥？还不是图把大清的西伯利亚一口吞下！我前天听上乌金斯克的香客说，仁钦王爷府的老面包师，那个老太太，叫什么……嘎尔迪老爹问，是不是苏里娅？我给她叫奶油苏里娅，圆脸上多时都是油汪汪、笑眯眯的。奥腾大喇嘛说，对，对，就是她！奶油苏里娅，多酥，多软，多香，多甜！嘎尔迪老爹道，她咋了？索尼娅临死还想着她的烤面包呢。苏里娅到底咋了？

奥腾大喇嘛道，那可是仁钦王爷一家从十七八看到五十八的吧？四十年算是知根知底吧？结果人家是日本间谍头子，还指挥着营盘地的日本特务杀了中国营的瓦林耶夫，差点让你老嘎尔迪与布尔什维克红党狗脑子打出猪脑子，奶油苏里娅厉害吧？嘎尔迪老爹叹了一声，天爷！你从哪儿知道的？奥腾大喇嘛说，上乌金斯克的布尔什维克公审她，半个城的人都去看了，直接上绞架吊死的！看看，咱蒙古人心实，咱是给一些啥样的妖魔鬼怪打交道啊？老毛子说，要想认识一个人，得与他一起吃一普特的盐。哼，一普特的盐。

嘎尔迪老爹唔了一声，奥腾大喇嘛问，你唔啥呀？惊着了吧？嘎尔迪老爹死死地盯住奥腾大喇嘛，眼睛一眨也不眨。奥腾大喇嘛道，你再看，也是瞎眼看星宿，咋？我知道你想啥？是不是也把我看成日本特务了？我俩一起吃了几普特的盐了？嘎尔迪老爹一听，嘎嘎地大笑了，你就是个鬼灵精！我在盘算咱驿站地的外来人哩。奥腾大喇嘛道，咱驿站地南来北往的人多，咱都掏出心窝子来对待，可谁会想到日本人会在咱草原上下蛆生蛋？这么看来，人家小日本盯着咱布里亚特草原可不是三年五年了。看看，日本人这局布得，多密，多深。前些年，我总觉得北海召里也不清静，你还说我神神道道的，我是看不透人着急啊！咱就说那白音，现在看清楚了吧？他还敢说是北京喇嘛，不用问他就是个小日本！他还王爱召？气我先人哩！呸！

奥腾大喇嘛气咻咻的。嘎尔迪老爹道，我估摸着丹吉活佛也落入日本人圈套了。走了这么长时间了，咋就没个音信？看看。奥腾大喇嘛拍着手道。我说啥了？让白音引进黑豆地了吧？咱布里亚特草原上，大小召庙几十个，就供着一个丹吉活佛。再加上呼伦贝尔的，大库伦的足足有几百座召庙，现在，群龙无首，可就都没主心骨了！嘎尔迪老爹说，就是天塌下来，咱也得扛着，咱还能让小日本拿捏住？我记得，丹吉活佛临走时，我问他老人家，你不在了，我们咋办。他用手指了指我的心，我现在多少明白了，是让咱啥时候都得有自己的主心骨！

奥腾大喇嘛说，那就好，佛在我心，心中有佛，咱布里亚特草原佛光普照了几百年，千难万难咱蒙古人都经历过了，有啥过不去的呢？啥时咱都要有主心骨！嘎尔迪老爹说，我想听听你的主心骨！奥腾大喇嘛说，老嘎尔迪，你的主心骨就像孙猴子的金箍棒，定着咱布里亚特草原呢！你还用听我的？嘎尔迪老爹说，那我不就成了神仙了？你像人家朝鲁，动不动就说大清就是白音淖的主心骨，那是他们的娘家！朝鲁他们受了气就想回娘家！我还能拦着他们？奥腾大喇嘛说，他们那儿往来的大清买卖人多，谁不知道白音淖是咱草地上的汉地，他朝鲁当然把大清当娘家。我知道你老嘎尔迪咋想的，人家都说你把驿站营盘地治理成中国地了！嘎尔迪老爹哈哈地笑着说，这我还是头一次听你奥腾大喇嘛说！你说说，你咋就这么想回王爱召，六十几了还抹鼻子流眼泪的，就糜米捞饭山药蛋，黄河边上的老妈妈。奥腾大喇嘛道，王爱召供奉着成吉思汗的八白室，那里有圣主，夫人们的灵柩，那里凝聚着圣主的英魂，紫阳之气浩然光天，你说，哪个蒙古人不想回到圣主的身边。听到这儿，嘎尔迪老爹神情严肃地站起来，冲奥腾大喇嘛拱身合十道，听你这么一说，我心里就像照进一束光来，谢谢高僧点化。嘎尔迪老爹说着，跪在了地上，冲着墙上挂的成吉思汗画像，磕了长头。他站起身时，已是双目炯炯，奥腾大喇嘛笑容满面地对嘎尔迪老爹告辞道，大清滇地果然是出好茶，这茶真有味！

嘎尔迪老爹会意地大笑不止："品来品去，还是咱大清的茶好！"

奥腾大喇嘛道："老嘎尔迪啊，遇事要当机立断！该断不断，反被其乱！"

嘎尔迪点了点头，又冲奥腾大喇嘛拱手合十道："佛自在心中，老神仙放心！"

36　拉西又问，嘎尔迪老爷不会枪毙我吧

拉西是抱着马脖子游过嫂子河的。下岸的地方是个陡坡，拉西骑着枣红马沿着河岸走了几十里，总也找不着涉水的合适地方。身心疲惫的拉西无奈地选择了一处相对舒缓的陡坡，催枣红马涉水过河，马头都快探到水面了，枣红马的身子又吓得往后缩，嫂子河水拍扑着陡峭的岸激起浪花，流水湍急还打着漩涡，这一切都映在枣红马善良的大眼睛里。枣红马儿恐惧了，咴咴地抖动着长长的颈毛嘶鸣不已，不敢再往前走一步。

拉西急得直跟枣红马说好话，说，你是我爷爷行不行？只要过了河，我就把爷爷天天顶在脑瓜顶上供着。他说着抱着马脖子就要往下跳，枣红马挣扎着，挺着高傲的长头，两条后腿蹲在地上，像被钉子钉住一样纹丝不动。任拉西怎样踢打，搬动，枣红马就是往后缩着身子，前蹄使劲蹬地一个劲儿往后退。两个大鼻孔还咻咻地喘着气，两只大圆眼睛里满是惊恐的光。见枣红马成了这个样子，马背上的好汉拉西也没有了好法子。他无奈地想，再好的畜生也是畜生，上来了畜生脾气谁也没有办法。拉西围着枣红马绕了一圈，想来个突然袭击，但马头随着他移动，马眼睛的余光总是像雷打一样敏感地缠绕着拉西。

　　拉西无奈地拍了拍马屁股，叹了一口气，坐在了河岸边的一块石头上。他警惕地前后左右看着，怕是林子里蹿出什么人或者是藏着什么人。他把手枪掏了出来，就放在身边的石头上，以防政治保卫局的人忽然出现在他的面前。当拉西知道班扎尔被撤职关进劳动营的时候，他被惊呆了，拉西原以为是基柯夫这些政治保卫局的人干的，后来老苏赫惨白着脸告诉他，这是人民委员谢尔盖同志的决定。简单的拉西以为革命后的班扎尔少爷就是乌金斯克的嘎尔迪老爷，也是吐口唾沫就能把乌金斯克地上砸个坑儿的草原霸主。现在拉西才明白，班扎尔这个老爷是纸糊的，而嘎尔迪老爷才是铁打的。就在部队从嫂子河北岸撤回乌金斯克的路上，赤塔军校当年跟班扎尔少爷一块儿闹布尔什维克的军官们就跑了三个，让基柯夫的政治保卫局抓起来两个。拉西觉得人们都在用异样的目光打量着他，有的看着他的烂鼻头窃笑，似乎在问他：你何时进劳动营啊？传说中的劳动营不仅是劳动，还有稀里糊涂地被消灭，关在那里的人就是一群等着被宰杀的畜生。这让拉西打寒噤，这种死法太窝囊。看来闹布尔什维克还不光是杀光老爷，折腾折腾佛爷喇嘛，吆喝吆喝太太、少爷、小姐，还要革自己人和自己的命，这可不是光听基柯夫笑眯眯地说说，那是真要命！一想自己是嘎尔迪老爷的亲外甥，班扎尔少爷的表弟，还在赤塔军校沙皇老爷那儿受过训，这都成了要命的事。基柯夫曾经笑眯眯地说，拉西参谋长，我听说你的鼻子在驿站地是个传说是不是？我还听说人们还为你编了一支歌子？拉西感到受到了极大的侮辱，恨不得一枪掀了这个家伙的天灵盖。

　　后来他实在忍不住了，就去找谢尔盖这个当年的革命引路人诉说自己心中的愤和委屈，谢尔盖阴沉着脸说，无产阶级革命就包括个人承受委屈，你要是受不了这份委屈就滚回你的驿站地去。拉西站起来就走，快出门时又转过身来给谢尔盖鞠了一个躬。这一躬下去，谢尔盖还有些吃惊。当他还没有醒过味来，拉西已经在他的眼前消失了，谢尔盖有些怅然地叹了一口气，摘下眼镜木然地用衣角擦拭着眼镜片。

谢尔盖正在考虑乌金斯克的红军部队和苏维埃政府机关的大撤退，装满日本兵的火车，已经从海参崴气势汹汹地开过来了。还有辗过西伯利亚草原的协约国的坦克、火炮，盘旋在头上的飞机，在水上游弋的军舰，水陆空多头并进，远东的苏维埃红军根本没有力量组织有效抵抗。再加上高尔察克谢苗诺夫日本间谍地主富农律师喇嘛流氓无赖等等的里应外合，赤塔、乌金斯克沦陷不过是个时间问题。面对远东苏维埃的生死存亡，谢尔盖哪有心情听烂鼻头拉西委屈地诉说？让他滚回驿站地，看似谢尔盖的随口而说，实际上对拉西来说也许是一种最好的选择，因为基柯夫早就想把拉西送进劳动营。他凭哪一点都应当进劳动营，基柯夫一直在谢尔盖的耳边喋喋不休，谢尔盖解释眼前即将发生大战，拉西这样旧军队出来的军事干部仍是可用的人才。但谢尔盖知道，这只是权宜之计，拉西早晚是要进劳动营的。哪怕就是拉西一个人挡住了日本人的进犯，功劳可以彪炳苏维埃的史册，他也要进劳动营。这可能是拉西的宿命，自己救不了他，基柯夫也救不了他，甚至敬爱的列宁同志也救不了他，面对滚滚的历史潮流，每个人都是被裹挟的沙粒尘埃。这一切拉西是不会懂得的，谢尔盖知道也没有必要让拉西懂得，自己又何尝清楚多少呢？也许时间就是历史，历史这本大书太沉重，而时间这把刀子又太冷峻。

拉西坐在嫂子河边，看着滚滚东去的河水，他知道只要是自己泅过河去，他就彻底结束了自己布尔什维克的革命生涯，又成了光屁股拉西了。拉西也有颗心，胸腔内滚滚跳动的心，他想起了金达耶娃，想起了自己还没有出生的孩子，想起了基柯夫笑眯眯的脸，想起了谢尔盖水晶眼镜后的难测目光，这与他生活有关联的一切，成为他难以承受的生命重压。终于，承受生命重压的拉西做出了最后选择，过河去，回到浸着先人血浆的草原，那才是属于自己的。革命了一回的拉西，明白了革命不是什么人都能参加的，革命的选择性同样是革命的一部分。他想象着见到嘎尔迪舅舅老爷的场景，这老东西肯定会说：外甥回来了？咋不在乌金斯克当将军了？自己会说不想被人革了命，也不想革别人的命了，咱蒙古人还是老老实实在马背上过日子吧！老东西这才点了点头，拉西这才踏实了。

拉西想到这里，拉着刚刚变得稍稍安静的枣红马站了起来，他脱下身上的军装，盖在了马头上，还用手轻轻抚摩着马的脖子，黑暗中的枣红马静静地享受着这份亲昵和舒服。拉西从马靴上拔出了马刺，一闭眼狠狠冲马屁股扎去，枣红马儿一蹿老远扑通一声跌进了河里，拉西跟着跳下水去，紧紧抱住了马的脖子，枣红马儿载着他随波而去。水中的浪头一个个打来，激起的浪花在他的眼前化成了嘎尔迪老爹、班扎尔少爷、谢尔盖、金达耶娃、基柯夫，他与他们纠缠着翻滚着，不知在水中挣扎了多远，枣红马好不容易才找到了上岸的地方，上了岸，就有人拿枪瞄着他。他一看是黑马营的人，有些没好气地说，瞄啥呀？快带我去找你们的老朝鲁。黑马营的人自然是识得拉西的，赶紧带着他到了白音淖。

朝鲁一见拉西就笑了，咋？放着好好的参谋长不当了？拉西啃着油汪汪热腾腾的大列巴，说，白闹了革命光啃又干又硬的黑面包了，我在乌金斯克没法干了。你说嘎尔迪老爷咋待我？不会枪毙我吧？朝鲁劝他道，拉西少爷说啥呢？汉人常说浪子回头金不换，你打仗那么灵光，又不怕死，我看你就是个金不换。嘎尔迪老爷怕是喜欢你还喜欢不过来哩，咋会枪毙你？拉西还是不放心，说嘎尔迪老爷要是枪毙我，你得给我说说，让我咋也得看见我的儿子生下来再枪毙。有了后，总算没在世上白活一遭。朝鲁说，这才是实话。拉西又问，嘎尔迪老爷不会枪毙我吧？朝鲁说，我都给你说八百遍了，你甭害怕，我领着你去，有啥话，我给他说！

朝鲁领着拉西去见嘎尔迪老爹，嘎尔迪老爹正在包里和那仁及萨日两个孩子一起说话，曼达尔娜小心翼翼地站在一旁。拉西进屋就跪了下来，曼达尔娜一见要带着两个孩子出去。嘎尔迪老爹说，没啥正事，让这俩孩子听听。朝鲁说，老爷，拉西是特意回来看你的。嘎尔迪老爹嗯了一声，嘟哝道，我估摸着他也该回来看我了。你们认识不？这就是草原上大名鼎鼎的拉西，他是你们的拉西舅舅。萨日高兴地叫了起来，你就是烂鼻头拉西啊？众人笑了起来。那仁说，我还会唱烂鼻头拉西歌哩！曼达尔娜呵斥道，不要疯闹。嘎尔迪老爹道，老爷我想听听，那仁，你给我唱！萨日叫道，我也会唱哩！嘎尔迪老爹连道，好好好，你们一块唱！那仁和萨日一块唱了起来：

> 阿爸，拉西叔叔大片的牛羊呢？
> 卖了。
> 阿妈，拉西舅舅冒烟的汽车呢？
> 扔了。
> 阿爸，拉西叔叔宝贵的金表呢？
> 当了。
> 阿妈，拉西舅舅漂亮的女人呢？
> 跑了。
> 阿爸，阿妈，拉西还有啥？
> 只剩漏风的鼻子啦……
> 哇哇哇，哇哇哇，
> 拉西只剩烂鼻子啦……

　　两个孩子唱着，拍着手在屋内跑来跑去，曼达尔娜赶快制止，要把孩子带出去。

　　嘎尔迪老爹说："不要出了大包，就在包里玩，骑大马耍大刀都行。只要他们高兴，想怎么玩就怎么玩。拉西啊，这俩娃唱得好吗？"

　　嘎尔迪老爹又看着跪在地上的拉西。拉西嗫嚅地不知该说些什么，曼达尔娜领着两个孩子走了出去。

　　嘎尔迪老爹瞪起了眼："我问你呢！"

　　拉西连声说："好，真好。"

　　嘎尔迪老爹说："你可是活长远了，你这名要永远传下去了。一辈子接一辈子，只要草地上有歌声，就有你光屁股拉西的英名。"

　　拉西说："舅舅老爷，原先我的确错了。"

　　朝鲁说："拉西少爷后悔一路了，一直跟我说哩，哪如跟着老爷有前程？老爷，拉西少爷可是豁命跑过来的，后悔上了那个独眼龙的当……"

嘎尔迪老爹说："要是后悔就更错了，做过了就没啥可后悔的！没人拿枪逼着你做吧？脚下的泡是自己走出来的，要是有出息，就咬着牙再把它磨回去，把它磨成能踩荆棘的铁脚板子！"

拉西说："舅舅老爷，我明白了。"

朝鲁说："我看拉西少爷就是浪子回头金不换！他这身本事要是用到正路上……"

嘎尔迪老爹思忖了一下对朝鲁说："朝鲁啊，这些日子我正琢磨着个替换你的人呢，拉西回来了正好。他就去你的黑马营当扎苏勒吧，人家在那边是参谋长，咱不能太委屈了人家不是？"

朝鲁瞪大了眼睛看着嘎尔迪老爹，拉西更是不敢相信自己的耳朵。拉西觉得嘎尔迪老爹是在开自己的玩笑，忙磕着头说："舅舅老爷，我就是想回来当个牧人，想好好侍候金达耶娃把孩子生下来，想踏踏实实过个日子！"

"呸！"嘎尔迪老爹使劲啐了一口，"你想得美！你知不知道咱蒙古人到生死存亡的关口了，日本人都打过来了，你还想过牧人的日子？我不想啊？你说说看，日本人、谢苗诺夫、布尔什维克哪个是让我过安生日子的？"

拉西道："乌金斯克都乱成一锅粥了，日本人的确要打过来了。"

朝鲁也说："听说来了十几国，都超过八国联军进北京了！"

拉西道："舅舅老爷，你别当我是怕日本人的货，我是想打日本人，可人家不要我啊！只是想把我往劳动营里送。舅舅老爷，班扎尔表哥已经被他们送进劳动营了！"

嘎尔迪老爹道："班扎尔和布尔什维克之间这点破事，我八辈子也搞不清楚！也不想搞清楚！班扎尔的道路是他自己走出来的，他自己应当承受！"

拉西还告诉嘎尔迪老爹，阿布尔表哥带着几十个白马营的兄弟，想救班扎尔，都进了劳动营了，但不知为什么没有成功。

嘎尔迪瞪着眼珠子问："损失大不？我可死不起人了。"

拉西嘟哝道："没听说死人，我也是听老苏赫司令偷偷给我讲的。那边的人都不敢给我说话了。还有人说是班扎尔根本不想离开劳动营，差点把阿布尔表哥也毁了。"

"看看！看看！"嘎尔迪老爹甩着手说，"这阿布尔也是个荛大胆！有主意哩！老朝鲁，你就没听说什么？"

朝鲁道："我是听说了一些。我还以为这么大的事，是老爷安排的哩！"

嘎尔迪老爹道："我啥安排不给你们这些扎苏勒通气？就我一个人蒙在夜壶里？"

朝鲁道："那么多牲畜往东边冬季牧场转场，我还蒙在鼓里。听转场的人说，就是往额尔古纳河走……"

嘎尔迪老爹说："我正想给你说这事哩！你别装了，不信你问问色旺，他知道不？"

朝鲁不说话了。

嘎尔迪老爹对拉西道："他们不让你打日本，舅舅让你打！你甩开了膀子给我打！捅破了天，舅舅给你顶着！我说过了，黑马营交给你了！真正地像个蒙古爷们儿打日本！"

拉西跪在地上咚咚地磕头，他感到被人信任，才是人生最宝贵的东西。这是拉西的布尔什维克生涯给他的启示，人的尊严才是最富贵的和最有价值的。嘎尔迪老爹说："你先回金达耶娃的包里住些天，好好侍候侍候人家。"

拉西说："老爷，我知道战况非常紧急，我得到黑马营去，不能让日本鬼子踏进咱营盘地一步。"

嘎尔迪老爹说："你还是回自己包里看看，这样才知道是为自己打仗！为了自己的女人，为了自己的儿子，为了自己的牛羊！"

拉西嗯了一声，眼中流出泪来。

嘎尔迪老爹对他说："你快走吧！还等我给你上凉盘呀？"

拉西舒心地笑了，磕了头，走了。

朝鲁怯怯地不知道该怎么办，只是木呆呆地看着嘎尔迪老爹。

嘎尔迪老爹说："我给你有话说，你跟我来！"

朝鲁跟着嘎尔迪老爹，在大包里七曲八拐地走着，然后又下了地下暗道，但仍干爽爽地透着风，他一直闹不明白这像铁铸成的大包，风到底从哪儿来的呢。终于，来到了一间密室前，嘎尔迪老爹打开了重重的大门，并让朝鲁先走进去，嘎尔迪老爹随后走进，并关上了大门。嘎尔迪老爹亲手点亮了蜡烛，密室中的东西从黑暗中蹦了出来。有几排大箱子，一个摞着一个。屋子中央还有一张大的桌子，桌子上端端正正地摆着一个小铁匣子，像是刚刚被人放了上去。靠墙放着两把椅子，嘎尔迪老爹让朝鲁坐在椅子上，朝鲁不敢，嘎尔迪老爹把他摁在椅子上，重重地说："你给我坐下！"

朝鲁坐下了，嘎尔迪老爹忽然跪下，冲他磕了一个头。

吓得朝鲁一下子跳起老高，然后扶起嘎尔迪老爹，声音打着哆嗦说："老爷，你这是臊奴才哩！你有甚让奴才办的，奴才赴汤蹈火，在所不惜。"

嘎尔迪老爹说："朝鲁啊，我让牲畜先悄没声地转出去，到时咱再走就利索了。"

嘎尔迪老爹打开铁盒子，取出一个包裹，剥开层层油纸，最后才露出几张纸来，花花绿绿的，还盖着红色大印。朝鲁问："老爷，这是啥?"

嘎尔迪老爹说："这是大清康熙十七年，理藩院给我的先祖颁发的授驿站二品台吉的文书，看看这红色大印，就像刚给摁上去的。这是咱驿站的线路图谱、地界，官职，饷银，驿站大小二十一个，所辖驿路长度六千三十六里，兵丁驿卒马夫两千七百八十四名，马匹五千三百六十二匹，都写得清清楚楚，全是吃皇粮哩！"

朝鲁仔细地看着，连连说："好东西！好东西！咱驿站地是大清的朝廷命官，我更有底气了。"

嘎尔迪老爹说："好东西多着哩，台印，官衣，旗帜，还有黑龙江将军衙门核准的人丁籍簿，这都是先祖拿命保存下来的。"

朝鲁道："波拉金女皇上下乌金斯克哪个人不知道？咱驿站地的人走到哪儿都光荣着哩！仁钦老王爷在时，多咱都高看一眼！那年冬天，你让我去给王府送熊掌山参，王爷赏了我银子不说，还赐我吃热腾腾酥软软的奶油面包，走时奶油苏里娅还让我带走几个，给家中的女人孩子……"

嘎尔迪老爹问："听说她是日本特务了吧?"

朝鲁道："我听说，不是已经让布尔什维克给绞死了?"

嘎尔迪老爹道："看看日本人隐藏得多深，这得多大的野心啊！咱把日本特工队灭了，日本人会算完？还有捷克兵五万，也要过境咱驿站营盘地，高尔察克、谢苗诺夫、布尔什维克哪个是能容下咱们的？"

朝鲁道："咱不也有枪有炮，谁犯境咱打谁！老爷，咱蒙古爷们不怕死！"

"朝鲁啊，咱蒙古爷们能不能不死？"嘎尔迪老爹道，"咱动脑筋想一想。这些日子啊，我是思来想去，咱得做好走的准备了。"

"走？往哪儿走？"朝鲁道，"老爷，这可是咱祖祖辈辈居住的地方啊！"

嘎尔迪老爹说："不要再说别的了，不要让我的心再乱了！这驿站营盘地，咱们是守不住的。我刚才给你看那些东西，就是想告诉你，咱这次是要铁心回大清了。我们蒙古人有家，回咱的中国老家！"

朝鲁猛地站起来，兴奋地道："老爷，我听你的！你说吧，现在让我朝鲁干什么？"

嘎尔迪老爹道："你带六十个最精干的人，给我们打前站。你要一直走到额尔古纳河东岸，沿途每个驿站地都要留下为我们引路的向导。这一路已经打成一锅粥了，你要避开日本人和谢苗诺夫匪帮，不要动不动就跟他们拼命。你所做的事情只有一个目的，引领我们回家！你过额尔古纳河后，一定要找到大清海拉尔副将军衙门，告诉他们驿站地二品台吉嘎尔迪要率部众回家了！"

朝鲁跪下磕头道："老爷放心，朝鲁当尽心尽力，把事情办好。"

嘎尔迪老爹道："我已经让账上为你们准备了三万金币，你们这些人要分开带，不敢有闪失。在那些难走的不能提供补充的路段，提前备下些粮食，物品。碰到林子中的鄂温克人，就说我老嘎尔迪遇到难处了，他们会提供帮助的。到了中国地界，也要舍得为海拉尔副将军衙门的人花钱，让他们为我们指块好草地。"

朝鲁问："我们何时出发？"

嘎尔迪老爹道："后天吧。你们走后，我们也待不了几天了。总要准备准备收拾些坛坛，几千人哩，还有一些牲畜……朝鲁啊，咱们就此别过了。来，让老哥抱抱你！"

嘎尔迪老爹说着，伸出了双手，朝鲁一下扑到了他的身上，流着泪说："老爷，你高看死我了！"

37 拉西参谋长，快跪下听旨吧

当金达耶娃听拉西说，嘎尔迪老爷让他当了黑马营的扎苏勒，成了富窝子白音淖的当家人，金达耶娃笑了起来，说，昨晚上如来佛爷也给我托梦了，还说我是观世音菩萨下凡哩！你编这鬼话骗我这傻女人美啊？拉西着急而又委屈地说，咋连你都不信我？看我当出个样儿给你看看？金达耶娃道，给我看什么？你啥地方我没见过，我才不稀罕看你哩！你吃饱了没？吃饱了给我滚蛋。拉西着急地说，我滚哪儿？舅舅老爷说了，这儿也是我的包！金达耶娃道，你哄鬼去吧，滚，快给我滚！拉西说，草原上的流浪汉都能进包吃喝睡，我咋就滚？金达耶娃说，你不滚是不是？你不滚我滚！金达耶娃说着，挺起大肚子就要出包。拉西一见急忙说，你还带着我儿子哩！这天都晚了，不怕狼把你吃了呀，好，我滚，滚，行不行？

拉西说着出了包，听得包门啪的一下关了，拉西心头又是一颤。拉西心里凄楚，他举目四望着，天地已是一片苍黄，归圈的羊儿已经卧了一片，几条牧羊犬趴在草滩上，瞪着眼睛似乎是在看着他。拉西有些茫然了，他呆呆地立在包前，太阳已经西沉了，西沉的太阳都要躲在山后睡觉了，而拉西竟然不知该到哪儿过夜了。他扭头看了看包门，想金达耶娃这个死心眼儿娘们儿，那可是说得出做得来的有主意的娘们儿，博士老爷那是多么好的包，说踢塌就踢塌了，连眼皮都不眨一下。但也真是好女人啊，拉西想起在赤塔，在乌金斯克，自己投身无产阶级革命的岁月里，金达耶娃对自己的千般好，万般好来。记得有一次和高尔察克哥萨克匪帮作战时让炮弹片擦伤了胳膊，伤口发了炎，是金达耶娃用小嘴把伤口的脓血吮吸了出来。还有一次，追赶谢苗诺夫匪帮有一个月没脱过靴子，是金达耶娃帮他脱的靴子，长筒毛袜子和脚都粘在一块，金达耶娃拿着那把时刻准备与他拼命的剪子帮他剪开，还用热水给他泡脚，他泡着泡着就温乎乎地睡着了。

想到这儿，拉西的眼圈子有些红了，拉西揉着眼，走到了羊群里，挨着一只牧羊犬躺了下来。牧羊犬伸出长长的舌头舔了舔他的手，像是表示同意他留宿，拉西蜷缩着身子想，我也给这娘们儿当回看门狗吧。拉西竟然在草地上睡着了，睡着还感到身上暖暖烘烘的。后来他是被人拽住耳朵提溜醒的，睁眼一看是小苏赫站在他面前。他翻身坐了起来，身上竟然还盖着一件旧羊皮袄，难怪暖暖烘烘直发汗哩。拉西他知道这一定是金达耶娃趁他睡着时，盖在他身上的，拉西胸中荡起一股暖流：这娘们儿也是刀子嘴奶渣子心啊！他看见包里的灯光亮着，门开着，一道长长的光洒在草地上，金达耶娃拖着长长的影子立在包前。

小苏赫对他说，拉西少爷，你咋睡在这草地上？拉西没好气地说，你个小蛋泡子，管我睡哪儿呢？有事？小苏赫说，黑马营的人正集合哩，就等你这扎苏勒哩！老爷叫你快去哩！拉西一听，匆忙往拴马桩跟前跑去，马背上早放好了皮褡裢，鼓鼓囊囊地像是装满了东西，拉西翻了一下，见是一些风干牛肉和几个大列巴，他咧嘴冲远远看着他的金达耶娃笑了笑，金达耶娃一转身进了包。

拉西到了大包前时，朝鲁已经集合了黑马营队伍，人吼马嘶的足有三百号人，朝鲁见他来了，忙对他说，图里的人来报告了，说弗拉尔山来了一支日本鬼子的队伍，有百十号人，正与红马营的人打着哩！拉西说，哪来的日本鬼子？朝鲁说，那咱就不管他哪来的了，反正是在弗拉尔山交上火了。老爷怕图里红马营的人顶不住，让你带人去支援，拉西，我这黑马营可交给你了！这是三个队的管带们，你看着分配事情吧。

拉西见过了管带们，管带在这里就是队长的角色。管带下设游击，相当于小队长，这里的一切官制，还是承袭大清八旗的。朝鲁对拉西说，我还有要紧的事情，得先走了。朝鲁打马走后，拉西对众管带们说，我拉西打仗不讲好看，就讲管用，想着法儿把人家打死打伤，而自己不死不伤，少死少伤。以后这就是咱黑马营打仗的大原则。一队在先，我带二队在中，三队断后。各队再分三个小队，也按我刚才的布排，分头前进。不要一窝蜂给人家当靶子，人家小日本敢来，就有准备。听说你们与他们交过手，知道人家枪法战法，咱就更不能大意了。众管带都点头称是，拉西说到弗拉尔三百多里地，咱就是再快，也得后天下午了。到了弗拉尔后，没我的指令，谁也不要乱冲乱杀，咱们争取天黑前把这百十号鬼子吃了。各队管带领命而去，大包前很快就静了下来。

这一路翻山越岭，走草地，过沼泽，到了弗拉尔山跟前时，听枪声响得跟爆豆一样，还有手雷声响过火光一闪一闪的。拉西命令管带们带着部队拣着山高的地方上，先把打人的地方用机枪占住，把握了开枪的主动权以后再说别的。拉西往上冲时，还不忘留下人看好了马。自己抱起一挺上面装圆盘枪弹梭子的刘易斯式轻机枪，并叫了几个填弹手、重机枪手，还让他们扛上一挺马克沁重机枪，带着他们就往最高的山坡冲。

拉西一面往上冲，一面冲身边的人喊，千万不要停，要不住气地往上冲，一口气冲上最高处。拉西说完弓着腰就往山上跑，就像一只矫健的山羊，硬是一口气冲上了最高的一座山坡。他几乎是瘫在山顶上，大口大口地喘着气，再往山下面一看，正见一群穿着黄军装的日本鬼子兵，从半山坡上的森林中钻了出来。见山顶上忽然出现了人，他们立即弯下腰趴在半山坡上就放开了枪，子弹打在石头上迸发着火星子，弹头在拉西身边蹦来跳去的。

拉西大叫一声跃起，横扫了一梭子，鬼子兵被放倒了几个，又慌慌地退进了树林里。后面跟上的士兵把重机枪也扛上来了，拉西让他们占领侧面的一个小山头，再三叮嘱他们：我先把他们引到山坡上，你们负责封住他们的退路，千万别让他们再钻回林子里。记住，小鬼子不出林子不许开枪，出了林子就让他们跑不回去，明白了吗？机枪手说明白了，这才带着两个填弹手，弓着腰跑向了另一面山坡。

弗拉尔山，过去蒙古人叫灰腾梁，意即寒冷的山。后来俄国人一路占来，一个叫弗拉尔的哥萨克的马匪，带人第一次翻上了这山，就以自己的名字命名了这山。俄国占领军有这个传统，爱用自己的名字命名，像他们占领大清的伯力后，就用占领军的头目哈巴洛夫的名字命名，称之为哈巴洛夫斯克。这样的事情数不过来。俄国人来多了，管事的也来了，也就由着人家叫了。就像驿站营盘地的台吉，俄国人要改名为"台沙"，还说是尊重蒙古人的传统。嘎尔迪老爹拒领"台沙"衔，还说这是自己的底线。破了这个底线也就不惜拼个生死。仁钦王爷也积极配合，拒授大公衔，大清封的王爷就挺好的。俄皇也是非常看重名衔的人，自然同嘎尔迪老爹、仁钦王爷也摆出个生死一搏的劲头。后来赤塔杜马的人觉得还是应当从内部攻破堡垒，便看中了嘎尔迪老爹的兄弟旺楚克。旺楚克当时十八岁，也在赤塔读师范，见二哥嘎尔迪抢了先，穿上了大清的武二品官服，当上了二品台吉，心里就不那么痛快。俄人一鼓动，心里一膨胀，就决定接受了俄皇的"台沙"。有世事洞明者告诉他，"台沙"早晚得取代"台吉"，这是顺应历史潮流。于是旺楚克就搞了些台面下的事情，想鼓动人们把嘎尔迪老爹搞掉，还借助了赤塔杜马的力量。旺楚克"台沙"，领着乱军，带着哥萨克把嘎尔迪的大包围了个水泄不通，信心满满地等着捉拿嘎尔迪老爹归案，据说赤塔杜马前的绞架都给嘎尔迪老爹备好了。结果呢，没有什么悬念，现在嘎尔迪老爹还在当着大清的二品台吉。倒是想乘火车慌忙逃命的旺楚克"台沙"在灰腾梁被嘎尔迪老爹堵了个正着，似乎嘎尔迪就在这里等着他。再后来，旺楚克"台沙"就消失了，留下了几个传说。一是被嘎尔迪老爹砍了头，二是洗心革面再不当俄人走卒跑到西藏当了喇嘛，三是接受了嘎尔迪老爹的重金乘火车跑到巴黎，去投奔了淖利布哥哥……

蒙古人的灰腾梁，俄国人的弗拉尔山，就留下了这么个传说。现在日本人来了，是不是像嘎尔迪老爹常说的，啥战争都是一团云彩，一阵风吹来……

拉西躲在一块大石头后，不时探头向山下郁郁葱葱的林子里看看，一面用子弹填着空弹夹。他有意向下面发着单发，引得鬼子冲他这边放着枪，还哇哇地喊叫着，很快纠集起几十号人，冲他连连射击，子弹多得像下雨一样。待他们枪声一停，拉西从石头后闪出，冲树林里狠扫了两梭子，又引来一阵枪林弹雨，拉西趴在石头后一动不动。鬼子又闪出树林，刚往前走了没几步，拉西端起机枪扫了半梭子却戛然而止，似乎子弹忽然打光了。鬼子们枪声大作，拉西趴在石头后静静地看着，一动不动，好像没有了还击能力。鬼子们胆子越来越大了，先是三五个往上冲，后来几十个全冲出树林，嗷嗷叫着往山顶上冲。拉西真沉得住气呀，直到都看清小鬼子的鼻子眼了，拉西才从石头后闪出，冲着鬼子一阵狂扫，鬼子一下被打蒙了，掉头往树林跑，但逃跑的道路却被重机枪封住了，一阵弹雨扫过立即倒下了七八个。鬼子一下子慌了手脚，拉西大吼一声端着机枪就往下冲，埋伏在山顶上的黑马营的士兵也抢着马刀如猛虎下山扑了下来，眨眼的工夫混战成一团，气势人数黑马营全占尽上风，三十几个鬼子一下子被消灭殆尽。拉西又转过头来，带着黑马营的蒙古骑兵从侧面支援红马营，本来已渐渐占了上风的鬼子，也被侧面出击的黑马营打蒙了，掉头就往林子里钻，黑马营红马营两股人马合在一起追着鬼子打，直打得这伙鬼子兵丢盔弃甲，又扔下了几十具尸体窜进了森林。

拉西说这伙鬼子绝大部分被消灭了，他们已经组织不起有效进攻了。咱快点打扫战场，明早就能回家。众人更是高兴，都说拉西到底是念过军校的，不愧是班扎尔少爷的参谋长。图里见是拉西带着黑马营，就问，刚才我还奇怪了，援兵好不容易上来了，咋不快来解我的围，爬高山头干什么呢？原来这样就把鬼子给收拾了。一个管带说：拉西就让我们快快快，一口气也不能歇！要是歇了这口气，鬼子就真上来了，人家就该从高处打咱们了，好悬！拉西吸溜着鼻子说，这就像上女人，到了火头上，得咬着牙一鼓作气，要不牛累趴下了，地还不咋的。人们都夸赞说拉西就是拉西，到底是见过大场面的。

拉西正得意着，忽听隆隆的几声炮响，然后头顶嗖嗖地掠过几发炮弹，在山坡上炸响。拉西和士兵们正吃惊着，又有百十发炮弹像雨点一样泻在刚才拉西占据的山头上，顷刻间山崩地裂，连树林都发出了剧烈抖动。众人面面相觑，早有许多人趴在树林里的草地上，图里对拉西说，咱蹲下说。拉西说，幸亏咱们从山头上冲下来了，要不全成杂碎了。图里说，咋一下子来这么多炮呢？拉西说，你不是说就来百十号鬼子？图里道，肯定一下子增兵了，火车运兵到这不到三百里，听说铁道线全让鬼子给占了。图里说咱咋办？拉西道，这是日本人大部队上来了，刚才那排炮说明至少有一个炮兵营，这是一个步兵联队的编制。现在的兵力不会少于三千人。图里说，咱赶快撤？别让人家给围住，给包了包子。拉西说，图里，你现在得听我的。各管带把队分成组，十人一组往树林里钻，往打炮的方向运动，专打它的炮。炮离近了，就是一堆烂铁。众人说，有道理。有个士兵说，班扎尔少爷的炮团就是朝鲁领着我们打掉的。拉西说，咱还这么办。要是碰上他们步兵大搜寻呢，咱哪林子密就往哪儿钻，这森林方圆几千里呢，藏个三五万人都不算啥。咱拖着与日本人打，让子弹告诉日本人这里是咱蒙古人的家！图里说，听见了没？就按拉西参谋长说的办。拉西说，别，啥参谋长？我现在是黑马营的扎苏勒。都快散了吧，三天以后的现在，就在山背后集中。记住，都给我活着回来，必死的事咱不干，咱是为了活着才打仗。说话间，又是轰轰隆隆一阵炮响，一排排炮弹掠过头顶，落在了对面弗拉尔山上，一团团尘埃升起，炸碎的石块石子都飞了起来，落在了树冠上，一阵子哗哗啦啦，掉下了不少树枝树叶。

拉西道，听清楚了吧？炮位就在东面，十里开外搜索，发现后先不要轻举妄动，小心日本人给咱们下套。等天黑了干掉它！不把炮打掉，没咱们的好果子吃。大家快去分头执行吧！人们哗地散了，开始往树林里钻，拉西没走出多远，忽然听到有人在呼唤他。

他仔细一听，真是有人在拉西参谋长……拉西参谋长地不停叫着。拉西赶紧叫人止住了步，全躲在树后屏住气端枪瞄准着刚才喊话的方向。随着喊声越叫越响，拉西看见林子里有几个人影在晃动，似乎都穿着红色的衣服，在黑黑的森林中间，就像游动着几个红色的小妖精。那伙人仍是叫喊着拉西参谋长，渐渐在林子里显出红色的身影来，并离拉西他们越来越近了。

拉西盯着来人，图里喊叫道，拉西你看，是不是白音喇嘛？众人都七嘴八舌地说，可不是他？北京喇嘛来这干啥？拉西喊道，盯住四周，提高警惕！他又冲图里道，这北京喇嘛不是跟丹吉活佛上王爷庙了？图里道，不会是丹吉活佛派他来救我们的吧？拉西不屑地道，他救咱们？冬天乌金斯克闹暴动时，我在大乘寺见过丹吉活佛那样，哭得眼泪一把鼻涕一摊的，从那以后我是真不信佛了！图里道，你骨子里就是个无法无天的红党！拉西道，我倒是想红党了，可人家不待见我！

正说着，白音带的几个喇嘛离他们越来越近了，拉西端起机枪从树后闪出，冲他们大声喝道，都给我站住！白音一见哈哈笑道，果然是烂鼻头拉西！你让我找得好苦！拉西奇怪地问，你怎么知道我在这儿？白音道，啥事能逃过丹吉活佛的法眼！好了，不多说了，拉西参谋长，快跪下听旨吧！

拉西狐疑地道，啥旨？还跪下？白音，你拿我当猴耍啊！你先给我说说，这都是些什么人？拉西拿机枪指着白音身后那几个喇嘛，大声喊道，他们是些什么人？白音道，你先把机枪放下，别把这些出家人吓着！拉西道，我咋瞅着他们不像良善之辈呢？白音，你别蒙我，我可是巴黎莫斯科闯过的！别想给我玩把戏！白音道，你们还不知道吧，大蒙古帝国成立了，丹吉活佛现在当了大蒙古帝国的皇帝，内蒙九盟、外蒙五盟，再加上西伯利亚七部蒙古部众代表齐聚赤塔，一致推举丹吉活佛当了大蒙古帝国的皇帝。

众人惊讶地叫道，真有这事？白音道，丹吉活佛一听说咱布里亚特蒙古骑兵给日本帝国皇军部队打上了仗，立即从赤塔坐火车赶过来了，还说这是大水冲了龙王庙，一家人不认一家人了。图里道，咱和小日本一家？那我问问，你说这大蒙古帝国，究竟谁当家？拉西道，这还用问，肯定是小日本当家！白音道，啥小日本？人家现在是大蒙古帝国的多国部队领导。多国部队你们还不知道吧？那就是全世界各国皇帝总统首相元首，就连咱白音淖娘家人中国皇帝都派部队来了，世界大家庭实在是让布尔什维克气坏了，要不人家图什么？还不是要帮咱们消灭布尔什维克。人们又惊道，真的？图里道，要是光靠嘎尔迪老爷真打不过人家，是得来些人帮衬帮衬。

拉西琢磨了一气，对图里道，我在乌金斯克时是听到过这样的消息，都说外国部队要打过来了，我走时，布尔什维克正安排撤离乌金斯克呢！白音这次说的倒能对上号。这一点我是相信的，谢尔盖同志可以枪毙我，但绝不会欺骗我！图里说，那咱们咋办？人家来了，咱还打不打？拉西说，咋不打？现在除了听嘎尔迪老爷的，咱谁的都不听！图里说，对，咱就听嘎尔迪老爷的！白音凑过来说，嘎尔迪老爷听谁的？他不听丹吉活佛的？不听蒙古帝国大皇帝的？拉西，我就是传旨来了，丹吉活佛可就在前面多国部队的指挥大帐里坐镇。拉西道，你是说丹吉活佛来了弗拉尔？白音道，我不就是丹吉活佛身边的人、就是他派我来传旨的。

拉西问，有啥旨？白音道，那你得跪下，咱得有规矩是不是？拉西道，我现在是除了给嘎尔迪舅舅老爷下跪，谁都不跪了！你也不用传旨了，有啥话让他给嘎尔迪老爷直接说！图里说，对，对！咱就管打仗，别的也管不了！白音道，拉西，你要是误了大蒙古帝国的大事，你担当得起？不用丹吉活佛办你，嘎尔迪老爷就得用马拖死你！拉西道，我让嘎尔迪老爷拖死我认了，我就是不能不明不白地窝囊死！图里说，也许他说的是真的呢？咱真误了嘎尔迪老爷的大事那也是罪过。你不是说丹吉活佛在弗拉尔的指挥大帐内吗？那不如我们跟你一块去见丹吉活佛，他有旨直接给我们下就是了，我们也好给嘎尔迪老爷交代。白音想了想道，那也行。图里对拉西说，那咱们走？拉西说，你们都别动，还是我一个人去见丹吉活佛吧。活佛不是要给我下旨吗？我就接旨去。图里，你们还是按原来说的分开，别都在这待着，让人家给包了包子。图里说，那你可得小心点。拉西又叮嘱图里，看见鬼子开枪就打，千万别当傻瓜！图里说，你别多话了，见了日本人就打，这总行了吧？

38 几次丹吉活佛眼见着要冻僵圆寂了，却都又佛光返照涅槃重生了

奥腾大喇嘛分析得真是不错，他曾给丹吉活佛说，你还会回来的。不幸而言中，丹吉活佛回来了，真是掉进了鄂尔多斯蒙古人常说的"黑豆地"里，可怜的丹吉活佛落进了日本妄图控制远东的一个阴谋里。

去年冬上，嘎尔迪老爹在贝加尔召送走丹吉活佛后，白音赶着狗爬犁一路东行在皑皑的冰雪世界里。朔风吹雪，摧断树木，林海挂冰，冻僵老虎，几次丹吉活佛眼见着要冻僵圆寂了，却都又佛光返照涅槃重生了。嘎尔迪老爷送的那四十条上好的爬犁犬，个个勤劳忠勇，耐劳吃苦，只要在雪窝子里鼻子贴在肚皮上把身体团成一个球睡一觉，第二天又能跑个百十里地，而且是不间断不住气地跑，冰爬犁像离弦的箭一样嗖嗖地飞着。翻山越岭，风餐露宿，这一路丹吉活佛走得好辛苦，他多次在飞驰的狗爬犁上，在满天飞舞的雪花中想：唐僧西天取经所遭受的磨难也不过如此吧。丹吉活佛想着前哲，心中不时涌起一阵悲壮。

有时，他还得化装成一个买卖人，倒山参的老客，以应付布尔什维克游击队和边防军的盘查。白音喇嘛化装成丹吉活佛的伙计，一路上挨饿受冻不说，还得小心翼翼。战事紧急，政局动乱，革命与反革命拉锯甚烈，边防军、游击队发现从莫斯科、赤塔、乌金斯克逃跑的老爷太太们、法官律师们、反革命旧军官们也不过草草问几句，然后就地枪毙。哥萨克匪帮对布尔什维克也不客气，不分男女老幼全吊在干树枝上，西伯利亚就像一座人间地狱。还有土匪更是为所欲为，运气更糟的，若碰上与老爷有钱人有仇的土匪，往往是就地扒光，让老爷太太少爷小姐们

自己在雪野冰天中纵情蹦跶，一直到冻成一坨坨冰块。

丹吉活佛在一条林间小路中央见过一具竖起的冰雕，晶莹的巨大冰块中冻着两个裸体男女，女人的腹部前放着一把倒扣的小提琴，以遮隐私处，这也不知是哪路好汉的杰作。冰块中的老爷太太面目神态极为生动，生动得似乎随时都会破冰而出，这生动神态对参透了生死的丹吉活佛冲击巨大，竟不由得胡乱惊叫起来，半天才想起捻佛珠。

好在白音早年在东方调查所时就熟悉整个西伯利亚，林子里的小木屋里，草地上的毡包内，都还有许多老朋友，见是尊敬的丹吉活佛逃难，老朋友也都愿帮他们的忙。这些朋友带着他们穿林海，跨雪原，一路上大惊小险的事情没少遇到，但都是有惊无险地躲了过去。丹吉活佛感谢这些凡尘间的渔猎之人，连连说，患难见真情啊！白音说，都是佛祖保佑着哩，佛爷是出神入化之人，逢凶化吉。丹吉说，我到了王爷庙，一定要给你也找个自己能主了事的召庙。内外蒙古的喇嘛庙你随便挑。白音自然感谢不尽，对丹吉活佛更是照顾得体贴入微。

翻过了顶部平展展的斯都尔山，过往的大清客商称为桌子山。东来西去的老客们，还有这样的话流传：翻过桌子山，离家六百三。意即过了斯都尔山，离家就越来越近了，在茫茫林海中有盼头了。爬犁狗拉着丹吉活佛和白音又在林子和冰封的沼泽地里走了几天，终于到了古西泡。

那天，当他们穿出森林时，正是黄昏，看见炊烟从俨然有致的村落中袅袅升起，丹吉活佛竟然眼中滚下老泪来。古西泡西面靠山，南北环水，正东是一条大路，也是进出西伯利亚的要塞之地。这里的鸭子非常有名，进出西伯利亚的过客们都喜欢在这里休整一下，吃几天鸭肉，喝几天鸭汤，歇歇乏，补充补充体力。爬犁狗们也有啃不完的鸭骨头，吃不完的鸭下水。这里是一个大镇子，住着许多俄罗斯人、汉人和朝鲜人，镇上还有多个小客栈，是个繁华之地。爬犁狗们自然识得古西泡，还未进镇子，就兴奋地狂叫了起来，然后拉着爬犁稳稳地停在了一座小木楼跟前。一个慈眉善目的中年女人正在笑盈盈地站在屋门前等待着他们，白音扬臂与她热情拥抱，看来是极为稔熟的。

白音告诉丹吉活佛，这女人叫桂芳，他十多年前认识的。桂芳老家原是海兰泡蓝旗屯，是个土生土长的满人。后来老毛子杀海兰泡的中国人，往江里赶着刀砍枪杀，生生地杀了几千人，丹吉活佛一听，连合十道罪过。桂芳她们一家为了活命才逃到了古西泡，说来也有十多年了。桂芳将丹吉活佛领到了楼上客房里，屋内挺暖和，桂芳端起炕桌上的一个小柳条筐，筐里装着金黄的烟叶。桂芳还从墙上取下烟袋，用衣襟擦了擦玉石烟嘴儿，热情地让丹吉活佛抽旱烟，丹吉活佛谢过桂芳只是要一碗清水喝。

白音将爬犁狗们带进了离小楼不远的一座空院子里，将狗交给了一个长得极为粗壮的矮个子男人，矮个子笑着将狗轰进了院落里，然后锁上了院门。狗们累极了全都卧在了院落里的草堆上，准备开饭。矮个男人从旁边厨房里端出一筐鸭骨头，倒在了院子里，算是大餐前的开胃菜，也是让爬犁狗们有个事干，免得到处乱窜。狗们围着骨头，发出呜呜声，都在看着头狗老黄。老黄围着这堆骨头嗅了半天，然后才叼起一块鸭骨头啃了起来，众狗这才一哄而上，眨眼一筐鸭骨一抢而光，院子里顿时响起狗啃骨头发出的嘎嘎巴巴声。丹吉活佛问白音，那些爬犁狗都安顿好了？这可是咱们行路的保证，还有几百里路呢。白音笑着道，佛爷放心，我不吃喝也得把它们关照好。丹吉活佛嗯了一声，便把头靠在炕上的被窝垛上，不一会儿便打起了鼾。白音给桂芳使了个眼色，俩人便悄悄出了屋，来到了楼下桂芳的房间里。桂芳先是弯腰给白音君道了辛苦，然后告诉白音，帝国正准备同时从海参崴和满洲里出兵，只是因为在出兵参战人数上与美英法等国有严重分歧，才迟迟没有动作。

白音愤愤地骂了美英诸国狼子野心，想与帝国平分秋色。桂芳告诉白音帝国专门为丹吉活佛派出了一支部队，现已经悄悄越过边境，只是屡屡碰上赤俄游击队袭扰，才未能准时到达古西泡接应。白音道，这老佛爷回兴安王爷庙心切，在古西泡我怕是安顿不住他呢！桂芳抿嘴一笑道，白音君放心，安顿住佛爷桂芳自有办法。白音道，西伯利亚的朵朵阿菊，都是帝国最美丽的花儿。

爬犁狗们开饭有点晚，已经星光低垂了，一个穿着大裤裆棉裤的朝鲜人还在屋里和矮个子男人讨价还价，商定这群爬犁狗的价钱。朝鲜人说太瘦了，出不了多少肉。矮个子男人说，毛多厚，个头多大，能出多少好皮褥子？总算把价钱敲定，小矮个子这才从怀里掏出一个小包来，倒了些白粉末子搅进了装满鸭下水的狗食盆里。他还对朝鲜人说，放心，就是把它们麻翻了，毒性不大，不会浸到内脏和肉里。捅刀子时狗哼都不哼一声，你就等着剥皮下锅吧！说着，俩人一人端着一只大狗食盆放到了院子里，爬犁狗们哄围了上来。然后头挤头地围着狗食盆子，头狗老黄用秃得发着油亮的短鼻子，嗅了嗅狗食，然后呜呜了两声退了回去。众爬犁狗也都往后退，朝鲜人奇怪地道，这些狗神了！矮个子道，这是驿站地的爬犁狗，这头狗比它们的主子老嘎尔迪不傻！看我先把它灭了，小喽啰们就好对付了。他说着掏出枪来，朝鲜人喊道，打脑袋，打破了身子皮子就不值钱了。矮个子拿枪瞄准老黄，还在瞄着，警惕的老黄飞身蹿起一口死死咬住了矮个子拿枪的手腕，枪掉在了地上，矮个子疼得哇哇大叫了起来。那朝鲜人捡起枪就开枪，却打在了小矮个的肩膀上，枪声一响，爬犁狗顿时炸了窝，乱跑乱窜，狂叫不止。朝鲜人一着急，更是胡乱放着枪，老黄又飞身跃起一口咬住了朝鲜人的脖颈子，他顿时瘫在地上，一腔子血从脖子上流了出来。

老黄呜呜地咆哮了两声，然后腾身跃起飞过了三尺高的墙头，其他爬犁狗也跟着老黄飞出，汪汪狂吠着朝通往斯都尔山的大路上跑去，开始了回家的漫漫长路……

一大早，丹吉活佛就知道爬犁狗炸窝跑了，一下子瘫在了饭桌前，半块大列巴衔在嘴里，半天没说话。白音和桂芳劝慰着，说过几天兴许回来哩。丹吉活佛没办法，只得过几天，等了无数个过几天，丹吉活佛还是陷在古西泡子里挪不了地方，有些一筹莫展。桂芳知冷知暖，好生关照，丹吉活佛只得随遇而安，坐在床上念念经。一天夜里，春雪飘飘，大雪团子啪啪地打在窗棂子上，击溅起水花，扰得丹吉活佛心神不宁。这时，虚掩的门开了，一个影子闪了进来，丹吉活佛刚要问话，早有热滚滚的身子贴了上来，火辣辣的嘴唇舌头堵住了丹吉活佛惊讶的嘴。丹吉活佛被桂芳的体香搅动了凡心，于是与桂芳春风一度，桂芳使出在札幌东方语言学校学到的媚术，与丹吉活佛修炼了起来，越发是不可收拾。桂芳为了稳住丹吉活佛，贡献了所有的资源，有时他们的卧榻之侧还有金发碧眼大洋马般的俄罗斯女人和小巧精致的东方女人，丹吉活佛想反正破戒了，不如一一笑纳。欢愉之中，不觉什么便冰消了，雪化了，春风窝里的丹吉活佛还真有些乐不思蜀了。

当斯都尔山上的报春花怒放时，古西泡的黑黄色的小鸭子开始在冰凌翻动的春水中浮游时，一支千余人的日本部队开着战车拉着火炮开进了古西泡。带队的是帝国第十二师的犬养大佐，这是个戴着金丝眼镜，戴着白手套的文质彬彬绅士模样的人。绅士派头十足的犬养大佐拜会了像春天的烂泥巴一样瘫软的丹吉活佛。犬养大佐鞠躬称丹吉活佛为大蒙古国皇帝陛下，白音也跟着称皇帝陛下。被皇帝陛下称呼吓蒙了的丹吉活佛，一时云里雾里摸不着头脑，还是犬养大佐告诉他，这是众望所归，内外蒙古再加上布里亚特蒙古人代表已经云集赤塔，等着丹吉活佛登基一呼，率蒙古骑兵与日本皇军美英诸国联军共同作战，驱逐消灭远东的布尔什维克，重建成吉思汗时期的千古辉煌。丹吉活佛问，我这就蒙古皇帝了？犬养微笑，白音道，皇帝了，皇帝了。丹吉活佛说，我不做皇帝行不行？我就在古西泡还俗了？神仙都是凡人做，况且一个没了召庙的活佛？犬养大佐说不行，白音喇嘛也道不行！

不行，梆梆铁硬，丹吉活佛长叹了一声，吟诵道：

> 林中贪食的鸟儿啊
> 失身于猎人的圈套
> 迷失了心智的人儿啊
> 失足于凡间的险招

丹吉活佛只得登上了犬养大佐的战车，在上千日本军人的护送下折头向赤塔方向驰去。那派头确实不可同日而语，林中的老虎都不回头地蹿出老远。但大地泥泞，沼泽稀松，战车不得不走走停停。护卫的帝国皇军还不时与俄罗斯布尔什维克红军作战，打得犬养大佐眼中都喷出火苗来，而且还得提防游击队的骚扰，让你吃不好睡不稳。有时还会踏上不知什么人埋的地雷，丹吉活佛眼前是浓烟滚滚，人仰马翻。不到三千里路，从初春走到仲夏，才到了赤塔，速度不比狗拉爬犁快得了多少。到了赤塔，丹吉活佛在犬养大佐和俄蒙联军谢苗诺夫中将的陪同下，检阅了国际联军。谢苗诺夫在亚布力纠集了流窜的哥萨克旧部、布里亚特蒙古人中的旧军人、逃亡地主和土匪，竟然也呼呼啦啦搞起了万余乌合之众。大日本皇军给谢苗诺夫运来了战车、火炮，停在了弗拉尔车站。

还在列车站台上未有交付，就被神出鬼没的王大川的中国营炸掉了一大半。谢苗诺夫恨得只是干咬牙没有办法，想与王大川一决雄雌，但王大川根本不与他玩，不知是躲在什么地方啃熊肉喝老酒。只是放出风来，已经安排了八十个狙击手，时刻准备射穿谢苗诺夫的脑袋。吓得谢苗诺夫根本不敢在亚布力露头，后来听说多国部队要打赤塔，忙跟黑木中佐协商，要配合多国部队打赤塔，为大蒙古建国立头功。黑木中佐只得任由谢苗诺夫缩在战车里，然后跟着日本等多国部队攻进了赤塔，总算摆脱了中国营的纠缠。赤塔的多国部队由于心怀鬼胎，也是乱成一团。日本要拼凑自己豢养的大蒙古帝国，遭到了美英等国和高尔察克临时政府的反对，日本出兵七万余众，而美英等国出兵远东的兵力加起来也不过三万余众，当然大日本帝国说了算。为了不吃眼前亏，美英等国只得悻悻撤出。大日本皇军在远东更是有恃无恐，为所欲为，安排丹吉活佛阅了兵，然后丹吉活佛在蒙古各部代表的簇拥下又登了基，成了大蒙古帝国的皇帝。

丹吉活佛问呼伦贝尔的格林盟长，你咋来了，格林盟长说，我是让人家用枪顶着脑门子上火车的，内蒙古各盟的代表差不多都是拿枪逼来的。王爷庙的门巴活佛更可怜，是被日本人五花大绑上火车的，现在傻得连人都认不全。丹吉活佛赶紧去见门巴活佛，门巴活佛果然傻得把丹吉活佛认成了早已不在世的老阿妈。一把鼻涕眼泪地叫额吉啊，叫得丹吉活佛心中好酸楚。原来和门巴活佛共同坐床王爷庙的美梦也碎了，让人拿枪顶着腰眼儿当皇帝也有些荒诞，这基登得好心烦。前半夜睡不着觉，后半夜比前半夜更心烦，原来自己的裆下起了红肿，私处眼里直渗脓水。躁心的瘙痒，直从心底里往外钻，搞得丹吉活佛心乱如麻，翻来覆去，白音在旁边也只能干着急。好不容易熬到了天亮，熬累了的丹吉活佛刚想眯一觉，可这犬养大佐直直走进卧室，直直地给丹吉皇帝派任务，让他御驾亲征去收服嘎尔迪老爹的驿站营盘地。

丹吉活佛不高兴，稍稍试着摆出了皇帝派头，说这等小事让谢苗诺夫去就行了。建国伊始，百业待兴，本皇还有……还未等他说完，犬养大佐打断他的话头，斩钉截铁地说，皇帝陛下必须亲征！这是帝国的命令！丹吉活佛想，就这还皇帝啊？羞死老先人了！丹吉活佛说自己病了，不能亲征。犬养大佐咆哮道，你别说病了，就是死在战车上也要御驾亲征！说着，吼来几个日本兵，就要把丹吉活佛往外架。白音劝丹吉活佛，谢苗诺夫哪是嘎尔迪老爷的对手，除了您能降服他，别人谁都不行！你就是给他下个旨，让他当你的护国军司令，然后再给他授个衔，中将上将随便给。丹吉活佛恼怒地对白音道，来，来，这皇帝你当！白音道，我不是替皇帝陛下着急嘛，您只要下旨让老嘎尔迪守住嫂子河，千万别让乌金斯克的布尔什维克窜入驿站地，就把他聚歼在嫂子河北岸。我的皇帝，我的活佛，您也就是给老嘎尔迪下个旨就回赤塔皇宫里来，安心养您的病，我让桂芳再带些好姑娘来好好侍候您！丹吉活佛一听桂芳，身上更痒得难受了，气鼓鼓地说，好，好，你们睁大眼睛给我看着，本皇就去死在战车上！

丹吉活佛怒冲冲地坐上了开往弗拉尔的火车，半路上，忽然发开了热，脸烧得红通通的，鼻孔中喷出的热气让人老远都能感觉到。白音赶紧报告了犬养大佐，犬养大佐戴着白手套的手摸在丹吉活佛的秃脑门上，都能感到滚烫滚烫的。犬养大佐想：大蒙古皇帝真要死了，帝国对远东的布局不就白谋划了？他赶紧叫军医给丹吉活佛打针退烧。丹吉活佛怕打针破了身上的元气，还有些晕针，一看军医手上明晃晃的针头，紧张异常，针往他胳膊上一扎，立即魂飞魄散了过去。军医翻了翻丹吉活佛的眼皮，对犬养大佐说，不碍事的。犬养大佐这才放心指挥对负隅顽抗的蒙古骑兵进行围剿。这时，黑木中佐上来报告，说刚接到情报，嘎尔迪派援兵来了，有三百余人，现在占据了山顶有利位置，我的部队伤亡较大。犬养组织了炮击，可这股援军会同守山的敌军已经钻进了森林。白音问，情报可说指挥官的名字？黑木道，叫拉西。一听是拉西，白音呵呵地笑了起来，说这厮我来对付，多年的熟人了。

白音要求自己进山里森林之中寻找拉西，传丹吉活佛的旨意，让他们停止抵抗，同皇军联手消灭布尔什维克。犬养大佐道，不战而屈人之兵，乃战之上策。黑木中佐道，谢苗诺夫才是帝国依靠的中坚力量。白音冷冷一笑，对犬养大佐道，我在蒙古已经二十余年，对各方势力可谓了如指掌，我敢肯定，就是一百个谢苗诺夫也抵不上嘎尔迪老爹的一条胳膊。黑木中佐说，这嘎尔迪确实难啃，还未进驿站地，我的部队就损失了不下一百人了，这支蒙古骑兵若能与帝国合作，善莫大焉。于是，犬养大佐同意白音去找拉西，争取嘎尔迪老爹的合作，同时命令部队做好进攻的准备。

当丹吉活佛醒来时，已是当天的下午，整整昏睡了一个白天。白音带着拉西来觐见丹吉活佛。丹吉活佛一见面前站着的拉西有些吃惊，拉西忙向丹吉活佛问安，丹吉活佛懵懂地问，拉西，你咋来了？你不当赤党了？这也把拉西问得懵懵懂懂的。白音忙替拉西回答道，听说您老人家一登基，拉西就不赤党了，这不一溜烟就来觐见了。丹吉活佛道，还一溜烟，赤党也给你汽车了？拉西冲白音瞪眼道，你不是说丹吉活佛要给我下旨吗？啥旨呀？你这王八蛋不是骗我吧？我看你也是个小日本吧？黑木中佐冲拉西骂道，八嘎！拉西回他道，你才八嘎呢！我听着这八嘎就不是好话，拉西又冲丹吉活佛道，他要是敢跟您说八嘎，您就回说他是个大八嘎，老八嘎！欺负我们听不懂日本话呀！丹吉活佛道，白音懂，现在是白音说啥我听啥。

白音冲丹吉活佛道，您快下旨吧！犬养大佐问了两次了，要不皇军就直接进攻驿站地了。丹吉活佛道，咋这么沉不住气呢？皇军要是进攻驿站地，逼得老嘎尔迪与红党联了手，别怪本皇没提醒你们！拉西咧咧嘴道，活佛，你真给日本人当皇帝了？白音道，陛下，是蒙古人的皇帝，日本人的朋友！丹吉活佛专注地看着拉西的烂鼻头说，拉西啊，你那年烂了鼻头吃的啥药啊？拉西道，我哪知道，是圣日耳曼医院的萨瓦博士老爷给打的针吃的药。活佛啊，你咋关心开我的鼻子了？丹吉活佛问，萨瓦博士多长时间给治好的啊？拉西答，有一年多吧，反反复复的，太折磨人了。说我这是轻度梅毒，要是重度了，就没有命了！

黑木中佐不耐烦地道，皇帝陛下，请下旨吧！丹吉活佛道，我这不是在和拉西说说话，本皇说些闲话也是下旨，咋没教养胡乱插话？犬养大佐呢，你们直接下旨就是了！黑木要发火，白音忙冲黑木中佐使眼色制止，白音和颜悦色地道，皇帝陛下，您慢慢说，咱不着急。丹吉活佛这才咳嗽了一声，清了下嗓子说，拉西啊，萨瓦博士的圣日耳曼医院还在营盘地吗？拉西道，在，在。丹吉活佛道，那就好，老嘎尔迪有远见啊，有个医院少死多少人啊！拉西道，佛爷，你这旨我给嘎尔迪老爷传到，让他继续好好办医院。拉西啊。丹吉活佛继续道，人得走正道，是不是？拉西道，佛爷，我听着哩。丹吉活佛又重复了一遍，人得走正道！稍一走歪了，妖魔鬼怪就找上门了，病啊灾啊也来了。拉西道，佛爷教导得极是，您这话我也给嘎尔迪老爷传到。

丹吉活佛还想说什么，忽然抖开了腿，脸上也现出古里古怪的表情。拉西一看，这样的表情太熟悉了，莫非丹吉活佛，大蒙古国的皇帝也裤裆下奇痒，难怪他那么关心自己都不待见的烂鼻子头呢。见拉西异样眼光盯着自己，丹吉活佛闪开拉西的目光，对着白音道，你刚才让我给老嘎尔迪说啥了？我咋就一时想不起来了？白音说，就是把驿站地的布里亚特骑兵编入蒙古帝国护国军，让嘎尔迪老爷当司令。丹吉活佛道，拉西啊，你回去给老嘎尔迪说一下，就说白音说了。白音尴尬地笑道，哪是我说的？丹吉活佛道，那是我说的？你还有什么话直接给拉西说，免得我再重复一遍。白音对丹吉活佛道，皇帝陛下，您不是要召见嘎尔迪老爷吗？给他下达固守嫂子河，防止布尔什维克南窜翻越乌拉尔山的旨意吗？丹吉活佛道，拉西啊，你听清楚了吗？就是这么个意思。明白了吗？拉西说我明白了。丹吉活佛忽然愤愤地道，那你就回去告诉老嘎尔迪，让他守住嫂子河，别放布尔什维克跑了。他们不逞能了吧？以为佛爷管不了？看看把日本天皇招来了吧？黑木中佐道，现在的大日本天皇，是全世界的救世主！更是你们蒙古人的救世主！拉西想，还是《国际歌》唱得好，从来就没有救世主！

丹吉活佛恶狠狠地盯着他道，拉西，你在想什么？拉西笑笑道，我在想，我咋一回到草原上，头上咋有这么多个救世主？佛爷，您的意思是不是我们以后还得侍候日本天皇，像给沙皇一样缴粮缴赋？丹吉活佛表情更尴尬了，冲他挥挥手道，你回吧，回吧。告诉老嘎尔迪，就说我想他，谁让人家的大腿比咱蒙古爷们的腰杆子还粗呢。拉西问，那嘎尔迪老爷来不来拜见活佛呢？白音强调道，是皇帝陛下。丹吉活佛也不回答，只是凄然地笑了起来，那声音怪怪的，多少有些嘶嘶啦啦的，拉西想佛爷病得可真不轻。丹吉活佛冲拉西招招手，拉西赶紧凑了过去，丹吉活佛用低低的声音说，现在啥事也没有我的裤裆下面重要，让老嘎尔迪救救我。拉西说，佛爷放心，我一定让嘎尔迪老爷把博士老爷给您请过来。拉西说着，退了出去。白音和黑木中佐跟他一同走出，白音说，皇帝陛下跟你说了，他的裤裆出点问题？拉西说，我让嘎尔迪老爷带萨瓦博士来给他看病。白音点点头，对拉西说，现在算是罢兵了，原先是个误会。从现在起，黑木中佐，你管住帝国皇军，拉西参谋长，你得管住布里亚特骑兵。黑木阴阴地看着拉西，拉西冷冷地看着黑木。白音道，这也是皇帝陛下和犬养大佐协商定下的，那就这么办了。

白音和黑木带着几个日本兵把拉西送出好一段路程，这一路上不时看见有日本军人在树林里出没，在一片林子中央的草地上还看见炮兵阵地，一溜摆着十几门炮。白音说，拉西，你看什么呀？黑木得意扬扬地说，拉西参谋长，大炮会让你们的嘎尔迪老爷听话的。拉西傻傻地笑着说，这么多大炮，真的好怕人呀！白音对拉西道，我们就送你到这里了，剩下的就是你的地界了，刚才我忘了告诉你，嘎尔迪老爷授中将军衔了，你是参谋长咋也得是个少将吧。拉西喜笑颜开道，我也少将了？挣多少饷银？发美女不？白音道，跟着大日本皇军干，还少得了你的金钱美女？拉西一听，烂鼻头都笑开了花，连说我这就跟嘎尔迪老爷说去，说完纵马而去。白音得意扬扬地对黑木中佐说，黑木君，我太了解这个家伙，绝对的酒色之徒！黑木中佐也道，我看也是一个没有大出息的家伙！难道蒙古帝国真的没有人了？白音道，咋没有？布尔什维克的班扎尔少爷，他听你的？

　　拉西回到了与黑马营等人分手的森林之中，刚勒住马，图里就从一棵树上跳了下来。眨眼的工夫，拉西的身边就围了一堆人。拉西满意地说，伪装得不错，连我都没有发现。图里急切地问他，见到丹吉活佛了？你这一天走的，没把我们急死！拉西说，日本人没啥动静吧？图里说，全跟死了一样，你快说说丹吉活佛的事。拉西道，白音这个北京喇嘛说的没错，大蒙古帝国真在赤塔成立了，丹吉活佛真的当皇帝了。天爷。图里惊道。这是真的呀！他老人家可真敢当啊！拉西道，现在赤塔是日本人的天下了，咱猜得不错，丹吉活佛也就是个摆设。处处得听白音这个北京喇嘛的摆布！图里奇怪地道，咋？牛真成赶车的了？拉西道，啥北京喇嘛？我看他日本话说得溜着哩！这狗杂种，肯定是个日本特务！这事我得赶快报告嘎尔迪老爷去，丹吉活佛领着日本人来，就是想抢占咱驿站地哩。图里问，那咱以后是不是也是日本人的天下了？拉西道，除非咱蒙古爷们儿死完了！图里说，那你赶紧去报告嘎尔迪老爷，他得给咱们个硬主意！

　　拉西临走之前，又对图里他们说千万不能让日本人过弗拉尔山，过了山可就是一马平川，咱也就再也无险可守。咱又不能守在山上让人家用炮轰，你们就躲在树林里，藏在暗处打冷枪，打得他寸步难行，让日本人连山边也摸不着。这可就靠你们这六七百杆枪了。图里说，你放心去吧，我已经算过了，我们顶他些日子没问题。这林子就是我们的家，在我们的家门口打仗有他日本人的便宜？你让嘎尔迪老爷放心，我图里就是弗拉尔山的门神，日本鬼子从我这一步也迈不过去！

图里带着人分散在树林里，拉西骑着马走出树林，然后沿着弯弯的山路踽踽独行。正走着，忽听有人叫道，拉西参谋长，你这就走啊？拉西吓了一跳，定睛一看，只见前面一块山石上坐着一个人。拉西警觉地一看，只见前面一条山沟里的密林子里，有人马的晃动。那人继续招呼道，拉西参谋长连老朋友都认不出了？拉西这才看清，那人正是王大川。拉西想，坏了，是不是基柯夫派人来抓我回去？这家伙是绝不会放过他认为的不可靠的人。

他下意识地看看，原来山上前后左右都有穿灰军装的人，还都端着枪。拉西奇怪，中国营这伙人是从什么地方冒出来的呢？拉西只得下了马，牵着马慢慢走到王大川跟前。王大川对拉西说，咋？不在乌金斯克干参谋长了？拉西说，我可是经谢尔盖同志批准辞职回家的。王大川笑道，在苏维埃政权生死存亡的关键时刻，谢尔盖同志能批准你辞职回家？这一年来，我和瓦林耶夫同志也一直奇怪，基柯夫同志咋还没把拉西参谋长送进劳动营呢？拉西叫道，看看我拉西混的，我也跟着谢尔盖同志在布尔什维克干了四五年了！可我的亲爱的同志们都盼望着我进劳动营！王大川同志，你说我可怜不可怜？

王大川摩挲了下马脖子，淡淡地说，瓦林耶夫同志已经接到两次进劳动营的通知，可忙于剿匪没有去成，到死，他也没有觉得自己可怜！拉西道，瓦林耶夫工程师是特殊材料铸成的行不行？我烂鼻头拉西是我阿爸阿妈造成的行不行？王大川扫了他一眼道，你说什么呢，我看你这东洋大马真不错，日本皇军送的吧？拉西道，这马花架子，耐看不好用，还是咱蒙古马皮实好使！你咋啥都知道？王大川同志，你不会说是咱们不期而遇的吧？王大川道，我还真是让你们昨天这一仗引过来的，打得不错，一看就是行家干的！原来是拉西参谋长在指挥。现在怎么消停了，谈和了？和日本人共同对付我们？拉西道，去他的日本人吧！我们不是愁人家的大炮？我现在回去找嘎尔迪老爷调炮去！咱也轰他小鬼子！王大川道，就你们那几门破炮，抵得住日本人的飞机大炮？你留在林子里的人放冷枪怕也挡不住人家！我敢打赌，不出三天，鬼子的太阳旗肯定插在弗拉尔山顶上！

拉西道，我也着急哩，我这不是找嘎尔迪老爷想办法去！王大川道，怕是远水解不了近渴，你现在得想法把日本人的炮给端了呀！拉西道，王大川同志，咱们明人不说暗话，现在丹吉活佛当了大蒙古国皇帝了，双方已经同意停战了，要不这里这么安静。我是先拖拖鬼子，找嘎尔迪老爷调枪调炮去！王大川道，我可等不上你们嘎尔迪老爷的铺排，你给老嘎尔迪说一声，日本人的大炮我先替他端了！拉西高兴地说，我知道日本人的炮兵阵地在哪儿，我带你们一块去！王大川道，你以为日本人傻呀，你看到的那是故意迷惑你们上当的！他那些炮原先是装备谢苗诺夫的，三个月前就让我给炸翻了，就是一些废铁，他们是在那摆迷阵等你上钩哩！我可与他们打了半年交道了！拉西骂道，这些狗娘养的！

王大川小心地问，你没布置你的人端他们火炮阵地吧？拉西道，我傻呀？给那些废铁较什么劲，老子就是布置枪子儿打人，谁露头就打死谁！要说森林里打猎，蒙古人可个个都是好手！王大川佩服地道，真有参谋长的！嗳，真是可惜了！拉西翻了他一眼道，我知道你想说什么。王大川同志，我现在也想明白了，我就不是布尔什维克的命！王大川也不再说什么，只是用手拍了拍拉西的肩膀。拉西皱着鼻子说，那我可给嘎尔迪老爷说了，你王大川可把鬼子的大炮给端了？王大川道，你就说吧，反正就这两天的事。拉西不由得敬佩道，就没你中国营干不成的事儿！王大川一听，立即给拉西敬了个军礼道，谢谢参谋长同志的鼓励！

拉西一听，习惯地冲王大川摆了摆手，然后翻身上了马。走了好一阵，他的鼻子还有点酸酸的。拉西站在山顶上，回头望去，王大川以及刚才还在山谷里人马晃动的中国营，全都看不见了，只有巍巍的群山，无尽的森林，苍苍茫茫地出现在他的眼前。唯有那山间不息的林涛的呼呼声，始终唱响在拉西的耳边，更显得群山的空旷、草原的寂寥，让拉西不禁有些怅然，他甚至都有些怀疑自己刚才与王大川的邂逅，这是真的吗？

39　你不配死在老天爷手里！小鬼子，你是个怕死鬼

曼达尔娜的儿子小那仁在大包里住了些日子，忽然患了夜哭症，就是每到夜里会在睡梦中长哭不止，那哭声呜呜的、嗷嗷的，还拖着尖尖的长音。大包里住的警卫仆人都感到奇怪，这不大的小人儿哭泣的声音咋有这么强烈的穿透力？砰砰地直撞人们的耳鼓。尤其是在夜深人静时，呜呜的哭声缠绵徘徊在这大包里，让这空旷阴森的大包格外瘆人。这瘆人的声音自然传到嘎尔迪老爹的耳朵里，搞得他也睡卧不安。这天夜里正烦闷着，包门一开，卡捷琳娃跑了进来，进屋就把包门紧紧关闭，但那仁哭的声音还是从窄窄的门缝里传了进来。卡捷琳娃非常惊恐地对嘎尔迪老爹说，她明明是听到了尼古拉二世一家在抱团哭泣。嘎尔迪老爹安慰卡捷琳娃说，哪有的事，瞎想什么呢！卡捷琳娃道，老爹，你听你听。嘎尔迪老爹说，我听啥？还不就是小孩子撒癔症。你还尼古拉二世？真敢想了！他要哭也得到克里姆林宫里哭，我蒙古人咋他了？千万别胡思乱想了。卡捷琳娃闪着蓝眼睛说，那一定是俄罗斯母亲在哭泣！俄罗斯大地在哭泣！嘎尔迪老爹感到又好气又好笑，冲外大声喊道，色旺，伊琳娜，你们去曼达尔娜那儿看看，那仁这孩子到底怎么了？哭声咋跟湖边的大蛤蟆似的，呱哇呱哇个没完没了。门外等着侍候的色旺，伊琳娜一听，立即跑进了曼达尔娜的房子里，房子里早挤满了人，几个值班的卫士和仆人都来看那仁，那仁被推醒了，发着癔症，两条腿胡踢乱蹬着，还在哦哦哇哇地扯着嗓子哭喊。

曼达尔娜抱紧小那仁，轻声地说不哭，不哭。小萨日见屋子里一下子来了这么多人，也惊恐地瞪着小眼睛，嘴巴一个劲地咧着，伊琳娜见状赶忙说，不哭，不哭，说着就要抱小萨日，小萨日也呜呜地哭了起来。色旺着急地说，得想个法子别让他们哭了，老爷太太都几天没有睡好觉了。伊琳娜说，可不是呢，太太肚子里还有小少爷哩！这时候的女人一定得睡好，噢，萨日不哭，不哭。曼达尔娜道，等天亮了我带孩子们回自己家的包里去，我们这样猫狗一样的东西咋敢扰了老爷太太的生

373

活？色旺说，这可不行，没有老爷发话，谁敢放你们走？伊琳娜道，死色旺，你就不能给老爷说说？是不是小孩子眼睛净，看见了什么不好的东西？曼达尔娜道，还不就是让那个哥萨克小胡子给吓着了？萨日忽然抽泣着道，我才不怕呢！哥哥也不怕哩，他还让我听叔叔的话，不要乱动哩！曼达尔娜道，看看，天杀的哥萨克，这样怕人的事情，小孩子一辈子都会记着哩。我这孩子咋这么命苦呢？

曼达尔娜说着抱紧了小那仁，伊琳娜劝她道，曼达尔娜姐，你命苦啥？你生下了少爷，小姐，这都是富贵的命！老爷高兴不说，就连公主太太也高兴哩，动不动就说，伊琳娜，你把小太阳小月亮叫到我这里来，多好，多好！曼达尔娜姐，你还命苦？老爷看这孩子的眼神，你们没见？真跟看亲孙子似的！色旺道，本来就是亲孙子！真是蠢货！伊琳娜道，你才蠢货哩！蠢货，蠢货！小萨日高兴地叫了起来，众人禁不住笑了起来。

吃早饭时，嘎尔迪老爹摸着那仁的小黑脑瓜，道，半夜三更的，你这孩子咋哭个没完没了？那仁道，老爷，我没有哭啊！卡捷琳娃道，小孩子做梦哪能知道？嘎尔迪老爹道，请召里的奥腾大喇嘛他们来看看吧。让他们来念叨念叨，啥妖魔鬼怪都禁不住念叨，灵着哩！那年班扎尔……算了，不提这个孽障了。小萨日道，老爷，我阿爸不是孽障！吓得曼达尔娜叫道，萨日！小萨日道，老爷，我吃饱了！卡捷琳娃道，小太阳、小月亮，你们以后给老爹叫爷爷！不许叫老爷！小那仁道，那你为什么叫老爹呢？卡捷琳娃道，我喜欢他呀！小萨日道，我不喜欢他！动不动就叫色旺叔叔蠢货！曼达尔娜叫道，萨日，不许胡说八道！嘎尔迪老爹冲曼达尔娜吼道，你给我闭嘴！小那仁一下子挣开了嘎尔迪老爹的身子，跑到了曼达尔娜的身边，喊道，阿妈，咱们走！回自己的包里去！小萨日也喊了起来，我也走！曼达尔娜冲嘎尔迪老爹说，老爷，小孩子们实在不懂事，夜里还没完没了地撒癔症，老爷的恩典我们知道。嘎尔迪老爹道，我看他们挺懂事！以后你们不许再提出包的事情，去吧，就领他们在包里玩吧，色旺啊。色旺听见召唤，忙跑了进来。

嘎尔迪老爹道，你这蠢货，这包里你们就不会找些小孩子玩的？色旺说，昨天湖岸上捉了只小海豹，玩了一天了。小萨日道，我不和小海豹玩，它都快死了。嘎尔迪老爹忙道，那还不快放回湖里去？真是个蠢货！卡捷琳娃站起来道，小太阳小月亮，来，我教你们弹琴去！她说着，一手拉着小那仁，一手拉着小萨日，走了出去。小萨日还喊听姐姐弹琴了。慌得曼达尔娜直喊，叫太太！卡捷琳娃说，我就喜欢她叫姐姐！嘎尔迪老爹摇摇大脑袋道，真是乱了套了！色旺对嘎尔迪老爹感叹地道，热热闹闹的真好！这才是老爷过的日子！听着这小孙孙们又吵又闹的，我都替老爷舒服！

　　嘎尔迪老爹问拉西那儿有消息了没有。色旺道，我安排了三路人去打探了，有消息立马就会传过来。嘎尔迪老爹道，这都三天了，不会有啥事情吧？色旺道，不就那么百十个小日本，咱黑马营红马营队伍还收拾不了他们？再说，拉西打仗精得像只猴子，他还会吃亏？老爷，你放心睡个回笼觉去！趁小那仁还没有哭闹。嘎尔迪老爹道，这孩子撒癔症的事情，你还得找找奥腾大喇嘛，哭得真邪行！色旺说，我这就去。嘎尔迪老爹问，还有什么事情没有？色旺说，没啥大事情。就是天还没亮，小苏赫就鬼头鬼脑地打听你起来没有，说有事情要向你报告。我想他能有什么事情？问他他又不告诉我，他不告诉我我就不给他报告您！小苏赫还给我使性子发脾气，我就不理他，看他小蛋泡子咋着？嘎尔迪老爹说，人家真要是急事情哩，这不耽搁了？你去把他叫来，我问问他。他和他阿爸一样，手艺人脾气就大。色旺说，那我就去请奥腾大喇嘛了？嘎尔迪老爹说，去吧，去吧！色旺说，那您得抓紧睡个回笼觉。嘎尔迪老爹说，好，好，我睡个回笼觉。

　　色旺刚一出包门，小苏赫赶紧迎了上来，色旺说，你快进去吧！有屁赶紧放，老爷还要睡回笼觉呢！小苏赫说你才放屁哩！色旺骑马到了北海召，在召门口的湖岸上，就看见奥腾大喇嘛正领着几个小喇嘛往贝加尔湖岸边驱赶爬上岸的海豹，海豹在岸上爬着躲闪着，就是不肯回湖里去，小喇嘛们只得一个个抱起往湖里放。放进湖里的海豹还使劲往岸上游，喇嘛们站在水边驱赶着，吆喝着，一个个搞得汗湿淋淋的。奥腾大喇嘛对色旺说，真是奇了怪了，连着几天了，湖里的海豹成群结队地往岸上爬，还有干死在湖岸上的。畜生们自己找死，这是咋了？色旺也说，大包那边岸上也有爬上岸的海豹，宁愿在岸上干死也不回去，真是邪行了！

　　奥腾大喇嘛道，看看这乱糟糟的世道，老嘎尔迪那儿又有啥事？色旺把小那仁的事情说了一遍，奥腾大喇嘛想想道，湖里的海豹上岸，包里的小孩子睡觉哭闹，不是啥好兆头哩！色旺说，那年北京喇嘛白音说，海豹本应是长在大海里的，咋贝加尔湖里会有海豹？这北海究竟是湖还是海哇？不对头啊！奥腾大喇嘛道，他个小日本哪知道咱北海有多大？色旺说，你老人家是听不得白音的名字了！他真是个小日本啊？奥腾大喇嘛不屑地道，要不嘎尔迪老爷骂你蠢货哩！色旺道，好，好，我蠢货！你老人家可得快点去，老爷等着哩！奥腾大喇嘛道，你先回去告诉老爷吧，我收拾收拾就到，看这泥一身水一身的。

色旺骑着马在草浪里嘚嘚走着，草尖上已经起了枯姜，草叶上已经有了白白的点子，这预示着夏天即将过去，秋天将悄悄来到布里亚特草原。草原上马拉打草机一辆辆地游动着，一辆辆牛车，马车装载着高高的草垛走过，车上不时传出人们的欢笑声。三丫可真是个过日子的好女人，夏天还没过去，她早就把越冬的干草打好垛起，准备迎接西伯利亚茫茫冬雪的到来，好女人啊，色旺由衷地想。色旺禁不住朝自己家的方向瞭望，隐隐看见了自己那座温暖的毡包，就像一艘白色的船儿起伏在来回摆动的绿色草海里。色旺的坐骑大黑马忽然咴咴嘶鸣了起来，色旺不禁四周看看，并未发现有什么异常，忽然意识到，这畜生是催自己回包里看看吧。

色旺想到这儿，拨转马头朝自己家的方向驰去。到了包门前，包前静悄悄的，他咳嗽了一声，却未见有动静，不禁有些奇怪。三丫呢？阿尔德那呢？他刚要进包，却见那只小马鹿忽然从包内蹿了出来，围着他又蹦又跳，还用它那只小犄角轻轻地顶触色旺的身子。色旺一把抱住它，狠狠地亲吻了一下它的脑门子。那小马鹿发出了短促而又愉快的鹿哨，随着这鹿哨的尖尖响起，三丫带着阿尔德那从草浪里颠颠地跑了过来，手里还提溜着一只腿乱蹬的野兔子。三丫对色旺道，你咋回来了？色旺道，想你呗！三丫脸一红飞了色旺一眼，色旺身子一抖就想抱三丫，三丫道，你干啥？没见孩子在身边啊！色旺笑笑问小阿尔德那，你打的野兔子？阿尔德那说，不是，是阿妈下套子套的！三丫说，套住了兔子他都解不下，这孩子胆子太小，一点也不随我和那木斯莱那个死鬼！就这么个被套子套住的兔子能把他吓哭？阿尔德那说，我不是胆子小，我是看它可怜！现在还弹腿呢！三丫道，它有啥可怜的？它生下来就是被人吃的！色旺道，咱们炖兔子，我来拾掇。三丫道，有啥拾掇的，还不够我倒手的。她说着，揪着兔子的两条后腿一劈，那兔子就成了两半，然后她利索地掏出兔子内脏，唰的一声扔了出去。再剥皮刺啦两声，兔皮也被揪了下来。眨眼，那兔子就剩下红红的两片肉了，然后交给色旺说水里涮一下就下锅。色旺像傻了一样，看着三丫，三丫瞪他，咋了？色旺道，天爷，你这两只手就是两只铁钳子呀！三丫道，这草地上有男人跟没男人一个样，女人还不得当牲口使？手上没劲，你就吃不上，喝不上！色旺惭愧地道，你看我这个侍候老爷的差使，没白没夜的！三丫道，已经不错了，没把你骗了当太监就念阿弥陀佛了！要说还得亲的热的好使唤，就说烂鼻头拉西吧，红党那面让人家开了，这不回到老爷这边照样当黑马营的扎苏勒？还得是姑姨娘舅打断筋连着肉！色旺奇怪地说，你咋知道的？这才几天的事情？三丫道，打落你阿妈的那天，你从草地上回来，就像魂也让你阿妈带走了！小苏赫来看你，你睡着了，他给我说的。咋了？色旺说，不咋，不咋，这小蛋泡子这么嘴碎！他忽然想起了嘎尔迪老爹对他说的，以后咱这包里的事情不要给外人说了，咱这驿站地界上不太平呢！

色旺说，我没啥外人呀，嘎尔迪老爹眼睛瞪着他，我是说不要给家里的女人们说！色旺吃了一惊，咋了？嘎尔迪老爹道，还不是怕把女人们吓着。色旺道，老爷是不是听人家说三丫有枪要与老爷寻仇的鬼话了？嘎尔迪老爹道，老爷我是被人吓大的？色旺道，她拿枪杀了人，吓也吓死了，把枪都扔到草丛里了。我捡回来……嘎尔迪老爹道，我知道，知道。我看了，没子弹了，那就是个锈铁疙瘩。枪把上的宝石不错，能换好几头牛哩，三丫也是个大手面人！都快赶上老爷了！色旺道，您太抬举她个汉家女子了！嘎尔迪老爹说，汉家女子好啊！看着嘎尔迪老爹莫测高深的样子，色旺心里嘀咕了好几天。吃完了兔子肉，色旺又要回大包，说嘎尔迪老爷回笼觉该醒了，奥腾大喇嘛该去包里念叨念叨了。我不在不好。

三丫问，包里咋了，降妖伏魔？色旺说了那仁夜哭的事情，三丫笑得快岔了气，说，多大的个事情呢？那年我老家三姨家孩子也哭闹了半年，把我三姨整治得人都脱形了。我大去了就给治好了。我看着也学会了。色旺道，黄伯是有真本事的，那可是个好人。三丫道，我跟你去大包里，我去给小那仁治，正好我也去看看曼达尔娜姐。三丫跟色旺到了包里，一进包里，人们又有些惊慌失措的，原来那仁刚午睡下，又嗷嗷哭开了，卡捷琳娃捂着耳朵，一个劲烦躁地叫，上帝，上帝！色旺问，召里没来人？伊琳娜说，奥腾大喇嘛他们念完经刚走，谁知小那仁又犯病了。色旺又问，老爷呢？伊琳娜说嘎尔迪老爷跟小苏赫匆匆忙忙地走了好长一段时间了。色旺想，这小蛋泡子看来还真有正经事情。那仁的哭闹声更响了，卡捷琳娃问，大夫请来了没有？伊琳娜说让人请萨瓦博士去了。

三丫说都是白花钱，我保证准给他治好。曼达尔娜说，妹子你真有这本事？三丫道，我们老家都这么治，一治就好。三丫从账房要来了纸和笔，在上面写画了一些什么，然后让曼达尔娜准备了温水，她给正在睡梦中哭闹的那仁擦了头，手和脚，然后点燃了写字的纸，拿着蹿着火苗子的纸，在那仁的头上绕了几下，火星子飘了起来，然后对众人道，你们跟着我说，我说什么你们说什么，这可是汉话不好学哩！她用标准的绥远腔调念道，天皇皇地皇皇，我家有个夜哭郎，过往君子念三遍，一觉睡到大天光。她念一句众人学一句，卡捷琳娃觉得很神秘，学得格外卖力气。学了几遍就感到差不多了，三丫道，大家到包外头去念，念完了就好了。

众人都跑到了包外，刚念了一句天皇皇，忽然人们都摇晃开了，地也抖开了，包门咣咣当当地乱响，人们都摔倒在地上，感到脚下的草地都能颠起来了。大家都吓坏了，而且看见地上砰砰地闪出蓝光，在包的基座下窜来窜去。人们尖叫着，包内又窜出许多马和士兵来，包外立即喊成一片，乱成一团。人们面面相觑，连三丫也觉得这汉家法力是不是太大了。这时，萨瓦博士跌跌撞撞地跑了过来，大叫道，大家不要慌，是地震！色旺道，我还以为是老天爷显灵了呢！曼达尔娜忽然尖声叫了起来，我的孩子还在包里呢！色旺一听，撒腿就往包里跑，一进包就看见家具全倾倒了，包内已经尘土蒙蒙，乱成一团。他急忙冲进那仁住的屋里，看见那仁还躺在床上，便一把将其抱起，跑出了包外。人们赶忙迎上，曼达尔娜一把将那仁抱在怀里，喃喃道，吓死阿妈了。哎哟，萨日呢？众人一听，又是慌乱找，伊琳娜也在喊，萨日，萨日。小萨日忽然道，姐，我不是在你怀里呢！众人一见，不禁相视大笑。

卡捷琳娃奇怪地道，你们看小那仁，他还在睡觉。果然，小那仁在曼达尔娜的怀里发着轻轻的鼾声，人们好生惊异。惊魂初定，人们开始用奇怪的眼睛看着三丫，三丫忙解释道，我可不会什么法术，在我们老家这叫土牛翻身，就是萨瓦博士说的地震。萨瓦博士道，大家暂时先不要回大包了，色旺说，博士老爷放心，我敢保证，腾格里山塌了我信，老爷的包能塌我不信！众人也点头称是，博士急得直叫，这是地震！地震！

这场发生在一九一八年仲夏，由贝加尔湖山底移动而造成的地震并未给布里亚特草原带来巨大伤害。它只是与王大川统领的中国营和黑木中佐带领的日军先遣队的神秘消失有关。犬养大佐实施了黑木中佐提出的部署以火炮阵地为诱饵，聚歼中国营和布里亚特蒙古骑兵的计划并未能如愿实行。原来，蒙古骑兵们执行了拉西的部署，在森林中与敌人周旋，以打死敌人为唯一作战目的。王大川还是突袭了犬养大佐深藏在林中空地上的火炮阵地，但不是黑木中佐预料的拂晓时间，在与中国营的几十场交手中，他吃尽了中国营夜袭的苦头。尤其是在深夜和破晓时分，中国营那独特的冲锋号声，嘀嘀嗒嗒的让他心惊肉跳。

而这次中国营冲锋号响起，却是在太阳已经升起，阳光透过森林间的缝隙，照亮战马的脊背时。那些守株待兔等了整整一夜的日本皇军们认为可以高枕无忧，放心地睡觉，愉快地咪西时，王大川的中国营忽然出现在炮兵阵地前。他们穿的是一水的日本黄军装，就靠着这身伪装贴近了敌人的阵地，而且战前还吃了蘸着蜂蜜的大列巴。只是在冲锋号响起时，士兵们才甩掉了头上的日本军帽，露出了红星闪耀镰刀斧头熠熠生辉的灰色军帽，这才叫天兵突降，杀声震天。这些中国营的勇士们，嘶喊着冲啊杀啊闯进了敌人阵地当中，枪声激烈地响起，日本军人成片地倒下，马刀抡起迸溅着一团团血花，被杀蒙了的日本皇军丢弃了火炮阵地，慌乱地像兔子一样溃退进森林之中。然后王大川的灰军帽们把一排排手榴弹塞进乌黑的炮筒里，放进小山一样堆积的炮弹箱中。接着是轰隆隆的爆炸声起，浓烟火光遮蔽了天上的太阳，犬养大佐用一列火车带来的准备教训布里亚特蒙古人的重炮弹药，顷刻之间飞到了天上。

犬养大佐对丹吉活佛说，胜败乃兵家常事，损失一些火炮弹药算什么呢！皇帝陛下，你的御驾亲征已经胜利结束了。说着，命令火车返回赤塔。丹吉活佛神色诡异地道，我还在等老嘎尔迪给我送药呢！犬养大佐道，难道我大日本帝国还治不了你的烂裆吗？我要告诉你，布里亚特草原会成为无人区，你们要付出代价！丹吉活佛已经感到犬养大佐眼中的杀气，他说，佛不会杀生的，杀生者必是魔！你们日本人要在驿站营盘地制造无人区，那现在就把本佛杀了！犬养大佐阴沉着脸看着丹吉活佛，丹吉活佛闭上了眼，嘴里呢喃着念开了经。

黑木中佐正在准备剖腹向天皇谢罪，和服换上了，酒也喝过了，带着醉意把忧伤的歌儿也唱了，武士赴死时的程序全部走过了，就剩划破肚皮了，是犬养大佐抓住了黑木中佐那丝毫也不颤抖的手和锋利的武士刀。犬养大佐平静地告诉他，你不配切腹，从现在起你的部队番号取消，你和你的士兵们已经全部从帝国削籍。你现在可以不受一切约束，杀光你碰到的一切生命，包括我！黑木中佐大叫道，我是武士，我要为家族的荣誉而战！犬养大佐道，你应当率领你死去的先遣队与中国营血拼，直至全部战死，以用于洗刷武士的耻辱。

黑木中佐率领着他的先遣队跪在地上，目送着丹吉活佛的御用专列，缓缓地驰入古木遮天的西伯利亚森林之中。黑木中佐对他的士兵们说，我们是已经死亡之人，从此，死亡不再属于我们！黑木中佐带着这群幽灵，在森林中寻觅着中国营，而且对图里他们不时射出的冷枪不予理会，士兵倒下就倒下，继续咬定中国营留下的蛛丝马迹。这群鬼们终于在林边的草地上，发现了中国营留下的行踪——用以进入弗拉尔山的战马。这些战马正在山脚下吃草，战马的身后有一条细细的山沟通往弗拉尔山的腹地，山沟里流着涓涓细水。这条山沟还是当年王大川与瓦林耶夫工程师勘测运输铁道筑路材料的便道时发现的，现已成为半年来中国营与谢苗诺夫、日本军队周旋的避身之地。黑木当即下令屠杀战马，他只说了句你炸我的炮，我杀你的马，于是枪声大作，子弹像雨点一样射向安闲吃草的战马，以绝中国营进山的坐骑。

王大川率领的士兵们闻枪声赶到时，这里已经成为屠宰场，硝烟味、尸臭味、血腥味，弥漫着这片绿茵茵的草地。双方立即交上了火，在弗拉尔山下的布里亚特草原上，展开了一场人鬼大战。黑木中佐率领的被削籍的士兵们，没有了死亡概念，就是骑着战马冲锋冲锋再冲锋，王大川率领着中国营的士兵们与他们争夺着有利地形，并想将敌人引进山沟。但鬼子的攻势太猛了，王大川伏在一块山石后，沉着地开着枪，几次都能看见马上鬼子的狰狞嘴脸。鬼子嗷嗷地冲着，王大川他们守在山口开着枪，王大川喊道，打鬼子的大洋马！于是，战马一匹匹倒下，两伙人厮杀在一起。黑木从地上爬起挥着战刀向上冲，王大川抡起马刀往下砍，就在刀对刀要发生剧烈碰撞时，俩人却都摇晃开了，几乎是同时都直直地摔在地上，手中的刀都被狠狠甩出老远。大地发出轰轰隆隆巨响，地上窜着蓝光金线，高耸的弗拉尔山突然坍塌，山沟内冲出一股黑风，铺天盖地而来。刹那间，洪水裹挟着石块泥浆树木直冲下来。王大川背对着黑木中佐，他从黑木恐惧的眼睛中知道眼前发生了什么，他从黑木惊恐的喊叫中感受到了这是一个活着的敌人，这是个还想偷生的敌人。他飞身跃起扑向了黑木，用两只大手狠狠掐住了黑木的脖子，黑木双眼翻白躺在地上的泥水中踢蹬着腿，王大川把他的头狠狠摁进滚动的泥浆里，并骑在他身上哈哈大笑，你不配死在老天爷手里！小鬼子，你是个怕死鬼！黑黑的浪头扑了过来，地震引发的山洪里，石头翻滚着，断木冲撞着，泥浆呼啸着，瞬间天昏地暗，无边无际的黑色像死神挥动的硕大无比的黑袍子彻底遮盖了这片杀气腾腾的绿色草地……

在地震来临的刹那，嘎尔迪老爹正与谢尔盖盘腿坐在一片花团锦簇的绿色草地上，他们面对着蔚蓝色的贝加尔湖，眼前的湖水哗哗哗哗的，浪头起伏得格外大。离他们不远处的草地上，站着特务营营长喜顺和小苏赫，两个人都提着枪警惕地观望着四周。这天早上，小苏赫告诉嘎尔迪老爹，谢尔盖昨天晚上渡过嫂子河专门来看望他了。嘎尔迪老爹眼珠子一眨不眨地盯着小苏赫，小苏赫说是他的父亲老苏赫司令委托他接待谢尔盖的。老爷常讲孝道，儿子哪敢不听老子的话？再说，那独眼龙是老爷的老朋友，奴才哪敢不把话传到呢？就是色旺这蠢货不给通报，我真担心误了老爷的正事哩！嘎尔迪老爹教训小苏赫道，蠢货是老爷叫的，你不能叫，人应当有尊卑长幼。小苏赫连连称是，嘎尔迪老爹乘马由小苏赫带路去见谢尔盖。

谢尔盖开门见山，告诉他，乌金斯克的布尔什维克红军和苏维埃政权机关要借路驿站营盘地，过腾格里山，开往乌拉尔山中。我们撤退的原因是我们的力量还不能与协约国部队对抗，光日本侵入远东的军队数量就是我们远东武装部队的七倍。嘎尔迪老爹道，看看，咋全世界的老爷们都跟布尔什维克过不去呢？可我老嘎尔迪，大清驿站二品台吉与你谢尔盖同志是朋友，朋友借路我没有二话！谢尔盖同志请，布尔什维克同志请，尊敬的列宁同志请！谢尔盖笑了起来道，我也觉得你不是个老糊涂蛋！嘎尔迪老爹也笑着道我也知道，我要是不同意借路呢，你会硬来，用火炮机关枪开路，就像我的混蛋儿子对待他老子一样。我理解你们，因为你们到了生死存亡的危急时刻。人到了这个时刻可是六亲不认。谢尔盖道，你不是已经开始转场了吗？你不是已经派你的老朝鲁为你的骑兵一路打前站了吗？嘎尔迪奇怪地问，你怎么知道的？莫非我的人中间有你们的哨报？谢尔盖严肃地道，这并不重要。但对你的转场决定，我充满尊重，不管你们走向哪里！我已经给远东的苏维埃武装部队和游击队发布了命令，不许骚扰袭击冬季转场的蒙古人。嘎尔迪老爹道，我不领你这个情，你们现在不是躲进山沟里就是钻进密林中，哪有时间过问我们？我现在要对付的是日本人！谢尔盖告诉嘎尔迪，弗拉尔山的日本炮兵已经被王大川打掉，日军已经带着丹吉活佛正在撤回赤塔。谢尔盖给嘎尔迪老爹讲了丹吉活佛在赤塔被日本人推上皇位的事情，嘎尔迪老爹道，丹吉活佛这是咋了？失心疯了？谢尔盖道，你知不知道，日本人打丹吉活佛的主意可不是一天半天了！老嘎尔迪啊，日本人打你的主意也有些日子了。我告诉你，在你的驿站营盘地有日本电台在活动。你不要用这样的眼光看我，我也告诉你，在你的营盘驿站地有我们的反间谍机构在行动，他说着站了起来，口气严厉地道，因为这块土地是我们的。

嘎尔迪老爹一听腾地站了起来，刚要大声怒吼，脚下却感到有点异样，大地忽悠颤动起来了，一声声沉闷的巨响轰隆隆地从地心滚出，草原忽然动起来了，他们都能看到草地像蛇一样起伏蠕动着，剧烈的地震波像海浪一样袭来，俩人都被震倒在地上。俩人几乎同时叫了起来，地震了！在大地的晃动与摇撼中，俩人把手紧紧地拉住。嘎尔迪老爹对谢尔盖喊，你这个独眼龙啊，你说这话遭天报呀！看看，地震了吧！长生天都看不下去了！谢尔盖道，我只是对你说了你不愿意听的实话！历史的过程没有对错，只有铿锵向前的车轮，只有拖不回的时间！嘎尔迪老爹道，看看，露出屁股来了吧？啥工人无祖国？哄我这老蒙古呀！我早就说过，你们老毛子只会吃不会拉！你们不怕撑着撑死！谢尔盖苦笑着道，在历史面前我们个人真的无能为力！我们没有为那段历史负责的义务，哪怕你是彼得大帝，你是成吉思汗！嘎尔迪老爹仰天大笑不止。谢尔盖冲他吼道，老嘎尔迪，你这个老混蛋，你这个历史的残渣余孽！快向东方转场，到太阳升起的地方去！回到你的大清去！回到你的中国去！嘎尔迪老爹也喊了起来，好啊，好啊，我马上转场出发，我再也不想见到你这只独眼龙！俩人扯开嗓子喊着吼着，随着大地的跳跃，似乎扭打纠缠在一起，这时喜顺和小苏赫连滚带爬地来到了他们面前，懵懵懂懂地看着他们，这场突如其来的地震把他们也吓傻了。小苏赫怯怯地问，老爷，你没事吧？嘎尔迪老爹一挥手，气呼呼地喊道，没事！你问他，伟大的谢尔盖同志！大地已经恢复了平静，只是贝加尔湖水忽然变得有些混浊了，水浪中翻卷着几只昏头昏脑的海豹和一些只露着嘴巴喘气的鱼儿。水面上密密麻麻地泛着泡，几乎全是鱼儿大张的嘴巴。谢尔盖拍了拍嘎尔迪老爹的肩膀，望着苍苍茫茫的湖水感慨道，其实，我们都非常渺小。好了，再见了，嘎尔迪先生！他说着伸出双臂拥抱了嘎尔迪老爹，并在他的耳边悄声地道，我不讨厌你这个老东西，我会永远想着你！然后跃上了马，头也不回地驰入了草原深处，无边无际的草浪摇动着，就像这哗哗作响的贝加尔湖水浪。水天茫茫，草原茫茫……

拉西是被这地震波晃下马的，他躺在草地上像被甩上岸的鱼一样，随着大地的抖动，不由自主地翻来滚去。他被转晕了，当大地停止颤抖后，他还晕头转向的。他闭上了眼睛，在黑暗中躺了好久，忽然想起丹吉活佛交代的事情，不禁打了个激灵，一下子坐了起来。他望望莽莽苍苍的草原，仍是大地如初，地绿天蓝，地震有啥呢，你扛住了就过去了，你扛不住就永远了。就像弗拉尔山的战斗，你抢占先机就顶住了鬼子了，要是鬼子抢占了先机……他正胡思乱想着，却听有人叫他拉西同志，他定睛一看，眼前不知何时忽然出现了几个骑马的人，手里还拿着枪。他一看装束，就认出是政治保卫局的人。基柯夫正在马上笑眯眯地看着他。拉西揉揉眼睛自言自语道，不会吧，这地震能把我颠过嫂子河？基柯夫笑道，拉西同志真幽默。拉西道，你们真追过河来了呀？是谢尔盖同志让我滚蛋的。老子不是逃兵。基柯夫道，我对这个不感兴趣。拉西同志，你是忽然进入了我的三俄里控制线，要不是地震，你已经被打下马了。

拉西道，怎么回事？基柯夫笑眯眯地对他说，你跟我来。拉西道，我可是有重要事情向舅舅老爷汇报呢！基柯夫道，是弗拉尔的战况吧？我们的谢尔盖同志正在向嘎尔迪先生通报详细战况。有些情况你还是不知道的，今天清晨，我们的中国营已经打掉了犬养大佐的所有重炮，已经迫使你们的丹吉皇帝和日本人退回了赤塔。拉西高兴地道，鬼子过不来了，我们这儿没事了？基柯夫摇摇头道，没那么简单。拉西道，他小鬼子还能飞过来？基柯夫道，这正是我们要谈的，我就喜欢与聪明人打交道。拉西嘟哝道，我可不喜欢与你打交道。拉西跟着基柯夫来到了一座起伏的小山丘上，看到了一些布尔什维克士兵，还有几座重机枪掩体，散落在山丘的不同方向。但让拉西不解的是，每座掩体都挖得很深，机枪口都是对着不同方向的天上。拉西是行家，他看得出这是防空袭的。他奇怪的是，这些布尔什维克的士兵是怎么过来的？看来，嘎尔迪老爹的驿站营盘地也是一件露着窟窿的破皮袄了。基柯夫道，对拉西参谋长，我们对你没有任何保密的。这样的防空点，我们还有几十处，包括在腾格里山上。我们的部队我们的苏维埃机关要过嫂子河，向乌拉尔方向转移，现在谢尔盖同志正与嘎尔迪先生协商我们的过河问题。拉西道，你们过都过来了，还协商个屁！

基柯夫道，你不懂政治！班扎尔同志也不懂政治！在我们的队伍里，不要看有那么多政治委员，大多也都不懂政治。懂政治的，谢尔盖同志算一个，我只能算半个！来，认识一下我们的大功臣格林尔工程师。基柯夫说着，将拉西引到了一个人跟前，这人正坐在一块石头上，面前摆放着一台电报机，正拿着一只耳机侧耳听着。这人瘦高个，灰眼睛，有一丛浓密的黑胡须。那人抬头看看拉西，笑了一下，算是打过了招呼。拉西抬头看看一根高竖的天线杆，天空仍是那样蔚蓝，蓝得让他有些目眩。基柯夫道，格林尔工程师是我从犹太黑心商人老哈林那儿花重金雇来的。列宁同志对资产阶级工程师的高价赎买政策是英明正确的，但老哈林会为他敲诈苏维埃政权付出代价的。格林尔工程师协助我们破了许多要案，打掉了许多国际间谍。更为重要的是他破获了日本人准备实施空袭的重要情报，你想象上万人的大转移，若是暴露在日本的飞机之下，我们若没有防空准备，那付出的代价就太大了。

拉西点了点头，基柯夫道，犹太人的聪明敬业是我们无法想象的，中国人讲一分钱一分货是有道理的。这个家伙可以不睡觉工作七十多个小时，就像一台机器。他终于发现了隐藏在驿站地的一只小老鼠，这只小老鼠三天前刚给日军发过报，就是关于你带黑马营支援弗拉尔山的，还有你这位指挥官的简单情况。在精细这一点上日本人完全可以与犹太人媲美。拉西这才恍然大悟道，我说这些小鬼子咋知道我来了呢！这日本特务藏在哪儿呢？基柯夫道，这只小老鼠就藏在方圆三俄里之内，我快要揪住这只小老鼠的尾巴了。他再要吱吱一叫，就会被格林尔监测出方位，看他往哪儿逃！拉西同志，想想我们敬爱的瓦林耶夫同志，就是死在这只小老鼠的爪子之下。拉西道，我倒是要看看他是哪方神圣了。基柯夫扭头问格林尔工程师，那只小老鼠开始唱歌了吗？拉西参谋长好像是有些迫不及待了。格林尔好像是没有听见基柯夫的问话，继续侧耳听着耳机，基柯夫感慨地道，七十七个小时了，就这样监听着，我担心再这样下去格林尔工程师会累倒，老哈林会朝我要高价索赔的！这只该死的小老鼠！

嘎尔迪老爹打马回到了大包，正见人们在包里忙忙活活地拾掇整理倒塌的家具，卡捷琳娃一见嘎尔迪老爹就像只鸟儿一样扑了过来，叫道，哦，上帝，老爹，我们刚刚踏入了地狱之门。嘎尔迪老爹亲了亲她粉粉的脸蛋道，我知道，知道。没啥大不了的。这是土牛在地里翻了个身。现在平安无事了！你快回后帐休息，我还有一些紧急事情。卡捷琳娃还在忸怩，老爹，你！嘎尔迪老爹似乎没有听见她说话，快步离开她，径直走进了内室。卡捷琳娃从未受过嘎尔迪老爹这样的冷遇，有些木然地立在包内，伊琳娜悄悄地提醒她，太太，累了一天了，咱们该回内帐歇息了。卡捷琳娃问侍立在内室前等待的小苏赫，老爹今天怎么了？有什么重要的事情吗？小苏赫还未回答，色旺走了过来，问，老爷呢？小苏赫冲内室方向努努嘴。卡捷琳娃道，色旺，我从没见老爹这个样子，难道有什么事情吗？色旺道，没啥事，肯定是地震闹腾的。现在没事了，没事了，太太您放一百个心。这时，三丫跑了过来，对卡捷琳娃道，太太，我得回去了，小阿尔德那一人在家不知吓成什么样子呢。他胆子太小！卡捷琳娃道，小那仁现在睡安稳了，不哭闹了，我和老爷也能睡个好觉！感谢上帝，你可真有办法。东方法术魔力真是大！三丫道，谢谢太太夸奖，就是些治怪病的小偏方，在我们老家人人都会。卡捷琳娃道，神秘的东方！神秘的中国！老爹跟我无数次地说起它，好让人向往啊！三丫道，万儿八千里呢！还是两个国，我这辈子都回不了家了！我好想家门前那棵大枣树，红红的狗头枣挂满树，就像点着万千小红灯笼。小苏赫道，三丫嫂子，咱们马上就要向东方转场了。色旺道，你个小蛋泡子瞎说些啥！小苏赫得意扬扬地道，我胡说？我亲耳听老爷与谢尔盖老爷说的！你不知道吧？乌金斯克的红党也要转场去乌拉尔山了！色旺惊异地道，谢尔盖老爷来了？小苏赫更加得意了，你更不知道吧？老爷刚才给谢尔盖老爷嚷嚷着要回中国呢！我听得真真切切呢！三丫惊异地问，谢尔盖老爷答应了？小苏赫道，他答应了咋不答应了咋？把老爷逼急了，咱用这个说话！

小苏赫说着，拍拍胸前挂的枪，有些神秘地问，咱老爷是啥样的神人？这事早有计谋筹划了！色旺道，转场算啥？咱们哪年不都有转场的？羊儿就得跑着吃！小苏赫冲他道，那我问你，你们知道朝鲁老爷去哪儿了？不知道吧？老爷早派他带着人给咱们打前站去了。众人不禁惊叫了起来，天爷，真要转场了！三丫一听，立即对色旺道，我得回包了，小阿尔德那已经一天都没有吃饭了。她说着，又给卡捷琳娃磕了头，这才起身而去。色旺在她身后说，别听小苏赫的，这是扰乱人心哩！这话在包里听在包里完，千万不敢给旁人乱说。三丫没好气地道我个妇道人家给谁说？给牛说给马说还是给灶台床头说？你这不是咸吃萝卜淡操心？该干啥去干啥去！说得色旺一个劲直挠头皮，人们哈哈笑开了。嘎尔迪老爹走出了内室，手里拿着那个调兵的金牌，人们一见都肃然了。

40　老爹，我们是不是走上了逃亡的历程

嘎尔迪老爹嘟囔道，我是老虎？还是妖怪？刚才还有说有笑的，咋见我都哑巴了？色旺道，老爷，咋，又调兵啊？嘎尔迪老爹将金牌交给小苏赫道，拿这个传我的令，令各扎苏勒见牌即起程，咱要转场了。色旺道，老爷，咋也得准备准备，咋说走就走啊？嘎尔迪老爹道，准备准

备，准备啥？要走，咱蒙古人就要走得利索，绝不拖泥带水！当年先人们退出大都时，一夜之间北京城就走光了人，不就是转个场！卡捷琳娃道，老爹，我们是不是走上了逃亡的历程？嘎尔迪老爹道，我们是赶着牛马羊转场，拣草多水好的地方，你不懂，蒙古人祖祖辈辈就这样过日子。卡捷琳娃道，这里草不多水不好吗？嘎尔迪老爹沉吟了一下道，大家都明白的话我就不说了，不费那份唾沫。伊琳娜对卡捷琳娃道，公主，咱得去收拾收拾，说走就走哩！卡捷琳娃还想问什么，嘎尔迪老爹冲她摆了摆手，卡捷琳娃跟着伊琳娜匆匆地去了内帐。

小苏赫问道，老爷，扎苏勒们都清楚？嘎尔迪老爹道，前些天，我已经给他们交代明白了，每个扎苏勒都知道自己的行程路线！你赶快传我的令去吧！见小苏赫匆匆走出，色旺道，老爷，这令一下，咱驿站营盘地可就见不上人了。嘎尔迪老爹道，我不知道哇？你快去把奥腾大喇嘛和萨瓦博士请来，我有事要给他们商量。色旺掉头要走，嘎尔迪老爹又叫住他问道，拉西的黑马营有消息了吗？色旺摇了摇头，嘎尔迪老爹自语道，人家日本人都从弗拉尔撤了，他也该有个讯了。这个烂鼻头子干啥呢？他可真沉得住气。色旺道：老爷，我让人再去打探打探？嘎尔迪老爹道，先不用了，你也抽空回自己包里一趟，帮三丫收拾收拾。色旺道，老爷，咱们这次拔的可是千年营盘，您越是这样轻描淡写地说，我心里越酸。嘎尔迪老爹道，想开了真没啥，咱就是扔掉破烂回家！

三丫骑马回到自己的包前，她下马后，连包门都没入，直接走到了那座藏有电报机的干草垛前。草垛已经被地震震塌了一个角，干草捆子搭成的小草屋都有些歪歪斜斜了，三丫钻进草垛里，翻找着电报机、手枪和手雷，她忙了个满头大汗，才把电台、手枪、手雷找齐，这才喘了一口气。她在小草屋里四处打量着，原本非常隐蔽的发报场所，现在四面透着天光。三丫透过草垛间的缝隙，向四周观察着，草原仍是那样辽阔，那样静寂，天空仍是那样蔚蓝，那样澄净。一切如初，但如初的草原让三丫有些不安，内心紧张得像是有人在里面敲着小鼓，怦怦地响着。她打开发报机，向犬养大佐发出了嘎尔迪老爹率众转场中国和乌金斯克的布尔什维克向乌拉尔山转移的消息。

她正专心致志地发着报，忽然听到了一阵呼呼的喘息声，她呼地跳起，抄起放在发报机上的手枪，扭头一看，竟从草垛的窟窿里看见那只小马鹿的头探了进来，正在瞪着善良的大眼睛看着她，嘴里还衔着一束干草，大嘴巴一动一动地，嘴角往外渗着细细的白沫。

三丫狠狠地骂了一句："你这畜生，吓死我了！"

她说着，收起了手枪，继续敲击着发报机的按键。她正敲击着，忽然听到有人在草垛外面喊："阿妈！"

三丫一听，身子不禁抖了一下，她知道这是小阿尔德那寻找她来到了草垛前。果然，小阿尔德那快乐地一声声喊着阿妈，钻进了草垛，来到了她的身后。三丫头也不回地继续敲击着，小阿尔德那好奇地看着三丫，问道："阿妈，你在干什么呀？"

三丫仍是不理小阿尔德那，手指飞快地敲击着，嘀嘀嗒嗒的声音非常急促清脆。小阿尔德那爬在草垛前，好奇地看着发报机上的闪示灯一红一绿地闪烁。并伸出小手去触摸，咧着小嘴巴笑着，脸上就像开出了花儿。三丫敲击着，眼中竟然流出了几滴泪水。小阿尔德那问道："阿妈，你怎么哭了？"

三丫一听，眼中的泪水扑扑簌簌地落了下来，打在了手背上、摁键上。

小阿尔德那问三丫："阿妈，你是不是想额吉了？我也想额吉了，我在草地上找啊找啊，找到额吉睡觉的地方，可额吉不见了。我躺在草地上，看着天上的云彩，其中有一朵特别像我们的老额吉，在天上飘啊，转啊，还看着我笑……阿妈，老额吉说善良的人都会升到天上，阿妈，老额吉一定升天了，你说是不是啊？"

三丫点点头，对小阿尔德那道："是的，老额吉升天了，天上的老额吉一定会保佑小阿尔德那的。"

小阿尔德那道："我听二叔说，老额吉是被日本鬼子害死的。我长大了，学会打枪射箭，一定杀日本鬼子为老额吉报仇！"

三丫不动声色地道："阿妈在这里还有一点事情，你先离开这里吧。"

小阿尔德那道："我就在这里看着阿妈。阿妈这是什么呀？一闪一亮的！就跟嘎尔迪老爷大包上的佛光一样。"

三丫道："阿尔德那哇，今天你在这里见到的，千万不要对别人说。记住了吗？连二叔也不要告诉！"

小阿尔德那疑惑地看着三丫。

三丫对他道："你忘记你阿爸是怎样死的？阿妈要用这个为你阿爸报仇！要让别人知道了，不但为阿爸报不了仇，阿妈还会被嘎尔迪老爷杀死……"

小阿尔德那一听哭了说："不，我不要阿妈死！"

三丫伸手摸了摸小阿尔德那的小脑瓜说："记住阿妈说的话，你今天见到的谁也不给说，阿妈就不会死！这样，阿妈永远和小阿尔德那在一起，阿妈为小阿尔德那烧饭，煮茶，阿妈为小阿尔德那洗澡洗衣服，阿妈为小阿尔德那唱好多好听的歌儿……"

小阿尔德那这才破涕为笑了。他忽然看到发报机边上闪着寒光的手枪，惊讶地道："阿妈你还有枪呀？二叔说，阿妈非常了不起，救了小那仁和萨日，一枪就打死了祸害草原的哥萨克……"

他说着伸手去抓枪，却被三丫狠狠打了一下小手，道："不许碰枪！阿妈的枪是保护小阿尔德那的！杀坏人，杀豺狼！等你长大了，阿妈再教你打枪！明白了吗？"

小阿尔德那点了点头。

这时发报机的红灯又闪烁了起来，三丫赶紧戴上耳机，接收着电文。她抄着抄着，脸色变得发白，身子也颤抖开来。犬养大佐的电文告诉她，由于布里亚特骑兵的顽强抵抗和嘎尔迪老爹的铁心作对，帝国决定在驿站营盘地实施无人区计划，已派飞机立即歼灭布里亚特骑兵。同时要求三丫立即离开驿站营盘地，撤回到赤塔日军大本营，帝国将拥抱这枝盛开在西伯利亚的黄菊花。三丫激动得泪流满面，抱着小阿尔德那又亲又吻，激动地哟西哟西地乱叫。小阿尔德那被三丫的样子吓坏了，他问三丫："阿妈，你怎么了？"

三丫对他说："阿尔德那，我们回家了！"

小阿尔德那："回家？这里不是咱们的家？二叔常说，有草地、牛羊、毡包和阿妈，这就是我们的家。"

三丫道："你忘了？忘了小时候阿妈常给你说的？"

小阿尔德那道："我想起来了。我小时候，阿妈哄我睡觉，常跟我念叨的。"

三丫一愣，神情有些木然了。

小阿尔德那背诵道："二道梁上歪脖树，树下住着二喇嘛，正东走

389

上二十里，青石梁村有黄家。"

三丫忽然竖起耳朵，跺着脚大声叫道："不！不！忘掉它，忘掉它！"

"阿妈，你怎么了？"小阿尔德那奇怪地问，"不是阿妈常说，大清归化城正东三十里，有个旗下营，是阿妈的家……"

三丫痛苦地摇着头，歇斯底里地喊："不要再说了！"

这时草垛外传出了小马鹿短促的紧张叫声，三丫警觉地一看，只见辽阔的草地上出现了一些快马，马上似有人影晃动。三丫意识到自己暴露了，这些人就是冲着她来的。她利落地抓起手枪、手雷，往怀里一揣，严肃地对小阿尔德那说："快跟阿妈走！坏人来了！"

小阿尔德那吓得也不敢说话，跟着三丫钻出了草垛。

草原上响起了咴咴的马的嘶鸣声，马蹄踩踏草地的嗵嗵声以及人们的呼叫声、呐喊声。小阿尔德那问三丫："阿妈，他们是什么人？是日本鬼子？"

三丫摇了摇头道："他们是想杀阿妈的人！"

小阿尔德那道："阿妈，给我枪，我保护阿妈！"

三丫使劲亲了亲小阿尔德那红扑扑的脸蛋，然后打了一声尖尖的呼哨。三丫的坐骑，那匹白马小跑着从草丛中闪出，来到了她的身边。三丫把小阿尔德那抱上马，然后翻身跃上马背，双腿使劲一磕马肚子，白马纵身驰向了绿浪翻动的草原之中，就像一道白色的闪电隐入了起伏的草海之中。

色旺木呆呆地看着被基柯夫率领的布里亚特红军包围的这座破草垛，他是回包帮助三丫收拾东西准备转场的。包里却没有三丫和小阿尔德那，他只是看到不远处自家干草垛的方向有许多人影晃动，他赶紧纵马跑去，还未靠近却被几个拿枪的布里亚特红军拿枪逼下了马。拉西赶忙跑过来道："这可是嘎尔迪老爷的贴身侍卫，绝对的世代蒙古人，你们不认识啊？"

色旺有些懵懵懂懂地问拉西："你咋又跟红党搞在一起了？咱黑马营怎样了？嘎尔迪老爷问了几次了，烂鼻子拉西跑哪儿去了？咱们马上要转场了，你还不知道？"

拉西没好气地道："我也让人家拿枪堵在这里了！黑马营好着哩，大获全胜，把鬼子全赶跑了！"

色旺又问拉西："这些红党围着这干草垛干什么，你见三丫和小阿尔德那了吗？"

拉西摇了摇头，悄悄地问他道："你家有发报机？人家工程师老爷可是拿着电信监测仪定位住这里的！我可是亲眼看见了，那红箭头死死地固定在这里！你这草垛里也许真藏着发报机哩！"

色旺没好气地道："我包里还有飞机哩！咋不去我包里搜搜？他们来咱营盘地搜查，嘎尔迪老爷知道不？"

这时基柯夫带着格林尔工程师走了出来，后面一个士兵抱着发报机走了出来。基柯夫笑眯眯地道："这发报机还有热度哩，就是这台发报机发的报，这只小老鼠跑不远！"

色旺一看也傻了眼，他忽然想起了三丫，还有嘎尔迪老爹那含含糊糊的让人费脑筋的话，看来三丫真的与这发报机有关。难道三丫……色旺连想也不敢往下想了。

格林尔工程师又在阳光下仔细检查了那台发报机，然后摇摇晃晃对基柯夫道："我们猜得没错，这与奶油苏里娅使用的是同一型号发报机，日本军方改装的，体积之小，功率之大，堪称世界领先。"

格林尔说完往干草垛上一仰，头一歪，立即呼呼地大睡了。

色旺一听，气急地道："你说啥？日本鬼子？他们咋钻到我家干草垛里的？"

基柯夫笑眯眯地对他道："这正是我要问你的哩。"

色旺刚要说什么，一个士兵跑过来道："基柯夫同志，刚才有一匹白马载着人往西跑了。"

基柯夫一听，立即跳了起来，大声叫道："跟我上马追，捉住那只小老鼠！为瓦林耶夫同志报仇！"

他喊着，吆喝着，带着十几个士兵匆匆上马，争先恐后地往西奔去。

拉西问色旺："是不是三丫……"

色旺着急地道："还有小阿尔德那哩！拉西，咱们截她去，抄近道堵她去！"

色旺和拉西在一座起伏的小山坡上堵住了骑马而来的三丫和小阿尔德那，从小山坡上望去，滚滚的绿浪中，基柯夫带的十几匹人马就像蠕动的小黑点，时隐时现地出现在苍苍茫茫的草原上。他们已经被三丫甩出了好远，但对忽然出现的色旺和拉西，三丫座下的白马也好像吃了一惊，扬起蹄子昂头咴咴嘶鸣。

三丫嗖地拔出枪对准了拍着手走过来的色旺。

三丫叫道："色旺，你给我站住！站住！不要逼我开枪！"

小阿尔德那叫道："阿妈，不要开枪啊，那是二叔和拉西少爷。"

拉西在马上端着枪冲三丫道："嫂子，我们无心与你为难，你得好好听我们说几句。"

色旺道："三丫，你走可以，我根本不想拦你，但你得把小阿尔德那留下，他是我们布里亚特草原的种！"

拉西道："他是我们草地上的蒙古爷们儿！你得把孩子留下！"

三丫道："我是孩子的阿妈，小阿尔德那必须跟我走！你们闪开，要不我可开枪了！"

拉西笑道："嫂子，我们之间就不要说狠话了。你要开枪早就开枪了，不会多说一句话的。像你杀死瓦林耶夫、阿廖沙一样。我要想开枪，你也早就倒在了地上。现在我们都没有开枪，我们可以谈谈了。"

三丫问："谈什么？问问我是谁？让我说一遍不堪的过去？"

色旺道："三丫，你是谁，现在已经不重要了，我只是求你把小阿尔德那留下。我要把他带回大清去，我们的根在那里！"

三丫大声喊道："我是孩子的阿妈！"

拉西道："时间紧急，咱们就不要多说了，你要是被契卡这些人抓到，肯定没命了。嫂子，我看这样，还是让孩子选择吧！他已经长大了，小阿尔德那说跟谁走就跟谁走，我们绝无二话！"

三丫对色旺道："他二叔，咱就这么定了？"

色旺道："我绝不反悔！那我就问了？"

色旺问被三丫紧紧抱在怀里的小阿尔德那："阿尔德那，我的好孩子，你愿意跟二叔回大清吗？咱们驿站地的人都要回大清了。我们的牛羊，都跟着我们转场。孩子，你愿意吗？"

小阿尔德那对色旺道："我跟着阿妈，阿妈去哪儿我去哪儿。"

三丫道："他二叔，你可听清楚了？这可是孩子说的！"

色旺急了眼道："你阿妈可是日本人！日本鬼子杀了你老额吉，杀了草原上那么多乡亲，你还……"

小阿尔德那大声吼道："你胡说！我阿妈是大清人！我从小就听阿妈讲……"

小阿尔德那气得哭了起来："你胡说，胡说——"

色旺气呼呼地问三丫："嫂子，你敢给儿子说实话吗？你敢说，你没有骗自己的儿子吗？没有骗我们这些老蒙古吗？你敢说，从你来的那一天开始，你不就是想祸害我们的草原吗？我们招你惹你了吗？"

小阿尔德那仰起头，可怜巴巴地看着三丫："阿妈，二叔说的是真的吗？"

三丫对小阿尔德那点了点头道："二叔说的是真的，阿妈是骗了你们。你还小，等你长大了……"

小阿尔德那哭着道："我就不长大，你是我的阿妈！就是我的阿妈——阿妈——"

三丫一狠心，一把将小阿尔德那提溜起，顺手扔给了地下接着的色旺。

色旺把小阿尔德那紧紧搂在怀中，小阿尔德那在他的怀里大喊大叫着阿妈，我要阿妈。三丫头也不回地纵马从他们身边驰过，小阿尔德那从色旺的怀里挣脱哭喊着追逐着三丫，小阿尔德那的哭声像刀子一样割裂着三丫的心房，她啊啊地尖叫着纵马奔驰着。基柯夫率人冲上了山坡，他看见了三丫远去的背影。他举起手里的枪瞄准着，却不见了马上的三丫，原来三丫侧身镫底，马儿奔跑着。基柯夫瞄着瞄着，忽然失声地叫了起来，你们快看！那是什么！众人一看，只见天地的交接处忽然飘来无数只大鸟，嗡嗡的轰鸣声也从草原上骤然响起，那飞鸟越来越近，原来是日本侵略军的十余架战机呼啸而来。那机头上露着的黑黑的重机枪枪管就像狼的眼睛一样盯着绿油油的布里亚特草原。蓝色的双层翅膀上都涂有圆圆的太阳标志，在蓝天下闪着刺目的血红。基柯夫砰地放了一枪，人们惊叫了起来：萨玛辽特，萨玛辽特来了。

拉西跳下马，大声叫道卧倒赶紧卧倒，色旺抱住哭闹的小阿尔德那滚进了山坡的草丛里。基柯夫吆喝着，把它们打下来，举起枪朝天上砰砰地放着。在马上镫底藏身狂奔的三丫看见越来越近的飞机，立即翻身马上，冲着飞机上的太阳旗兴奋地高叫着，欢呼着，她甚至都看见了戴着风镜的帝国飞行员，她朝思暮想的战友亲人。她举起双手，哟西哟西地冲他们狂喊着，这时，从飞机上射出一排机枪子弹，像蝗虫一样冲她扑来，重重地落在了她的身上，三丫摇晃了一下，一头栽在了草地里，翻滚扑腾起来。飞机呜呜地飞来，从飞机上射出的机枪子弹，像雨点一样，许多人被击中。基柯夫疯狂叫骂着冲飞机开着枪，士兵们也都愤怒地狂叫着开枪朝天上乱打。拉西也冲天上砰砰地开着枪，许多山头上也砰砰地响起了枪声和炸弹的轰隆隆爆炸声，整个草原顿时黑烟冲天，大地颤动。趴在地上的色旺，都能感到子弹头噗噗地在身边飞窜，他伸出胳膊把小阿尔德那重重地摁在地上，不顾他阿妈阿妈的声声哭喊。

飞机掠了过去，钻进了草原深处，草原腹地响起了沉闷的爆炸声和一团团升腾的黑烟。起伏的山丘上不时有子弹飞向天空，在飞机两边闪着绚丽的光点，有架飞机冒起了黑烟，在天上摇摆着，像醉酒一样晃悠着，然后重重地扎进了草地尽头，一团火光黑烟腾空而起。基柯夫咬牙切齿道，幸亏我们截取了情报，有了一定的防空准备！要不损失就大了！拉西往山下草原俯瞰着，望着一团团冲天的烈火浓烟，顿足叫道，坏了，坏了，哎哟哟，我那没见天地的娃啊！我那可怜的金达耶娃啊！拉西疯了一般喊叫着朝山下的草原跑去。

色旺呆呆地朝山下草原望着，小阿尔德那挣脱了他，喊着阿妈疯了一般朝山下跑去。色旺紧紧地跟着他。他们来到三丫被打下马的地方，只见三丫仰面躺在草地上，胸部腹部都中了弹，汩汩地渗着血。那只小马鹿不知何时跟了过来，前腿跪在地上，伸着长长的舌头在轻轻地亲吻着三丫摊开的手掌。草地上，有一把闪亮的手枪，冷冷地被甩在一边。小马鹿见色旺和小阿尔德那跑了过来，不禁凄恻地叫了起来。色旺急忙呼叫着三丫，并用手指试了试鼻息，竟然还能感到一丝丝气息。色旺呼叫着，摇晃着，三丫强睁开眼睛看见是色旺，脸上浮出一丝凄楚，干裂的嘴唇动了一动。小阿尔德那扑在她的身上，声嘶力竭地喊着阿妈。三丫伸出手轻轻地抚摩着小阿尔德那黑黑的头发，有气无力地说，二道梁下歪脖树，树下住着二喇嘛。小阿尔德那带着哭腔说，阿妈，我早就记住了，正东走上二十里，青石梁村有黄家。三丫歪过头去，大颗大颗的泪珠，顺着蜡黄的面颊往下淌。色旺一把把她抱起，三丫道，别费劲了，还是把我留下喂狼吧。色旺说，咱不怕，咱有萨瓦博士老爷，咱有桑布满巴喇嘛，咱不怕！他抱着三丫往山上走，基柯夫颠颠地跑了过来，他看着昏死过去的三丫，笑眯眯地道：又一朵日本阿菊！这是魔鬼之花！色旺道，我不懂你在说什么！我只知道她是我的女人，孩子的阿妈。基柯夫摇了摇头，仍是笑眯眯地道，你当然不懂。他又问色旺，她还能救活不？色旺看也不看他，抱着三丫一直往前走，小阿尔德那擦着红红的眼睛跟在他的后面。那只小马鹿颠颠地跑在他们的左右，西斜的落日把广袤的天地染得一片殷红，无边无垠的布里亚特草原透出那么多的肃穆和苍凉……

41　我那傻姐姐，你接生咋还背着挺机关枪啊

嘎尔迪老爹终于看到中俄的界河额尔古纳河了，这已经是一九二〇年的初夏。初夏的额尔古纳河在绿色的草原上缓缓地流淌着，无边无际的森林，大团大团的白云，湛蓝湛蓝的苍天，火红火红的太阳，大片大片的草地，草地上游动的牛羊都倒映在婆婆娑娑的河水中，还有嘎尔迪老爹黝黑黝黑的脸庞。他跪在岸边，把头埋进清清的流水中，然后猛地抬起头，使劲晃动着，水滴四散着，在阳光下闪着五彩的光点，他啊啊地大叫着，泪水夺眶而出，涌动着，大滴大滴地挂满了面颊。色旺也是满脸泪水，掏出一块油污污的鹿皮递给了嘎尔迪老爹，只说了一句咱们活着回来了，哽咽着再也说不下去了。嘎尔迪老爹揩净了面颊，揉干了头发，然后对色旺说，你也把自己的脏脸洗洗，别让人家看见咱们跟庙里的小鬼似的。色旺也蹲在岸边，痛快地洗着脸，然后站起，用油污污的袍袖擦拭着。嘎尔迪老爹坐在岸边，眯起眼睛望着额尔古纳河东岸，色旺凑过来问，老爷，那就是咱大清了？嘎尔迪老爹道，跟我想的一样，做梦梦见的就是这个样子。以后咱在属于自己的地界上扎包安家，放牧牛羊，永远不受别人欺负。色旺道，我们再也不用见这些哥萨克和日本鬼子了！是啊，再也不用见了，嘎尔迪老爹说着，仰面躺在了软软的草地上。

嘎尔迪老爹想起了这一路的艰辛征程，想起了不时像幽灵一样扑过来的日本的萨玛辽特，子弹炸弹伴随着他们一路行程，还有不时偷袭的

哥萨克土匪，啸聚在森林中的各路马贼，全把这支向大清转场的布里亚特蒙古牧民看成了一块大肥肉。没有一天没有枪响，没有一天没有死人，没有一天没有被炮火焚毁的车辆，整整五百多个日日夜夜啊。在枪林弹雨中，在泥泞沼泽中，在冰天雪野中，在虎啸狼嚎中，不管承受着多么大的损失和牺牲，嘎尔迪老爹只有一个信念：率领他的部众和善良的子民回到大清去，回到自己的祖国去。深秋时分，在黑森林中，嘎尔迪老爹亲率卫队与日本人和谢苗诺夫的哥萨克匪帮交战了三天三夜，光重机枪就被敌人的炮弹炸毁了九挺，一个个蒙古男儿倒在了血汪汪的丛林里。就连嘎尔迪老爹在一次混战中，也被逼到了绝路，急中生智的他钻进了一匹被炸死的马的肚子里，才躲过了日本人和谢苗诺夫匪帮的追杀。当色旺绝望的喊声响起时，嘎尔迪老爹才从死马肚子里探出了头，生气地呵斥道哭什么哭？喊什么喊？老子死不了！色旺抱着血人一般的嘎尔迪老爹，喜极而泣道，老爷啊，你可吓死我们了。嘎尔迪老爹道，我在马肚子里，正暖暖和和地睡着，你这蠢货非搅了老爷我的好觉。

战争的严酷逼得女人老人孩子们拿起了枪，嘎尔迪老爹记得白马营的扎苏勒阿布尔的老母亲，自己的老姐姐奥里娜对他说，老嘎尔迪啊，阿布尔对不住你，但我奥里娜铁定了心跟着你回大清去。老姐姐还能端得起枪，跟着你打豺狼！提起白马营，这是老嘎尔迪心中一块隐隐的疼，竟然圣主留下的金牌调不动阿布尔。这个在嘎尔迪老爹看来最有出息的阿布尔，不知什么时候与乌金斯克的红党搞在了一起，带着他的一千多人马，毫无征兆地跟着谢尔盖上了乌拉尔山。原本嘎尔迪老爹安排的为转场断后的白马营，只来了一辆勒勒车，车上就坐着阿布尔白发苍苍的老母亲，自己的老姐姐奥里娜。被打乱部署的嘎尔迪老爹只得带着自己的卫队为转场的部众断后，仗打得惨啊，这些可恶的哥萨克匪帮，马匪，全从林子里钻了出来，袭扰着这支浩浩荡荡的转场大军。要是阿布尔在，白马营在，这些毛贼敢？可是呢，嘎尔迪老爹苦笑了起来。他不得不佩服谢尔盖这只独眼龙的厉害。不许布尔什维克红党游击队盘扰我们，原来你挖走了我的白马营，我这才让人家打得顾头不顾腚，甚至钻进了死马的肚子里藏身。他们被困在森林里，与谢苗诺夫匪帮周旋着，只要他们出现在草地上，日本人的飞机会准时光顾，丝毫不吝惜他们的炸弹，咣咣地在他们的身边炸响。这支转场的布里亚特蒙古骑兵一时在森林里陷入了进退两难的地步，先后有人为了活命，脱离了嘎尔迪老爹的转场队伍。人们一时人心惶惶，嘎尔迪老爹安慰大家道，啥也难不倒咱蒙古爷们儿！咱只要坚持，就有熬出头的机会。

话虽这样说，可心里也难免打鼓，嘎尔迪老爹正焦头烂额着，赤塔的犬养大佐向他抛来了橄榄枝，犬养大佐觉得把嘎尔迪老爹教训得差不多了，他想继续收编这支布里亚特骑兵，他对这些顽强抗争的蒙古人和嘎尔迪老爹充满了敬意，更让他对哼哟不止整天捂着烂裆愁眉苦脸的丹吉活佛充满了鄙意。他想象着嘎尔迪老爹率这支敢打敢拼的布里亚特骑兵归顺时的美好时光，脸上不禁浮出了笑意。他告诫自己，这次战争的重点是消灭远东的布尔什维克，而不是与这伙强蛮无知的蒙古人无休止地死打烂缠。于是，他向嘎尔迪老爹抛出了橄榄枝，而抱着橄榄枝而来的正是谢苗诺夫和白音这一对绝妙的混蛋。色旺用枪瞄着摇着白旗蹒跚而来的他们，问嘎尔迪老爹，干掉这俩狗东西，先出了这口恶气再说。嘎尔迪老爹骂道，你这蠢货，老爷我有办法了。肉炖到这个时候，就到了揭锅盖的时候了。色旺佩服地道，老爷就是老爷，啥时候老爷也是咱的脊梁骨！

谢苗诺夫、白音带着两个随从走了过来，色旺带着谢苗诺夫和白音两人来到了在桦树林栖身的嘎尔迪老爹面前。谢苗诺夫热情地拥抱了嘎尔迪老爹，左右贴着嘎尔迪老爹的腮帮子，感慨地说看看，尊贵的嘎尔迪老爷竟然躲在了老林子里面。大蒙古帝国的中将打大蒙古帝国的少将，你们中国人咋说来着？他问满脸堆着奸笑的白音。白音道，这叫大水冲了龙王庙，一家人不识一家人。谢苗诺夫道，对，对，一家人不识一家人。老朋友我想你呀！老朋友。嘎尔迪老爹说，是啊老朋友，晴天甩不掉，阴天见不到。谢苗诺夫指着嘎尔迪道，你看你，把我当影子一样的坏朋友了，骂人不带脏字。老朋友，我可是真心想着你哩！老朋友，你想想，你可是堂堂的蒙古帝国护国军少将司令，非要躲进这深山老林干什么呀？

嘎尔迪老爹道，我少将？我司令？这是咋回事？看看，看看，谢苗诺夫叫了起来，都到这时候了，你还给大日本皇军装傻充愣啊？你真不知道？嘎尔迪老爹道，我真不知道哇？你知道不？他问提枪肃立在一旁的色旺。色旺道，老爷，我只知道山东劳工的大葱蘸酱，我可没听说过啥中将少将。白音道，咋？烂鼻头拉西没告诉你？你是大蒙古帝国护国军的少将司令！这可是丹吉活佛陛下的旨意，咋，拉西把旨扣了？嘎尔迪老爹道，哎哟哟，别提拉西了，他不是让皇军的飞机上的机枪扫成两段了？真是误我的大事了！白音哪，你可不是外人，咋把丹吉活佛登基的事不早告诉我，也让我们高兴高兴！大日本皇军咋了？没完没了地扔炸弹，把我们炸死了，丹吉活佛给谁当皇帝呀？白音想，犬养大佐分析得不错，现在正是收编嘎尔迪老爹这支蒙古骑兵的最好时机。他冲嘎尔迪老爹道，老爷，我这不是冒着枪林弹雨找你来了？活佛陛下说了，他想你啊！嘎尔迪老爹道，我也想他老人家呀！谢苗诺夫哈哈大笑道，这不想到一块了？咱还磨啥？集合队伍上火车，咱上赤塔！嘎尔迪老爹一连声地道，对，对，对！咱坐火车，上赤塔！

海螺声在林间呜呜地吹响，不一会儿卫队的士兵们骑着马从黑幽幽的森林深处走出，个个挎着弯刀，手持轻机枪。眨眼的工夫聚拢起四五百人马。谢苗诺夫羡慕地道，看看，清一色的刘易斯轻机枪，看看，这战马，都跟小老虎似的！老嘎尔迪啊，就凭你这人马，到哪儿都是司令！嘎尔迪老爹道，我这司令以后就得听你调遣了。谢苗诺夫道，咱老哥俩还不是商量着办？都是辅佐皇帝陛下，啥调遣不调遣的？到了赤塔，我一定让犬养大佐给你配足子弹，咱们痛痛快快打布尔什维克！嘎尔迪老爹对谢苗诺夫道，你快让你的随从回去报告皇帝陛下和大日本皇军，就说护国军少将嘎尔迪率我营盘地的士兵奔赴赤塔了。谢苗诺夫赶紧让随从去电告皇帝陛下和犬养大佐，还吆喝着让部队收兵。白音道，这事还是我来办吧。嘎尔迪老爹不动声色地道，你是皇帝陛下身边的人，你俩不一块走我心里不踏实。色旺也道，老爷说得是，要是你俩不在，双方走了火咋办？来，我陪你们走在前面，你俩得把小白旗再摇起来！

谢苗诺夫和白音摇着小白旗骑马走在前面，色旺端着枪跟在他们的后面，再后面就是嘎尔迪老爹率领的卫队。卫队大摇大摆地穿过了谢苗诺夫和日本人的封锁线，朝森林深处走去。色旺拿枪指挥着方向，谢苗诺夫道，色旺兄弟，这路线不对啊，铁路线在北面，咱这是朝南走啊！色旺道，谢苗诺夫老爷，咱这是抄近道，让你咋走就咋走！白音转转眼珠子道，好，咱就听色旺兄弟的，抄近道。他忽然意识到，上了嘎尔迪老爹的当了，他俩被当作人质。就这样在马上颠了三天三夜，一直到把谢苗诺夫的追踪部队彻底甩远，嘎尔迪老爹才决定放谢苗诺夫和白音滚蛋。不过，得把马留下，你们自己滚蛋！谢苗诺夫哀求嘎尔迪老爹，说这深山老林里大牲口太多，嘎尔迪怒吼一声滚，就像在他们头上响过一声炸雷，吓得他俩连滚带爬地跑进了森林深处。色旺道，咋不把他俩给毙了？嘎尔迪老爹道，想毙他们的人多了去了！用不着我们脏自己的手！要是把这俩家伙毙了，谁侍候丹吉活佛？我可不想惹佛爷怪罪。色旺忙道，对，对，还是老爷想得长远。

想得长远的嘎尔迪老爹却没有想到，最后不甘日本人摆布的丹吉活佛，为了抗议日本侵略军在布里亚特草原制造无人区，在赤塔的皇宫里进行了绝食，一连多天水米不沾，只是嘴中呢喃地念着经。直到嘴里渗出鲜血来。急得犬养大佐带着一帮文武大臣跪在地上给丹吉活佛劝食，丹吉活佛纹丝不动，就像一个沉寂的石块，嘴中的血染红了黄色的法袍，嘴边凝起了厚厚的血痂。一个喇嘛走上前去，用手试了试鼻息，垂头沉痛地宣告：活佛圆寂了。一时群龙无首，犬养大佐又想起了嘎尔迪老爹，当他见到满脸晦气的白音喇嘛和谢苗诺夫时，火气腾地冲出了脑门，冲着谢苗诺夫左右开弓一连抽了八个耳光，骂了八句八嘎。谢苗诺夫挺委屈，白音喇嘛劝他道，大日本军人有个规矩，抽耳光是把你当成自家的人，先生不必放在心上。谢苗诺夫反手抽了白音喇嘛一个大耳光，咧着嘴问，亲爱的，这自家人的滋味……

嘎尔迪老爹带着人又钻了几天林子，才遇到了老朝鲁留下的向导。向导把他们引到了一排排鄂温克人搭建的撮罗子跟前，见到了图里和红马营的人。图里告诉嘎尔迪老爹，小苏赫带着黑马营的人一直在前面打前站，要不是他们前面顶着，自己带的这些老弱病残就非常危险了。嘎尔迪老爹道，都是忠臣良将啊。奥腾大喇嘛和萨瓦博士也在，这是一些没有拿枪的人。北海召和圣日耳曼医院也被日本鬼子的飞机炸了，好在有些药品藏在嘎尔迪老爹的大包里，全被萨瓦博士的人带了出来用于转场。三百余年的北海召成了一片废墟，桑布喇嘛就在废墟旁搭了一个小毡包，继续留在那里供奉佛爷。临走时，奥腾大喇嘛拉着桑布的手说，我走了，实在待不下去，你就去黄河边上的王爱召找我。我们一起供奉圣主。桑布喇嘛道，圣主，佛爷就在我的心里。我在召就在，走不了的蒙古人来召里磕头，看见我就会想起佛爷还记挂着他们。嘎尔迪老爹把喇嘛、医院和随行的老弱病残编成一队，由图里带着红马营保护他们踏上漫漫东归路。曼达尔娜带着那仁、萨日和小阿尔德那，坐在一辆勒勒车上。曼达尔娜的胸前也挂着一挺刘易斯轻机枪，嘎尔迪老爹道，背得动一斗糠的，全都给我扛起枪。小阿尔德那也要扛枪，却被曼达尔娜拦住了，曼达尔娜说，你阿妈不在了，我现在就是你的阿妈！你还小，现在不许碰枪！色旺对小阿尔德那道，以后，你要听曼达尔娜阿妈的话！小阿尔德那哭喊着道，我要为我的阿妈报仇，杀死小日本鬼子！色旺道，报仇的事是大人的事！

当小阿尔德那哭喊着要为阿妈报仇时，三丫还躺在嘎尔迪老爹大包内的临时手术台上，另一张是金达耶娃临时的产床。金达耶娃声嘶力竭地呼叫着，怒骂着拉西这个混蛋王八蛋。而拉西像一只猴子一样，在手术室外转来转去。是拉西像扛麻包一样将金达耶娃扛进手术室的，是拉西将埋在硝烟尘土里的金达耶娃刨出来的。那时，飞机还在天上呼啸，子弹还在身边跳跃，拉西扛着金达耶娃在炮火硝烟中奔跑。基柯夫在手术室外等着三丫的生死消息，他对拉西道，拉西同志，你要沉着！冷静对待！拉西喊道，我沉着个屁呀！冷静个蛋呀！你就会说便宜话，崩些没影的屁！你听听我女人吼叫的，天爷爷，这哪是生孩子呀！

基柯夫仍是笑眯眯地说冷静。是基柯夫带着几个契卡，跟着色旺，轮流抱着三丫来到了圣日耳曼医院，可圣日耳曼医院已经被炸塌了，嘎尔迪老爹的大包改为临时医院，正在收治一些伤员。基柯夫和色旺将昏迷不醒的三丫抬到了手术台上。基柯夫只要三丫一个准确的结果，是死还是活，他一定要亲眼所见。他对萨瓦博士道，这是他的职责所在。萨瓦博士把他们赶出了手术室。手术室是嘎尔迪老爹的大餐厅改的，几张大餐桌成了手术床。萨瓦博士检查了三丫的伤情，止住了血，发现还有一颗子弹留在了肚子里。但因三丫失血过多，无法手术，急需〇型血浆补充。萨瓦博士带着其木格和一个护士走出手术室外寻找血浆，拉西以为是金达耶娃大出血，一捋胳膊说抽我的，抽光了也不怕。萨瓦博士说金达耶娃没问题，是三丫需要〇型血，拉西说三丫嫂子我也输，但他又不知道自己的血型。这时，基柯夫也走过来，笑眯眯对萨瓦博士道，我是〇型血，抽我的。博士，我需要她活着，苏维埃政权需要她活着。

萨瓦博士看了基柯夫一眼，对其木格道，就抽他的，八百毫升。基柯夫的鲜血输进了三丫的体内，萨瓦博士终于用镊子取出了子弹头，当的一声丢进了托盘里。然后为三丫缝合了伤口，三丫仍是昏迷不醒。萨瓦博士对色旺和基柯夫道，手术是做成功了，至于她何时醒过来那只有上帝才知道了。

　　拉西着急地道，博士老爷，金达耶娃咋还生不下来呀？还有个顺序不？后来的血输了手术做了，可金达耶娃的马驹子咋还下不来？那是我的骨肉啊！博士老爷，你可不能公报私仇啊！萨瓦博士理也不理拉西的胡喊乱叫，转身进了手术室。就在金达耶娃的喊叫声中，把头埋在手术台上打了个盹。他太累了，就在日本飞机的轰炸和扫射中，他已经做了七台手术，他知道当夜幕降临的时候，他也要随布里亚特蒙古人回到遥远的中国去，回到嘎尔迪老爹心仪的大清去。嘎尔迪老爹劝他回到莫斯科去，并且为他准备了充足的金币。萨瓦博士摇了摇头，他说圣日耳曼医院是布里亚特蒙古人的医院，嘎尔迪老爹到哪儿他到哪儿。嘎尔迪老爹拥抱了他一下，说你就是我的上帝！

　　金达耶娃在产床上闹腾够了，还留下了一块干硬的大便，终于一个小生命从产道中像一颗炮弹滑出，哇哇大哭开了。其木格接过，兴奋地大叫道，带把的，是个板定！板定就是男孩，金达耶娃立即快乐地晕了过去。听到其木格的喊声，听到小板定哇哇的哭声，拉西一屁股坐在了地上，默默地流出了眼泪。唯独萨瓦博士还趴在手术台上昏睡，当他被推醒时，嘎尔迪老爹出现在他的面前。嘎尔迪老爹道，天黑了，该出发了。金达耶娃道，老爷，我也跟你们一块走。嘎尔迪老爹道，闭嘴，那我还不如一刀把你们杀了更利落！金达耶娃不敢吭声了。嘎尔迪老爹又冲一直看着刚出生的儿子傻笑的拉西道，你别光顾着傻高兴！我算了一下，这里有十几个伤号动不了，你就在这里负责他们的安全。我给你们留五条刘易斯轻机枪，等他们能动弹了，立即赶过来，我在额尔古纳河边等你们。拉西道，舅舅老爷放心，我保证在额尔古纳河边见到你们，而且让我的儿子叫你一声舅爷爷！嘎尔迪老爹呵呵地笑了，而且看了看依在金达耶娃怀中酣睡的婴儿，嘟囔了一声道，又是一个坏拉西。他对萨瓦博士道，留下点药品和几个护士，照顾他们。萨瓦博士还未回话，其木格接声道，老爷，博士老爷让我带两个人留下了。过几天，金达姐也就能帮我们了。

我保证他们都健健康康地跟你回中国！嘎尔迪老爹指了指躺在手术台上的三丫，你也保证她？其木格不说话了，萨瓦博士道，她的死活属于上帝！

嘎尔迪老爹和萨瓦博士走出了手术室，其木格对萨瓦博士喊，你在中国等着我！我也要跟你生个板定！萨瓦博士揉了揉眼睛，嘎尔迪老爹嘟嘤道，蠢货！他一眼见到了基柯夫和他手下的几个契卡提枪徘徊在手术室外，不禁停下脚步问，你们是谢尔盖的人？基柯夫道：赤塔州苏维埃政治保卫局局长基柯夫见过嘎尔迪先生。嘎尔迪老爹道：我知道，你们是冲着三丫来的。咋？这么个活死人你们也不放过？基柯夫道，我们行使的是苏维埃国家安全法律。嘎尔迪老爹道，真安全啊？安全得把我老窝都端了！你告诉谢尔盖，我的白马营送给他了，这个大包也送给他了。基柯夫道，嘎尔迪先生放心，这个大包我们会原封不动地保护好，等待嘎尔迪先生转场回来！嘎尔迪老爹道，老子率部回大清了，何时尊敬的列宁同志把这块地方还给我们了，我自然会回来的。基柯夫道，我们现在的任务是打退日本帝国主义的侵略，在这一点上我们与嘎尔迪先生是有共识的。嘎尔迪老爹点了点头要走，基柯夫又对他笑眯眯地道，嘎尔迪先生，我还有个问题向你请教，谢尔盖同志在营盘地时是不是与瓦林耶夫同志有过交集？嘎尔迪老爹奇怪地问，瓦林耶夫工程师不是早死了？死的活的半死不活的都归你管呀？你是谁呀？上帝？佛爷？还是阎罗老子？

嘎尔迪老爹送萨瓦博士上了牛车，车上坐着奥腾大喇嘛和卡捷琳娃。卡捷琳娃怀里也抱着一挺刘易斯式轻机枪，嘎尔迪老爹道，你拿机枪干什么？卡捷琳娃道，打日本鬼子呀！嘎尔迪老爹道，你不怕吓着肚里的孩子？要不我把你留给拉西，等你生下孩子再追我们。卡捷琳娃扭着身子道，老爹，不嘛！我就要现在跟你去东方，回中国！嘎尔迪老爹道，我就听不了女人的浪叫！好吧，当心肚子里的马驹子！

卡捷琳娃肚子里的马驹子是出生在森林间一架鄂温克人搭的撮罗子里。这天，天上飘着鹅毛大雪，就这样的暴风雪天气，日军的飞机还是出现在天上。冲着在皑皑雪原上行进的转场队伍扫射轰炸，而且是来了几个架次，一个俯冲接着一个俯冲，直到人们全惊叫着躲进森林里才罢休。图里报告了伤亡人数，嘎尔迪老爹嗯了一声，可腮帮子抖颤得像过电。他对图里说，以后咱们白天躲林子里睡觉，晚上再走。咱有的是时间，两百多年都等过来了，不在乎这三五个月。我得把大家活着带回大清去。图里道，老爷说得极是。

这时，伊琳娜腰间别着一把小手枪，匆忙地跑了过来，对嘎尔迪老爹道，老爷，公主太太疼得不行了，我看是要生了。嘎尔迪老爹道，你快去找萨瓦博士呀！伊琳娜道，公主太太非要老爷到身边去，把天都快吼破了！她说了，老爷不来她就不生！嘎尔迪老爹道，女人生孩子时格外发蠢！你快去找萨瓦博士啊！我得去看看，她要是犟着不生咋办？咳，我现在也是蠢货斯基了！他叫喊着，慌慌张张地朝卡捷琳娃住的撮罗子方向跑去。色旺在后面喊，老爷小心，小心！

当萨瓦博士跟着伊琳娜来到撮罗子跟前时，嘎尔迪老爹正在包门口喊，你别喊叫了，我就在门口看着你哩，快给我生马驹子啊！萨瓦博士没好气地说，你快滚一边去，不嫌碍事啊？萨瓦博士刚要弯腰进包门，忽听得撮罗子内的卡捷琳娃大吼一声，接着响起了婴儿嘹亮的啼哭声，萨瓦博士一下愣住了。嘎尔迪老爹兴奋地一拍他的屁股道，听我儿子哭得，快赶得上小狗熊叫了。色旺也道，恭贺老爷，准是个带把的板定！这时，奥里娜老姐姐钻出了包，喜上眉梢地对嘎尔迪老爹道，是个黑头发，高鼻梁，深眼窝的小美人！喜欢死个人了！嘎尔迪老爹看了奥里娜老姐姐一眼，叫道，我那傻姐姐，你接生咋还背着挺机关枪？奥里娜老姐姐道，我听伊琳娜吼成火上房了，这不就披挂着来了！嘎尔迪老爹道，看咱蒙古人让小日本逼得，生孩子都得背着枪！这时，撮罗子内传出卡捷琳娃娇滴滴软绵绵的声音，老爹，你来啊！你来嘛！嘎尔迪老爹急忙说，就来，就来了！他进了撮罗子，看到了那小东西正依在卡捷琳娃的怀里用嘴巴乱拱着，他探过身子左看看右看看，感到这小人长得极为精致，不禁呵呵笑了。卡捷琳娃娇娇地说，老爹，给她起个名字吧。嘎尔迪老爹说，我得找找奥腾大喇嘛，让他想一个好的。要不让图里想个好的？人家当过巴什（老师）哩。卡捷琳娃道，老爹，你起嘛！嘎尔迪老爹说，我这辈子舞刀弄枪的，没这个文采。你不整天托尔斯泰普希金契诃夫的，你这当阿妈的给起一个。卡捷琳娃说那我就起了，就叫波拉金。嘎尔迪老爹眼睛一下子热了，晃晃大脑袋说，听你的，她就叫波拉金，咱得一代一代地记住老祖宗！

小波拉金第一次会说话，是在额尔古纳河边，她忽然开口叫嘎尔迪老爹为老爹，那声音细细的，甜甜的。嘎尔迪老爹心一下子酥了，小波拉金又叫了一声老爹，那声调就是一个活脱脱的卡捷琳娃。嘎尔迪老爹将小波拉金从马上接下来，卡捷琳娃笑道，这小人人会说话了。嘎尔迪老爹看着卡捷琳娃，只见她斜背着一挺轻机枪，穿着一身俄式短打扮，显得英姿飒爽。望着卡捷琳娃那起伏的胸脯，嘎尔迪老爹不禁有点心痒神动。卡捷琳娃跳下马，伸出胳膊搂住了嘎尔迪老爹粗硬的脖颈，使劲在他粗皴的脸上亲吻着。嘎尔迪老爹怀中的小波拉金亮晶晶的眼睛看着他，秀丽的小脸蛋粉嘟嘟笑盈盈的。她又启开小口，轻轻叫了声老爹，然后自己咯咯咯地笑了。卡捷琳娃笑了，嘎尔迪老爹更是笑得热泪盈眶。入夜，月牙弯弯，星汉灿灿，满天星光在夜幕上熠熠闪烁，虫儿在草丛里浅吟，风儿在林间鸣唱，这一夜他们格外缠绵。卡捷琳娃轻轻咬着嘎尔迪老爹厚厚的耳垂，呢喃着说，老爹，我再给你生匹小儿马吧?

42　嘎尔迪老爹沉思着，难民抚恤? 我咋听着这么不顺耳呢

额尔古纳河边天亮得早，鸟儿叫得更早，啄木鸟用尖嘴巴磕打树干的砰砰声，穿过淡淡的晨曦，闷闷地响在林间。额尔古纳河水哗哗地流淌着，河对岸罩在雾霭之中，能听到对岸村庄里传来的犬吠鸡鸣，让嘎尔迪老爹心中暖酥酥的。他看看林间的草地上，散扎着一座座白色的毡包，就像一朵朵白莲花盛开着。终于回来了，到家了。嘎尔迪老爹知道，他只要渡过额尔古纳河，驿站营盘地的布里亚特蒙古人就有国有家了，漂泊几百年的蒙古爷们儿堂堂正正地回来了。

色旺捧着一件蓝色的袍子，轻手轻脚地走到嘎尔迪老爹的身边，为他轻轻披在身上。嘎尔迪老爹问道，拉西他们有消息吗? 色旺道，小苏赫他们一直在迎着哩，有消息会传回来的。嘎尔迪老爹道，那不还是没消息! 色旺道，老爷，咱着急也没用。嘎尔迪老爹道，我不知道着急没用哇? 咱在河边等了一个多月了，就是等着拉西这些人哩。色旺道，我总觉得拉西他们快来了。老爷，我看红马营黑马营的人也就聚起这么多

了。他说着，指了指那些白色的毡包。嘎尔迪老爹感慨地道，是啊，前年秋上，踏上东归路时，咱人马有三千之众。两年多下来，也就剩这千余号人了。这一路上死的，伤的，散的……色旺道，老爷，千难万难咱们总算回来了，都能看见河那面大清地界的烟囱冒烟了，咱该高兴才是！

两人正说着，图里跑了过来，对嘎尔迪老爹道，老爷，拉西他们有消息了，小苏赫回来了。嘎尔迪老爷道，他人在哪儿？快把他带过来啊！图里道，嗐，小苏赫马不停蹄地跑了三天三夜，人一头跌在地上嘴里直吐白沫子哩。他只说了句他见着拉西了，人就晕过去了。我一听赶紧跑过来给您老人家禀报哩！嘎尔迪老爹道，咱快看看小苏赫去，这到底是个啥情况，真急死人了。嘎尔迪老爹见到小苏赫时，小苏赫已经缓过劲来了，正靠在一棵雪杉树下啃列巴，几只长尾巴的小松鼠围在他的脚下蹦跳着捡吃渣渣屑屑。见嘎尔迪老爹过来，小苏赫要站起，却被嘎尔迪老爹一把摁住了，他就蹲在了小苏赫的身边。小苏赫问图里，我那马没事吧？得好好遛遛，别让它喝水，把肺炸了。色旺催他道，你快给老爷说说拉西他们的事情。啥时候了，还想着你那马！快给老爷说拉西。小苏赫说，拉西他们好着哩，有三十几号人，二十多辆车，还有三台马拉割草机，车上还拉着小炮，重机枪哩。嘎尔迪老爹兴奋地道，看看这烂鼻头拉西，真跟着谢尔盖长出息了，是个人才。小苏赫道，我知道老爷挂念拉西他们，立即赶回来报信了。嘎尔迪老爷问，他们还得几天的路程？小苏赫道，我估计最晚明天就能赶到额尔古纳河边。嘎尔迪老爹道，那咱后天过河。小苏赫问，过了河，咱就是大清国的人了吧？嘎尔迪老爹道，那还用说？图里道，大清国现在改国号了，叫"中华民国"。嘎尔迪老爹道，那咱就"中华民国"！众人呵呵地笑了起来说，"中华民国"就"中华民国"，只要是咱中国！色旺悄悄地问小苏赫，见着你三丫嫂子了吗？小苏赫道，我哪顾得上见她？见到拉西我就往回赶，我知道老爷着急哩！色旺道，我不就是问问？小阿尔德那盼着见阿妈哩！

到了中午时分，朝鲁带着海拉尔副将军衙门的两位老爷乘船过河，来见嘎尔迪老爹。嘎尔迪老爹带着奥腾大喇嘛，图里等人在岸边迎接。两位老爷，一位戴金丝眼镜，穿长袍马褂，一位穿灰呢军装，戴着大帽。两人都笑容可掬，看来朝鲁把他们打点得不错。跟着的两位随从也都客客气气的，一看就是有教养有学问的年轻人。嘎尔迪老爹陪同他们看了红马营、黑马营的毡包，他们看得很仔细，知万里雨雪风霜，炮火硝烟，都连连叹道真不容易，真不容易。当看到了萨瓦博士毡包上红十字标志时，金丝眼镜很惊奇，问，这是医院？嘎尔迪老爹说，原来的医院让日本飞机炸了，带出来一些药品药械，也一路上打散了。现在就剩几位大夫护士和一些简单的药品器械了，勉强给人们看个小病，做个小手术。金丝眼镜满意地点了点头。大帽不动声色地查看着红马营的军械，还不时让随从拿着小本子记着。巡查了一遍，才进了一座毡包，商议正事。互相介绍了姓名，说些相见恨晚的客套话。嘎尔迪老爹这才知金丝眼镜姓刘，一直是海拉尔副将军衙门张将军的师爷。大帽叫阿木尔，是海拉尔副将军衙门的边务处处长。色旺端上了奶茶，刘师爷喝了一口，赞道，嗯，不错，正宗的蒙古奶茶。阿木尔也说好，还告诉嘎尔迪老爹，他就是巴尔虎蒙古人。嘎尔迪老爹兴奋地道，当年在北海边咱们还是一家哩！阿木尔道，我们祖上从贝加尔湖比你们早回来两百多年。奥腾大喇嘛道，这才是正宗的巴尔虎蒙古人，白音算啥北京喇嘛！他就是披着北京喇嘛外衣的日本鬼子。

刘师爷笑着问："你们说啥呢？"

嘎尔迪老爹笑着道："我们聊起了一个熟人，都是些没用的闲话。"

刘师爷清了清嗓子，看了一眼嘎尔迪老爹道："那我就说点正经话了。这次，兄弟和阿木尔处长过河来俄界，上代表'中华民国北京政府'，下代表海拉尔副将军衙门张将军，来拜会一下嘎尔迪先生及其部众。朝鲁先生已在副将军衙门盘桓多日，我们深知先生及部众入境心情迫切，兄弟代表张将军来，就是玉成此事的。"

嘎尔迪老爹道："多谢刘大人，阿木尔大人。"

朝鲁道："张将军体谅我布里亚特蒙古人生计艰难，刘大人和阿木尔大人又多多美言，在海拉尔期间又对小的格外关照，小的真是感激不尽。还有咱那牛羊，去年冬上封冻时，全赶过河了，都是刘大人，阿木尔处长特事特办。"

嘎尔迪老爹道："我们布里亚特蒙古人知恩图报，两位大人的关心，我们自然会记得的。"

刘师爷摆摆手道："服务边民，造福蒙古，是兄弟的职责。根据

406

协约国达成的接纳俄罗斯难民之精神，我副将军衙门抚恤之条款，按每人给予白银三两之发放，望先生速造人口籍簿，以享中华民国入籍之优抚。"

嘎尔迪老爹一听脸色一沉，悄声问奥腾："这是咋回事？我咋听着不对味哩。我本大清国之臣民，我们是回家来了，咋成了……"

朝鲁急忙道："老爷，您误会了，这是刘大人念我蒙胞生计艰难，特意向张将军为我们申请的难民抚恤。为此，阿木尔大人也费了不少劲哩！"

嘎尔迪老爹沉思着："难民抚恤？我咋听着这么不顺耳呢？"

刘师爷也不是善茬儿，摘下金丝眼镜擦拭着，脸上明显地现出不快："看来兄弟是多此一举了？"

嘎尔迪老爹道："刘大人，这事得容我再多想想。"

阿木尔赶紧接过来说："咱们都是蒙古人，包里说话包里完。先生不要太过追求字眼，咱中国人的银子白便宜了这帮逃难的老毛子？给咱蒙古人也花花。过了河，你们重建家园用钱的地方多着哩！"

众人都点头称是。

奥腾大喇嘛也道："这巴尔虎蒙古人说的是实在话，我愿意听。"

嘎尔迪老爹还在沉吟着。

刘师爷道："我这是为你们蒙古人好。我看这事就这么定了，你还给白银子过不去啊？先生，快造籍簿呈上吧！"

"不，"嘎尔迪老爹大手一挥，双目炯炯地说，"我先给两位大人看样我随身带的东西。"

众人都看着他，他让色旺取来一个小木箱。他掏出钥匙亲自打开，从里面取出那用层层油纸包裹的一样东西。嘎尔迪老爹一层层打开，最后露出一块黄缎子包着的一卷东西，取出了那一页页盖着红色印鉴写满字迹的黄纸，庄重地交给了刘师爷。

刘师爷好奇地问："这是什么？"

嘎尔迪老爹告诉他，这是顺治帝、康熙爷年代时由黑龙江将军衙门核定签发的驿站地人口籍簿、土地文书，还有授封嘎尔迪老爹先祖二品台吉的御印御批。

刘师爷认真地一页一页地看着看着，渐渐地脸色凝重起来。翻阅完毕，刘师爷长长出了一口气。他正了正衣襟，缓缓站了起来，冲嘎尔迪老爹道："刘某真有些有眼不识泰山了！我定将这籍簿上报张将军。先生保存这些籍簿两百余年，足见布里亚特蒙众，念系祖国的赤子之心！请先生受兄弟一拜！"

刘师爷说着冲嘎尔迪老爹作了个长揖。

嘎尔迪老爹慌忙站起，冲刘师爷拱手道："谢刘大人知我布里亚特蒙古人思乡之苦与我驿站地部众效力朝廷之赤胆忠心！"

图里道："刘大人，阿木尔大人，当年我们的波拉金女皇率众与俄皇哥萨克拼杀，被俘后，为了保护这些籍簿，不惜舍生取义。"

嘎尔迪老爹道："这些籍簿传到我这里是第七代了，两百多年的念想啊！"

阿木尔道："汉话说，不说不知道，一说吓一跳。原来驿站地部众是我们的英雄波拉金女皇的后裔，失敬失敬！我以茶代酒敬大家一杯。"

阿木尔说着端起茶碗，与众人碰了杯，然后一饮而尽，众人不禁开心地大笑。

刘师爷对嘎尔迪老爹道："嘎尔迪先生，看来我们得将你们作为复籍人员对待了。"

嘎尔迪老爹问："何为复籍？"

刘师爷道："就是承认清政府的籍簿，现在恢复你们中华民国国民身份。这就是复籍。"

嘎尔迪老爹兴奋地道："我们千辛万苦不惜流血牺牲，就是要回到祖国。漂泊两百多年，就是为了今天的复籍！"

刘师爷有些不好意思道："有些话我还是要说清楚的。政府可有明律规定，复籍人员是要缴纳复籍费的。每人需缴纳一两七钱白银，你们一千余人，需缴纳二千余两白银。嘎尔迪先生是不是要定夺一下，这可不是小数目哩！"

朝鲁咬着嘎尔迪老爹的耳根说："老爷，这要折合一万余金卢布。我带的三万，可全都用光了。"

嘎尔迪老爹嗯了一声，众人都看着他。

嘎尔迪老爹对刘师爷道："国家法度，我们自然是要遵守的。皇粮国税，是每个子民的责任和义务。请刘大人放心，复籍费我们一定会悉数缴纳，不差一厘一毫。"

刘师爷道了一声好。

刘师爷感慨地说："原本只是听了些传说，今睹嘎尔迪先生真容，果然是个深明大义堂堂正正的蒙古英雄！"

阿木尔道："嘎尔迪先生，根据政府的边务条例，入境人员不得携带枪支弹药。这真让我这个边务处处长有些为难。"

嘎尔迪老爹轻轻松松地道："这有啥为难的，这还能难住阿木尔大人？据我所知，巴尔虎蒙古人个个聪明透顶。"

阿木尔指着他道："给我戴高帽！嘎尔迪先生，我叫你嘎尔迪老爷行不行？你这么多枪炮，让我咋替你们遮掩啊？上峰要是怪罪下来，身为国家边务人员，违背出入境管理条例那是要下监入狱的……"

嘎尔迪老爹笑道："阿木尔大人，你想想，我们不是入境人员，我们只是打猎回家的猎民！你再想想，猎人冬天打狼追过冰冻的额尔古纳河了，咋，把枪留给老毛子？阿木尔大人呀，你那条例上，准有如何对待猎枪猎人的条款……"

刘师爷道："猎人打猎越境回境，这是个不错的说法！具体问题具体对待！"

阿木尔道："天爷爷哪，我的刘大人，他那是猎枪？我草看了一下，光机关枪也不下一百挺，您想想，我边务处才几挺机枪。"

众人都笑了起来。

嘎尔迪老爹道："我没这些硬家伙，这万里跋涉咋能走得回来？日本鬼子、谢苗诺夫哥萨克匪帮，哪个是吃素的？阿木尔大人，我看这样吧，我们支援你十挺刘易斯式轻机枪、一挺马克沁重机枪。算是我们给海拉尔副将军衙门的一点心意！"

刘师爷击掌道："嘎尔迪先生果然是通透！这事就这么定了！"

阿木尔想想道："携这么多枪支过河，还是得有个说法。武装边民以补有边无防之弊端，确是国家当务之急。还望刘大人向张将军大人建议，就将布里亚特部众安置在额尔古纳河边，与我边务处共守界河。这两年俄境时局动荡，谢苗诺夫的匪帮动不动就犯境作恶……"

嘎尔迪老爹道："我说啥了，巴尔虎蒙古人就是聪明！理也讲了，事也办了，你们以后要向阿木尔大人学着点。"

嘎尔迪老爹说着，拿眼睛看着图里、朝鲁他们。

朝鲁道："这些日子我没少跟着阿木尔大人长见识。刘大人就更别提了，开口就是学问。"

刘师爷道："阿木尔大人所说符合国家屯垦戍边之大政，也是眼下守边的当务之急。这事我来协调办理。嘎尔迪先生，本将军衙门，一定会给你们选择一块水草丰美的好草场。不知先生还有什么要求？"

嘎尔迪老爹道："额尔古纳河东岸就是好草场。我要说有啥要求，只是求大人们为我们选择的草场离铁路越远越好。"

刘师爷愣了一下，好像忽然又明白了，不禁呵呵地笑了。众人也都笑了，奥腾大喇嘛道："你个老嘎尔迪啊，真是让铁路伤透了脑筋！"

嘎尔迪老爹对刘师爷道："我们还有三十余人正在赶往额尔古纳河边的路上，估计今明两日即可到达，后日即可渡河。"

刘师爷问阿木尔："他们渡河的船只可凑齐？"

朝鲁道："船只之事无须大人们费心了。按照嘎尔迪老爷的吩咐，我们已经扎好了筏子，随时可以渡河。"

刘师爷起身道："布里亚特蒙古人果然擅渔猎，不管是高山峻岭，还是大河险滩，都如行走平川。那我后天就在祖国的土地上，欢迎大家！"

送走了刘师爷、阿木尔，嘎尔迪老爹又去看了几处扎筏子的地方，并叮嘱朝鲁、图里说，再多扎些筏子，争取黑马营、红马营的人马全部一齐过河。让你们下边的管带、游击各自整理自己的队伍，有序过河。咱得有模有样。朝鲁道，刘大人刚才对我说了，他一定想法把张将军大人请上，欢迎咱们回国。刘大人没见您老人家时，就把咱们当成普通的难民，乌金斯克的人也零零散散地跑过来一些老爷太太，就会哭哭啼啼地埋怨红党，刘大人不大看得上。对咱们，对老爷您，那就不一样了。图里道，老爷有枪有炮是打回来的，这叫什么？汉人那话是咋说的了？挂在嘴边上的话，咋说的呢？色旺接过来道，那叫凯旋回国！嘎尔迪老爹呵呵地笑了起来，咱就是凯旋回国！凯旋就要有个凯旋的样儿，咱再多造些大筏子，听小苏赫说，拉西把马拉打草机都拉回了三台。男人啊，就得娶媳妇生孩子，这才会想着过日子！色旺说，烂鼻头拉西，还得靠老爷调教，老爷一调教，拉西就成才了。众人也跟着道就是。嘎尔迪老爷挠挠头皮道，说句公道话，还是谢尔盖那伙红党把拉西调教好了，布尔什维克那可是有六亲不认的硬王法哩！班扎尔那王八羔子蹦跶得高吧，杀王爷，打喇嘛，还要解放全世界，全世界数他有本事了，最后不还是让人家下监入狱了。朝鲁道，那是他们瞎了眼窝子，胡闹！他们一抓班扎尔少爷，我这黑马营里还跑过来几个红党哩！全是不怕淹死，抱着马脖子游过嫂子河的，跟拉西少爷一模一样。嘎尔迪老爹道，话不能那样说，咱这白马营一千多人马，不也全投红党上乌拉尔山了？还是我亲外甥阿布尔带的队哩！咋？是我这当舅舅的也瞎眼窝了？朝鲁咧着嘴道，老爷，我这不是为班扎尔少爷鸣不平？反正，您是老爷横说竖说都是理！今天，您老人家一坚持复籍，两千多两银子可就一下没了，把我急得呀！我看过了河老爷拿啥盖大包？我现在可是穷光蛋了，我正愁过了河咋给老爷盖大包呢。我手再巧，老爷您不给我绸缎子，我咋给您缝袍子？嘎尔迪老爹道，看把你愁的！你多多扎些木筏子，过了河不全是盖包的好木料？众人不禁拍手道，就是，老爷都快赶上汉人的诸葛亮了。

嘎尔迪老爹道，老朝鲁，入冬前我得住新包，要是冻着了小波拉金，看我不剥你的皮！朝鲁叫道，看看，老爷就是老爷！想得多精细，算得多细致！还没过河，自己的大包上下嘴皮一磕打就建好了，还不用花一两银子！众人都笑。色旺道，跟着嘎尔迪老爷过日子，就是踏实。嘎尔迪老爹道，过了河就好好地过踏实日子吧！朝鲁啊，你把色旺的包建在我的旁边，我就爱听这蠢货说话！朝鲁道，还有谁的包？老爷您一并发话，我捎带手就给他建了。嘎尔迪道，看看黑马营，就是利落。图里道，老爷，您凭良心说，我红马营这一路鞍前马后的，哪点落下了？嘎尔迪老爹笑道，好，好，那你红马营就把萨瓦博士的医院给建了，我不偏心了吧？众人又是开心大笑。色旺凄然道，我还不知三丫死活哩。包里没个女人，还不是冰锅冷灶。图里道，你这一路上光挂念三丫了，看不出色旺还是个痴心汉！要说，三丫这女人过日子真是一把好手，夜壶都擦得油光锃亮，咋会是个日本娘们儿呢？色旺道，我管她是哪国娘们儿？我只知道她是小阿尔德那的阿妈，我包里的女人！嘎尔迪老爹道，三丫是死是活也就是眼跟前的事，拉西一到不就啥都知道了？嘎尔迪老爹道，事情都办利落了，拉西他们也有消息了，看来我得美美地睡

411

一觉了。

嘎尔迪老爹说着，打了一个长长的呵欠。色旺拍手道，太好了，太好了，老爷是该好好睡一觉了。

43　曼达尔娜凄然道，要是那样，他还是班扎尔少爷吗

这夜无话，就是安心地睡觉，对嘎尔迪老爹来说，这可是少有的一个舒心觉。天刚亮，忽听得外面马嘶人叫，嘎尔迪老爹一下从沉睡中醒来，小波拉金也啼哭了起来。身边的卡捷琳娃懵懵懂懂地说，又出什么事情了？嘎尔迪老爹说，你哄小波拉金睡你的，能有啥事？卡捷琳娃又睡了过去。这时，就听得色旺在外面喊老爷，是拉西他们回来了。嘎尔迪老爹披衣出了包，河风袭来，他立即清醒了。只见林间朦胧的晨曦中，人马晃动，欢快的呼叫声此起彼伏。

嘎尔迪老爹对色旺嘟囔道，拉西这狗东西闹这么大动静？咋？把日本天皇的头割下来了？色旺沉不住气地道，老爷，我得过去看看。跑了几步，又止住了步，一下蹲在了地上。嘎尔迪老爹走到他的身边，问咋蹲下了？色旺道，老爷，我不敢去，我怕三丫真有个长短，小阿尔德那可咋办呢？嘎尔迪老爹生气地道，看你这点出息，没有了三丫你就不活了？小阿尔德那就让曼达尔娜这么带着，最坏不就是个这样。两人正说着，拉西机灵灵地跑了过来，扑通一声跪倒在嘎尔迪老爹面前，道，舅舅老爷，我回来了。十四个伤号、三个医护人员、我们一家三口，还有路上收拢的十二个打散了的弟兄，其中黑马营五个、红马营七个，总共三十二个半全部归来。

嘎尔迪老爹奇怪地问咋还有半个呢？拉西笑着道，还有六个月的胎儿在金达耶娃肚子里呢！嘎尔迪老爹高兴地道，你个狗东西，啥都误不下！快起来说，起来说。拉西站起，色旺怯怯地问三丫呢？拉西一下不说话了。嘎尔迪老爹道，天塌不下来，还有咱蒙古爷们儿撑不住的事情？拉西道，你们走后第四天头上，三丫醒过来了。其木格她们精心照

料，伤口愈合得也快，第九天头上就能坐起来了。你问她啥，她就是一句话，二道梁下歪脖树，树下住着二喇嘛……色旺着急地打断他的话头道，我是问三丫呢？你咋说什么二喇嘛？拉西摸着鼻子道，后来能下地了，却让基柯夫他们给带到乌拉尔山去了。色旺着急地说，你咋不拦住呀？你那机枪是烧火棍呀？拉西道，契卡是好惹的？我得为包里的伤病员着想是不是？嘎尔迪老爹道，拉西没错，啥事都得懂个轻重！拉西对色旺道，兄弟，你也别对三丫嫂子太痴情。她是日本间谍，到了契卡手里还有个好？你就放下这事吧！嘎尔迪老爹道，是该放下了！等过了河，我再给你找个好女人！色旺道，那三丫是啥，是一阵风？

三丫就像一阵风儿吹过布里亚特草原，从此在布里亚特人的生活中消失了，渐渐地成为一个传说。有人说，她在乌拉尔山的苏维埃军事法庭上被绞死了。也有人说，她又从契卡的手上跑出去了，跑到了赤塔，找到了白音喇嘛，白音喇嘛又把她介绍给了谢苗诺夫家当女佣。从赤塔到大库伦，再从大库伦到哈尔滨，又到了旅顺口，一直跟了谢苗诺夫快二十五年。直到一九四五年秋天，苏联红军解放了东北，当了多年寓公的谢苗诺夫想出海逃到美国，却被三丫拿枪顶住了脑门子，并把他交给了苏联红军。原来是基柯夫策反了三丫，三丫又整整在谢苗诺夫身边当了二十五年卧底。还有人说在莫斯科见过她，是她那会笑的眼睛，把基柯夫痴迷住了。也有人说，抗日战争结束后，三丫来到过额尔古纳河边，寻找过小阿尔德那……

当然，这一切蠢货色旺是不会知道的，智慧的嘎尔迪老爹也不知道，就连眼看着三丫被基柯夫一伙人带走的拉西也不知道。拉西耸耸鼻子对色旺道，看你这丢了魂的样，我还有好多话都想不起给舅舅老爷说啥了。嘎尔迪老爹对色旺道，三丫的事情到此打住了。你只要记住她靴子擦得干净锃亮，夜壶擦得照见人影，奶茶熬得喷香，是个好女人就行了。这时，卡捷琳娃抱着小波拉金走了过来，拉西一见忙跑过去道，给舅母大人请安！这是小表妹吧，这小人长得……哎哟，他惊叫了一声道，我有个天大的正事给忘了。嘎尔迪老爹问啥正事还天大？拉西道，我在海兰泡碰见班扎尔表哥了。嘎尔迪老爹一听，对拉西道，这事咱们进包里面说。

卡捷琳娃抱着小波拉金，往说笑成一团的女人群里扎。伊琳娜在后面道，太太，还是我抱着小公主吧。卡捷琳娃道，她一会儿要吃奶，又哭又闹的，也是个熬人的小魔障。金达耶娃挺着肚子被曼达尔娜、其木格和一些女人围在中央，讨论着她那让人眼红的圆肚皮。见卡捷琳娃抱着小波拉金走了过来，都忙着请安。其木格和金达耶娃夸奖了一气小波拉金，说是像从画上走下来的洋娃娃。曼达尔娜将小波拉金从卡捷琳娃手上接过，小波拉金早冲她伸出了小手去，还笑得咯咯的，一看就是非常稔熟的。伊琳娜惊异地看着金达耶娃的肚子，失声叫道，金达姐，咋还没生下来？你怀了个什么鬼怪精灵啊。众女人哄地笑开了，其木格道，真是个傻丫头，人家这是又怀上了一个！她是成心气我这个瘪肚皮女人！金达耶娃道，这一路，我就给她说你那块地也别干着，不行就让拉西给你种上一个，她又不干！女人们又笑。卡捷琳娃问，拉西那个小板定呢？金达耶娃急忙叫喊，才见那仁、萨日和阿尔德那带着一个小男孩从马拉打草机上爬下来。小男孩光着屁股，脏兮兮黑不溜秋的，但挺结实，机灵，呜呜地学着火车叫着，像个精灵一样在几个女人的大腿间钻来钻去。金达耶娃吆喝着，揪住了光屁股小男孩的耳朵吼道，我让你跑，让你窜。太太，他就是拉西的小王八羔子，叫那尔苏。那尔苏，快见过太太。卡捷琳娃摸摸他的小脑瓜，疼爱地道，你就是小那尔苏啊？我想想，离开营盘地大包时他刚生下，差一个月就两岁了。金达耶娃道，可不是，谢太太挂念着。那尔苏小眼睛瞪得溜圆，看着卡捷琳娃，耸耸小鼻子道，太太好美，真香啊！卡捷琳娃一听嘎嘎地笑了起来，其木格悄声地对金达耶娃道，烂鼻头拉西可是后继有人了！她说着，忽然看见萨瓦博士站在不远处的一座毡包门前，冲着她傻笑。其木格噢地叫了一声，冲着萨瓦博士跑了过去，扬开双臂紧紧地抱住了他，并在他脸上使劲亲吻着。一边亲，一边说，想死我了！你今天非得给我种上个红头发蓝眼睛的小妖精不行！其木格说着，揪着萨瓦博士的衣领子就往包里拖，萨瓦博士大叫着，上帝！我的上帝！这一幕，让女人们开心得咯咯大笑。伊琳娜道，其木格姐可是真急眼了。卡捷琳娃瞪了伊琳娜一眼，那尔苏忽然一挺小圆肚子，学开了萨瓦博士的叫声，上帝！我的上帝！金达耶娃冲着那尔苏的屁股就是一巴掌，那尔苏跳着跑开了。

曼达尔娜怀里的波拉金忽然哭开了，冲那尔苏伸出小胳膊要哥哥，曼达尔娜道，他可不是哥哥，小波拉金哭叫着就是要哥哥！然后往地下出溜，要去追那尔苏。卡捷琳娃对伊琳娜道，让他们小孩子们一块玩去吧，你在边上看着点。金达耶娃忽然对曼达尔娜道，姐，我们在海兰泡看见班扎尔少爷了。拉西叫他，我们也叫，他根本不理我们。曼达尔娜早就木了半边身子，呆愣愣地问，你说什么？金达耶娃道，我们见着班扎尔少爷了。曼达尔娜沉默了一阵，又冷冷地对金达耶娃道，提他干什么，他与我们有什么关系？金达耶娃道，姐，你就别说狠话了。咱们都是女人，谁心里想什么，咱们都清楚。她们静了一阵，金达耶娃还是沉不住气，小声地问曼达尔娜，姐，你说班扎尔少爷是不是想你和孩子们了，从劳动营里跑了出来，爬冰卧雪地来找你们？曼达尔娜凄然道，要是那样，他还是班扎尔少爷吗？金达耶娃道，那他跑出来找谁呢？曼达尔娜道，我哪知道，不提这事了，烦！

拉西无奈地对嘎尔迪老爷道，我是真不清楚，我叫他，他根本不理我，就好像不认识我，与他并肩作战了四年的拉西同志，与他光屁股长大的拉西表弟。嘎尔迪老爹道，你会不会认错了？我们都有认错人的时候。拉西肯定地道，不可能！我们就与他脸对脸坐着。我一个人认错了，我们还能都认错了？舅舅老爷，你说是不是班扎尔少爷也想回中国去？嘎尔迪老爹道，他只有主义，没有祖国！我太了解他们了！拉西想想道，这我知道，我了解布尔什维克，世界是他们的祖国，主义是他们的生命。那我就真不明白了，班扎尔少爷跑到这里干什么呢？嘎尔迪老爹道，这你得问他去了！拉西不说话了。两人沉默了一气，又几乎是同时唉地长叹了一声。

班扎尔在海兰泡的神秘出现，拉西不知道为什么，金达耶娃不知道为什么，嘎尔迪老爹不知道为什么，就连班扎尔本人也不知道为什么。他只记得那个大雪纷飞的深夜，他被警卫忽然提出，他以为最后的时刻到了。班扎尔心中高唱着英特纳雄耐尔一定要实现，孤独地告别自己，告别这个已经不需要自己而自己却钟爱的壮丽事业。他不止一次狂怒地对那些警卫，他曾经的同志们喊，绞死我吧，枪毙我吧，我不想在这里白白浪费生命，我要革命，我要斗争！终于，他当伐木工的日子结束了，但等待他的并不是绞架和子弹，而是笑眯眯的基柯夫。基柯夫对他道，什么也不要问我，我什么都不知道。我只知道把

415

你，我尊敬的班扎尔同志送到东方，一个神秘的地方。于是，他默默地坐上了狗爬犁，在风雪茫茫中一路向东。向东的路上枪林弹雨，虎啸狼嚎，在漫漫征程中班扎尔回到了同志们中间，又成为一个血脉偾张的战士。

在那遥远的路上，在林间草地，在蒙古包和鄂温克人的撮罗子内，在小客栈里，他还要阅读大量的书籍和文章，基柯夫和警卫战士的马褡裢内装着无数的书籍供他学习。这已经成为他必须完成的任务，几百个日日夜夜苦读，他从书籍里知道了中国、日本、朝鲜这些远东国家的历史文化风土人情，竟然还有淖利布阿巴噶（伯父）介绍蒙古历史宗教的几本专著，使他不禁感慨万千。一路下来，班扎尔俨然成了一个远东通。在炮火连天的路上，他甚至还能读到飘着浓郁油墨清香的论述东方无产阶级革命的最新文章，基柯夫告诉他就这单薄的几页纸，源于无数战友和同志们在为他默默地工作，甚至为此付出了生命。在西伯利亚的狂风暴雪中，在蒙古高原的戈壁荒漠中，班扎尔从这些纸中，结识了东方世界上那么多可爱的年轻人，苏赫巴特尔、乔巴山、李大钊、野坂参三等，他从他们这高亢歌唱中听出了同样的旋律、同样的抱负、同样的理想。他们引为同志，一想到同志这个神圣的字眼，班扎尔就热血沸腾。那个叫李大钊的青年人，用诗一样的火热语言呼唤着世界，呼唤着布尔什维克在全球的胜利！当他不禁为这个中国新青年暗暗喝彩时，一抬头，万没想到看到了一张熟悉的长着烂鼻头的脸。

拉西也同样惊讶，他也万没想到班扎尔会出现在海兰泡这样一间肮脏的小饭馆里。他们愣愣地看着对方，似乎都被这不期而遇惊呆了。班扎尔起身就走，不理拉西他们的声声招呼，可能还有金达耶娃这个傻女人吧？他忽然想起了曼达尔娜那软软的身子，还有她的小太阳和月亮。他匆匆走出，回到栖身的小客栈里，还止不住泪流满面。细心的基柯夫发现了他的异常，因为他深知中国那句老话，老乡见老乡，两眼泪汪汪。也许还不只是老乡，警觉的基柯夫立即带上警卫提着枪，向那间小餐馆走去。可看到门前停放的车辆，车辆上摆放着重机枪，还有坐在车上个个怀揣着轻机枪警惕地观望着四周的男女们，立即掉头回转，带上班扎尔纵马而去。基柯夫知道，班扎尔的行程属于最高绝密，他有权处置任何私自撞入班扎尔生活中的人。一年风雨，基柯夫终于把班扎尔送到了蒙古高原上一个叫买卖城的地方，交给了接头人，一个骑着双峰驼的老额吉。班扎尔和老额吉骑着同一峰骆驼来到了买卖城中一间破旧的皮毛店前，在一间昏暗的垛着旧皮毛的土坯房里，班扎尔见到了他的老搭档谢尔盖同志。

谢尔盖告诉他，他现在是共产国际远东局的执行书记。班扎尔说下任务吧，书记同志。谢尔盖告诉他，他以后工作的重点是在中国，组织和协助中国的共产主义者，把布尔什维克的红旗插遍古老的东方。远东局把最重要的中国交给了他。班扎尔道，我与嘎尔迪老爷是殊途同归了？谢尔盖还告诉他，去年对他的营救，是他安排阿布尔的。班扎尔笑了一笑，道，你是想考验我对自己信仰的忠诚度？谢尔盖摇了摇头道，我是想保护你的生命，因为，有些事情是我们不能左右的。班扎尔想了想问，难道我的阿布尔表哥也是自己的同志？谢尔盖笑了，告诉他，阿布尔是在西伯利亚铁路修建时期就经瓦林耶夫同志介绍加入俄共（布）了。班扎尔道，我明白了，看来我还真得修炼。谢尔盖拍了拍班扎尔的肩膀，班扎尔一下把头埋在谢尔盖的胸前，哭了……

班扎尔在买卖城休整了七天，详细地熟悉了到中国工作的接头人和联络方式，带上了活动经费并由一个同志护送便上路南行了。护送他的是一个腿脚勤快的年轻人，人称沙漠通，是由乔巴山同志介绍给谢尔盖的远东局的。沙漠通是拉骆驼出身，仇恨老爷和一切有钱人，对敌斗争坚决，这已经足以获得远东局政治保卫处的信任。他们骑着骆驼在沙漠里穿行了两个多月，终于在高高的戈壁上就能远远地望见锡林郭勒大草原了。沙漠通告诉他穿过锡林郭勒草原就是京张铁路，铁路会把他带到他想去的任何地方。那是一个清晨，太阳正冉冉地从沙海上升起，天际闪出万道霞光，正像即将迎来的青春中国。班扎尔伸出双臂迎接金光灿灿的太阳，放声高唱着鲜红的太阳照耀全球。正当他为即将投身创造鲜红中国未来的伟大事业而热血沸腾时，砰的一下一颗子弹击穿了他的胸膛，染红了那紧贴在胸前的吸附着索尼娅阿妈高贵魂灵的白色驼绒，他在最后的生命余光看到了那个沙漠通手里正提着一把冒烟的手枪，班扎尔一声没吭地倒在了沙漠上的一丛骆驼刺里，鲜血汩汩地浇灌着枯萎的骆驼刺根茎。在他生命飞走的一刹那，他忽然见到了自己的阿妈索尼娅，索尼娅还是那样漂亮，穿着洁白的袍子，翩翩而来，伸出温暖的双臂拥抱着他，就像天使的翅膀，哦，阿妈，母亲，班扎尔与索尼娅舞动着，飘飘而去了白云之上……

沙漠通翻检着他的行囊，取走了藏在班扎尔身上的三千金卢布，竟激动地浑身打着战，这个贪婪凶残的年轻人幸福地以为获得了整个世界。他恨有钱人，但爱钱，任那些被班扎尔视为生命的文件纸张随着北方的风儿飘散……

44 万万年！我的中国

曼达尔娜梦见了班扎尔，是个春梦，她连金达耶娃都没给说。她背着那尔苏，怀里抱着她的丈夫——那只旧奶桶，那仁和萨日揪着她的袍子，上了颤颤悠悠的木排。这是嘎尔迪老爹的特意安排，嘎尔迪老爹非常看好这几个孩子，再过十年，驿站地部落的未来就属于他们。木排上已经站着嘎尔迪老爹、奥腾大喇嘛、卡捷琳娃和伊琳娜怀中抱的小波拉金。孩子们很兴奋，尤其是看到嘎尔迪老爹那身装扮更是惊喜不已。嘎尔迪老爹特意穿上了那身珍藏多年的大清二品台吉官衣，戴上了官帽，红色的珊瑚朝珠，还有朝靴。《尼布楚条约》签订后，失去了大清保护的驿站地，嘎尔迪老爹的先祖，那个二品台吉，定了这样一个自救的制度。凡是继位者，都按着原先的朝服式样，新做一套朝服，以示大清旧制在这里的延续，以及子民对国家的忠心赤胆。几个小孩子看着嘎尔迪老爹官衣上的花团锦簇的兽纹补子图案，喊喳议论着。那仁问嘎尔迪老爹，老爷，这是猫吗？嘎尔迪老爹道，没见过吧，这是狮子，武二品的补子，大清时八旗副统领才配穿这样的官衣。你长大了，这官衣就给你穿。那仁黑眼珠子晶晶地闪着亮，激动地叫道，真的？我长大要穿老爷的官衣了！曼达尔娜一听，吓得浑身发抖，对那仁说，再疯喊，我把你扔到河里去！老爷是在哄小孩子玩哩！嘎尔迪老爹道，你看我像哄小孩子玩的吗？我是在给我的亲孙子传授忠君报国的道理！他的眼风扫着曼达尔娜，曼达尔娜扑通一声给嘎尔迪老爹跪下了，乞求道，求老爷让我们过小户小民的安生日子吧！求求老爷放过那仁吧！

嘎尔迪老爹一下沉下脸道，再敢胡言乱语我把你扔到河里去。你这蠢女人，还把这破奶桶搂在怀里干什么？曼达尔娜道，这是老爷赐奴婢的丈夫，我包里的一家之主。嘎尔迪老爹怒冲冲地喊了起来，色旺，快把这傻女人的破奶桶给我扔到河里去。色旺也是一身新衣新帽，慌慌地跑了过来，对曼达尔娜道，你看你，咱们回家的大好日子，咋敢让老爷生气了？来，把奶桶给我。曼达尔娜抱紧奶桶说，不给，不给，你们先把我打死，先把我打死吧！嘎尔迪老爹一下火冒三丈，怒不可遏地喊，打死！打死她！还反了不成？那仁和萨日吓得哭了起来。

卡捷琳娃走到了嘎尔迪老爹的身边，她还未开口，抱在伊琳娜怀中的波拉金却学着卡捷琳娃的声调，软软地叫了一声，老爹。人们哄地笑了，这下连嘎尔迪老爹也禁不住笑了起来。

奥腾大喇嘛笑着走过，对嘎尔迪老爹道，老嘎尔迪啊，不是我说你，大好的日子瞎吼喊什么？你跟个烂奶桶斗什么狠啊，大呼小叫的，不怕把孩子吓着？卡捷琳娃要扶曼达尔娜站起，曼达尔娜抱着奶桶爬起，慌慌地道，太太是公主，我就是个挤牛奶的女佣，哪敢受这份抬举？羞死我了！色旺忽然叫了起来，老爷，你看那边过来一只小汽船。

果然，烟波浩渺的水面上，窜出一条船来，隆隆的马达声越来越响，这船越来越近了，就连船上随风猎猎抖动的各色彩旗都看得清清楚楚。驾驰舱上高高地飘扬着一面红黄蓝白黑五色旗，那是"中华民国"的五色共和旗。船上印有"中国边巡"几个字样，船头上还站着十几个穿灰颜色军装的中国士兵。边务处处长阿木尔充满笑意的红色圆脸已经出现在嘎尔迪老爹的视线里，还在冲嘎尔迪老爹热情地招着手。嘎尔迪老爹下达命令：升旗，准备启航。号手吹响了海螺，刹那，河面上漂泊的几十张宽大的木筏桅杆上都升起了三角的黄底青龙抢珠旗，驿站地上的人们都知道，这是过去驿车上常挂的大清标志旗。

嘎尔迪老爹乘坐的大木排上还竖起了牛尾编织的黑色大纛，那是圣主成吉思汗留下的战旗，几个穿着牛皮盔甲的护纛手胸前挂着轻机枪，腰上别着弯刀，雄赳赳气昂昂地肃立在两边。奥腾大喇嘛也是一身崭新的红色法袍，头上戴着一顶黄色的鸡冠头喇嘛帽，脸前挂着紫铜色的佛珠，笑容可掬地看着渐渐靠近的火轮船。阿木尔跳上了木筏，后面跟着一个手提公文包的年轻军官。阿木尔先向奥腾大喇嘛双手合十请了安，奥腾大喇嘛法相庄严地点了点头，算是回了礼。

嘎尔迪老爹笑呵呵地冲阿木尔伸出了胳膊，阿木尔冲他行了军礼，热情洋溢地道："嘎尔迪先生，我代表海拉尔副将军衙门欢迎布里亚特部众回国！衙门公署张将军大人，呼伦贝尔盟长格林王爷亲率部众都在东岸等候光荣归国的布里亚特勇士。特派属下接诸位英雄开航起程，祖国欢迎你们！"

嘎尔迪老爹连声道："好，好！我们盼了小三百年了，三百年啊！"

阿木尔道："根据中华民国边务条例，现在我代表海拉尔副将军衙门向布里亚特部众发放人口籍簿。这是你们的通关凭证。"

青年军官打开公文包，抽出一摞盖着副将军衙门红章大印的纸簿，放在皮包上，庄重地递给嘎尔迪老爹。阿木尔接过，面向嘎尔迪老爹，嘎尔迪老爹整了整朝服，走上一步，扑通一声跪倒在地，双手高高举过头顶，接了阿木尔递过的人口籍簿。阿木尔将嘎尔迪老爹扶起，嘎尔迪老爹已是泪流满面。

他向两边木筏上的布里亚特部众晃动着手里的籍簿，亮起铜钟般洪亮的嗓音喊道："我的孩子们，从现在起，我们是堂堂正正的中国人了！"

两边木筏上的人们高喊起乌拉，欢呼声在河面上滚动翻腾。

卡捷琳娃着急地问嘎尔迪老爹："这上面有我的名字吗？我早就说过了，我生是布里亚特的人，死是布里亚特的鬼！"

嘎尔迪老爹还未回话，阿木尔道："当然有，哪能没有太太？不光有你，凡是随布里亚特部众回归祖国的外籍人士都有，一共七位，我们给予同样的国民待遇！"

卡捷琳娃噢的一声叫了起来，并亲了一下阿木尔的脸颊，拍着手道："我太高兴了！"

嘎尔迪老爹对满脸赤红的阿木尔说："他们就这样，高兴起来，老公公和儿媳妇亲嘴亲得叭叭的。萨瓦博士呢？萨瓦博士——你放心了吧？"

他冲旁边的木筏子上欢叫不止的人们喊了起来。

圣日耳曼医院的木筏子上，飘着红十字旗帜，站着十几个白衣白帽戴着红十字袖标的医生护士。其木格幸福地依偎着萨瓦博士，萨瓦博士笑容满面地冲嘎尔迪老爹招着手。嘎尔迪老爹对阿木尔说："看见了没有，那是博士，那是我从莫斯科请来的上帝！"

阿木尔道："上帝？你们还有神父？"

嘎尔迪老爹道："我们有喇嘛，要神父干什么。这个上帝是个怪脾气的家伙！有手艺的人脾气都怪！"

原来，今天早上临上木筏前，萨瓦博士一脸严肃地来找嘎尔迪老爹，说要找他谈谈，说说心里话。

嘎尔迪老爹见他一脸沉重的样子，有些奇怪地问他："咋？是不是其木格那个蠢女人给你气受了？我再赐你一根银柄镶着红宝石的马鞭子，你可以随时抽她的小屁股，女人千万不能惯着！"

萨瓦博士摇了摇头道："我很爱她，我为什么要用皮鞭抽她的屁股？"

嘎尔迪老爹气恼地说："那你就亲她的屁股！到底怎么了？你的脸上为什么充满阴云，我的萨瓦博士。"

萨瓦博士道："我就要离开我的母亲俄罗斯大地了！这是我的选择，我并不后悔，我只是要闹清楚我是跟着一个什么样的人而离开我的祖国。"

嘎尔迪老爹奇怪地道："你是说我吗？"

萨瓦博士点了点头。

嘎尔迪老爹严肃地道："你有啥想法就说，就问。长生天在头顶上看着我哩！"

萨瓦博士道："你还记得那年，我刚来布里亚特草原不久的日子，我们收治了一头小熊，肚皮被狼爪子划破了，桑布喇嘛用非常奇怪的方式为它做了麻醉……"

嘎尔迪老爹点头道："是有这么回事，这怎么了？"

萨瓦博士道："小熊醒来后，摇摇晃晃地来到你的脚下，伸出舌头亲吻着，我被震惊了，我觉得你是西伯利亚之神，我差点都要给你下跪。可我检查过你的内脏，检查过你的四肢，检查过你的粪便尿液，检查过你的生殖器官，科学告诉我，你就是一个人，一个普通的人。可多少年了，我就不明白，那小熊为什么亲吻你的靴子呢？像那些热爱你、崇拜你、惧怕你的子民一样。你能告诉我这是为什么吗？"

嘎尔迪老爹道："你就为这事，在心里纠结了好多年？"

萨瓦博士点了点头。

嘎尔迪老爹笑道："你傻啊，我那靴子上抹着蜂蜜哩！你那靴子上要是也抹了蜂蜜，小狗熊照样伸着舌头舔……"

萨瓦博士长出了一口气，像是放下了多少年的心理负担，轻松地道："我可以放心地跟你去中国了，我是跟着人去的，不是神！嘎尔迪先生，你是个讲实话的，嗯，老骗子！"

萨瓦博士说着，扭头走上了颤颤的木排，还回过头来，冲嘎尔迪老爹兴高采烈地招了招手。

嘎尔迪老爹摇摇头道："这也是个蠢货斯基！"

阿木尔对嘎尔迪老爹道："我们入关吧。你的筏子跟着我的船，咱们要鱼贯而行，我的船熟悉额尔古纳河的水道。"

嘎尔迪老爹一伸手道："请阿木尔大人带路！"

阿木尔返回到小火轮上，小火轮上响起了嘹亮的汽笛声，呜呜着开动了。在五色旗的引领下，布里亚特人宽大的木筏子飘扬着三角龙旗，筏子上载满人员和各式车辆，缓缓地进入了额尔古纳河中。奥腾大喇嘛眯着眼睛看着烟雾朦胧的额尔古纳河东岸，一动也不动，就像一尊雕像立在木筏上。

那尔苏像个精灵一样，围着他转来转去的。那尔苏瞪着滴溜溜圆的小黑眼珠子，仰起脖子问道："老喇嘛爷爷，你看啥呢？"

奥腾大喇嘛道："我看王爱召哩！圣主，我回来了，我回来侍候您老人家来了。"

奥腾大喇嘛呢喃着，热泪滚个不止。

"老喇嘛爷爷，你咋哭了？你告诉我嘛。"那尔苏顺着奥腾指的方向着急地看着，"我咋看不见呢？"

嘎尔迪老爹走过来，拍拍那尔苏的小脑瓜道："还隔着几千里呢，你咋能看得到？"

奥腾大喇嘛道："它就在我心里呢！我看得清楚着哩！那里有八白室，我们的圣主就住在那里，保佑着我们！我的哈囤高勒（黄河）——我的母亲河！那尔苏呀，过了河爷爷带你去看！咱们爷俩一同去给圣主成吉思汗磕头。"

"我要去王爱召了，我要去给圣主成吉思汗老爷爷磕头去了！"

那尔苏喊叫着，拍着小手在筏子上跑来跑去的。曼达尔娜放下怀中的奶桶，追赶着那尔苏，不停地在她身后喊着："小祖宗，慢点，慢点……"

卡捷琳娃看了看筏子上的奶桶，然后走了过去，伸手拎起，直直地扔进了额尔古纳河里，奶桶在河水里翻滚着，沉没在奔腾不息的河水里。曼达尔娜尖叫了一声，愣愣地看着卡捷琳娃，卡捷琳娃走到她的面前，伸出双臂一把把她抱在怀里，曼达尔娜噢的一声哭了，伏在卡捷琳娃的肩头上抽动着身子噢噢地大哭不止，卡捷琳娃抚摩着曼达尔娜浑圆的肩头，悄声细语地劝慰着。

嘎尔迪老爹望着烟波浩渺的额尔古纳河东岸，那绿绿的草原，那缓缓起伏的山丘，不禁有些泪眼婆娑。

奥腾大喇嘛走到他跟前问："老嘎尔迪啊，你咋也像那些女人哭得泪眼叭嚓的？"

嘎尔迪老爹道："老奥腾啊，我好像看见了我的先祖波拉金公主，她徘徊在黄河边，徘徊在土默川草原上，一步一回头地看着这片富庶的土地，思念着怀恋着自己的骨肉兄弟。还有我们土默特布里亚特先人们，他们都在唱着一支歌，你听，听……"

嘎尔迪老爹轻轻唱起了一支古歌：

> 在那羊羔撒欢的草地上
> 我要等你二十天
> 到了草没马镫的牧场上
> 我再等你四十天

像是受了嘎尔迪老爹的感染，筏子上的人们都跟着唱了起来，这是布里亚特蒙古人心中一支永远的歌：关于祖国，关于草原，关于爱情，关于永久永久的期盼和思恋……

嘎尔迪老爹仰头望着白云蓝天，伸出粗壮的双臂，大声地呼唤："我们终于等到了——"

"等到了——"

筏子上的人都冲蓝天伸出了双臂，扯着嗓子呼喊。这从胸中迸出的呼喊声飘荡在碧蓝碧蓝的天上，翻卷在飘浮的白云里……

额尔古纳河东岸的草地上搭起了一顶大帐，帐前高竖的旗杆上猎猎飘动的五色旗唰啦啦地直响，大帐前挂着一幅巨大的横幅，用蒙汉文字写着：欢迎东归英雄回国。门前排列着士兵，洋号队，还有无数的蒙古同胞，齐聚在额尔古纳河岸边，张望着河中缓缓漂来的筏子。一群蒙古姑娘，端着酒，捧着洁白的哈达，一遍又一遍地唱着欢迎的歌儿。

副将军衙门公署张将军、呼伦贝尔盟长格林王爷等达官显要站在岸边看着缓缓靠岸的木筏。嘎尔迪老爹走下，张将军迎上，嘎尔迪老爹要下跪磕头，被张将军一把拉住，连道："使不得，千万使不得。兄台是武二品，着狮补。小弟只是武四品，着虎补，若按旧制，我该给兄台磕头请安才是。好了，民国了，我们还是拥抱一下吧。"

嘎尔迪老爹和张将军紧紧拥抱在一起。

嘎尔迪老爹见过了格林王爷，两人交换了鼻烟壶，并互敬了哈达。姑娘们唱着祝酒歌，给嘎尔迪老爹献上了一银碗烈酒，嘎尔迪老爹接过，敬了天地，然后一饮而尽。众人叫好。

嘎尔迪老爹陪着张将军，格林王爷巡检着筏子上的布里亚特部众。看到龙旗猎猎，张将军连连叹道："想不到啊，几百年了，啥叫心系祖国，小弟今天算是领略了。咱脚下的地，就是我们的根！"

嘎尔迪老爹看看头上飘动的五色旗，点着头道："兄弟今天长了学问，我记住了，在这里。"嘎尔迪老爹说着，拍了拍自己的胸脯。张将军看着黑马营、红马营，见枪支林立，刀光闪闪，连连点头夸奖真真是威武之师。却见白马营筏子上，仅站着扛旗的拉西和一胸前挎着机枪的白发苍苍的老太太，让人肃然起敬又觉得有些不解：这白马营旗帜下咋的这般人少？嘎尔迪老爹道，白马营让赤党拉走了！但旗帜印章带回来了，旗下的是我老姐姐，扛旗的是我外甥。他过去是赤党红军的参谋长，现在是我刚任命的白马营的扎苏勒。我准备重新组建，好为张将军效力。张将军摆了摆手道，不是为我，是为祖国！兄台啊，我和格林王爷已经商定，就将这额尔古纳河河防和万余里草场划拨给布里亚特部众。交给你们，我们一千个放心！嘎尔迪老爹道，今天当着张将军和格林王爷的面，我发个血誓，以后，我们的一腔子血就浇灌在额尔古纳河东岸了。布里亚特蒙古人，世代为国家守边，以报天恩！

巡检完毕，白马营、黑马营、红马营依序下岸。围在岸边的蒙古同胞呼啦啦地围了上去，不由自主地手拉着手儿，左右摇摆开了身子，跳开了纳日给勒格。阿木尔请嘎尔迪老爹加入舞蹈的行列。嘎尔迪老爹早抖开了身子，并盛情邀请了张将军、格林王爷，于是他们手拉手地一同舞蹈了起来。阿木尔告诉嘎尔迪，这些人大都是巴尔虎蒙古同胞，两百多年前，我们的先人也从贝加尔湖畔返回了呼伦贝尔大草原。嘎尔迪老爹高兴地说，知道，知道。我们都翻越过崇山峻岭，沼泽湖淖。于是，他们一同唱起了歌儿：

> 兴安岭上的鸟啊
> 小心那套子
> 征途上的人儿啊
> 走路要当心

这歌声夹裹着风雪冰霜弹雨刀枪又扑啦啦涌进了嘎尔迪老爹的脑海胸腔，他跳着，唱着，想着，往事一幕接着一幕闪过他的眼帘。也许，这一切都会成为过往云烟，用不了多久，人们就会忘记我嘎尔迪老爹。草原这样大，天空这样宽，我们不过是兴安岭上的鸟儿，征途上的行人，一切很快，都会过去。我也会像我的先人们一样，化进这经久不息的纳日给勒格里的舞蹈和歌声里……

2006年夏初稿于鄂尔多斯
2017年冬修订于北京大兴
2018年春定稿于鄂尔多斯

躺在草地上数星星（代后记）

十二年前，我受邀写一部反映内蒙古自治区成立六十周年的电视剧。当时制片方给我提供了许多资料，大约有上千万字，有相当一段时间，我浸淫在这浩如烟海的资料之中，渐渐走进了尘封的历史之中，也融进了那峥嵘岁月之中。一位老一代的革命者在回忆录中提到了神秘的布里亚特部落，说他们生活方式先进，有各类生产机械，而且在那个时代已经使用了避孕套，这让我有些吃惊。在茫茫的大草原上，在闭塞的二十世纪四十年代，这个欧美工业化的产物，是如何进入到这蛮荒的草原上的呢？

我以一个写作者的敏感，觉得这里面可能蕴藏着一个深不见底的大故事。于是，我开始涉猎这个神秘的蒙古部落的历史、文化、音乐、舞蹈、服饰、饮食，以及他们的好邻居、好朋友鄂温克等部落的历史文化风情。通过对布里亚特部落及邻近的鄂温克族，巴尔虎蒙古部落历史文化的梳理，我感到自己掉进了一个文学的"富矿"之中，随手捡起什么，都让我激动不已。尤其是布里亚特部落的迁徙史，更让我对这个蒙古部落，充满了敬意和尊重。布里亚特蒙古人勤劳、勇敢、善良，视美丽的白天鹅为部落的先祖。这个发现，又为我了解蒙古民族的历史文化打开了另一门窗。关于布里亚特部落，有这样一个美丽的传说。古代时，有一个叫巴尔虎代巴特尔的蒙古族小伙子和下凡人间化成白天鹅的天上的仙女的爱情故事，很是动人。勇敢的巴特尔和美丽仙女总共养育了十一个男孩子，渐渐繁衍成了布里亚特部族，勇敢、善良、奔放浸润在他们的骨血当中。

据史书考证，布里亚特人世世代代生长在白音嘎拉（史书上又称北海，即现在的贝加尔湖）之边的森林里，他们自称是"白天鹅的后代，白桦树干上拴马的人"（出自布里亚特萨满古歌）。

成吉思汗完成蒙古部落的统一之后，布里亚特部落中的一部分，跟随成吉思汗的长子术赤踏上了走马欧亚的漫漫征程。明朝时，他们又随成吉思汗的十七代嫡孙阿拉坦汗游牧丰州，徜徉在被蒙古人视为母亲河的哈图高勒（即黄河）两岸，开始接触了中原文化、晋陕文化，成为蒙古族土默特部落中的一支，被称为浩里土默特人。

明末时，他们当中的一万人随阿拉坦汗的女儿巴拉金公主从黄河岸边出发，辗转万里又回到了他们当年出发的地方，西伯利亚的贝加尔湖边。清初，他们和所有蒙古部族一样归顺大清，沙俄势盛，清廷无能，《尼布楚条约》后，在西伯利亚土地上生活的蒙古人渐渐脱离了中华脐带，在沙俄的奴役下，过上了有家没国的凄凉生活。但他们对蒙元王朝的倾心，对大清王朝的依恋，对中华故土的向往，在沙俄的黑暗残暴统治下，愈演愈烈。这是一群顽强活在历史文化中的一群人。布里亚特蒙古人经过无数次的反抗和战争，他们当中不少的部族义无反顾地回到了大清，像巴尔虎蒙古部落。

随着工业文明对西伯利亚的侵蚀，布里亚特蒙古人既享受着工业文明的便利先进，像马拉打草机、缝纫机这样的先进生产生活工具开始走进蒙古人的毡包里、木板房里。同样，还有战争、瘟疫、性病不断侵蚀着布里亚特草原的健康躯体。各式各样的民主主义思想时刻盘旋在西伯利亚草原的上空，像空气和水一样浸润着布里亚特人的思维和生活。当沙俄工业革命的标志万里西伯利亚大铁路横穿布里亚特大草原时，占据布里亚特蒙古部落的数千年来形成的游牧文明已经像西天的落日气息奄奄了，而西伯利亚大铁路却像喷云破雾的朝日一样生机盎然。第一次世界大战和随之爆发的十月革命以及协约国对十月革命的武装干涉，日本几十年来布局西伯利亚，并拼凑蒙古傀儡政权，飞机大炮扫荡着布里亚特草原，兵灾匪患蹂躏着布里亚特蒙古人。仅有几十万部众的布里亚特人，就有近五万青年人被沙俄推向第一次世界大战战场充当炮灰。西伯利亚硝烟四起，美丽的布里亚特草原变成了人间地狱，布里亚特蒙古人被煎熬奴役。为了生存，布里亚特蒙古人与各种势力进行了不屈的抗争，最终踏上了回归祖国的漫漫历程……

布里亚特人的东归故事吸引了我，感动了我，我想写一部反映这个部族东归的长篇小说。于是我开始结构故事，并且动了笔，并很快写出了一部分。十年前的一天，陕北榆林的一个文学杂志的主编来看我，想让我当他们的顾问，并且告诉我大西北的文学名家都是他们的顾问。果然，张贤亮、陈忠实、贾平凹、高建群等让我尊敬的作家都列在他们杂志的顾问栏里。被人抬举是让人高兴的，我便欣然答应了，主编又要稿子，说能有新稿最好，没新的过去发过的也行。顾问总要露个脸，反正他们是内部发行，也不影响发在别处。然后请我喝酒，说他们办杂志没经费，经费全靠自筹，这种对文学的挚爱让人非常感动。我一感动，决定把写好的几万字给他们。主编又说他们没有稿费，我说没稿费就没稿费吧。临分手时，主编从汽车后备厢里拿出一个纸箱子送我，说是陕北的特产狗头枣。别看有虫眼，保证特生态。

后来我就着有虫眼的狗头枣，不时喝两口烈酒，又断断续续写了几个月，有十余万字，想想我结构的故事还没完成四分之一，要完成整个故事没有百十万字是写不完的。想想有点害怕，这年头，谁会有精力有耐心读你百十万字呢？

后来陕北的杂志发了，读了一遍，自己还觉得挺耐看的，那位主编还给我打电话，夸稿子写得好，催我快点把稿子写完，他会给我提供连载，我谢过了他。

后来，竟把未完的稿子放下了，不是没感觉，而是感觉太充沛了，让我抓不住方向，顺着任何方向走，都能走下去。但线索太多，跨度太大。拿起放下，放下拿起，文学真还不是放得下拿得起的事情，我写了删，删了再写，折腾了几年，总算有了眉目。当中还去了几次俄罗斯、西伯利亚、额尔古纳河、锡尼河，走进布里亚特人中间寻找感觉。关于中俄界河额尔古纳河的意思，就有多处解释，有说是蒙古语，即以手递物呈上奉献的意思，还有说是通古斯语。我的朋友乌热尔图告诉我，在鄂温克语中额尔是指河水在草原上缓缓流淌，古纳是指水流进了林间，速度变快就像奔跑的三岁的公马。我挺喜欢乌热尔图的解释，让人感到这条河流像马驹一样挺奔放的，也挺地域化，民族化。越进入到布里亚特草原，越进入到蒙古人中间，越觉得自己的语言文字苍白，越对自己的写作不满意。有时会沮丧地感到，你在一种古老的历史和文化面前，你什么也不是，我甚至多次萌生放弃的念头，但还是舍不下。有时见到朋友，问我在写什么，我就羞羞答答地讲在写布里亚特人十月革命后东归的故事，朋友们又都鼓励我快点完成。

曾做过中国作协书记处书记，现任中国作协少数民族文学工作委员会主任的乌热尔图，他亲自带我去布里亚特民族自治乡，见到了旗里、乡里的领导，还开了几个小型座谈会，让我知道了布里亚特人幸福的现在。但年轻人们对东归的历史似乎知道的不多，我听朋友们讲，布里亚特人非常自律。过去有人在婚宴上曾因喝酒惹过祸端，后来长者们提出在婚宴上取消喝酒，得到了布里亚特部众的一致响应。听说，婚宴上这个禁酒令已经坚持了多年。八里不通音，十里不同俗，这让我颠覆了过去蒙古兄弟大碗喝酒，大块吃肉的印象，又有了"这一个"典型。多元的多部族蒙古人，不该在我们的笔下，都成了一样。我到过许多布里亚特人的家，都是整洁的二层小楼，铺着花地毯，现代化的设备应有尽有，家中干净的都能照出人影来。自古以来，这是一群热爱生活、自由、奔放的人们。

这里似乎还有杜马遗风，现在的布里亚特自治乡，非常重视各级人大代表的意见，并设有专门的代表议事厅，现在许多大事小情都是人民代表在议事厅提出落实的。我去过被布里亚特人称为代表屋的议事厅，那是一幢蓝色的二层小楼，静静地矗立在锡尼河草原上，显得非常庄严。并有代表在这里接待来访群众，听取诉求。我们去拜访，值班的代表听了我们的想法，建议我去找一位长者，说这位长者精通布里亚特蒙古人的历史。

我们见到了这位长者，他叫巴拉登道尔吉。他原先是位教师，通晓俄蒙汉多种语言。我见到这位老人时，他正在从草垛上拿木叉子叉草，喂哞哞直叫的奶牛。初春的锡尼河草原上，蒙着一层薄薄的积雪，湛蓝的天空下站着这位布里亚特学者。道尔吉先生热情地接待了我们，并把我们让进了他的家里。那天，我与道尔吉先生交谈甚欢，我们一同走进了布里亚特先人们东归的历史当中，走进了风雪弥漫的西伯利亚草原。谈兴浓时，他还请我喝了几杯酒，感慨地对我说，知道我们这段历史的人越来越少了，你是一个。我说我正在写一部长篇小说，是写人，不是写历史。他笑笑说，一样的。我说我是写活在历史中的人。多少年来，我想寻找蒙古人的英雄情愫，正是这种英雄情愫造就了蒙古民族的辉煌。蒙古民族的主基调应是英雄情愫。而英雄情愫的不断变化，正是我这部作品写作意义的所在。布里亚特人的东归壮举，无疑是蒙古民族英雄情愫的集中爆发。

道尔吉老人告诉我，他这些日子在阅读一部写布里亚特草原的作品，是斯大林时期的事情，你也应当读一读。他取来了那本书，是俄文的，我说我看不懂。他说我可以帮你翻译成蒙古文。我说蒙古文我也不懂。他说那我就翻成汉语。我俩说定了，半年之后，老人翻译的厚厚的几本汉文手稿，就交到了我的手里。当我看着他那整齐的，不时夹杂着蒙古文、俄文的手稿，不禁眼睛都有些湿了，这是位年届八旬的老人啊。这位布里亚特长者，对我，对我所要写的活在历史中的人投入了多大的期待啊。

几年来，我的行囊里总是装着道尔吉先生的这部译稿，不时取出看看。现在这部书稿就放在我的案头，我不时地看看它，就感到它就像是一只眼睛，布里亚特的眼睛，总是那样深情地望着我。我就在这双眼睛的注视下完成了《穹庐》的创作，从写下第一行字到文章结束，前前后后用了十二年。

尤其是后期写作这五六年，曾中过两次风，病发作时，除了面部有点毕加索之外，并无别的不适，脑瓜和手脚都还利索，这算是让人庆幸的事情。后次发病时，我正在给内蒙古大学文研班的学生们讲课，讲着讲着有些嘴歪眼斜，但我仍坚持把课讲完。所以传播得有点快，引起了不少朋友的担心和关切。乌热尔图告诫我，千万不能掉以轻心，一定要养好病，身体垮了，啥都垮了。我的好朋友老同学严啸建先生，三十多年前旅居英国，从英国回国在京转机，听北京的朋友说我病了，连自己的家也未回，直转鄂尔多斯来看望我。路远、白雪林也从呼市赶往鄂尔多斯看望。老友相聚，免不了喝两口，大家劝我病刚愈，不喝为好。我也怕死，就说不喝了。席间与诸老友谈起《穹庐》的创作，严啸建对这个故事格外感兴趣，劝我养好病，稳下心来写。写好后，给他看看，他在英国找出版商给我出英文版，我一激动又喝了半斤……

初稿完成后，自己读着不舒服，太冗长。我下狠心砍，就像割自己的肉，割肉也得砍，心疼啊。砍着砍着，自己看电脑都雾蒙蒙的。砍得自己心惊肉跳的，手软筋酥的。于是，就去找黄宾堂商量，他作为作家出版社的老总，盯这个稿子已经有五年。宾堂说你就砍到布里亚特人回

430

国就打住，这个节点最好。于是，我又砍削了一年多的时间，还是下不了狠手，斧正真不是一句客套话。当中去了两趟蒙古国，一次是和好友丁新民（朵日纳文学奖的出资人，全国道德模范）、阿龙（曾任内蒙古自治区党委宣传部副部长，外宣办主任）两位热爱民族文化的蒙古族人去寺院召庙寻找蒙古经，在草原上、沙漠里的召庙中，结识了许多温文尔雅的有学问的喇嘛，还有活佛、算是长了不少见识。路上又谈起《穹庐》的创作，丁新民、阿龙都催我把稿子快点完成，毕竟年纪不饶人啊！记得为了去戈壁滩上的一座喇嘛庙，我们来回走了一千多千米，我为出没在山坡上的羊群惊叹，那就像一团团从天空降下来的云朵，丝毫不夸张地说，那披着棕色皮毛的羊儿个个长得像小牛犊子一般。一路在车上，激情澎湃，我喝光了一瓶一百七十五毫升装的蒙古国生产的成吉思汗白酒，唱着酒歌醉麻麻地行进在蒙古高原上。我不知道在这里我为什么这般亢奋？莫非是纠结《穹庐》之故？

还有一次是去乌兰巴托参加"内蒙古文化周"。我这人一上蒙古高原就激动，就思绪喷涌，甚至能出口成章。我记得在与蒙古国作家交流时，我谈到蒙古文，说这是立着的文字，你观察它，像人的行走，像马的奔驰，像云的飘动，等等。当时，刚获蒙古国功勋勋章的大诗人阿尔泰先生给我当翻译，自然增色不少，不时引起蒙古国作家的惊呼。一位胸前挂着许多勋章的蒙古国老诗人和我紧紧拥抱，对着我的左右腮帮子亲了又亲。据说这位仁兄是蒙古国作家协会的老主席，孤傲得很，走遍世界，作品被译成几十国文字，敢跟许多权贵叫板，一般是不大理人的，这次竟然高声大叫喜欢我。我们于是大喝，围着篝火唱歌跳舞，最后都躺在了草地上。那天夜空苍茫，星汉灿烂，乌兰巴托的草原之夜让人心驰神往，浮想万千。

那位仁兄讲：文学是什么？就是躺在草地上数星星。

我想，他是讲一种情怀。

《穹庐》终于杀青了，从我动笔的二〇〇六年到二〇一八年的春天，十二年整整一轮。我想，像我这样的文学笨伯，大概世上也不多见了。

我定稿是去年冬天，心情就像一个刚投稿的文学青年般忐忑不安，先给了曾经指导我作品的一位导师看。几天后，导师给我发来了短信，称其荡气回肠。我这才把稿子给了出版社。作家出版社和内蒙古文联、内蒙古作家协会年前先后在呼和浩特、北京召开了两个小型修订会，到会专家都提了中肯意见，我非常喜欢这种修改模式，这种尊重和认真是发自内心的。听完专家的意见后，我又修改了四个多月才成为现在这个模样。

在这里还要说说十月杂志社，《穹庐》稿子给了不到十天，他们就拍板将整整一期杂志全部用来发表，这是《十月》从未有过的事情。这让我想起三十年前，《十月》曾用不到一个年度的时间，连发了我的三部中篇小说头题。那时我还是一个青年作家。

《十月》是我文学之路上马的地方。作家出版社是我再次出发的起点。

我现在想的是：我躺在草地上数星星了吗？

图书在版编目（CIP）数据

穹庐 / 肖亦农著. -- 北京：作家出版社，2018.7（2019.4 重印）
ISBN 978-7-5212-0162-8

Ⅰ. ①穹… Ⅱ. ①肖… Ⅲ. ①长篇小说 – 中国 – 当代
Ⅳ. ①I247.5

中国版本图书馆CIP数据核字（2018）第181149号

穹　庐

作　　者：肖亦农
责任编辑：兴　安
书名蒙古文翻译：布仁巴雅尔
蒙古文书名题字：艺如乐图
封面绘画：孙玉宝
装帧设计：王一竹
出版发行：作家出版社有限公司
社　　址：北京农展馆南里10号　　邮　　编：100125
电话传真：86-10-65067186（发行中心及邮购部）
　　　　　86-10-65004079（总编室）
E-mail:zuojia@zuojia.net.cn
http://www.zuojiachubanshe.com
印　　刷：三河市北燕印装有限公司
成品尺寸：152×230
字　　数：350千
印　　张：27.5
版　　次：2018年12月第1版
印　　次：2019年4月第3次印刷
ISBN 978-7-5212-0162-8
定　　价：58.00元

作家版图书，版权所有，侵权必究。
作家版图书，印装错误可随时退换。